rowohlt
HUNDERT AUGEN

Agri Ismaïl

DER WERT DER WELT

ROMAN

Aus dem Englischen
von Robin Detje

Rowohlt Hundert Augen

Die Originalausgabe erschien 2024
unter dem Titel «Hyper»
bei Chatto & Windus, London.

Deutsche Erstausgabe
Veröffentlicht im Rowohlt Verlag,
Hamburg, November 2024

Buchgestaltung Anja Sicka, Hamburg
Satz aus der Financier Text
bei Dörlemann Satz, Lemförde
Druck und Bindung GGP Media GmbH, Pößneck
ISBN 978-3-498-00352-4

Für Amanda

«Als man den Anacharsis fragte, wozu die Hellenen das Geld brauchen, antwortete er: zum Rechnen.» **ATHENAEUS**

Prolog:

KAUTION

(1978)

Dem potenziellen Kunden streckte sich die Hand eines Händlers entgegen, bereit zum Nehmen, ein universaler Signifikant. Der Händler kehrte die Finger leicht handeinwärts, falls Rafiq Hardi Kermanj, vielleicht bald Besitzer des ausgestellten Mehrfrequenz-Radios, es nicht begriffen hatte: Geld musste den Besitzer wechseln.

Bei der Beklommenheit, die auf dem Markt herrschte, waren wohl kaum Taschendiebe auf Opfersuche, vermutete Rafiq. Trotzdem sah er sich rasch um, bevor er das Geld aus der Innentasche seines Blazers holte. Als er es in der Hand hielt, kam es ihm vor, als wäre das Bündel, das er am Morgen eingesteckt hatte, irgendwie geschrumpft.

Auf Rafiq Hardi Kermanjs Weg ins Exil hatten seine Besitztümer sich langsam verwandelt, von materiellen Gütern - Häuser, Möbel, Autos - in immaterielle: Dinar, Dollar, Toman. Als er, seine Frau Xezal und seine Kinder nachts heimlich die Grenze zwischen dem Irak und dem Iran überschritten, war fast alles, was er einst besessen hatte, durch ein Bündel zerknitterter Scheine ersetzt worden, zusammengefaltet und mit Klebeband an Xezals Brust befestigt, unter dem Beutel mit Schmuck, von dem sie sich nicht hatte trennen wollen. Als sie sich in Teheran ein neues Leben kauften, waren die Scheine allmählich immer weniger geworden, in immer kleineren Schritten. Das erste, größte Bündel, in irakischen Dinar, hatte der Schlepper erhalten, der sie aus den Vororten ihrer Heimatstadt Slemani über die Berge in die Provinz Kermanschah gebracht hatte, wo für die Fahrt nach Teheran ein Auto auf sie wartete. Das zweite, in US-

Dollar, hatte als Kaution für ein möbliertes Haus mit drei Zimmern in Doulat gedient. Dann musste ein Auto gekauft, Schmiergeld gezahlt, für Mohammed, den Ältesten, der in die Schule kam, mussten Schulsachen und eine Uniform erworben werden. Die Scheine, die er für das holzverkleidete Radio auf dem Großen Bazar ausgab, waren die letzten aus dem ursprünglichen Bündel.

Rafiq, der sich damit abgefunden hatte, ein neues Verhältnis zu Geld aufbauen zu müssen, handelte länger mit dem Verkäufer als sonst. Als er auf einen Kratzer im Furnier an der Seite des Radios hinwies und auf den wackeligen Drehknopf, erhielt er zwei Scheine zurück. Weder mit dem Hinweis auf das deutsche Fabrikat noch mit dem auf die hervorragende Tonqualität ließ er sie sich wieder entlocken. Erst als der Händler ihm mit verschwörerischem Flüstern ein verstecktes kleines Fach auf der Rückseite vorführte, perfekt für Verbotenes, lenkte er ein.

«Da liegt was in der Luft, mein Freund», sagte der Händler mit einer Geste hin zu dem Laden vor ihnen, dessen mit Graffiti beschmierte Eisen-Rollläden noch immer geschlossen waren. «Du brauchst ein gutes Versteck.»

Rafiq reichte ihm die Scheine und besaß nun nichts mehr. Jetzt musste neues Geld verdient werden.

Der Handel war besiegelt, und der Händler begann, Rafiq rasch ein Band um das Radio zu wickeln, damit er es zum Auto tragen konnte. Während er seinen gut geübten Tanz mit dem Band vollführte, zündete Rafiq sich eine Zigarette an und betrachtete das Gewimmel der Menschen, die Seife und Schwämme kauften, Gewürze und Süßigkeiten, ihre Einkäufe in durchscheinenden schwarzen Plastiktüten verstauten, in das vielfarbige Licht getaucht, das durch die Buntglasfenster des Bazars fiel. Rafiq wusste, dass die Händler im Bazar zu Übertreibungen und Panikmache neigten –

seit Jahren behaupteten sie, die vom Schah angestrebte Technokratie werde zum Ende des Handels alter Art führen -, aber er hatte trotzdem das Gefühl, dass die Menschen rundherum heute besonders unruhig wirkten.

Tatsächlich hatte ganz Teheran sich der Vorstellung ergeben, dass etwas bevorstand, ein Gerücht, das seit dem Morgen umging, als einige Stände im Bazar nicht geöffnet worden waren. Ein geschlossener Stand war immer Grund zum Argwohn: Die gesamte Familiengeschichte des Besitzers wurde zu Rate gezogen, um zu ermitteln, ob sich daraus etwas ableiten ließe, das den meisten anderen verborgen blieb. Noch der kleinste Kaugummiverkäufer sprach dann im verschwörerischen Tonfall eines Kremlforschers und entdeckte überall Vorzeichen und Warnsignale. Auf dem Markt konnte man eine Krise spüren, bevor sie losbrach, dort wurden Neuigkeiten aufgebauscht, verfälscht oder einfach erfunden, lange bevor sie in der Zeitung standen. Sobald also festgestellt worden war, dass die vier verrammelten Stände ein und derselben Familie gehörten, die einen Schwiegersohn hatte, der in der Kaiserlichen Armee diente, verbreiteten sich in der ganzen Stadt aufgeregte Gerüchte.

In Teheran war es eine Weile relativ ruhig gewesen, fand Rafiq, und so war es vielleicht an der Zeit für einen Umsturzversuch, eine Demonstration oder eine neue lähmende Verordnung.

Es war über zehn Jahre her, dass Ruhollah Musawi Chomeini sich gegen die vom Schah befohlene moderne Kleiderordnung ausgesprochen hatte, eine Anordnung, die dazu führte, dass Soldaten Frauen vor den Badehäusern die Kopftücher abrissen. Aber die Proteste hatten nur ein paar Tage angehalten, und dann war Chomeini ins Gefängnis geworfen und ins Exil gedrängt worden, worauf er nur noch Nachrichten aus der Ferne senden konnte, kryptisch und apokalyptisch, als wäre er der wiederauferstandene Zwölfte Imam. Die iranische Jugendbewegung skandierte noch zehn Jahre später die alten Achtundsechziger-Slogans, aber sie saß in London und Paris und hätte genauso gut auf dem Mond hocken können, so gering war ihr Einfluss auf die iranische Gesellschaft.

Das änderte nichts daran: Vier Stände waren geschlossen.

Der Händler erklärte, das Radio sei bereit, Rafiq schnipste seine Zigarette zum offenen Abwasserkanal hin, der quer durch den Gang verlief, und ein Strudel aus Funken folgte der Flugbahn der orangefarben leuchtenden Spitze. Rafiq bedankte sich beim Händler und eilte mit dem Radio aus dem Labyrinth des Bazars, sein Auto suchen.

*

Während Rafiq sein letztes aus dem Iran mitgebrachtes Geld ausgab, blätterte seine Frau Xezal auf ihrem gebraucht gekauften Sofa in Zeitschriften. Die Brandflecken von den Zigaretten des Vorbesitzers hatte sie mit grünem Stoff abgedeckt, nun selbst von der Art Flecken übersät, die Kinder hinterlassen. Sie musste die Sprache nicht verstehen, um zu begreifen, was die Glanzfotos von Sängerinnen wie Googoosh oder Mahasti, mit Juwelen behängt, vermitteln sollten, und träumte von der Zeit, als sie selbst auf diesen Seiten nicht fehl am Platz gewirkt hätte.

Im Jahr des Radiokaufs, 1978, trennte Rafiq und seine Familie wenig vom Rest der vielen kurdisch-marxistischen Flüchtlinge, die ihre Freiheit genossen, die irakische Regierung kritisieren zu dürfen, solange sie dabei den Schah außen vor ließen. Aber vor dem Umsturz von 1968, mit dem die Baathisten sich wieder an die Macht geputscht hatten, vor rund zehn Jahren also, waren sie eine der einflussreichsten kurdischen Familien im ganzen Land gewesen. In der Zeit nach dem Putsch warf Rafiq (in Xezals Worten) eine einträgliche Arztkarriere weg, um sich (in Rafiqs Worten) an der Ehrenwertesten aller Unternehmungen zu beteiligen: daran, die Kommunistische Partei durch das Minenfeld des kurdischen Unabhängigkeitskampfes zu führen. Zu Xezals mit großem Aplomb geäußerter Bestürzung war die einzig erkennbare Errungenschaft der von ihm gegründeten Partei, dass die Familie allmählich all ihre Fahrer und Bediensteten entlassen musste, bis das große Haus in Bagdad für Rafiq und Xezal allein nicht mehr zu managen gewesen war, was zum plötzlichen Umzug in ein viel kleineres Haus in Slemani führte.

Xezal war längst an ihre gesellschaftliche Stellung gewöhnt und genoss, wie die Nachbarinnen jedes neue ihrer maßgefertigten Kleider bestaunten. Die Seidengewänder kamen immer aus den großen französischen Häusern (auch wenn sie bei ihrem Umzug nach Slemani schon aus der vorletzten oder vorvorletzten Saison stammten), und ihr Parfüm - eine extravagante Mischung aus Ylang-Ylang, Jasmin und Rosenduft - wurde bei Harrods in London gekauft und alle halbe Jahr eingeflogen, dann einmal im Jahr, dann gar nicht mehr.

Seit sie wieder in Slemani lebten, war es mit den Dinnerabenden an der Seite glanzvoller Männer und ihrer betörenden Frauen vorbei; stattdessen servierte Xezal ihrem Mann schalenweise Pistazien, während er mit einer Handvoll schnurrbärtiger Kerle im Kreis auf dem Boden saß, Zigaretten rauchte, schwarz gebrannten Whisky trank und die Heldentaten von Marx und Lenin diskutierte. Jede Nacht wachte mindestens eines der Kinder auf, weil ein Betrunkener Stellen aus Marx' *Kapital* rezitierte wie ein feuriges Liebesgedicht, und wenn Xezal sich beklagte, lächelte Rafiq nur mit vom Schnaps wässrigen Augen und sagte, auch die Kinder müssten dies hören. Dann holte sie das jeweilige Kleinkind, die Jüngste hatte ihr erstes Wort noch nicht gesprochen, und sie lauschten bis tief in die Nacht, wie Rafiq und seine Freunde das Lied von der Wirkung der Umschlagszeit auf die Größe des Kapitalvorschusses aufsagten.

Eines Tages, für Xezal völlig überraschend, erklärte ihr Ehemann, dass er seinen Geburtsnamen ablegen werde, weil dieser mit der islamischen Eroberung und Unterwerfung des Volks der Kurden verbunden sei, und ihn von Mohammed in Rafiq (also *Genosse)* ändern wolle, einen Namen, der besser zu seinen neuen Überzeugungen passte. Da begriff Xezal, dass dies mehr war als ein Spleen, wie man ihn als liebevolle Ehefrau nachsichtig unterstützen musste. Trotzdem blieb sie dem Mann verpflichtet, der ihr, einem Mädchen ohne Geld aus einer Familie ohne Einfluss, die weite Welt mit all ihren Schätzen gezeigt hatte. Und sie war immer noch ungeheuer stolz auf ihn, weil sie sah, wie sehr die Menschen von Slemani ihn für seine Arbeit achteten. Da war niemand, der sich nicht geehrt gefühlt hätte, sie zum Abendessen einladen zu dürfen, und die Flugblätter, die Rafiq illegal druckte und verbreitete, wurden begehrte Totems einer zukünftigen Revolution. Als sie also eines Tages vom Bazar heimkehrte und im Zimmer des kleinen Mohammed eine Druckerpresse vorfand, nahm sie es hin, so wie sie die bizarre Entschlossenheit akzeptierte, mit der Rafiq darauf bestand, ihr drittes Kind Laika zu nennen, nach einem sowjetischen Hund, der ins Weltall geschickt worden war. Xezal, von klein auf zu einer guten Ehefrau erzogen, nahm all das hin. Sie wusste, dass ihr Mann hochintelligent war und dass alle hochintelligenten Männer Dummheiten begingen.

Erst nach vier Monaten in ihrem iranischen Exil stieß sie an die Grenzen ihrer Geduld. Sie verstaute gerade die Kinder auf dem Rücksitz ihres Pakyan, da hörte sie ihren Mann, der gerade wie jeden Morgen mit dem Anlasser kämpfte, wie nebenbei erwähnen, Xezal werde vielleicht einen Teil ihres verbliebenen Schmucks versetzen müssen. Rafiq Hardi Kermanj, der Mann, der sie einst so üppig mit Geschenken überhäuft hatte, dass sie in ganz Mansour, ihrem Viertel in Bagdad, beneidet wurde, besaß jetzt die Frechheit, ihr zu erklären, sie müsse sie verkaufen. Sie schloss die hintere Wagentür, marschierte um das Auto herum zum Beifahrersitz und wappnete sich für die Rolle, die sie nun würde spielen müssen. Alle guten Ehefrauen wissen, dass sie ihren Mann manchmal wieder auf den richtigen Weg führen müssen, und so ging sie ihre Möglichkeiten durch: eine Migräne, die sie tagelang ans Bett fesseln würde, ein dramatischer Tränenausbruch, eine Kanonade von Drohungen. Als der Motor schließlich vom Stottern ins Schnurren kam und ihr Sicherheitsgurt einschnappte, atmete sie tief durch. Schuldgefühle. Schuldgefühle würden genügen.

«Rafiq. Unsere Häuser haben sie uns genommen, unseren ganzen Besitz hast du verkauft, du nimmst uns das Essen von den Tellern, von den Tellern deiner Kinder, und gibst es dem *Volk*. Und wir klagen nicht, das nehmen wir hin. Aber was hat es je für uns getan, das Volk? Sag es mir, Rafiq. Nein, wirklich: Sag es mir. Diesen Ring», Xezal deutete mit dem Mittelfinger in seine Richtung, «diesen Ring hat Faisal persönlich mir geschenkt. Wenn du willst, dass ich den Ring eines Königs verkaufe, um unsere Kinder zu füttern, werde ich es tun, sofort, ohne zu fragen.» Sie fasste den Ring mit Daumen und Zeigefinger ihrer anderen Hand, wie um ihre Bereitschaft zu zeigen, ihn sich abzureißen. «Aber das willst du gar nicht. Du willst das Letzte verkaufen, was mir geblieben ist, damit du noch mehr Flugblätter drucken kannst. Ist es nicht genug, dass diese schrecklichen Maschinen unser halbes Haus in Beschlag nehmen, dass die Druckertinte unsere Hände und Kleidung befleckt, sollen wir jetzt auch noch unsere Habe an sie verfüttern? Mohammed Hardi Kermanj, bei Gott, das werde ich nicht tun.»

In dem Säckchen, das sie sich für den Grenzübertritt an die Brust gebunden hatte, war tatsächlich dieser Ring gewesen, ein Geschenk von Faisal II. aus den Jahren der Entspannung, eines unsicheren, zerbrechlichen Friedens zwischen Kurden und Arabern. Die anderen Armreifen, Ringe und Ketten waren meist von eher bescheidener Herkunft, aber in den künftigen Wiederholungen dieses Streits - und er würde in den kommenden Jahren oft wieder aufflammen - würde dieser Ring für ihre ganze Haltung stehen, so als wäre der Verkauf noch des dünnsten Armreifs aus einem verrufenen Suk gleichbedeutend mit dem Verramschen der irakischen Kronjuwelen.

Rafiq, erbost, weil seine Frau ihn bei seinem abgelegten Namen rief, lenkte das Auto abrupt an den Bordstein und zog zu einem Hupkonzert die Handbremse an.

«Deine Juwelen, Xezal, sind nichts als Klunker, es tut mir in der Seele weh, dass du dich so leicht von Glitzerware verführen lässt.» Er sprach jetzt ein formelleres Kurdisch, um sie ganz deutlich darauf hinzuweisen, dass sie, egal wie sie sonst tat, noch immer das einfache Bauernmädchen war, das mit ihm eine gute Partie gemacht hatte. «Diese Dinge, sie haben keinen Nutzwert für uns. Kapital, das nicht genutzt wird, ist totes Kapital. Hört ihr, Kinder? Sprecht mir nach: Kapital, das nicht genutzt wird, ist totes Kapital. Nur der Handel verleiht Waren einen Nutzen. Wir werden keine Waren hamstern, Xezal, das lasse ich nicht zu. Wie Marx gesagt hat: ‹Es steht daher dem Werte nicht auf der Stirn geschrieben, was er ist. Der Wert verwandelt vielmehr jedes Arbeitsprodukt in eine gesellschaftliche Hieroglyphe.›

Dein Schmuck ist die Frucht der Arbeit von Männern, die auf der ganzen Welt wie Sklaven in Bergwerken schuften, und wir haben beschlossen, diesen Früchten einen willkürlichen Wert beizumessen. Nutzen wir also diesen Wert! Nutzen wir die Gewinne gegen den Kapitalismus, gegen die feudalistischen Arabisten und westlichen Imperialisten, die tagein, tagaus versuchen, deine Kinder um ihre Freiheit zu bringen.»

(Auch Rafiq war sich nicht zu schade, die missliche Lage seiner Kinder zu benutzen, um in einem Streit die Oberhand zu behalten.)

Jetzt, da sie seine hingeratterten Argumente im Kopf noch einmal durchging, merkte Xezal plötzlich, dass Mohammed neben ihr stand.

«Erzählst du uns eine Geschichte?», fragte er und erinnerte sie an ihr tägliches Ritual. Sie verbannte den Ehemann aus ihren Gedanken, schlug die Zeitschrift zu und rief die anderen Kinder herbei.

Sie wusste nicht mehr, ob es ursprünglich ihre Idee gewesen war oder die der Kinder, jedenfalls hatte sie es sich in den vergangenen Monaten angewöhnt, sie wie Puppen im Spielzimmer um sich zu versammeln und sich eine glorreiche Zukunft für sie auszumalen. Ein Zeitvertreib, um dem Leben, in das es sie verschlagen hatte, einen Sinn zu geben, besser zu verstehen, durch welche Art Chaos es sie hierher verschlagen hatte, und daraus eine Geschichte zu bauen.

«Du, Hama», sagte sie, leckte sich die Finger an und rieb Mohammed einen imaginären Schmutzfleck von der Wange, «wirst ein berühmter, erfolgreicher Arzt. Ein Schönheitschirurg vielleicht, der mit allen Berühmtheiten der Welt zu tun hat. Das sehe ich an deinen Händen, mein Schatz, du hast so schöne Hände. Die besten Universitäten wirst du besuchen, sehr erfolgreich; du wirst der Beste im ganzen Land. Vielleicht heilst du als Erster eine schlimme Krankheit ... oder du entdeckst ein neues Medikament. Eine wunderschöne, prächtige Frau wirst du haben ... aber dass du mir nie deine alte Mutter vergisst! Nein, du wirst ein guter Sohn sein, das weiß ich genau. Ich werde für unsere Familie mit den Eltern des Mädchens reden - da wäre dein Vater nicht zu gebrauchen, das kannst du mir glauben. Ja, ich sorge dafür, dass sie wissen, dass der Name unserer Familie in den Annalen der kurdischen Geschichte widerhallt, selbst wenn wir keine zwei Fil mehr in der Tasche haben.»

Dann wandte sie sich Siver zu, die ängstlich darauf wartete, dass sie an die Reihe kam.

«Du, Siver, heiratest einen reichen, gutaussehenden Mann. Einen, der gut zu dir ist und dich mit Geschenken überschüttet. Und du liebst ihn und machst ihn glücklich. Und du wirst ganz wunderwunderschön sein, mit Juwelen bedeckt.»

Hin und wieder erklang aus der nahen Moschee der Ruf zum Gebet. Ein lautes, verzerrtes Jaulen, das die Kinder - die solche Geräusche aus ihrem alten Viertel in Slemani nicht kannten - anfangs dazu gebracht hatte, sich unter dem Tisch zu verkriechen, weil sie es für Luftalarm hielten. Jedes Mal zwang der Lärm Xezal beim Heraufbeschwören des Schicksals ihrer Kinder zu einer Pause, dann bewegte sie stumm die Lippen, als wollte sie die Zukunft nachzeichnen, die sie ihnen vor der Unterbrechung ausgemalt hatte.

«Ach, genau, Juwelen! Und deine Kinder - du wirst zwei Kinder haben, einen Jungen und ein Mädchen -, werden genauso schön sein wie du, Liebes.» Sie lächelte und tätschelte ihrer Tochter den Kopf.

Ihr Sorgenkind war, obwohl sie das nie laut sagen würde, der kleine Laika mit dem lächerlichen Namen, auf dem sein Vater bestanden hatte, mit seiner Unfähigkeit, auch nur andeutungsweise die Silben zusammenzustückeln, aus denen sich «Mama» oder «Papa» bilden ließe, obwohl er schon fast drei Jahre alt war. Auch für ihn würde sie natürlich - ihm genauso sehr wie sich selbst zuliebe - eine glorreiche Zukunft vorhersagen, obwohl sie spürte, dass es bei ihm am schwersten sein würde, ihn in ein Glück hinein zu formen, ihn auf eine produktive Bahn zu lenken. Aber am Ende, das wusste sie, würden ihre Bemühungen fruchten, ihn in seinen Mühen unterstützen, ihm auf dem Weg in eine erfolgreiche Ehe helfen.

Oh ja, erfolgreich würden ihre drei Kinder sein und glücklich und der Stolz ihrer Eltern.

*

Bald darauf begannen die Demonstrationen, verstärkte Echos der jüngsten Proteste in Qom und Tabriz, worauf Rafiq im Wohnzimmer auf und ab lief und begeistert erklärte, nun sei es so weit, das Ende das Schahs sei gekommen, dieser Marionette des imperialistischen Westens. Die Studenten gingen auf die Straße, standen auf für eine gerechte sozialistische Gesellschaft; dies würde die erste kommunistische Enklave in Nahost sein, die Freiheit würde sich ausbreiten, auf dem ganzen Kontinent widerhallen, ein viel zu lang unterdrücktes Volk warf seine Fesseln ab. «Komm, bring mir das Buch», sagte Rafiq zu Mohammed, der aus überquellenden Regalen seines Vaters brav den schweren Ziegelstein herbeitrug. «Dies, Kinder, dies enthält die gesamte Geschichte der Menschheit, diese Seiten hier. Heute werden die leeren Seiten ganz hinten beschrieben. Diesen Tag dürft ihr nicht vergessen, Kinder: Ein neues Kapitel wird aufgeschlagen.»

Später, als ihr Haus in Flammen aufging und sie zum zweiten Mal innerhalb von zehn Jahren ihr Zuhause verlassen mussten, konnten sie die meisten Bücher nicht mitnehmen, und sie fielen den Flammen zum Opfer. In dem Laster, der sie über die Grenze brachte, fragte Rafiq seine Kinder, ob sie das Buch mitgenommen hätten, und schalt sie dann, weil ihr Spielzeug und die Stofftiere ihnen wichtiger gewesen waren. *Die gesamte Geschichte der Menschheit*, murmelte er, während er das Geld zählte, das seiner Familie noch geblieben war. *Die gesamte Geschichte der Menschheit*. Bis zu seinem Tod, arm und vergessen in einem Vorort von London, würde er immer wieder auf dieses Buch zurückkommen. Selbst als er den Ring von Faisal II. verkaufen musste, damit er die Miete zahlen konnte, und seine Kinder groß wurden, traumatisiert und bang, bereute Rafiq nur immer wieder, dieses Buch zurückgelassen zu haben.

Aber all das lag noch in ferner Zukunft. Als im Jahr 1978 die Proteste begannen, hielt er das Buch noch in der Hand und blickte mit einem Feuer auf die letzten Seiten, das seine Kinder nie vergessen würden. «Ein ganz neues Kapitel», sagte er damals zu sich selbst, bevor er sich wieder seinem Publikum zuwandte. «Hört ihr das?», sagte er zu seinen drei Kindern, die auf dem Boden saßen und ihn beobachteten wie einen Affen im Zoo. «Das ist der Klang der Freiheit, die sich ihren Weg bahnt. Hört nur!»

Die Kinder versuchten, den Klang der Freiheit zu erlauschen, aber alles, was sie hörten, war der Gemüsehändler an der Ecke, der den Preis der Zuckermelonen ausrief, billig, billig.

Eins:

TESTAMENT

(2010–2011)

Der dunkelblaue Pass mit dem goldenen Adler und der koranischen Kalligrafie öffnete sich auf das laminierte, seltsam verzerrte Foto eines Kindes, das eher computergeneriert als menschlich aussah.

Die Bagdader Fotografen überboten sich gegenseitig mit ihren Photoshop-Skills: Schönheitsfehler und Muttermale wurden wegradiert, die Wangen gerötet, die Augen vergrößert. Ein Passfoto glich weniger dem Menschen, bei dessen Identifizierung es helfen sollte, als der Idealvorstellung des Fotografen von diesem Menschen. Bei Siver Hama Hardis Tochter Zara schien dieses Ideal eine zart effeminierte Kartoffel gewesen zu sein.

Der Grenzbeamte am Dubai International Airport kniff die Augen zusammen und versuchte, das weiche, kunstfertig bearbeitete Bild mit dem Fleisch in Übereinstimmung zu bringen, das er vor sich hatte. Irakische Pässe waren noch nicht mit modernen biometrischen Merkmalen ausgestattet, und so, ohne Fingerabdrücke, Gesichtserkennung oder in den Umschlag eingelassene digitalisierte Iris-Scans konnte er sich nur an dem Foto orientieren. Einem Foto, das die Deutungshoheit über den Körper besaß: Nur der Körper konnte für falsch erklärt werden, nie das Foto.

«Höher.»

Siver war in Gedanken versunken und verstand nicht, was er von ihr wollte.

«Das Mädchen, höher, ich muss besser sehen.»

«Oh.»

Sie nahm ihre Tochter auf, ein scharfer Schmerz zuckte

ihr durch den Bizeps, der das Gewicht des Kindes tragen musste.

«Zara, Liebling, sieh den netten Mann an», sagte Siver und versuchte, das Mädchen aus der Trübsal, der Müdigkeit oder Schüchternheit zu reißen - was immer es gerade befallen hatte.

«Ich bin müde!»

«Wenn du noch ein kleines Weilchen wach bleibst, Schatz, dann kaufe ich dir etwas, versprochen.»

Das Kind gehorchte.

Nachdem der Grenzbeamte den Kopf leicht schief gelegt und wieder auf das laminierte Foto geblickt hatte, war er endlich zufrieden. Er klappte den blauen Pass des Kindes zu und schlug Sivers roten Pass auf; das glänzende Laminat des Schalters ließ beide Farben stumpf wirken.

«Nehmen Sie die Sonnenbrille ab.»

Sie tat wie geheißen und nahm die Brille mit den riesigen Gläsern ab, die sie den Flug über getragen hatte. Er betrachtete das Passfoto, aufgenommen vor neun Jahren, als Siver knapp achtundzwanzig gewesen war, dann sah er sie an, dann wieder das Foto. Ja. Sie war alt geworden.

«Siver?»

«Das bin ich.»

«Wie lange bleiben Sie in Dubai?»

«Oh, einen Monat. Urlaub», log sie.

Der Grenzbeamte, in einen makellos weißen Thawb gewandet, blätterte den Pass durch, sichtlich gelangweilt, und trotzdem blätterte er weiter vor und zurück, um entweder eine leere Seite oder einen verfänglichen Stempel zu finden. Er sah noch einmal zu Siver und tastete mit seinen Blicken ihr Gesicht ab, ihren Körper.

Sivers Designerjacke - ein Geschenk, aber eines, das sie sich selbst ausgesucht hatte - war in Rumänien mit Perlen bestickt worden, nachdem der Stoff in Bhutan zugeschnitten und zusammengenäht worden war. Das Modehaus, dessen Name das Label zierte, hatte den Regimewechsel genutzt, um in einem Land Fabriken aufzubauen, in dem es plötzlich billige Arbeitskräfte zuhauf gab, und das legal. Den letzten Schliff hatte die Jacke in einem alteingesessenen Atelier in den Yvelines bei Paris erhalten, wo die Lederpaspeln an Kragen und Manschetten angebracht und die Knöpfe befestigt worden waren. Das hätte natürlich auch in Rumänien erledigt werden können, weil dafür keine große Kunstfertigkeit erforderlich war, aber der Arbeitsschritt in den Yvelines erlaubte dem Modehaus das begehrte Made-in-France-Label. Die Jacke sah teuer aus. Das sollte sie auch.

«Warum sie hat nicht selben Pass wie Sie?»

Siver setzte zu einer Erklärung an, ihr Mann sei Iraker und ...

«Sie müssen Arabisch lernen.»

Siver schürzte die Lippen, und der Mann stempelte ihre Pässe.

«Weiter», sagte der Passkontrolleur und winkte sie fort.

*

Während des Fluges von Bagdad nach Dubai hatte sie immer wieder den einen Tag durchgespielt, an dem Karim ihr erklärt hatte, er wolle eine zweite Frau heiraten. Sie fand es erstaunlich, wie einzelne Momente in einem geradezu hyperrealen Zustand konserviert wurden, während andere wegfielen, als würde ein Tag aus kurzen, zusammengeschnittenen Szenen bestehen. Sie konnte sich genau an das Licht erinnern, wie es durch die Küchenfenster fiel - trübes, schweres Spätfrühlingslicht - und kleine Staubwolken aufscheinen ließ, die in der Luft tanzten, wie es die Küche durchschnitt, bis es sein Ziel in einer Ecke gefunden hatte, in der Siver, nicht zum ersten Mal, die Ameisenprozession auffiel, die an der Wand ihres Hauses in Bagdad entlangzog, an der von Hitze und Feuchtigkeit aufgesprungenen Farbe. Sie wusste noch, wie sie dachte, dass sie etwas gegen das Ameisenproblem tun sollte. Dann nichts - nichts, bis Karim von der Arbeit kam und das Essen schon auf dem Tisch stand. Sie konnte sich an sein Hemd erinnern, hellblauer Popelin, der ihm am Bauch klebte, am Rücken, an den Armen, vom Schweiß fast durchsichtige Flecken. Sie erinnerte sich, wie er fragte, was sie davon halten würde, wenn er sich eine zweite Frau nahm, wie er dabei durch sein Telefon scrollte, entweder weil er ihr nicht in die Augen sehen konnte, oder weil die Frage für ihn so normal war, dass man ruhig die Nachrichten checken konnte, während man sie stellte.

Sie erinnerte sich, wie sie lachte und es für einen Witz hielt, und dann, als er aufblickte, merkte, dass es keiner war. «Zwischen uns wird sich nichts ändern, *habibti*», sagte er, stand auf und drückte ihr einen Kuss auf die Stirn. «Ich finde einfach, es wäre gut, noch jemand zu haben, *ya'ni,* der im Haus hilft. Was meinst du?»

Siver blinzelte. «Was du beschreibst, ist ein Hausmädchen. Das haben wir schon.»

Karim, dessen Blick weich und liebevoll gewesen war, wie immer, wenn er sie um etwas bat, erstarrte auf seinem Stuhl, und seine Augen waren jetzt stumpf und undurchdringlich. «Nein, ich meine eine Frau. Das ist ganz normal, wie du weißt.»

Nein, das wusste sie nicht.

Nicht erinnern konnte sie sich an das, was dann folgte und wovon das zerschlagene Geschirr Zeugnis ablegte; es musste ein denkwürdiger Streit gewesen sein. Sie konnte sich nicht an Gewalt erinnern, obwohl blaue Flecken, die sie beide trugen, darauf hindeuteten, und auch an die Tränen ihrer Tochter während der Auseinandersetzung erinnerte sie sich nicht. Nur sich selbst im Badezimmer sah sie, schon im Nachthemd, wie sie sich wütend Anti-Aging-Creme ins Gesicht rieb, als würde sie Kriegsbemalung auflegen. «Sei doch vernünftig», hatte er aus dem Schlafzimmer gesagt, als er ins Bett stieg.

Sie konnte sich nicht daran erinnern, an seiner Seite geschlafen zu haben.

Ob sie je wirklich erwogen hatte, ihren Mann mit einer anderen Frau zu teilen, wusste sie nicht mehr, jedenfalls verließ sie ihn nicht sofort. Sie ertappte sich beim Grübeln darüber, wie ihre Mutter ihr, vor zehn Jahren vielleicht, erzählt hatte, Rafiq sei untreu gewesen. «Oft, sehr oft. Ich schäme mich, es auszusprechen. Sogar auf unserer Reise nach Paris, weißt du noch, wie er die ganze Nacht fort war? Jemand hatte ihm eine Telefonnummer gegeben. Ich habe natürlich nichts gesagt.» Dann, nach einer kurzen Pause: «Ich bin deinetwegen geblieben, weißt du.» Damals hatte die Enthüllung sie einfach wütend gemacht: ihre Mutter, wie sie ihren Kindern die eigene Feigheit anhängt und dabei die Erinnerungen an die Paris-Reise beschmutzt, das eine Geburtstagsgeschenk, an das sie sich gerne erinnerte. Dann aber, als Siver selbst vor einem ähnlichen Dilemma stand, schwankte sie auch. So waren Männer eben. Sie hätte nicht so naiv sein dürfen, etwas von ihnen zu erwarten.

Sie ließ ihrer Tochter einen Pass ausstellen, regelte ihre Angelegenheiten und hielt sich alles offen. Aber sie ging nicht, nicht sofort.

Dann aber. Ging sie eines Tages zu ihm ins Büro, brachte ihm sein Tablet, das er für eine Präsentation brauchte, und begegnete der Frau, die er im Kopf hatte. Als eine Angestellte sie ihr verschwörerisch zeigte, war ihr augenblicklich klar, dass sie dies nicht hinnehmen konnte.

Sie war ein Kind; wie alt mochte sie sein, achtzehn, neunzehn? Eindeutig jünger als Siver gewesen war, als sie Karim kennengelernt hatte. «Sie hat niemanden», erzählte Karim ihr an diesem oder einem anderen Abend, als Siver das Thema zur Sprache brachte. Er appellierte an ihr Mitgefühl, erzählte ihr, das Mädchen habe kürzlich ihren Vater verloren. «Saddam hat ihre Brüder zu Märtyrern gemacht. Sie hat niemanden.» «Ach, verstehe, du willst sie nur ficken, um ihr zu helfen, ja?» Das obszöne Wort erboste Karim, sie wusste, dass er diesen Sprachgebrauch ungehörig fand. «So kann man nicht mit dir reden.»

An den Moment, als sie ihren Mann anblickte und einen Fremden sah, konnte sie sich erinnern. Sie hatte sich das Ende ihrer achtjährigen Ehe bedeutungsschwerer vorgestellt, aber die Verwandlung eines Mannes, den sie seit ihrer Begegnung an der Universität innig geliebt hatte, in jemanden, der nur noch Wesenszüge eines Mannes besaß, den sie einmal gekannt hatte, dauerte nur einen kurzen Moment. Sie konnte sich erinnern, wie sie ihre Brieftasche aufgeklappt und die Hundert-Dollar-Scheine darin gezählt, wie sie verschiedene Bankkonten geprüft hatte, um sicherzugehen, dass genug Geld da war. Sie konnte sich erinnern, wie sie ihre Koffer gepackt, die Koffer ihrer Tochter gepackt hatte, wie er sie angeschrien hatte - «Wenn du mich verlässt, bekommst du keinen Unterhalt von mir, ist dir das klar?» -, während sie versuchte, ein Leben in Koffer zu stopfen.

*

Als sie den schlingernden Gepäckwagen aus dem klimatisierten Terminal schob, hin zu den Taxis, die seit Stunden warteten, überfiel Siver die extreme Luftfeuchtigkeit der Stadt. Fast konnte sie spüren, wie ihre Poren sich öffneten, wie sich an ihrem ganzen Körper die Schweißdrüsen in Gang setzten, Geheimdienst-Schläfer, die zum Dienst gerufen wurden.

«Wie würden Sie Ihre Erfahrung auf dem Dubai International Airport heute bewerten?»

Bevor sie sich in die Taxi-Schlange einreihen durfte, musste sie die Kundenservice-Fragen eines Roboters beantworten. Der Roboter, ein starres Lächeln im Gesicht, das Airport-Logo auf der Stirn, ermunterte sie, auf einen Touchscreen auf seinem Bauch zu tippen, wo vier Gestalten auf sie warteten, mit Gesichtsausdrücken zwischen Zornesrot und glücklichem Grün. Ob dies wirklich ein Roboter war, oder nur ein iPad-Ständer in Menschengestalt, war nicht klar. Siver tippte auf die grünste der Gestalten.

«Ma'am, Ma'am, bitte hier entlang», sagte ein Mann in Uniform, sobald die Interaktion abgeschlossen war, einer von einem Dutzend Menschen, die die Arbeit eines Hinweisschildes verrichteten. Er winkte Zara und ihr, zu den geparkten Lady Taxis zu gehen.

Siver konnte sich nicht erinnern, bei ihrem letzten Besuch in Dubai diese knallpinken Minivans gesehen zu haben, mit Fahrerinnen in Polyester-Livreen, die wie billige Aladdin-Kostüme aussahen. Eine schöne Neuerung, dachte sie, nicht gleich nach der Landung von einem männlichen Fahrer belästigt zu werden. Einmal, vor Zaras Geburt, hatte ein Taxifahrer sie beschimpft, weil sie nicht verschleiert war. Ein anderes Mal hatte ein Fahrer sie lüstern durch den Rückspiegel angestarrt, bis er fast ein anderes Auto gerammt hätte. Ihn hatte Karim melden wollen, aber Siver hatte ihm das Versprochen abgenommen, es nicht zu tun. «Er wird sofort abgeschoben. Willst du wirklich das Leid einer ganzen Familie auf dem Gewissen haben?»

«Seit wann bist du Buddhistin?», hatte Karim gefragt und das Telefon wieder weggesteckt.

Nachdem sie die Disney-Billig-Prinzessin begrüßt hatte, kämpfte Siver mit Zaras Anschnallgurt, während ein Mann ihr Gepäck in den Kofferraum lud. «Wohin, Ma'am?», fragte die Fahrerin mit erstaunlich präzisem britischen Akzent.

«Zum One & Only bitte.»

«Welchem?»

«Zum One & Only Hotel?»

«Ja, Ma'am, es gibt zwei One & Only Hotels. Eines an der Palm, eines in Marina.»

Nervös zog Siver das Telefon heraus und ging ihre E-Mails durch.

«Ich muss die Reservierungsbestätigung hier irgendwo haben ...» Hinter ihnen hupte ein anderes Lady Taxi. «Tut mir leid, ich wusste nicht, dass es zwei gibt.»

«Kein Problem, Ma'am. Lassen Sie sich Zeit», sagte die Fahrerin und blickte ängstlich in den Rückspiegel.

Da. Endlich. «The Marina Royal Mirage.»

«Okay, Ma'am.»

Sie ließen den Flughafen hinter sich und gelangten auf die Hauptstraße der Stadt, die sich in beinahe gerader Linie aus dem alten Stadtkern bis zum Flughafen zog. Die Architektur wurde immer ehrgeiziger, immer futuristischer. Sehr tröstlich, dieses Gefühl, die Vergangenheit hinter sich zu lassen.

Ganze Cluster aus Hochhäusern erhoben sich ins Dunkel der Nacht, Hochhäuser, die dort bei ihrem letzten Besuch noch nicht gestanden hatten, zwischen wirbelnden Straßen und glitzernden Shopping-Malls, der Wüste entsprungen. Als sie die Stadt das erste Mal gesehen hatte, war sie geschockt gewesen, dass es hier so viel Dekadenz und Modernität geben konnte, umgeben von Ländern in den Fängen eines grausamen, im Mittelalter angesiedelten Rollenspiel-Games. «Wie kann es sein, dass diese Stadt noch nicht in Grund und Boden gebombt wurde?», hatte sie Karim gefragt und die Prostituierten in Designerklamotten mit ihren Cartier-Einkaufstaschen bestaunt. «Geld braucht Refugien», hatte Karim achselzuckend geantwortet. «Deshalb ist die Schweiz verschont worden. Geld braucht sichere Orte. Und dies ist einer der sichersten Orte überhaupt.»

*

«Woher kommen Sie?», fragte die Taxifahrerin, deren billiger Turban im Auf und Ab des Autos wackelte.

«Aus dem Irak», antwortete sie. Das musste genügen. Sie schuldete der Fahrerin nicht ihre ganze Lebensgeschichte.

«Ah, *anti t'kallam arabi?»*, fragte die Fahrerin sie im gebrochenen Arabisch einer Frau, die sich die Sprache beim Studium des Korans angeeignet hatte. Woher mochte sie stammen? Aus Pakistan? Ja, sagte Siver, das tue sie, ohne eine Gegenfrage zu stellen, womit sie hoffentlich klar gemacht hatte, dass ihr nicht nach Plaudern war. Zara war wie üblich eingeschlafen, sobald sie im Auto saßen. Sie hätte einen Kindersitz mitnehmen müssen, fiel Siver jetzt auf. Plötzlich, nicht zum ersten Mal an diesem Tag, überwältigte sie das Gefühl, dass sie eine wirklich schlechte Mutter war.

«Und Ihr Mann, er wohnt hier?», fuhr die Fahrerin fort, während sie zwischen Gebäuden aus den späten Neunzigerjahren hindurchfuhren, überall blau getönte, verspiegelte Fenster und klotzige legoartige Formen, in die Zukunft, in die Zukunft.

Nein, ihr Mann war nicht hier.

«Ja, genau», sagte sie, den Blick aus dem Fenster gerichtet.

*

Sie hatten sich in einem Ethnografie-Seminar kennengelernt, in ihrem zweiten Jahr an der Londoner School of Oriental and African Studies, wobei er später gestand, dass er sie schon mehrere Male hatte ansprechen wollen, sich aber nicht getraut hatte. «Nicht mit mir reden, hat dein Gesicht gesagt», sagte er lachend. «*Wallah*, Siver, du hast mir Angst eingejagt.»

Der einstmals wohlhabende Rafiq Hardi Kermanj war inzwischen verarmt, und Siver konnte sich die Studiengebühren nur dank einer Mischung aus Darlehen und Stipendien leisten, aber Xezal hatte ihren Kindern nie gestattet, auch arm auszusehen, hatte immer darauf bestanden, dass sie die teuersten Kleider trugen, die sie sich leisten konnten. «Von so etwas versteht euer Vater nichts», hatte sie ihnen zugeflüstert und ihnen verboten zu erwähnen, wie viel ihre Global-Hypercolor-T-Shirts, ihre OshKosh-B'gosh-Jeans und Nike-Airs gekostet hatten, «aber solange ich lebe, tragt ihr nur die schönsten Sachen.»

Sie sprach zwar von «schönen» Sachen in «guter Qualität», aber vor allem kaufte sie den Kindern, was gerade Mode war, mit einem guten Gespür dafür, wie Mode einem Kind in einem bestimmten sozialen Umfeld helfen konnte. Xezal wusste natürlich, dass das Benetton-Sweatshirt, das Mohammed haben wollte, nicht besser war als eines von Hennes & Mauritz für einen Bruchteil des Preises, aber die Bedeutung so eines Sweatshirts war ihr klar. Seine Message war ihr für ihre Kinder ungeheuer wichtig.

Als Siver also in dem folgenreichen Ethnografie-Seminar für Fortgeschrittene saß, trug sie ein Halstuch von Fendi, von dem Xezal behauptet hatte, es auf dem Flohmarkt gefunden zu haben (Siver war klug genug gewesen, nicht nachzufragen). Karim, in gestärktem Hemd und gebügelter Khakihose, beugte sich zu Siver hin und roch wie alle Jungen damals rochen, getränkt in Francis Kurkdjians Melange aus Bergamotte, Zimt und Vanille. Bei Vorlesungen war er ihr aufgefallen mit seinen wuscheligen Haaren, dem akkurat getrimmten Bart und seiner Art, die Arme über die Lehnen zu breiten, gebräunt von einer Sonne, die den Reichen schien. Sie wusste nicht, wie er hieß, aber was sie vor sich sah, war ein Mann, der ganz in seinem Körper zu Hause war, und so verachtete und begehrte Siver ihn zugleich. «Hübsches Halstuch», sagte er und blinzelte ihr zu wie eine Figur aus einer Fernsehserie. Weit oben auf den Wangen hatte er kleine Grübchen, winzige Fragezeichen, die auftauchten, wenn er lächelte oder etwas Sarkastisches sagte. Siver wusste nicht, ob ihr schon einmal jemand zugezwinkert hatte. Man hatte ihr anzügliche Blicke zugeworfen, ihr nachgepfiffen, sie angetatscht und belästigt. Aber zugezwinkert?

Nach der Schule hatte sie ein paar Jahre gejobbt, damit die Eltern die Rechnungen zahlen konnten, bis ihr Vater ihr nahegelegt hatte, sich auf einen Studienplatz zu bewerben; ihr Leben sei zu wertvoll, um mit Sklavenarbeit für das Kapital verschwendet zu werden.

Deshalb war sie schon ein paar Jahre älter als ihre Mitstudierenden, als sie mit ihrem Bachelor in Politik und Internationalen Beziehungen anfing, und wurde von den gerade eben Volljährigen in ihren Post-Grunge-Outfits und den Crop Tops im Spice-Girls-Style misstrauisch beäugt. Sie sah nicht jung genug aus, als dass die Jungen aus ihrem Jahrgang sich für sie interessiert hätten, glaubte sie, und für die älteren aus den höheren Jahrgängen fehlte ihr in ihren Augen die emotionale Reife. Und das war ihr im Grunde ganz recht. Jungs machten nur Probleme.

Nach der Vorlesung stieß sie im Flur auf Karim, der tapsig vor der Tür herumhing und so tat, als würde er in seiner Tasche nach etwas suchen. «Hey!», rief er, als sie vorbeikam. «Lust auf einen Kaffee?»

Sie wollte schon Nein sagen. Das tat sie immer, inzwischen fast reflexhaft. Aber als sie den Mund öffnete, merkte sie, dass sich ihre Lippen zum Ja formten.

Als sie auf die leeren Geschäfte rund um das Brunswick Centre zugingen, stellte er die Frage. Die eine Frage, die sie immer beleidigend fand, weil sie plötzlich ihre Herkunft rechtfertigen sollte, am besten mit einem fünfzehnminütigen Monolog über den Vertrag von Lausanne von 1923 und die Folgen des Ersten Weltkriegs.

«Wo kommst du her?»

Verstohlen beäugte sie seine nackten Arme mit dem pfirsichweichen Flaum darauf, die sanften Wellen seiner Muskeln. Sutton, hätte sie gern unbekümmert geantwortet, so wie ihre Freundinnen es konnten, aber wenn ihre Antwort sich auf einen Vorort von London beschränkte, würde sie eine hochgezogene Augenbraue ernten und ein «Ach, wie, aber woher kommst du *eigentlich*?» Die Frage gefiel ihr nicht, aber als Karim sie stellte, war sie nicht beleidigt. «Irak», sagte sie, obwohl sie sonst Kurdistan gesagt hätte. Ein Verrat, in einer endlosen Reihe von Momenten des Verrats, um geliebt zu werden, um der Liebe wert zu werden.

«*Wallah?* Ich auch!», sagte er, drückte ihr die Hand, und eine elektrische Ladung fuhr ihr durch den Leib. Er lächelte auf diese unbeholfene, schiefe Weise, die ihr ein klein wenig das Herz brach. Mist.

*

Das Lady Taxi fuhr vor dem Eingang des Hotels vor, mit seiner riesigen Kuppel und den goldenen Kamelen, die sich vor ihnen auftürmten. Die fein gearbeiteten Statuen wurden von unten angestrahlt und sahen aus wie dämonische Chimären.

«Die mag ich nicht», sagte Zara, als das Taxi vor dem Eingang hielt.

«Das sind nur Statuen, Äffchen.» Siver wühlte in ihrer Handtasche nach dem Geld.

Ein Mann tauchte auf, wuchtete blitzschnell das Gepäck aus dem Taxi ins Hotel, und Siver gab der Lady-Fahrerin etwas Trinkgeld in der Landeswährung, das noch von ihrer letzten Reise übrig war. «Stimmt so», sagte Siver und wusste, dass sie in Zukunft nicht mehr so freigiebig sein konnte.

Ein Portier führte sie ins Hotel, vorüber an einem Mann, der die Angestellten anbrüllte, mit einer vor Zorn zitternden Stimme, die mit jedem Satz lauter wurde. Bevor die Glastüren sich automatisch hinter ihnen schlossen, verstand Siver, dass der Mann sein Auto vor dem Hotel geparkt haben wollte, während die verwirrten Angestellten sich fortwährend entschuldigten und ihn auf den Valet-Parkservice verwiesen. Vor dem Hotel standen schon ein Rolls-Royce, ein Maybach und ein Aston Martin, fast wie eine Werbung – der Reichtum der Besitzer verwies auf die Exklusivität des Hotels. Der Beschwerdeführer stand neben seinem Maserati, merkte, dass sein Status nicht so hoch war wie gedacht, und gab die Erniedrigung an seine Umgebung weiter.

«Es tut mir sehr leid, Ma'am», entschuldigte sich der Mann, der sie durch den überwältigenden Eingangsbereich führte; das Spektakel hatte die gut geübte Willkommenszeremonie des Hotels gestört.

«Schön, Sie wieder im One & Only begrüßen zu dürfen», sagte eine Frau, die auf einer Hand vollendet ein Tablett mit Orangensaft in Champagnerflöten balancierte. Woher die Frau wusste, dass Siver schon einmal hier gewesen war, blieb ein Rätsel. «Hätten Sie zum Einchecken gern ein alkoholfreies Getränk?»

«Zara, Schatz, möchtest du etwas trinken?»

Die Frau ging in die Hocke, damit Zara sich ein Glas nehmen konnte, und sie hielt es vorsichtig in den kleinen Kinderhänden, während Siver mit ihrer Membership Card an den Empfang trat. Sie betete, dass Karim über die Jahre genug Punkte für eine Gratiswoche gesammelt hatte und sie Luft zum Atmen haben würde, um sich ein neues Leben zusammenzustückeln.

«Sie haben Punkte für sechs Nächte», ließ der übertrieben fidele Mann am Empfang sie wissen. «Soll ich die letzte Nacht auf Ihre Kreditkarte buchen?»

Sie hätte ihre Reservierung ändern und ihm sagen sollen, sie brauche die letzte Nacht nicht. Der Mann, der kaum genug zum Leben verdiente, würde bestimmt Verständnis für ihre Zwangslage haben. Und trotzdem hatte sie plötzlich ihre Kreditkarte von der Trade Bank of Iraq in der Hand und hörte das Plastik auf den Marmortresen des Hotels klatschen. Der Mann dahinter lächelte ihr zu, während er die Karte durchzog, und reichte ihr zwei Key Cards.

«Mein Kollege wird Sie aufs Zimmer bringen, wir wünschen Ihnen einen angenehmen Aufenthalt bei uns im One & Only.»

Nachdem sie ihre Koffer entgegengenommen und man ihr die diversen Ausstattungsmerkmale des Zimmers erklärt hatte, zog sie Zara aus und mummelte sie ins große Kingsize-Bett ein. Es dauerte nicht lange, bis Siver es unter der Decke schnarchen hörte und sich daran machen konnte, ihr Geld zu zählen, ein Bündel frischer Hundert-Dollar-Scheine, die sie in ihren Jahren mit Karim beiseitegelegt hatte. Sie hatte sie schon oft gezählt und war immer beim gleichen Betrag gelandet. Fünftausenddreihundert Dollar. Das war alles, ihr ganzes Geld.

Sie legte die Scheine in den Safe, nahm ihre Handtasche und ging auf einen Drink nach unten.

Von den vierzehn Bars des Hotels war die Lobby Lounge die nächstgelegene. Das Dekor, eine disneyfizierte Huldigung an den Kolonialismus, bestand aus Schädeln, Fellen und Federn von Tieren, die in dieser Wüste nie gelebt hatten. Sie hatte die Jacke noch nicht ausgezogen, da lag auf ihrem Tisch schon eine Karte.

Beim Studium der Getränkekarte rutschte ihr das Herz in die Hose. Das waren hier die Preise für einen Cocktail? Seit sie zum ersten Mal die Halle eines Fünf-Sterne-Hotels betreten hatte, an Karims Hand und erstaunt, wie sicher er sich dort bewegte, hatte sie nie an Geld denken müssen. Plötzlich bereute sie, dieses Hotel ausgesucht zu haben. Selbst bei kostenloser Übernachtung konnten allein die Mahlzeiten teurer werden als ein bescheideneres Zwei-Sterne-Hotel. Aber Zara sollte glauben, sie wären auf einer schönen Urlaubsreise, so wie sie früher mit Daddy verreist waren, immer in den besten Hotels mit den besten Restaurants. Siver wollte, dass Zara sich langsam an ihr neues Leben gewöhnen konnte. Auch wenn das, wie ihr jetzt klar wurde, gehen musste, ohne sich an einem Ort einzumieten, der über tausend Dollar für einen Sazerac Ellipse berechnete. Sie bestellte ein Glas Hauswein.

Der Wein wurde schon im Glas serviert, man tat nicht einmal so, als müsse das Billigste auf der Karte gekostet werden. Sie nippte daran - der Wein war so extrem heruntergekühlt, dass man unmöglich sagen konnte, ob er gut war - und widmete sich einer Zeitschrift, die sie aus dem Flugzeug mitgebracht hatte. Sie überflog einen Artikel über die Schreib-Remise eines berühmten Schriftstellers. Er hatte sich die Remise bauen lassen, als das Haus mit fünf Kindern, einem Hund und einer ebenfalls schreibenden Ehefrau gefüllt war, sodass der Schriftsteller das Gefühl hatte, es gebe dort «zum Schreiben viel zu viel Trubel».

Wie die Frau, die auch einen Ort zum Schreiben brauchte, diesem Trubel entkommen konnte, wurde in dem Artikel nicht ausgeführt.

*

Am Abend nach ihrer ersten gemeinsamen Tasse Kaffee fügte er sie auf dem AOL Instant Messenger hinzu, und als sie ihn unter ihren Kontakten entdeckte, empfand sie fast so etwas wie Schrecken.

Sie versuchte, das Gefühl zu verscheuchen wie eine lästige Fliege. Sie konzentrierte sich auf die Arbeit für die Uni und versuchte (vergebens), zum Ende ihrer gebraucht gekauften Ausgabe von *Der Gott der kleinen Dinge* zu kommen. Sie masturbierte unter der Dusche, voller Angst, ihre Mutter würde sie wieder streng ermahnen, dass das Geld bei ihnen nicht auf den Bäumen wachse und sie nicht so viel heißes Wasser verschwenden dürfe. Sie ging lange spazieren und fragte alle in der Wohnung, ob sie etwas für sie einkaufen solle, ließ sich den Wind über die Arme fahren und fühlte sich fast gestreichelt. Scheiße, sie las sogar Gedichte.

Und trotzdem landete sie jede Nacht, wenn alle zu Bett gegangen waren, wieder in der Wohnzimmerecke, in der der Computer stand, bevor Laika ihn übernahm und in sein Zimmer brachte, und wartete bis ein, zwei, drei Uhr morgens auf das Quietschen einer sich öffnenden Tür, das ertönte, wenn er online ging. Und wenn er dann wirklich online war, starrte sie einfach auf den Namen seines Accounts und versuchte, karkrash99 mit der Kraft ihres Willens dazu zu bringen, sich bei ihr zu melden. Und dann, nach einer Minute oder zehn, ertönte das Geräusch einer Tür, die zugeschlagen wurde, und sein blauer Accountname färbte sich rot. Sie spielte kleine Spielchen und redete sich ein, wenn er um exakt 0 Uhr 11 online ginge, wären sie füreinander bestimmt. Wenn er eine gerade Minutenzahl online wäre, müsse sie ihn vergessen und hinter sich lassen.

Beim allabendlichen Warten auf Karims Erscheinen verbrachte sie ihre Zeit in diversen Yahoo-Chatrooms, wo sie sich James nannte und alle Teilnehmenden mit weiblich klingenden Namen in den persönlichen Angaben nervte, bis jemand bereit war, mit ihr zu chatten, eine Frau, die - wie Siver sich oft vorstellte - in Wahrheit ein Mann war. Rasch lenkte sie den Chat dann auf Sexuelles, und wenn ihr Gegenüber sich darauf einließ, beschrieb sie, was er (sie) mit ihr (ihm) machen würde. Beim Schreiben warf sie immer wieder Blicke über die Schulter, obwohl sie aus lebenslanger Erfahrung die Geräusche kannte, die ankündigten, dass ihre Eltern ihr Zimmer verließen: das verschleimte Husten ihres Vaters, das Klatschen der Latschen ihrer Mutter. Oft wollte sie gleich dort, im Wohnzimmer, Hand an sich legen. Manchmal tat sie es.

Als karkrash99 sich eines Nachts einloggte, fiel ihr seine Abwesenheitsnachricht auf: *please could you stop the noise I'm trying to get some rest*. Als er sich ausloggte, wieder ohne ein Wort (warum hatte er sie überhaupt auf AIM hinzugefügt, wenn er ihr gar nicht schreiben wollte?), überlegte sie sich eine Stunde lang eine eigene Abwesenheitsnachricht. Am Ende entschied sie sich für eine Liedzeile von Fiona Apple: *you can't illuminate what time has anchored down*.

Als sie ihn das nächste Mal online sah, hatte er seine Abwesenheitsnachricht ebenfalls geändert: *and we don't need them to cast the fate we have*. Das war eine Liedzeile, die sie nicht kannte, also suchte sie auf HotBot danach, und als sie den ganzen Text durchging, bekam sie Gänsehaut: *I don't want to hurt you / for no reason have I but fear / and I ain't guilty of the crimes you accuse me of / but I'm guilty of fear / I'm so sorry to ring / you but I'm scared of what we're creating. / This life ain't fair.*

Sie las den Text immer wieder und wieder, als hätte sie beim ersten Mal etwas überlesen. Hatte er es darauf abgesehen gehabt? Dass sie diesen Songtext nachschlug? War er für sie gemeint? Sie änderte ihren Text auf *the world is a vampire,* zog das Modemkabel heraus und steckte Vaters Faxgerät wieder ein, das stotternd Nachrichten aus einer anderen Welt ausstieß, in Schnörkeln, die sie einmal hatte lesen können und nun nur noch an eine Kindheit erinnerten, die sie am liebsten vergessen würde.

Dann, als sie das nächste Mal online ging:

Karkrash99: Hi ☺

*

Aber warum Dubai? Warum dieser schaurige Ort? ... Ich verstehe es ja, aber sobald du den britischen Pass des Mädchens verlängert hast, kannst du überall hin, oder? Ich werde dich nie verstehen, meine Tochter. Warum kommst du nicht einfach heim nach Slemani? Komm und kümmere dich um deine Mutter, überlass die Wüste den Arabern, sollen sie dort glücklich werden.

*

Am Tag nach ihrer Ankunft in Dubai machte sie einen Termin mit einer Wohnungsmaklerin, die sie online gefunden hatte, eine aufdringliche, langbeinige Person, die Siver grob behandelte, aber trällerte, sobald sie am Telefon hing. Sie zeigte ihnen in schneller Folge vier Wohnungen - nach der Pleite von Dubai World schien es viel Leerstand zu geben.

Eine der Wohnungen befand sich im Stadtteil Marina, war großzügig geschnitten und nicht in der Preisklasse, die Siver angegeben hatte.

«Ich brauche keinen begehbaren Kleiderschrank.»

«Das ist das Zimmer für das Hausmädchen», sagte die Maklerin gedehnt, als würde sie versuchen, einer Katze Inflation zu erklären. «Der begehbare Kleiderschrank ist im Elternschlafzimmer.» Siver lugte in die fensterlose Kammer, die sie für einen Schrank gehalten hatte, und zuckte die Achseln. «Ein Hausmädchen brauche ich auch nicht.»

Die nächste Wohnung befand sich im 38. Stock eines Turms mit nur einem einzigen Aufzug. Es dauerte fast fünfzehn Minuten, bevor sie Platz in diesem Aufzug fanden, der pausenlos den Turm hinauf und hinunter jagte. Eine dritte war mit einem runden Wasserbett ausgestattet, im Wohnzimmer hing eine Diskokugel. «Der Vormieter war Banker», sagte die Maklerin, als wäre das Dekor damit erklärt. Die vierte Wohnung, die sie besichtigten, drei Zimmer in einem staubigen, mutig in die Wüste gesetzten Bauprojekt namens Discovery Gardens, war billig genug, dass Siver sie sich leisten konnte, sie kostete zirka 9000 Dollar im Jahr, 750 Dollar im Monat. «Der Eigentümer ist bestimmt einverstanden, wenn Sie die Möbel übernehmen. Der Vormieter ist etwas übereilt ausgezogen.»

Zara zerrte an Sivers Kleid, ihr war heiß und langweilig, konnten sie jetzt zurück ins Hotel?

Siver unterzeichnete den Vertrag noch am selben Tag.

*

Karim fragte sie immer wieder, ob sie einen Kaffee mit ihm trinken wolle, und saß dann schweigend da und blätterte in irgendeinem ekligen Boulevardblatt voller halb nackter Frauen, und sie sah ihm dabei zu. Wie seine Kiefermuskulatur sich anspannte, wenn er etwas entdeckte, das ihm nicht gefiel, wie er sich vor dem Umblättern den Daumen anleckte. Ab und zu blickte er von der Zeitung auf und fragte sie etwas, als wäre er beim Lesen gerade darauf gekommen – was hältst du von Tony Blair?, oder: wer war deine Figur bei Mario Kart? Manchmal setzte er spontan zu Analysen verschiedener Disney-Filme an – dass die Diener in *Die Schöne und das Biest* von der Zauberin nicht auch noch in Gegenstände hätten verwandelt werden sollen, weil sie schon vom Prinzen geknechtet wurden, oder dass Disney den neuen Film *Mulan* nur produziert habe, um Abbitte für *Kundun* zu leisten, Scorseses Film über den Dalai Lama, der zu einem chinesischen Boykott aller Disney-Filme geführt hatte. «Sie haben Henry Kissinger in, äh, diplomatischer Mission entsandt. Um zu fragen, was die Chinesen haben wollten, damit sie wieder Disney-Filme zeigen», sagte er und blickte ihr in die Augen, als würde er ihr Staatsgeheimnisse anvertrauen.

Siver starrte ihn einfach nur an und hätte schreien können. Was machte er da? Wenn er sie begehrte, warum ergriff er dann nicht endlich die Initiative? Was sollte das mit dem ganzen scheiß Kaffee und den idiotischen Disney-Filmen? Jedes Mal verließ sie verwirrt, frustriert und wütend auf sich selbst das Café. Sie schwor sich, ihm das nächste Mal, wenn er sie nach einer Vorlesung fragte, ob sie einen Kaffee trinken gehen wolle, deutlich zu sagen, dass er sich ins Knie ficken könne.

Aber wenn er dann fragte, sagte sie ja, immer wieder.

*

Die Onlinesuche endete oft mit einem großen blauen Ausrufezeichen und einer Meldung, die Seite sei gesperrt, weil deren Inhalte gegen die *Internet Access Management Regulatory Policy of the Telecommunications Regulatory Authority of the United Arab Emirates* verstießen.

Auch wenn nicht immer ganz klar war, woran genau man bei den Seiten, die Siver auf ihrer Jobsuche aufrufen wollte, Anstoß nahm, hatte sie doch einen Verdacht. Jobforen waren voller Berichte über den Missbrauch von Angestellten, die die Vereinigten Arabischen Emirate unbedingt tilgen wollten. Und das nicht um Schadenersatzansprüche oder Klagen zu vermeiden: Im Gesetz kam Missbrauch nicht einmal als Möglichkeit vor. Im Jahr 2005 behauptete das Arbeitsministerium der VAE in seiner Antwort auf einen kritischen Report von Human Rights Watch, dass sich dort keine Einwanderungsgesetze anwenden ließen, weil alle Arbeitskräfte als Zeitarbeiter anzusehen seien, nicht als Zugewanderte. Selbst der Antrag auf eine Aufenthaltsgenehmigung erforderte einen ständigen Wohnsitz im Ausland, sodass Hunderttausende vorgaben, dass ihr Heim nicht ihr Heim sei und sie in Wahrheit bei Mutter oder Bruder lebten. Man war immer nur Angestellter der Dubai Inc.

Nein, die Zensur musste andere, schwerer fassbare Gründe haben. Auch in den Museen, Fernsehsendungen oder Buchläden von Dubai war nie Kritisches zu hören, so ähnlich wie es auch auf der Webseite von Hugo Boss keinen Hinweis darauf gab, dass der Unternehmensgründer die Uniformen der SS entworfen und in der Fertigung Zwangsarbeiter eingesetzt hatte. Eine Marke schneidert sich ihre Geschichte zurecht, bis sie zu ihrem Image passt. Von der Geschichte Dubais blieb also nicht mehr als PR-Schaum, eine glorreiche Story von visionären Führern.

Ihren Lebenslauf musste Siver ähnlich trickreich bearbeiten. Sie musste sich selbst verkaufen, aus reiner Willenskraft eine Erfolgsgeschichte konstruieren. Sie musste ihre Jahre als Tochter, dann als Ehefrau weniger nach Leben und mehr nach Karriere klingen lassen, aus dem Stottern und Ruckeln von Studium und diversen Geldjobs ein kohärentes Narrativ formen, eine sinnhafte Reihe von Ereignissen, die sie als jemand erscheinen ließ, den es lohnte einzustellen.

Mit achtzehn hatte sie ihren ersten Job als Eisverkäuferin in Purley gehabt und schnell gelernt, die unbeliebten Sorten (Lakritz, Vanille, Pfirsich) am weitesten weg aufzubauen, damit sie sich nicht ständig vorbeugen musste und die Männer und Jungen ihr in den Ausschnitt schielten. Dann hatte sie kurz als Kassiererin gearbeitet, war aber gefeuert worden, weil sie zu oft zu spät kam. Ihr dritter Job war bei Kentucky Fried Chicken in Sutton, nichts als Frittierfett und Öl, bis heute musste sie bei bestimmten Gerüchen würgen. Danach musste sie Kleider zusammenlegen und verkaufen, und dann kam die Universität, wo sie Karim kennengelernt hatte, und nach dem Umzug in den Irak arbeitete sie in seinem Bauunternehmen in Bagdad - der Hauptzweck ihres Universitätsabschlusses war also gewesen, ihren Wert als Ehefrau zu erhöhen, und dann war sie schwanger geworden, und als sie wieder hatte arbeiten wollen, hatte er ihr gesagt, das sei unschicklich. «Es gehört sich nicht, meine Frau arbeiten und mein Kind von Fremden versorgen zu lassen, was sollen die Leute denken?»

Wie konnte irgendetwas davon in den Glitzer-Kommerz-Sprech verwandelt werden, der in Dubai alle Texte durchzog? Ihr Hotel lud sie ein, sich mit der «Opulenz der Räumlichkeiten» zu «verwöhnen», «einzutauchen» in die «luxuriösen Zimmer und Suiten, die neun anregenden Restaurants und die dramatische, arabeske Architektur», die Mall, die sie wegen des kostenlosen WLANs besuchte, war ein Ort, an dem

«Shoppen, Dinieren und Entertainment sich mit Geschichte, Kultur und einem unvergesslichen Abenteuer vermählen.» Was an ihr war opulent? Was für große Abenteuer konnte sie einem Arbeitgeber versprechen?

*

Sie wollten sich zusammen *Titanic* anschauen. Sie war wenig begeistert gewesen, als sie gehört hatte, der Film werde drei Stunden dauern, das würde sie Xezal erklären müssen. Außerdem, was würde es schon zu sehen geben? Da war ein Schiff, es ging unter, Ende. Er bestand darauf, sie einzuladen, sie zierte sich, aber am Ende war sie heimlich froh. Die vielen Cappuccinos läpperten sich langsam.

Sie saßen im dunklen Saal, merkwürdig allein, obwohl es hieß, der Film werde der kommerziell erfolgreichste aller Zeiten sein, warteten auf die Werbung und die Trailer und ruckelten in den wenig bequemen Sesseln herum.

«Darf ich dir eine indiskrete Frage stellen?», hörte sie ihn sagen, und obwohl sie geradeaus auf die leere Leinwand sah, spürte sie seinen Blick.

«Klar», sagte sie, aber ganz sicher war sie sich nicht. Sie hatte das Gefühl, der Himmel könnte einstürzen, und wenn man nicht darüber redete, passierte es vielleicht nicht, jedenfalls fürs Erste.

«Bist du in jemanden verliebt?», fragte er mit einem leisen Zittern in der Stimme.

Sie schüttelte den Kopf und flüsterte

«Nein»,

so leise, dass sie sich nicht sicher war, ob er sie gehört hatte. Sie hatte Ja sagen wollen. Sie hatte vor sich selbst schon eine Weile Ja gesagt. Aber ihre Antwort war Nein.

Kürzlich hatte sie in den *Gesammelten Sonetten* von Edna St. Vincent Millay gelesen, ein Buch, das sie bei WH Smith im Sonderangebot gekauft hatte. Sie hatte sich selbst dafür gehasst, weil Xezal nicht dumm war. Sie würde wissen, was das Lesen von Gedichten zu bedeuten hatte, sie war schließlich selbst schon einmal verliebt gewesen. Drei Verse aus dem siebten Sonett waren Siver nicht aus dem Kopf gegangen, als wären sie speziell für sie geschrieben: «Ein dummes Ding, geblendet, blind / das viel zu lange in die Sonne sah / Mein Alltag dann ein stilles Kämmerlein».

Wären die Worte auf ein Kissen gestickt gewesen, die Gefühligkeit hätte sie schaudern lassen, aber als sie in den Gedichten nach Worten für ihre eigenen Gefühle suchte, waren die Verse ihr neonklar erschienen, und sie wusste, wenn sie sich ihrem inneren Aufruhr nicht ergab, würde sie in die Enge des Lebens zurückkehren, das sie geführt hatte, bevor sie einander begegnet waren.

Karim, der nach ihrem eher wehmütigen Nein erst geschwiegen hatte, fasste Mut nachzuhaken. «Und, warst du es schon einmal?», setzte er an, aber da begann die Reklame, und sie saß drei Stunden lang schweigend neben ihm, ohne sich je lange genug in dem Film zu verlieren, als dass sie vergessen hätte, wie nah sein Arm ihrem war, wie leicht es wäre, ihn zu berühren.

Draußen, als die kühle Londoner Luft sie umfing, beklagte er sich, dass Leonardo DiCaprio natürlich leicht auf die Tür gepasst hätte, und dass es wieder nur darum gegangen sei, auf die Tränendrüsen zu drücken.

«Wirklich idiotisch, als hätte er erst sterben müssen, damit wir etwas empfinden, also ... Siver? Was ist denn?», fragte er, als er merkte, dass sie weinte.

Sie wischte sich verstohlen eine Träne weg und sah ihn trotzig aus zusammengekniffenen Augen an. Sie wandte sich ab, weil sie gehen wollte, dann drehte sie um, stieß ihn an ein *Spice-World*-Plakat und küsste ihn. Sie packte seine Haare, mit der Faust.

*

Die Wolkenkratzer am Weg von der Mall of the Emirates zur Dubai Mall waren ein Mix aus billig und ikonisch: Für jedes schnittige Burj Al Arab, das den Gerüchten nach seine Baukosten erst in hundert Jahren wieder hereingeholt haben würde, gab es eine knallige grün-goldene Missgeburt wie den schlampig gebauten Al Attar Tower. Für jede architektonische Meisterleistung wie das majestätische Atlantis auf den künstlichen Palm Islands gab es ein kindisches Schaustück wie die delfinförmigen DAMAC Towers. Für jedes Four Seasons Hotel gab es ein Two Seasons Hotel.

Als am Horizont der silbrige Mittelfinger namens Burj Khalifa auftauchte, drehte der Taxifahrer die Koranrezitation, der er gelauscht hatte, leiser und sagte - im Flüsterton, als könnte man sie belauschen -, dass das Gebäude über eine geheime Erweiterung verfüge, die zum Einsatz kommen würde, falls irgendwo ein höherer Turm gebaut werden sollte. «So bleibt es immer das höchste Gebäude der Welt.» Er warf einen Blick in den Rückspiegel und suchte Augenkontakt mit Mutter und Tochter auf dem Rücksitz.

Zara machte große Augen, als sie von diesem angeblichen technologischen Wunder hörte, und Siver nickte höflich, voller Zweifel am Wahrheitsgehalt der Geschichte. Sie hatte sich schon an die Wundermärchen gewöhnt, die sie auf der Rückbank aller Taxen zu hören bekam.

«Die jungen Emiratis, die gehen zum Trinken und Feiern auf den Mond», hatte Siver mehr als ein Fahrer erzählt, was ihr besonders aberwitzig vorgekommen war, bis ihr klar wurde, dass es eine künstliche Inselgruppe namens The Universe gab, die als Nachbildung des Sonnensystems geplant gewesen war, bis das Geld ausging, und dass der «Mond» eine sichelförmige Insel war, die nachts offenbar für illegale Besäufnisse angesteuert wurde.

Die Herrscher von Dubai hatten ihr Firmenprofil zur Landesgeschichte erklärt und damit unbeabsichtigterweise für eine lebendige mündliche Überlieferung gesorgt: Da man wusste, dass für die Dokumentation von Ereignissen Deportation oder Gefängnis drohten, wurden Wahrheiten in verschwörerischem Flüsterton verbreitet, und nichts wurde je aufgezeichnet. Unter der Bevölkerung aus Wanderarbeitern und Durchreisenden wurden Geschichten von Ereignissen, die es nie in die Presse schaffen würden - von Dekadenz auf höchster Ebene, Razzien in Schwulenbars oder durch die Polizei unterdrückten Demonstrationen -, endlos weitergegeben.

Früher an jenem Tag hatte sie versucht, in der Mall of the Emirates bei der Emirates NBD Bank ein Konto zu eröffnen, aber als sie endlich einen Account Manager zu fassen bekam, erfuhr sie, dass ohne einen Ausweis der Emirate nichts zu machen sei. «Versuchen Sie es bei der HSBC in der Dubai Mall, die haben Angebote für Expats», sagte der Account Manager, als Siver mit Zara im Schlepptau ging. Also wieder ein Taxi, in die nächste Mall. Doch was für Angebote der Account Manager der Emirates NBD auch gemeint haben könnte, bei der HSBC hatte man nie davon gehört.

«Vielleicht gibt es das, Ma'am, aber hier im System kann ich nichts finden.»

Im dritten Taxi des Tages, auf dem Heimweg, erzählte der Fahrer ihr die Geschichte eines Arbeiters, dem man den Jahresurlaub gestrichen hatte und der in den 148. Stock des Burj Khalifa gefahren war, um Selbstmord zu begehen. Ob es wirklich geschehen war, konnte sie nirgends überprüfen, aber das machte die Geschichte nicht weniger wahr.

*

Ungefähr einen Monat nachdem sie *Titanic* gesehen hatten, bekam sie ihr erstes Handy. Ein lila glänzendes Nokia 6110, für 80 Pfund mit einem Zwei-Jahres-Vertrag. Sowohl Mohammed als auch Laika besaßen schon Handys, weshalb sie glaubte, dass ihr Wunsch bei den Eltern kein Misstrauen erregen würde. Zu Sivers Überraschung freute sich Xezal sogar. «Ich mache mir immer Sorgen, wenn du in London bist, Sisi, meine Seele. Jetzt kann ich dich jederzeit anrufen.» Siver speicherte Karims Nummer unter dem Namen Sepideh, dem einer Freundin aus der Uni, von der sie zu Hause oft erzählt hatte. Karim textete ihr gern «hallo», und wenn sie antwortete, schrieb er minutenlang, manchmal stundenlang, nicht zurück. Inzwischen ignorierte Siver seine Nachrichten so lange wie möglich und zwang sich, nicht sofort zu springen, wenn sie den Bildschirm hell werden sah, und sich vom Lesen abzuhalten, so lange es ging. Vom Texten mit Karim wurde sie unruhig, verwirrt und scharf. Sich die sofortige Befriedigung vorzuenthalten, fuhr ihr in die Adern wie ein Glas Whisky.

bbb, vermisse unsere Gespräche schrieb er, und dann starrte sie die Nachricht an und fragte sich, wann sie je miteinander geredet hätten.

*

Immer wenn Zara ihren Vater vermisste, verschwanden hundert Dollar vom Stapel. Um die Tochter davon abzulenken, dass ihre Eltern jetzt getrennt waren, ging Siver mit ihr ins Kino, gab ihr einen Milkshake aus oder sonst etwas, solange es sich kaufen ließ und die Leere für eine Weile ausfüllte.

Als Zara fragte, ob sie Karim zu Eid treffen würden, buchte Siver Tickets für At The Top, die Aussichtsplattform des Burj Khalifa. Wieder hundert Dollar. Innerhalb weniger Wochen war Sivers Vorrat auf kaum dreitausend Dollar geschrumpft. Ein Teil des Geldes war für Grundausstattung draufgegangen: Bett- und Handtücher, Geschirr und Besteck. Das meiste aber für Vergnügungen.

Die Schlange vor dem Fahrstuhl zum 124. Stock schlängelte sich wie vor einer angesagten Attraktion im Erlebnispark. Glastafeln mit den Porträts der Architekten des Gebäudes hingen neben munteren Zitaten und Trivia zu den architektonischen Wundern des Burj Khalifa. Zara staunte, dass das Burj Khalifa das meist fotografierte Gebäude der Welt sei, während Siver sich darüber amüsierte, dass die Bauarbeiten aus einem sogenannten *Work-Action-Resolution*-Raum überwacht worden waren, der zum WAR ROOM stilisiert wurde.

Ganz oben drängte sich im Halbkreis eine Touristengruppe und wandte den hohen Panoramafenstern der Aussichtsplattform den Rücken zu. Sie starrten, wie Siver beim Näherkommen feststellte, gebannt auf einen goldglänzenden Automaten, aus dem man zum minutengenau bestimmten aktuellen Preis Goldbarren ziehen konnte. «Kann ich auch welche haben?», fragte Zara, und Siver versuchte, einen Trotzanfall zu umgehen, und sagte, sie müssten warten, bis sie an der Reihe seien, in der Hoffnung, Zara mit dem Anblick der Wolkenkratzer ablenken zu können, auf die sie jetzt herabblicken durften, und mit dem der Autos, die unter ihnen herumrasten wie hektische Ameisen, bis sie den Automaten vergessen hatte.

Tatsächlich stand ein Tourist kaufbereit vor dem Automaten, den Finger über dem Button auf dem Touchscreen, während der Goldpreis fluktuierte, weshalb Siver Zara zu einem der vielen Ferngläser locken konnte. «Sieh nur, wie hoch wir sind, Äffchen!»

Pflichtschuldig kletterte Zara auf das Podest mit den Hightech-Ferngläsern und reckte sich auf die Zehenspitzen an eines heran.

«Ich kann nichts sehen! Da ist alles leer!»

Siver blickte durch das Fernglas und merkte, dass es nicht die Stadt vor ihnen zeigte, sondern das Dubai von 1975. Die Stadt von einst, die gerade ihre alte Identität als kleine Hafenstadt ablegte, als leicht verrufener Stützpunkt für Händler aus dem Iran und Indien. Damals zwangen neue Gesetze und jahrelange Dürre die Beduinen, ihre Nomadentradition aufzugeben, ihre Sagen und Gesänge erklangen nicht länger am Feuer, ihre Gesetze, hergeleitet aus den Suren des Koran, verblassten im Gedächtnis der Stammesältesten. Das Fernglas zeigte nichts als weite Wüstenstreifen, ab und zu eine Straße durch den Sand, ein oder zwei skelettartige Bauten, die sich schon ins Leben wagten.

«Du hast recht. Da ist alles leer.»

Auf dem Rückweg zum Fahrstuhl nach unten sah Siver, dass der Tourist noch immer vor dem Automaten stand, den Finger in der Schwebe, um genau im richtigen Moment zuschlagen zu können.

*

Warum darf ich dich nicht besuchen? Ich muss doch wissen, ob es dir und meinem einzigen Enkelkind gut geht. Ich verstehe das nicht, ich habe Hama in London besucht, er hat mich in ein Hotel gesteckt, das war wie ein Sarg, und sein Heim habe

ich nie gesehen. Kein Platz, kein Platz. Als würdet ihr Kinder absichtlich in kleinen Zimmern leben, dann habt ihr eine Ausrede, mich nicht zu treffen. Und jetzt lebst du in einem Land, das jünger ist als die eigene Mutter. Wie hältst du es an einem Ort ohne Geschichte nur aus? Dass es ihn gibt, hat die Welt erst gemerkt, als die Petrochemikalien durch den Sand gesickert sind. Ich kann mich noch gut daran erinnern. Das war zu meinen Lebzeiten. Sie können ja Weltstadt spielen, mit ihren vielen hohen Häusern, aber ich weiß noch, wie es früher war.

*

Schließlich, an einem Sonntagnachmittag, erzählte sie ihren Eltern von Karim. Rafiq saß am Esstisch, las *Asharq al-Awsat* und trank Tee, Xezal sah auf dem Sofa MED TV. Im Schlafzimmer liefen ausgeleierte Kassetten mit alten kurdischen Liebesliedern, und das trompetenhafte Quäken der Zurna übertönte den Text über die Granatapfelbrüste einer Sechzehnjährigen. Das ganze Wochenende über hatte Siver sich mit ihrem Plan gequält, aber sie hatte sich geschworen, dass sie am Montag nicht zur Uni gehen würde, ohne es ihnen gesagt zu haben. Mohammed war irgendwo unterwegs, was auch immer er trieb, Laika saß in seinem Zimmer und war mit Videospielen beschäftigt, und ihre Eltern wirkten gelangweilt. Es gab keinen besseren Augenblick.

«Daya. Baba.»

Ihre Eltern sahen von den Medien auf, in die sie vertieft gewesen waren.

«Da gibt es jemanden, den ich mag.»

Ihre Eltern blickten einander schreckerfüllt an, und Xezal, schon immer begabter dafür, das Leben zu spielen, als es zu leben, rang buchstäblich nach Luft. Nach einem Augenblick der Verwirrung, in dem die Eltern hilflos wirkten, setzte Xezal sich neben Rafiq, und er legte seine Hand auf ihre. Sie würden sich diesem Unglück gemeinsam stellen.

Xezal ergriff als Erste das Wort.

«Ich verbiete dir, mit einem britischen Mann ins Bett zu gehen. Die sind nicht wie wir, Siver, die haben keinen Respekt vor Frauen.»

«Er ist kein Brite, Mum. Er kommt aus dem Irak, wie wir.»

Xezal strahlte, und ihre Goldkronen blitzten, aber Rafiq drückte ihre Hand und schüttelte den Kopf.

«Ist er Kurde?», fragte er leise, ohne sie anzusehen.

Siver blickte aus dem Fenster, auf den Baum, auf dem vor Jahren tagelang eine Katze gefangen gewesen war, und ihre Eltern hatten zu viel Angst vor den britischen Behörden gehabt, um jemanden zu rufen. Ein Nachbar spielte laut das Lied, in dem zwei Frauen behaupteten, der Junge gehöre ihnen. Im Hintergrund klagte der kurdische Sänger über die Frau, die ihm ihre Blume nicht geben wollte.

«Nein», antwortete Siver.

«Araber?»

«Ja.»

Rafiq sagte nichts mehr und griff einfach wieder zur Zeitung.

«Nach allem, was sie uns angetan haben, die Araber, willst du jetzt einen *heiraten*?», sagte Xezal, so laut, als stünde Siver auf der anderen Straßenseite.

«Von Heiraten war nicht die Rede.»

«*Astaghfirullah*, ich lasse nicht zu, dass meine Tochter eine Hure wird!»

Siver biss die Zähne zusammen, sie wollte nichts sagen, was sie später bereuen würde. Xezal fing an zu weinen; Rafiq faltete säuberlich die Zeitung zusammen und ging zum Lesen in sein Zimmer. Die nächsten zwei Wochen über tauchte er nur zu den Mahlzeiten wieder auf, dabei schwieg er. Dann kam er ins Wohnzimmer und erklärte Siver, ohne sie anzusehen: Wenn sie mit diesem Araber ausgehen wolle, dürfe sie das tun, aber seinen Segen würde sie nie bekommen.

Aber was konnten sie schon machen? Am Ende heiratete sie Karim doch, und von diesem Ringkampf blieben nur die blassen Narben der Wunden, die die Worte ihrer Mutter Siver zugefügt hatten.

*

Hoffnungsfroh machte sie sich auf den Weg zu ihrem ersten Vorstellungsgespräch. Es ging um eine Stelle in einem gehobenen, an die Dubai Mall angeschlossenen Hotel; Arbeitszeiten und Gehalt im Inserat waren annehmbar gewesen. Das Gespräch war für neun Uhr morgens angesetzt, und sie ging davon aus, dass sie die erste Kandidatin sein würde, also musste sie dafür sorgen, dass man sich am Abend noch an sie erinnerte. Deshalb trug sie eine langärmelige Baumwollbluse mit geblümter Lochstickerei und einen Rock aus Seidenmusselin zu nussbaumfarbenen Sandalen mit Absatz und halbgerundeter Spitze, gerüstet, die Personalabteilung des Hotels mit ihrer alten Garderobe zu beeindrucken.

Aber um Geld zu sparen, nahm Siver die Metro, kein Taxi. Das war ein Fehler.

Dubai hatte sich nach dem westlichen Narrativ einer neuen, aus dem Nichts geborenen Stadt erschaffen, als wahrer neoliberaler Traum ohne kulturellen Ballast, der Investoren im Weg stehen könnte, als Stadt des Wandels. Und so wandelten sich auch alle paar Jahre die Namen der U-Bahnhöfe von Dubai, weil immer neue Firmen deren Namensrechte kauften. Dass der Bahnhof «First Gulf Bank» morgen zum Bahnhof «Equity» werden konnte, war der vollendete Ausdruck der kapitalistischen, ewig im Fluss befindlichen Stadt.

Weil die Bezeichnungen der Firmenbahnhöfe keinen Bezug zur eigentlichen Topografie ausdrückten, konnte Siver sich nur schwer zurechtfinden. Sie glaubte, wenigstens zu wissen, wohin sie musste: Es gab eine Station namens «Dubai Mall».

Die Metro wurde als längste fahrerlose U-Bahn der Welt beworben, aber zu diesem Ruhm kam sie nur, weil sie in einer geraden Linie verlief. Alle Bahnhöfe befanden sich rund um die Sheikh Zayed Road und kaum je in der Nähe der Orte, zu der sie die Menschen bringen sollten. Als Siver eine Stunde vor dem Vorstellungsgespräch aus der klimatisierten Glaskugel trat, sah sie die Mall in weiter Ferne, hinter einem Streifen Wüstensand.

Sie fragte den Wachmann vor Ort, wie sie dort hinkommen sollte, und er lachte nur. «Der erste Shuttlebus fährt um neun. Aber Sie können ja zu Fuß gehen, Madam, oder?»

Nach verzweifelter, vergeblicher Suche nach einem Taxi, das sie zur Mall bringen konnte, machte sie sich auf den Weg und pflügte mit den Füßen durch den Sand. Es war noch früh am Morgen, trotzdem brannte die Sonne ihr im Nacken, und ein Schweißtropfen suchte sich seinen Weg an ihrem Rückgrat abwärts. Die Mall sah wie eine Fata Morgana aus, direkt vor ihren Augen, aber trotzdem irgendwie unerreichbar.

Als sie am Ziel war, zwanzig Minuten später, fand sie den Eingang mit der Rampe nicht, an der die Taxis die Besucher abluden, und betrat die Mall durch das untere Geschoss, mit einer Gruppe Filipinas, die auf dem Weg durch die Flure noch kurz plauderten, bevor sie ihren stillen Dienst als Verkäuferinnen, Handpflegerinnen oder Kellnerinnen antraten. Wenn sie schon in Uniform waren, trugen sie nicht nur den Namen des Arbeitgebers auf den Rücken gedruckt oder gestickt, sondern auch den eigenen Namen auf einem Anstecker auf der Brust. Ruby, Girly, Cherrylove. Draußen stand eine Reihe Arbeiter, so dicht an der Wand wie möglich, damit sie im Schatten bleiben konnten, ohne sich den Rücken am heißen Beton hinter ihnen zu verbrennen, womit sie leider wie die längste Gegenüberstellungs-Parade der Polizei aussahen. Die Arbeiter, Fremde vor diesem schillernden Gewerberaum, den sie selbst errichtet hatten und der nie für sie gedacht gewesen war, trugen keine Namensschilder, nur die Namen der Firmen, die sie eingestellt hatten. Als Siver an ihnen vorbei in die wundersam gekühlte Mall trat, spürte sie lüsterne Männerblicke auf sich und wurde sich plötzlich ihrer nackten Arme und Beine bewusst, des Ausschnitts ihrer Bluse, ihrer ganzen Aufmachung. Selbst Männer, die in der Welt völlig machtlos waren, besaßen die Macht, ihr das Gefühl zu geben, zum Benutzen und Ausmustern da zu sein. Wenn sie sich bei einer Aufsicht beschwerte, würde man die schlimmsten Übeltäter mit Sicherheit verprügeln oder deportieren, eine groteske Überreaktion auf das bisschen Glotzen. Und dabei war das Erlebnis nicht harmlos: Als sie endlich den Weg zum Hotel gefunden hatte, war ihr noch immer unbehaglich, und sie konnte das ungute Gefühl nicht abschütteln.

Ihre Verfassung hätte, wie sich zeigen sollte, nicht unwichtiger sein können. Der Marsch vom U-Bahnhof hatte ihr die Schuhe mit Sand verklebt, Hitze und Feuchtigkeit hatten aus ihrem geschminkten Gesicht eine groteske Totenmaske aus flüssigem Make-up gemacht. Ihre fein gearbeitete Bluse sah jetzt aus wie ein formloser Sack, große Schweißflecke schmückten Brust und Rücken. Beim ersten Blick der Frau von der Personalabteilung auf die Reste ihrer Designerkleidung, die Wohlstand und Professionalität hatte ausstrahlen sollen, wusste Siver, dass sie den Job nicht bekommen würde.

Noch siebzehn Tage, bis ihr Visum ablief.

*

Bevor Sivers Eltern schließlich akzeptierten, dass es mit Karim ernst war, fädelten sie eine Reihe von Heiratsanträgen von jungen Kurden ein, die Rafiq bewunderten und in eine Familie einheiraten wollten, die einst reich und angesehen gewesen war. «Nur damit du ein paar Möglichkeiten hast», hatte Xezal gesagt, als Siver ächzend mit den Augen rollte.

Zwei Männer trugen ihr die Ehe an. Der erste war ein junger Mann, der ihr nie begegnet war, der aber trotzdem alles über sie zu wissen schien. Sein Antrag war altmodisch, sein Vater begleitete ihn und erklärte Rafiq und Xezal, in deren Garten wachse eine Blume, die sie begehrten. Der Verehrer hatte sich das Hemd in die Hose gesteckt, es war eine Nummer zu groß und bauschte sich um seine Hüfte. Sein Schnurrbart war säuberlich getrimmt, das Haar nach der neuesten Mode frisiert, der Duft seines Parfüms breitete sich quer über den Tisch aus. Er sprach abstrakt von Pflicht und Liebe, in Worten, deren Bedeutung, wie Siver vermutete, nicht einmal er selbst verstand. Er hielt mit allen Blickkontakt, in der Reihenfolge: Vater, Mutter, sie. Vater, Mutter, sie. Er erzählte von der Anwaltskanzlei seines Onkels, der einmal Minister in der kurdischen Autonomieregierung gewesen sei. Als sie am Abend gefragt wurde, was sie von dem jungen Mann hielt, gelang es ihr nicht, diplomatisch zu sein, und sie sagte ihren Eltern die Wahrheit, nämlich, dass er sie abstoße. Ihr Vater wahrte das Gesicht aller Beteiligten, indem er dem jungen Mann erklärte, sie wolle ihr Studium abschließen, bevor sie ans Heiraten denken könne. An diesem Abend entschuldigte Siver sich bei ihrem Vater, der ihr einen Gutenachtkuss gab und sagte: «Du wirst nie einen Mann heiraten müssen, den du nicht magst.»

Der zweite Mann war älter, und er war schon einmal verheiratet gewesen, aber sein Geschäft boomte (er verkaufte

Split-Klimaanlagen), und er wollte eine frische Braut. Er hatte einen buschigen Schnurrbart und Kinderaugen. Er trug kurdische Tracht, aber Siver sah trotzdem, dass sich unter all dem Stoff ein dicker Körper verbarg. Er richtete nie das Wort an Siver, sondern sprach immer nur mit ihrem Vater und warf ihr gelegentlich einen anerkennenden Blick zu. Sie sagte Nein. Ihr Vater begründete die Absage wieder mit ihrem Studium, das abgeschlossen werden müsse, bevor man ans Heiraten denken könne, und gab seiner Tochter einen Gutenachtkuss. Später wachte sie auf, weil ihre Eltern sich stritten. «Deine Tochter ist zu eingebildet! Will sie etwa als alte Jungfer enden?», hörte sie ihren Vater mit der Stimme sagen, die er nach zwei, drei Gläsern Whisky hatte. «Soll deine Tochter diesen alten Lustmolch heiraten? Als zweite Frau eines alten Mannes?» – «Und was ist mit dem ersten Jungen? Der war völlig in Ordnung! Ich glaube, sie vergisst, wie alt sie ist. Sie kann von Glück sagen, dass sie so viele Anträge hat.» – «Es gibt immer noch den Araber, Rafiq.»

Es gab immer noch den Araber.

*

Die Firma Manpower hatte ihre Räume in einem der älteren Gebäude der Stadt, erbaut Anfang der Nullerjahre, und die beiden Männer, die Siver einen Job suchen sollten, warteten im Coffeeshop in der Eingangshalle auf sie. Siddarta, der ältere der beiden, sprach mit Süd-Londoner Akzent und trug eine pinke Krawatte zum lila Hemd. Gil, der jüngere, trug ein gestärktes weißes Hemd mit offenem Kentkragen, und sein europäischer Akzent ließ sich nicht einordnen. Beide trugen schwarze Budapester, glanzpoliert. Sie redeten beide, als hätten sie das gesamte Emirat unter sich.

«Was hättest du denn gern?», fragte Siddarta und holte einen Mont-Blanc-Füller aus einem Mont-Blanc-Federkasten in einer Mont-Blanc-Messengerbag.

«Ein Tee wäre schön, danke.»

«Holst du Shiver bitte ein Tässchen, Gil. Cheers.»

Siddarta sah sich ihren minimalistischen Lebenslauf an, drehte ihn effektvoll um, als würde er nach etwas suchen, von dem er offensichtlich wusste, dass es nicht exisierte.

«Also, seit wann bist du in Dubai?»

«Seit ein paar Wochen.»

«Ach so. Ja. Frisch vom Baum. Super.»

Gil kam mit Sivers Tee zurück, er war schwarz, nach ihren Vorlieben hatte er nicht gefragt. Er holte seinen Ausdruck von Sivers Lebenslauf aus einer Mappe und überflog ihn.

«Also, ich will ganz ehrlich sein. Deine Erfahrung im Irak wird dir hier nicht viel nützen. Und mehr hast du nicht vorzuweisen, außer ein bisschen Einzelhandel im UK.»

«Aber was du hast», sagte Gil, offensichtlich in der Rolle des *good cop* «sind ein britischer Pass und gute Sprachkenntnisse. Und das ist schon was. Vor allem in Dubai.»

«Irgendwelche Pläne für ein zweites Kind?»

«Hier steht, dass du Single bist. Für Arbeitgeber vielleicht ein Warnsignal - vielleicht kündigst du wieder, sobald du einen Freund findest.»

«Und jung bist du auch nicht mehr, wie alt bist du? Fast vierzig?»

«Nein, jung bist du auch nicht mehr.»

Siver trank ihren Tee, obwohl er noch zu heiß war. Diese Personalagentur war ihre letzte Hoffnung. Die beiden Männer sagten, sie würden versuchen, etwas zu finden, vielleicht als Sekretärin oder Verkäuferin. «Wir können nichts versprechen», sagte einer der beiden Männer, denen sie die Hälfte ihres ersten Gehalts schulden würde, und klickte zum Zeichen, dass das Gespräch beendet war, seinen Kugelschreiber. «Aber schön, dich kennenzulernen, Shiver.»

Das Gefühl der Vergeblichkeit, das dieses Treffen in ihr hervorgerufen hatte, hielt länger vor als die Verbrennung am Gaumen.

*

Sie nahm nie seinen Namen an. Den Namen des Ehemannes anzunehmen, war für kurdische Frauen nicht üblich, und ihre Eheschließung mit Karim war für ihre Eltern auch so schon schmerzlich genug. Da konnte sie zumindest ihren Geburtsnamen beibehalten.

Einmal, beim Elternsprechtag, hatte ihre Biologielehrerin Mrs. Baker Rafiq und Xezal gefragt, warum Siver nicht denselben Nachnamen habe wie sie. «Sie sind drei Menschen, alle mit unterschiedlichen Nachnamen. Da war ich anfangs schon ein wenig misstrauisch.»

Rafiq, viel zu schick in seinem besten Anzug und mit Krawatte, um Sivers Lehrerin zu überzeugen, dass er ein gebildeter Mann war, setzte in seinem gebrochenen Englisch zu einer Tirade über kurdische Namensgebung an.

«Wir haben unseren Namen, dann Namen unseres Vaters und dann Namen unseres Großvaters, das ist wie Mohammed, und mein Vater Hardi, und meines Vaters Vater Kermanj.»

Mrs. Baker sah aus, als würde Rafiq eine völlig andere Sprache sprechen.

«Also, genauso: Siver hat ihren Namen, Siver, ja? Dann mein Name Hama, dann mein Vatername Hardi. Namen erzählen uns Geschichte, nicht wie hier.»

«Ach.» Mrs. Baker warf einen Blick in ihre Unterlagen. «Ich dachte, Ihr Name ist Rafiq.»

«Ja, ja, Rafiq. Ich habe geändert.»

«Ich muss schon sagen, das ist alles sehr verwirrend. Sie haben komische Namen», sagte Mrs. Baker mit gequältem Lächeln, um zu zeigen, dass sie die Frage bereute.

«Für uns Baker ist ein komischer Name. Besserer Name für Sie ist Frau Lehrerin», sagte Rafiq grinsend, und Siver, die zwischen ihren Eltern saß, wollte im Boden versinken.

Mit der Zeit lernte sie die Stratigrafie der kurdischen Namen schätzen, durch die man das Alter eines Menschen ungefähr bestimmen konnte, wenn man wusste, wo die Spaltung zwischen den alten muslimischen Namen und den kurdischen Namen begann. Es war ein Jahrhundert des Abfalls vom Glauben gewesen, und Leninismus und Nationalismus spiegelten sich in den drei Namen eines Menschen.

Und doch wäre ihr, als Zara geboren wurde, nie eingefallen, ihr ihre Namen aufzuzwingen. Und so endete ihre Geschichte, einfach so.

*

Das auf den Bermudainseln eingetragene britische Warenhaus mit Sitz in Hongkong belegte den ersten Shop, auf den man bei Betreten der Mall stieß, beste Lage mit entsprechendem Preisaufschlag.

Am Morgen hatte Siver eine E-Mail von der Manpower-Agentur bekommen, die sie für ein Vorstellungsgespräch als Verkäuferin in Leitungsposition einbestellte. Sie hatte ein professionelles, minimalistisches Kleid von einem japanischen Designer angezogen, das sie vor ein paar Jahren für eine Beerdigung gekauft hatte, und es mit einem teuren Halsband aus schwarzen Perlen und metallenen Anhängern kombiniert.

Am Eingang ein Sperrfeuer aus Lächeln, aus teurer Grundierung und Lippenstiften über Parfüms bis hin zu Körperspray. «Das ist Joy, wollen Sie testen?»

«Wer kauft schon Düfte aus einer Laune heraus?», hatte Xezal einmal zu ihr gesagt, bei Allders in Croydon, bevor Allders vom Immobilienentwickler PLC in die Insolvenz gedrängt worden war. Siver hatte sich eine mattschwarze Calvin-Klein-Flasche ausgesucht, für die sie Kate Moss im Fernsehen hatte werben sehen, und Xezal war nicht begeistert gewesen. «Eine Dame bleibt ihrem Duft treu, sie ist nicht flatterhaft wie eine gewöhnliche Frau, die nicht weiß, wer sie ist.»

Siver fragte eine gelangweilte Frau hinter dem Make-up-Tresen nach Jeff, dem Mann, der sie der E-Mail zufolge zum Gespräch eingeladen hatte. Die Frau zuckte die Achseln. Sie kannte keinen Jeff. Aber vielleicht wollte Siver die neue Ultra HD Stick Foundation probieren?

Sie ging an den Ständern mit den Sonnenbrillen vorüber (alle von der italienischen Luxottica Group hergestellt, jede mit einem anderen Logo am Bügel, alle mit tausend Prozent Gewinnaufschlag) und nahm den Fahrstuhl in die Damenabteilung, wo in großen Abständen an verchromten Gestellen kleine Fetzen in Kindergrößen hingen. Sie fragte zwei weitere Menschen nach dem schwer fassbaren Jeff und wurde zu einer unauffälligen Tür geführt, durch einen Flur voll mit den Gliedmaßen und Leibern nackter Schaufensterpuppen neben Kleiderständern mit den noch im Plastik des Herstellers verpackten Kleidern. Ein Tatort: Plastikfolie und Körperteile.

In einem engen kleinen Büro voller Kartons, aus denen Gewänder hingen wie die Gedärme toter Tiere, tauchte Jeff hinter einem alten Computer auf. Siver stellte sich vor, mit ausgestreckter Hand, und Jeff hatte entweder vergessen, dass sie überhaupt verabredet waren, oder er tat so als ob.

«Na, jetzt wo Sie schon mal hier sind ... setzen Sie sich doch.»

Er blickte sie an, als wäre sie eine Schlangenbeschwörerin und er die Kobra, wackelte mit dem Kopf hin und her, die Augen auf Brusthöhe. «Sagen Sie mir, warum sollte ich Sie einstellen?»

Siver ratterte ein paar Allgemeinplätze über ihr Arbeitsethos herunter, ihre weitreichende Erfahrung im Einzelhandel, ihre Markenkenntnisse.

«Wo sehen Sie sich in fünf Jahren?»

Eine schreckliche Frage, mit die schlimmste im Ritual des Bewerbungsgesprächs. Sie wusste, dass ihre Antwort gleichzeitig zeigen sollte, dass sie eine loyale Angestellte wäre, aber auch aufstrebend, wenn auch nicht zu sehr, aber als er die Frage stellte, versuchte sie, sich ihre Zukunft vorzustellen und sah - nichts. Es war, als hätte Karim alles, was sie sich an eigener Zukunft hatte vorstellen können, ausgelöscht, ihr mit Gewalt alle Gewissheiten ausgerissen, auf die sie hätte setzen können. Sie hatte nichts mehr als eine leere Leinwand, und musste improvisieren. In fünf Jahren? Sie wusste nicht einmal, wo sie sich Ende der Woche sah.

*

Siver, ruf doch bitte deinen Bruder an, übe ein bisschen guten Einfluss aus, sag Hama, er soll sich ein nettes Mädchen suchen, denk dran, dass in London die Zeit umgestellt wurde, er ist dir jetzt vier Stunden voraus, Emiratis wissen wahrscheinlich nicht, dass man die Uhr umstellt, die müssen immer besonders sein. Ruf ihn an, er ist noch wach, sag ihm, dass er kein Kind mehr ist, er muss ans Heiraten denken. Ich sage ihm immer wieder, dass die Tochter von Kak Goran gerade ihren Master in Ingenieurswissenschaften gemacht hat, **maschallah,** ***das ist***

ein braves Mädchen aus guter Familie, sehr hübsch – kannst du dich noch an Kak Gorans Tochter Chra erinnern? Ihr wart befreundet, weißt du noch, ihr habt immer mit diesen Barbies gespielt. Aber auf seine Mutter will er ja nicht hören, das wollt ihr alle nicht, bei Hama ist alles immer nur Arbeit Arbeit Arbeit, Geld Geld Geld.

*

Als im Vereinigten Königreich im Jahr 1994 die National Lottery eingeführt wurde, legten Siver und ihre Brüder am Anfang jeder Woche ein Pfund hin und malten sich bis Samstag aus, was sie mit dem Geld machen würden, falls sie gewannen. Die Tagträume halfen ihnen durch jede Woche, und auch wenn die im Fernsehen übertragene Ziehung immer in einer Enttäuschung endete, konnten sie schon am Tag darauf weiterträumen.

«Ich würde mir einen McLaren F1 holen, in Blau, das wäre das Erste, was ich mache, und dann fahre ich immer bei Harrods vorbei, rauf und runter, damit ganz London mich sehen kann», sagte Mohammed, wenn sie wieder ihre Fantasiegewinne ausgaben. Er träumte alle zwei Wochen von einem anderen Auto, aber die Richtung blieb dieselbe.

«Ich würde den Eltern ein Haus kaufen, drei Wohnungen, für jeden eine, und nie wieder arbeiten», sagte Siver und betrachtete die Zahlen, die sie jede Woche tippte, weil sie glaubte, so höhere Gewinnchancen zu haben.

«Ganz anders als jetzt, wo du dich kaputtarbeitest, meinst du?», kicherte Mohammed.

«Leck mich, Mo. Du kriegst keine Wohnung von mir.»

«Ein Haus wäre toll», sagte Laika. Er spielte jede Woche neue Zahlen, vielleicht glaubte er, dass ihn irgendeine himmlische Eingebung die richtigen Zahlen wählen lassen würde. «Einfach Platz für uns, wisst ihr? Sonst weiß ich auch nicht. Aber Mum und Dad sollen keine Sorgen mehr haben.»

Anfangs kauften sie die Lottoscheine heimlich, damit Rafiq keine langen Reden hielt und erklärte, Lotterien seien nichts anderes als Steuern für die Arbeiterklasse, die regierungsamtlich beglaubigte Vorstellung, Geld könne alle Probleme lösen. Aber nach einer Weile gab er Siver jeden Montag eine Ein-Pfund-Münze und eine Reihe nach historischen Ereignissen gewählter Zahlen (18, das Geburtsjahr von Karl Marx; 46, das Jahr der Republik von Mahabad; 51, das Todesjahr des kurdischen Linguisten Bedirxan, und so weiter), immer ohne ein Wort. Als wäre Träumen etwas, das sich für ihn nicht gehörte.

*

Neun Tage bevor ihr Visum ablief, hatte sie ein Vorstellungsgespräch in einem Designer Store im Erdgeschoss der Mall of the Emirates.

Siver hatte sich dafür in verschiedene Teile der Marke gekleidet, und zu ihrem Erstaunen sprach die Managerin, eine Französin namens Isabelle, an deren Gesicht ein Schönheitschirurg so makellose Arbeit geleistet hatte, dass ihr Alter sich nicht mehr bestimmen ließ, sofort mit ihr, als hätte sie den Job schon.

«Nichts gegen die anderen», sagte sie, bewusst in Hörweite der jungen Frau, die die Glasvitrine mit den Lederaccessoires abstaubte, «aber die verstehen von der Geschichte unserer Marke so viel wie von Kernspaltung. Wissen Sie, wir sind ja nicht für die Teenies hier, die mit Daddys Kreditkarte ankommen, wir sind etwas für die Dame mit eigenem Geld.»

Siver nickte, weil es von ihr erwartet wurde.

«Ich finde es einfach großartig, wenn unsere Marke von einer Frau vertreten wird, die, nun ja, selbst Stil hat. Ich glaube, Sie passen sehr gut hierher, Siver.»

Und das war's.

Ein Händeschütteln, Isabelle versprach, ihr noch am selben Tag die nötigen Unterlagen zu mailen, und Siver legte tränenüberströmt den langen Weg von der Mall zur Metro zurück, als wäre gerade der Druck vieler Monate von ihr abgefallen, und die Gefühle schossen ihr durch den Leib wie Flipperkugeln. Sie verstand nicht, warum sie sich nicht einfach freuen konnte, dass sie es geschafft hatte, endlich einen anständig bezahlten Job zu finden. Vielleicht weil man ihn ihr nach all den Mühen jetzt einfach gegeben hatte, ohne dass sie das Gefühl hatte, dafür besonders viel getan oder geleistet zu haben. Weil er einfach ein Glückstreffer war.

Aber als sie zu Hause ankam, hatte sie ein Lächeln im Gesicht, tanzte mit Zara durch die neue Wohnung und versprach ihr die Puppe, die sie sich so sehr gewünscht hatte. «Jetzt wird alles gut, Äffchen, versprochen», sagte sie zu ihrer Tochter, die verwirrt und ein wenig verängstigt wirkte, als wäre sie nie auf den Gedanken gekommen, dass nicht alles gut sein könnte.

*

Seit vor sechs Monaten ihr Vater gestorben war, hatte sie den größten Teil ihrer Zeit bei Karim verbracht; ihr graute vor ihrem Zuhause und den vorwurfsvollen finsteren Blicken ihrer Mutter. Xezal sprach es natürlich nie aus, sie sagte nicht laut, dass es die Nachricht von Sivers Verlobung mit einem Araber gewesen sei, die zu Rafiqs Herzinfarkt geführt hatte, aber Siver spürte, dass der Vorwurf in der Luft hing, sie spürte es in den Gesten ihrer Mutter, wie sie kaum aufblickte, wenn sie sie anherrschte, den Abwasch zu machen oder einen Arzttermin für sie zu vereinbaren.

«Sie ist einfach einsam», sagte Karim, als sie sich über Xezal beklagte. «Sie hat die Liebe ihres Lebens verloren», sagte er und massierte Siver die Finger.

Siver lachte laut. «Liebe? Mach dich nicht lächerlich, Karim. Da war keine Liebe.»

«Egal. Du solltest für deine Mutter da sein.»

«Wenn du mich hier raushaben willst, sag es doch einfach.»

«So habe ich es nicht gemeint», sagte Karim leise.

«Laika wohnt bei ihr. An den Wochenenden ist Mohammed da. Ich verstehe nicht, warum ich immer die bin, die sich um sie kümmern soll.»

«Du bist ihre einzige Tochter. Das weißt du doch.»

«Ich möchte nicht weiter darüber reden», sagte sie und nahm die Fernbedienung.

Als sie den Fernseher einschaltete, flog gerade das zweite Flugzeug ins World Trade Center, in den South Tower.

*

Als Siver zur Autovermietung ging, um sich etwas Vertretbares zu mieten, damit sie zur Arbeit fahren und Zara in die Schule bringen konnte, wenn sie im Herbst anfing, empfahl ihr der Angestellte stattdessen die Filiale am Flughafen mit allen möglichen verlassenen Autos. «Dort machen sie Ihnen bestimmt ein gutes Angebot, Ma'am.»

Im Taxi zum Flughafen fiel ihr auf, dass in der ganzen Stadt alle protzigen Baustellen brach lagen. The World, die künstliche Inselgruppe, an der die Arbeiten begonnen hatten und die aussehen sollte wie eine Mercatorprojektion der Erde, ließ man wieder im Meer versinken. Sie hatte gelesen, der Eigentümer der «Irland»-Insel habe Selbstmord begangen, und der Eigentümer der «Libanon»-Insel habe eine Bar eröffnet, schiffe die Kundschaft ein und serviere verwässerte Cocktails, während rund um ihn herum die Welt unterging.

Auch die Bauarbeiten an der Falconcity of Wonders waren eingestellt worden, einem gigantischen Immobilienprojekt mit maßstabgetreuen Nachbauten des Eiffelturms, der Cheops-Pyramide, des Taj Mahal, des Schiefen Turms von Pisa und der Chinesischen Mauer. Wie schade. Sie hatte sich darauf gefreut, mit Zara dort hinzugehen.

Der Verkehr auf der ständig verstopften Sheikh Zayed Road hatte sich erheblich beruhigt, das Taxi benötigte bis zum Flughafen unglaublicherweise nur noch eine halbe Stunde, aber die Baugerippe in der Skyline ließen sich nur schwer übersehen, untote Mahnmale an eine Zukunft, die zumindest vorläufig auf Eis gelegt worden war. Die Finanzkrise war schließlich doch noch in Dubai angekommen.

Der Manager in der Flughafenfiliale der Autovermietung führte sie durch die Reihen kürzlich ersteigerter, mit einem Sandfilm bedeckter Fahrzeuge, mit Anweisungen wie WASCH MICH auf den Windschutzscheiben, oder kindischem Gekritzel wie SCHADE, DASS MEINE FRAU NICHT SO SCHMUTZIG IST. Es gab unpraktische Sportwagen, ein Gezwirbel aus leichtgewichtigen Carbonfasern, das in Wirklichkeit unwirklicher aussah als auf dem Bildschirm, riesige SUVs mit getönten Scheiben, teure deutsche Limousinen. Relikte eines Wohlstands, der sich in Luft aufgelöst hatte. «Suchen Sie sich was aus. Ich mache Ihnen einen guten Preis.»

Sie nahm einen SUV, etwas, das ihnen Schutz vor Rasern und den vielen Unfällen bieten würde, die sie täglich auf der Straße sah.

«Hervorragende Wahl», sagte der Manager und warf kaum einen Blick auf das Auto, das sie ihm zeigte.

Er rief zwei junge Männer in ausgeblichenen blauen Overalls, die das Auto waschen und den Sand vieler Monate wegputzen sollten, und führte Siver aus der drückenden Feuchtigkeit wieder in sein Büro, zur Unterzeichnung des Leasingvertrags.

Als sie wegfuhr, ging sie aufs Gas, übertrat jede Geschwindigkeitsbegrenzung, ließ alle Fenster herunterfahren und stellte sich vor, wie es wäre, gegen eine Wand zu rasen.

*

Der Anruf von Karims Mutter kam an einem Sonntagnachmittag, als Siver und er gerade zum Essen in der Tate Modern waren. Sie waren mitten im Gespräch gewesen und hatten diskutiert, ob die Tatsache, dass Eigennamen in arabischen Schriften in Parenthese gesetzt wurden, bedeutete, dass man im Nahen Osten weniger individualistisch war, da klingelte das Telefon. Siver stocherte in ihrem Thai-Salat herum, mit einem Blick über die Themse und die wackelige Brücke, die Southwark mit der City of London verband, während Karims Stimme im irren Stakkato kriegerischer Geigen trillerte. Diesen Ton kannte sie von ihm noch nicht.

«Das war meine Mutter», sagte er, als er aufgelegt hatte. «Mein Vater hatte gestern im Büro einen Zusammenbruch.»

«Oje. Wie geht es ihm?»

«Ich weiß nicht ... Kann sein, dass ich nach Bagdad muss, Siver.»

«Wann?»

«Keine Ahnung. Meine Mutter möchte, dass ich die Firma übernehme, damit mein Vater sich erholen kann.»

Karim war vor acht Jahren nach London geschickt worden, auf ein Internat in Westminster. Dem Vater war wichtig, dass er in London zur Schule ging. Die Familie besaß eine Wohnung in Marylebone, die sie in den Achtzigern gekauft hatte, weil nicht klar war, ob man im Irak in der Zukunft sicher würde leben können, und nach seinem Abschluss zog Karim in die Familienwohnung, die, abgesehen von gelegentlich dort verbrachten Sommerferien, über ein Jahrzehnt lang unbewohnt gewesen war. Als seine Eltern immer öfter fragten, wann er zurück nach Bagdad käme, ging er nicht länger in die Nachtclubs von Mayfair, sondern bewarb sich um einen Studienplatz, um länger in London bleiben zu können.

Heute aber, im Restaurant des Tate Modern, zog er seine Rückkehr in Betracht. «Nicht sofort, erst nach der Hochzeit natürlich, und außerdem bleibe ich vielleicht nicht lange, ein paar Monate, dann komme ich zurück. Du musst nicht mitkommen, *habibti*. Bagdad ist keine Stadt für dich.»

Sie leerten schweigend ihre Teller und lauschten ernst dem Klappern des Geschirrs um sie herum.

*

Die Arbeit war nicht schwer, das Problem war, immer so tun zu müssen, als würde sie Spaß machen. Sivers Kolleginnen verschwanden nach besonders unangenehmer Kundschaft oft im Hinterzimmer, um kurz zu schreien. Aber die Arbeit selbst war nicht schwer.

Ihre Rolle war Siver sofort klar gewesen: Expats verwöhnen, sie mit ihrem eigenen britischen Akzent und ihrem westeuropäischen Habitus trösten, damit sie sich heimisch fühlten. In dieser Hinsicht ähnelte Dubai jedem beliebigen Flughafen, ganz darauf ausgerichtet, vertraut zu wirken und die Menschen wie Schafe durch seine Raumordnung zu leiten. Die Mall war mit ihren sofort wiedererkennbaren Luxusmarken der Grundtypus des auf leichte Zugänglichkeit und Verständlichkeit hin gestalteten Raums: die gleichen Fastfood-Ketten, die gleichen Schilder und der gleiche strukturelle Aufbau, alles, um die Kundschaft in Sicherheit zu wiegen, ihr ein Zuhause zu bieten, ein besseres Zuhause. Gesprächigen Kundinnen zufolge bot Dubai das Beste am eigenen Zuhause ohne dessen unangenehmere Aspekte. Die wichtigste Importware des Westens am Golf war nicht die westliche Kultur, es waren die westlichen Marken. Die NYU und die Sorbonne, der Louvre und das Guggenheim waren keine ortsgebundenen Institutionen mehr, sondern globale Brands, deren Produkte man kaufen konnte. Was Dubai bot, war, obwohl alles auf das Allerneuste ausgerichtet schien, am Ende ein Raum für Nostalgie. Und Sivers Rolle bestand darin, die nostalgischen Sehnsüchte zu bedienen. Die Briten hatten noch immer ein Empire, die Franzosen waren noch immer der Mittelpunkt der Welt, die Amerikaner kamen noch immer aus dem besten Land auf Erden.

Alles eine Illusion, aber Siver hatte das Talent, sie aufrechtzuerhalten.

*

Als Siver sich schließlich entschied, Karim nach Bagdad zu folgen, landete sie dort an genau dem Tag, an dem der Schriftzug «Saddam Hussein International Airport» entfernt wurde. Die Koalitionsstreitkräfte hatten ihn schon vor Monaten umbenannt, aber der Schriftzug war geblieben. Als ihr Flugzeug zum Gate rollte, sah sie drei Männer auf einem orangefarbenen Gerüst, von denen einer die riesengroßen Buchstaben abschabte, die den Namen des ehemaligen Diktators bildeten, während die beiden anderen einfach zusahen. Als die eisernen Lettern abmontiert waren, leuchtete die Wand darunter im Original-Grün des ersten Anstrichs, und so sollte dort noch monatelang Saddam Hussein International Airport stehen, die langsam verblassende Geistererscheinung einer abgelegten Identität.

Zuletzt war sie als Baby in der Stadt gewesen. Mohammed und sie waren hier geboren, aber ihre Eltern waren bald darauf mit ihnen nach Slemani gezogen. Sie hatte keine Erinnerungen an den Ort. Mohammed hatte ihr vor dem Umzug erzählt, es sei schön dort, aber er konnte sich natürlich selbst kaum noch an etwas erinnern, außer dass das Eis lecker gewesen war.

Das Leben in London fand sie ohne Karim unerträglich. Zuerst hatte sie die freie Zeit genossen, seine Wohnung, die sie nun ganz für sich hatte, die unbegleiteten Galerie- und Kinobesuche. Anfangs bemühten ihre Freundinnen und Freunde von der Uni sich noch, sie abends zu treffen, aber dann wurden sie von ihrer Arbeit verschluckt, vom Karrierestart. Mohammed ging gern ab und zu mit ihr etwas trinken, flog aber alle zwei Wochen nach Afrika und kaufte in den Dörfern heiße Luft, oder was immer er dort auch trieb. Laika treffen hieß Xezal treffen, und seit ihre Mutter sich geweigert hatte, zu ihrer Hochzeit zu kommen, war die Beziehung gestört. Karims Fotos von seinem Leben in Bagdad hatte sie erst verwirrt und dann, als die Zeit verging, fast sehnsüchtig betrachtet. Und ja, sie vermisste den Sex.

Dass sie sich in London nicht mehr zu Hause fühlte, war auch keine Hilfe. Die Stadt tat, was sie konnte, um sie abzustoßen. Auf den Straßen demonstrierten die Menschen gegen einen Krieg in einem Land, in dem sie nie gewesen waren, von dem sie nichts wussten, und offenbar hätten sie es lieber gesehen, wenn Sivers Volk in alle Ewigkeit von Saddam Husseins Regime abgeschlachtet werden würde, solange sie sich nicht damit befassen mussten. Sie hatte die Bewerbungsgespräche satt, wo man sie überqualifiziert nannte, ohne dass sie je eine Einladung zu einem Bewerbungsgespräch zu einem Job bekam, für den sie tatsächlich qualifiziert gewesen wäre. Sie hatte es satt, sich für ihren guten britischen Akzent loben zu lassen. Sie war erschöpft.

Also rief sie ihn an. Sagte ihm, sie würde es ausprobieren. In Bagdad zu leben.

Vor dem Umzug redete Xezal kaum noch mit ihr. Als Siver und Karim sich in Sutton auf dem Amt trauen ließen, nachdem sich herausgestellt hatte, dass die Suleymaniye-Moschee an der Kingsland Road eine monatelange Warteliste hatte und Karim wieder zurück nach Bagdad musste, um sich um seinen kranken Vater zu kümmern, hatte Xezal Laika gesagt, sie habe Kopfschmerzen. Als Antwort auf die Frage, ob sie fertig sei, weil sie in weniger als einer halben Stunde dort sein sollten. «Kopfschmerzen», schnaubte Siver, als Laika ihr davon erzählte, auf dem Amt in einem wunderschönen Gebäude nur ein paar Minuten von ihrer engen Wohnung entfernt. «Mehr sind wir für sie nicht, Kopfschmerzen», sagte sie, während Laika versuchte, sie zu trösten.

Erst als das Taxi kam, das Siver zum Flughafen bringen sollte, stellte Xezal sie zur Rede; das war für sie der richtige Augenblick, ihrer Tochter zu sagen, sie solle bleiben. «Ich verstehe nicht, warum er nicht einfach hier leben kann. Was, hat er etwa nicht genug Geld, dein Mann da?»

«Das sagst du mir jetzt? Wo das Auto schon wartet?»

«Wir sind aus gutem Grund aus dieser grässlichen Stadt fortgezogen, Sisi. Und jetzt willst du dorthin zurück?»

«Du hast uns immer erzählt, wie toll du es dort fandest», sagte Laika und blickte von seinem Buch auf.

Xezal nahm Siver in die Arme.

«Mein Herz ist in Sorge um dich», sagte sie, unter Tränen. Sie wusste immer genau, wann sie den Springbrunnen einschalten musste.

Siver stieg ins Taxi, und ihre Mutter winkte ihr von der Straße aus nach. Als Siver sich noch einmal umdrehte, bevor das Auto um die Ecke bog, winkte sie immer noch, dann waren ihre Mutter und das Haus, in dem sie aufgewachsen war, verschwunden.

Das Innere des Bagdad International Airport, entworfen und gebaut im Jahr 1979 vom französischen Konzern Spie Batignolles, sah selbst für die späten Siebziger veraltet aus: Von der Decke hingen von islamischer Architektur inspirierte Stalaktiten, ekelgrün gestrichen. Da man für diesen Flughafen Papiere benötigte, die die allermeisten Iraker nicht besaßen, gab es nicht nur eine VIP-Lounge, sondern auch eine VVIP-Lounge. In einem kleinen Duty-Free-Shop konnte man Parfüm kaufen, aber kaum etwas anderes (vor Kurzem hatte sich ein schiitischer Geistlicher gegen den Verkauf von Alkohol ausgesprochen), und in einem Café mit Pepsi-Kühlschränken lief ein spanisches Fußballspiel.

Siver holte ihren Koffer ab und bestieg den Shuttle nach draußen, wo Karim auf sie wartete, weil jenseits der vielen Kontrollpunkte, an denen Hunde das Gepäck beschnupperten und amerikanische Soldaten bei der Passkontrolle ihre Waffen auf die Reisenden richteten, keine Besucher zugelassen waren. Sie quetschte sich mit den anderen Passagieren hinein, dann ging es zum Freiluft-Parkplatz, wo scharenweise Angehörige warteten. Kaum war sie ausgestiegen, erspähte sie Karim und seine Mutter, die in der brennenden Hitze litten - auf dem fülligen Gesicht der Mutter lag ein Schweißfilm, Karim hatte dunkle Flecken unter den Achseln. Die Mutter nahm Sivers Gesicht zwischen die Hände, küsste sie kraftvoll und sagte etwas auf Arabisch, das Siver nicht verstand. Sie drückte Siver etwas in die Hand, einen Goldring, und zum ersten Mal entspannte Siver sich bei dem Gedanken, noch eine Mutter in ihrem Leben zu haben. Diese hier wirkte anschmiegsamer als ihre.

«Wie staubig es hier ist», sagte Siver und drückte Karim die feuchte, tröstlich große Hand, den Blick aus dem Fenster auf das von Amerikanern erbaute Beton-Labyrinth gerichtet, das die Stadt mit Explosionsschutzwänden im Baukastenprinzip umfriedete, die sich mit der Zeit eigenwillig versetzen, miteinander verflechten und neue Stadtviertel, neue Topografien schaffen würden.

«Das kommt vom Krieg», flüsterte Karim ihr ins Ohr, und sie spürte seinen warmen Atem im Genick. Siver hielt es zuerst für eine Metapher, dabei war es wirklich der Krieg, der Bagdad die vielen Sandstürme bescherte: Die Bewegungen der Truppen und der vielen Fahrzeuge in der Wüste hatten ein Klima geschaffen, das den Sand noch heftiger aufwirbelte.

Zu Hause, in *ihrem* Zuhause, zeigte er ihr den großzügigen Eingangsbereich, die vielen Schlafzimmer, die voll ausgestattete Küche, und deutete dann auf einen Riss in der Wand, der ihr aufgefallen war. «Das ist die Luftfeuchtigkeit. Nicht schlimm, das überpinseln wir einfach.»

Auch das war keine Metapher.

*

Als sie ein paar Wochen in der Mall gearbeitet hatte, tauchten in der ganzen Stadt Plakate auf, die das Dubai Shopping Festival ankündigten. Eine Werbung von Damac Properties versprach jedem, der in der exklusiven Damac Mansion Eigentum erwarb, einen Lamborghini Aventador Roadster als Dreingabe. Im Atrium der Mall of the Emirates wurde der größte Einkaufswagen der Welt installiert, mit festlicher Einweihung vor Lokaljournalisten und gaffenden Touristen, die dem gigantischen Stahlgebilde die Smartphones entgegenreckten, als würden sie die Augen vor den Strahlen einer neuen Sonne schützen. Isabelle schickte den Angestellten eine Mail mit den Öffnungszeiten während des Festivals.

«Wie bitte, wir sollen jetzt zwölf Stunden arbeiten?», unterbrach Siver beim Lunch ihre Kollegin, als sie die Mail auf dem Telefon überflogen hatte. Sie hatte schon ein ungutes Gefühl im Magen, weil sie Zara im Discovery-Garden-Komplex tagsüber frei herumlaufen ließ, während sie arbeitete. Und jetzt sollte sie Zara von neun Uhr morgens bis neun Uhr abends sich selbst überlassen?

Die Kollegin, die sie unterbrochen hatte, Linela, erzählte ihr gerade von ihrer gescheiterten Modelkarriere. Sie stammte aus Bosnien und war auf den Laufstegen großer Marken zu sehen gewesen, hatte aber ständig mit Visum-Problemen zu kämpfen gehabt («Ich habe denselben Familiennamen wie ein berühmter Terrorist. Tja.»), weshalb sie eher nicht für die New York Fashion Week gebucht werden würde, für die sie vom Körpertyp her besser geeignet gewesen wäre als für Paris oder Milano. Sie spießte mit der stumpfen Food-Court-Gabel ein Salatblatt auf und zuckte die Achseln. «Ach ja, die Saudis haben für längere Öffnungszeiten der Malls gezahlt, damit sie nachts einkaufen können, wenn die Westler weg sind. Ist eben so. Such dir doch einen Babysitter? Ist ja nur für eine Woche. Egal, jedenfalls ...»

Mit vierundzwanzig war Linela klar geworden, dass sie nie die Modelkarriere machen würde, von der sie geträumt hatte, und sie war nach Moskau gezogen, um «einen Partner zu finden». Sie schrieb sich bei einer Einrichtung ein, die allgemein «Gold Digger Academy» genannt wurde, und zahlte tausend Dollar die Woche, um zu lernen, wie man einen Mann fand (Modul 1), ihn kriegte (Modul 2) und ihn behielt (Modul 3). Sie schnappte sich schnell einen Boyfriend, einen Öl-Trader und Kleingangster, der ihr eine Mätressenwohnung einrichtete, sie zu Dates mit dem Maybach abholen ließ und sie mit teuren Kinkerlitzchen überhäufte, aber genauso schnell bekam sie es in Moskau mit der Angst zu tun, so erzählte sie, den Mund voller Feldsalat, weil ihr Boyfriend Überwachungskameras hatte anbringen lassen, damit sie keine anderen Männer in die Wohnung mitnahm, und auf ihren Dates zunehmend die schnatternden Achtzehnjährigen beäugte, die ihm auflauerten und darauf warteten, dass er Linela satthatte. Sie sei zu alt, um die Liebhaberin zu spielen, sagte sie achselzuckend. Das sei etwas für Teenager, die voll einstiegen und genug Geld anhäuften, um mit 25, höchstens 26 eine bescheidene Rente zu haben. Also flog sie nach Dubai, schrieb sich für einen Arabischkurs ein, bekam einen Job im Laden und verbrachte die Abende mit Networking- und Kochkursen.

Siver hörte nur noch halb zu und dachte daran, wie wenig Geld sie noch übrig hatte, dass sie ihr erstes Gehalt erst in zwei Wochen bekommen und ihr Kind einer Fremden anvertrauen müssen würde, was ihr Angst machte.

«Man muss an den Punkt kommen, dass man sich nicht dauernd Sorgen macht», fasste Linela nüchtern ihre Lebensziele zusammen.

*

Alle Möbel aus ihrem Haus in Bagdad mussten raus. Karim war ein liebevoller Ehemann, aber Geschmack hatte er nicht. Siver blätterte türkische und italienische Kataloge durch und suchte Sofas und Betten aus, alles komplett neu.

«Hier sieht es aus wie eingerichtet von Saddam Hussein auf LSD, Schatz», hatte sie zur Erklärung gesagt, und Karim hatte nicht widersprochen. Seine Mutter war auf ihrer Seite gewesen und hatte Karim gesagt, er solle auf seine Frau hören (behauptete Karim jedenfalls). Am Ende war es die Mutter, die eine Lösung vorschlug: Der Familie gehörte noch ein anderes Haus, das renoviert werden musste und dann an die koreanische Botschaft vermietet werden sollte; also wurden die Möbel, die Karim ausgesucht hatte, dorthin verfrachtet, um Platz für Sivers Auswahl zu schaffen, die in den kommenden Monaten per Lastwagen nach Bagdad geschafft werden würde. Das Einzige, was sie behielt, außer den Fernseh- und Haushaltsgeräten, war ein Gemälde, das Karim auf einem Suk gekauft hatte. Nichts Besonderes, ein Ölbild von einem Häuschen auf einem Feld, das Siver aber aus irgendeinem Grund ansprach - das Häuschen rief eine Erinnerung in ihr wach. Nicht an ihr Haus in Slemani, davon existierten keine Fotos, und sie hatte ihr Leben dort nicht mehr vor Augen. Natürlich war das Bild Kitsch, aber trotzdem sah sie Schönheit im dargestellten Idyll.

Es fiel ihr schwer, sich an früheres Glück zu erinnern. Das Arabischlernen fiel ihr schwer (ihr Privatlehrer war viel mehr daran interessiert, sein eingerostetes Englisch aufzupolieren, als sie zum Grammatikpauken zu zwingen), aber Karim tat sein Bestes, ihr bei der Eingewöhnung zu helfen, sie Freunden und Familie vorzustellen, sie von Mutter und Cousine zur Maniküre und zum Haareschneiden in die besten libanesischen Salons der Stadt begleiten zu lassen, und sie hatten eine Putzhilfe, einen Koch und Laufjungen, die ihr die Einkäufe erledigten. «Entspann dich einfach», sagte er, wenn sie darüber nachdachte, was sie mit sich anfangen sollte.

Nach ein paar Monaten nahm er sie mit in die Firma

und übergab ihr die Kontaktpflege für die Kunden aus dem Westen. Karims Familie hatte das Bauunternehmen in den Sechzigerjahren gegründet, sich immer mit Saddam arrangiert und ein beträchtliches Vermögen angehäuft. Der Vater, der hinfällig und vom Krebs gezeichnet war und den Siver kaum zu Gesicht bekam, hatte das Tagesgeschäft Karim übergeben, für den der neue Irak das Land unbegrenzter Möglichkeiten war, wo man endlich ins internationale Geschäft einsteigen konnte. Er traf Repräsentanten von Hotelketten, die Bagdad, Karbala und Basra als Businesszentren der Zukunft betrachteten und sich von Karim ihre Vier- und Fünf-Sterne-Hotels bauen ließen. Siver, deren Arabisch besser wurde, aber noch nicht ausreichte, um mit ihrem Team mehr als die einfachsten Dinge zu besprechen, hielt den Kontakt zu den Firmenvertretern, gab beglaubigte Übersetzungen von Unterlagen in Auftrag und verbrachte ihre Tage mit E-Mails, in denen sie nervöse Europäer und Amerikaner davon zu überzeugen versuchte, dass der Ort, den sie bombardierten, eine Zukunft hatte. Dass sich hier Geld machen ließ. «Benutz dein sexy Englisch», hatte Karim ihr gesagt – bei ihrem Londoner Akzent würden die Geschäftspartner locker. «Die hören mich sprechen, und schon ist das Vertrauen weg. Wenn sie dich hören, gehörst du für sie gleich zu ihnen», sagte er ganz sachlich. Obwohl sie noch nie ein Sparkonto besessen hatte und sich nichts von dem, mit dem Karim sie nun regelmäßig versorgte, selbst hätte kaufen können, war ihre Sprechweise ein stärkerer Marker für Wohlstand, als Karims Englisch es je werden konnte. «Aber ich bin niemand», antwortete Siver, als Karim ihr im Auto auf dem Heimweg von der Arbeit sagte, sie solle das nächste Meeting mit den Leuten von Kempinski Hotels leiten. «Sag das nie.» Karim nahm seine Hand vom Schaltknüppel und legte sie ihr auf den Oberschenkel.

Sie wusste, dass sie damals glücklich gewesen war, sie wusste, dass es wahr gewesen war, aber das Gefühl konnte sie nicht wieder wachrufen. Sie erinnerte sich an diese Zeit so wie an das Ölbild, das sie einmal schön gefunden hatte, das sie jetzt aber kaltließ, ohne dass sie zu sagen wüsste, womit es sie so verzaubert haben könnte. Schließlich war es nur ein Ding.

*

Ihr neues Leben in Bagdad brachte neue gesellschaftliche Verpflichtungen mit sich. Jeden zweiten Abend fuhr Karim sie vorbei an den vielen Checkpoints mit bewaffneten Wachtposten zum Haus von Freunden oder Verwandten, wo sich andere Freunde oder Verwandte versammelten. Die Wohnzimmer waren alle praktisch identisch: große Räume mit barocken, unbequemen, an den Wänden aufgereihten Stühlen. Immer saßen die Männer um den Gastgeber versammelt und führten laute politische Debatten, während die Ehefrauen im Hintergrund flüsterten. Dies waren Menschen, die unter Saddam gut dran gewesen waren, die unter den Amerikanern noch immer gut dran waren und gut dran bleiben würden, komme was wolle. Die meisten hatten ihre teuren SUVs gegen bescheidenere Gefährte eingetauscht, aus Angst, wie so viele Reiche von Erpressern entführt zu werden, aber die neue Bescheidenheit war nur Fassade. Sobald sie sich zu Hause sicher fühlten, brachte die Dienerschaft Flaschen mit schwarz gebranntem Schnaps, die in der Mitte eines Tischs aufgestellt wurden, daneben Schälchen und Teller voller Nüsse und Mezze. Die Flaschen enthielten alle das Gleiche - verschnittenen Whisky, immer als Chivas Regal, Royal Salute oder Blue Label etikettiert, gebrannt auf in der Ägäis ankernden Schiffen -, wurden den Gästen aber immer stolz in höchst exklusiven Flaschen präsentiert. Im Kreis von Karims Familie durfte Siver trinken, aber sobald jemand von außerhalb dabei war, saß sie vor Pepsi- und Mirinda-Dosen, versuchte, das gesprochene Arabisch zu verstehen, schnappte Namen wie *Bush* und *Saddam* auf und dachte sich den Rest. Sie versuchte, sich die Namen der Ehefrauen zu merken, weil sie dazugehören wollte, konnte aber nie Schritt halten, weil die Männer sich ständig Zweit- und Drittfrauen nahmen. Gelegentlich fiel einer von Karims Verwandten auf, dass sie dem Gespräch nicht folgen konnte, und sie bot ihr mit gequälter Miene etwas zu essen an. Die Frauen bewunderten ihre Kleider und gaben vor ihr mit ihren neuesten Designertaschen an. Seltsamerweise betrachteten sie sie nicht als Kurdin, mit der sie kaum geredet und die sie schon gar nicht in Modefragen zu Rate gezogen hätten, sondern als Europäerin.

Wenn Karim das Wort ergriff, ließ er eine seiner Tiraden vom Stapel, die sie wiedererkannte, obwohl sie die Sprache nicht verstand. War er betrunken, richtete er seinen Hass gerne auf die römische Zahlschrift. Sie den vielseitigeren und zweckdienlicheren arabischen Ziffern vorzuziehen, betrachtete er als snobistischen europäischen Imperialismus schlimmster Sorte. Vor der Einführung der arabischen Ziffern hätten sie im Westen am Abakus gesessen, knurrte er dann und schwenkte das mit Fingerabdrücken verschmierte Whiskyglas. Wenn sie wieder daheim waren, Siver sich nach Ruhe sehnte und versuchte, sich die fremden Worte und Laute mit Stille aus dem Kopf zu treiben, kam Karim auf sein Thema zurück und konnte nicht aufhören, obwohl es längst nicht mehr interessant war. «Glaubst du etwa, es ist ein Zufall, dass westliche Universitäten darauf bestehen, römische Zahlen zu verwenden, um den Zeitpunkt im Mittelalter zu bezeichnen, an dem sie drei Steine aufeinandergetürmt und sie Universität genannt haben, während wir schon an Algebra, Geometrie und Trigonometrie saßen? Sie wollen es uns unter die Nase reiben, als würde die Geschichte ihnen gehören und wir wären nichts als ein ungebildetes Wüstenvolk.»

Und so war Siver, wie sie zugeben musste, enttäuscht, als sie las, dass die Schule, auf der sie Zara in Dubai anmelden wollte, stolz «gegründet 2007» verkündete. Ihre Wahl hätte ihm gefallen. Sie wollte ihm nicht gefallen.

Das Logo der Coeus International School, gegründet 2007, war von mittelalterlicher Heraldik inspiriert. Die Schule folgte dem britischen Lehrplan und bot ihren Schülerinnen und Schülern zahllose außerschulische Aktivitäten an, zum Beispiel Skifahren (in der Mall of the Emirates), Reiten (auf dem Schießplatz Ibn Battuta) und Tauchen (in der Dubai Mall). Sie befand sich im relativ unbebauten Jumeriah Triangle, ein Leuchtturm der Grundschulerziehung mitten in der Wüste.

Das Schulgeld für eine Sechsjährige, die die meiste Zeit mit Fingerfarben malen würde, belief sich auf 20 000 US-Dollar pro Schuljahr, eine Summe, die Siver nicht hatte und um die sie (wie sie sich schließlich eingestand) Karim würde bitten müssen. Wenn es um ihre eigenen Finanzen ging, konnte sie auf dem hohen Ross bleiben, bis ans Ende ihrer Tage würde sie keinen Penny von ihm annehmen, aber ihrer Tochter sollten aus ihrem dummen Stolz keine Nachteile erwachsen. Ihr untreuer Ehemann sollte Verantwortung übernehmen. Dass Karim beschlossen hatte, mit Teenagern zu schlafen, bedeutete nicht, dass er seinen Pflichten dem eigenen Kind gegenüber nicht mehr nachkommen musste. Innerhalb von fünf Tagen wollte die Schule den Scheck haben, sie konnte es sich also nicht leisten, die Sache weiter aufzuschieben. Kurz überlegte sie, ob sie Zara bei Karim anrufen und um das Geld bitten lassen sollte, aber das konnte sie dem Kind nicht antun. Das war ihre Aufgabe, diese Mail musste sie schreiben.

```
Re: Zara Schule
Deine Tochter braucht Geld für ihre Schule -
diese hier: coeusinternationaleducation.com.
Ich wäre dankbar für 20000 Dollar sofort, damit
ich das Schulgeld zahlen kann.
Siver
```

Sie sah sich die Mail an, die Direktheit gefiel ihr, aber ihr Ton störte sie. «Ich wäre dankbar»? Nein, «sie braucht.» Das klang besser. Sie braucht 20 000 Dollar sofort.

Die letzte Zeile mit ihrem Namen strich sie.

Bevor sie noch länger grübeln konnte, klickte sie auf «Senden» und grübelte dann sofort über seine mögliche Antwort. Sie stellte sich vor, wie er in einem der protzigen Häuser seiner Verwandtschaft saß, irgendwo in Harthiya, whiskytrunken, wie er die Mail bekam und einen seiner Monologe unterbrach, während seine Kindfrau irgendwo ganz hinten im Raum entspannt mit den anderen Frauen tratschte. Siver starrte ihren Laptop an und surfte ziellos durch die Nachrichten, ohne sich konzentrieren zu können, bis ihr Mailprogramm piepste und eine Mail von Karim erschien.

```
Re: Zara Schule
Ich gebe dir die Adresse einer Hawala, wo du
morgen das Geld abholen kannst. Bring deinen
Ausweis mit. Schön, von dir zu hören.
Karim
```

Siver wusste nicht, was sie von ihm erwartet hatte, aber diese Mail war es bestimmt nicht gewesen. Sie hatte sich für eine quälend lange Auseinandersetzung über seine Pflichten und sein Bedürfnis, für seine Tochter da zu sein, gewappnet.

Selbst diesen Streit hatte er ihr jetzt genommen. Und was war das für eine Schlussformel? «Schön, von dir zu hören»? Er erklärte sich zum Sieger: Sie hatte als Erste geblinzelt, sie hatte sich bei ihm gemeldet, er hatte gewonnen. Arschloch.

Vielleicht hatte er nicht einmal darüber nachgedacht, vielleicht hatte er das im Auto an einer roten Ampel geschrieben. Vielleicht schloss er seine Mails immer mit «Schön, von dir zu hören».

Sie scrollte durch ihren Posteingang und las eine seiner Mails nach der anderen, mit schnellen Links, einem kurzen *iloveyou*, aus der Zeit, bevor er sie ausradiert hatte, ihr Leben, ihre Identität.

Als Zara zu ihr kam und sagte, dass sie hungrig sei, war es schon dunkel. Siver bestellte Pizza und las weiter, bis der Pizzabote klingelte.

*

Wenn sie aus Bagdad bei ihrer Familie anrief, hatte sie, egal, wie es ihr gerade ging, das Gefühl, als Botschafterin Karims und ihres gemeinsamen Lebens im Irak auftreten zu müssen. Mohammed prahlte dann mit seinen Deals, als wäre Siver mit seiner finanziellen Lage nicht vertraut, und Siver berichtete von Karims unternehmerischen Erfolgen. Laika erzählte, wie gut ihm Berlin gefiel, wie man die Leere spürte, die die Mauer hinterlassen hatte, eine Narbe quer durch die Stadt, und Siver beschrieb ihm die Sonnenuntergänge von Bagdad, die orangefarbene Feuerkugel dicht über dem Horizont, größer, als sie es je gesehen hatte.

Ihre Mutter war wieder nach Slemani gezogen, und immer wenn Siver mit Zara übers Wochenende zu ihr flog, ertappte sie sich dabei, wie sie Bagdad pries, als schönere, geschichtsträchtigere Stadt. Sie spürte, wie unausstehlich sie war, wie unehrlich das gemeint war. Sie war zur PR-Frau ihres eigenen Lebens geworden.

«Du hast vergessen, wo du herkommst», erwiderte Xezal dann voller Ekel, während das Hausmädchen - das auch mit ihnen verwandt war, wie Siver später erfuhr - kleine Tässchen mit Kaffee auftrug. Ein merkwürdiger Vorwurf, dachte Siver immer. Sie konnte schließlich nicht vergessen haben, was sie nie gekannt hatte.

*

Für den Transfer von Zaras Schulgeld hatte Karim eine Hawala im Gold-Suk von Dubai ausgesucht. Im Irak steckte das Bankwesen noch in den Kinderschuhen, und eine telegrafische Geldanweisung konnte Wochen dauern, weil die irakische Bürokratie, im Verein mit internationalen Sorgfaltspflichten, den Geldfluss an jeder denkbaren Stelle aufhielt. Blieb also nur die Hawala, ein System für den Finanztransfer, das es in der arabischen Welt und Asien seit dem 8. Jahrhundert gab: Ein Vermittler erhielt das Geld und benachrichtigte irgendwo auf der Welt einen Makler, dass er es bekommen hatte. Der zweite Makler zahlte die Summe dann gegen Vorlage eines Ausweises oder Nennung eines Passwortes aus.

Als Siver von Karim die Adresse bekommen hatte, nahm sie sich ein Taxi, weil es in der Nähe des Soukh keine Parkplätze gab, und irrte fast eine Stunde durch die Gänge mit Hunderten von Läden, die alle identische Goldarmreifen verkauften, bis sie im Fenster eines der Geschäfte ein handbeschriftetes Pappschild entdeckte, demzufolge es sich hier wirklich um Mohammed Ahmad General Trading handelte, die Wechselstube, die Karim ihr genannt hatte.

Hinter dem Schaukasten mit sorgfältig beleuchteten Diamanten und Smaragden saß ein kleiner bärtiger, nagetierartiger Mann in einem schlabberigen T-Shirt mit einem Cartoon-Stinktier, das eine leicht obszöne Aufforderung von sich gab. Siver zeigte dem Mann Karims Mail und reichte ihm ihren Pass, den er zum Kopierer brachte. Er öffnete einen Safe und legte zwei Geldbündel in eine Zählmaschine.

«Zwanzigtausend», sagte er und ließ sie den sicheren Erhalt quittieren.

Sie kämpfte mit den Bündeln, stopfte sie in ihre Handtasche und fragte sich kurz, warum in Hollywoodfilmen zig Millionen Dollar in kleine Aktenkoffer passten. Mit an die Brust gedrückter Tasche suchte sie in den Straßen von Deira nach einem Taxi zur nächsten Mall, um das Geld auf ihr Konto einzahlen zu können. Jeder Mensch, den sie sah, machte sie misstrauisch, sie fürchtete, ausgeraubt zu werden, und erst als das Geld in einem Automaten verschwunden war und die Quittung sie als dessen wahre Besitzerin auswies, konnte sie sich entspannen.

*

Kleine Dinge, an die sie sich viel später erinnerte:

Karim, wie er einen Film mit einer vollbusigen Blondine sieht, siebzig Prozent ihres Körpers bestehen aus Beinen, prächtig wallt ihr Haar, sie schreitet eine Treppe hinab, in einem Kleid, das mehr gegossen als genäht wirkt. Wie er ihr sagt: «In sowas würdest du auch toll aussehen.»

Siver, wie sie weint, als sie die Nachrichten von einem Erdbeben sieht, das im Iran ein ganzes Dorf verwüstet hat, und wie Karim besorgt zu ihr kommt und den Arm um sie legt. Wie er fragt: «Kennst du dort jemand?», und wie sie den Kopf schüttelt und sagt: «Es ist einfach so traurig!» Wie Karim plötzlich genervt den Arm wegzieht. «Du darfst mich nicht so erschrecken, Siver, ich dachte, es ist etwas *passiert.*»

Karim, wie er ihr sagt, sie solle kein Rot tragen. «*Ya ʿani*, das *gehört* sich für eine Frau in deinem Alter einfach nicht, *habibti.*»

Siver, wie sie ihm erzählt, dass sie schwanger ist, und Karim auf die Knie fällt, ihr den Bauch küsst und Gott preist.

Karim, wie er ihr an jenem Abend zart den Kopf streichelt, als wäre sie plötzlich zerbrechlich, vielleicht auch nur noch zerbrechlicher als zuvor, und flüstert: «Glaubst du, es wird ein Junge?»

Karims Gesicht beim Orgasmus, wie er kurz zum Dämon wird, wie sein verzerrtes Gesicht sie erschreckt, wie sie vor dem Sex das Licht ausschalten muss.

Siver, wie sie ihren Online-Banking-PIN vergessen hat und Karim seufzt: «Du bist wirklich unfähig.»

Siver, wie sie ihn fragt, was er gern zum Abendessen hätte und er jedes Mal auf gleiche Weise das Gesicht verzieht. «Egal.» - «Also Huhn?» - «Huhn habe ich satt.» - «Okay, dann geschmortes Lamm?» - «Siver, ich kann hier im Haushalt nicht jede kleine Entscheidung treffen. Irgendwas.»

Das war ihr Tanz, sie kannte alle Schritte. Manchmal witzelte sie, dass sie zwei Kinder habe. Im Grunde war es kein Witz, eher ein Klischee: auf so öde Weise wahr, dass man es nicht erwähnen musste. Manchmal fragte sie ihn etwas, nicht weil sie seine Antwort interessierte, sondern weil sie Streit suchte. Sie wollte, dass er sein unverschämtes Selbst zeigte, damit sie ihn anschreien konnte.

*

Zum Ausgleich für die langen Arbeitszeiten während des Shopping Festivals schenkte Isabelle den Angestellten Freikarten für Ski Dubai. Siver fuhr nicht Ski: Auf der Uni hatten die Skifahrenden oft lauthals ihre Sehnsucht nach den Familienchalets in Gstaad oder Val-d'Isère kundgetan, um dann, nachdem sie sich ihren jährlichen Traum erfüllt hatten, mit gebrochenen Armen oder Beinen zurückzukehren. Und im Jahr darauf seufzten sie dann wieder sehnsüchtig, was für ein Glück es doch sei, dass sie sich in den Alpen die Gliedmaßen brechen durften. Das war eine dieser Reiche-Leute-Sachen, die Siver nie ganz verstanden hatte, natürliche Auslese für Menschen mit Geld. Aber zum Indoor-Skigebiet der Mall gehörte auch ein kleiner Park, in dem die Kinder mit Pinguinen spielen konnten, also ging sie an ihrem freien Tag mit Zara dorthin.

Die Freikarten seien nur für eine Begegnung mit drei Pinguinen gültig, sagte man ihr, aber gegen einen Aufpreis könnten sie bis zu zwölf Pinguinen auf einmal begegnen.

«Drei sind mehr als genug, danke schön.»

Was sie überraschte, war das Tempo, in dem die Pinguine kackten; während sie um Zara herumwatschelten, hinterließen die Vögel einen ununterbrochenen Strom von Exkrementen. Siver hatte Schwierigkeiten, ein Foto hinzubekommen, auf dem keine Kacke zu sehen war, und fragte sich, ob sie die Bilder später irgendwie nachbearbeiten konnte. Nachdem Zara die Pinguine in der Flut von Kacke vierzig Minuten lang aufgeregt umarmt hatte, tauchte jemand auf, der die Exkremente wegputzen und den Schneepark für die nächsten Besucher bereit machen musste.

Nach ihrem Besuch bekam Siver einmal die Woche ein E-Mail-Update über den Pinguin, den Zara zu ihrem Liebling erkoren hatte, McFatty. Jede Woche ein neues Foto und ein kurzer Absatz über McFattys jüngste Abenteuer. Auf keinem der Fotos, die das Team von Ski Dubai ihr mailte, war Kacke zu sehen.

*

Als ihr Vater gestorben war und sie mit Mohammed, Laika und ihrer Mutter zur Beerdigung nach Slemani zurückkehrte, stellte sich ihnen an der Grenze ein Mann als ihr Onkel Ali vor. Ali hatte das Begräbnis organisiert und widmete sich ihnen mit dem tiefen Ernst eines Menschen, der etwas beweisen wollte. Er bestand darauf, sie in einem nagelneuen sandverkrusteten Land Cruiser mit zu sich zu nehmen, und hatte für alle Schlafzimmer vorbereitet. Die ganze Woche ihres Aufenthalts über war er auf anstrengende Weise großzügig, fragte ständig ab, ob die Festessen, für die seine arme Frau schuften musste, ihnen schmeckten, wollte wissen, ob sie neue Kleider brauchten oder sein Satellitentelefon, um in England anzurufen.

Am Tag vor ihrer Rückreise kam er ins Zimmer der Geschwister, drei Umschläge in der Hand. Jeder enthielt tausend Dollar in frischen Scheinen. Mohammed, der die ganze Reise über eine Art traditioneller Älterer-Bruder-Rolle eingenommen hatte, lehnte das Geld ab und erklärte, sie könnten es unmöglich annehmen, aber Ali bestand darauf und ließ sich versprechen, ihrer Mutter nichts davon zu erzählen.

«Ich konnte nie für euch Kinder da sein; so wie mein Bruder gelebt hat, war er hier nicht sicher, und unsere Familie konnte nicht zusammen aufwachsen. Mohammed, ich kann mich noch erinnern, wie du ein kleiner Junge warst, genauso störrisch wie heute, aber Siver habe ich nur einmal gesehen, und Laika, dich habe ich nur auf Fotos gesehen. Bitte lasst mich das für euch tun. Ohne einen Vater wird es schwer für euch. Lasst mich etwas beitragen. Ich weiß, dass euer Vater für meine Kinder dasselbe getan hätte, wenn ich gestorben wäre.»

Sie nahmen das Geld an. Auf dem Rückflug nach London fragte Siver ihre Mutter, womit Ali seinen Lebensunterhalt verdiente.

«Ach, wer weiß? Irgendwas mit Autos. Er will einfach allen zeigen, dass er jetzt die dicke Hose hat, der kleine Angeber. Ohne deinen Vater würde er am Hungertuch nagen, das ist euch doch klar?»

*

Als der Scheck für die Coeus International School angekommen war, erhielt Siver einen Anruf. Die Frau am Telefon stellte sich mit makellosem britischen Akzent als Jamila vor und sagte, ein Termin für Zaras Vorstellungsgespräch sei vor Donnerstag schwer zu terminieren, aber in der Woche darauf sehe es besser aus.

«Ihr Vorstellungsgespräch?», fragte Siver. «Sie ist sechs.»

«Wir führen mit all unseren Kandidatinnen und Kandidaten Vorgespräche. Dafür zu sorgen, nur die absolute Elite bei uns aufzunehmen, ist integraler Teil des Schulkonzepts von Coeus. Wir möchten sicherstellen, dass jede Schülerin und jeder Schüler den Ansprüchen der Schule gerecht wird.»

«Aber, wie gesagt … sie ist sechs. Wollen Sie sie bis zehn zählen lassen? Um was für eine Art Gespräch geht es hier?»

«Wir wollen einfach Zaras Eignung prüfen. Wie gesagt, zu uns kommt die Elite.»

«Na gut, sie kann in ganzen Sätzen sprechen …»

Ein gequältes Lachen am anderen Ende. Jamilas Stimme klang jetzt angespannt und ungeduldig.

«Bitte, Mrs. Hardi. Unser Team besteht aus hochqualifizierten Pädagogen. Sie wissen sehr genau, welche Fragen sie stellen müssen, um entscheiden zu können, ob Ihre Tochter auf unsere Schule passt. Also, wie wäre es mit Sonntag um elf?»

Am kommenden Sonntag zog Siver Zara eines ihrer besseren Kleider an und fuhr sie zur Schule. Das Gespräch dauerte fast eine Stunde. Eine junge Engländerin mit dem Titel *Lead Educator* fragte Zara, was sie werden wolle, wenn sie groß war (Polizistin, war Zaras Antwort; ob das für oder gegen sie sprach, konnte Siver nicht sagen) und ob sie gern zur Schule gehe (Zaras Antwort: Das weiß ich nicht, da war ich noch nie). Als das Gespräch vorüber war, ruckelte Zara auf ihrem Stuhl herum, und die Lead Educatorin erhob sich und sagte, man werde sich melden.

Am Abend war Zara verzweifelt. *Was, wenn sie mich nicht mögen, Ummi?* Siver tröstete sie und sagte, sie müssten schön blöd sein, wenn sie nicht merkten, was für ein tolles und großartiges Mädchen Zara war. Als Zara schlief, schloss Siver sich ins Badezimmer ein und weinte, bis der Bewegungsmelder keine Bewegung mehr wahrnahm und das Licht abdrehte.

*

Wann immer sie auf eine ungeheuerliche Meldung aus dem Nahen Osten reagierte, dass zum Beispiel in Saudi-Arabien eine Frau gesteinigt wurde, weil sie vergewaltigt worden war, oder ein Gesetzesentwurf irakischen Männern erlauben sollte, sechsjährige Mädchen zu heiraten, sprang Karim den Ländern bei, die sie kritisierte. Da haben uns die Briten reingeritten. «*Ya ʿani*, hier gab es praktisch keine Stämme mehr, bis die Briten sie wieder eingeführt haben, um teilen und herrschen und uns erobern zu können wie Indien. Sie tun so moralisch, dabei ist das alles ihre Schuld.» In hundert Jahren Unabhängigkeit, fand Siver, hätte der Irak die Fesseln des Kolonialismus vielleicht gerade weit genug abwerfen können, um sich bewusst zu machen, dass es ziemlich ekelhaft ist, Sechsjährige zu heiraten. Karim seufzte, ein übertriebenes Seufzen, zum Zeichen, wie unvernünftig Siver war.

«Der Westen mit seinem sogenannten Feminismus - weißt du, was passiert ist, als die Frauen angefangen haben zu arbeiten? Plötzlich konnte man von einem einzigen Einkommen nicht mehr leben. Früher konnte ein Mensch allein eine Familie versorgen, heute müssen beide arbeiten und sie müssen alles outcsourcen - Nahrungsbeschaffung, Kinderbetreuung, Altenpflege -, alles im Namen der Gleichberechtigung. Wenigstens sind wir hier im Nahen Osten nicht darauf hereingefallen. Lies Marx, dann wirst du schon sehen: Als die Frauen in den Arbeitsmarkt eintraten, sank die Kaufkraft. Für den Familienverband war das ein Rückschritt.»

«Was habt ihr Männer bloß immer mit diesem scheiß Marx?»

«Außerdem ging es bei der Ehe immer um Eigentum. Nie um Sex oder Liebe. In Frankreich war es erlaubt, Tote zu heiraten. Wenn dein Verlobter im Krieg gefallen war, konntest du ihn nach dem Gesetz immer noch ehelichen, weil das Wichtige der Vertrag zwischen den Familien war. Der Rest war egal.»

«Du redest, als hätte ich deine Familie beleidigt. Ich meine doch nur diese Idioten.»

«Aber das sind meine Leute, Siver. Das ist es, was du nicht verstehst. Das *ist* meine Familie.»

*

In der Mall tauchten die Menschen in Wellen auf. Die Arbeiter kamen zuerst und gingen zuletzt. Siver bekam sie kaum je zu Gesicht, sie hatten eigene Räume, rein zweckmäßig, nicht zum Aufenthalt gedacht. Dann kamen die Putzleute und Servicekräfte, in Bussen, die sie rasch im unteren Parkgeschoss abluden, dessen 7000 Parkplätze noch leer waren.

Dann kam Siver mit ihresgleichen. Viele in Sportklamotten; sie zogen sich auf den Toiletten in die von den Brands vorgeschriebene Kleidung um. Der Kapitalismus war an einen Ort exportiert worden, in dessen Hitze sich Anzüge, lange Röcke, gestärkte Hemden und Krawatten eigentlich verboten, aber trotzdem von allen getragen wurden, als Uniform. Und so schwitzten und seufzten und zerflossen sie alle, wegen dieses absurden Beharrens auf eine Art Kleidung, erdacht von Menschen, für die eine solche Hitze und Luftfeuchtigkeit unvorstellbar war und die sie nie am eigenen Leib erlebt hatten.

Als erste Kunden kamen die Touristinnen und Touristen, mit ehrfurchtsvollen Seitenblicken auf das Buntglasdach im Stil der Galeries Lafayette, kichernd vor den Kinderboutiquen mit Ware von Dior, Gucci, Lanvin. Sie kauften kaum je etwas und beschieden sich damit, die reine Masse an interessantem Eye-Candy aufzunehmen, ließen sich vor den Designer Stores fotografieren, die Finger zum Sieges-V erhoben, als würde der Markenwert des Stores irgendwie auf sie abfärben, einfach weil er mit im Bild war. Oft wagten sie nicht, nach den Preisen zu fragen, die nie an der Ware ausgezeichnet waren und immer direkt beim Verkaufspersonal erfragt werden mussten, zum Beispiel bei ihr - stattdessen bewunderten sie die Schönheit von ein paar Artikeln und huschten dann aus dem Geschäft, wobei sie Sivers Blicke verschämt mieden.

Dann kamen die Schülergruppen auf einem der vielen Ausflüge durch die Malls. Obwohl die Mall of the Emirates nicht so beliebt war wie die Ibn Battuta Mall - deren Abteilungen nach den Gegenden benannt sind, die der marokkanische Reisende besucht hatte, sodass sich dort zwischen Starbucks und Multiplex-Kinos auch eine Geschichtsstunde abhalten ließ –, gab es immer noch drei oder vier Gruppen pro Tag, gelangweilte Kinder, denen man von den vielen Rekorden und Errungenschaften der Mall erzählte und die bei den Lehrerinnen um einen Krispy-Kreme-Donut oder Frozen Joghurt bettelten.

Als Nächstes kamen die erwerbslosen Emiratis, und nun wurde Umsatz gemacht. Die Angestellten in Sivers Store waren angewiesen, nicht dem Handbuch aus der Zentrale zu folgen, demzufolge Kundschaft, die nicht kaufbereit wirkte, ignoriert werden sollte, um sich stattdessen auf High Value Targets zu konzentrieren, auf Menschen, die reich aussahen. Das mochte in Europa, wo sich das Vermögen von Menschen vielleicht einfacher einschätzen ließ, eine Erfolgsstrategie sein, aber nicht in Dubai, wo jederzeit Superreiche in schlecht sitzenden T-Shirts und Flipflops hereinwalzen und den halben Laden leer kaufen konnten. Also setzten sie ihr strahlendstes Lächeln auf, senkten die Stimmen und beantworteten alle Fragen, in der Hoffnung, dass die Shopper den Laden mit ein, zwei Zehntausend-Dollar-Handtaschen verlassen würden.

Nach den Emiratis kamen die Expat-Hausfrauen, im Anschluss an ihre Fitness-Session und bevor sie die Kinder von der Schule abholen mussten, wobei sie in ihrer teuren Sportbekleidung ausnahmslos toll aussahen. Sie kauften sich ein neues Accessoire für den kommenden Freitagsbrunch, ihre allwöchentliche Gelegenheit, den anderen vorzuführen, wie gut sie es hatten.

Wenn die Frauen verschwunden waren, tauchten ihre Expat-Ehemänner auf, auf dem Heimweg von der Arbeit, und kauften rasch ein Spielzeug für den Kindergeburtstag, weil sie vergessen hatten, die Aufgabe an ihre Assistentin zu delegieren, ein Armband für die Gattin, die sich vernachlässigt fühlte, oder Lingerie für eine noch ungefickte Geliebte.

Dann rollten die Teenager mit ihren Skateboards und Igelfrisuren an, hingen in der Mall ab, gingen ins Kino und tranken noch einen raffinierten Milkshake, bevor sie ins Taxi nach Hause stiegen, als wäre dies ein Ort für Fünfzigerjahre-Amerika-Cosplay auf Speed, was es natürlich auch war.

Danach wurde es für Siver Zeit, alles zusammenzuräumen, die Halstücher wegzuschließen, die Füllfederhalter und Uhren zurück in den Safe zu tun, das Kostüm auszuziehen und wieder in die Kleidung zu schlüpfen, in der sie am Morgen gekommen war.

Auf dem Weg zum Parkplatz kam Siver immer an den vielen Banken im Erdgeschoss der Mall vorbei, vor denen sich lange Schlangen südasiatischer Frauen bildeten, die darauf warteten, von einer Frau aufgerufen werden, deren Aufgabe es war, sie zum Online-Banking zu überreden. Aber weil die meisten nur ihren Familien Geld schickten und das nur per Cash Transfer möglich war, nützte das Internet ihnen nichts.

Siver stieg in ihr Auto und fuhr zur Schule, wo Zara allzu oft als Letzte im Aufenthaltsraum auf sie wartete und mit einer alten Puppe spielte oder einen Ball an der Wand abprallen ließ. Bald würde sie sich eine Nanny leisten können, redete Siver sich ein, wenn sie aus dem Parkhaus fuhr und die Mall im Rückspiegel kleiner wurde.

Die Mall war nie wirklich geschlossen. Wochentags ließen die Geschäfte ab zehn Uhr abends keine neuen Kunden ein, worauf die Angestellten eine halbe Stunde lang die von den einzelnen Brands vorgegebenen Feierabendrituale vollführten. Der multinationale französische Hypermarché schloss um Mitternacht, wie auch das Kino und der Indoor-Entertainment-Treff Magic Planet. Wenn die Kund- und Verkäuferinnenschaft die Mall verlassen hatten, wurden im Food Court Altfett und Müll entsorgt, und die Busse mit dem Reinigungspersonal kamen, um die Mall von den Rückständen des Publikumsverkehrs zu befreien. Eine Arbeit, die Stunden dauerte: 223 000 Quadratmeter mussten geschrubbt werden, bis nichts mehr an die Geschehnisse des vergangenen Tages erinnerte. Dann öffneten die Schiebetüren sich wieder, und die anderen Angestellten strömten herein und schlossen ihre Stores und Stände auf, worauf sich alles ad infinitum wiederholte.

*

Die ersten paar Jahre in Großbritannien hatte Xezal kaum ein Wort gesprochen. Wenn die Kinder mit ihren miserablen Noten nach Hause kamen und über ihre Schwierigkeiten in einem Schulsystem jammerten, dessen Sprache sie kaum verstanden, seufzte Xezal nur, ging in die Küche und wusch etwas Reis für das Abendessen, während ihr Vater am Radio herumspielte, ganz auf Ereignisse auf einem anderen Kontinent fixiert. Später sagten sie im Scherz, das Trommelfeuer von Xezals Klagen sei auf die langen Jahre ihres Schweigens zurückzuführen, in denen sie alles in sich hineingefressen hatte, bis dann schließlich der Damm gebrochen sei und eine Sturzflut der Galle ihre Umgebung überschwemmt habe. Es gab nichts, das sie nicht störte: die unanständige Kleidung der britischen Frauen im Programm der BBC, die verschleierten Frauen auf Al Jazeera, die herablassende Art ihrer britischen Nachbarn, die Dummheit ihrer kurdischen Bekannten. Immer wenn Siver Xezal aus Bagdad anrief, um ihr zu versichern, dass sie sich gut eingelebt hatte, war es, als hätte Xezal eine brandneue Liste von Dingen zusammengestellt, die sie kränkten. An diesem Tag war es der Skandal von Abu Ghraib, der sie erzürnte. Im Vorlauf zum Irakkrieg hatte sie immer mehr englische Nachrichten geschaut, aber die viele Sendezeit für die Misshandlung der Gefangenen fand sie beleidigend.

«Das erschüttert mein Herz», sagte Xezal, und Siver glaubte, sie meine die Fotos nackter, zu einer Pyramide aufgeschichteter Männer.

«Ja, entsetzlich, oder?», sagte sie und blätterte in ihrer Zeitschrift. Der Anruf war ein Ritual, das ganz daraus bestand, ein paar Minuten lang höflich Banalitäten auszutauschen. Wenn ihre Mutter über die Nachrichten sprechen wollte, wurde es schwierig, das wusste Siver; sie fand nie die richtigen Worte, ihr beizupflichten, und das Gespräch endete jedes Mal im Streit. Jedes Gespräch war wie ein Lehrgang im Bombenentschärfen, immer musste man es aus vermintem Gelände lenken.

«Nein, nicht die Fotos. Die sind natürlich auch schlimm. Aber vor allem wird dieses Gefängnis jetzt dafür bekannt sein, was ihnen dort passiert ist, und nicht für das, was man uns dort angetan hat. Das reißt mir wirklich das Herz aus dem Leib.»

«Ja, aber was sie ihnen antun, die Amerikaner, ist doch ekelhaft. Nur weil wir es schwer hatten, heißt das doch nicht, dass diese Menschen es verdienen, verächtlich gemacht und gefoltert zu werden.»

«Das nennst du Folter? Pah! Akrobatik! Uns haben sie mit abgeschlagenen Flaschenhälsen vergewaltigt. Wir hatten Kinder, die zusehen und applaudieren mussten, wie ihre Eltern von wilden Hunden gefressen wurden. Abu Ghraib war ein Wort, das die Furcht in die Herzen des kurdischen Volkes pflanzen sollte, und jetzt fressen sie dort

Scheiße? Um uns hat sich kein Schwein gekümmert, kein Schwein.»

Siver wartete auf das Ende von Xezals dramatischem Monolog, sie in dieser Stimmung zu unterbrechen, war zwecklos. «Aber dafür waren doch andere verantwortlich», sagte sie, als ihre Mutter fertig war. «Und selbst wenn es anders wäre, das haben diese Menschen nicht verdient. Niemand verdient so etwas. Das ist ungerecht.»

«Es gibt keine Gerechtigkeit, Sisi. Das solltest du dir merken. Es gibt keine Gerechtigkeit.»

Siver sagte nichts mehr. Sie wusste, dass Xezal ihr Leben lang gegen alle Gerechtigkeit die Rolle der Hausfrau hatte spielen müssen und dabei immer darum gekämpft hatte, glaubwürdig zu wirken. Alle Rollen, in die man gezwungen wurde, waren eine Lüge: Travolta als Teenager, Fred Astaire mit Blackface, Siver als liebevolle Tochter. Manche Lügen waren bloß leichter zu schlucken als andere.

«Okay, wir müssen jetzt los, Mum ...», sagte Siver und läutete das Ende dieser Szene ein.

Als sie Karim von dem Gespräch erzählte - auch dies ein Ritual, die Auswertung nach der Keilerei -, schimpfte er auf Xezal, und Siver ließ ihn gewähren.

*

Siver? Siver? Eine ganz schlechte Verbindung. Können die Emiratis sich keine Telefone leisten? Hai. Heute habe ich die Tochter von Haji Bawar auf der Straße getroffen, sie sah so schön aus, wusstest du, dass sie wieder geheiratet hat? Ein toller Mann, persönlich kenne ich ihn nicht, aber es heißt, dass er wirklich entzückend ist. Warum kommst du nicht hierher zurück, liebste Sisi, wir finden dir einen netten kurdischen Mann, wozu zwingst du dich, in dieser Wüste voller Araber

und Nutten zu bleiben? Das ist das Problem mit dir: Immer ziehst du die Araber deinem Volk vor. Denk an deine Tochter, soll sie aufwachsen wie eine Nomadin, heimatlos?

*

Wenn Linela keinen Dienst hatte, flirteten die Männer manchmal mit Siver, während sie Geschenke suchten, die offensichtlich für eine Frau bestimmt waren. Es kam ihr immer so vor, als würden Männer in Dubai nur flirten können, indem sie ungefragt verkündeten, was sie für ihren Lebensunterhalt taten - ihr inneres Match.com ließ sich von ihrem LinkedIn nicht mehr trennen.

Da war der Mann, der die Meeresfrüchte für das Unterwasser-Restaurant Al Mahara beschaffte und ihr anbot, sie dort zum Essen einzuladen. «Ich zeige Ihnen meinen Lieblings-Riesenmantarochen», sagte er mit einem Augenzwinkern, und Siver fragte sich, ob das eine Anspielung sein sollte. Da war der Mann, der drei Handtaschen für über fünfundzwanzigtausend Dollar kaufte und sagte, er sei Justitiar für den Louvre in Abu Dhabi, und wenn sie wolle, dürfe sie die Statuen von ʿAin Ghazal anfassen. Da war der junge Mann, der mehrere Halstücher befingerte, ohne etwas zu kaufen, und behauptete, er bekomme Subventionen zum Bau von Roboter-Haustieren. Die Scheichs wollten Dubai bis zur Dubai Expo 2020 zur glücklichsten Stadt der Welt machen, und der Mann hatte ihnen die Roboter-Haustiere angeblich als Weg zum Glück verkauft. «Stellen Sie sich mal vor: Ein Hund, mit dem man nie Gassi gehen muss? Perfekt.» Er zeigte ihr Fotos seiner Prototypen: eine Katze, ein Hund, ein Kaninchen und, für den anspruchsvollen Kunden, einen Königstiger. Dann gab er ihr sein Telefon und sagte ihr, sie solle ihre Nummer eintippen. «Wenn Sie mal ein bisschen

Spaß haben wollen.» Da war der Typ, der Gastronomiekonzepte importierte und behauptete, er würde jederzeit einen Tisch im Hakkasan, Zuma oder Nobu bekommen, und der Emirati in Lanvin-Sneakern, der die Aufgabe hatte, beim jährlichen Kamel-Schönheitswettbewerb die schönheitschirurgisch behandelten Kamele aufzuspüren. «Mit Botox aufgespritzte Lippen sind leicht zu erkennen, aber Silikon in den Höckern, dafür muss man ein Auge haben.»

Der seltsamste dieser Möchtegern-Casanovas war der unfassbar braungebrannte Italiener, der jede Woche für 350 Dollar ein Seidenstirnband erwarb und es für 200 Dollar extra mit einem Namen besticken ließ. Jede Woche mit einem anderen Namen, allein Siver hatte ihm Stirnbänder für Eliza, Rebecca und Laurene verkauft. Ihre Kolleginnen munkelten, dass er entweder Dutzende Töchter habe oder jedem Date ein infantilisierendes Stirnband schenke, oder dass er die Stirnbänder vielleicht in ein perverses Trophäenkabinett lege, bis Isabelle ihnen das Lästern verbot. Der Mann lasse jeden Monat Tausende Dollar im Laden und solle mit Respekt behandelt werden. Oft lud er Verkäuferinnen zu Partys auf seiner Yacht ein und gab Visitenkarten mit auf die Rückseite gekritzelter Handynummer aus, und irgendwann war Siver an der Reihe. Beruflich importierte er, wie sich herausstellte, Sand aus Australien für die feinsten Strände von Dubai. Der örtliche Wüstensand, sagte er, lasse sich nicht mit dem federleichten weißen Sand von Whitehaven Beach vergleichen. «Wenn du ins Burj Al Arab gehst», sagte er, «willst du ein besseres Erlebnis als alle anderen. Das garantieren wir.»

Aber die meisten Männer waren zurückhaltend, fotografierten die Ware, die ihre Partnerinnen wollten, bevor sie sie anriefen, um sich zu versichern, dass Größe, Farbe und Modell stimmten.

«Wenn ich das vergeige, bringt meine Frau mich um», sagten sie und lächelten, und Siver lächelte zurück.

Nie kam eine dieser Frauen und sagte, ihr Mann wolle sie umbringen. Vielleicht, weil das nicht lustig gewesen wäre.

*

Beim Klicken durch Hunderte Kanäle des Satellitenfernsehens landeten sie bei dem Film *Nicht ohne meine Tochter* mit Sally Field. Siver hatte ihn nie gesehen, erinnerte sich aber an die Empörung ihrer Eltern, dass die Kurden, die Sally Field im Film bei der Flucht aus dem Iran durch das kurdische Bergland halfen, kein Kurdisch sprachen. «Sie konnten in ganz Amerika keine fünf Kurden auftreiben?», hatte ihr Vater geseufzt und zu einem Monolog über die Schrecken des Imperialismus angesetzt.

«*Ya ʿni …* dieser verdammte Film», sagte Karim, als Sally Field sich in ihrer Küche mit einer iranischen Freundin beriet. Karim fluchte selten, und sie blickte ihn interessiert an.

«Der Film gefällt dir nicht?»

«Uff, nein, ganz, ganz schrecklich, wirklich.»

«Ich dachte, du hasst den Iran.»

«Das ist es nicht. Alle weißen Mädchen, mit denen ich aus war, ausnahmslos, hatten Mütter, die von diesem blöden Film traumatisiert waren und mich immer anstarrten, als wollte ich ihre Tochter zwingen, einen Hijab zu tragen und mit mir in einer Höhle zu leben. Der interkulturellen Partnerwahl hat dieser Film mehr geschadet als alle Bush-Propaganda.»

«Na, wenn du nicht so schreckliche Erlebnisse beim Ausgehen mit weißen Mädchen gehabt hättest, dann hätten wir uns vielleicht nie kennengelernt. Da müssen wir *Nicht ohne meine Tochter* dankbar sein.»

Er umarmte sie ganz fest und küsste sie auf den Kopf.

«Da hast du wohl recht», sagte er und schaltete um.

Als Siver Jahre später in einem Buchladen in Dubai Betty Mahmoodys Buch entdeckte, musste sie lächeln. Er hatte den Film zu Recht gefürchtet. Schließlich hatte seine Frau ihn am Ende verlassen und ihm die Tochter weggenommen.

*

Linela hatte sich nur sechs Monate nach ihrer Ankunft in Dubai einen Scheich geangelt und eine Anwaltskanzlei mit der Durchsicht des Ehevertrags beauftragt, noch bevor sie einen Eventmanager für die Hochzeit ausgesucht hatte. *Du bist bewundernswert und stark. Alles Gute,* hatte Siver auf die Abschiedskarte der Kolleginnen geschrieben. Auf dem Heimweg hatte sie das Gefühl, der Text könnte kühl wirken, er war aber nicht so gemeint gewesen. Sie bewunderte Linela wirklich, ein einfaches Mädchen, das die Spielregeln besser verstand, als Siver es je tun würde.

Ihr Ersatz hieß Tanya. Halb Französin, halb Libanesin, gesegnet mit Jugend und Schönheit, was bedeutete, dass sie mit völlig verwuschelten Haaren im Store erscheinen konnte, nicht mehr als ein wenig Mascara und Lipgloss im Gesicht, und trotzdem würden die Ehemänner niemand anderen ansehen, während ihre Frauen Handtaschen aussuchten. Siver versuchte, bei Tanyas Liebesleben auf dem Stand zu bleiben, aber dann merkte sie, dass der Boy, mit dem sie Probleme hatte, jede Woche ein anderer war, und sie versuchte nicht länger, dieser Seifenoper zu folgen.

An Tanyas erstem Tag, als Siver ihr zeigen wollte, wie man ein Halstuch - Produktionswert USD 24,00, Verkaufswert USD 699,00 - genau nach den Anforderungen der Marke zusammenlegte, unterbrach Tanya Sivers Monolog, wie sie in Dubai gelandet war und warum sie so gelebt hatte.

«War er kein guter Mann?», fragte Tanya, vielleicht nur um zu signalisieren, dass sie noch immer zuhörte, noch am Gespräch teilhatte.

Tagelang dachte Siver über die Frage nach.

*

Wie schlecht es Karims Vater wirklich ging, erfuhr Siver nie. Von Karim bis zu den Ärzten und Krankenschwestern - alle sagten sie immer nur, *inschallah* es fehle ihm nichts, bald werde es ihm besser gehen, obwohl sie merkte, dass es rein gar keine Verbesserung gab. Der Mann hatte Krebs, und mit *inschallah* ließ Krebs sich nicht heilen. Trotzdem lernte sie langsam, dem, was man ihr sagte, mehr zu trauen als den eigenen Augen. Die Kommunikation mit Karims Eltern war stark eingeschränkt, aber beide zeigten ihr so viel Zuneigung - ließen den Fahrer ständig Geschenke vorbeibringen, gaben ihr bei Besuchen dicke schmatzende Küsse -, dass sie die Liebe zu erwidern begann. Falls sie sich bei Karim über sie beklagten, taten sie es wenigstens hinter ihrem Rücken, und Karim war klug genug, ihr nichts davon zu sagen. Ihre eigenen Eltern waren zwar ihre ganze Kindheit über präsent gewesen, schienen aber immer weit weg zu sein. Ihre Aufmerksamkeit galt ganz anderen Themen, die nichts mit den Kindern zu tun hatten, sie waren bestenfalls ein Nebengedanke und oft einfach nur lästig. Daher traf es Siver tief, als Karims Vater schließlich starb und Karims Mutter ihm nur wenige Monate später unerwartet nachfolgte. Sie hatte das Gefühl, von einem Rachegott einer Stabilität beraubt worden zu sein, nach der sie sich so lange gesehnt hatte, und irrlichterte durch die Phasen der Trauer, schoss pausenlos zwischen Zorn, Depression und Akzeptanz hin und her. Xezal und Mohammed texteten ihr und baten sie, Karim ihr Beileid zu übermitteln, was sie noch wütender machte. Wer kondolierte *ihr?* Während Karims Umgang mit dem Tod seiner Eltern von dem Stoizismus geprägt war, der von einem Mann erwartet wurde, sah man ihre Trauer als notwendige Show, nicht als etwas Authentisches.

Die Männer hielten die Totenwache in einer nahen Moschee, Karim stand am Eingang und grüßte die Menschen, die kamen und gingen. Seine Aufgabe war es, gemeinsam mit dem Rest der männlichen Verwandtschaft, dort still und feierlich auszuharren. Stundenlang, den Blick ins Leere, Füße und Beine taub vor Schmerz, um den Menschen von Bagdad zu zeigen, dass alles, was der Liebe Wert ist, erduldet werden muss. Später erzählte er ihr, die Familie habe einen Fotografen engagiert, der von den Gängen der Moschee aus alle aufnahm, die gekommen waren, um später prüfen zu können, wer zur Totenwache erschienen und wie lange geblieben war. Siver massierte Karim die Füße, als er aus der Moschee nach Hause kam, und er sagte, es sei ihm unangenehm gewesen, die ganze Totenwache über vor den Trauernden zu stehen, als wären sie sein Publikum.

«Ich musste so still stehen wie möglich, um das Gedenken an meine Mutter nicht zu stören, weil ich rumwackele oder gähne. Anstrengend, *wallah.*»

Siver wollte Karim nicht mit Geschichten von der Totenwache der Frauen belasten, die im Haus einer Tante gehalten worden war. Sie war abgeordnet worden, den Trauernden Tee und Wasser zu servieren, während sie ihre grotesken Trauer-Maskeraden aufführten. Siver hatte nie solches Wehklagen erlebt, so viele Frauen, die sich selbst kasteiten, wie in einem Wettkampf, wer am meisten leidet. Mehr als einmal ertappte sie Frauen dabei, wie sie weiter hinten fröhlich tratschten, bis sie sich wieder an ihre Pflichten erinnerten und sich weiter die Haare rauften. Karims Familie hatte sogar professionelle Klageweiber engagiert, damit alles von ausreichend Trauer erfüllt war.

Als sie nach den Totenwachen in ihre nun entleerten Leben zurückgekehrt waren, brach Siver eines Tages beim Anblick eines Paars Plastikslipper, die Karims Mutter ihr gekauft hatte, in Tränen aus. Die Böden seien kalt, hatte Karims Mutter gesagt, sie werde sich den Tod holen, wenn sie barfuß herumlief.

Karim legte den Arm um sie.

«Warum weinst du? Sie war doch nicht deine Mutter.»

*

Die starke Krümmung der großen Schaufensterscheibe, die sich um den ganzen Store erstreckte und vom Architekturbüro Foster + Partners entworfen worden war, hatte eine leicht verzerrende Wirkung, sodass die Menschen darin von außen größer und dünner wirkten, Schaufensterpuppen nicht unähnlich. Dieser Wirkung wurde man sich bewusst, wenn man mit den enttäuschten Blicken der Männer konfrontiert wurde, die bei Betreten des Ladens mit einem bestimmten Typ Frau gerechnet hatten und nun vor einem anderen standen. Das Personal war immer unter Beobachtung, unter den prüfenden Blicken der Vorbeigehenden. Auch wenn niemand im Laden war, musste Siver den Anschein wahren. Wie im Reality-TV, dachte sie manchmal, wie in dieser britischen Sendung, wo sie noch ein Jahr auf der Insel blieben, als die Sendung längst abgesetzt war, mit laufenden Kameras, ohne dass vor den Bildschirmen noch jemand zusah.

*

Für die Entbindung hatte Karim von Anfang an einen anderen Ort vorgesehen. Amman vielleicht, oder Istanbul. «London, wenn dir das lieber ist.» Für Amman wurden konkrete Pläne gemacht, weil es regelmäßige Flüge gab und die Krankenhäuser in der Region als die besten galten. Dann stellte Jordanien für Reisende aus dem Irak plötzlich keine Visa an der Grenze mehr aus und verlangte, dass man das Visum im Voraus beantragte. Karim, der nur einen irakischen Pass besaß, ging über mehrere Wochen immer wieder zum militärisch hoch gesicherten Botschaftsgelände, bis er endlich sein Visum hatte. Da war Sivers Schwangerschaft zum Fliegen aber schon zu weit fortgeschritten. Sie erwogen, mit dem Auto zu fahren, hatten aber beide zu viel Angst vor al-Qaida und den schiitischen Milizen, und sie wollten, wenn es irgend ging, vermeiden, entführt zu werden und in orangefarbenen Overalls mit einer Machete im Genick im Programm von Al Jazeera aufzutauchen. «Orange steht mir nicht», witzelte Siver und schlug vor, einfach in Bagdad zu bleiben. Erfolgreiche Entbindungen gab es schließlich auch jenseits von Krankenhäusern mit internationalem Ruf.

Als Sivers Wehen dann begannen, war es 17 Uhr, Sperrstunde in Bagdad. Aber ins Krankenhaus mussten sie trotzdem. Karim rief seine Tante an, erklärte ihr, dass das Kind unterwegs sei und sie sich keine Sorgen machen solle.

«Es wäre wirklich absurd, wenn wir auf dem Weg in den Kreißsaal von irgendeinem Amriki erschossen werden würden», sagte Karim, über das Lenkrad gebeugt, in rasender Fahrt über den Highway 8. Siver wollte gerade anmerken, dass ironisch hier das falsche Wort war, da brachten heftige Wehen sie zum Schweigen. «Alles wird gut, *habibti*, versprochen», sagte er und hielt mit weit aufgerissenen Augen nach schießwütigen privaten Sicherheitsleuten Ausschau.

Xezal hatte ihr immer gesagt, die Schmerzen der Geburt

seien nachher sofort vergessen, aber Siver konnte sich noch genau an die ganze Tortur erinnern, an ihre Schreie über Stunden und die erst eilig herumsuchenden Ärzte, die ihr nur sagen konnten, dass die Epiduralanästhetika ausgegangen waren. Daran, wie sie ihr erzählten, Lachgas werde die Schmerzen sehr gut lindern, sie aber nur Kopfschmerzen davon bekam. Karim, der Gute, blieb auch bei ihr, als die Ärztin sagte, es sei nicht nötig. «Wir sind hier nicht in Europa, wir schaffen das auch alleine, gehen Sie einen Kaffee trinken», sagte die Ärztin und wandte unter Sivers Kittel den Kopf. «Ich bleibe hier», sagte Karim, drückte Sivers Hand und tat, als würde er das Augenrollen der Schwester nicht sehen.

Als Zara geboren war, eine schwere, grausame Geburt, die fast fünfzig Stunden dauerte und acht Stiche erforderte, empfand Siver nichts von dem, was sie ihres Wissens nach zu empfinden hatte: das unvergleichliche Glück, das eigene Kind zu sehen, die ungeheuerliche, lebensverändernde Wucht, es im Arm zu halten - nichts davon. Vor sich sah sie einen rot angelaufenen, zornigen, faltigen kleinen Außerirdischen, der Karim und ihr so unähnlich sah, dass sie einen Augenblick lang überlegte, die Schwestern zu fragen, ob sie das Kind vertauscht hatten. Es fühlte sich nicht so an, als sei sie gerade Mutter geworden, sondern eher als hätte ein Fremder ihr ein Neugeborenes in die Hand gedrückt und gesagt, sie müsse sich jetzt darum kümmern. Der vielgerühmte Neugeborenen-Duft, von dem alle immer redeten? Saure Milch. Der Anblick ihrer Plazenta, die wie Marmor von einem fremden Planeten glitzerte, beeindruckte sie mehr als das seltsame ruckelnde Wesen, das sie ihr auf die Brust legten. Der Hautkontakt würde eine Flut von Oxytocin auslösen, hatte sie gelesen, aber sie spürte überhaupt nichts.

Aber dann sah sie Karim weinen, das erste Mal überhaupt, und seine Tränen riefen etwas in ihr wach. Wenn er Liebe zeigen konnte, dann würde es ihr bestimmt auch gelingen.

*

Tief einatmen, durch die Nase, und dann durch den Mund wieder ausatmen.

Siver fingerte an den wackeligen Kopfhörern herum und versuchte, sie sich so gut wie möglich in die Ohren zu stecken. Wenn ihre Meditationsapp lief, schaltete sie ihr Telefon in Flugmodus, damit die Entspannung nicht von einem Trommelfeuer aus Werbe-SMS gestört wurde. Sie war bei Lektion 4 des Moduls «Stress», an dem sie inzwischen schon seit über einem Monat saß. Immer wieder erhielt sie Erinnerungen von der App: «Vergiss nicht, Dich zu entspannen!»

Und mit dem nächsten Ausatmen schließt du die Augen und atmest wieder normal.

Ihre Abreise aus Bagdad lag sieben Monate zurück. Zara ging gern zur Schule – sie hatte eine Freundin gefunden –, und Siver kam leichter über die Runden. Alles wurde einfacher, endlich, und dennoch konnte sie die hartnäckige Panik nicht abschütteln, die immer in ihr aufstieg, wenn sie eine Mail, einen Anruf oder eine SMS bekam. Sie hatte das Gefühl, dass alles jeden Augenblick platzen konnte, dass sie hilflos auf der Straße landen würden.

Du gehst deinen Körper durch, von Kopf bis Fuß, siehst nach, wo die Anspannung sitzt. Du konzentrierst dich nicht auf den Schmerz. Du nimmst ihn einfach zur Kenntnis und gehst weiter.

Würden diese Ängste wieder verschwinden? Sie glaubte nicht daran. Dubai war schließlich eine Durchgangsstadt. Dies war kein Land, das zum Bleiben einlud. Wenn man mit einem Job aufhörte, hatte man dreißig Tage, einen neuen zu finden, sonst musste man das Land verlassen. Vermieter konnten nach Belieben die Miete erhöhen, auch wenn die Behörden versuchten, Exzesse zu unterbinden, und die Gerüchte, die VAE wollten eine Mehrwertsteuer einführen, die ihre Lebenshaltungskosten explodieren lassen würde, gingen ihr nicht aus dem Kopf. Im Vergleich mit Dubai kam ihr London, eine angeblich so unbarmherzige Stadt, geradezu idyllisch vor mit ihrem Bewusstsein für Menschenrechte, ihrem Beharren auf einem schwammigen Freiheitsbegriff. Dubai erinnerte sie ständig geradezu aggressiv daran, dass diese Stadt nie ihre Heimat werden konnte. Aber was kam dann? Was sollte sie machen, wenn es vorbei war?

Und jetzt gibst du den Fokus auf und lässt deine Gedanken schweifen.

Sie fragte sich, was es bedeutete, wenn Dubai eine «künstliche» Stadt genannt wurde. Schließlich waren Städte von Anbeginn an Menschenwerk gewesen, und doch würde Jericho, Babylon oder Rom niemand je so nennen. Vielleicht bedeutete es, dass es diese besondere Stadt - mit ihrem von den autozentrischen Utopien der US-amerikanischen Fünfzigerjahre abgeschauten Futurismus, ihren gigantischen, aus dem Sand aufsteigenden Glaskakteen, ihren anmaßenden Hallen-Skipisten und den Pinguinen zum Knutschen - *hier* nicht geben sollte, mitten in der Wüste. Sie wirkte fehl am Platz und daher unwirklich.

Vielleicht war aber noch mehr daran. Vielleicht hatte es damit zu tun, dass man für die beste heiße Schokolade und die frischesten Macarons nicht mehr nach Paris reisen musste, weil man sie jetzt bei Angelina oder Ladurée in der Dubai Mall bekam. Der Store von Ladurée hatte vor der Tür einen kleinen Lichthof mit Gras und Pariser Bistrotischen eingerichtet, eine Illusion, unter freiem Himmel zu sitzen, ohne dass man die Mall verließ. So wie hier hypergenaue

Repliken aus der die Stadt umgebenden Welt geschaffen wurden, war es vielleicht die Akzeptanzlücke im Angesicht dieser Künstlichkeit, die Dubai so artifiziell, so unheimlich wirken ließ. Am Ende erzeugte Dubai dasselbe ungute Gefühl wie ein gefälschtes Gemälde: Es mochte dem Original bis aufs Haar gleichen, aber allein das Bewusstsein, dass es ein Fake war, ließ einen immer ein wenig genauer hinsehen, weil man das eine winzige Detail ausmachen wollte, das es verriet.

Und jetzt, wenn du so weit bist, öffnest du die Augen. Lass dir Zeit.

Als sie den Flugmodus deaktivierte, sah sie die Nachricht. Von Karim. *Ich liebe Dich.*

Sie starrte den Text lange an und versuchte, die Techniken anzuwenden, die sie von der Meditations-App gelernt hatte, um zu ergründen, was sie empfand. Sie konnte ihre Gefühle nie benennen, sie sah immer nur Farben. Die Farbe jetzt: schwarz. Sie löschte die Nachricht, damit sie sie nie wieder sehen musste, und warf das Telefon an die Wand.

*

Der Witz war, dass alle Filme, die Mohammed, Laika und Siver guckten, sich in Pornos verwandelten, sobald ihr Vater ins Wohnzimmer kam. *Titanic* war drei Stunden lang, witzelte Mohammed, aber ihr Vater würde unweigerlich hereinkommen, wenn Kate Winslet kurz oben ohne war.

Ausnahmsweise waren alle drei Geschwister das ganze Wochenende über zu Hause, und sie beschlossen, sich *Die unglaubliche Reise in einem verrückten Flugzeug* anzusehen – und wieder kam ihr Vater in dem Augenblick hereinspaziert, als zwei nackte Frauen über den Bildschirm sprangen. Mohammed schaltete rasch um, hoffte, dass der Vater nichts gesehen hatte, und rollte in Richtung der anderen mit den Augen. «Ausgerechnet», seufzte Siver, die immer das Gefühl hatte, es sei besonders beschämend, wenn ihr Vater *sie* beim Ansehen von Nacktszenen erwischte. Von den Jungs erwartete man nichts anderes, aber bei ihr war es falsch, irgendwie abartig.

An jenem Tag war Rafiq zum Glück zu zerstreut, als dass ihm die hüpfenden Brüste im Fernsehen aufgefallen wären. «Hat jemand meine Zigaretten gesehen? Ich hatte eine Schachtel, die lag hier.» Die Kinder schüttelten den Kopf und hielten sich gegenseitig für den Dieb. «Kann mir jemand eine Schachtel holen gehen?», sagte er und gab die Suche auf. Mohammed warf Siver einen Blick zu und bedeutete ihr, sie solle gehen. Immer sie.

«Ich mach das, Baba», sagte sie und stand auf, um sich Schuhe und Jacke anzuziehen.

«Komm, ich gebe dir etwas Geld.»

«Kein Problem, ich habe Geld.»

«Unsinn, da», Rafiq zählte die Münzen in seiner Hand und gab sie Siver, die klug genug war, nicht zu widersprechen.

«Ich komme mit», sagte Laika zur Überraschung der anderen. Laika verließ die Wohnung nur selten und machte nie freiwillig Besorgungen. Siver zuckte die Achseln und sagte: «Okay, aber beeil dich.»

Schnee lag in der Luft, die für den November zu klar war und ihre Absichten verriet. Siver hatte beim Blick aus dem Fenster einen viel wärmeren Tag erwartet und lief gleich wieder ins Haus und holte sich Handschuhe und einen Schal. «Wirst du nicht frieren?», sagte sie zu Laika, der den Kopf schüttelte.

Aus Laika war ein ungelenker, drahtiger Junge geworden, der sich in seinem Körper nicht wohlfühlte und sich ruckhaft bewegte, als hätte er keine Kontrolle über seine

Gliedmaßen. Er war außergewöhnlich schüchtern, ging nur widerwillig in die Schule und war ohne Ehrgeiz, was Universitäten anging. Er verdiente sich Geld, indem er Webseiten baute für Menschen, denen er nie von Angesicht zu Angesicht begegnen musste. Alle machten sich Sorgen um ihn, niemand wusste, was aus ihm werden sollte, aber in der Familie hatten alle ihre eigenen Probleme, die sich vor die Sorge um ihn drängten. Wenigstens wirkte er zufrieden, in seinem Zimmer mit dem Computer.

«Okay, ich bin so weit, gehen wir», sagte Siver, eine Wollmütze und Handschuhe in der Hand. «Einen Schal konnte ich nicht finden, egal.»

Sie machten sich schweigend auf den Weg zur Hauptstraße von Sutton, wie zwei Fremde, die rein zufällig nebeneinander gingen.

«Alles okay mit dir?», fragte Laika schließlich.

«Wie meinst du das?»

«Ach. Ich weiß nicht, du bist so nervös und checkst dauernd dein Telefon, als würdest du auf schlechte Nachrichten warten.»

Siver lächelte. «Alles in Ordnung. Wirklich.» Dann sagte sie ihm die Wahrheit, zum ersten Mal. «Ich habe jemanden kennengelernt. Einen Jungen.»

Laika nickte, als hätte er für ein Rätsel eine Lösung bekommen, die richtig klang, ohne ihn wirklich zufriedenzustellen. «Gut. Hast du verdient.»

«Mum und Dad habe ich noch nichts erzählt, also ...»

«Klar. *Omertà forever*.»

Im Laden an der Ecke kauften sie zwei Schachteln Zigaretten, eine, die sie ihrem Vater gleich geben würden, und eine als Ersatz für die, die sie ihm geklaut hatten, und die sie hinter das Sofa oder unter den Tisch legen würden, um sie in ein, zwei Tagen zufällig zu finden.

«Willst du noch was?», fragte Siver, bevor sie dem Mann an der Kasse ihre Bankkarte gab.

«Also, wenn du mal reden willst. Ich weiß, ich bin nicht so gut mit Gefühlen. Aber ... wenn du mal was loswerden musst.»

Siver lächelte. «Na ja, nicht böse sein, aber dass wir uns gegenseitig die Haare machen und den ganzen Abend über Jungs reden, sehe ich irgendwie nicht.»

Auf dem Rückweg fragte sie sich, warum sie sich nicht einfach bei ihm bedankt hatte, warum sie das zum Witz hatte machen müssen. Sie wollte sich bei Laika entschuldigen, aber dann redete sie einfach über ganz etwas anderes.

*

Hinten im Laden gab es einen kleinen Raum, dort zeigte das Personal dem reichsten Teil der Kundschaft die exklusivste Ware, Handtaschen aus Krokodilen, Pythons und Haien, mit Diamanten besetzt, die Verschlüsse aus Weißgold. Dort stand nur das alleredelste Mobiliar: Der Tisch für die Präsentation der Taschen war von einem berühmten niederländischen Autodidakten entworfen worden und hatte mehr als Sivers Jahresgehalt gekostet. Das Sofa, ein Wirrwar aus nachtblauen Samtsträngen, sollte jede nur erdenkliche Sitzhaltung erlauben, wirkte aber auf die meisten so einschüchternd, dass sie lieber stehen blieben.

Beim Warten auf die sagenumwobenen Handtaschen erhielten Kundinnen und Kunden ein alkoholfreies Getränk ihrer Wahl und die Zeitschriften, die der Store abonniert hatte. Es gab eine Modezeitschrift (die französische *Vogue*), ein Lifestyle-Magazin (*Tatler*) und ein Reisemagazin (*Elite Traveller*). Soweit Siver wusste, rührte die Kundschaft die

Zeitschriften nie an, aber die Verkäuferinnen blätterten in ihren kurzen Pausen darin.

In Dubai unterlag nackte Haut in Zeitschriften der Zensur, aber jeder Zensor legte andere Maßstäbe an. Einmal blieb der tiefe Ausschnitt eines *Vogue*-Models sichtbar, ein andermal wurde ein völlig abstraktes Gemälde geschwärzt, weil der Zensor in dem Kunstwerk etwas Unzulässiges entdeckt hatte. Siver vertiefte sich in die von der Zensur zerstückelten Models, deren markante Gesichter nicht mehr mit den langen, digital bearbeiteten Gliedmaßen verbunden waren, und die schwarzen Kästen lenkten ihre Aufmerksamkeit auf das, was irgendein Mann sexy gefunden hatte. Oft konnte man vergessen, dass man in einer Theokratie lebte. Es waren die kleinen Dinge, wie die mit dem Filzstift handgezeichneten schwarzen Striche in jeder Zeitschrift, die einer die Wirklichkeit wieder vor Augen führten.

*

Einmal, als sie alle noch in London lebten, datete Mohammed eine Tänzerin namens Tatiana. Karim schlug ein Abendessen zu viert vor, und Mohammed sagte aus irgendeinem Grund zu, suchte La Petit Maison in Mayfair aus und ließ sich gern von Karim einladen. Das ganze Abendessen über wirkte Tatiana gelangweilt, den Blick auf die Straße hinter Siver und Karim gerichtet, sichtlich genervt von ihren Fragen, die sie Mohammed beantworten ließ, während sie lustlos mit der Gabel in einer Burrata herumstocherte.

«Was siehst du in der bloß?», fragte Siver ihren Bruder, als sie allein waren und sie eine halbe Flasche Billigwein getrunken hatte.

«Wie meinst du das?»

«Genau wie ich es gesagt habe. Klar, die ist scharf, natürlich, aber was magst du an der? Findest du sie nicht, ich weiß auch nicht, ein bisschen langweilig?»

Mohammed, der die andere Hälfte der Flasche intus hatte, schreckte vor ihr zurück, als hätte sie ihm gerade das Sofa vollgekotzt, und kniff angeekelt die Augen zusammen.

«Wir haben dieselben Vorlieben! Sie guckt gern Filme, ich gucke gern Filme. Sie mag Essen, ich mag Essen.»

Siver lachte laut, und es hörte sich viel böser an, als es gemeint gewesen war.

«Das kann man über jeden Menschen auf der Welt sagen, Mo.»

«Na, dann sag du mir doch mal, was dir an Karim gefällt, außer seiner dicken Brieftasche!»

«Wir reden wenigstens miteinander.»

«Kann man das nicht auch mit jedem Menschen auf der Welt?»

«Mit Tatiana offensichtlich nicht», sagte Siver und zog den Namen Silbe für Silbe in die Länge, bis er hochnäsig und lächerlich klang.

«Leck mich, dein Typ hat doch das blöde Dinner vorgeschlagen, ich hätte viel lieber zu Hause einen Film geguckt.»

«Ach stimmt, dieses esoterische Film-Ding eint dich ja mit der Liebe deines Lebens.»

«Nicht jeder Mensch, mit dem man ausgeht, muss gleich die Liebe deines Lebens sein, Siver.»

«Aber wozu dann der ganze Aufwand?»

Mohammed zuckte die Achseln und vollführte eine übertriebene Bewegung mit dem Handgelenk, um anzudeuten, dass es spät wurde und Siver sich auf den Heimweg machen solle. Normalerweise bot er ihr das Sofa an, wenn sie nachts bei ihm landeten, aber ihre Kritik an der Film- und Essensliebhaberin Tatiana hatte dieser Tradition offenbar ein Ende gesetzt.

Sie ging Richtung King's Cross und überlegte, ob sie mit dem Taxi zu Karim fahren sollte oder mit dem Nachtbus zur Victoria Station und von dort mit dem Zug nach Hause. Normalerweise hätte der lange Weg nach Sutton, wo sie sich in die Wohnung schleichen musste wie ein Teenager, sie abgeschreckt, aber Mohammeds Gegenfrage, was sie in Karim sah, war Siver im Kopf geblieben. Sie konnte eine Liste von Klischees auffahren, zur Begründung, was sie ursprünglich an ihm anziehend gefunden hatte: sein gutes Aussehen, seinen eigentümlichen Humor, seine Art, ihr Aufmerksamkeit zu widmen, als wäre sie auf der Welt der einzige Mensch. Aber jetzt, da sie verlobt waren, was sah sie eigentlich in ihm?

Sie merkte, dass ihre Frage an Mohammed unfair gewesen war, und textete ihm eine Entschuldigung.

Keine Sorge, Schwesterchen, wir haben viel getrunken, du musst dich nicht entschuldigen.

Sie entschied sich für den Nachtbus.

*

Neben Sivers Store gab es einen Uhrmacher, eine Schweizer Marke, die ihre Produkte mit Fotos von Vätern vermarktete, die mit ihren Söhnen segeln gingen und Golf spielten. Die Uhr sollte eine Tradition begründen, der nächsten Generation weitergereicht werden.

Der Spanier, der dort arbeitete, meistens allein, verbrachte die längste Zeit hinter einem Tresen und wartete auf Kundschaft, die vielleicht einmal die Woche kam, oder seltener. Ab und zu stand er vor dem Laden und vollführte komische kleine Kniebeugen, nach stundenlanger Starre. Siver hatte begonnen, ihn im Vorübergehen zu grüßen, und eines Tages bat er sie um ein Rendezvous.

Siver errötete und fühlte sich, als würde sich eine warme

Flüssigkeit in ihr ausbreiten. Selbstbewusst sah er aus, der Spanier, wie durch nichts, das sie sagen könnte, zu erschüttern, mit einem schelmischen Zug um den Mund, als er verkündete: «Ich bin ein ganz gutes Date, wenn ich das sagen darf.»

Siver lächelte. «Es tut mir leid, das geht nicht, ich habe eine Tochter, und …» Der Spanier nickte, ohne sich anmerken zu lassen, ob diese Information sein Bild von ihr verändert hatte. «Okay, aber wenn Sie es sich anders überlegen, ich bin nebenan.»

Isabelle, die ihr Gespräch mitangehört hatte, stellte Siver zur Rede, sobald sie wieder im Store war. «Bist du verrückt? Du hast dir einen schönen Abend verdient! Sieh ihn dir an, er ist hinreißend!» Sie küsste sich die Fingerspitzen wie ein Fernsehkoch.

«Ich muss auf Zara aufpassen. Das weißt du doch. Ich kann abends nicht ausgehen.»

«Dann passe ich auf sie auf! Es ist doch nur ein Abend, du willst ja nicht mit ihm durchbrennen!»

Am diesem Abend masturbierte sie, und während sie sich eine Brustwarze hart quetschte, dachte sie an den Spanier. Dann verwandelte er sich in Karim, dann in Karims neue Ehefrau, dann in Kate Moss in den Neunzigern, dann in Noah Mills in einer Armani-Werbung, dann wieder zurück in sich selbst. Sie hoffte, dass Zara schlief und dass sie nicht zu laut war.

*

Ich habe mir solche Sorgen um dich gemacht, mein Herz war bei dir, immer mache ich mir solche Sorgen, wie konnte der Hundesohn dir das antun? Du bist schöner als alle Frauen in Bagdad. Ich weiß, wie sie sind, ich habe dort gelebt, ich weiß

Bescheid. Ich will dir keine Kopfschmerzen machen und erzähle dir nichts von meinem Kummer, aber du musst öfter anrufen, ich höre nie von dir, du musst dich wirklich ein bisschen mehr um deine alte Mutter kümmern, ja?

*

Als Vorsichtsmaßnahme hatte Siver im Kalender eingetragen, wann sie ihre Mutter anrufen musste: alle vier Tage. Manchmal war ihr nicht danach, und sie verschob den Anruf auf den Tag darauf, was schon gewagt war. Wenn sie eine ganze Woche wartete, rief Xezal an, um sie auszuschimpfen. Einmal war Siver dumm genug gewesen, ihre Mutter zu fragen, wann deren Söhne das letzte Mal angerufen hätten. *Ach, Jungs haben immer so viel zu tun, mein Schatz.* Immer war Siver am Ende die undankbare Tochter, obwohl sie es doch war, die ihre Mutter immer wieder besuchte, sie ständig anrief und ihr brav jeden Monat Geld schickte.

Sie konnte sie vor sich sehen, wie sie wegen einer kleinen Nachlässigkeit das arme Hausmädchen schalt, sich vor dem Fernseher die hennaroten Haare kämmte und auf die Politiker in den Nachrichten schimpfte. Dass ihre Mutter Dampf ablassen musste, konnte Siver verstehen, aber dass sie selbst dabei ihr einziges Ventil war, nahm sie ihr übel. «Am Freitag schicke ich dir etwas Geld», hatte Siver ihre Mutter bei ihrem letzten Gespräch unterbrochen, um zu betonen, dass sie für sie tat, was sie konnte. «Oh, das musst du nicht, mein wunderbarer Sohn hat mir diesen Monat so viel geschickt.» Wer, Mohammed? Hatte er einen neuen Job gefunden? «Nein, mein lieber Laika.» Siver schnaubte, das war bestimmt eines der Machtspielchen ihrer Mutter. Wenn ihr sogar der ständig blanke Laika Geld schicken konnte, was bedeuteten dann schon Sivers Zuwendungen?

Sie sehnte sich zurück in die Zeit, bevor all diese Apps es möglich gemacht hatten, stundenlang umsonst miteinander zu sprechen. Früher war es zu teuer gewesen, mehr zu sagen als hallo, ich liebe dich, ciao. Jetzt war ihr Telefon voller grüner, blauer und lila Icons, die alle Kanäle öffneten, um zu sagen, was man wollte, so lange man wollte. Ein Horror, die Technologie!

Eine risikoarme, sehr lohnende Art, mit ihrer Mutter in Kontakt zu bleiben, war natürlich ein schnelles Foto von Zara. Ein besonders süßes Bild konnte tagelanges Schweigen wettmachen. Dann schrieb Xezal nur zurück, für ein Lächeln ihrer Enkelin könne sie sterben, oder postete das Bild eines Nazar-Amuletts gegen den Bösen Blick. Aber gelegentlich kommentierte Xezal die Fotos auch. «Warum ist sie wütend, was ist los?», und Siver musste ihr dann erklären, nein, so sehe Zara aus, wenn sie fröhlich war. «Was ist das für ein Mann?», fragte ihre Mutter, wenn im Hintergrund ein Arbeiter zu sehen war, als würde Siver alle Bauarbeiter Dubais mit Namen kennen. «Was hat sie da für Löcher in der Hose, brauchst du Geld, ich kann dir was schicken», wenn Zara besonders modische Jeans trug. Und am Ende führten die Fotos zu der Aufforderung, bald zu reden, und so blieb ein Gespräch unvermeidlich, sosehr Siver auch versuchte, ihre Tochter für ein wenig Schweigen zu verkaufen.

Es kostete sie immer mehrere Minuten, Mut zu fassen und auf den Call-Button zu tippen, und hinterher vermiesten die Anrufe ihr stundenlang, wenn nicht tagelang die Stimmung. Immer fiel sie sofort wieder in ihr Teenie-Selbst, gehässig und gemein. Und am Ende immer der Verdacht, dass ihre Mutter recht haben könnte. Dass sie eine undankbare Tochter war.

*

Im Food Court der Mall gab es alles, von den übliche Fastfood-Ketten bis zu einem Café, das kleine Gläschen mit zweiundneunzigprozentiger Valrhona-Schokolade, gemischt mit vierundzwanzigkarätigem Gold auf der Karte hatte, und einem Restaurant, das schwarze oder weiße Trüffel über die Gerichte rieb.

Man ging zu zweit zum Lunch, der Rest hielt im Store die Stellung. Siver wurde oft Tanya zugeordnet, die darauf bestand, als Letzte zu essen. «Das ist doch schöner, man muss nicht zurückrasen, weil die anderen hungrig auf einen warten», sagte Tanya einmal in der Schlange an der Salatbar. Siver hatte wirklich Lust auf etwas Gehaltvolleres gehabt, aber sie kam sich vor Tanya schon wie ein Monster vor, ohne auch noch vor ihren Augen Gebratenes zu essen. Sie holte sich einen Cesar's Salat, Dressing extra.

Im Frühjahr war Tanya etwas Schlimmes zugestoßen, Siver wusste nicht genau, was es gewesen war, hörte Isabelle aber sagen, dass sie es sich selbst zuzuschreiben habe. Siver spürte plötzlich eine Verbundenheit zu dieser Frau, die sie noch vor ein paar Wochen für einen Alien vom Planeten Jugend gehalten hatte, aber ihre Annäherungsversuche wurden von Tanya zurückgewiesen. Mitleid von einer alleinerziehenden Mutter hatte sie offenbar nicht nötig. Ihre Beziehung war klar strukturiert: Siver saß ehrfurchtsvoll vor Tanya, die aus ihrem Leben erzählte.

Beide bekamen einen Plastik-Puck, der vibrierte, wenn ihr Essen fertig war, und Siver nutzte die Gelegenheit für einen Toilettenbesuch.

Nach dem Händewaschen legte sie neuen Lippenstift auf, bleckte vor dem Spiegel die Zähne und entdeckte auch sofort etwas Rot am Schneidezahn. Bevor sie es mit dem Finger abwischte, wurde ihr klar, wie sie aussah: gebleckte Reißzähne, Blut im Mund.

Tanya fing an zu reden, bevor Siver sich hingesetzt hatte. Lang und breit ließ sie sich über die betäubende Qualität der Stadt aus, als wäre sie ein Narkotikum. Sie hasste es, zu Hause mit der Demenz ihres Vaters und dem Hüftschaden ihrer Mutter konfrontiert zu sein. «Es tut zu weh, und ich kann sowieso nichts machen.» Schon das Gespräch trieb ihr die Tränen in die Augen, dann blitzte ihr Ruby-Woo-Lächeln auf. «Hier ist es einfacher.»

Als sie sich auf den Rückweg zum Store machten, ließen sie die Tabletts auf dem Tisch, weil sie wussten, dass sie sofort von einer der vielen Reinigungskräfte abgeräumt werden würden.

*

Obwohl der Flug von Slemani kaum eine Stunde dauerte, konnte Siver die Besuche ihrer Mutter in Bagdad an einer Hand abzählen. Vor Zaras Geburt waren Besuche für Xezal überhaupt nicht in Frage gekommen. Beim ersten Mal erklärte sie dann, dass das Baby alle Züge ihrer Familie trage und eine exakte Kopie von Siver als Kind sei. Fotos, die das Gegenteil bewiesen, gab es genug, aber alle scharten sich höflich um Xezal, als sie eine Wirklichkeit erfand, die ihr besser gefiel. Sie ließ spitze Bemerkungen fallen - das Haus sei schön, aber zu groß. «Kein Mensch braucht so ein großes Haus. Na ja, euch gefällt das wohl.» Aber selbst als sie das Haus abging, mit dem Finger prüfte, wie verstaubt die Oberflächen waren, und sich über ihre Frühstückseier beklagte («Unsere kurdischen Eier haben einfach mehr Geschmack. Diese irakischen Eier schmecken nach Plastik.»), war Siver froh, ihre Mutter bei sich zu haben, sie mit Zara zu sehen, als wäre es das Natürlichste auf der Welt, ein Baby zu halten, dem man sogar den Kopf stützen musste, und wie sie dem

Baby zart das dritte Auge drückte, worauf es sofort zu weinen aufhörte, wie durch Hexerei. Zum ersten Mal fand sie die Gegenwart ihrer Mutter beruhigend.

Als Xezals Besuch zu Ende ging, wollte Siver sie sogar überreden, länger zu bleiben. «Was soll ich hier?», hatte Xezal gefragt und langsam gepackt, als könnten die Stoffe ihrer Kleider brechen.

«Ich weiß auch nicht, deiner Tochter helfen vielleicht.»

«Du hast doch Hilfe. Du hast mehr Hilfe, als ich jemals hatte. Du brauchst mich nicht.»

«Na gut, ich brauche dich nicht, ja, aber vielleicht möchtest du hier sein? In Kurdistan hast du doch nichts zu tun, du sitzt einfach allein zu Hause.»

«Ich bin sehr beschäftigt, das solltest du wissen.»

Was für eine Art Waffenstillstand für die Zeit ihres Besuchs auch gegolten haben mochte, jetzt herrschte wieder Kalter Krieg, daran ließ Xezal keinen Zweifel. Die folgenden Besuche waren höfliche Angelegenheiten, und Siver zählte die Tage bis zur Abreise. Also hatte sie nicht das Gefühl, sich an ihre Mutter wenden zu können, als Karim Jahre später Lust auf Sex mit Teenagern entwickelte. Siver wusste, was Xezal dachte; das brauchte sie jetzt nicht. Mohammed würde sich höchstens verpflichtet fühlen, ihr auszuhelfen, und Laika, sosehr er auch auf ihrer Seite sein mochte, hatte so wenig Lebenserfahrung, dass er ihr nur sagen würde, wie leid es ihm tat, als hätte er ihr das Leben selbst zertrümmert. Früher hatte sie Freundinnen und Freunde gehabt, aber in Bagdad waren all ihre Freunde seine Freunde, seine Familie. Plötzlich merkte sie, dass sie ganz allein auf der Welt war.

Sie überlegte, auf Facebook nach alten Freundinnen und Freunden von der Uni zu suchen, sich zu erkundigen, wie es ihnen ging, schrittweise wieder Nähe aufzubauen, um sich ihnen dann (wann? nach einer Woche? oder zwei?) anvertrauen zu können. Aber das fühlte sich falsch an, manipulativ. Außerdem wollte sie nicht als die Gescheiterte dastehen. Ihr war nur zu klar, was alle über ihren Umzug nach Bagdad dachten, in eine Stadt, deren Sprache sie nicht sprach und die in Schutt und Asche bombardiert wurde. Sie wusste, wonach das aussah, ihre Heirat mit einem sehr reichen Mann. Geschah ihr recht, würden sie sagen. Was hatte sie sich denn gedacht?

Sie mochte naiv gewesen sein, aber sie hatte ihm geglaubt, als er ihr seine Liebe erklärt hatte. Sie hatte ihm geglaubt, als er gesagt hatte, er wolle den Rest seines Lebens mit ihr verbringen. Und da stand sie nun, in ihrer Küche in Bagdad, und er saß im Wohnzimmer vor den Nachrichten, und sie konnte nicht ins Bett gehen, weil sie an ihm vorbei musste, um ins Schlafzimmer zu kommen.

Ihr Telefon vibrierte, und ein altes Bild von Mohammed erschien. Ihr kamen schon die Tränen, als sie nur sein Gesicht sah.

«Hallo?»

Die Sandstürme hatten schon die ganze Woche den Handyempfang gestört, und sie verstand kein Wort, hörte ihn nur schnell sprechen, als wäre etwas passiert. Sie verlor den Mut. Wahrscheinlich brauchte er ihre Hilfe.

«Ich kann dich nicht verstehen, brauchst du Hilfe?»

Die Verbindung brach ab. Eine Minute lang starrte Siver das Telefon an und fragte sich, ob sie zurückrufen solle. In ihrem Zustand konnte sie sich nicht um die Probleme ihres Bruders kümmern. Karim hatte die Lautstärke des Fernsehers heruntergedreht, damit er hören konnte, was in der Küche vor sich ging.

Das Telefon vibrierte erneut. Eine Textnachricht.

Ich wollte nur rasch erzählen, dass ich diesen wirklich geilen Deal gemacht habe. Konnte ich sonst niemand erzählen, da dachte ich, ich erzähle es dir. Ich vermisse dich. Hoffe, L'arome und dir geht es gut. Gib der Kleinen einen Kuss von mir. X

Dann eine zweite Nachricht: *Ich meinte natürlich Karma.*

Dann eine dritte: *KARIM! KARIM GEHT ES HOFFENTLICH GUT! FLEISS AUTOKORREKTUR!*

Sie musste grinsen und antwortete ihm, sie freue sich für ihn, und Karim habe immer an seinen Erfolg geglaubt. Das war natürlich gelogen: Karim hielt Mohammed für eine windige Gestalt, die eher im Knast landen würde, als je wirklich Geld zu machen.

Dann fing sie noch eine Nachricht an.

Hör mal. Hier läuft es nicht so toll. K will eine Zweitfrau, und ... na ja. Ich weiß echt nicht, was ich machen soll. Er meint das ernst, und wenn ich ihn verlasse, worüber ich gerade nachdenke, weiß ich nicht ... wo soll ich überhaupt hin? Was soll ich machen? Ehrlich, die totale Shitshow. Bitte Mama nichts sagen natürlich, die dreht sonst durch.

Siver unterbrach sich und sah sich die Nachricht an. Nein, nein, Mohammed hatte einen schönen Abend, warum sollte sie ihm den verderben? Sie löschte alles und textete stattdessen *Voll stolz auf dich xx*, legte das Telefon weg, ging ins Schlafzimmer und tat so, als würde sie ihren Mann nicht sehen.

*

Für das exklusivste, komplett in Frankreich handgefertigte Handtaschenmodell, das im Store angeboten wurde und nur im kleinen VIP-Room erhältlich war, gab es in allen anderen Ländern eine einjährige Warteliste. Seit der größte Teil der Luxusware nicht mehr maßgefertigt wurde und man in allen Airport-Stores dieselben «exklusiven» Halstücher und Handtaschen bekam, mussten die Brands härter daran arbeiten, manche Waren schwer erhältlich zu machen. Wenn zum Beispiel in Japan jede vierte Frau eine echte Louis-Vuitton-Handtasche besaß, wie exklusiv waren diese Taschen dann noch? Die meisten Marken legten den Fokus auf die neuesten Modelle, die schwer zu bekommen waren, um den Taschen, und damit auch der Marke, den Anstrich der Exklusivität zu verleihen: Das Konzept der «It-Bag» entstammte dem Wunsch, ein anhaltendes Begehren bei den Kundinnen zu erzeugen. Die Taschen mussten hohen Wiedererkennungswert haben, aggressiv vermarktet werden, und der Star des Augenblicks musste sie bei so vielen Events wie möglich tragen. Die Baguette von Fendi (1997) und die Paddington von Chloé (2002) gehörten zu den ersten, die diesen Status erlangten, wobei Fendi die Popularität von *Sex and the City* nutzte und Chloé das Model Sienna Miller an sich band.

Einen Vortrag nach dem anderen mussten Siver und ihre Kolleginnen sich außerhalb der Arbeitszeit dazu anhören, wie das Konzept der It-Bag die Finanzkrise nicht überlebt hatte, weil es frivol wirkte und scheinbar für die Verschwendungssucht stand, die die Welt an den Rand des Abgrunds geführt hatte. Stattdessen war die Kundschaft zu den Taschen zurückgekehrt, mit denen sie aufgewachsen war, Statussymbolen wie der 2.25 von Chanel oder der Speedy von Louis Vuitton. In Sivers Store gingen auch die Verkaufszahlen des besonders exklusiven Handtaschenmodells durch die Decke, bis hin zu einer tatsächlichen, ungeplanten Verknappung. Nachdem die Produktion hochgefahren worden war und Isabelle die Lösung für das Problem gefunden hatte, wie man in einem Land mit sehr ungeduldigen Kundinnen und Kunden Exklusivität behaupten konnte, wurde im Store in der Mall of the Emirates das Hinterzimmer voller Handtaschen eingerichtet, wohin man alle brachte, die eine (oder mehrere) erwerben wollten. Nachdem Paris Isabelles Vorschlag abgesegnet hatte, stiegen die Verkaufszahlen in der Mall of the Emirates beträchtlich, und man hielt ihren Plan für so revolutionär, so gut auf den Wertewandel in den Zukunftsmärkten abgestimmt, dass man sie beförderte. Eines Tages bat Isabelle die Belegschaft der Schicht also, nach Ladenschluss noch kurz zu bleiben: Sie müsse eine Ankündigung machen. Sie gehe wieder nach Paris, sagte sie, als Senior Vice President Retail im Leitungsteam. Binnen zwei Wochen werde Paris eine neue Store Managerin schicken, sie habe aber strikte Anweisungen gegeben, dass die Abläufe nicht verändert würden.

Für ihre Abschiedsparty schmuggelte Isabelle eine Flasche Champagner ein, die heimlich im Zimmer mit den besonders exklusiven Handtaschen geleert wurde. Alle hatten für einen Keramik-Armreif zusammengelegt, den sie Isabelle oft hatten beäugen sehen. Die Verkäuferinnen umarmten sie, Tränen flossen, und sie versprach, in Kontakt zu bleiben.

Draußen scharrten die Reinigungskräfte mit den Füßen und warteten darauf, endlich anfangen zu können.

*

Als Siver sich gegen Ende ihres ersten Jahres in Bagdad langsam eingelebt hatte, war die Statue von Saddam Hussein längst geschleift worden und die anfängliche allgemeine Begeisterung für die Amerikaner längst vergessen. Paul Bremer, der amerikanische Besatzungschef, hatte 100 000 irakische Soldaten entlassen und so al-Qaida und Konsorten 100 000 neue bewaffnete und ausgebildete Kämpfer geliefert. Blackwater USA hatte begonnen, auf offener Straße in die Menge zu schießen und grundlos Unschuldige umzubringen.

Die schönen Tage, als US-Soldaten sich in Bagdad frei bewegen, gefälschte Uhren kaufen oder zum Spaß in erbeuteten Autos herumfahren konnten, waren eindeutig vorüber.

Als sie in Karims Baufirma arbeitete, zeigte der Fahrer, der sie und Karim in dessen gigantischen, kugelsicheren Wagen ins Büro und zurückbrachte, eine geradezu unheimliche Begabung, die beste Route zu finden. Jeden Morgen wurden andere Straßen gesperrt, weil Würdenträger oder VIPs zu Besuch waren, es Terroranschläge oder Bombenalarm gegeben hatte, oder die Straßen wurden ganz verlegt, weil die modularen Schutzwälle ständig versetzt wurden, um neue Menschengruppen, neue Stadtviertel zu umfrieden. Und jeden Morgen wusste Faisal, der Fahrer, seinen Weg durch diese Landschaft in ständigem Wandel zu finden, den übermilitarisierten, schießfreudigen Security-Firmen auszuweichen oder den Milizen, die jeden entführten, der ein Lösegeld wert war.

Hörbar blieb die Gewalt natürlich. An den Widerhall der Detonationen nah und fern hatte man sich schnell gewöhnt, aber durch Glück oder Faisals Geschick wurde ihr der Anblick der Zerstörung meist erspart, abgesehen von der gelegentlichen qualmenden Bretterbude, die einmal ein für seinen Arak berühmtes Restaurant gewesen war.

Anfangs mailten ihre Londoner Freundinnen und Freunde ihr jeden Bericht über einen Bombenanschlag in Bagdad, und in ihrer Mailbox dominierte die Betreffzeile *bist du ok?*, aber mit der Zeit wurden die Mails weniger, bis ihr niemand mehr schrieb. Vielleicht waren ihnen Sivers Antworten, die ihr geistreich vorgekommen waren, flapsig erschienen: Keine Sorge, wenn ich tot wäre, hättet ihr das schon erfahren. Dann wäre ich in den Augen von Her Majesty's Government plötzlich britisch. Das wäre dann plötzlich auf allen Titelseiten, auch eine Britin unter den Opfern, haha.

Siver fürchtete sich selten vor dem Krachen der Bomben. Selbst als eines Morgens das Nachbarhaus in die Luft flog, wo der Bruder des Richters von Saddam Hussein wohnte, und bei ihr alle Wände wackelten, sah sie nur kurz nach, ob etwas kaputtgegangen war, und ging wieder ins Bett.

Man gewöhnte sich daran. Die Bomben hatten auf perverse Weise ihren Nutzwert: Sie musste nie den Wecker stellen, jeden Tag flog vor neun Uhr irgendetwas in die Luft, sodass man immer rechtzeitig aufwachte, um zur Arbeit zu kommen.

Dann fuhr Faisal sie eines Tages allein ins Büro, weil Karim schon frühmorgens ein Meeting hatte. Als der große, schwerfällige SUV sich durch die öden, staubigen Straßen des Viertels Qadidiya quälte, sah sie am Boden einen blutenden Mann. Noch durch die getönten Scheiben konnte man sehen, wie das Blut seine Kleidung tränkte. Der Mann rief auf Arabisch um Hilfe, immer wieder, und seine Schreie waren so laut, dass sie durch das schusssichere Glas des Autos drangen.

«Faisal, stopp, wir müssen etwas tun!»

Der Fahrer schüttelte den Kopf und fuhr weiter.

Sivers zuerst noch höflicher Protest wurde immer lauter, bis sie in einen Befehlston verfiel, worauf Faisal sich umdrehte und ihr wie einem ungezogenen Kind sagte, sie solle jetzt still sein.

Später im Büro erklärte Karim ihr, dass bestimmte Terrorzellen sich dieser Methode bedienten, um die Todesopfer ihrer Anschläge zu erhöhen: Sie schossen jemandem in den Bauch, banden ihm Sprengstoff um und warteten, dass sich hilfsbereite Menschen versammelten, um dann mit einem Anruf auf einem Handy die Explosion auszulösen. «Zehn, fünfzehn Tote, ganz einfach», sagte Karim und schnipste mit den Fingern.

Trotzdem hörte sie noch wochenlang die Schreie des Mannes, wenn sie im Bett lag und schlafen wollte, und noch immer erzählte sie Xezal, dass alles in Ordnung sei. Noch immer beantwortete sie die Mails ihrer Freundinnen mit schlechten Witzen.

Still war es in der Stadt nur während der Fußballweltmeisterschaft 2006, als die Selbstmordattentäter sich am Leben hielten, um die Spiele sehen zu können. Um dem Irak Frieden zu bringen, dachte Siver, müsste man nur dafür sorgen, dass immer Fußball lief.

Selbst die überall verbreitete Fatwa eines saudischen Geistlichen gegen den Fußball stimmte die Dschihadisten nicht um. Die Fatwa, nachgedruckt von vielen der Zeitungen, die auf Sivers Küchentisch landeten, forderte Karim zufolge, man solle «in normaler Kleidung oder im Pyjama spielen oder so, aber nicht in Shorts und T-Shirts mit Nummern, das sei keine muslimische Kleidung». Außerdem: «Folgt nicht den Häretikern, den Juden, den Christen & vor allem nicht dem bösen Amerika, was die Spielerzahl angeht. Spielt nicht mit 11 Menschen.»

Trotzdem blieb die Ruhepause kurz. Sobald Italien das Endspiel gewonnen hatte, war die normale Ordnung wiederhergestellt. Terroristische Splittergruppen bombten Bagdad wieder in Schutt und Asche, weil sie sich vom Reich des bösen Westens missverstanden fühlten.

*

Als Siver auf die Bremse trat, um nicht mit dem SUV zusammenzustoßen, der vor ihr eine verbotene Kehrtwende gemacht hatte, wusste sie sofort, dass sie nicht rechtzeitig zum Halt kommen würde. Das Blech ihres Autos bauschte sich auf und faltete sich gleichzeitig zusammen, während der Wetterbericht im Radio weiter das bevorstehende sonnige Wochenende feierte. Alles kam ihr vor wie in Zeitlupe, der eigentliche Zusammenstoß, der unter ihr aufsteigende Gummigeruch, der halb gegessene Proteinriegel, der ihr vom Armaturenbrett in den Schoss rutschte, das Glitzern seiner Verpackung im Tageslicht, bis die Airbags mit einer Kraft ausgelöst wurden und zischten, die Siver wieder in die Gegenwart versetzte. Als sie überhaupt wieder denken konnte, dachte sie: Gottseidank ist Zara nicht im Auto.

Aus dem Wagen vor ihr stieg ein junger Mann und schätzte kopfschüttelnd den Schaden ab. Der Kleidung nach war er ein Emirati, sein unsicherer Gang ließ sie glauben, dass er vom Crash benommen war. Siver geriet in Panik: Wenn ein Einheimischer beteiligt war, bekam man als Ausländerin immer die Unfallschuld, das war bekannt. Der Mann zog ein Vertu Phone aus der Tasche, und Siver quälte sich an den Airbags vorbei aus dem Auto. Er rief die Polizei. Siver müsste bei Zaras Schule anrufen und melden, dass sie sich zum Abholen verspäten würde. Nur der Anblick einer Gruppe Arbeiter am Straßenrand, die auf ihren Transport zurück in die Unterkünfte warteten, beruhigte ihre Nerven. Sie hatten alles gesehen. Sie hatte Zeugen.

«Sind Sie okay?», fragte der Mann, als er aufgelegt hatte. Siver sah ihm an den Augen an, dass er keinen Schock erlitten hatte: Er war betrunken.

«Mir geht es gut.» Siver fragte sich, was passieren musste, bis sie eines Tages klarstellte, dass es ihr nicht gut ging. Wo war ihre Schwelle?

«Uff ... Ausgerechnet heute muss das passieren. Ich habe meinen Führerschein immer noch nicht wieder. *Ya Allah.*» Er zuckte die Achseln, setzte sich wieder in sein Auto und ließ einen Song von Nancy Ajram erdröhnen.

Kurz darauf traf die Polizei ein, und ihr Verdacht erwies

sich als korrekt: Obwohl der junge Mann sichtlich betrunken war und keinen Führerschein vorweisen konnte, klopfte man ihm auf die Schulter und ließ ihn weiterfahren. Siver sollte den Polizisten auf die Wache folgen, Schuld an dem Unfall habe sie, und den Bericht werde man ihrer Versicherung schicken.

«Fragen Sie diese Leute! Fragen Sie, was passiert ist!», sagte Siver, sorgfältig darauf bedacht, nicht laut zu werden und ihre Lage nicht noch zu verschlimmern.

«Wen denn?», fragte einer der Polizisten und klang dabei ganz aufrichtig, als hätte Siver einen Baum als Zeugen benannt. Da wurde ihr klar, dass die Arbeiter nicht der Chor einer griechischen Tragödie waren, obwohl sie alles sahen, alles wussten. Sie waren ein Teil der Landschaft, und man erwartete, dass sie für immer schwiegen.

*

«Wie sind deine Eltern so?»

Siver und Karim hatten gerade ihr zweites Date und waren nach einem Film über einen Postboten, der sich sein Brot mit Aufführungen von Shakespeare-Stücken verdiente, im Lokal einer britischen Asia-Fastfood-Kette gelandet, und sie hatte das Gefühl, ihm jetzt die wichtigen Fragen stellen zu müssen - in Erfahrung bringen zu müssen, ob dieses, was immer es war, den Einsatz lohnte. Sie kannte seine Haltung zu praktisch allen je gedrehten Disney-Filmen, aber darüber hinaus wusste sie wenig, und falls sein Vater ein fundamentalistischer Geistlicher war oder sich an ethnischen Säuberungen gegen Kurden beteiligt hatte, würde sie natürlich lieber Schluss machen, bevor es zu ernst wurde.

Ein Teil von ihr hoffte, dass er ihr etwas erzählen würde, mit dem sie nicht leben konnte. Das wäre einfacher, als an einer Beziehung festzuhalten, von der sie wusste, dass sie ihren Eltern nicht gefallen konnte.

Karim legte die Stäbchen ab und putzte sich mit einer schwarzen Papierserviette die Mundwinkel. «Meine Eltern?»

«Na ja, ich weiß ja überhaupt nichts über sie, über dich», sagte Siver und hoffte, ihr Tonfall würde signalisieren, dass es keine große Sache war, bloß ganz normale Konversation, wie normale Menschen sie führten, ohne Gefühlsballast, Menschen, die bei der Partnerwahl nicht die kurdische Unabhängigkeitsbewegung in ihrer Gänze mitdenken mussten.

«Ach, die sind sehr lieb, höchstens ein bisschen neurotisch. *Ya ʿni*, meine Eltern gehören zu der Sorte Mensch, die nicht ins Ausland reist, um Urlaub zu machen, aus Spaß an der Freude, sondern für Arztbesuche - ‹Wir fahren dieses Jahr nach Thailand, da gibt es einen tollen Spezialisten für Gehirntumore› -, und wenn man zynisch sein will, könnte man sie Hypochonder nennen oder Menschen, die sich Krankheiten einbilden, um Aufmerksamkeit zu bekommen, aber es stimmt schon, dieses absurde Entzücken, mit dem sie von ihren Arztbesuchen reden, fällt allen auf. Egal, *inschallah* mögen sie ewig gesund bleiben.» Er wollte schon auf den Tisch klopfen, da merkte er, dass er nicht aus Holz war, und klopfte sich zweimal gegen den Kopf.

Siver lächelte, diese Antwort hatte sie nicht erwartet.

«Na ja, sie können mich nicht einfach besuchen kommen, sie müssen als Vorwand für die Reise einen Termin in einer Klinik an der Harley Street machen. Weil sie glauben, die Leute halten sie sonst für frivol. Mein Vater hat Ende der Sechziger seine Baufirma gegründet, und *wallah*, ich glaube nicht, dass er jemals auf eine Reise gegangen ist, die nicht mit seiner Arbeit oder Gesundheit zu tun hatte. Er ist einfach so.»

«Und deine Mutter? Wie haben sie sich kennengelernt?»

«Ach, sie sind Cousin und Cousine, arrangierte Ehe. Mein Vater durfte sich eine von drei Schwestern aussuchen und hat meine Mutter genommen. Also, wenn ich dir ein bisschen komisch vorkomme, liegt das an der Inzucht!» Karim lachte über seinen eigenen Scherz. «Ich weiß nicht, ob du davon gehört hast, aber im Irak bringt der Mann in manchen Familien nach alter Tradition manchmal ein kleines Kätzchen um.»

«Ein ... Kätzchen?»

«*Wallah*, das macht man eben. Völlig ... schräg. Es geht um die Festigung der Rolle des Ehemanns, sie gehen abends ins Schlafzimmer, und der Mann zeigt der Frau ein Kätzchen und muss dann sowas sagen wie ‹Wenn du mir eine gute Frau bist, dann werde ich auch gut zu dir sein, so ...›, und dann streichelst du das Kätzchen. Dann sagst du, ‹aber wenn du mir eine schlechte Frau bist ...›, und dann musst du dem Kätzchen das Genick brechen oder ihm die Kehle aufschneiden, ich weiß nicht, wie genau man es umbringen muss. Aber das muss man tun. Und dann muss die Frau alles wegputzen.»

«Herrgott.»

«Ja, wirklich ... Also haben die Verwandten meines Vaters ihm gesagt, dass er das tun müsse, und er hat sich geweigert. Er hat sie gefragt, wie er eine glückliche Beziehung führen könne, wenn dies seine erste Tat sei. Und die Familie, der Vater meiner Mutter war sogar auch dabei, hat sich über ihn lustig gemacht und gesagt, *ya ʿni*, er werde sich von ihr unterbuttern lassen, wenn er keine klaren Grenzen setze und nicht zeige, wer der Boss ist. Aber er hat das nie getan. Und *maschallah*, sie sind jetzt schon sehr lange zusammen glücklich.»

Als sie nach Hause kam, fragte sie ihre Mutter, ob sie je davon gehört habe, dass Männer an ihrem Hochzeitstag

Katzen umbringen. Xezal wollte wissen, wo Siver so etwas aufgeschnappt habe.

«Ach, das hat meine Freundin Sepideh mal erwähnt.»

«Wir haben sowas früher auch gehört, aber ich halte das wirklich für ein Märchen. Ich glaube nicht, dass Männer sowas machen. Dein Vater hat es bestimmt nicht getan.»

In der Nacht darauf träumte Siver von gemeuchelten Katzen, davon, wie sie ein Kätzchen aufnahm und streicheln wollte, aber das Tier in ihrer Hand war nur eine leblose pelzige Masse, nur noch Fell und Blut.

*

Ihr Auto war ein Totalschaden. Nur dass es natürlich nicht ihr Auto war. Sie hatte es geleast. Die Firma, der es gehörte, und die Versicherung lieferten sich über Monate eine Schlacht, und bis sie entschieden war, hatte Siver kein Fahrzeug zur Verfügung, obwohl sie weiter die monatliche Leasingrate zahlen musste. Dazu kamen jetzt noch die Kosten für die täglichen Taxifahrten, denn Zaras Schule war mit Bus oder Metro nicht erreichbar, sodass Siver wieder akut armutsgefährdet war und ihren genauen Kontostand immer im Blick hatte. Und dann waren da noch Zaras hohe Ansprüche; ständig wünschte sie sich neues Spielzeug. Wochenlang hatte sie geklagt, dass sie noch immer keinen blöden Spielzeughamster hatte, und schließlich hatte Siver nachgegeben: 55 Dirham weniger auf dem Konto, Restguthaben bis zur nächsten Lohnzahlung: 876 Dirham.

«Ummi! Pipsqueak wollte ich nicht! Pipsqueak haben alle Kinder in der Schule! Ich wollte Num Nums!»

«Den konnte ich nirgendwo finden, Schatz. Das war das einzige ZhuZhu Pet im ganzen Laden.»

«Ich *hasse* dich!»

In einem knappen Jahr hatte Zara sich von einem schüchternen, introvertierten Mädchen in eine, wie Siver zugeben musste, richtige kleine Zicke verwandelt. Alle zwei Tage «brauchte» sie neue Spielzeuge oder geschmacklose Accessoires, wenn sie aus der Schule kam, weil alle anderen Kinder sie hatten und sie sterben würde, wenn sie sie nicht auch bekam.

Vor ein paar Wochen war Zara zum siebten Geburtstag einer Mitschülerin eingeladen gewesen, und die Eltern des Kindes hatten im Fünf-Sterne-Hotel Jumeirah Beach einen ganzen Park gemietet und einen Clown, eine große Sahnetorte und sogar einen DJ im kurzärmeligen Hemd aufgefahren. Siver, die die Geburtstagsparty-Gepflogenheiten von Dubai nicht kannte, hatte ein Kinderbuch über einen verliebten Elefanten gekauft, und als sie die Berge von Geschenken sah, die andere Eltern mitgebracht hatten, wusste sie sofort, dass Zaras Sozialleben unter ihrer Geschenkauswahl leiden würde. «Wie *konntest* du nur so dumm sein, Vanessa ein *Buch* zu kaufen?», weinte Zara im Taxi auf dem Heimweg und quälte ihre Mutter dann mit ihrem Wunsch nach einer Geburtstagsfeier von ähnlichen Ausmaßen. Diese Art Verhalten hatte Siver erwartet, wenn Zara um die dreizehn wäre, aber nicht in einer Phase, in der sie sich kaum alleine anziehen konnte.

Jede Woche kam etwas Neues, einer dieser absurd teuren Schulausflüge in die Mall zum Beispiel, für den Siver zahlen musste; jede Woche musste Siver ihre Tochter auf den Boden der wirtschaftlichen Tatsachen zurückholen, die ihr nicht erlaubten, diese oder jene neue Sache zu kaufen; jede Woche ließ Zara sie wieder auf neue Weise spüren, wie klein und unbedeutend sie war. *Daddy hat Geld, wir können ihn doch fragen!*

Also ging Siver im Laden nicht ans Telefon, als am Tag

nach dem ZhuZhu-Pet-Fehlkauf die Schule anrief. Sie ließ sie eine Nachricht aufsprechen, weil sie glaubte, dass es wieder um eine irrwitzig teure Exkursion ging, mit der Zara sie nerven würde. Erst beim Lunch hörte sie die Nachricht ab.

«Mrs. Hardi, hier spricht Ratiba, die Schulkrankenschwester. Zara hatte heute leider auf dem Spielplatz einen Unfall und hat sich den Arm gebrochen. Wir haben sie ins American Hospital gebracht. Sie erreichen sie unter Null-Fünf-Zweiunddreißig-Zwei-Vierzig-Vier-Sieben.»

Siver hatte das Gefühl, in der ganzen Mall sei plötzlich das Licht ausgegangen; sie wollte die Nachricht noch einmal abspielen, aber ein Brummen im Ohr nahm ihr die Konzentration, und statt zum erneuten Abspielen der Nachricht die Zwei zu drücken, drückte sie die Eins und löschte sie. Sie sah sich um, überall Menschen mit Einkaufstaschen, die lachten, als wäre sie völlig aus der Zeit gefallen. Da stand sie und hatte vier Stunden lang die Nachricht der Schule ihrer Tochter ignoriert, vier volle Stunden. Siver ließ den halb gegessenen Lunch stehen, lief durch den Food Court über die Rolltreppe zum Store, um ihren Kolleginnen zu erklären, dass sie wegen eines Notfalls fortmusste. Sie nahm ein Taxi zum American Hospital, wo sie im kalten Krankenhauslicht vor zahllosen Wegweisern zu verschiedenen Abteilungen stand. Wo konnte sie sein? In der Orthopädie? In der Notaufnahme? In der Kinderklinik? Sie fragte eine gelangweilte Frau an der Rezeption, die ihr riet, sich in der Notaufnahme zu erkundigen. Im Laufschritt folgte sie der Wegbeschreibung durch das minzgrüne Labyrinth, bis sie sich unter einem Schild mit der Aufschrift EMERGENCY fand. Der Mann am Schalter bestätigte ihr, dass Zara hier war, im Zimmer 204. Er tippte etwas in einen Computer und blickte Siver nicht direkt an, aber als er den Kopf wandte und sah, was auch immer in Sivers Gesicht geschrieben stand, wurde er gleich freundlicher, sagte ihr, Zara gehe es gut, sie sei schon untersucht worden, und Siver müsse nur noch dieses Formular ausfüllen, dann könne sie ihre Tochter sehen.

Siver konnte sich nur schwer auf das Formular konzentrieren, die Felder verschwammen ihr vor den Augen, aber sie füllte sie aus, so gut sie konnte.

«Perfekt, vielen Dank. Darf ich Sie jetzt noch um die Versicherungsdetails bitten?»

Siver wühlte in ihrer Handtasche nach der Versichertenkarte, die sie von ihrem Arbeitgeber bekommen hatte.

Der Mann sah sich die Karte mit zusammengekniffenen Augen an, wie ein Türsteher, der noch nicht wusste, ob er sie hereinlassen solle. «Tut mir leid, Ma'am, aber Ihre Versicherung deckt dieses Krankenhaus nicht ab.»

Siver blinzelte.

«Wie bitte?»

«Sie hätten sie in ein anderes Krankenhaus bringen müssen, hier sind Sie nicht versichert.»

«Aber ich habe sie nicht hierhergebracht, das war ihre Schule. Hören Sie, können wir das nicht später klären? Darf ich jetzt vielleicht meine Tochter sehen?»

Der Mann reichte Siver die Versichertenkarte, angestrengt um Höflichkeit bemüht. «Bitte, eine unserer Pflegekräfte bringt Sie hin.»

Eine Schwester erschien und bat sie, sich die Hände zu desinfizieren. «Wir müssen sehr sorgfältig sein», sagte die Schwester, bevor sie Siver durch einen Flur führte, in dem verletzte Männer und Frauen saßen und auf Hilfe warteten.

Und da, in einem hellblau gestrichenen Zimmer, jemand aus der Schulverwaltung an ihrer Seite, saß Zara auf einem Krankenhausbett, den Arm schon im Gips.

Siver fing sofort an zu weinen. So eine schlechte, pflichtvergessene Mutter war sie gewesen!

«Mir geht es gut, Ummi, es tut schon nicht mehr weh.»

*

Nach Rafiqs Tod hatte Xezal Siver und Laika monatelang gerügt, wenn sie etwas anfassten, das ihm gehört hatte. Nicht einmal den Joghurt im Kühlschrank konnten sie entsorgen, nicht einmal den Fernsehsender konnten sie wechseln, ohne angeschrien zu werden. Dann drückte sie ihnen eines Tages ein paar Mülltüten in die Hand und sagte ihnen, sie sollten alles wegwerfen.

«Bist du dir sicher, Mum?»

«Ich werde nicht ewig hier leben. In der Zeit, die mir noch bleibt, will ich nicht jeden Tag, jeden Augenblick an ihn erinnert werden.»

Siver staunte, wie schnell eine Existenz sich zusammenpacken ließ. Siver und Laika liefen mit Müllsäcken herum, Mohammed kam von der Arbeit nach Hause und gab ihnen Anweisungen wie ein selbst ernannter Aufseher. Alles wurde mit verdünntem Chlorreiniger geschrubbt, von den Zimmertüren wurden Spiderman-Sticker abgezogen, und Hunderte, wenn nicht Tausende Blatt Unterlagen wurden entsorgt.

Zuerst die Flugblätter, die kleinen Tiraden, mit denen Rafiq sich über so viele Jahre hinweg so viel Mühe gemacht hatte. Dann die dicken Bündel aus Zeitungen und Zeitschriften, die er angesammelt und in denen er jeden Artikel zum Thema Kurdistan markiert hatte. Dann die Postkarten mit den Bildern der Opfer des Massakers von Halabdscha, längst verblichen. «Herrgott, wie ich diese Bilder immer gehasst habe», sagte Siver, als sie einen Packen davon in einen Müllsack warf.

Als sie glaubten, fertig zu sein, und die Konturen einer Wohnung ohne Rafiq klar hervortraten, eröffnete ihnen Xezal, dass noch viel zu tun blieb.

«Seine Kleider müssen weg und dieser Teppich. Und der Tisch da und das furchtbare Radio. Was soll ich mit einem Radio?»

«Aber wo sollen wir dann essen, Mama? Wir brauchen doch einen Tisch.»

«Wir kaufen einen neuen. Einen, an dem euer Vater nicht gesessen hat, bevor er uns verließ.»

Nachdem sie sich mit Laika beraten hatte, bestellte Siver noch für denselben Tag einen Container. «Das ist vielleicht ein Fehler, aber das muss sie selber wissen», hatte Laika gesagt. Wenn sie die Wohnung von allem säubern wollte, was sie an Rafiq erinnerte, wer waren sie, es ihr zu verbieten? Mit der Zeit würde ihre Trauer sehr wahrscheinlich einen Weg zur Koexistenz mit ihrer Liebe finden, die beiden würden unzertrennlich werden, aber vorerst unterwarfen Xezals Kinder sich ihrer Trauer, und als der Container angekommen war, füllten sie ihn mit den Habseligkeiten eines ganzen Lebens.

Jedem Müllsack mit Rafiqs zerschlissener Kleidung, jedem Möbelstück, mit dem sie nicht mehr leben wollte, legte Xezal die Hand auf, bevor ihre Kinder das jeweilige Stück aus der Wohnung und die Treppe hinuntertrugen, wie um Abschied zu nehmen. «Das ist das Letzte», sagte Laika und versuchte, irgendwie das Radio zu fassen zu bekommen, das sie aus Teheran begleitet hatte, das Einzige, was Xezal nicht berühren mochte, bevor es weggeworfen wurde.

Nachdem er das Radio erfolgreich ins Erdgeschoss befördert hatte, verschätzte Laika sich bei einer Stufe vor ihrem Haus und stolperte auf dem Weg zum Container. Das Holzgehäuse platzte auf dem Asphalt auf, und seine Innereien verteilten sich in alle Richtungen.

«Vorsicht!»

«Bisschen spät», seufzte Laika und ging in die Hocke, um die Teile wieder zusammenzuklauben.

«Pass auf, dass du dir keinen Splitter reinziehst. Soll ich dir Handschuhe holen?»

«Siver. Guck dir das an.»

Siver ging zu ihm und sah die Papiere, die aus dem zerstörten Gehäuse ragten. «Was ist das?» Da gab es Straßenkarten von Paris, diverse Fotos eines Mannes mit Brille, einen Zeitplan in der Handschrift von Rafiq.

«Wer ist das?», fragte Siver, zeigte auf den Mann auf den Fotos und versuchte, in den wachen Augen hinter den riesigen getönten Brillengläsern und in den grauen Sprenkeln im akkurat getrimmten Schnurrbart etwas Vertrautes zu entdecken.

Xezal rief ihnen aus dem Fenster zu, sie sollten sich beeilen. Vielleicht kamen Zweifel an ihrer Entscheidung in ihr auf, als sie die Kinder so lange am Container herumlungern sah, dachte Siver.

«Das haben wir im Radio gefunden!», rief Siver und hielt die Papiere hoch. «Willst du dir das ansehen?»

«Ich will mit diesem ekelhaften Radio nichts mehr zu tun haben! Weg damit!»

Siver steckte sich ein Foto ein, bevor sie den Rest in den Container warfen. «Wir sollten rausfinden, wer das ist, oder?»

«Lass dich bloß nicht von Mum mit dem Foto erwischen.»

Auf dem Rückweg nach oben merkte Siver, dass aus ihrem Zuhause wieder eine Immobilie geworden war.

*

An ihrem letzten Tag stellte Isabelle Siver und den anderen Verkäuferinnen Jerome Lang vor. Einem nassforschen jungen Mann mit sorgfältig gepflegtem Dreitagebart, gekleidet in eine makellose hellbraune Lederjacke und kunstvoll zerschlissene Jeans, der mit starkem französischem Akzent sprach und alle, die er anredete, intensiv anblickte.

Er war aus Paris geholt worden, wo er vier Jahre lang stellvertretender Manager des Stores in der Rue du Faubourg Saint-Honore gewesen war, und erklärte sofort, dass er anders als Isabelle nicht jeden Tag im Laden sein, sondern vom Büro der Marke im Dubai International Financial Centre aus arbeiten werde. Isabelles Rolle sei es gewesen, die Marke in Dubai erfolgreich zu etablieren, und nun, da alles gut laufe, werde Jerome einmal die Woche vorbeikommen und nach dem Rechten sehen.

«Sieht der nicht gut aus?», sagte Tanya zu Siver und verschlang den neuen Boss aus der Ferne mit den Augen.

«Klar, wenn das dein Typ ist», erwiderte Siver.

«Ach, *chérie,* der ist nicht nur mein Typ.»

In den Wochen nach seinem Antritt kam Jerome jeden Donnerstag in den Store und führte im Hinterzimmer Einzelgespräche mit den Angestellten. Tanya behauptete, der neue Boss habe einfach zwanzig Minuten lang mit ihr geflirtet, das sei das ganze Meeting gewesen. Als Siver an der Reihe war, mit ihm über ihre Zukunft zu sprechen, stand er hinter dem monströsen Tisch, als sie hereinkam. Er bedeutete ihr, sich auf das Knäuel aus Samtsträngen zu setzen.

«Also, Siwärr, ich weiß, wie sehr Isabelle Sie geschätzt hat. Sie hat mir eine Nachricht hinterlassen, Sie seien einer ihrer Lieblinge, also weiß ich Bescheid. Aber ich möchte das Shoppingerlebnis attraktiver für jüngere Leute gestalten, verstehen Sie?»

Siver, die verzweifelt nach einer Sitzhaltung gesucht

hatte, bei der sie sich weniger wie ein in die Ecke gedrängtes Tier vorkam, saß jetzt ganz still. Sie hatte eine Mappe in der Hand, mit einem Stapel Ausdrucke, die ihre Leistungen bezifferten.

«Deshalb habe ich beschlossen, jüngere Frauen einzustellen, die unsere Kundschaft, äh, begeistern können.»

«Moment. Bin ich gefeuert?»

«Nein, gar nicht, darum geht es überhaupt nicht. Wir strukturieren diese Boutique einfach neu. Und leider … bedeutet das, dass wir uns von Ihnen trennen müssen. Fatima müssen wir behalten, sie ist Emirati. Aber das ist doch auch viel besser für Sie, *non?* Ich habe gehört, dass Sie der Arbeit wegen familiärer Verpflichtungen fernbleiben mussten? Vielleicht ist ein Vollzeitjob gar nicht das Richtige für Sie! Jetzt können Sie sich um Ihre Kinder kümmern.»

Siver schlug ihre Mappe auf und sah sich die Zahlen an, auf die sie so stolz gewesen war: getätigte Verkäufe, Kundenzufriedenheit, Upsales. Sie hatte geglaubt, das habe eine Bedeutung und Jerome würde sich für ihre Quartalszahlen interessieren. Sie schloss die Mappe und arbeitete sich aus dem Sofa heraus, eine letzte Demütigung.

«Wir haben uns einfach, ja, für eine andere Richtung entschieden», lauteten seine letzten Worte, bevor sie den Store mit seinen Handtaschen, Krawatten und Halstüchern hinter sich ließ.

*

Karim saß im Pub und hatte schon drei Bier intus, als Siver eintraf. Die Southwest Trains waren ausgefallen, wegen Schwänen im Gleisbett, und sie hatte einen Bus nach Purley nehmen und dann eine halbe Stunde auf einen Zug zur London Bridge warten müssen.

«Ich wünschte, du würdest nicht so weit weg wohnen», sagte Karim und nahm sie fest in die Arme, die Augen weich vom Alkohol.

«Na ja, nicht jeder kann eine Wohnung in Marylebone haben», sagte Siver und schälte sich Schicht um Schicht aus Jacken und Pullovern, wobei sie unauffällig prüfte, ob sie muffelte. Dann wischte sie sich mit einem Papiertaschentuch das Gesicht und holte sich am Tresen einen Cider.

«Du könntest bei mir einziehen, was meinst du?», sagte Karim, als sie zurück war, und Siver lachte.

«Klar, das würden meine Eltern bestimmt erlauben. Sei nicht albern, Karim.»

«Wenn wir verheiratet wären, schon.»

«Na, da müsstest du mir erstmal einen Antrag machen.»

«Also: Willst du mich heiraten?»

«Hör auf. Du bist betrunken.»

«*Habibti*, du bist der tollste Mensch, der mir je begegnet ist. Ich möchte den Rest meines Lebens mit dir verbringen.»

Siver stellte das Glas ab, und ihr wurde klar, dass Karim - möglicherweise - nicht scherzte.

«Was sagst du denn da?»

«Ich sage: Willst du mich heiraten?»

Ihr erster Impuls war, ihn um ein wenig Bedenkzeit zu bitten. Schließlich waren ihre Eltern über ihre Beziehung nicht gerade glücklich, und war er denn wirklich der Richtige? War es nicht gewagt, gleich den ersten Mann zu heiraten, der sich für sie interessierte? Es wäre bestimmt besser zu warten, darüber nachzudenken, sich über ihre Wünsche und Bedürfnisse klarer zu werden. All das dachte sie, und doch -

«Ja.»

*

«Brauchst du etwas, mein Schatz?», fragte Siver, als sie auf Zaras Gips eine Sonne mit Smileyface malte. «Hast du Hunger? Ich kann dir etwas Kleines machen.»

Sie küsste Zara auf die Stirn und ging ins Wohnzimmer. Sie musste eine Entscheidung treffen. Sie hatte kein Auto mehr. Zaras Krankenhauskosten beliefen sich auf über sechstausend Dollar. Und jetzt war sie auch noch arbeitslos. Außerdem war ihre Miete um fünf Prozent erhöht worden. Und das Schulgeld wurde fällig. In drei Wochen lief ihr Visum ab. Es war Zeit für eine neue Runde von allem, was Siver vor einem Jahr hatte tun müssen, Arbeitssuche, ihren Mann um Geld anbetteln, Wohnungssuche. Sie musste wieder bei null anfangen.

Sie war erschöpft.

Sie scrollte durch ihre Kontakte, bis sie bei Karim angekommen war. Er konnte ihr noch immer helfen; sie musste schlau sein. Er hatte ihr eine Textnachricht geschickt und ihr erklärt, dass er sie liebte. Wenn sie ihren Reststolz hinunterschluckte, würde er all ihre Probleme lösen.

In einem schwachen Moment hätte sie Xezal beinahe alles erzählt. «Ich höre dir doch an der Stimme an, dass etwas nicht stimmt», hatte Xezal gesagt, und in Siver kam alles hoch, was sie in einem Jahr an Frustration und Demütigung erlebt hatte. Aber was konnte eine arme alte Frau in Kurdistan schon für sie tun? Es war nicht so, dass sie Geld übrig gehabt hätte.

Eine Textnachricht von der Undercover Happiness Police. *Are you happy? Reply YES or NO to 2664.*

Dubai wollte in die Liste der glücklichsten Städte der Welt aufgenommen werden, und die Undercover Happiness Police sollte dafür sorgen, dass alle so *happy* wie möglich waren. Wenn man bei einer guten Tat erwischt wurde und zum Beispiel jemandem die Tür aufhielt oder jemanden in der Schlange vorließ, konnte man von der Happiness Patrol herausgewunken werden und einen Happiness Voucher bekommen, für eine Mall seiner Wahl. Diese Ein-Wort-Umfrage war ein Baustein der Kampagne zur Förderung der Happiness. Wenn man mit Nein antwortete, wurde man von der Police angerufen und gefragt, warum man nicht glücklich sei, hatte sie auf der Arbeit gehört.

Siver beantwortete die Nachricht nicht.

In Dubai hatte sie keine Zukunft, es ging einfach nicht. Und sie konnte auch nicht nach London zurückkehren und Zara zwingen, unter erbärmlichen Bedingungen zu leben, in einer Wohnung zusammen mit Fremden, als wäre Siver ein Teenager. Zara brauchte geordnete Verhältnisse. Sie beide brauchten geordnete Verhältnisse.

Siver öffnete wieder ihre Kontakte und scrollte hinunter. Karim. Sie scrollte noch zwei Einträge weiter. Mum. Karim, Mum, Karim, Mum.

Man konnte die Sheikh Zayed Road leise rauschen hören, Tausende Autos, immer unterwegs. Draußen blinkten die roten und weißen Lichter der Wolkenkratzer von Dubai. Sie waren über den ganzen Himmel verteilt, damit man aus dem Cockpit der Flugzeuge die Gebäude ausmachen konnte, aber für die Menschen auf dem Boden ließ das dauernde weiß-rote Flackern die Stadt glitzern.

An diesem Abend erhellte ein verschwenderisches Feuerwerk den Himmel und läutete das Dubai Shopping Festival ein, das morgen begann. Sie ging ins Schlafzimmer, auf deren Wänden die Farbexplosionen von draußen widerschienen.

«Zara, Schatz, möchtest du das Feuerwerk sehen? Es ist richtig schön.»

«Aber ich bin müüüüüde», jammerte Zara und zog sich mit ihrem beweglichen Arm die Decke über den Kopf.

«Okay, mein Äffchen, dann schlaf einfach.»

Zurück im Wohnzimmer starrte sie erneut auf die Kontaktliste in ihrem Telefon, als es zu klingeln begann. Sie starrte auf das Display, eine unbekannte amerikanische Nummer, das Telefon zitterte in ihrer Hand wie eine dieser magischen optischen 3D-Illusionen, und wenn sie den Blick nur lange genug nicht abwandte, würde die Identität der Anruferin oder des Anrufers enthüllt werden. Sie nahm den Anruf an.

«Hallo?»

«Sisi? Ich bin's, Laika.»

Zwischenspiel I:

WERT

(1984)

Rafiq Hardi Kermanj blickte zu dem Pferd auf, das sich über ihm aufbäumte, mit dem Ritter darauf, der sein Breitschwert schwang. Er musste sich unter das Pferd knien, um das Schild auf dem Museumsboden lesen zu können. «Rüstung für Mann und Pferd, ca. 1480.» In einer Ecke saß ein alter Museumswärter in Uniform, von rostigen Schwertern und Lanzen umgeben.

«Entschuldigung. Wo Restaurant?»

Der Mann sah zum dürren Rafiq auf, kurzzeitig verwirrt, als fiele ihm gerade nicht ein, wie er hier gelandet war, auf diesem Stuhl, dann hellte sein Blick sich auf und er wies Rafiq in die richtige Richtung.

«Immer da entlang.»

Es machte Rafiq immer traurig, die Alten, Mühseligen und Beladenen in Uniform zu sehen; wie die Geldnot, der Überlebenskampf es den Mächtigen erlaubte, die Angehörigen des Proletariats gegeneinander auszuspielen. Die Geschichte aller Gesellschaften, die es bis dahin gegeben hatte, mochte eine Geschichte der Klassenkämpfe gewesen sein, aber jetzt, da die Kämpfe kleingestückelt worden waren, bis sie in das Herz eines jeden Menschen passten, als eines jeden Einzelnen Last, verstand Rafiq die Welt nicht mehr. *Mars macht mobil bei Arbeit Sport und Spiel,* hatte er im Zug nach London gelesen. Nicht die Solidarität mit deiner Community, nicht der Kampf um eine gerechtere Gesellschaft gab Energie, nein, nur das eigene Selbst, verstärkt durch einen Schokoriegel oder ein mit Kohlensäure versetztes Getränk als Fetisch. Konsum war das letzte verbliebene

Territorium, auf dem der Mensch noch träumen durfte. Dies war die Zeit eines Cowboy-Präsidenten in Washington und eines verkrüppelten Greises in Moskau, der nur noch unter Mühen die Stufen zum Lenin-Mausoleum erklomm. Mehr war aus den großen Hoffnungen des 20. Jahrhunderts nicht geworden. Wenn Revolutionen die Lokomotiven der Geschichte waren, standen sie jetzt schon ziemlich lange im Bahnhof.

Rafiq ging durch einen Flur mit Dutzenden Porträts in einschüchternden Goldrahmen. Die Pracht der goldgestrichenen Gipsverzierung auf dem Holz verwies darauf, dass die davon umschlossene Geschichte eine glorreiche war, eine Geschichte von Adel und Empire. Männer und Frauen, aber vorwiegend Männer, denen eine Aura von Wohlstand und Bedeutung verliehen wurde; manche mit ihren Besitztümern deutlich sichtbar neben sich, manche in Pelz und Nerz gewandet, alle in die Welt gemalt. Rafiq wusste nicht, wofür diese Menschen berühmt waren, war sich aber sicher, dass es zumindest zum Teil mit der Unterwerfung und Ausbeutung anderer zu tun haben musste. Porträts der Arbeiter, die dieses Museum gebaut hatten, die die Welt gebaut hatten, gab es nicht.

Am Ende des Korridors befand sich, ganz wie der Wachmann gesagt hatte, ein Innenhof, und es war, als wäre Rafiq durch ein Zauberportal in einen Garten weit von dieser tristen grauen Stadt getreten. Unter einem pyramidenförmigen Glasdach ragten aus Terrakottakübeln kleine Bäume, und wenn die Sonne durch die Wolken über ihnen schien, bildeten ihre Blätter auf dem Boden ein lustiges Schattenspiel.

Abdulrahman und Lawko waren schon dort und winkten ihn zu sich. Es war Abdulrahman Idee gewesen, sich in diesem versteckten Restaurant eines Museums zu treffen, das sich wiederum am Manchester Square versteckte, eine idyllische Insel mitten in London, eine Enklave, wie das Kapital sie brauchte.

«Hör auf zu glotzen, Kak Rafiq, du benimmst dich, als wärst du noch nie hier gewesen.»

«Das stimmt ja auch.»

«Ja, aber das soll keiner merken. Außerdem, hättest du dich nicht besser anziehen können? Du siehst aus wie ein Bettler. Wir sind hier nicht auf dem Busbahnhof.»

Rafiq sah auf sein zerknittertes Hemd und seine fusselige Cordhose herab. Er wusste ungefähr, was schwarze Oxfordschuhe aus Kalbsleder kosteten, wie Abdulrahman sie trug, in Bagdad hatte er selbst ein Paar besessen, mit brauner Ledersohle und subtilem Lochstanzmuster auf der Kappe. Er wusste noch, dass er solche Schuhe an jenem Tag in der Teestube getragen hatte, als er zwei Genossen davon überzeugte, dass die Zeit für die Gründung einer Kommunistischen Partei im Irak gekommen war, dass sie ihre bourgeoisen Träume aufgeben mussten, damals, als er noch glaubte, dass die Welt sich verändern ließ. Er blickte auf die brüchigen Sohlen seiner Bootsschuhe herab. Fast hätte er ihnen ein paar abgedroschene Phrasen über die subjektive Wertlehre, den Totemcharakter von Kleidung als Statussymbol aufgetischt, aber stattdessen nahm er schweigend Platz. Dies war nicht die Zeit für Zerwürfnisse mit seinen Mitverschwörern.

Eine Kellnerin brachte Rafiq ein Stück Pappe mit den Tagesgerichten. Ihr Busen wogte weiß und stolz aus einer gestärkten Bluse und einer stramm sitzenden Weste heraus. Ihr Gesicht zeigte eine Unschuld, die Rafiq nur von Western kannte, nicht einmal kurdische Kinder hatten solche Gesichter, Augen wie Comicfiguren, der Mund immer leicht geöffnet, immer in Erwartung von etwas Wundersamem.

Mit Schönheit haben wir sie verwechselt, diese Zeichen eines sorglosen Lebens.

Zehn Pfund für ein bisschen Tee und ein paar Sandwiches?

Abdulrahman, vielleicht weil er spürte, wie Rafiq sich angesichts der Preise sträubte, merkte wie nebenbei an, dass er sie einlade, worauf Rafiq und Lawko laut protestierten, zum Schrecken der Kellnerin.

«Lassen Sie sich ruhig Zeit, ich komme gleich wieder und nehme Ihre Bestellung auf.»

Kaum hatte die Kellnerin die Teekarte dagelassen, die Sorten aufführte wie Beute aus eroberten Ländereien - Assam, Darjeeling, Huoshan Huangya -, zog Rafiq ein zusammengefaltetes Blatt Papier aus der Tasche.

«Hier ist der Zeitplan.»

«Flüstern ist unnötig, damit machst du dich verdächtig. Sieht hier jemand so aus, als könnte er Kurdisch?»

Das stimmte. Von den gut situierten älteren Paaren und den bunt gekleideten jungen Frauen rundherum sah niemand nach Nahem Osten aus. Deshalb hatten sie diesen Ort schließlich ausgewählt, um in Ruhe über ihre Sache reden zu können, fern von ihren Frauen und anderen Kurden. Irgendwo mussten sie den Plan besprechen, der seit Monaten in ihnen reifte, seit einem Besuch von Abdulrahman bei Rafiq.

Er hatte Schokolade in Goldpapier mitgebracht, um Xezal zu beeindrucken, und dann wie nebenbei gefragt, ob Rafiq in seinen Kebabladen an der Edgeware Road investieren wolle, der in Schwierigkeiten stecke. Rafiq war stolz, sagte nie geradeheraus, dass er kein Geld hatte, und verteilte oft freigiebig Bares, aber die Summe, die Abdulrahman der Bank schuldete, war so hoch, dass er nicht einmal so tun konnte, als wolle er darüber nachdenken.

Abdulrahman quittierte die Absage mit einem schnellen

Lächeln, als wollte er sagen, das sei kein Problem. Er kam sofort auf den zweiten Grund seines Besuchs zu sprechen, zeigte ihnen stolz einen gefälschten Fünfzig-Pfund-Schein und erklärte, er sei gern bereit, ihnen diesen und mehr zum halben Wert zu verkaufen. «Seht nach, ob ihr Fehler findet», sagte er zu Rafiq und Xezal, die taten, als wüssten sie, wie ein Fünfzig-Pfund-Schein auszusehen hatte. Rafiq war nicht abgeneigt, aber Xezal sagte klar und deutlich, dass sie kein Interesse hätten. Denn wenn die Scheine wirklich so gut wären, warum habe er dann nicht seine Schulden bei der Bank damit getilgt?

Um das Gesicht zu wahren, hatte Abdulrahman zu einer Tirade über den in der Zeitung angekündigten Staatsbesuch von Tariq Aziz angesetzt, über Mitterrand, diesen dreckigen Heuchler und geilen alten Bock, der den Außenminister eines faschistischen Regimes einlud, sich Waffen und Atomkraftwerke anzusehen, während seine Frau für die Kurden eintrat. «Er kann ja wohl kaum behaupten, dass er nicht wüsste, was die Baathisten mit dieser Technologie anstellen werden. Wie, redet er etwa nicht mit seiner Frau? Sie rollen Tariq Aziz den roten Teppich aus, sie empfangen ihn mit allen diplomatischen Ehren in Paris, wie einen Würdenträger, nicht wie das Tier, das er ist.»

«Jemand sollte diesen Hundesohn in Paris umbringen», sagte Abdulrahman und merkte beim Sprechen, dass er sie beide damit meinte. Als es einmal ausgesprochen war, suchten die beiden Männer Möglichkeiten, das Wort in die Tat umzusetzen. Und so war der Plan eines Attentats auf den irakischen Außenminister geboren.

«Wissen Sie schon, was Sie möchten?»

Abdulrahman sah die Kellnerin, die wiederaufgetaucht war, verärgert an und bestellte, um sie wieder loszuwerden, drei Earl Grey.

Anfangs war es ein Witz gewesen oder ein Gedankenspiel. *Wenn* sie es tun würden, wie würden sie vorgehen? Was würden sie brauchen? Wie würden sie einer Festnahme entgehen? Je länger sie in den folgenden Wochen darüber sprachen, desto ernster nahmen sie die Idee.

Für Abdulrahman war es ein Versuch, seinen verletzten Stolz wiederherzustellen: Er war einer der ersten Kurden in London mit eigenem Geschäft gewesen und war es gewohnt, dass man ihn um Hilfe bat. Als ihm das Geld ausging, hatte er plötzlich das Gefühl, im Kreis seiner kurdischen Freunde unsichtbar geworden zu sein, als wäre an ihm nie etwas anderes gewesen als sein Vermögen. Er wusste, dass man sich hinter seinem Rücken über ihn lustig machte, weil er Falschgeld verkaufte, auch wenn man es ihm nur zu gerne abnahm. Er war ein Witz geworden, und weil er einmal gehabt hatte, was sie alle erstrebten, lachten sie besonders laut über ihn.

In der Heimat war er nicht im Freiheitskampf aktiv gewesen und hatte seine Familie mit dem Schmuggel elektronischer Geräte zwischen dem Irak und dem Iran ernähren müssen, bevor er kurz vor seinem 20. Geburtstag nach London floh und dort mit den Heldengeschichten aus dem Krieg, mit denen alle prahlten, nicht mithalten konnte. Jetzt wollte er sich wieder Geltung verschaffen. Er mochte ein gescheiterter Kaufmann sein, der Falschgeld verticken musste, um über die Runden zu kommen, er mochte nie in den Bergen für die Freiheit der Kurden gekämpft haben, aber er konnte Saddams Regime einen Pflock ins Herz schlagen.

Für Rafiq lag, wie er sich eines Tages eingestand, als er im Kopf alle Möglichkeiten durchging, der Reiz vor allem darin, sagen zu können, dass er nicht umsonst gelebt hatte. Der kurdischen Unabhängigkeitsbewegung war die Luft ausgegangen, all ihre Führer waren im Exil oder hatten sich in den Bergen versteckt, und die Überreste seiner Partei waren nur noch auf dem Papier marxistisch-leninistisch. Er war der einzige der drei Gründer, die noch lebten, und sein Beitrag war größtenteils vergessen, sein Werk war den Flammen zum Opfer gefallen, seine Essays und politischen Flugschriften erreichten in der Heimat niemand mehr. Anstatt Kasernen zu stürmen und die faschistische Polizei niederzubrüllen, hing er jetzt zum reinen Überleben an der Brust jener imperialistischen Macht, die die hundert Jahre währende Unterdrückung des kurdischen Volks überhaupt erst ausgelöst hatte. Um seinen Kinder eine magere Mahlzeit auf den Tisch stellen zu können, musste er nach Sozialhilfe Ihrer Majestät der Queen anstehen, das war erniedrigend. Seine gesamte Existenz war würdelos geworden. Indem er jemanden aus der Führung des faschistischen irakischen Regimes ermordete, konnte er seinen Namen in die Geschichte einschreiben. Deshalb war es, als die Frage, der man wochenlang ausgewichen war, schließlich aufkam, Rafiq, der erklärte, er werde den Schuss abfeuern. Wenn man sie fasste oder umbrachte, wollte Rafiq, dass es sein Name wäre, der in Verbindung mit dem Tod des Mannes genannt wurde. Den Fluchtwagen sollte Lawko fahren, Abdulrahmans bester Kebab-Koch, während Abdulrahman selbst als Ausguck fungieren sollte, und so wurde der Plan in Gang gesetzt.

Als sie sich im Museum zum Tee trafen, waren es bis zum Staatsbesuch noch zwei Wochen.

«Hier, der offizielle Ablaufplan.» Rafiq strich das Blatt auf dem Tisch glatt. Er hatte sich an ein paar Exrevolutionäre gewandt, die nach Paris geflüchtet waren und sich ihren Lebensunterhalt jetzt als Porträtmaler am Montmartre verdienten. Wie sie an die Termine gekommen waren, wusste Rafiq nicht, aber erst als er sie hatte, war beschlossen, wirklich beschlossen, dass ihr Plan in die Tat umgesetzt wurde. Sie wussten bereits, dass Aziz im Hôtel de Crillon untergebracht sein würde, und glaubten, das Beste wäre, ihn dort nach seinem letzten Termin am Eingang abzupassen.

Sie flogen getrennt und unter gutem Vorwand nach Paris. Abdulrahman war in Belleville mit dem Besitzer eines Schawarma-Restaurants verabredet, weil er angeblich seinen Laden in London zum Franchise machen wollte. Lawko würde einen Freund aus Slemani besuchen, der in Nanterre an der Universität Ingenieurswesen studierte, und Rafiq lud seine Familie zu einer Parisreise ein, um dort Sivers Geburtstag zu feiern. Alle hatten ein Bündel von Abdulrahmans Falschgeld in der Tasche, um Flüge und Hotels zu bezahlen, wobei Lawko noch ein paar Tausend Pfund extra bekam, um bei einem aus PKK-Kreisen empfohlenen Händler eine Waffe zu kaufen. Man hatte das Auto eines vor Kurzem in Paris verstorbenen Kurden gekauft. Alles war bereit.

«Um 17 Uhr ist er also im Elysee-Palast und verhandelt über militärische Hilfe für den Irak.»

«Wenn sie Raketen auf Kurden abfeuern, brauchen diese Hunde offenbar keine militärische Hilfe.» Da Abdulrahman mit den Baathisten keine eigene Erfahrung hatte und nie gegen sie gekämpft hatte, bekräftigte er Rafiq gegenüber bei jeder Gelegenheit seinen Hass auf sie. Das war irgendwie rührend, aber auch anstrengend.

«Dann gibt es das Abendessen mit dem Außenminister in diesem Restaurant, Jamin, in der Nähe des Eiffelturms, um sieben. Rechnen wir dafür zwei Stunden ein. Dann geht er wieder ins Hotel. Das ist unser Augenblick. Du, Kak Abdulrahman, stehst vor dem Restaurant und rufst uns an, wenn sie gehen; wir müssen uns irgendwie die Nummern von Telefonzellen in unserer Nähe besorgen. Ich gehe dann ins Hotel und warte in der Bar in der Nähe der Halle, und Kak

Lawko parkt irgendwo in der Nähe, damit wir wegkönnen, falls ich es schaffe zu fliehen.»

Abdulrahman und Lawko nickten. Wenn man Rafiq zuhörte, klang ein Mordanschlag auf ein hochstehendes Mitglied der irakischen Regierung ganz einfach, als könnte das jeder, wenn man es nur dringend genug wollte.

«Wir müssen diesen Zeitplan auswendig lernen, am Flughafen können wir uns nicht damit sehen lassen», sagte Abdulrahman und klopfte mit dem Finger auf das Blatt Papier.

«Ich weiß ein gutes Versteck», sagte Rafiq, der an das Radio mit dem Geheimfach bei sich zu Hause dachte, wo schon das Falschgeld von Abdulrahman lag.

«Gut. Versuch, dir ein paar Fotos von ihm zu besorgen. Sieh sie dir immer wieder an. Du musst ihn wiedererkennen können wie deinen eigenen Vater. Die Schweine setzen Doppelgänger ein, du musst dir ganz sicher sein, dass er es wirklich ist.»

«Dann machen wir das also? Wir machen das wirklich?», fragte Lawko; sein erster Beitrag zu ihrem Treffen.

Die Kellnerin kam und brachte ihnen mit einem aufgesetzten Lächeln Türmchen winziger Sandwiches, die sie kurz in der Luft schweben ließ, während Rafiq sich eilig die Papiere in die Tasche stopfte.

*

Marx schrieb: «Ein Haus mag groß oder klein sein, solange die es umgebenden Häuser ebenfalls klein sind, befriedigt es alle gesellschaftlichen Ansprüche an eine Wohnung. Erhebt sich aber neben dem kleinen Haus ein Palast, und das kleine Haus schrumpft zur Hütte zusammen.» Daran musste Rafiq denken, als er die Enttäuschung in den Gesichtern seiner Kinder sah – das Hotel, das er ausgesucht hatte, hätte sie vermutlich alle völlig zufriedengestellt, denn sie übernachteten zum ersten Mal im Hotel, aber sie hatten an der Métrostation Franklin D. Roosevelt den falschen Ausgang genommen, und bevor sie vor ihrem ganz und gar zweckdienlichen Drei-Sterne-Hotel standen, waren sie am luxuriösen Plaza Athénée vorbeigekommen, wo gekrönte Häupter abgestiegen waren und Jackie Kennedy oder Mata Hari die Flure bevölkert hatten. Plötzlich schrumpfte die enge Halle mit ihren schmutzigen Teppichen zur Hütte, und die Kinder brauchten einen Moment, um wieder Mut zu fassen.

Beim Einchecken, als ihre Pässe für die Unterlagen des Hotels fotokopiert wurden, teilte man Rafiq mit, dass jemand eine Telefonnummer für ihn hinterlegt habe. Das musste die Nummer der Telefonzelle sein, die Abdulrahman benutzen und von der aus er den Eingang des Restaurants im Blick haben würde.

Als der Concierge ihm die Nummer auf einem Blatt mit dem Briefkopf des Hotels zuschob, merkte Rafiq, wie Xezal ihn aus dem Augenwinkel ansah. Sie wusste, dass er etwas am Laufen hatte. Ihr war klar, dass eine Parisreise für eine Elfjährige ein viel zu großes Geburtstagsgeschenk war. Natürlich war ihr das klar. Diese Frau war schon immer neugieriger gewesen, als gut für sie war, aber er konnte ihr unmöglich sagen, was er vorhatte. Er wollte sie nicht mit hineinziehen, und er wollte nicht, dass sie ihn davon abhielt. Bald wäre das alles sowieso egal. Sollte sie doch ihren Verdacht hegen.

Als sie ihren Weg durch die Hotelflure in ihr Zimmer gefunden und ihr ganzes Gepäck hineingetragen hatten, konnten sie sich in dem kleinen Raum kaum umdrehen. Xezal stapelte die Koffer und Taschen zu einem wackeligen Turm und murmelte: «Welcher Idiot hat dieses Hotel bloß eingerichtet?» «Hm», machte Rafiq wie immer, wenn er ihr signalisieren wollte, dass er ihr zuhörte, und stellte die Uhr eine Stunde vor. Er hatte noch über sechs Stunden, bevor er an der Place de la Concorde mit Lawko verabredet war, am Obelisk von Luxor, den die Ägypter den Franzosen im Tausch gegen eine kaputte Uhr geschenkt hatten.

«Los jetzt, Kinder. Wascht euch das Gesicht und macht euch fertig, es gibt viel zu sehen.»

Beim Spaziergang über die breiten Boulevards dozierte er über die Geschichte der Pariser Kommune, die Barrikaden, die Verwüstung, die Haussmanns beeindruckende Straßen für die Familien der Arbeiterklasse bedeutet hatten, Straßen, so breit, dass sie sich nicht mehr verbarrikadieren ließen und die Unterdrückung des französischen Volkes durch seine eigene Armee in alle Ewigkeit zementierten. Er hatte mit ihnen zur Bastille gehen und von der wirklichen Revolution erzählen wollen, von der im Westen nie jemand sprach: vom Sklavenaufstand auf Haiti 1791 und davon, wie die Franzosen, nachdem sie ihre eigene Revolution hinter sich hatten, niemandem mehr eine gönnen wollten, wie sie auch die Freiheitsbemühungen in Algerien brutal unterdrückt hatten, aber er sah, wie seine Kinder gähnten und Xezal verstohlen in die Boutiquen lugte. Niemand von ihnen war an Geschichte interessiert; sie wollten Eis und Pfannkuchen und Coca-Cola im Café. So viel hatte er ihnen beigebracht über die Not der einfachen Menschen, und da waren sie nun, abgelenkt von Konsumgütern wie Welpen von Leckerlis. Fast wurde er wütend auf sie, aber er schluckte den Zorn hinunter: Dies konnte schließlich ihr letzter gemeinsam verbrachter Tag sein. Also ging er mit ihnen Richtung Trocadéro, damit sie den Eiffelturm sahen, dieses ordinäre Monument zur Feier von nichts. Wie hatte Barthes dazu gesagt? Das Gebilde sei nur deshalb einzigartig, weil es nutzlos sei. Inzwischen verfügte es natürlich über ein Restaurant für übereifrige Touristinnen und Touristen, aber das war nicht geplant gewesen. Der Eiffelturm, der Paris mehr als jedes andere Symbol verkörperte, ehrte nichts als sich selbst.

Aber die Kinder fanden ihn toll und drängten ihren Vater, den marokkanischen Straßenverkäufern, die immer mit einem Auge nach der Polizei Ausschau hielten, schäbige und trotzdem teure Schlüsselanhänger und T-Shirts abzukaufen. Was für ein seltsames Wort: Souvenir - als könnte ein für andere erworbenes Ding Erinnerungen an eine Reise verkörpern und sie auf Menschen übertragen, die nie auf dieser Reise gewesen waren.

«Sag doch, Rafiq. Was ist denn bloß?»

Er drehte sich zu seiner Frau um, die unten vor dem Turm als Einzige nicht nach oben blickte, dorthin, wo die vier gigantischen Träger sich im Himmel miteinander verbanden. Sie blickte ihn an.

«Was sollte denn sein?»

«Du bist ganz weit weg. Als wärst du gar nicht mitgekommen. Ist es das Geld? Ich weiß, die Reise muss teuer gewesen sein.»

Er lächelte Xezal gequält an. «Alles in Ordnung, mein Schatz. Versprochen.»

Um genau zwei Minuten nach sieben tauchte Rafiq unter den Art-déco-Ranken des Métroeingangs Concorde auf. Die Kinder lagen plappernd in ihrem Doppelbett, gebannt von den tagsüber erworbenen Kinkerlitzchen, und er hatte Xezal gesagt, er wolle spazieren gehen, und es werde spät werden. Sie war klug genug, nicht weiter zu fragen. So unauffällig wie möglich versuchte er, Lawko in der Menge zu finden, und schließlich sah er ihn nervös um den Obelisk herumtigern. Seine Bewegungen waren fahrig, er flatterte mit den Armen wie ein aufgeregter Pinguin, und Rafiq bekam das Gefühl, dass etwas völlig schiefgegangen sein musste.

Rafiq spürte, wie sich das Adrenalin metallisch in seinem Mund absetzte, und wartete an der Ampel auf Grün. Lawko hatte ihn noch nicht gesehen, er ging auf und ab, als würde er nach etwas suchen, das er verloren hatte. Das grüne Strichmännchen leuchtete auf und erlaubte ihm, die Straße zu überqueren, dazu ertönte ein Klackern, das ihn leise an fernes Maschinengewehrfeuer erinnerte. Zwei Polizisten fielen ihm auf, die an einer Ecke standen, und er verbot sich, auf Lawko zuzulaufen, um nicht aufzufallen. Was immer geschehen war, auf der anderen Seite des Zebrastreifens würde er es erfahren. Er überlegte, was Lawko so verwirrt haben mochte: War der Staatsbesuch abgesagt worden, stimmte der Zeitplan nicht, oder hatten sie das Essen ausgelassen und waren direkt ins Hotel gefahren?

Endlich sah Lawko ihn.

«Ich habe die Pistole nicht bekommen!», zischte er, sobald Rafiq bei ihm war.

«Was soll das heißen? Der Typ war nicht da?»

«Er wollte kein englisches Geld!»

Bevor Rafiq etwas sagen konnte, hielt eine Touristenfamilie ihm eine Kamera hin und bat ihn mit einer Geste, sie zu fotografieren. Als er die Familie im Sucher zentrierte, dachte Rafiq einen Augenblick lang, er hätte seine Familie mit hierherbringen sollen, trotz allem, weil die Sonne so dramatisch hinter dem Obelisken unterging und im Hintergrund die Wasserfontänen aus dem Springbrunnen so schön schimmerten. Er wartete auf das grüne Blinken der Kamera und drückte auf den Auslöser. Der Vater hob zum Dank den Daumen, als Rafiq ihm die Kamera zurückgab. Als sie weg waren, packte er Lawko fest am Arm und grub ihm durch den Jackenärmel die Fingernägel ins Fleisch.

«Na und? Natürlich nicht! Du solltest das Geld vorher umtauschen!»

«Na ja, das hab ich ja versucht, als er gesagt hat, dass er Francs will, aber auf der Bank haben sie gemerkt, dass es Falschgeld ist. Sie wollten die Polizei rufen, da bin ich abgehauen!»

Rafiq massierte sich die Schläfen und versuchte, mit Lawkos Dummheit klarzukommen. Seit Wochen hatte er sorgfältig sein Falschgeld in kleinen Portionen eingewechselt, bei Marks & Spencer, Thomas Cook, überall, wo man sich die Scheine nicht zu genau ansehen würde. Und dieser Trottel war mit Falschgeld im Wert von Tausenden Pfund zur Bank marschiert. Am Tag der Entscheidung.

«Das hättest du uns sagen müssen. Wir hätten mit dem Typen ein Deal gemacht. Aber jetzt? Jetzt ist alles zu spät!»

«Ich wusste nicht, wie ich dich erreichen soll, ehrlich. Macht aber nichts, ich habe das hier besorgt.»

Lawko schob Rafiq eine Plastiktüte in die Jackentasche.

«Um Himmels willen, was ist das, Lawko?»

«Ein Messer. Ich konnte ein Messer bekommen.»

«Und was soll ich mit einem Messer anfangen? Ihn rasieren?»

«Mehr ging nicht!»

Rafiq wusste, dass er mitten unter den Touristen, mit der Polizei auf der anderen Straßenseite, nicht laut werden konnte, dass er nicht zu viel Aufmerksamkeit auf sich lenken durfte. Er versuchte, die Fassung zu bewahren, atmete tief ein und zischend zwischen den zusammengebissenen Zähnen wieder aus.

«Aber das Auto hast du besorgt?»

«Na ja. Nein. Weil ... wozu denn?»

Noch ein tiefer Atemzug.

«Wirklich, wegen Kurden wie dir haben wir kein eigenes

Land. Hau einfach ab. Nein, im Ernst, hau ab. Verschwinde, bevor du uns noch weiter in die Scheiße reitest.»

Er stand kurz da, blickte Lawko nach, wie er davoneilte und mit seinem tumben Kinderkörper auf die Métro zu watschelte. Das konnte unmöglich das Ende sein. Er konnte nicht wieder in sein altes Leben zurück, in die enge Wohnung, wo das Warmwasser nie für alle zum Duschen reichte, zu seiner Familie, die ihn verachtete, zu den Nachbarn, die ihn behandelten, als wäre er geistesgestört, nur weil er ihre Sprache nicht fließend sprach, zu den Bürokraten im Home Office und im Department of Health and Social Security, für die er eine lästige Fliege war, die man mit einer Handbewegung verscheuchte. Nie ohne einen Gedanken an das Geld, für die Miete, die Lebensmittel, die Busfahrkarten. Einst war ihm sein Geist grenzenlos erschienen, wie ein Ort, der die ganze Welt aufnehmen konnte und an dem er mit den wichtigsten Denkern der Welt im Gespräch war. Jetzt war er geschrumpft auf den Ort seiner Sorge, bis zum Monatsende durchzukommen. Es gab in seinem Leben nichts mehr, wirklich nichts, auf dass er sich noch freute, auf dass er hoffte, nichts, das er glaubte, noch erreichen zu können.

An der riesigen Uhr auf der anderen Straßenseite las er die Zeit ab. Es war halb acht. Er packte die Plastiktüte in seiner Tasche fester. Zur Hölle damit, er würde die Sache trotzdem durchziehen.

*

Tränen der Wut füllten seine Augen, als er kurz nach Mitternacht das Hôtel de Crillon verließ und der absurd hochgewachsene Page ihm eine *bonne nuit* wünschte. Ein grausamer Witz war das alles gewesen, ein Spaß, den das Universum sich mit ihm machte.

Oh, Aziz hatte sehr wohl im Restaurant gespeist. Kurz nach neun Uhr abends hatte Abdulrahman Rafiq in der Telefonzelle an der Rue de Rivoli angerufen und ihm gemeldet, dass er unterwegs sei, und Rafiq war ins Hotel gegangen und hatte in der Bar auf ihn gewartet. Die Fahrt hätte nicht länger als dreißig Minuten dauern können, selbst bei dichtem Verkehr, aber Rafiq hatte über Stunden dort gewartet, mit so wild schlagendem Puls, dass er glaubte, sich übergeben zu müssen, sobald jemand die Halle durchschritt. Aber nirgends eine Delegation, nirgends ein Tariq Aziz. Er hatte sich einen Chivas Regal auf Eis bestellt, weil er keinen Verdacht erregen wollte, außerdem wollte er sich Mut antrinken und seine Nerven beruhigen. Und so hatte er eine ganze Stunde dort gesessen, und dann noch eine, und dem Vorbeimarsch der selig Unwissenden mit ihren Einkaufstüten zugesehen, und aus einem Whisky waren zwei geworden, dann drei. Als zwei arabische Anzugträger in die Bar kamen, war Rafiq schon betrunken, so betrunken, dass fast noch eine Stunde verging, bevor ihm klar wurde, dass dies die Leibwächter von Tariq Aziz waren, dass dieser schon lange durch einen Hintereingang ins Hotel gebracht worden war, während Rafiq hier gesessen hatte, die schweißbedeckte Hand am Messergriff in seiner Tasche. Und die ganze Zeit über war Tariq Aziz auf seinem Zimmer gewesen, in seinem Hotelbademantel, und hatte sich Essen auf das Zimmer kommen lassen. Das Ganze war ein peinliches Fiasko.

Er trat den Rückweg zu Fuß in sein Hotel an, wo Xezal noch wach sein und auf ihn warten würde, um ihm am Gesicht abzulesen, was sich aus seiner späten Heimkehr lernen ließ. Und was war nun ihre Lektion? Dass sie einen Schwachkopf geheiratet hatte, einen nutzlosen Idioten, dessen einziger Spaß es in diesen vergangenen drei Jahren gewesen war, mit zwei Volltrotteln diesen bekloppten Plan auszutüfteln. All die Jahre, die er mit Flugblättern von Tür zu Tür gegangen war, um das Volk der Kurden davon zu überzeugen, sich seiner guten Sache anzuschließen, sich zu vereinen, mit einer Stimme eine gerechtere Gesellschaft zu fordern und die von den Unterdrückern erfahrene Gewalt in Entschlossenheit zu verwandeln, kulminierten in diesem Totalversagen.

Als er eine Straße überquerte, wurde er von einem Auto angehupt. Er brauchte ein paar Sekunden, dann hob er einen Stinkefinger und brüllte ein *fuck you* in die Nacht. Er konnte sich nicht erinnern, schon einmal jemandem den Stinkefinger gezeigt zu haben, die Geste war ihm immer zu vulgär und zu westlich vorgekommen, aber da war er nun und beschimpfte ein Auto, das längst nicht mehr zu sehen war.

Hatte er wirklich geglaubt, es schaffen zu können? Etwa, weil ihm im Leben schon so viel gelungen war? Die vielen Demonstrationen, zu denen er seine Genossen angestachelt hatte, hatten nur dazu geführt, dass die irakischen Soldaten immer wahlloser in die Menge schossen; seine Worte hatten seine Nachbarn nur ermutigt, dem Tod in die Arme zu laufen.

In London hatte er einmal eine Demonstration gegen die völkermörderischen Anfal-Operationen des Irak organisiert, und er hatte so viele Protestierende vor der irakischen Botschaft versammeln können, dass der Verkehr umgeleitet werden musste. Alle fluchten, der Unannehmlichkeiten wegen, es war ein einziges *bloody* dies und *fucking* das. Die Polizei schleppte ihn in einen ihrer Transporter, er wurde wegen Landfriedensbruchs angeklagt. Das war sein größter politischer Erfolg: ein bisschen den Verkehr zu stören. Er warf sein Messer in einen Mülleimer und schickte ihm noch einen Tritt an das Blech hinterher.

Alles umsonst. All die vielen Jahre des Kampfes für das kurdische Volk, und sie wurden immer noch abgeschlachtet, während er sich in Großbritannien verkrochen hatte und Fischstäbchen aus der Pfanne aß, weil Huhn zu teuer war. Er hatte wirklich geglaubt, sein Leben würde ruhmreich enden, und das war es nun, wie er jetzt erkannte, als er durch die Straßen von Paris watschelte, was ihn zu Fall gebracht hatte. Die hochtrabenden Reden von Gemeinschaftlichkeit, von der kollektiven Arbeit am Aufstand des Proletariats, alles Quatsch: Um ihn selbst war es gegangen, um seine Selbstachtung, seinen Drang, sich seinen eigenen Platz in der Weltgeschichte zu sichern. Er war wirklich ein Heuchler der allerschlimmsten Sorte.

Er schlich sich am Concierge seines Hotels vorbei, die knarrende Treppe hinauf in den zweiten Stock und durch den kränklich gelb beleuchteten Flur. Zum ersten Mal seit Jahrzehnten ertappte er sich dabei zu beten: dass seine Familie schlafen möge, dass sie nicht Zeuge seiner Erniedrigung werden würde. Aber natürlich waren sie alle noch wach, die Kinder vor dem Fernseher versammelt. Es lief eine Art Kampf von Teddybären gegen Roboter im Wald, und die französische Synchronisation brachte die Kinder zum Kichern. Xezal blätterte im Nachthemd eine tagsüber gekaufte Modezeitschrift durch.

«Hast du dich gut amüsiert?», fragte Xezal, als er durch die Tür kam, betrunken und geschlagen. Er nickte kurz, was konnte er auch sagen? Dass sein ganzes Leben eine Pleite gewesen war? Dass dieser Abend seine letzte Hoffnung zerstört hatte, im Leben noch etwas von Bedeutung zu tun?

Er atmete tief durch und hoffte, seine Familie würde das Zittern in seiner Stimme nicht hören.

«Also, Kinder, was wollen wir morgen machen?»

Zwei:

KONTOFÜHRUNG

(2009)

I

Die Lombard Street war eine unscheinbare Straße mit langer Geschichte: Sie war im 1. Jahrhundert gepflastert worden, als eine der Hauptstraßen der römischen Stadt Londinium, und später nach den Goldschmieden aus der Lombardei benannt worden, die sich dort niederließen. Dort, im Lloyd's Coffee House, wurde im 18. Jahrhundert der Weltmarkt des Versicherungswesens geboren; am Eingang eines Sainsbury's-Local-Supermarkts erinnert eine kleine blaue Gedenktafel daran. Jahrhundertelang hielt man die Gebäude mit Hilfe verschiedener Tier-Embleme auseinander, damit die lese- und schreibunkundige Bevölkerung Londons sich zurechtfand. Die meisten Pubs sind nach ihnen benannt, und einem davon verdankt die Barclay's Bank ihr Vogel-Logo. Doch von den Hunderten von Schildern, mit denen die Straße einst übersät war, fand sich nur noch der goldene Grashüpfer an der Lombard Street Nummer 68, eine exakte Replik des Originals aus dem Jahr 1563, als Thomas Gresham dort die erste Bank Londons gründete – eine Bank, die sich vierhundert Jahre lang an diesem Ort befand, bis der Big Bang von Margaret Thatcher die Finanzwelt für immer veränderte und aus der Lombard Street, bis dahin der wichtigste Bankenstandort der Welt, einfach einen von vielen Bankenstandorten machte.

«Big Bang» war eine von der Presse verbreitete volkstümliche Bezeichnung für die Deregulierung der Londoner Börse, ein Projekt des Thatcherismus, mit dem man die Londoner Herrschaft über die Finanzmärkte vom Usurpator der Nachkriegszeit zurückerobern wollte – von New York. Über Nacht wurden Trader und Broker von Bildschirmen und Algorithmen ersetzt, die Londoner Börse in der Old Broad Street wurde obsolet, und ihr Parkett war nur noch ein unansehnliches Mahnmal, das an eine Zeit erinnerte, als die Finanzwelt sich noch auf menschliche Arbeit verlassen musste, die jedoch Perfektion verlangte - bevor man erkannte, dass die Schwachstelle des Finanzsystems wir Menschen waren.

Die neue Weltordnung nach dem Big Bang musste sich in der Architektur widerspiegeln, und so wurde als neues Gebäude des London Stock Exchange eine wirre Kreuzung aus Klassizismus und Brutalismus errichtet, ein nahezu bürofreier Raum zur Anbetung des Terminals. Direkt neben der St. Paul's Chathedral, ein deutliches Zeichen - die alten Götter im Schatten der neuen. Tief ins Innere des London Stock Exchange baute man einen Serverraum, der die Computer der größten Trading-Firmen der Welt beheimatete, beleuchtet nur vom Flackern weißer und blauer LEDs und einem gelegentlichen roten Blinken. Ein Abbild des Kosmos.

Es dauerte nicht lange, da packten alle über ganz London verteilten Banken und Trading-Firmen ihre sieben Sachen, zogen so dicht an den London Stock Exchange, wie ihre Bilanzen es erlaubten, und dort, wo früher das Herz des Kapitals geschlagen hatte, wurden wertvolle Immobilien frei. Die Gewerbemieten in der Stadt wandelten sich rasch, der Markt passte sich an die neue Lage an. Bei Vorprüfungen des mittelgroßen Consultingunternehmens Hilliard Drake Capital PLC, das auf der Suche nach besseren Büroräumen war, ergab sich, dass vier der zehn Stockwerke des Hauses 68 Lombard Street, erworben kürzlich vom Bürorauman-bieter Regus, zu einem Preis erhältlich waren, den man für die Hälfte der Fläche budgetiert hatte. Man unterzeichnete den Mietvertrag, gab eine Presseerklärung heraus und informierte die Belegschaft.

Die Märkte deuteten diesen Umzug einer Londoner Firma ohne große Marktkapitalisierung als bullisches Zeichen des Selbstbewusstseins, was zu einem Rekordpreis der Aktien von Hilliard Drake Capital PLC und ansehnlichen Jahresboni für das Management führte. Als der Gewinn der beiden kommenden Quartale nicht den Erwartungen entsprach, sahen Dachgesellschaft und Verwaltungsrat von Hilliard Drake die Notwendigkeit, besorgte Investorinnen und Investoren zu beschwichtigen, indem sie den CEO Lloyd W. George, der die Expansionsphase der Firma geleitet hatte, absetzten und an seiner Stelle den hochrespektablen Charles Allencourt beriefen, der seither als Chief Executive Officer der Londoner Tochtergesellschaft fungierte.

Dies war die Zeit zwischen der Fertigstellung von 30 St Mary Axe (auch als Die Gewürzgurke bekannt, als The Spirit of London, The Butt Plug oder Swiss Re Building) und dem Bau von The Shard (keine bekannten Decknamen), als die Menschen in Angst vor dem Double Dip lebten und noch nicht über aller Sparpolitik standen. Türme waren in sich zusammengestürzt, in der Underground waren Bomben explodiert. Der Gedanke, man solle die EU mit ihrer gesichtslosen Bürokratie verlassen und im eigenen Land wieder die Zügel in die Hand nehmen, war noch nicht ausformuliert worden. Der Rohölpreis, Dated Brent, lag bei 45,02 US-Dollar pro Barrel. Die Bank of England hatte den Leitzins auf ein historisches Tief von einem Prozent gesenkt. Die Menschen versuchten zu begreifen, was gerade mit ihrem Leben passiert war, online wurde die Popularität der ökonomischen Erklärvideos zur Krise im Subprime-Markt mit ihren Cartoons und holzschnittartigen Metaphern nur von Rick Astleys Hit *Never gonna give you up* von 1987 übertroffen. Die Menschen nannten das, was sich abspielte, noch immer «die Kreditkrise». Das Narrativ bildete sich erst aus.

Noch waren sie nicht selbst schuld, aber das würde sich bald ändern.

Man konnte noch immer Geld machen.

Vor allem durch Kürzungen auf der Ausgabenseite: Bei Hilliard Drake waren «Umstrukturierungsmaßnahmen» in Kraft getreten, was bedeutet: Es gab eine Entlassungswelle, und die Firma kündigte den Mietvertrag über zwei ihrer vier Etagen in der 68 Lombard Street, was den Quartalsergebnissen der Londoner Tochtergesellschaft den dringend nötigen Cashflow brachte.

Und da waren wir nun, in der Gegenwart. Ein Kurier betrat das Gebäude mit dem Goldenen Grashüpfer auf dem Schild, das Fahrrad zusammengeklappt in der einen, einen Umschlag für M. M. Hardi in der anderen Hand.

II

Wann genau es gekippt war, konnte Mohammed Hama Hardi nicht sagen, aber auf einmal waren die Filmbösewichte keine Sowjets mehr gewesen und sahen stattdessen immer mehr aus wie er selbst. Schon der Name Mohammed war eine Last für ihn, ein Hindernis auf dem Weg zum Erfolg im mörderischen Konkurrenzkampf in der Finanzwelt, und so hatte er für seine Visitenkarten den Namen M. M. Hardi gewählt. Seine Freunde riefen ihn Mo, aber er zog die jamesbondmäßige Letter M vor und versuchte - meist vergebens -, sich so nennen zu lassen.

Als der Kurier mit dem Plastikumschlag an den Empfang trat, war M noch immer nicht zur Arbeit erschienen. Nach dem üblichen zweimal Schlummern war ihm eingefallen, dass er am Tag zuvor seine Hemden nicht abgeholt hatte, also lief er in der Jogginghose in die Lamb's Conduit Street - aber die Reinigung öffnete erst um zehn. Wieder zu Hause wühlte er hektisch im Wäschekorb mit den getragenen Hemden, schnüffelte an den Achseln und suchte die Kragen und Manschetten nach Spuren des Londoner Drecks ab. Er fischte das am wenigsten eklige Hemd heraus, nahm eine kochend heiße Dusche und ließ das zerknitterte Hemd außen am Duschvorhang hängen, weil er hoffte, der Dampf würde es, und damit auch ihn, irgendwie präsentabel wirken lassen. Schnell mit dem Einwegrasierer über das Gesicht, ein paar Spritzer Aftershave, ein Wirbel aus Seide zwischen den Fingern beim Knoten eines Halben Windsors, und er konnte los.

Vor dem Haus checkte er die Nahverkehrs-App, um die beste Route zu finden. Northern Line: Betrieb eingeschränkt;

Central Line: Teilsperrung. Er setzte auf die Central Line und bog aus seiner Sackgasse in die Gray's Inn Road, dieses lange, innereiengraue Ende in der Nähe von King's Cross, wo die Junkies und Prostituierten kürzlich von ehrgeizigen jungen Männern in schlecht sitzenden Anzügen abgelöst worden waren, und von gut angezogenen Frauen in Sneakers, die Pumps in der Hand. Die Jungen vor dem Laden an der Ecke, die, weil sie arm und dunkelhäutig waren, nicht als Kinder, sondern als junge Männer galten, pfiffen ihnen nach. Lächel doch mal, *luv,* riefen Männer in Gelbwesten durch ihre Zahnlücken. Lächel doch mal. M lief um die Menschen Slalom zum Bahnhof Chancery Lane, versuchte, nicht in die Kotze vor dem Stripclub zu treten, Überrest einer zwielichtigen Vergangenheit, die bald ganz ausgelöscht sein würde. Überall Plakatwände, die erklärten, warum Millionen im ganzen Land bei NatWest sparten, dass man nirgendwo besser steuerfrei sparte als bei Halifax, dass BP Energiesicherheit aus verschiedensten Energiequellen bot. Die spontan entwickelten Strategien der Menschen, den Männern und Frauen in den grünen Regenjacken mit den Logos bekannter Wohltätigkeitsorganisationen mit gesenkten Blicken auszuweichen. Haben Sie einen Augenblick Zeit für Kinder in Not? Ja, Sie?

M verschwand im Schlund von Chancery Lane und las von seinem Telefon ab, dass er schon acht Minuten zu spät zur Arbeit war. Als er aus dem Gewirr der Gänge des Bahnhofs Bank auftauchte, war es 9 Uhr 22.

Was Pünktlichkeit anging, war Hilliard Drake nicht strenger als die anderen Arbeitgeber in London auch, aber M wusste sehr gut, dass er Kolleginnen und Kollegen hatte, für die er nicht dorthin gehörte, für die er aus Quotengründen eingestellt worden war und einem geeigneteren Kandidaten oder einer geeigneteren Kandidatin den Platz weggenommen hatte.

Unkonventionell war sein Karrierepfad zum Executive Manager of Corporate Finance mit Sicherheit gewesen, jedenfalls im Vergleich zu den beiden anderen Executive Managern auf seiner Etage. Weder gehörte er zu denen mit Abschluss von Eton und Harrow, die ihren Ehrgeiz mit Interesse an der wöchentlichen *Financial-Times*-Beilage «How to spend it» verbanden wie Daniel Chamberlain, noch zu den Super-Tradern aus der Arbeiterklasse, die sich vom Telefonterror bei Rentnern hochgearbeitet hatten und gerne von der harten Schule des Lebens schwärmten wie John Morris. M passte in keines der verfügbaren Corporate-Finance-Narrative; er war nur mit viel Glück so weit gekommen, wie er sehr wohl wusste.

Nicht dass er in seiner Familie dafür Anerkennung finden würde. Für sie war schon die Tatsache, dass er mit *Geld* zu tun hatte (Xezal mochte das Wort kaum in den Mund nehmen), ein Verrat an allem, wofür die Familie einmal gestanden hatte. «Huren haben Umgang mit Geld», pflegte Xezal zu sagen. Geld *haben* bedeutete für seine Mutter Ansehen, aber es *verdienen* zu müssen, war ein Vorgang von hoher Schäbigkeit, auf den man nie Aufmerksamkeit lenken sollte. «Du wolltest doch mal Arzt werden, weißt du noch, was ist denn daraus geworden?»

Was daraus geworden war: Als die Revolution im Iran den Beinamen *Islamisch* erhalten hatte, hatte Rafiq Hardi Kermanj über sein Netzwerk marxistischer Dissidenten einen Schlepper gefunden, der die Familie aus Teheran wieder in den Irak brachte, wo Rafiqs Kontakte an der britischen Botschaft - aus einer Zeit, als das Vereinte Königreich blitzkurz erwogen hatte, die kurdische Unabhängigkeit zu unterstützen - ihnen einen Platz in einem Frachtflieger nach London verschafften.

In der Nacht ihrer Flucht aus dem Iran sahen sie abgebrannte Häuser, mussten sich an Kontrollpunkten aus tödlichen Gefahren herausreden, und seiner Mutter stieß etwas zu, über das nie gesprochen wurde, obwohl es sie ein Jahr lang nahezu verstummen ließ, aber das meiste hatte M vergessen, und sein Selbstbild prägte die Flucht kaum, sie war ein Teil der Familiengeschichte, ein Ereignis, das sie in ein Vorher und Nachher teilte. Sehr genau erinnerte M sich dagegen an seinen blauen Kuschelhasen, den er in Teheran zurückgelassen hatte, und an den Verlust dieses zerfledderten Plüschtiers mit einem fast abgerissenen Arm, dem ein Auge halb aus dem Kopf hing, dachte er manchmal noch.

Als sie im Vereinten Königreich eintrafen, knüpfte Rafiq Kontakte zu den wenigen Kurden, die es bis in dieses grüne, angenehme Land geschafft hatten, aus welchem Grund und durch welches Wunder auch immer (meist, weil ihre Eltern die Briten im Ersten Weltkrieg gegen die Osmanen unterstützt hatten), und fand schließlich eine kleine Wohnung weit draußen in Surrey, südlich von London, von wo aus der Kampf weitergeführt werden konnte. Da M's Zeugnisse dem Feuer zum Opfer gefallen waren, konnten sie dem Home Office nicht beweisen, dass er im Iran schon jahrelang zur Schule gegangen war. Was, gemeinsam mit der Tatsache, dass er nur Arabisch lesen konnte, dazu führte, dass er wieder in der ersten Klasse anfangen musste und mit neun Jahren unter Fünfjährigen saß. Und so begann sein Prozess der Integration und des Scheiterns daran.

In der Schule riefen sie ihn Paki, und fast alle Lehrerinnen und Lehrer hielten ihn für dumm oder faul, weil er so viel älter war als die anderen. Nach dem Schulabschluss landete er auf dem Croydon College, das nichts kostete und so günstig gelegen war, dass er zu Hause wohnen konnte. Es wurde über Geld, Lebensmittel und den Mangel an beidem gestritten. Xezal weinte viel. Rafiq, der in diesem neuen Land keine Arbeit fand, wurde schweigsam und verbrachte seine Zeit damit, immer wieder die paar kurdischen und arabischen Bücher zu lesen, die er hatte mitbringen können, und seine Memoiren zu schreiben, die nie fertig wurden. Das Radio, das auf seine Anordnung nach London mitgeschleppt worden war, stand im Wohnzimmer wie eine Reliquie oder eine edle Staute auf einem kleinen Tisch; das Kabel schlängelte sich über den Boden, und alle stolperten regelmäßig darüber. Jeden Abend versuchte Rafiq, eine Sendung aus der Heimat aufzuschnappen, so schwach das Signal auch sein mochte, und im atmosphärischen Rauschen erklangen außerirdisches Quieken und das Pfeifen von Laserschwertern. Sobald er etwas hörte, das eine menschliche Stimme sein konnte, kniff er die Augen zusammen, als wollte er versuchen, durch die Wolken ein paar Sterne zu erspähen, und an den wenigen Abenden, an denen sich tatsächlich eine Sendung empfangen ließ, klang sie so fern, wie ihre Heimat sich jetzt anfühlte. Aus zerhäckselten Silben setzte er sich die Nachrichten zusammen und versuchte, Xezal und sich selbst davon zu überzeugen, dass die Revolution unmittelbar bevorstünde, während die Kinder für sich selbst sorgen mussten - manchmal standen aufgewärmte Reste für sie auf dem Herd, wenn sie aus der Schule kamen.

Eines Tages, ohne Xezal vorher etwas davon zu sagen, nahm Rafiq M im Bus mit nach Croydon und kaufte einen Computer. M konnte sich noch an den Karton erinnern, der das Gerät enthielt, an den futuristischen lila Wirbel und die Worte «Pentium II» auf schwarzem Grund. Xezal, die wusste, was dieser Kauf für die Nahrungsmittelversorgung bedeutete, sprach mehrere Wochen nicht mehr mit Rafiq und M; stattdessen trug sie den anderen beiden Kindern auf, passiv-aggressive Nachrichten über die Demarkationslinie zu tragen. Aber irgendwann war Xezals Zorn verraucht, und der Computer war noch da. Vergebung ist leichter zu bekommen als eine Erlaubnis, erklärte Rafiq seinem Sohn, als sie sich durch die Sprachen der Encarta-Enzyklopädie klickten und dort zu ihrem Entzücken Kurdisch entdeckten. Der Vater spielte die voreingestellten Sätze so oft ab, dass die Kinder noch Jahre später die Computerstimme nachäfften. Ein paar Monate später brachte Rafiq eine kleine graue Box mit nach Hause, die sie mit dem Telefonkabel verbanden. Das Erste, wonach M auf AltaVista suchte, als er allein vor dem Computer saß, war «samantha fox nackt».

Als er das erste Mal betrunken war (nach zu viel Tequila mit seinen Freunden Rakesh und Pradeep), kotzte er sein Next-Shirt voll und dachte am Tag darauf, er habe einen Kater. Jahrzehnte später, als er an lähmenden Angstzuständen litt und es nicht aus dem Bett schaffte, um dem Pizzaboten die Tür zu öffnen, fand er das lustig.

Seine erste große Liebe (seiner Meinung nach war es die Entscheidung, ein Gefühl Liebe zu nennen, was es zu Liebe machte) zog nach neun Monaten mit ihren Eltern zurück nach Bangladesch. Eine Weile blieben sie via Fax in Verbindung, aber sie schrieben sich immer seltener, und dann war es vorbei. Er hob diese Faxnachrichten jahrelang auf, und als er bei seinen Eltern auszog, sah er, dass die Schrift auf dem Faxpapier so verblichen war, dass man nichts mehr lesen konnte, und da konnte er sich beim besten Willen nicht mehr erinnern, was er je in ihr gesehen hatte, das ihn seinen Wahn für Liebe hatte halten lassen.

Die Familie fuhr selten in die Stadt, und obwohl sie behaupteten, in London zu leben, bekamen sie nicht mehr als die Hauptstraßen von Croydon und Sutton zu sehen. Eines Tages sah M am Bahnhof Sutton einen Mann etwas in sein

Telefon brüllen. M hatte schon Menschen rumbrüllen sehen, zu Hause fast täglich, aber dieser Mann (der einen Anzug und glänzende Schuhe trug) tat es nicht aus Wut oder Hilflosigkeit, sondern eher aus einem Gefühl des Selbstvertrauens: Die Welt würde sich ihm beugen, in welche Richtung er auch wollte.

Eine Berufsberaterin, ein Mensch mit antiquierten Vorstellungen vom Arbeitsmarkt und einem naiven Begriff von der Welt, erklärte M, mit seinen Noten stünden ihm nicht viele Arbeitsfelder offen, aber er könne immer noch Börsenmakler werden. Da würde seine Unverfrorenheit gut ankommen, sagte sie und unterdrückte ein Gähnen, bevor sie den Nächsten hereinrief.

Dass er ins Finanzwesen wollte, machte seine Eltern nicht glücklich; der Umgang mit Geld war unter ihrer Würde. Sie stritten sich ein paarmal, aber zu dieser Zeit waren die Eltern der Kämpfe schon müde. Sie gaben schnell auf.

Er schaffte den Abschluss. Knapp. Laika und sein Vater kamen nicht zur Abschlussfeier, aber Xezal und Siver waren da, und er vergaß nie, wie deplatziert sie wirkten, Xezal in einem der wenigen alten Kleider, die sie noch besaß, mit verdächtig glitzerndem Schmuck, Siver in ein Kleid gezwängt, das sie hasste. Auf dem einen Foto von diesem Tag gibt es kein Lächeln, aber wenigstens gibt es das Foto.

Er bekam einen Praktikumsplatz bei einer Schweizer Bank, aber nach einer Woche musste er aufhören, weil das Praktikum unbezahlt war und das Ticket in die Stadt ihn täglich 16 Pfund 80 kostete.

Er fand einen Job im Verkauf und verlor ihn wieder.

Ein Jahr später schaffte er es, sich auf eine Stelle als Junior Analyst bei Hilliard Drake zu schummeln. Das Glück der Festanstellung ließ ihn vergessen, dass er in der Firma schlechter bezahlt wurde als andere in dieser Position, ließ ihn vergessen, dass sein Job darin bestand, für andere Menschen Geld zu verdienen; er empfand das als eine Ehre.

Nach der Probezeit zog er endlich bei seinen Eltern aus, was, wie er später glaubte, der Anfang vom raschen Verfall und Ende seines Vaters war. Seine Mutter beschloss, wieder nach Slemani zu ziehen; die amerikanische Invasion des Iraks ermöglichte ihr die Rückkehr in das Haus, aus dem sie vor dreißig Jahren geflohen war. Siver hatte einen reichen Araber geheiratet und war nach Bagdad gezogen. Laika trieb, was er so trieb, und war erst zwei Jahre in Berlin, dann in Paris, dann in New York. Sie hatten in einer Mietwohnung gelebt, und der Vermieter weigerte sich, die Kaution zurückzuzahlen, weil sie in schlechtem Zustand sei. Sein Vater hatte nie ein Testament gemacht, und als er starb, hatte er auf seinem Girokonto 12 Pfund 31, auf seinem Sparkonto 83 Pence. Die Möbel landeten zusammen mit Rafiqs Flugschriften im Container.

M fing an, ins Fitnessstudio zu gehen, und hasste alle, die dort beim Workout so sexy und vollkommen glänzten, während er schwitzte und aussah wie verprügelt und durch die Mangel gedreht. Jeden Abend betrachtete er sich stolz im Spiegel, wie er an Masse gewann, sein Körper war ein Kunstwerk aus eigener Hand.

Als Ersatz für sein Handy (ein winziges Teil, auf dem er vor allem Snake gespielt hatte) besorgte er sich einen BlackBerry, und nichts hatte er tagsüber mehr im Blick.

Zwei Jahre lang zog er alle sechs Monate um, wobei er versuchte, annehmbar reinliche Mitbewohnerinnen oder Mitbewohner zu finden, und als sich das als zu schwierig erwies, eine bezahlbare Wohnung ganz für sich. Dann gab es eine Beförderung mit einer Gehaltserhöhung, und er fand eine Wohnung nahe der Gray's Inn Road, wo er sechs Jahre lang blieb. Das Haus hatte früher einer Familie gehört und war dann willkürlich in zwölf Wohnungen aufgeteilt worden, um so viele Menschen unterbringen zu können, wie die Vorschriften zuließen. Rechts neben dem Fahrstuhl wohnte Beryl Rathbone, einst Eisläuferin in der Olympiamannschaft, jetzt ein Niemand. Über ihr wohnten drei Studentinnen der nahen Slade School of Fine Art, die sich eine Zwei-Zimmer-Wohnung teilten, bis die steigenden Mieten sie für immer aus der Zone 1 vertrieben. Zwei von ihnen würden ihr Leben lang auf der Armutsgrenze tänzeln und immer darum kämpfen, die Rechnungen bezahlen zu können, bis sie im Alter verbittert den Versuch bereuten, ihre Träume zu verwirklichen, nur um festzustellen, dass es unmöglich war. Die dritte würde Erfolg haben, was bedeutete, dass man respektiert und von berühmten Galerien und Museen umschwärmt wurde, während man natürlich immer noch knapp über der Armutsgrenze lebte. M wohnte nebenan, in einer angeranzten Zwei-Zimmer-Wohnung mit Stockflecken an der Decke und Stofftapeten im Bad, Monatsmiete 1890 Pfund. Das war, wie die Wohnverhältnisse der meisten Menschen in London, eine Lösung auf Zeit.

*

«Ich habe eine Sendung für M.M. Hardi», sagte der Kurier in der Eingangshalle der Lombard Street Nummer 68 und zeigte den Umschlag dem Mann am Empfang, der von der *Financial Times* aufblickte, deren Überschriften sich mit den Nachgewittern der Finanzkrise befassten: Inflationsgefahr in den USA, Chrysler bankrott, American International Group zahlt 200 Millionen Dollar aus den Rettungsgeldern der Regierung als Boni aus.

M, der gerade seine Zugangskarte durchziehen wollte, als er seinen Namen hörte, wandte sich zum Kurier um.

«Oh, das bin ich, das kann ich gleich mitnehmen.»

Der Kurier beäugte den Mann mit der Boxerstatur, von Haar- und Hautfarbe her vermutlich aus dem Nahen Osten. Sah nicht nach einem Hardi aus. Am falschen Ort in so einem Haus, trotz dunkelblauem Anzug und hellbrauner Aktenmappe.

«Haben Sie einen Ausweis für mich?»

Der Kurier sah, wie der Mann, der sich als Hardi ausgab, mit den Augen rollte, als er seinen Pass anreichte.

«Sie heißen Mohammed, steht hier.»

M biss sich auf die Lippen und gab ihm seine Visitenkarte.

«Na, egal», sagte der Kurier und reichte ihm den Umschlag.

Im Fahrstuhl klickte M sich durch die Nachrichten und Mails, die gekommen waren, als er in der Underground war, löschte den Spam, markierte eine Mail, die er beantworten wollte. Eine Nachricht von seiner Schwester: *Mum will wissen, ob du ihre Ankunftszeit hast. Sie freut sich auf ihr LIEBSTES KIND.*

Darauf wollte er erwidern, dass er ihre Flugdaten so oft gesehen hatte, dass sie sich ihm praktisch in die Netzhaut geätzt hatten, merkte aber, wie er an Sivers Stichelei mit dem «liebsten Kind» hängen blieb. Das sagte sie ständig, aber wessen Geburtstag war denn der Anlass für den ersten und einzigen Auslandsurlaub der Familie gewesen? Wer war denn ermutigt und dabei unterstützt worden, eine renommierte Universität zu besuchen? Er bestimmt nicht.

Wütend steckte er das Telefon weg und prüfte den Sitz seines Hemdes, strich sich über den zerknitterten Kragen, als könnte er den Stoff seinem Willen unterwerfen, dann gab er auf und richtete stattdessen die Krawatte. Er wusste, dass Charles Allencourt ein strenges Auge auf die Krawattenkultur seiner Mitarbeiter hatte – auf den passenden oder unpassenden Krawattenknoten, die Faltenanzahl der Seide und die Modehäuser, deren Label hinten aufgenäht waren.

Allencourt war für mangelnde Impulskontrolle bekannt, für die Art wüster Ausbrüche, die in der Fachpresse unweigerlich zu hagiografischen Porträts führte, und gelegentlich wurde er von Menschen verklagt, die für diese Branche offensichtlich nicht geeignet waren. Zu seinen Hobbys gehörte bekanntlich - es war, wie man fairerweise sagen muss, nur zweimal vorgekommen, aber den Mythos hochzuhalten lag im Interesse der Anteilseigner von Hilliard Drake -, mit einer grotesk großen Schere durch die Büroräume zu marschieren und die Krawatten seiner männlichen Angestellten umzudrehen. Wenn sie nicht das Label einer von zwei Designermarken trugen (die eine gegründet in Frankreich im Jahr 1837, die andere in Italien im Jahr 1910), schnitt er sie einfach ab und erklärte dem Angestellten, ein weiterer Fehler werde zu seiner sofortigen Entlassung führen.

Bei all seinen Schwächen war Allencourt exzentrisch und erfolgreich genug, die Firmenregularien zu umgehen, wie er Lust hatte, und als die Personalabteilung befunden hatte, M's Zeugnisse «seien nicht von dem Kaliber, das Bewerber bei Hilliard Drake anstreben sollten», hatte er interveniert und behauptet, er, Allencourt, sehe M den Drive an den Augen an, und deshalb solle man ihm eine Chance geben. «Außerdem hat der Mann seinen CV in Gotham verfasst. Einen Mann, der seine Fonts ernst nimmt, darf man nicht abtun.» Und so wurde M eingestellt wegen seines Blicks und einer zufällig gewählten Schriftart. So unbedingt er auch beweisen wollte, dass er seinen Platz im Ökosystem von Hilliard Drake Capital PLC verdient hatte, so genau wusste er auch, dass Allencourt ihm eine Chance gegeben hatte, als niemand sonst ihn einstellen wollte. Solange er in der Gunst seines Chefs war, konnte ihm nichts passieren.

So dachte er, als er aus dem Fahrstuhl trat und die Glastüren zu den Büroräumen von Hilliard Drake durchschritt, wo Charles Allencourt gerade einen schweren Herzinfarkt erlitt.

III

In ein paar Stunden wären die Schlagzeilen da, und die Welt würde vom Tod des Charles Allencourt (62) erfahren. Was es in den britischen Medienhäusern noch an Journalisten gab, würde zum Herzinfarkt des CEOs der Finanzberatung Hilliard Drake, der über eine Stunde tot in seinem Büro gelegen hatte, bevor jemand den Notarzt rief, ein paar Details zusammenkratzen, eine Story zusammenklöppeln und von den Redaktionen absegnen lassen, worauf die Artikel auf Hunderte von News-Seiten gestellt wurden. Das Ereignis war bedeutend genug, ganz oben platziert zu werden, erforderte aber keine Push-Nachrichten. Die Fachpresse, allen voran die *Financial Times* und das *Wall Street Journal*, nannten Allencourt namentlich, für den Rest war er in den Überschriften ein «City Banker». Wenn dann am nächsten Morgen die gedruckten Zeitungen erschienen, wäre die Story schon von neuesten Entwicklungen der Weltwirtschaft verdrängt worden, und der Tod von Charles Allencourt würde nur noch eine Fußnote der Weltgeschichte sein.

Als die Sanitäter endlich vor Ort waren, erklärten sie, man hätte ihm vermutlich das Leben retten können, wenn man mit dem Ruf nach dem Krankenwagen keine neunzig Minuten gewartet hätte. Grund der Untätigkeit bei Hilliard Drake war, dass Allencourt sich in sein Büro zurückgezogen und alle Menschen in Hörweite angewiesen hatte, ihn nicht zu stören, unter keinen Umständen. Das war für ihn gewöhnlich der einzige Weg, sich eine Viertelstunde für den Versuch zu verschaffen, seinen Rekord bei Minesweeper zu knacken, und so saß er dann an seinem Schreibtisch (den Hörer neben dem Bürotelefon, um der Frau am Empfang vorzuspiegeln, er sei in einem Gespräch), klickte sich durch die Felder und wich digitalen Landminen aus. Dann trat er normalerweise wieder hinaus in die Bürolandschaft und zeigte mit seiner Präsenz an, dass seine inkompetenten Angestellten ihn wieder mit Kleinkram belästigen durften. Am Tag seines Todes aber rutschte ihm der Finger aus, eine Mine ging hoch und er verlor das Spiel, worauf er einen Herzinfarkt erlitt.

Viele hatten das Krachen seines Sturzes, bei dem er den Laptop und die Tasse voller Stifte mit sich riss, tatsächlich gehört, und einige hatten einander sogar besorgte Blicke zugeworfen, aber Charlie, seit ihrem Schulabschluss die Frau am Empfang, hatte sich eilig vor Allencourts Tür aufgebaut und einen French Nail an die Lippen gelegt. Zischend hatte Charlie die Belegschaft daran erinnert, wie einmal Richard Pryce Allencourt hatte schreien hören (weil er den oben erwähnten Minesweeper-Rekord nicht hatte brechen können) und angeklopft hatte, um sicherzugehen, dass alles okay war. Pryce arbeitete nicht mehr bei Hilliard Drake. Und so waren alle an ihre Schreibtische zurückgekehrt, besorgt, weil sie nach dem Krachen aus Allencourts Büro keinen Laut mehr gehört hatten, aber zu eingeschüchtert, um nach ihm zu sehen. Charlie hatte kurz überlegt, ob sie ihm texten sollte, sich aber dann aus Angst um ihren Job eingeredet, es gehe ihm gut, und sich auf die Excel-Tabelle auf ihrem Laptop konzentriert.

M trat in den Flur voller Kolleginnen und Kollegen: bedrücktes Schweigen, die langsam wachsende Erkenntnis, dass etwas nicht stimmte. «Was ist los?», fragte M Naveen Agarwal, den Finanzplanungsexperten aus seinem Team, während er sich in seinen Computer einloggte, wohl wissend, dass seine Kolleginnen und Kollegen zwar zu viel zu tun haben mochten, um sein Zuspätkommen zu bemerken, es der Produktivitätsüberwachungssoftware aber nicht entgehen würde.

«Wir haben was aus Allencourts Büro gehört, und jetzt haben alle Angst, nach ihm zu sehen.»

«Es gibt auch Menschen, die Besseres zu tun haben, aber wirklich», sagte Jane Tilly, M's Due-Diligence-Beauftragte, und hämmerte wütend auf ihre Tastatur ein.

Allencourt war nicht nur die Sorte Mann, dessen Angestellte zu viel Angst hatten nachzusehen, ob er noch lebte, und dessen Familie über das Nettovermögen eines kleineren Landes verfügte, er war auch für *Punctuated Equilibrium* bekannt, seine bahnbrechende Unternehmensstruktur, die er als Bestseller gleichen Titels veröffentlicht und in der gesamten Unternehmensgruppe implementiert hatte. Der Titel beruhte auf der Bastardierung eines Begriffs aus der Evolutionsbiologie, den Allencourt sich nicht deshalb geliehen hatte, weil er genau passte, sondern weil er revolutionär und gebieterisch klang.

Der Vertrieb einer Firma wurde in Dreier- oder Vierergruppen aufgeteilt, die miteinander im Wettbewerb standen. Wenn die Konkurrenz eines Unternehmens ein anderes Unternehmen ist, werde der Kampf auf Leben oder Tod, der das Business ausmacht, abstrakt, so schrieb Allencourts Ghostwriter, und man vergesse schnell, dass es im Business darum geht, andere zu besiegen und ihren Besitz an sich zu reißen.

Die Junior Analysts, die Buchhaltung, die Personal- und die Rechtsabteilung wurden in der Mitte des Büros angesiedelt, immer für alle verfügbar, während die Corporate-Finance-Teams voneinander abgesondert arbeiteten und nur aus den paar Köpfen bestanden, die es brauchte, um einen Deal abzuschließen. Als M seine Gehaltserhöhung bekam und zum Executive Manager of Corporate Finance befördert wurde, durfte er sich sein Team selbst zusammenstellen. Er kämpfte um Naveen, weil er gesehen hatte, dass der Mann mit einer Excel-Tabelle zaubern konnte, aber seine beiden Kandidaten für die Due Diligence bekam er nicht, weil sie einen Teamleiter mit mehr Erfahrung wollten. Jane, schon drei Jahre ohne Beförderung bei der Firma, wurde M zugewiesen. Anfangs hatte er Angst gehabt, eine attraktive Frau würde mögliche Kunden ablenken (und ihn selbst und Naveen auch).

«So ist übrigens Stalin gestorben. Allein in seinem Büro, und seine Leute hatten zu viel Angst, um nach ihm zu sehen», übertönte M das Klackern von Janes Tastatur.

«Sieh doch selber nach, wenn du dir solche Sorgen machst.»

«Ich bin doch nicht blöd.»

Erst als Charlie dem unbezahlten Praktikanten zwanzig Pfund aus der Kaffeekasse zuschob, wurde die Tür zu Allencourts Büro endlich geöffnet. Dann brauchte der Krankenwagen noch einundzwanzig Minuten, und obwohl das Ableben ihres CEOs die Belegschaft verständlicherweise verstörte, war trotzdem allen klar, dass die auf ihren Computern installierte Überwachungssoftware anzeigen würde, dass sie in dieser Zeit nicht gearbeitet hatten. Da bei Hilliard Drake noch nie jemand während der Arbeitszeiten gestorben war, gab es keine klaren Verhaltensregeln. Charlie vergoss ein paar Tränen, aber als sie sich umsah und merkte, dass niemand sie beachtete, machte sie sich wieder an die Arbeit.

In den Wochen darauf gab es Kritik am Verhalten bei Hilliard Drake unmittelbar nach dem Tod des CEOs – ein für den *Guardian* typisches larmoyantes Denkstück fragte: «Ihr Chef war tot, und die Belegschaft von Hilliard Drake Capital arbeitete weiter. Fehlt es unserer Stadt an Herz?» - aber am Ende war unterlassene Hilfeleistung kein Verbrechen, und beim nächsten Finanzskandal (Finvexia Financial Service aus Houston hatte ein millionenschweres Pyramidenspiel aufgezogen und Hunderte um ihr Vermögen gebracht, worauf die Firma sich rasch umbenannte) war alles vergessen.

Kaum dass die Sanitäter wieder gegangen waren und die Nachricht von Allencourts Ableben sich über die Büroräume von Hilliard Drake hinaus verbreitete, schickte der Verwaltungsrat eine Pressemitteilung an Reuters und die AP, cc `all@hilliard-drake.co.uk`, um die Nerven der Anteilseigner zu beruhigen und den Ereignissen einen positiven Spin zu geben; darin sprachen sie den Angehörigen des «visionären» und «allseits beliebten» Allencourt ihr Beileid aus und erklärten dann, dass die COO der Firma, Nathalie Hardy, interimistisch die Position des CEO übernehmen und die Nachfolge auf der nächsten Verwaltungsratssitzung geregelt werde.

Wenige Minuten später okkupierte der Executive Manager Daniel P. Chamberlain mit seinem Team das große Sitzungszimmer - das man normalerweise bei Charlie reservieren musste - und ließ eine Reihe von Tabellenkalkulationen an die Wand projizieren. Durch die gläserne Trennwand sah M, dass Chamberlain die Projekte verglich, an denen er gerade arbeitete. Wie dreist. Dass Chamberlains Ehrgeiz keine Grenzen kannte, war bekannt; von seinem ersten Tag bei Hilliard Drake an hatte er es auf den Posten des CFO für das Inlandsgeschäft abgesehen. Aber die demonstrative Schamlosigkeit, mit der er die Aufmerksamkeit auf sich lenkte, überraschte M nun doch: Er wollte seine erfolgreichen Abschlüsse dokumentieren, sich damit bei seinem guten Freund, dem Verwaltungsratsvorsitzenden Lord Harbringer einschmeicheln und vom Verwaltungsrat für den Posten in Erwägung gezogen werden.

Für jemanden wie Chamberlain war Allencourts Tod eine Chance, die schnell und effizient ergriffen werden musste. Auf dem Papier hatte Chamberlain denselben Rang wie M, aber in allen entscheidenden Punkten unterschieden sie sich: Er kleidete sich in Maßanzüge, die mehr kosteten als M's Monatsgehalt (womit er demonstrierte, dass er, Chamberlain, aus reicher Familie stammte und den Job nicht nötig hatte, weshalb es nur gerecht war, dass ihm noch mehr Geld zufiel), und hatte das Auftreten eines Menschen, der nie auch nur eine Sekunde daran gezweifelt hatte, dass die Welt ihm alles schuldete, was er begehrte, und dass er es auch bekommen würde. Mehr als einmal hatte er Kolleginnen oder Kollegen nach dem Vorbild von Allencourts Umgang mit Untergebenen (aber als Sadist, nicht als Exzentriker) zum Weinen gebracht, oft mit Witzen über ihre Kleidung. Ein Junior Analyst, frisch aus der Business School, war von ihm gedemütigt worden, weil er Socken mit einer Comicfigur der Neunzigerjahre trug, und danach nicht wieder zur Arbeit erschienen.

Chamberlains Nummer war frech und würde vermutlich keinen Erfolg haben, aber chancenlos war er nicht, das war selbst M klar: Der Verwaltungsrat hatte in diesem Augenblick nur zwei Möglichkeiten - jemanden von außen zu holen, die oder der von den Märkten schon als CEO anerkannt war, oder jemanden aus dem Haus zu befördern. Da der Verwaltungsrat schon in einem Monat zu seiner vierteljährlichen Sitzung zusammenkommen würde und den Märkten dann ein Gefühl der Sicherheit vermitteln musste, waren die Möglichkeiten des Verwaltungsrats, einen großen Namen an Land zu ziehen, eindeutig begrenzt, vor allem da die Märkte sich gerade in einem Crash nach Art der Dreißigerjahre befanden. Wer einen Ruf zu verlieren hatte, würde in diesem Augenblick, in dem es geradezu unmöglich war, für die Shareholder Profit zu machen, kaum die Stellung wechseln. Wer diesen Job übernahm, wäre vielleicht für ein Quartal im Amt, höchstens für zwei, und würde dann wieder abgesetzt werden. Das machte eine In-House-Lösung praktikabel. Und obwohl interne Besetzungen des CEO-Postens fast ausnahmslos aus Operations erfolgten, war der Chief Operating Officer von Hilliard Drake eine Frau - in einem Bullenmarkt mochte das frischen Wind, Optimismus und Zukunftsorientierung signalisieren, aber in Krisenzeiten konnte eine Firma in Schwierigkeiten sich keine Gleichstellungsgesten auf Kosten der Gewinnmaximierung leisten. Diese Möglichkeit stand also nicht zur Wahl, und auch in der Rundmail war den Investoren ja versichert worden, dass ihr Interimsstatus als CEO nur bis zur nächsten Verwaltungsratssitzung währen würde. Was den CFO von Hilliard Drake anging, der war vor ein paar Monaten vom Konkurrenten Spearmint Capital abgeworben worden, und die Stelle war noch immer unbesetzt.

Und obwohl der Verwaltungsrat unter auch nur annähernd normalen Bedingungen niemals einen Executive Manager berufen würde, bedeutete dieses Zusammenkommen verschiedenster Faktoren, dass jemand wie Chamberlain, so unwahrscheinlich es auch klingen mochte, vielleicht eine Chance hatte, den wenig erstrebenswerten Job zu bekommen und dann für alle Zeit im Rennen um CEO-Posten zu sein, nur weil er schon einmal einer gewesen war, wenn auch ohne Erfolg.

Für M dagegen bedeutete der Tod von Allencourt mehr Herausforderung als Chance. Er wusste, dass bei seinem Background eher eine Entlassung als eine Beförderung anstand. Schließlich war es Allencourt persönlich gewesen, der die Hand für ihn ins Feuer gelegt hatte, niemand sonst. Langsam wuchs in ihm die Erkenntnis, dass er bald wieder auf Jobsuche sein konnte, und ihm wurde mulmig. Ein Abschluss vor der nächsten Verwaltungsratssitzung, der seinen Status als wertvoller Angestellter von Hilliard Drake zementieren würde, war plötzlich extrem wichtig.

M schlug den Ordner mit den Projekten auf, an denen er zurzeit saß. Keines davon war fortgeschritten genug, um ohne großen Druck vor der Sitzung zum Abschluss zu kommen. Der iranische Reedereien-Deal lag wegen der Sanktionen auf Eis, der Banken-Merger im Libanon steckte in verschlungenen Genehmigungsverfahren fest, und das Startup mit der Hundekot-Beseitigungs-App auf der Suche nach Finanzierung hatte offen gesagt ein komplett bescheuertes Konzept.

M warf einen Blick auf die Kuriersendung auf seinem Tisch. Er riss die gelbe Plastikverpackung auf und entdeckte darin die gegengezeichnete Kopie eines Mandatsvertrags. Rasch überflog er das Dokument, weil er wissen wollte, um welches Projekt es ging.

«Naveen, wir haben den Islamic-Credit-Card-Deal drei Monate exklusiv. Kannst du die Umsatzschätzung für mich auf den Stand bringen?»

«Für die Islamic Credit Card?», fragte Naveen, mit einem Hauch von Überdruss in der Stimme, obwohl er zu höflich war, geradeheraus zu sagen, was er dachte, dass nämlich das Projekt finanziell keinen Sinn ergab, und dann machte er sich mit einem Nicken an die Arbeit und jonglierte mit seinen Excel-Tabellen, sodass es für Laien wie Zauberei aussah.

M hatte sich das Projekt mit der Islamic Credit Card nicht selbst ausgesucht, es war ihm zugewiesen worden. Die Gründe lagen für alle bei Hilliard Drake auf der Hand, auch wenn sie nie offen benannt worden waren. Es waren dieselben Gründe, die M das Four-Seasons-Mecca-Hotel-Projekt beschert hatten (war nicht zum Abschluss gekommen, weil die saudische Regierung das Grundstück, einst Standort der zweitältesten Moschee der Welt, nicht Four Seasons, sondern Kempinski zugesprochen hatte), das Halal-Fleisch-Projekt (war nicht zum Abschluss gekommen, weil der Unternehmensgründer wegen Aktienbetrugs zu vier Jahren Gefängnis verurteilt worden war) und den Umbau von Emirates (das zum Abschluss gekommen war, aber unter Einsatz von so viel Eigenkapital, dass es ein Kündigungsgrund wäre, wenn es ihm nicht gelang, das Projekt erfolgreich zu strukturieren). Das war die Sorte Projekt, für die M Kompetenzen zugesprochen wurden. Chamberlain war dagegen natürlich Experte für Projekte wie den Barclays-Bike-Deal (Abschluss), die Restrukturierung von EAT (Abschluss) und den Merger von DF&H (Abschluss). Dies waren die Dinge, bei denen man ihm - Eton, King's College Cambridge, Praktikum bei Bane Capital - zutraute zu glänzen.

Wie man es auch rechnete, die Islamic Credit Card war kein großes Projekt. Die Gewinnaussichten ließen sich nur schwer abschätzen, und ob das Ganze überhaupt funktionieren konnte, war unklar, aber die Weltwirtschaft war an einem Punkt, an dem das islamische Bankwesen, wenn auch nur einen Augenblick lang, als der große Heilsbringer erscheinen konnte, da es nicht auf Spekulation und Zinsen ausgerichtet war, und nachdem die *Financial Times* in einem viel beachteten Artikel erklärt hatte, die islamische Finanzwirtschaft sei aus der globalen Bankenkrise relativ unbeschadet wieder hervorgegangen, hielt man in der City dieses neumodische Konzept (das seit rund 1600 Jahren existierte) für das nächste große Ding. Und da konnte die Idee einer Islamischen Kreditkarte vielleicht nach einem klugen Investment klingen.

Eine Textnachricht, wieder von seiner Schwester. *Hast du meine Nachricht bekommen? Mum treibt mich in den Wahnsinn, sie will wissen, ob du ihre Flugdaten hast. Keine Ahnung, warum sie dich nicht selbst anrufen kann. x*

Keine Zeit jetzt, Siver. Herrgott.

M nahm sein Telefon und blätterte eine Reihe von Visitenkarten durch, die er auf der von PepsiCo gesponserten Islamic-Finance-Konferenz im Grosvenor House gesammelt hatte. Beim dritten Kontakt, einem Mann von der Deutschen Bank, zu dem er sich die wenig hilfreiche Notiz «schlaffer Händedruck, ausdrucksloses Gesicht» gemacht hatte, kam er zu einem ganz guten Ergebnis. Der Kollege am anderen Ende der Leitung, Benjamin Freeman, Vice President, Project Finance, Asset Finance & Leasing, Corporate & Investment Banking, kannte den Artikel aus der *Financial Times* und wusste, dass die Deutsche Bank an der Subprime-Krise in den USA Milliarden über Milliarden verdient hatte und in neue Märkte investieren wollte. «Das könnte durchaus die Islamic Credit Card sein, durchaus.»

«Freut mich sehr, das zu hören», sagte M, warf einen Blick über die Trennwand und sah Chamberlain hinten im Sitzungszimmer wild gestikulieren, in seiner Show als erfolgreicher Finanzmann. Wenn die Deutsche Bank wirklich in die Sache einstieg, und sei es nur als Hauptkreditgeber in einem Konsortium, wäre das für M ein Riesenfang. Gut möglich, dass er den kommenden Shake-up damit überlebte. Auf in den Kampf! «Also, wann würde Ihnen ein Meeting passen? Vielleicht ein schnelles Abendessen?»

IV

Unter dem Kronleuchter eines hippen Londoner Restaurants kam ein kleines grünes Rechteck ans Licht und schimmerte.

«Also, das ist sie. So sieht sie aus. Stylish, vermittelt den Besitzern ein Gefühl der Exklusivität, Stichwort Palladium oder Stichwort Centurion. Und das Investment, das wir für den Soft Rollout brauchen, ist minimal. Das ist wirklich eine Gelddruckmaschine, Benjamin. Wenn man jemanden hat, der sich in die mühsamen Vorarbeiten reinkniet.»

M krempelte sich die Ärmel auf, als Zeichen für «mühsame Vorarbeiten», ein Vorwand, die Schließe seiner roségoldenen Uhr am linken Handgelenk vorzuführen und dem Mann von der Deutschen Bank zu zeigen, dass er kein Bauerntölpel war, der ihn verarschen wollte, dass er Vertrauen verdiente.

«Gentlemen», sagte der Kellner und platzierte den Teller in exakt demselben Augenblick vor M, in dem sein Kollege den seinen vor dem Vice President, Project Finance, Asset Finance & Leasing, Corporate & Investment Banking abstellte, «hier der erste Gang, für Sie, Sir», er deutete auf den mit kleinen Edelsteinchen gefüllten Teller, der vor M stand, «sautierte Foie gras von der Ente an einem Püree aus Topinambur und Haselnuss unter 24-karätigem Blattgold. Und hier», der Kellner widmete sich dem Vice President und dem kubistischen Arrangement auf dessen Teller, «haben wir den sautierten Bauch vom Thunfisch, direkt aus Japan, heute Morgen eingeflogen, von der Küche versehen mit einer Auswahl von karamellisiertem Obst, Matsutake-Pilzen, einer Emulsion von der Densuke-Wassermelone und einem Hauch 150 Jahre altem Balsamico. *Bon appétit.*»

«Schon klar, wie das gemacht wird, oder?», sagte der Vice President und blickte M plötzlich direkt in die Augen. Mit einem der Wenge-Essstäbchen, die man ihm für diesen Gang gereicht hatte, deutete er grob auf den Teller vor M. «Das Viech wird grausam gestopft, widerlich.»

M, von diesem plötzlichen Gefühlsausbruch überrascht, wollte ihn darauf hinweisen, dass ein, zwei gequälte Enten wohl kein Vergleich zu dem Unheil waren, das angerichtet wurde, wenn man sich frische Zutaten aus Tokio einfliegen ließ, aber dann lachte er nur - «Na, diese verfluchten Franzosen!» - und zerstörte die Goldlegierung, indem er die Gabel ins Rund der Entenleber stieß. Er brauchte das Geld der Deutschen Bank, und anders als der Vice President konnte er sich Moral nicht leisten.

«Aber vielleicht erzähle ich Ihnen ein bisschen über mich selbst. Wissen Sie, ich bin vor fünf Jahren zu Hilliard Drake, hätte ich nicht machen müssen. Ich muss nicht arbeiten. Für mich ist der Job Lifestyle.»

Ein Kellner, ein anderer als vorher oder auch nicht, tauchte aus dem Nichts auf, schenkte ihnen Wein nach und verschwand wieder.

«Wir sitzen an der Lombard Street - kommen Sie doch mal vorbei, dann gehen wir lunchen -, und ich habe ganz junge, ehrgeizige Leute im Team, die besten. Nur die allerbesten. Und wir haben ein Motto, wir nehmen nur die Projekte an, an die wir wirklich glauben, und dieses hier, das ist ...»

Jetzt erwachte das Telefon des Vice Presidents zum Leben, das genau wie M's beim Essen wie ein Teil des Bestecks neben dem Buttermesser gelegen hatte, es zitterte auf dem Tischtuch wie ein waidwundes Insekt, lautlos, und gerade dadurch seltsam laut.

«Tut mir leid, da muss ich rangehen», sagte Benjamin. «Freeman. Ja. Ja, verstehe. Aber wir haben deren Privatjet als Hebel, nicht vergessen.»

Schwungvoll wurden ihre Teller abgeräumt, jemand kam mit einem silbernen Utensil zur Entfernung der Brotkrumen von der Tischdecke und ließ sie wieder makellos leuchten. Die Weingläser wurden erneut gefüllt.

«Gut, nein, das Projekt als solches steht noch nicht, aber ich glaube - ja. Wie spät ist es jetzt in New York? Und in Singapur? Na, dann machen wir doch eine Telefonkonferenz, in zwei Stunden vielleicht? Ja. Das kriegen wir hin, ja. Ich will einfach nicht, Bill, ich will einfach nicht, dass sich diese Werte hier in Luft auflösen. Du weißt genauso gut wie ich, Due Diligence ist geregelt, aber wer weiß, wo die Märkte in sechs Monaten stehen, ja? Also.»

M betrachtete diesen Mann, an dessen Aufmerksamkeit es hing, ob es ihm gelang, seiner Firma Hunderttausende Dollar einzubringen oder gar nichts. Der Vice President war jung, zu jung für seinen Job; andererseits, wer konnte schon sagen, was sein Job eigentlich war? Seine Visitenkarte las sich wie die Speisekarte eines Asiarestaurants in der Provinz, die bot alles und nichts. Ein Vice President von Irgendwas war heutzutage jeder. Der Stimme von Benjamin Freeman hörte man noch die Kindheit in Manchester an, und sein Anzug war billig und schlecht geschnitten. Aber sein Hemd war teuer, und er trug Manschettenknöpfe mit Monogramm. Es machte M nichts aus, an ein, zwei Zerberussen vorbeizumüssen, bis er vor den Jungs mit Prokura saß. Dutzende dieser kleinen Lackaffen konnte er abfüllen, wenn es nötig war.

M fand es unhöflich, selbst sein Telefon zu checken, und täuschte Interesse für die Wasserkarte vor, die noch auf dem Tisch lag - dreißig Seiten mit blumigen Beschreibungen der erlesensten Mineralwässer aus allen Teilen der Welt, von aus Norwegen eingeflogenem arktischem Fjordwasser bis hin zu Oasenwasser aus der saudischen Wüste, mit Kohlensäure versetzt. Aber bald langweilte er sich und sah sich im Restaurant um. Vor ein paar Monaten erst war dies eines der Londoner Restaurants gewesen, in denen sich kaum ein Tisch bekommen ließ. Um Punkt neun Uhr rief man an, genau einen Monat vor dem gewünschten Reservierungsdatum, und wenn man das unglaubliche Glück hatte, dass sich jemand herabließ, ranzugehen, bekam man entweder zu hören, der Tag sei leider völlig ausgebucht, man könne es ja morgen wieder versuchen - obwohl es erst 9 Uhr 02 war und sie unmöglich schon dreißig Reservierungen entgegengenommen haben konnten - oder ja, es gebe einen Tisch, neben der Küche, um 21 Uhr 45, ob das in Ordnung sei? Die Reservierung gelte nur für zwei Stunden, hieß es dann immer, ein ganz neues Haute-Cuisine-Konzept, nach dem das gesamte Essen so geplant und gebündelt wurde, dass es exakt 115 Minuten dauerte, damit man die Tische effektiver nutzen und die Umsätze erhöhen konnte. M hatte das Restaurant schon genutzt, um Kunden zu beeindrucken, was immer gelang, schließlich befand es sich in der ehemaligen Stadtresidenz des Prinzregenten von 1785 bis 1824, die im Originalzustand erhalten worden war, um den Dinierenden eine herrschaftliche Anmutung zu verleihen, an Tischen mit den eingravierten Namen historisch bedeutender Persönlichkeiten, die schon dort gegessen hatten. (An jenem Abend saßen M und der Vice President am Churchill-Tisch, rechts vom T. S.-Eliot-Tisch und links vom Wayne-Rooney-Tisch.) Ein vorsintflutlicher Touch, der M nervte, war der Verzicht auf Preise auf den Speisekarten, was es für seine Gäste schwerer machte, zu erfahren, wie viel er sich den Abend hatte kosten lassen. Früher war er hier von City Boys umgeben gewesen, die so riesige Champagnerflaschen leerten, dass deren Fachbezeichnung sich bei obskuren biblischen Gestalten bediente - heutzutage dagegen, da Regierungen die Institutionen des Finanzwesens mit Geld überschütteten und die Wochenzeitungen erklärten, nun seien alle Sozialisten, konnte man im Restaurant am Vortag anrufen, und man wäre dort froh, nein, *entzückt*, einen begrüßen zu dürfen. Zu jeder beliebigen Zeit, wann wäre es Ihnen recht? An jenem Abend waren die einzigen anderen Gäste drei junge Menschen in Designerklamotten, die schweigend aßen und jeden Gang mit dem Telefon abfotografierten, und ein älterer Herr mit einer auffällig jungen Begleiterin, die auf einem Hocker neben ihrem Stuhl entweder eine unglaublich teure Designerhandtasche oder eine billige Kopie davon abgestellt hatte.

«Es tut mir wirklich leid, aber ich muss gleich los», sagte Benjamin Freeman und legte das Telefon wieder ab, diesmal mit dem Bildschirm nach oben. Kaum hatte er ausgesprochen, kam der Hauptgang, wackelig aufgetürmtes Essen mitten im Rund riesiger Teller. Wieder wurden sie gleichzeitig vor ihnen abgesetzt, dann folgte das künstlerische Manifest.

«Und hier hätten wir für Sie, Sir», die Hand des Kellners winkte leicht in Richtung M, «das Täubchen aus Anjou in Frankreich, die Küche empfiehlt das händische Abnagen der Knochen, und dazu pochierte Birne unter Blutorangen-Sauce und der dekonstruierte Artischockenherz-Baozi.»

«Und hier», ein Nicken in Richtung des Vice President, «das Kobe Beef, Marmorierungsgrad 9. Unser Beef stammt von einem besonderen Hof aus dem Umland von Kobe in Japan, dessen Besitzerin, ein ehemaliger Alt von der Tokyo Opera City, den Kühen jeden Abend die Arie aus *Orfeo ed*

Euridice vorsingt. Das Beef liegt auf einem Bett aus karamellisiertem Gras aus Kobe, an einem Schwarztrüffel-Kartoffelpüree. Guten Appetit.»

«Also, in einem Satz», sagte der Vice President und spießte mit der Gabel ein Stück Beef auf, «warum sollen wir in eine ... Islamische Kreditkarte investieren?»

M rang mit den Gebeinen des Täubchens, gab auf und nahm stattdessen einen Schluck Wein.

«Lassen Sie es mich so sagen, Benjamin: Der islamische Finanzsektor hat die Ereignisse des vergangenen Jahres als einziger unbeschadet überstanden. Als einziger. Und wir haben das genau untersucht - das kann ich Ihnen alles später zeigen, wir haben ein wirklich gründliches Investment Memorandum vorbereitet, Ihre Zahlenmenschen können sich das in Ruhe ansehen -, und es ist ganz offensichtlich, dass es einen enormen Bedarf nicht nur in Nahost gibt, sondern auch in Europa. Für die muslimische Familie ist das ideal: Die 2,5 Prozent Zakāt werden bei jedem Kauf automatisch gespendet - die Zakāt ist, wie Sie bestimmt wissen, die Wohltätigkeitsabgabe, die jeder Muslim leisten muss -, und wir können mit verschiedenen Wohltätigkeitsorganisationen Synergien erzeugen, zur gemeinsamen Wertschöpfung. Und überdies sorgt die Karte noch dafür, dass man nur Halal-Produkte kaufen kann. Und das, Benjamin, ist wirklich unser Killer-Feature.»

Der Kellner schenkte wieder Wein nach, und die letzten Tropfen landeten im Glas des Vice President. «Tut mir sehr leid, Gentlemen, hätten Sie gern noch eine Flasche?», sagte der Kellner, plötzlich untröstlich. «Klar, was meinen Sie, Benjamin?» - «Na ja, wenn es Ihnen nichts ausmacht ... ich muss frisch bleiben, für eine Telefonkonferenz in etwas über einer Stunde.» - «Kein Problem, Benjamin, natürlich. Das wäre dann alles, danke.»

Der Kellner glitt davon, die leere Flasche an die Brust gedrückt wie ein waidwundes Vögelchen.

«Da. Nehmen Sie mal, das ist die Karte. Gutes Gefühl, oder? Also, wenn Sie beim Einkaufen sind, und Sie haben Lebensmittel im Korb, die, sagen wir, Gelatine enthalten, dann wird Ihre Karte einfach nicht akzeptiert. Oder sagen wir, Sie gehen aus und geben der Versuchung nach und bestellen sich ein Bier. Na, das geht nicht. Die Karte sorgt dafür, dass der muslimische Mann seinem Glauben treu bleibt. Und die muslimische Frau, die bekommt von ihrem Mann so eine Karte, und dann hat sie ihre Freiheit, finanziell, ja? Aber der Mann bleibt natürlich über SMS auf dem Laufenden und weiß nicht nur, was sie kauft, sondern auch, wo sie ist. Wirklich eine Komplettlösung, und die Entwicklung ist durch, das Produkt ist da. Es funktioniert. Wir brauchen nur noch das Kapital für die Markteinführung.»

Benjamin Freeman betrachtete die metallisch grüne Karte in seiner Hand. «Wirklich sehr interessant.»

«Ich wusste, dass Sie das so sehen würden, Benjamin.»

«Ich rede mit unserem Islamic-Finance-Team darüber, vielleicht kriegen wir ein Meeting hin.»

«Das freut mich, Benjamin.»

«Darf es für einen der Herren vielleicht ein Dessert sein?» Den Gästen wurden zwei ledergebundene Karten dargeboten, mit drei Vorschlägen, in einer serifenlosen Schrift so klein gedruckt, dass M die Augen zusammenkneifen musste.

«Ich nehme den Schokokuchen. Und einen doppelten Espresso.»

«Die Neuinterpretation des *Fondant au chocolat*, eine hervorragende Wahl.»

«Für mich den Blätterteig bitte. Und einen Earl Grey.»

«Das *Mille-feuille*. Perfekt.»

«Freut mich wirklich sehr, dass das Projekt Sie interessiert. Ich glaube, das kann uns beiden etwas bringen. Das kann wirklich lukrativ sein, und wenn wir das hinkriegen, haben wir beide uns doch auch ein Stück vom Kuchen verdient, oder? Zu den großen Banken der Saudis und Emiratis hat die Deutsche Bank doch bestimmt gute Beziehungen? Ich sehe keinen Grund, das nicht auch in den wohlhabenderen muslimischen Ländern anzubieten.»

Ihr Nachspeisen wurden serviert, diesmal *sans exposition,* überraschend schnell. M warf einen Blick auf das kleine Häufchen gallertartiger geometrischer Formen auf dem Teller vor sich und winkte einen Kellner herbei. «Sorry, aber ich hatte den Schokoladenkuchen bestellt.»

«Das ist das Fondant au chocolat, Sir, neu interpretiert vom Maître de Cuisine.»

«Ah. Verstehe.»

Sie aßen schweigend ihre Desserts und leerten die Gläser.

«Ich will Sie nicht aufhalten, ich weiß, dass Sie losmüssen. Schön, dass Sie sich die Zeit nehmen konnten, wirklich. Wir halten uns auf dem Laufenden, ja? *Garçon*!» M hob ruckhaft den Arm, die Kreditkarte zwischen den Fingern, seine Neuinterpretation des Logos der National Lottery. «Das ist natürlich nicht die Islamische Kreditkarte, haha, bei allem, was wir heute Abend getrunken haben!»

V

Im Londoner West End bereitet sich Polizei in Kampfmontur auf Zusammenstöße mit antikapitalistischen Aktivisten vor. Demonstriert wird heute vor der Bank of England, vor dem G20-Gipfel, der diese Woche in London abgehalten wird. Einige der größten Banken, Hedgefonds und Private-Equity-Firmen haben ihren Angestellten geraten, Vorkehrungen zu treffen und sich «leger zu kleiden»; die Banken haben ihre Fenster mit Brettern vernagelt. Den Behörden zufolge // Die Aktien der britischen HSBC-Bank stiegen im morgendlichen Handel kurzzeitig um 2,4 %, Marktbeobachter nannten einen technischen Fehler als Ursache. Um circa // nimmt das Elternschlafzimmer mindestens ein Drittel des Apartments ein. Das fünfzehnmal so groß ist wie ein durchschnittliches Haus im United Kingdom - wer will da noch sagen, dass es nicht auf die Größe ankommt? Die Aussicht ist fantastisch, für die Auserwählten, für die Geld keine Rolle spielt. Kosten sind da -

M schaltete den Fernseher aus, stellte die leere Müslischale in die Spüle und machte sich bereit für die Arbeit. Die Nachrichten von den G20-Demonstrationen hatten ihm die Stimmung verdorben, und er zog das weiße Hemd wieder aus, weil er noch im Ohr hatte, was die Nachrichtensprecherin über legere Kleidung gesagt hatte und weil es sich mit dem Inhalt einer E-Mail deckte, die am Vortag von hr@hilliard-drake.co.uk an all@hilliard-drake.co.uk gegangen war. Diese Schnorrerbande! M wählte ein extravagantes lavendelblaues

Hemd, kämpfte mit seinen besten Manschettenknöpfen, und statt des normalen Donnerstagsanzugs, den er gleich nach der Uni gekauft hatte, warf er sich in seinen maßgeschneiderten Dreiteiler, den er sich vom Jahresbonus 2006 (dem letzten regulären Bonus, den es bei Hilliard Drake geben sollte) bei Chamberlains Schneider machen lassen hatte. Er wickelte sich die Krawatte um die Hand, dicke türkisfarbene Seide, und zupfte daran, bis er einen Großen Windsorknoten zustande gebracht hatte, nichts, was er gewöhnlich trug (Allencourt hatte die Symmetrie des Knotens für vulgär befunden), aber für diesen Tag war er wirklich angemessen.

Das Display seines Telefons leuchtete auf, und die ersten Zeilen einer E-Mail wurden lesbar.

> Verehrter Kunde,
> wie serviceorientiert unser Kundendienst geworden ist, wird Sie überraschen

Er wischte die Benachrichtigung weg; darunter befand sich die Liste der verpassten Anrufe seiner Mutter. Sie bestand darauf, ihm etwas aus Slemani mitzubringen, Seife oder Nüsse oder Honig, als wären dies seltene Schätze Kurdistans und nicht etwas, das in jedem Supermarkt zu bekommen war. Er hatte ihr hundertmal gesagt, dass er nichts brauchte, trotzdem rief sie immer wieder an. «Sag mir bald Bescheid, was du brauchst, in nicht einmal zwei Wochen bin ich da», drängte sie dann und tat, als würde sie den ganzen Bazar für ihn absuchen, dabei würde sie in Wahrheit nur das Hausmädchen schicken.

Er würde später zurückrufen.

Er fuhr mit einem Nylonstrumpf, den er einmal einem Escort-Girl abgeschwatzt hatte, über seine Oxfordschuhe – sie hatte geglaubt, das sei einer der vielen Fetische, die sie zu bedienen gewohnt war, dabei waren die Nylonstrümpfe nur ein Lifehack, um rasch die Schuhe zu polieren, ohne viel Zeit mit Politur verbringen zu müssen.

Bevor er ging, warf er einen Blick auf die Wetter-App (heute kein Regenschirm erforderlich) und die App der London Underground (Central Line: nach Plan; Northern Line: starke Verspätungen), um die beste Strecke zur Arbeit auszusuchen, dann versetzte er das Gerät in den Schlafmodus und ließ es in die Tasche gleiten.

Auf dem Weg von seiner Wohnung zum Bahnhof Chancery Lane wurde eine spezielle Angst in ihm wach: M fiel auf, wie wenig ihm sonst auffiel, eingesponnen in die Blase seines Telefons mit seinen Maps, Entertainment ohne Ende und dem kompletten Musikangebot der Welt in der Hosentasche. Aber sobald er seine Umgebung wirklich wahrnahm, stand er vor einer Masse von Menschen, die etwas von ihm wollten. Menschen, die Flugblätter verteilten, bettelten, Unterschriften wollten. Junge Frauen in T-Shirts mit der Aufschrift FREE HUGS. In jeder Straße ein hinterhältiges System, dir ans Gewissen zu gehen, eine neue Masche, deine Aufmerksamkeit lange genug zu fesseln, um dir zu verkaufen, was es zu verkaufen gab.

Die Musik, die M gehört hatte, Mainstream-Pop aus der Playlist der Woche, die ein Algorithmus ihm zusammengestellt hatte, wurde ausgeblendet, und eine fröhliche Stimme ließ ihn wissen, dass er für nur 9 Pfund 99 überall jeden beliebigen Song abspielen könne, ohne Werbung oder Abo. Dann lauschte er den überdrehten Stimmen der Werbespots, bis wieder die Musik einsetzte, die ihm den Weg zur Arbeit gerade so erträglich machte. Auf einem handgemalten Schild an einem heruntergekommenen kleinen Laden stand SIXPACK STELLA ARTOIS £5.99. Nächsten Monat würde der Laden verschwunden sein, und jedes Mal, wenn er vorbeikam, würde er sich fragen, was früher dort gewesen war.

Das Mädchen, das ihn an diesem Morgen ansprach, sah ungepflegt aus. Nicht nach Obdachlosigkeit, sondern nach durchgemachter Nacht. Ich brauch nur was für die Busfahrkarte. Meine Freunde warten auf mich, und ich muss sie anrufen, aber mein Telefon ist tot und und und. Seltsam, dass wir «tot» sagen, wenn unseren Telefonen der Saft ausgeht. Er sah sie an. Hübsch. Was die Wahrscheinlichkeit erhöhte, dass er ihr Geld gab. Er hasste sich dafür, er merkte es, konnte aber nichts dagegen tun. Genauso wie es wahrscheinlicher war, dass er einem Menschen Geld gab, der es nicht verzweifelt dringend brauchte. An Menschen, die wirklich obdachlos waren, wäre er ohne Nachdenken vorübergegangen, aber diesem Mädchen aus der Mittelschicht war er geneigt zu helfen. Er gab ihr einen Fünf-Pfund-Schein, mehr als sie erwartet hatte, keine kleine Summe. Sie war überrascht, das sah er ihr an, brachte aber trotzdem ein Dankeschön heraus und verschwand. Einen Augenblick lang war er stolz auf sich, aber auf der Rolltreppe in den Untergrund bekam die Begegnung einen faden Beigeschmack. Wie bei einem Film, der am Ende keinen Sinn mehr ergab, quälten ihn die Lücken im Plot - buchstäblich ein Treppenwitz. Warum hatte sie ihn nicht gefragt, ob sie ihre Freunde anrufen dürfe, anstatt um Geld zu bitten? Sie würde sich doch bestimmt irgendwie in das Social Medium ihrer Wahl einloggen und Hilfe holen können. Woher wusste sie, dass ihre Freunde auf sie warteten? Warum war ihm so unwohl bei dem Gedanken, dass sie ihn behumst haben könnte?

Er musste zwei Bahnen abwarten, bis eine kam, in die er sich hineinquetschen konnte, und spürte, wie sich Schweiß unter seinen Achseln sammelte, wie er ihm den Rücken hinunterrann.

Bei der Ausfahrt aus dem Bahnhof Chancery Lane hörte er weit hinten im Wagen den Ruf, es sei jemand in Ohnmacht gefallen. M seufzte. Keine Woche verging, ohne dass jemand in Ohnmacht fiel oder, schlimmer noch, vor einen Zug sprang. Beides führte zu Verspätungen, aber bei Ohnmachten dauerte es zehn Minuten, bis Hilfe vor Ort war und man die Betreffenden auf den Bahnsteig ziehen konnte. Suizide dauerten dagegen ewig und blockierten das gesamte Underground-Netz. Als der Zug am nächsten Bahnhof hielt, gab es ein paar Minuten lang ein Gedränge, eine Frau wurde aus dem Zug geholt, Walkie-Talkies knatterten. Es gab viel Genörgel, im Selbstgespräch und untereinander, Klagen, wie man nun zu spät zur Arbeit kommen würde. *Jeden Tag,* murmelte jemand laut genug, dass M es hören konnte. *Jeden verkackten Tag.* Andere holten ihre Telefone heraus, in der vergeblichen Hoffnung, ihren Vorgesetzten texten und ihre nun unvermeidliche Verspätung ankündigen zu können, nur um sie wieder wegzustecken, nachdem sie festgestellt hatten, dass es auch heute hier unten kein Netz gab. Hinter M behaupteten zwei Männer, in London lebten mehr Ratten als Menschen. M nahm sich vor, das zu überprüfen, sobald er wieder an der Oberfläche war, aber als er aus der Underground kam und Empfang hatte, war der Gedanke vergessen.

Der Fahrer entschuldigte sich mehrmals für die Verspätung und alle Unannehmlichkeiten und versicherte den zusammengedrängten Mitfahrenden, es werde weitergehen, sobald er grünes Licht habe. Einige befanden, dass sie genauso gut zu Fuß gehen konnten, und stiegen aus. Schließlich verkündete die unbeirrbar gelassene Stimme, *this is St. Paul's,* und man befinde sich in einem Zug der Circle Line, gefolgt von dem scharfen Pfiff, der das Schließen der Türen ankündigte, dem heller werdenden Jaulen der Beschleunigung, das in einem leisen Rumpeln mündete, dann das Quietschen der Bremsen, als sie den Bahnhof Bank erreichten.

Sobald M auf der Rolltreppe nach oben stand, surrte in seiner Tasche das Telefon. Zwei verpasste Anrufe. Sechs neue E-Mails. Breaking: *Die AIG-Aktie stürzt ab.* Nachricht: *Mo, geh ran, ich war* - Benachrichtigung: *Verschärfte Sicherheitsmaßnahmen beim G20-Gipfel.* Er wappnete sich für den Weg vom Bahnhof zum Büro.

Natürlich hatte er Verständnis. Für den Unmut, der zu Protesten wie den heutigen führte. Alle spürten, dass etwas aus dem Lot war, und gaben die Schuld Strukturen und unsichtbaren Mächten. M war mit diesen Gedankenmustern aufgewachsen und kannte ihre Verführungskraft. Bei seiner Ankunft in England hatte man seinem Vater erklärt, weder sein medizinischer Abschluss noch seine jahrelange Berufserfahrung seien hier etwas wert, und wenn er praktizieren wolle, müsse er an der Uni wieder von vorne anfangen. Anstatt einen Weg zu finden, genau das zu tun, hatte Rafiq aufgegeben und den Rest seines Lebens von Sozialhilfe gelebt und über die Verwüstungen geklagt, die der Kolonialismus und das Empire angerichtet hatten. Nur weil die Dinge nicht liefen, wie er wollte, war das System an allem schuld. M hatte sich geschworen, nicht aus Selbstgefälligkeit in diese Falle zu tappen und alles außer sich selbst für sein Schicksal verantwortlich zu machen. Er hatte sich seinen Job bei Hilliard Drake erarbeitet und würde bis zum Äußersten gehen, um ihn zu behalten. Die Sprechchöre der Teenies und Hippies für ihre utopischen Tagträume waren ihm völlig egal. M würde härter arbeiten als alle anderen im Büro, bis er bekam, was er verdient hatte, scheiß auf den Rest der Welt.

Oben auf der Straße war keine Spur von den Tumulten, die er erwartet hatte. Wo waren die Unzufriedenen, die nichts Besseres zu tun hatten und nicht zur Arbeit mussten? Die beschlossen hatten, im Leben nichts anderes zu tun als zu klagen: die Anarchisten, die Umweltschützer, die Kommunisten, die Globalisierungsgegner, die Verschwörungstheoretiker (die glaubten, dass W. Bush, der nicht einmal eine Brezel herunterbekam, einen Terrorangriff auf die Twin Towers inszenieren konnte, um ihn dann ein paar Höhlenmenschen anzuhängen, UND KEINER WÜRDE WAS MERKEN), die Hippies in ihren Hanf-Hosen, die Desillusionierten, die Zornigen und die völlig falsch Informierten, wo mochten sie sein? M warf einen Blick auf die Uhr; es war 9 Uhr 04. Das hätte er wissen können, so früh kamen sie nicht aus dem Bett. Revolution? Ja, gern, aber nur wenn wir bis mittags im Gästezimmer unserer Eltern pennen dürfen. Er fand sich so witzig, dass er grinsen musste, und grüßte ein paar der Polizisten, die Absperrungen errichteten, alle mit anachronistischen Topfhüten und Gelbwesten.

«Bitte weitergehen», schnarrte einer von ihnen und wedelte ihn fort wie einen unangenehmen Geruch. Irgendwie schien ihm nicht klar zu sein, dass M auf ihrer Seite war.

M musste an die zahllosen Demonstrationen denken, auf die sein Vater ihn und seine Geschwister mitgeschleppt hatte, daran, wie die Polizei sie angestarrt hatte: Sollten sie es nur wagen, etwas auf die Botschaft zu werfen, vor der sie gerade standen! Einmal war Rafiq sogar verhaftet worden, M sah, wie er in der Ferne geschlagen und in einen Mannschaftswagen verladen wurde, während Xezal schnell die Kinder fortbrachte und sich eine Lüge ausdachte: Rafiq habe zufällig einen alten Freund getroffen. Vielleicht konnte die Polizei spüren, dass er früher auf der anderen Seite gestanden hatte.

Das Mädchen am Empfang von 68 Lombard Street war mürrisch, weder attraktiv noch freundlich. Immer, wenn er an ihr vorbeikam, ärgerte M sich: Die ganze Stadt war voller hübscher arbeitsloser Mädchen, die für einen Job Ritualmorde an ihren Familienmitgliedern begehen würden, und hier saß diese dumme Kuh, rührte keinen Finger und wurde noch dafür bezahlt.

Man war in einem Arbeitgebermarkt: Naveen war ein überqualifizierter Inder, der in M's Team den größten Teil von dessen Arbeit erledigte und oft arbeitete, bis er den letzten Zug nach Hause erwischen musste, wo immer er auch wohnte, für ein Durchschnittsgehalt. Jane hatte einen Abschluss von der London School of Economics und erledigte die Due Diligence für weniger Lohn, als sie im Supermarkt bekommen würde. Der Trick, mit dem Hilliard Drake sie hielt, anstatt sie an niedere Tätigkeiten mit besserem Verdienst bei kürzerer Arbeitszeit zu verlieren, war das Versprechen auf eine Zukunft. M ließ gern verlockende Anspielungen auf kommende Boni fallen, auf Gehaltserhöhungen, und überließ die Auslegung seinem Team. Die Loyalität der beiden war unverbrüchlich, und sie wünschten sich von Herzen, dass eines von M's vielen Projekten tatsächlich zustande kam, damit Hilliard Drake die acht Prozent Erfolgsprämie einstreichen konnte.

«Guten Morgen», trällerte Charlie und legte ihren Frühstücksbagel ab. M brachte es nicht über sich, ihr zu erklären, dass sie bei ihrem Gehalt nicht jeden Tag fünf Pfund für einen Bagel ausgeben konnte.

«Guten Morgen», erwiderte er und verschwand in seiner Wabe. Kaum hatte er sich hingesetzt, tauchte Naveen auf. «Mo?» M winkte ihn zu sich, und Naveen kam an seinen Schreibtisch geschlendert, ein Bündel Papiere im Arm.

«War für heute nicht eine Demonstration angesagt?», fragte M.

«Ach ja?»

«Die Nachrichten sind voll davon, Naveen.»

«Ich behalte die Märkte im Auge. Da ist noch nichts los. Jedenfalls, hier sind ein paar Zahlen zum Islamic-Credit-Card-Projekt. Sieht gut aus.»

«Echt? Lass mal sehen.»

Die Tabellen und Diagramme, die sich über mehrere Seiten zogen, sagten M wenig. Aber da könnte Geld drin sein. Viel Geld.

«Mo?»

«Ja. Sorry. Was hast du gesagt?»

«Dass das Einzige, was mir im Best-Case-Szenario überhaupt auch nur ansatzweise Sorgen machen würde, der IZF ist. Aber sieh mal hier ...»

«Das macht nichts, wir geben den Investoren sowieso nur das Best-Case-Szenario. Die haben ihre eigenen Leute. Wenn sie die Zahlen durchlaufen lassen wollen, können sie das machen, aber warum sollen wir unser eigenes Produkt schlechtreden? Oder?»

«Klar.» Naveen nickte, Widerspruch hatte er sich schon lange abgewöhnt.

M fing an, sich durch seine Mails zu scrollen. *Re: Deutsche Bank Web Inquiry Mums Flugplan (hast du schon, ich weiß) Letzte Woche für Sparpreise KYC Fragen* löschen löschen löschen löschen.

Von draußen hörte er Krawall. Er stand auf und sah Demonstrierende im Kampf mit der Polizei, eine Welle, die sich vorwärtsschob und dann wieder zurückzog. M musste die Augen zusammenkneifen, um die Slogans auf den Transparenten entziffern zu können. Auf einem ging es um den Irakkrieg. Ein anderes verbreitete eine dubiose Statistik zum Thema Ölpest. Auf einem dritten stand NO BORDERS NO BANKS.

«Leute, guckt euch das an!», rief er, als die Polizei anfing, Demonstrierende in kleinen Gruppen einzukesseln, was Gewalt unvermeidlich machte. Später am Tag würde ein totgeprügelter Mann entdeckt werden und fast einen Tag lang die Nachrichten beherrschen. Von den Angestellten von Hilliard Drake kamen ein paar ans Fenster und sahen hinunter.

«Unfassbar», sagte M und fragte sich, wie er sich bei Pret a Manger auf der anderen Straßenseite sein Sandwich holen sollte, jetzt, wo die ganze Straße abgesperrt war. «Hat jemand Lunch dabei?»

Natürlich hatte Chamberlain sich ein Sandwich mitgebracht. «Du kannst ja mal abbeißen, wenn du willst», sagte er und stieß M mit dem Ellenbogen an, während er über den Sims auf die Demonstrierenden hinabblickte.

Chamberlain hatte vor Kurzem verkündet, das Projekt, auf das man sich konzentrieren solle, sei die Erweiterung des Brands Hatch Social Club; wohlhabende Privatinvestoren würden nur zu gern einsteigen, weil sie sich damit eine unbegrenzte Clubmitgliedschaft erkauften, die sich sonst nur erringen ließ, indem man einen obskuren und offen gesagt völlig unverständlichen Aufnahmeprozess durchlief. Die prognostizierten Einnahmen waren nicht hoch, aber es gab immerhin einen IZF von 7 Prozent, der Abschluss war offenbar kein Problem. Eine ganze Kollektion von Earls und Marquis hatte schon Investitionsbereitschaft bekundet. «Bis das durch ist, gibt es für mich kein Auswärtsessen. Ich fessele mich mit Sandwiches an den Schreibtisch, bis ich das in trockenen Tüchern habe. Aber du siehst ja schön ausgeruht aus», sagte Chamberlain zu M, als der den Blick von den kämpfenden Massen abwandte. Bei Hilliard Drake war Schlafentzug der letzte Schrei, als Indikator für Arbeitseifer. Eric Pontén, ein Schwede aus der Corporate Finance unten im zweiten Stock, hatte damit angefangen und sich ein

Gadget gekauft, das seine Schlafdauer maß, und dann stolz seinen Durchschnitt von vier Stunden und einundzwanzig Minuten verkündet.

«Die Sache ist die», hatte Chamberlain M erklärt, als er ihm seinen im Vergleich zu Ponténs Gerät etwas edleren Schlaftracker vorführte, «der Schlaf ist das Letzte, was wir noch überwinden müssen. Alle arbeiten jeden Tag und sind immer per Mail erreichbar. Was die Erfolgreichen von den weniger Erfolgreichen abhebt, ist wenig Schlaf. Es kann doch kein Zufall sein, dass der größte Premierminister, den das Land je gehabt hat, mit vier Stunden Nachtschlaf auskam! Zeit für Ruhe und Erholung ist einfach zu kostspielig geworden, um noch in den Kapitalismus der Gegenwart integrierbar zu sein. Der Schlaf ist das letzte Hindernis, der letzte ‹Naturzustand›, den der Kapitalismus nicht völlig ausrotten kann. Aber wenn wir es versuchen, Alter, wenn wir es versuchen, haben wir einen Vorsprung vor den ganzen Losern.»

Das war vor Allencourts Tod gewesen, als Chamberlain noch regelmäßig mit M nach der Arbeit ein Bier trinken wollte, wobei sie einander dann ihr persönliches Ich-Design für die Zukunft präsentierten und sondierten, ob sie den anderen dabei zu ihrem Vorteil einspannen konnten. Jetzt, da M um seinen Verbleib in der Firma kämpfte und Chamberlain es auf den CEO-Posten abgesehen hatte (nicht dass beides je offen ausgesprochen worden wäre), war es mit den Bierchen vorbei.

M schlief selbst nicht lange, nicht unbedingt, weil er nach einem Hack für den Kapitalismus suchte (wie Pontén es einmal genannt hatte), sondern eher weil ihn die Angst, eine wichtige Nachricht zu verpassen, das Klingeln eines lebensverändernden Anrufs zu überhören, nachts stundenlang wachhielt. Im Bett checkte er immer wieder sein Telefon, und das helle kalte Licht des Bildschirms versetzte seinen ganzen Körper in den Wachzustand. Nichts. Dann checkte er Yahoo!Finance, Facebook, Immobilien bei Sotheby's, die höchstpreisigen zuerst, und dann checkte er wieder seine Mails, und so ging das stundenlang weiter, bis sein den Sonnenaufgang emulierender Wecker ihm anzeigte, dass es weit nach zwei Uhr morgens war, und dann konnte er nicht mehr einschlafen, weil er nur noch daran dachte, dass er bald aufstehen musste.

«Wichtige Durchsage», sagte Chamberlain in die Runde, vom Fenster abgewandt, «ich brauche heute um vier das Sitzungszimmer, die Investoren für das Social-Club-Projekt kommen vorbei.» Das war natürlich eine Absichtserklärung, die er abgab, damit alle von seinen Fortschritten erfuhren. Um das Sitzungszimmer zu reservieren, hätte er einfach nur Charlie informieren müssen, die es dann im System vermerkte. Das Arschloch bekam schon Investorenbesuch, dachte M, kehrte an seinen Computer zurück und aktualisierte seine Mailbox.

«Naveen, kannst die neuesten Zahlen zum Credit-Card-Projekt in das Investment Memorandum einbauen?», sagte M lauter als unbedingt nötig gewesen wäre. «Ich würde das der Deutschen Bank gern vor Geschäftsschluss schicken.»

Gegen M's Fenster krachte ein Schuh, und er zuckte zusammen.

«Wie um Himmels willen schafft man es, so hoch zu werfen?», fragte M, ohne eine Antwort zu erwarten.

«Wie bitte?», fragte Jane, die gerade die *Financial Times* las.

«Eben ist ein Schuh an mein Fenster geflogen!»

«Naveen kann bestimmt ausrechnen, wie hoch die Wahrscheinlichkeit für sowas ist», sagte Jane mit einem unterdrückten Gähnen.

Der Schuh war wirkungslos vom Doppelglasfenster abgeprallt und auf dem Fenstersims gelandet, wo er wochenlang liegen bleiben würde, bis die Reinigungskräfte diese letzte Spur der Proteste beseitigten.

Und auch noch ein schöner Schuh, dachte M. Einer dieser trendigen Sneaker, die mehr kosteten als rahmengenähte Schuhe, obwohl sie in Bangladesch von siebenjährigen Kindern produziert wurden. Unglaubliche Gewinnspanne bei den Dingern.

Von draußen hörte man ein Krachen, dann Sirenen. M suchte auf der Webseite der BBC nach aktuellen Ereignissen.

«Sollen wir abhauen, bevor die Investoren kommen?», fragte Naveen. Nach einer vom *Punctuated Equilibrium* inspirierten Tradition räumte man die Büroräume, wenn ein anderes Team so viel Fortschritt gemacht hatte, dass es Treffen mit Investoren abhielt.

«Weiß auch nicht; würde ich ja gerne, aber draußen ist die Sau los. Was sollen wir da, mitdemonstrieren?»

«Hepp hepp hepp, Chamberlain muss weg! Hepp hepp hepp, Chamberlain muss weg!», flüsterte Jane.

Als die Investoren am späten Nachmittag eintrafen, sichtlich mitgenommen vom Eindruck des Schlachtfelds, das die Proteste draußen hinterlassen hatten, setzte Chamberlain sein strahlendstes Lächeln auf, schüttelte die Hände extra fest und geleitete nach über Jahrhunderte angehäuften Reichtümern muffelnde Tattergreise ins Sitzungszimmer, wo er den Praktikanten anherrschte, Kaffee und Mineralwasser für alle zu bringen. Der indische Zahlenmensch aus seinem Team - sein Name fiel M nicht ein - warf Berechnungen an die Wand, und Chamberlain erklärte mit großer Festigkeit, dass die Sache sich von selbst erkläre und die Nachfahren des untergegangenen Weltreichs sich glücklich schätzen dürften, die Gelegenheit zu haben, in ein so glorreiches Projekt zu investieren. Das konnte er: Menschen ein Gefühl der Dankbarkeit dafür vermitteln, ihm Geld über den Tisch schieben zu dürfen. Ein Talent, das M nie ausgebildet hatte: Er kam sich immer ein wenig wie ein Krimineller vor, wenn die Unterschriften auf die gepunkteten Linien gesetzt wurden, und glaubte, dass Investoren spüren konnten, gerade eben von einem Einwanderer um ihr Geld gebracht worden zu sein.

Aus dem Sitzungszimmer erklang lautes gezwungenes Gelächter. Chamberlain hatte etwas gesagt, das den Investoren gefiel. Die letzte Mail an M stammte von Pizza Hut und bat ihn um eine Bewertung für seine letzte Mahlzeit dort und um die Teilnahme an einer fünfminütigen Umfrage.

Pling. Neue Mail.

Von Naveen, mit dem Investment Memorandum. M hob den Daumen in seine Richtung, ohne zu wissen, ob Naveen ihn hinter der Trennwand sehen konnte, und setzte eine Mail an Benjamin auf.

```
Betreff: Islamic Credit Card
Lieber Benjamin,
es war schön, Sie neulich zu sehen. Wie be-
sprochen, hier das Investment Memorandum für
die Islamic Credit Card. Bitte lassen Sie
es in aller Ruhe prüfen.
Rückfragen beantwore ich Ihnen jederzeit gern.
Mit freundlichen Grüßen,
M.M.Hardi
```

Den Tippfehler ließ er stehen, damit es nach einer schnell geschriebenen Mail aussah, einer von vielen seiner sehr wichtigen Mails. *Wuuusch.*

Zum Zeitvertreib tat M sich jetzt auf der Webseite der *Financial Times* um, für die Hilliard Drake ein Firmenabo hatte, eine der wenigen Webseiten, die nicht nach vier Minuten die Produktivitäts-Überwachungssoftware alarmierte, was dann am Abend zu einer automatisierten Mail an die Personalabteilung mit der gesamten Surfchronik des Tages führte. In Ghana war irgendetwas los. Unter der Adresse Hyde Park One standen die teuersten Apartments der Welt zum Verkauf. Eine Kolumne über die Notwendigkeit, den britischen Immobilienmarkt neu zu bewerten. Drei Artikel mit dem Wort Rezession in der Überschrift.

Chamberlain hatte sein Meeting beendet, und er begleitete die drei Männer zur Tür, unter großem Schulterklopfen und Händeschütteln. «Wir bleiben in Kontakt», sagte er zu einem von ihnen. «Schön, dass wir uns endlich einmal persönlich begegnet sind», sagte er zu einem anderen, und zum Dritten: «Sag Benji, dass ich mich sehr auf unser Tennismatch am Wochenende freue.» Dann ging er zurück ins Sitzungszimmer, wo die Mitarbeitenden die Laptops aussteckten und die Investment Memoranden wieder einsammelten, die man sich angesehen und liegen gelassen hatte. Chamberlain gab seinem Team ungeschickte Fist Bumps und rief: «Gute Arbeit, ihr Lieben», und «Zurück in die Tretmühle.»

Während die Investment Memoranden durch den Schredder gejagt wurden, blitzte bei M im Posteingang eine neue Mail auf.

> Re: Islamic Credit Card
> War mir auch ein Vergnügen. Ich gebe das in die oberen Etagen weiter. Sieht gut aus. Ein Meeting nächste Woche vielleicht?

M, der gerade niemandem Fist Bumps geben konnte, grinste. Draußen wurden die Sirenen leiser, die wirren Aufrufe zum Umsturz des Finanzsystems waren schon lange verklungen.

Als M sich am Ende dieses Arbeitstages auf den Weg zur Underground machte, war in der Lombard Street von den

Protesten nichts mehr zu sehen. Als wäre überhaupt nichts gewesen.

In seiner Tasche zirpte das Telefon. Seine Mutter. Er seufzte tief und ging ran.

VI

Sobald sie sich in England eingelebt hatten, hatte Xezal behauptet, sie wolle wieder nach Hause. «Zuhause» war Kurdistan, obwohl sie dort, wie M noch sehr genau wusste, über die unzuverlässige Stromversorgung geklagt hatte, über den Zustand der Straßen, das Problem, sich überhaupt etwas zu beschaffen. «Das hier», sagte sie, wenn sie in Slemani an ihrem PG Tips Tea nippte, «kommt hier aus der Gegend, aus den Ländern rund um uns herum, und wir müssen es mühsam von den Briten reimportieren lassen. Uns überlassen sie den Mülltee, den sonst niemand will.» Aber kaum lebte sie in einem Land, in dem es PG Tips im Überfluss gab, wollte sie wieder nach Hause. «Hier sind wir unwillkommene Gäste, in allen Ecken der Stadt müssen wir uns benehmen wie auf Besuch: Wir können uns nie entspannen, dürfen ja nichts kaputt machen und müssen immer dankbar für die Gastfreundschaft sein.»

Und so packte Xezal, sobald der Irakkrieg eine Rückkehr möglich gemacht hatte, zwei Koffer und zog wieder nach Slemani, angeblich weil sie ihre Schwester vermisste und es satthatte, so zu tun, als würde sie anderswo hingehören.

Was alles sehr verständlich war, nur dass sie zehn Minuten nach ihrer Ankunft anfing, darüber zu klagen, dass der Strom ausfiel, dass sie einsam war, dass sie ihre Kinder vermisste, und in zwei Wochen kam sie nun nach London zu Besuch und wollte bei M wohnen. Mindestens ein Dutzend Mal hatte sie schon ihren Flugplan geschickt, und sie hatte noch immer große Angst vor der Reise, obwohl sie seit Jahren einen britischen Pass besaß und man sie an der

Grenze nicht mehr schikanierte. M war aufgefallen, dass sie nur die Zeiten ihres Hinflugs geschickt hatte. Er hatte keine Ahnung, wie lange sie bei ihm bleiben wollte. «Frag sie doch einfach», hatte Siver entnervt gesagt, als er sie zum dritten Mal gefragt hatte, ob sie wisse, wie lange Mutter in London bleiben wolle.

«Ja, klar, das wird sie dann auch bestimmt nicht als Andeutung verstehen, dass ich sie so schnell wie möglich wieder loswerden will.»

«Aber du willst sie doch so schnell wie möglich wieder loswerden!»

Das war als Einschätzung ein wenig zu hart gewesen, aber trotzdem merkte er, dass er mit den Zähnen knirschte, als klar wurde, warum seine Mutter anrief.

«Mum, ich habe dir doch schon gesagt, du musst deinen Flug nicht bestätigen lassen, du hast ein Ticket, das Ticket ist die Bestätigung.»

«Dein Vater und ich sind beim Boarding in Batman einmal abgewiesen worden, weil wir unser Ticket nicht bestätigen lassen hatten.»

«Gut, aber das ist heute nicht mehr so, mehr kann ich dir nicht sagen ... Moment mal, hast du Batman gesagt?»

«Ja, das war am Flughafen von Batman.»

«Du willst mir weismachen, dass es eine Stadt namens Batman gibt? Mit einem Flughafen?»

«Du solltest deine Heimat wirklich besser kennen. Das ist eine sehr wichtige kurdische Stadt.»

«Und sie heißt Batman?»

«Kannst du bei der Fluglinie anrufen und fragen, ob der Flug wirklich bestätigt ist?», sagte seine Mutter, plötzlich verärgert.

«Sobald ich zu Hause bin, ich bin noch auf dem Heimweg.»

«Wieso, wie spät ist es bei euch?»

«Halb acht.»

«Die lassen dich schuften wie einen Hund, mein Sohn, die wissen nicht, was sie an dir haben. Hier würden alle wissen, wer du bist, und sie würden dich mit Respekt behandeln.»

«Okay, ich muss jetzt weiter, Mum.»

«Ich weiß nicht mal, was für einen Job du hast.»

Viele, viele Male hatte er ihr erklärt, was auf seiner Visitenkarte stand, vor allem dass er Executive Manager of Corporate Finance war, aber er hatte es auf Englisch erklären müssen, weil ihm auf Kurdisch das Vokabular dafür fehlte. Fast hatte er Lust, ihr zu sagen, er würde beruflich E-Mails schreiben. Er würde E-Mails bekommen und versenden. An die hundert E-Mails gingen täglich bei ihm ein, die meisten davon nicht direkt an ihn adressiert, sie enthielten kleine Infobrocken, die für ihn wichtig waren, seine Identität tief in der Liste der Empfänger in Kopie verborgen; dann waren da Mails, die andere bei ihm abluden, weitergeleitet mit einem kurzen FYI, was bedeuten sollte, dass er in der Hierarchie unter den Weiterleitenden stand und sich an ihrer statt damit herumschlagen sollte. Dann gab es auch direkt an ihn gerichtete Mails, und meistens musste er online recherchieren, bevor er eine vage und unverbindliche Antwort formulierte. Beim Klick auf Senden hoffte er jedes Mal, dass man ihn nicht für einen kompletten Idioten halten würde.

Er wusste, dass in den zwanzig Minuten bis nach Hause acht bis zehn weitere Mails bei ihm eingehen würden; er würde sie im Fahrstuhl überfliegen und markieren, wenn sie eine Antwort erforderten. Aber am schlimmsten war es am Morgen: Sobald er den Wecker ausgeschaltet hatte, sah er die zwanzig bis fünfundzwanzig Mails, die über Nacht aus den USA und später aus Ostasien eingetroffen waren. Er war mit seiner Arbeit schon im Rückstand, bevor er überhaupt aufgestanden war. Wenn er ehrlich beschreiben sollte, worin seine Arbeit bestand, würde er sagen: Er las und verfasste E-Mails. Womit sich, wie er vermutete, alle den Lebensunterhalt verdienten, die in Großbritannien in Büros arbeiteten.

«Ich helfe Firmen beim Geldverdienen, das habe ich dir doch erklärt.»

«Die verdienen bestimmt auch alleine Geld, diese Firmen.»

Auf der Treppe hinunter zur Underground fiel sein Blick auf die Schlagzeile einer weggeworfenen Gratiszeitung: «Finanzkrise erhöht die Staatsschulden um 1,5 Billionen Pfund».

«Im Augenblick gibt es da ein paar Probleme, Mum. Hör mal, ich steige gleich in die Bahn, vielleicht bricht die Verbindung ab.»

«Vergiss nicht, bei der Fluglinie anzurufen!»

«Bye, Mum.»

VII

Die automatisierte Mail, die am letzten Donnerstag jeden Monats um genau neun Uhr bei allen Angestellten von Hilliard Drake im Posteingang landete, enthielt eine Namensliste mit einer Sternebewertung daneben, beruhend auf dem gewichteten Mittelwert jedes und jeder Beschäftigten, nach den Bewertungen ihrer Kolleginnen und Kollegen.

Dieses System war zur Veröffentlichung von Allencourts Folgeband zu *Punctuated Equilibrium* eingeführt worden (*Der AdM soll Kuchen essen*); so wurde der oder die Angestellte des Monats gekürt, AdM in der Schreibweise von Hilliard Drake. Neben der Ehre gab es dafür einen Cash-Bonus und eine Einladung zum Lunch in ein Restaurant eigener Wahl. Damit wurden die internen Machtkämpfe über die im *Punctuated Equilibrium* vorgesehene Gruppenkonkurrenz hinaus auf die individuelle Ebene ausgedehnt.

Aber als Hilliard Drakes Aktienkurs durch die Decke ging und die Firma daraufhin im Jahr 2007 expandierte, wurde das Budget für den AdM-Lunch gedeckelt, weil die Unternehmensleitung das Gefühl hatte, dass es plötzlich zu viele Angestellte gab, um sie alle zu exklusiven Lunches in Mayfair einzuladen. Als dann die Entlassungswellen kamen, wirkte der Gratislunch frivol und wurde gestrichen, weil er keinen direkten Beitrag zu Produktivität und Wertsteigerung des Unternehmens leistete. Die Sternebewertung nach gewichtetem Mittelwert aber blieb, weil der Aufwand für die IT-Abteilung, das alte System ganz zu löschen, als zu hoch eingeschätzt wurde.

Was also einmal ein Grund zur Freude gewesen war, als

Aussicht auf eine Einladung in ein Spitzenrestaurant, war nun ein Quell der Furcht, und alle waren besessen von dem, was die Sterne ihnen sagen wollten. M hatte gerade 3,5 Sterne bekommen, und da er nicht wissen konnte, wie jede und jeder Einzelne gestimmt hatte, ließ sich unmöglich sagen, ob ein oder zwei beleidigte Kolleg*innen ihm mit nur einem Stern den Durchschnitt versaut hatten, oder ob ihn tatsächlich alle entschieden mittelmäßig fanden. Darüber grübelte er den Rest des Vormittages nach.

Wochentags traf zwischen halb elf und viertel vor zwölf der Obstkorb von BasketHead Fruit & Veg ein. BasketHead war innerhalb von sieben Monaten die vierte Firma, die Hilliard Drake für die Obstlieferungen engagiert hatte, weil es immer ein neues Start-up mit Kampfpreisen gab, zu dem man wechseln konnte, wenn die Probezeit einer Firma abgelaufen war. Die Bananen waren sofort weg, sie waren am beliebtesten, dann kamen die Äpfel und Birnen, wenn es welche gab. Was im Korb liegen blieb, bis es schließlich fortgeworfen wurde, waren die Kiwis, da man zum Essen Messer und Löffel brauchte, und beides stand bei Sitzungen nicht zur Verfügung. M hatte Naveen einmal vorgeschlagen, sie sollten eine Firma gründen, die reine Bananenkörbe lieferte, weil die Menschen offenbar nichts anderes wollten, und Naveen hatte gefragt, ob er das mal durchrechnen solle.

Naveen, das war ein Scherz. Ein Scherz.

Weil man sich nie sicher sein konnte, jeden Tag zuerst am Obstkorb zu sein, hamsterte, wer konnte, Bananen in der Schublade (wo sie oft verfaulten), aß sie an den Tagen darauf oder nutzte sie als Währung, wenn man einen unangenehmen Anruf auf jemanden abschieben wollte. M geriet einmal mit Chamberlain wegen dessen wiederholtem Bananenklau in Streit, was dieser mit einem «Wer zuerst kommt, mahlt zuerst, da hast du eine Banane, reg dich nicht auf. Na, nimm schon, ich weiß doch, wie sie dir schmecken» weglachte. Worauf M sich in Bezug auf die Bananenlage mies und kleinlich vorgekommen war. Charlie hatte in zahllosen Mails ganz Hilliard Drake ermahnt, immer nur eine Banane zu nehmen, und die Unternehmensführung hatte ihre Bestellung kurzzeitig auf zwei Obstkörbe pro Tag erhöht, was aber nur zu noch mehr fauligen Kiwis führte, und so war der Kampf um die Bananen nach der zweiwöchigen Schnupperperiode wieder voll entbrannt.

Aus Gründen, die nie ganz klar wurden, galt, dass die Mittagspause kurz zu halten war. Vertraglich standen allen fünfundvierzig Minuten zu, aber niemand verbrachte länger als zwölf oder fünfzehn Minuten damit, sich ein Sandwich zu besorgen und zu essen, und loggte sich dann schnell wieder ein. Wenn jemand sich für den Lunch zu oft eine halbe Stunde nahm, wurde diese Person per automatisierter Mail daran erinnert, die Summe ihrer Arbeitsstunden sei unter den Firmendurchschnitt gesunken.

Um 17 Uhr nahm nur Charlie ihre Handtasche und zwitscherte: «Bis morgen!» Der Rest blieb, so lange es nur irgendwie ging, und zermürbte einander gegenseitig, eine Ausdauer-Performance zu Ehren des Firmenethos. Wenn es M gelang, als Letzter zu gehen, war es jedes Mal weit nach 22 Uhr. Ein mühsamer Weg, aber er musste beschritten werden, vor allem wenn Stellenkürzungen drohten.

Jeden Donnerstag versuchte jemand, die anderen nach Feierabend auf ein Glas im Counting House zusammenzutreiben, was fast unweigerlich auf erniedrigende Weise scheiterte, weil niemand mitkommen wollte, wenn die Chefs nicht auch kamen, was sie wegen schon bestehender Verpflichtungen fast nie taten.

Jeden Freitag wurde ein «Schönes Wochenende!» geträllert, wenn alle die Büros durch die Glastür verließen, wozu es selten kam, denn am Ende verbrachten die meisten ihre Samstage wieder bei Hilliard Drake.

Und so endete die Woche, und eine neue begann.

VIII

Wenn er ein wichtiges Meeting hatte - und das mit der Deutschen Bank zählte eindeutig dazu -, ließ M die Puppen tanzen. Da die Firmenkultur von Hilliard Drake gebot, dass alle Corporate-Finance-Teams in direkter Konkurrenz miteinander standen, war es nicht immer im Interesse der anderen, dass Meetings im Büro gut verliefen. Auf seinem Stockwerk hatten sowohl Chamberlain als auch John Morris die Tendenz gezeigt, mit ihren Teams zum Kaffeetrinken oder Essen zu gehen, wenn M das Sitzungszimmer reserviert hatte, und deshalb mussten Puppen her, die den Investoren eine gut geölte Maschinerie vorspielten. Also eine Handvoll gutaussehender arbeitsloser Männer und Frauen in den Zwanzigern, die sich in ihre schicksten Anzüge und Kostüme warfen, bei Hilliard Drake in den Büros herumstanden und für zwanzig Pfund pro Kopf und einen Lunch bei YO! Sushi geschäftig aussahen. Bei den Vorsprechen war M gern selbst dabei, weil er Naveens Vorstellungen von «gutaussehend» zu großzügig fand, aber diesmal hatte er mit der Vorbereitung auf das Deutsche-Bank-Meeting zu viel zu tun gehabt, um lüsterne Blicke auf Zwanzigjährige werfen zu können.

Um halb neun Uhr morgens marschierte der Aufzug junger Menschen ein und wurde angewiesen, sich an die Schreibtische zu setzen und Artikel aus der *Financial Times* abzutippen. Wenn sie mit einem Artikel fertig waren, sollten sie ihn ausdrucken und weitergeben, damit er erneut abgetippt wurde, und so fort, bis das Meeting vorüber war.

Im Sitzungszimmer kam das Tablett mit Gebäck auf den Tisch, glitzernde, glutenreiche Teilchen, ursprünglich aus

Frankreich und Dänemark, heute in aller Welt von Bäckereien mit französisch oder dänisch klingenden Namen produziert, neben kleinen Fläschchen mit Wasser aus einem See in der Schweiz, mit Kohlensäure versetzt und nach London eingeflogen. Die mit dem Logo von Hilliard Drake versehenen Kugelschreiber und Notizblöcke an jedem Platz kamen aus China.

Die Delegation der Deutschen Bank war pünktlich, zwei Herren (James Erdinger, Director of Finance and Risk Management, und Paul Grayson, Associate Director and Equity Researcher) und eine Dame (Pauline Mann, Executive Director Corporate Finance) trugen zurückhaltendes Grau und überreichten M beim Händeschütteln ihre Visitenkarten. Als sie sich gesetzt hatten, tauschten sie mit Naveen und Jane Visitenkarten aus. M versuchte, sich ein Bild von ihnen zu machen. Ihrer beeindruckenden Titel zum Trotz wirkten sie alle zu jung, um Zusagen machen zu können, für Absagen aber vielleicht erfahren genug. M legte die Karten nach der Sitzordnung vor sich aus, damit er die Namen zuordnen konnte. Das war eine seiner Methoden, potenziellen Investoren das Gefühl zu geben, dass sie ihm auch über ihr Geld hinaus wichtig waren. Jane hatte ihm den Trick verraten, sich in einem Notizbuch aufzuschreiben, was er bei einzelnen Meetings getragen hatte, damit er bei einem späteren Treffen nicht aus Versehen denselben Anzug und dieselbe Krawatte trug. M hatte sich Janes umfangreiche Tabelle angesehen, der auch zu entnehmen war, was sie gekocht hatte, wenn sie Freunde einlud, damit Rezepte und Outfits sich nicht doppelten; es gab sogar eine Spalte für bereits erzählte Witze oder Anekdoten. «Wenn man so ein Mensch wird, der immer wieder die gleichen Geschichten erzählt, und dann lächeln alle höflich und tun, als hätten sie das nicht schon tausendmal gehört, dann ist wirklich alles vorbei», hatte sie gesagt, als M und Naveen sie mit ihrer Tabelle aufzogen.

«Herzlich willkommen, vielen Dank, dass Sie sich die Zeit für diesen Besuch genommen haben. Wir finden die Aussicht, gemeinsam an dieser Karte arbeiten zu können, wirklich aufregend, und wir hoffen, dass es Ihnen genauso geht. Gleich werden Sie die Präsentation sehen, die wir vorbereitet haben, aber vorab noch ein paar Hintergrundinformationen. Sie wissen ja bestimmt, dass die Welt des islamischen Finanzwesens der einzige Teil des Finanzsystems war, der die Ereignisse des vergangenen Jahres unbeschadet überstanden hat, und immer mehr Finanzdienstleister erhoffen sich vom islamischen Finanzwesen einen warmen Regen. Natürlich verbietet das islamische Finanzwesen genau die Art von Profitorientierung, auf die wir hier aus sind, aber die Produkte islamischer Banken umgehen das Verbot des Zinswuchers durch feste Gebührensätze, und das ist halal; Zinsaufschläge wären es nicht. Das ist wirklich ein gigantischer Emerging Market, finanzkräftige Kunden am Golf wollen etwas mit ihrem Geld machen, und diese Karte kann ein wichtiger Schritt in diese Richtung sein.»

M sah seine Gesprächspartner abwechselnd direkt an, sodass sie nicht wegsehen und in Langeweile absinken konnten. Auf dem Telefon von Paul Greyson, dem Associate Director and Equity Researcher blinkte mehrmals die kleine rote Lampe, es gab also etwas, um das er sich kümmern musste; Paul warf gequält kurze Blicke auf den Bildschirm und versuchte, gleichzeitig höflich und aufmerksam zu sein und die Nachricht auf dem Telefon zu lesen.

James Erdinger dagegen schielte ständig nach Jane Tilly. Jane war zwar nicht M's erste Wahl für die Due Diligence gewesen, aber wenigstens eine weiße Person im Team zu haben, war eindeutig von Vorteil. Dass sie eine Frau war, kam eher ungelegen, wie man an James Erdingers Konzentrationsschwäche sehen konnte, aber sie war ein absoluter Profi und verhielt sich immer, als würde man ihr zuhören und sie nicht einfach nur anstarren.

M bat Naveen, die Zahlen vorzustellen, und als am Anschluss des Beamers an Naveens Laptop gewerkelt wurde, konzentrierten die beiden Männer von der Deutschen Bank sich plötzlich wieder. Aus irgendeinem Grund erkannte der Beamer Naveens Computer nicht, und jemand wurde aus der IT-Abteilung gerufen.

«Diese Teile machen nie, was man will», sagte M und schenkte den Bankern ein Lächeln. Seit ein paar Jahren dominierte das Verhältnis der Menschen zur Technologie den Smalltalk, nicht mehr das Wetter, und M hatte gelernt, dass es bei peinlichem Schweigen mitten im Gespräch kein unverfänglicheres Thema gab als das jüngste Ungemach mit Telefonen, Computern oder Webseiten.

Jemand aus dem zweiten Stock kam herauf, in der internationalen Schlabberuniform aller IT-Menschen. Naveen erklärte rasch das Problem («funktioniert nicht»), und der IT-Mensch beugte sich über den Laptop.

Den Laptop mit dem Beamer verbinden zu müssen, löste bei Naveen jedes Mal Ängste aus, oft bis hin zu Albträumen. Er fürchtete, anstelle seiner Kurven und Tabellen könnte ein Pornovideo erscheinen, und aus den Lautsprechern des Sitzungszimmers würde orgiastisches Stöhnen erklingen, oder er würde während der Präsentation schnell etwas googeln, und wenn er ein P ins Suchfeld eingab, würde es zu pornhub.com ergänzt. Er speicherte nie Videos auf seinem Arbeitslaptop, und wenn er auf Pornoseiten ging, aktivierte er den Privatmodus, aber er hatte Angst, postmasturbatorisch benebelt etwas zu übersehen und der ganzen Firma seine Surfgewohnheiten zu enthüllen.

Als der IT-Mensch die magische Tastenkombination demonstriert hatte, mit der man den Computerbildschirm im Beamer erscheinen lassen konnte - eine Tastenkombination, die alle im Raum in weniger als einer Minute wieder vergessen haben würden -, klickte Naveen sich vorsichtig durch die Modellierung des Worst-Case-Szenario und betete stumm, dass nichts auftauchen möge, was ihn der Lächerlichkeit preisgab.

«Sie sehen also, Gentlemen, selbst im von Naveen modellierten Worst-Case-Szenario ist die Investmentrendite ausreichend hoch; die Karte ist nämlich das, was es heutzutage eigentlich nicht mehr gibt: eine Investition ohne Risiko. Die Synergieeffekte, die sich mit weiteren Partnern erzielen lassen, sind quasi grenzenlos; wenn wir als Adressaten der 2,5 Prozent Zakāt ein paar bekannte Organisationen einbinden können, bedeutet das einen Nutzen für alle. Und nicht zuletzt sieht es auch nach außen hin gut aus, eine Finanzdienstleistung im Angebot zu haben, die so unmittelbar auch für Corporate Responsibility steht.»

Pauline Mann, Executive Director Corporate Finance (verdammt, hatte M gerade alle als «Gentlemen» angesprochen, ja, hatte er, oder?) notierte sich jede einzelne Zahl, die Naveen auf die Leinwand holte. War das ein gutes Zeichen?

«Wir können Ihnen die Tabellen natürlich mailen, nicht wahr, Naveen? Benjamin hat mir das gegengezeichnete Non-Disclosure-Agreement geschickt, da können wir sie Ihnen gleich im Anschluss schicken.»

«Natürlich», sagte Naveen und notierte sich etwas. «Das machen wir sofort.»

Pauline blickte von ihrem Notizblock auf, lächelte Naveen zu, nickte und schrieb dann weiter die Zahlen von der Leinwand ab.

Danach präsentierte Jane die mit dem Projekt verbundenen Risiken, womit es sich in etwa wie mit der Frage nach den schlechtesten Charaktereigenschaften bei einem Vorstellungsgespräch verhielt: Es ging nicht darum, tatsächliche Risiken vorzustellen, die Investoren nervös machen würden, sondern zu demonstrieren, dass man realistisch war, alles sorgfältig geprüft hatte und alle Risiken eigentlich Chancen bedeuteten. Und so war die eher zwielichtige Vergangenheit des Erfinders der Karte kein Thema; stattdessen konzentrierte Jane sich auf die Muttergesellschaft der Karte, die mit so vielen anderen erfolgreichen Projekten befasst sei, dass sie hierfür möglicherweise nicht über die nötige Manpower verfüge, aber natürlich habe der Verwaltungsrat längst Bereitschaft signalisiert, mehr Personal einzustellen, was bei den Gewinnen, die im letzten testierten Jahresbericht veröffentlicht worden waren, kein Problem darstellen dürfte.

«Uns ist klar, dass bei neuen Finanzprodukten ein Akzeptanzrisiko besteht, wir werden Muslime überzeugen müssen, ihre Karten von Visa und Mastercard abzulegen und stattdessen unser Produkt zu nutzen. Deshalb ist die Unterstützung der Deutschen Bank mit ihrem hervorragenden Ruf in der arabischen Welt so wichtig - das schafft das nötige Vertrauen, und dazu haben wir auch selbst ein paar Ideen, wie man Muslime überzeugen kann, dass die Karten, die sie derzeit nutzen, nicht - wie heißt das, M? Haram? Genau, nicht haram sind, also nicht glaubenskonform. Wir haben ein paar angesehene religiöse Persönlichkeiten an Bord, die Kreditkarten mit Vergnügen als Erfindung des bösen Westens brandmarken werden, die zu den zentralen Prinzipien des Islam im Widerspruch steht, um dann unsere Karte als mustergültige Alternative anzupreisen.»

Die drei von der Deutschen Bank nickten erst Jane und dann einander zu.

Zum Abschluss lieferte M eine kurze Zusammenfassung

und fragte, ob es noch Unklarheiten gebe, worauf James eine Frage stellte, für die Naveen schon zweimal die Antwort geliefert hatte, aber M wiederholte sie gern noch einmal. Pauline sagte, sie werde vielleicht noch ein paar Nachfragen an Naveen betreffs der Zahlen haben, aber die werde sie ihm per Mail stellen. «Ich melde mich noch heute», sagte sie, wobei sie sich weiter geschäftig Notizen machte. M sah, dass sie unter die brav abgeschriebenen Zahlenreihen einen Totenkopf mit gekreuzten Knochen und kleinen Blitzen gekritzelt hatte. Eine Kinderzeichnung, die von ihm selbst hätte stammen können, dachte er, und der Anblick lenkte ihn kurz ab. Unbehagliches Schweigen breitete sich aus.

«Sorry. Wo war ich gerade? Ja, Leute, ich glaube, das ist wirklich ein sehr besonderes Projekt. Bei den Finanzdienstleistungen sind wir damit ganz vorne dabei, und wenn Sie unsere Zahlen geprüft haben, werden Sie es unwiderstehlich finden, da bin ich mir sicher.»

Es wurde Zeit, das Meeting zu beenden. Die Gäste verabschiedeten sich, es wurde viel gelächelt, Zusicherungen wurden gemacht. M bedankte sich erst bei seinem Team und dann bei den versammelten Models, die im Hintergrund Geschäftigkeit gespielt hatten. Und das war's. Jetzt konnte er nur noch abwarten.

IX

Seine letzte Beförderung, die ihn endlich zu jemandem machte, der in den Augen der anderen bei Hilliard Drake eine Zukunft haben könnte, verdankte M einem Projekt, dessen Vorkämpfer er gewesen war; es ging um den Verkauf von Klimazertifikaten an internationale Ölkonzerne.

Großbritannien hatte eine Zertifikatslösung vorgeschlagen, die es Unternehmen erlaubte, Rechte auf CO_2-Emissionen von anderen zu erwerben, die ihre Emissionen dann entsprechend reduzieren würden. Der Energiebranche gefiel die Lösung, weil sie sich selbst jetzt in großen PR-Kampagnen als grün und ökofreundlich anpreisen konnte, ohne ihre realen Emissionen auch nur das kleinste bisschen zu reduzieren. Außerdem konnten Länder wie die USA, China und Großbritannien jetzt eine positive CO_2-Bilanz vorweisen und die Aufmerksamkeit auf die Länder mit den höchsten CO_2-Schulden lenken, zum Beispiel Belize, Papua-Neuguinea und Sambia.

In die letzteren drei Länder reiste M, spürte Gemeinden auf und gab ihnen tausend Dollar für die Unterschrift unter ein Dokument mit der Verpflichtung, ihre Wälder nicht abzuholzen, was sie in der Regel sowieso nicht vorhatten. Mit dieser Zusage erwarb er CO_2-Zertifikate, die er nun für viele hunderttausend Dollar an ExxonMobile, Shell und BP verkaufen konnte. Im Wesentlichen verkaufte er Luft, hatte er Tatjana erklärt, als die Boni, die auf seinem Bankkonto landeten, ihm erlaubten, sie auf Dates auszuführen. «Na gut», fügte er hinzu, «eher Versprechen. Ich verkaufe Versprechungen in Bezug auf Luft.»

Zwei Jahre lang ging das so, und M hatte die Forstnutzungsrechte an halb Sambia verkauft, als zweierlei das Geschäftsmodell an sein Ende brachte. Das Erste war ein Zwischenfall mit seinem Dolmetscher Abdrazak, der in der sambischen Stadt Chipata die Weiterarbeit verweigerte, solange er nicht an der Vergütung für die Einheimischen beteiligt wurde. Der Konflikt eskalierte und resultierte unter anderem in einer gebrochenen Rippe, einem gestohlenen Pass und einem demolierten Hotelzimmer.

M kehrte nicht wieder nach Chipata zurück, wollte sich aber in andere Regionen Sambias vorwagen, als das Zweite eintrat: Internationale Banken - HSBC, J.P. Morgan Chase, Barclays - boten ihren Firmenkunden die Möglichkeit zum Erwerb von CO_2-Zertifikaten an. Die großen Player hatten das Spiel für sich entdeckt, und damit war es ausgespielt. Und dann brach kurz darauf die Weltwirtschaft zusammen, und man betrachtete die Umwelt als Luxusproblem.

Als diese Einnahmequelle versiegt war, hatte M vielleicht einen Monat lang Angst um seinen Job. Er blieb im Büro, wenn alle anderen längst fort waren, damit die Produktivitätsüberwachung zeigte, wie hart er arbeitete.

Aber im Grunde war M klar, dass er jetzt, da das Getriebe der ganzen kapitalistischen Maschinerie in die Brüche ging, kaum ein neues gewinnbringendes Projekt finden würde. Also nahm er stattdessen sein Erspartes und bezahlte eine PR-Agentur dafür, ein Porträt von sich selbst als integralem Bestandteil von Hilliard Drake zu schreiben. Als es in der *Financial Times* erschien, ließ Allencourt ihn zu sich ins Büro rufen und gratulierte ihm. «Wir haben natürlich befürchtet, uns von Ihnen trennen zu müssen, aber das, das beweist Mumm, mein Sohn.»

Und so blieb er bei Hilliard Drake, weil es zu peinlich gewesen wäre, ihn zu feuern, nachdem er öffentlich hochgejubelt worden war. Jane, die sich für den Fall seiner Entlassung schon nach einer neuen Stelle umgesehen hatte, weil in der Regel das ganze Team mit entlassen wurde, erklärte M's Schachzug zum Wunder. «Das kam Brot und Fischen schon recht nahe, was dir da gelungen ist.»

«Das bin eben ich», hatte M gesagt und sich wieder an den Schreibtisch gesetzt, im Bewusstsein, dass seine Stellung in der Firma nach vielen Monaten zum ersten Mal gesichert war. Wenn auch nur für kurze Zeit. «Der Wunderknabe.»

X

Im Bahnhof London Bridge drängten sich Männer und Frauen, die Blicke hoffnungsvoll himmelwärts gerichtet. Auf der Tafel über ihnen erschien die Bahnsteiganzeige immer erst ein paar Minuten vor der Abfahrt, was alle zwang, zu warten und sich ganz auf die über ihnen flackernden Ziffern zu konzentrieren. Abfahrt nach Brighton 18:02, Bahnsteig 12. Der Befehl setzte einen Trupp Menschen in Bewegung, der nun wieder eine Aufgabe hatte: in den zwei Minuten bis zur Abfahrt auf den Bahnsteig zu gelangen. Sie drängten sich durch den Rest und hielten ihre Zugangskarten bereit. Entschuldigung, Entschuldigung. Die Klappen der Anzeigetafel klapperten, ratterten und rüttelten sie durch. Jetzt ging es nach Sevenoaks, Bahnsteig 9.

M wartete auf Trevor Jones, Structured Trade & Export Finance bei UBS, und hatte noch Zeit, und in seiner Gelassenheit war er nicht im Takt mit den anderen, die alle ein Ziel hatten und Termine einhalten mussten. Er wurde beim Herumschlendern angerempelt und beschimpft und verstand die Flüche immer erst, wenn die Fluchenden zu weit weg waren, um noch reagieren zu können. Schließlich ging er in den kleinen Bahnhofspub und gesellte sich zu den Menschen, die ein bisschen leere Zeit absitzen mussten.

Der Fußboden des Pubs war klebrig, und in der Luft hing ein Geruch nach schalem Bier, gemischt mit einem Hauch Urin. In einer Ecke hing ein Mann vor einem klimpernden und blinkenden Spielautomaten. M wühlte in den Hosentaschen unter Quittungen, Kaugummi und Fusseln nach ein paar Pfund für ein Bier.

«Ein Doom Bar bitte.»

Der Barkeeper, ein ruppiger, kahlköpfiger Mann, der ein tadelloses Pint zapfte, nahm M die Münzen ab, gab ihm Wechselgeld und wandte sich wieder dem Fußballspiel zu, das stumm auf dem Fernseher unter der Decke lief.

«Das Spiel war gestern, oder?», fragte M, der genug von Fußball verstand, um zu wissen, dass dieses Spiel schon gelaufen war.

«Jupp», sagte der Barkeeper und schnitt damit jede Unterhaltung ab, die M hätte anfangen können.

M warf einen Blick aufs Telefon: Noch vier Minuten bis Jones eintreffen sollte, vielleicht mit «Zeit für einen schnellen Kaffee» vor dem Zug nach Hause. Die Deutsche Bank hatte durchblicken lassen, es wäre am besten, für den Deal ein Investorenkonsortium aufzubauen. «Wir übernehmen gern die Führung, aber wir brauchen noch ein, zwei weitere Banken an Bord, bevor es weitergeht», hatte die letzte Mail gelautet, worauf M wieder seine Visitenkartensammlung hatte durchgehen und eine neue Runde unangenehmer Anrufe hatte tätigen müssen. Jones hatte er gequält, bis dieser in seinem Terminkalender Zeit für dieses schnelle Treffen freigeräumt hatte. Wenn man in Betracht zog, dass sie sich zuletzt bei den Feierlichkeiten zum Abschluss des Emirates-Deals im Spearmint Rhino an der Tottenham Road getroffen hatten, wo Jones Tausende Pfund für Champagner, Koks und Lapdances ausgegeben hatte, bis er am Ende einer Tänzerin die Plateau-Hacken vollkotzte und M ihn nach Hause bringen musste, war das das Mindeste, was Jones tun konnte, das kleine Arschloch. Natürlich erinnerte M ihn nicht explizit an diese Nacht und ging davon aus, dass sie Jones von selbst wieder einfiel und er dieser Bitte um ein Meeting nachkommen würde, ohne dass M deutlich werden musste.

«Haben Sie Chips?»

«Zwiebel-Käse oder Salz-Essig?»

Den Barkeeper, der sich ungestört ein Spiel ansehen wollte, dessen Ausgang er bestimmt schon kannte, schien seine Geschwätzigkeit wirklich zu nerven. M entschied sich für Salz-Essig, wieder wechselte Kleingeld den Besitzer, und M setzte sich an einen klebrigen kleinen Tisch zwischen der Tür und dem frenetisch blinkenden Spielautomaten. Er ging sicher, dass sein Telefon nicht stumm geschaltet war und mit dem Bildschirm nach oben lag, damit er nichts verpasste, und holte die aktuelle *Financial Times* aus der Aktentasche.

«Aus dem vertikalen Markt sind wir ganz raus. Wir konzentrieren uns ganz auf den horizontalen Markt», sagte ein Mann, der am Tisch gegenüber Guinness trank. Die Hände lagen ausgestreckt mit den Handflächen nach oben vor ihm, als wollte er mit seinem Gesprächspartner Händchen halten. Die Körperhaltung drückte Verzweiflung aus, während in seinen Worten der Zukunftsoptimismus widerklang, in den alle Unternehmen in der City sich unter Androhung der plötzlichen Auslöschung geflüchtet hatten: Wenn nur alle positiv über die Wirtschaft dachten und wirklich glaubten, dass alles gut gehen würde, dann würde es auch gut gehen. Der Markt war schließlich nichts anderes als ein Spiegel unserer Hoffnungen und Ängste.

«Wir haben unsere Produkte besser auf die Bedürfnisse der Emerging Markets abgestimmt. Da sehen wir die Wachstumschancen, da wollen wir ganz vorne dran sein.» Das war der andere, ihm gegenüber, die Arme fest vor der Brust verschlossen, vor sich ein Glas Weißwein. Beide verkauften, keiner von ihnen kaufte. Der Guinness-Trinker nahm einen Schluck aus seinem Glas, an dem der Bierdeckel klebte. «Streamlining ist ganz entscheidend, da sind wir uns einig. Das ist wirklich unsere Kernkompetenz. Ich schicke Ihnen ein paar unserer Analysen, die können Ihre Leute in Ruhe durchgehen. Und dazu unsere Marktdaten für Luanda. Das ist wirklich die Zukunft.»

Der Bierdeckel klatschte zurück auf die Tischplatte.

M versuchte, sich auf einen Artikel über US-Staatsanleihen zu konzentrieren, merkte aber, wie er immer wieder auf den Bildschirm sah, um ja keine SMS von Trevor Jones zu verpassen, und so kam er nicht über den ersten Absatz hinaus.

«Besuchen Sie uns doch mal, ich gebe Ihnen gern eine Führung.» - «Ja, gerne, oder Sie kommen zu uns. Unser Kaffee ist der beste.» - «Also, unser Cappuccino ist hervorragend.» - «Außerdem sind wir gleich gegenüber vom Ivy. Da können wir auf Spesen lunchen.» - «Lassen Sie uns das bald festmachen.» - «Setze ich schon mal auf die Agenda.»

In der Krise war offensichtlich geworden, dass all das, was sie zu Paketen schnürten und einander verkauften, nicht wirklich nötig war. Sicher, wenn es den Märkten gut ging, konnte man mit diesen Produkten noch mehr Geld verdienen, aber wenn niemand mehr Geld übrig hatte, wurde ihre Überflüssigkeit offenbar. Die Welt brauchte nicht noch eine Single-Premium Investment-Linked Insurance Policy, und auch keine obskure Collateralised Debt Obligation.

Sein Telefon klingelte.

«Hi, Trevor?»

«Trevor? Was ist das denn? Erkennst du die Nummer deiner eigenen Mutter nicht mehr?»

Er war im Reflex rangegangen, ohne auf den Bildschirm zu schauen. Was immer sie wollte, er hatte keine Zeit dafür.

«Hi, Mum, wie geht's?»

«Ach, weißt du. Das Alter und seine tausend Wehwehchen.»

M nahm einen Schluck von seinem Bier. Warum konnte

sie nicht einfach «gut» sagen, warum konnte sie nicht so tun, als würde es ihr gut gehen?

«Kak Ali ist gestorben, Gott vergib ihm.»

«Wer?»

«Der Bruder deines Vaters!»

Er konnte sich nur an eine einzige Begegnung mit seinem Onkel erinnern, als sie zur Beerdigung seines Vaters nach Kurdistan gereist waren, und wusste nicht genau, was er jetzt Passendes sagen konnte. Dass Kurdinnen im Allgemeinen und seine Mutter im Besonderen ihre Trauerbekundungen gern melodramatisch übertrieben, war ihm klar, aber keiner der Standardsätze fiel ihm ein. Etwas mit Seele und Märtyrertum vielleicht?

«Das tut mir sehr leid, war das ganz plötzlich?»

«Auf meinem Facebook findest du einen Trauer-Post. Du solltest einen Kommentar schreiben. Du bist Rafiqs Ältester, da gehört sich das so.»

«Klar», sagte er. Er hatte keine Kraft, sich mit ihr zu streiten.

«Hast du mit deinem Bruder gesprochen?»

M rollte mit den Augen. Von Kindheit an hatten seine Eltern ihn gedrängt, sich um Laika zu kümmern, ihm zu zeigen, wo es langging. «Ich fürchte, für diese harte Stadt fehlt ihm einfach etwas», hatte Rafiq einmal zu M gesagt. «Du musst dich seiner annehmen. Man muss ihm den Weg weisen.» Warum ihr Vater das nicht übernehmen konnte, blieb ein Rätsel. Xezal lieferte wenigstens ein belastbares Argument: «Dein Vater nimmt sich nicht die Zeit, um ihm zu zeigen, wie man ein Mann wird. Ich fürchte, Laika wird auf seinem Zimmer versauern, ohne Antrieb, ohne Ziel.»

«Hama, kannst du mich hören?»

«Ja, Mutter. Ich habe ihm zum Geburtstag eine Mail geschickt.»

«Immer diese Mails. Wenn es nach euch geht, heiratet ihr irgendwann auch noch per Mail.»

M warf einen Blick auf die Uhr. Jones war jetzt fünfzehn Minuten zu spät.

«Ich würde ja gern weiterreden, Mum aber ich bin gerade in einem Meeting, also ...»

«Er vermisst dich. Laika vermisst dich so sehr, das sagt er mir immer wieder.»

«Na, dann rufen wir ihn zusammen an, wenn du hier bist.»

«Das ist noch eine Woche hin. Kannst du nicht vorher mit ihm reden?»

«Also gut, sag ihm, er soll mich anrufen, Mum. Er hat ja alle zehn Minuten eine neue Nummer. Ich habe meine Nummer Jahre nicht geändert.»

«Ich sage Siver, sie soll dir seine Nummer schicken.»

M seufzte. «Na gut. Sie kann mir eine SMS mit seiner Nummer schicken. Ich muss jetzt wirklich auflegen.»

«Sicher, sicher. Entschuldige, dass ich dich gestört habe.»

«Du hast mich nicht gestört, Mutter, ich sitze nur gerade in einem Meeting.»

«Ach! Möge Gott über dich wachen.»

«Äh. Danke. Gleichfalls.»

M legte auf und sah rasch nach, ob er während seines Gesprächs mit Xezal Sprachnachrichten bekommen hatte. Nichts. Er rief Trevor Jones an, bekam aber keine Verbindung. Vielleicht war er in der Underground.

«Noch ein Bier, bitte.»

Was ihn störte, war nicht so sehr, dass seine Eltern Verantwortung auf ihm abluden; schließlich hatte Siver weiß Gott jahrzehntelang bei ihnen zu Hause alle Rechnungen regeln und Anrufe entgegennehmen müssen, und sie hatte sich nie beklagt. (Na gut, sobald sie einen Ausweg gesehen hatte, war sie abgehauen und in ein veritables Kriegsgebiet geflohen, ja, das schon.) Es war mehr das Gefühl, dass sein kleiner Bruder ihn aus irgendeinem Grund nicht mochte, dass Laika ihn einfach verächtlich anblickte, wann immer M versuchte zu tun, was seine Eltern von ihm verlangt hatten, als wäre es unter Laikas Würde, sein Zimmer aufzuräumen und auch nur einmal ein wenig Ordnung zu halten. Seit Laika nach New York gegangen war, hatte er kaum noch mit ihm gesprochen, und obwohl er es auf den Zeitunterschied schob, war er im Grunde erleichtert, dass er nicht länger Besorgnis vortäuschen musste. Wenn sein Bruder den Menschen in seinem Leben keine Zuwendung geben wollte, war das sein Problem.

Sein Telefon brummte. Siver.

mum ist superweird

sie hat gerade angerufen und mich angebrüllt ich solle dir laikas nummer schicken weißt du was da los ist?

xx

Da er das Telefon schon in der Hand hatte, wollte er wenigstens eines der Versprechen halten, die seine Mutter ihm abgerungen hatte. Er öffnete die Facebook-App und gab den Namen seiner Mutter ein, wobei er verschiedene Variationen testete, weil er immer vergaß, wie sie ihren Namen für die App transliteriert hatte. Khajal, da war sie. Ihr Profilbild war ein Tulpenstrauß (bei kurdischen Frauen waren es offenbar immer Blumen, bei Männern Berge; nur wer politisch aktiv war, zeigte das eigene Gesicht und den Körper). Er kopierte den Text aus dem Trauer-Post in Google-Translate, obwohl er wusste, wie schlecht die Übersetzungen aus dem Kurdischen waren, aber so konnte er sich wenigstens sicher sein, dass er seine Beileidsbekundung unter den Nachruf auf Ali schrieb und nicht unter, sagen wir, einen Rant seiner Mutter über eine ihrer Telenovelas.

> Mit großer Trauer höre ich vom Tod eines lieben Herrn Ali Hardi Kermanj, der den Tod der Zigarette empfing. Wir teilen unser Mitgefühl und unsere Trauer. Diese Nachricht schockierte wirklich mein ganzes Herz, denn Herr Ali verfügte über viel Erfahrung. Für unser Gemeindetreffen baute er in Sulaymaniyah eine Marxi-Leinen-Gemeinschaft auf. Herrn Alis Arbeit, Kampf und Kampf sind weitreichend. Möge er alle seine Träume im Namen verwirklichen bringen alle Rechte unseres Volkes, möge seine Seele in Frieden ruhen und möge Gott erfüllen Herr Ali Ehefrau und alle Angehörigen der verstorbenen Familie mit Paradies.

Unter Xezals Post hatten Menschen, vermutlich Verwandte, Fotos von Ali gestellt, mit einer schwarzen Linie quer über eine der oberen Ecken. Ali auf Plastikstühlen in verschiedenen Gärten oder stehend vor einem seiner vielen Autos. Sein Onkel war in Kurdistan zu beträchtlichem Wohlstand gekommen und hatte den größten Auto-Import der Stadt besessen. Auf ihrer Reise in die alte Heimat für Rafiqs Beerdigung war M überrascht gewesen, wie lukrativ das Geschäft zu sein schien, und Ali hatte bündelweise Geld an M und dessen Geschwister verteilt. M hatte nie begriffen, warum Rafiq darauf bestanden hatte, seiner Familie in Kurdistan Geld zu schicken, das sie offensichtlich nicht brauchte.

Ruhe in Frieden. Er war ein großer Mann, gab er in das kleine Kästchen der App ein und tippte auf Senden.

Er trank sein zweites Bier aus. Jones war jetzt zweiundvierzig Minuten zu spät.

M wartete weiter.

XI

Nach der letzten vorsichtig formulierten Mail - *Wir melden uns, sobald wir ein Update haben* - war die Deutsche Bank in Schweigen verfallen. In M's Team hatten sie irgendwann keine Lust mehr, so zu tun, als würden sie nicht merken, dass er nur noch auf das Outlook-Icon starrte, und stießen ihn mit der Nase darauf, damit er vor Scham damit aufhörte. «Na gut, ich bin dann mal weg, sag Bescheid, wenn du im Nirwana angekommen bist, oder was auch immer du da erreichen willst», stichelte Jane im Gehen, während Naveen ihm Hindu-Redensarten nahebrachte. «Dein guter Ruf, den du an eine Betelnuss verloren hast, kommt nicht wieder, auch wenn du einen Elefanten opferst», sagte er und nickte weise.

«Naveen! Was ist denn bitte eine Betelnuss?»

«Etwas, das man in Indien kaut. Man macht Pan Masala daraus. Wie Tabak.»

«Und das soll etwas mit der Deutschen Bank zu tun haben?»

«Genau.» Naveen lächelte, legte M eine Hand auf die Schulter und ließ ihn dann den Rest des Abends weiter den Monitor anstarren.

Weiter hinten im Büro trug Chamberlain Charlie auf, ein paar Flaschen Champagner zu besorgen, um später den Abschluss des Social-Club-Deals zu feiern. «Gleich kaltstellen, es kann jederzeit so weit sein.»

M ging nach Hause, den Blick aufs Smartphone gerichtet, und lief in Menschen und Poller hinein. Antwortet schon, ihr Schweine. Beantwortet einfach meine scheiß Mails.

Er entledigte sich des Anzugs und der Krawatte, immer mit dem Blick auf das gläserne Rechteck des Telefons, quälte sich aus dem Hemd mit dem von der City of London geschwärzten Kragen. Eine Benachrichtigung. Re: Deutsche Bank; Absender: Jane Tilly. Die Hose hing M um die Knöchel, er watschelte ans Bett und wischte über die Nachricht. Bittebittebitte.

Falls du noch immer auf Antwort wartest … hier ein tröstliches Pic von zwei Ottern, die Händchen halten.

Wütend schüttelte er die Hose ab und schleuderte sie mit dem Fuß an die Wand wie die Slime-Hände, von denen er als Kind besessen gewesen war. Er würde ein ernstes Gespräch über Professionalität mit ihr führen müssen, dachte er auf dem Weg ins Wohnzimmer.

Noch zwei Wochen bis zur Verwaltungsratssitzung.

Zwei Wochen, und er hatte nichts vorzuweisen. Chamberlain war im Locanda Locatelli auf der Jagd nach Unterschriften und ließ Charlie dafür sorgen, dass sein Belle Epoque genau auf die von ihm gewünschte Temperatur gekühlt war, während M in Unterhosen zu Hause saß und seine Mitarbeiterin dafür verfluchte, dass sie ihm Otterpics schickte.

Nicht eine, nicht zwei, sondern drei kriecherische Mails hatte er der Deutschen Bank geschrieben. Er wusste natürlich, was ihr Schweigen bedeutete, aber er war verzweifelt. Dies war nicht der Augenblick für Selbstachtung.

Er checkte wieder das Telefon, obwohl er genau wusste, dass eine Benachrichtigung eingehen würde, sobald eine Mail kam. Aber vielleicht war die Mail ja im Spamordner gelandet. (Das war der Vorwand für seine letzte Mail gewesen: *Sorry, ich schicke das nochmal, habe eben gemerkt, dass unsere Server gestern down waren und nicht alle Mails korrekt verschickt worden sind.*) Der Spamordner war leer. Er warf das Telefon hin und setzte Nudelwasser auf. Keine Locanda-Locatelli-Pasta, Tescos Tagliatelle mit Fertigsauce mussten reichen. Mehr verdiente er nicht, wenn er kein einziges verdammtes Projekt auf die Reihe kriegte.

Er ging auf LoveFilm und suchte sich etwas, das er beim Essen anschauen konnte (wobei er regelmäßig schon beim Vorspann mit dem Essen fertig war), vielleicht eine Kochshow, von der er irgendwie schon drei Staffeln geguckt hatte, eine der zahllosen Sendungen, in denen millionenschwere Köche ihre Lehrlinge anbrüllten, weil sie keine Jakobsmuscheln braten konnten.

Sicher konnte er nur sagen, dass erst einmal alles auf Eis lag. Sie wollten sich wieder melden, was sich sehr wohl als Zeichen dafür lesen ließ, dass sie es nie tun würden. Und Shahab Al-Shafiqque, der Erfinder der Islamic Credit Card, würde ihn weiter regelmäßig anrufen und ein Update wollen. Glaubte er wirklich, M würde seine Anrufe ignorieren, wenn die Finanzierung der Karte schon gesichert war? Das Mandat von Al-Shafiqque garantierte Hilliard Drake Exklusivität für drei Monate, also war noch Zeit genug, das Geld aufzutreiben, selbst wenn er den Abschluss nicht vor der Verwaltungsratssitzung schaffte. Aber die meisten Banken hatten M abgesagt, und bei den verbliebenen hatte er keine Kontakte. Er hatte Jane Kaltakquise bei ein paar islamischen Banken mit Zweigstellen in London aufgetragen, und sie war abserviert worden. Er hätte wirklich einen Mann mit diesen Anrufen beauftragen sollen, aber Naveen hatte einen starken indischen Akzent, und wenn es etwas gab, das Männer aus Nahost mehr hassten als Frauen, dann waren es andere nichtwestliche Männer. Er könnte natürlich selbst anrufen, dachte er. Ja, er würde sich ans Telefon hängen.

Schließlich beschloss er, einen hirnlosen Film zu Ende zu

gucken, den er gestern angefangen hatte. Auf seinem Bildschirm erschien die Nachricht:

DER MIETZEITRAUM FÜR DIESEN FILM IST ABGELAUFEN. MÖCHTEN SIE IHN VERLÄNGERN? £2,99

M schaltete den Fernseher aus.

Eine Nachricht von seiner Mutter. *Hast du Laika angerufen?*

Gut, er würde sich bei seinem Bruder melden. Er wählte die Nummer, die seine Schwester ihm geschickt hatte.

Der Teilnehmer ist zurzeit nicht erreichbar.

Dann kann er mich mal. M sah auf die Uhr. Zum Zubettgehen war es zu früh, zum Ausgehen zu spät. In einer Stunde war in Japan Börsenbeginn, er konnte das Auf und Ab des NIKKEI in Echtzeit verfolgen und so tun, als wäre es ihm wichtig.

XII

Die allwöchentlichen Afterwork-Drinks im Counting House, einer Bank, die in einen edlen Absturz-Pub für City Boys verwandelt worden war, fanden in Wahrheit eher alle zwei Monate statt, weil immer erst jemand aus den oberen Etagen mit dabei sein musste, bevor der Rest von Hilliard Drake alle Pläne mit Freunden und Familie über den Haufen warf und sich auf den Weg machte. Wenn sie sich dann wirklich zusammenfanden, hieß es immer, wie toll es doch sei, nach einer langen harten Woche einfach mal ein Bier zu trinken, Dampf abzulassen und ein bisschen zu quatschen. Es müsse ja nicht immer um die Arbeit gehen, hieß es dann, und man ließ die Gläser klingen.

Zur Happy Hour gab es im Counting House drei Biere vom Fass, den Hauswein und den Prosecco billiger. Cocktails gab es zum vollen Preis, und wer einen bestellte, bekam das Missfallen der Barleute zu spüren und tat es nie wieder. Da gerade alle *Mad Men* guckten, hatten die Anzug tragenden Banker angefangen, einen Old Fashioned zu ordern, wo immer sie waren, die nervigste neue Cocktail-Welle, seit *Sex and the City* eingestellt worden war und endlich niemand mehr einen Cosmopolitan wollte. «Wir haben Happy Hour, Kumpel», sagten die Barkeeper hinter dem Tresen des Counting House, wenn jemand etwas bestellte, das sie zu kompliziert fanden. «Trink ein Bier oder komm nach sieben wieder.»

Die Sitzordnung der Hilliard-Drake-Leute war immer die gleiche: Eine Gruppe länger Beschäftigter, die auf Beförderung aus waren, platzierte sich so nah wie möglich an den VIPs, lachte über jeden ihrer Witze und gab die eine oder andere Anekdote zum Besten, die Allgemeinbildung demonstrierte. An den angrenzenden Tischen redeten die Junioren über ihre Fernsehserien und peinliche Situationen beim Sex, bis sie in Hörweite eines Ranghöheren kamen, worauf sie auf Internal Rates of Return und Lucy Kellaways jüngste Kolumne in der *FT* umstiegen.

Irgendwann war dann fast unweigerlich einer betrunken genug, mit seiner Uhr anzugeben und beiläufig zu erwähnen, wie hoch der Rabatt beim Kauf gewesen sei, um dann fast ebenso beiläufig Charlie zu fragen, was ihr Freund verdiente. Dieser Freund arbeitete, wie ganz Hilliard Drake wusste, als Krankenpfleger, und sein Jahresverdienst lag wahrscheinlich unter dem Preis des beiläufig zur Schau gestellten Chronometers eines Hilliard-Drake-Angestellten aus dem mittleren Management. Bei der ständigen Demütigung von Charlies Freund, dem niemand bei Hilliard Drake je begegnet war, ging es eigentlich darum, Charlie zu verführen. Dass es, soweit im Büro bekannt, niemandem je gelungen war, sie zu ficken, machte die sexuelle Belästigung nur umso krasser. «Fragst du dich nie, wie ein Schwanz aus Geld sich wohl anfühlt?», sagte dann jemand mit übertriebenem Augenaufschlag. «Proletenschwänze sind ja gut und schön, aber man muss hoch hinauswollen, weißt du. Hoch hinaus.»

Bei Hilliard Drake gab es Gerede über Charlies Brustvergrößerung (die nicht belegt war), und nach ausreichend Bier fragte garantiert jemand danach, was zu einem Augenrollen oder einer Ohrfeige führte, je nach Stimmung. Wenn einer sie, was selten vorkam, antatschte, kippte sie ihm den Rest ihres Radlers ins Gesicht, und am Freitagmorgen darauf taten alle, als wäre nichts geschehen.

Jane war nur selten dabei, selbst wenn die VIPs mitkamen. Sie war mit ihrem Job zufrieden und hatte nicht vor, aufzusteigen, um scheißlangweiliges Zeug zu machen, wie sie Naveen einmal erklärt hatte. Sie war Due Diligence Officer, und sie war es gern. Außerdem hatte sie eine Tochter und einen Mann, dem man, wie ihre gelegentlichen Wutausbrüche nach einem Trommelfeuer panischer Anrufe deutlich machten, nicht einmal die einfachsten Aufgaben anvertrauen konnte, weshalb Janes Mutter auf die Kleine aufpassen musste, wenn Jane auf Geschäftsreise ging. «Wenn ich abends ausgehe, kriegt mein Kind bestenfalls ein Butterbrot», hatte sie einmal erwidert, als M ihr gesagt hatte, Allencourt komme mit ins Counting House, das dürfe sie nicht verpassen.

Wenn sie dann doch einmal dabei war, herrschte im Pub eine völlig andere Stimmung. Plötzlich waren die Männer verunsichert und wussten nicht mehr, ob sie weiter Charlie fröhlich sexuell belästigen oder auf Jane umschwenken sollten. «Man spürt doch, wie versaut die ist, die weiß, was man mit einem Schwanz anfängt, oder?», wie John es M gegenüber einmal beredt ausgedrückt hatte.

Im Büro sprach Jane mit anderen nur, wenn es unbedingt sein musste, was ihr zusätzlich zum guten Aussehen den Ruf der Unnahbarkeit verlieh. «Wie kannst du mit der arbeiten?», hatte Chamberlain M einmal gefragt. «Ich kann mich nicht mehr konzentrieren, wenn ich sie nur ansehe.» M hatte die Achseln gezuckt: Ja, er fand Jane attraktiv, aber er war auch an sie gewöhnt, und Gewöhnung höhlte die Schönheit anderer Menschen relativ schnell aus.

Naveen trank nicht mehr, und zwar weil er seinem Vater an dessen Sterbebett versprochen hatte, es nie mehr zu tun (das hatte er bei Hilliard Drake, wo alle einfach glaubten, er habe religiöse Gründe, nie jemandem erzählt). Stattdessen fand er andere Ausdrucksweisen von Zügellosigkeit, um zu beweisen, dass er auch ohne Alkohol cool war. Gary aus der IT-Abteilung hatte er erzählt, wie seinem Vater einmal

Ghandis Sperma angeboten worden sei. «Alle Investoren in Indien bekamen dieses Angebot. Jemand hatte eine Ampulle, deren Inhalt allgemein für Ghandis … Samen gehalten wurde. Angeblich würde man damit in ein paar Jahren einen neuen Ghandi klonen können. Das wurde tatsächlich auf höchster Ebene erwogen, bis die Regierung einschritt und erklärte, wenn man den Samen tatsächlich nutzen würde, um jemanden zu schwängern, würde diese Frau von der Regierung für gut befunden werden müssen, aber auf die Kriterien für das Gefäß eines Ghandi-Klons konnte man sich dann nicht einigen. Niemand weiß, was aus der Ampulle geworden ist. Wahrscheinlich hat sie noch jemand, ein Kunstsammler vielleicht.»

«Ah ja», sagte Gary und nahm einen Schluck Ale. Er kannte die Geschichte schon, wollte aber Naveen (der technisch gesehen über ihm stand) nicht bloßstellen. Weil er keine Nachfragen stellte, breitete sich ein peinliches Schweigen aus, und Naveen wünschte, er würde noch trinken. «Und bei dir so?», fragte Naveen schließlich. «Ach, alles wie immer», antwortete Gary und suchte mit Blicken an der Bar nach einer anderen Unterhaltung, an der er sich beteiligen könnte. Naveen, der wusste, dass er allein zurückbleiben würde, wenn Gary ging, und man ihn für einen Kollegen halten würde, mit dem niemand reden wollte, versuchte verzweifelt, das Gespräch in Gang zu halten. «Ach komm, irgendwas gibt es doch immer zu erzählen.»

Gary, vielleicht vom vierten Bier des Abends enthemmt, zuckte die Achseln. Konnte er das Naveen erzählen? Er wirkte ganz vertrauenswürdig. Außerdem, wem sollte Naveen es schon weitersagen?

«Na ja, höchstens das. Es ist schon Jahre her, ich war gerade achtzehn oder so, als wir frisch zusammen waren, Jennifer und ich. Ihre Tochter Lara fing gerade an zu laufen.

Ich war im Wohnzimmer, fernsehen, hab meinen Kaffee getrunken, und mein Bademantel - Jennifers Bademantel eigentlich - stand offen, und darunter war ich nackt. Keine Boxershorts, nichts. Das war ganz am Anfang, Dauersex, also waren wir morgens nackt, egal, was wir getragen hatten, als wir abends ins Bett gingen. An dem Morgen war Jennifer als Erste in der Dusche, und ich habe Nachrichten geguckt, etwas über den Balkan, ich weiß noch, Clinton hatte gerade Bomben auf die chinesische Botschaft geworfen, weil er veraltete Karten hatte. War das Clinton?

Egal, da kommt jedenfalls Lara rein. Sie war fast zwei und watschelt wie Godzilla herum. Und wie das so geht, habe ich noch leichte Reste von meiner Morgenlatte, nicht dass Bomben auf Chinesen mich hart machen würden, aber es war noch früh, und ja, ich hatte einen Ständer. Und als sie reinkommt, denke ich nicht dran, mich zu bedecken, weil, weiß auch nicht, das ist ein bisschen wie bei einem Haustier, wenn du nackt bist: Klar, du fühlst dich beobachtet, aber ist ja nicht so schlimm. Ich dachte einfach nicht, dass dieses Kind das gleiche Universum bewohnt wie mein Ständer, ja? Aber Lara, was macht die, die watschelt auf mich zu und packt meinen Schwanz und drückt ihn ein bisschen und macht ‹bopp bobb›, und ich springe auf und schrecke sofort zurück, aber was soll ich denn machen? Sie anschreien? Wofür? Also, als sie wieder ‹bopp bobb› sagt, fällt mir nichts anderes ein, als auch ‹bopp bobb› zu sagen, während ich Jennifers Bademantel zuziehe.

Aber dann hat Lara noch monatelang immer, wenn sie mich gesehen hat, ‹bopp bobb› gesagt und dabei diese kleine Geste gemacht, mit der sie zugedrückt hat, und ich ekle mich total vor mir selbst und bin völlig entsetzt. Ich meine, was, wenn sie sich später daran erinnert? Was, wenn sie sich erinnert, wie sie meinen Penis berührt hat, oder, schlimmer noch, es falsch erinnert und Jennifer erzählt, ich hätte sie belästigt? Also weiche ich ihr von da an aus. Das Mädchen ist jetzt fast fünfzehn, und ich kann immer noch nicht mit ihr in einem Zimmer sein. Ich kann nur über das banalste Zeug mit ihr reden, weil, es ist da, irgendwo in ihr, das, was da passiert ist. Und das Schlimmste ist, Jennifer dachte, diese Geste sei ein Winken, und das bopp bobb bedeute Papa, dass ihr Kind mich für seinen Dad hält, ja, und später hat sie mir erzählt, Jennifer meine ich, sie habe gewusst, dass es richtig ist, eine Beziehung zu versuchen, als sie gesehen hat, wie ihre Tochter an mir hängt. Also. Was soll ich da ... was macht man mit sowas?»

Naveen blinzelte. Er hatte keine Ahnung, wie man auf so eine Geschichte angemessen reagieren sollte. «Das ist ...», setzte er an, als würde es schon genügen, ein Geräusch zu machen.

«Nein, tut mir leid, Alter, ich hab zu viel getrunken, ich sollte dich nicht mit sowas zuschwallen ...»

«Nein, nein, ist schon okay, ich bin froh, dass du mir das erzählt hast», sagte er, und ihm fiel auf, dass das eine merkwürdige Reaktion war, bei dem, worum es hier ging.

«Naveen!» Chamberlains Stimme dröhnte quer durch den Pub. Naveen sagte ein stilles Dankgebet.

Chamberlain kam zu Naveen geschlendert und legte ihm den Arm um die Schultern, rotwangig vom Wein und guten Nachrichten.

«Hast du Mo gesehen?»

«Äh, der war eben noch hier.»

«Klar, klar. Und, wie läuft es mit der Islamischen Kreditkarte, mein Freund? Weil, ich habe von meinen Leuten gerade einen Anruf bekommen, dass sie nächste Woche unterschreiben wollen.»

«Oh. Glückwunsch», sagte Naveen und fragte sich plötzlich, ob er sich nicht lieber weiter Garys bedrückende Geschichte angehört hätte.

«Scheiße, wir sind einfach los und haben die Sache eingetütet! Hier, Kumpel, komm schon, wir trinken drauf! Mo, Mo, komm rüber, die Runde geht auf mich!»

M gab seinen Versuch auf, den Barmann auf sich aufmerksam zu machen, holte sein Telefon heraus und tat, als hätte er Chamberlain nicht gehört. Und da, als er gerade so tat, als würde er einen Anruf erhalten, sah er, dass er zwei Anrufe verpasst hatte, von einer Nummer, die er nicht kannte. Noch bevor er zurückrufen konnte, klingelte es wieder. Dieselbe Nummer.

Konnte das die Deutsche Bank sein? War die Entscheidung endlich gefallen?

«Hallo, hier ist M.»

«Hama, wo *bist* du?»

«Mum?»

«Ich warte hier in Heathrow jetzt schon eine *Stunde*.»

Fuck.

XIII

Noch am Ende der Woche, die Xezal in London verbracht hatte, im Taxi auf dem Weg zurück zum Flughafen, waren ihre Klagen über M nicht leiser geworden: wie sie seinetwegen am Flughafen gestrandet war, wie sie zu einem Fremden ins Auto hatte steigen müssen wie eine gewöhnliche Prostituierte.

«Mum, ich habe dir einen Chauffeur besorgt. Du bist S-Klasse gefahren. Es ist nicht so, dass du in irgendein Minicab springen musstest.»

«Trotzdem, wer vergisst schon seine *Mutter*?»

Das war eine berechtigte Frage, die M nicht beantworten konnte. Als er aus dem Pub gelaufen und ihm klar geworden war, dass er das Ankunftsdatum seiner Mutter vergessen hatte, Dutzenden von Erinnerungen zum Trotz, hatte er verzweifelt nach einer Ausrede gesucht. Das Schweigen am anderen Ende der Leitung war beklemmend, und er ging seine Möglichkeiten durch. Er konnte nicht im Krankenhaus sein, dann würde er gebrochene Knochen vorweisen müssen, er konnte definitiv nicht mehr im Büro hängen geblieben sein ... aber ein Autounfall, das würde gehen. Ja, jemand war ihm ins Taxi gefahren, und er hatte bei der Polizei aussagen müssen, und er hatte nicht gewusst, wie er seine Mutter erreichen sollte, was ihm alles sehr leidtat, aber deshalb war er jetzt nicht am Flughafen. Aber er hatte ihr einen Wagen gebucht, der jetzt jeden Augenblick eintreffen müsste.

Er war mit seiner Lüge zufrieden und rief einen Concierge-Service an, den er vor langer Zeit für 19 Pfund 99 pro Monat gebucht und bisher nur ein einziges Mal in Anspruch genommen hatte. Er organisierte in Heathrow einen Fahrer, der behaupten würde, am falschen Terminal gewartet zu haben. Als er aufgelegt und sich gerade ein wenig entspannt hatte, fiel ihm ein, in welchem Zustand seine Wohnung war.

Das Bett war voller Krümel von den Mahlzeiten, die er dort eingenommen hatte. Der Boden davor war mit einem Dutzend Papiertücher voller Sperma übersät, postmasturbatorische Reste, die noch entfernt werden mussten. Im Bad war die Glühbirne durchgebrannt, und das schon seit Tagen, weshalb M im Licht seines Smartphones uriniert hatte, und die Dunkelheit verbarg die Bremsspuren in der Schüssel.

M rief sich das Wohnzimmer vor Augen, mit den halb leeren Bierflaschen und den fettfleckigen Pizzaschachteln. In der Küche wurde kaum je gekocht, sie war ein Lagerraum für Teller und Besteck, für das Essen, das dreißig oder fünfundvierzig Minuten, nachdem er den Bestellbutton auf Hungryhouse.co.uk oder Domino's geklickt hatte, geliefert wurde, in dünnen Plastiktüten mit ein paar Servietten und so viel Plastikbesteck, dass er sich kurz wirklich einsam fühlte, weil klar war, dass, wer immer die Tüten gefüllt hatte, glaubte, das Essen sei für mehr als eine Person. Der Kühlschrank war schon seit Tagen nicht mehr geöffnet worden, aber er wusste, dass eine Packung Milch darin war, in der sich neue Lebensformen gebildet haben dürften, und eine Gurke, die M bei einem unüberlegten Ausflug zu Whiterose erworben hatte, wo er beschlossen hatte, ein Mensch zu werden, der mehr Gemüse aß, und diese Gurke hatte inzwischen bestimmt ihre feste Form verloren. Der Stapel Plastikverpackungen mit den Resten chinesischen, indischen und japanischen Essens, der sich auf einem vollen Müllbeutel türmte, hatte Ameisen angezogen, die jetzt die Küchenecken auf und ab marschierten. Vor M's innerem Auge erschienen die wackeligen Tellerstapel in der Spüle und die dünne Schicht Schimmel auf den Tomatensoßenresten ganz oben.

Ob er in der Zeit, die Xezal für die Fahrt von Heathrow benötigte, eine Putzfrau würde auftreiben können? Er rief bei einer Firma an, die er früher schon einmal genutzt hatte, bettelte, bot Hunderte Pfund, aber da war nichts zu machen.

Am Ende buchte er Xezal eine Deluxe Junior Suite im Connaught, auf seine Kreditkarte. Es würde Monate dauern, bis er sie abgezahlt hätte, aber was sollte er machen?

Nicht dass Xezal die Suite zu schätzen gewusst hätte: Kaum war sie durch die Tür, rümpfte sie angeekelt die Nase. «Soll ich jetzt die ganze Woche in diesem Sarg verbringen?»

Seine Mutter hatte noch immer das Gesicht einer jungen Frau, so mürrisch sie M auch angeblickt hatte, seit sie aus dem Auto gestiegen war. Einmal, als er bei Selfridges Geschenke für Tatiana kaufen wollte, hatte er in einem Anfall ödipaler Nostalgie seine Mutter angerufen und nach ihrer Gesichtscreme gefragt. «Ich nehme nur Nivea. Bei den teuren Cremes ist alles Lüge, Nivea ist besser als alle anderen zusammen.» (M hatte Tatiana Feuchtigkeitscreme von La-Prairie gekauft.) Aber jetzt war etwas Stumpfes an ihr, es fehlte ein Leuchten, das ihm vor dessen Verschwinden nie an ihr aufgefallen war.

«Das ist eines der besten Hotels von London, Mum. Ich dachte, das ist doch angenehmer, als wenn du bei mir auf einer Matratze in meiner winzigen Wohnung schläfst. Gönn dir mal was.»

In den vergangenen Wochen hatte er überlegt, was sie gemeinsam unternehmen könnten, in einem London, zu dem sie zu ihrer Zeit hier nie Zugang gehabt hatte und das er ihr nun zeigen konnte. Aber als er sie mitten in dem edlen Hotelzimmer stehen sah, mit der Barockkommode und der abstrakten Kunst von der Stange, wurde ihm klar, dass er jetzt, da sie einmal hier war, keine Ahnung hatte, was er mit ihr anfangen sollte. Was gefiel ihr? Was machte sie gerne? Fast hätte er sie danach gefragt, aber er kam sich aufdringlich vor, wie ein Grenzbeamter, der den Grund ihres Aufenthalts abfragte.

Xezal klickte sich durch die Fernsehkanäle, noch immer im Mantel. «Keine kurdischen Programme?»

«Nein, Mum, ich fürchte, kurdische Programme haben sie nicht. Al Jazeera vielleicht.»

«Arabische Propaganda. Da, das geht», sagte Xezal und entschied sich für die Schwimm-Weltmeisterschaften auf BBC2.

Endlich zog sie den Mantel aus und setzte sich auf das taubengraue Sofa. M sah, dass sie eine ihrer alten Jacken trug, die sie seit mindestens dreißig Jahren besaß. Die Ärmel waren fadenscheinig, die Knöpfe lose. Der Anblick erfüllte M mit Mitleid.

«Magst du Schwimmen?»

«Wie? Ach, dein Vater hat mir immer versprochen, dass wir irgendwann Schwimmen lernen. Wir hatten einfach nie die Zeit. Es sieht so befreiend aus, findest du nicht?»

«Sicher. Na ja, wie man's nimmt. Ich fand es immer ein bisschen nervig - das Wasser ist entweder zu warm oder zu kalt.»

«Du kannst schwimmen?»

«Klar, haben wir in der Schule gelernt.»

«Oh.» Jetzt schwieg Xezal und sah den Schwimmenden zu, die durch das Wasser pflügten.

«Hey, hast du Hunger? Sollen wir uns was aufs Zimmer bestellen? Es gibt Hühnchen, oder worauf hast du Lust?»

«Hama. Ich werde nicht in meinem Zimmer essen wie ein Teenager.»

Also gingen sie ins Hotelrestaurant, mit einem Michelin-

Stern versehen und benannt nach der berühmten französischen Köchin, die eine Woche in der Pariser Filiale des Restaurants verbracht hatte und die darauffolgende Woche in London. M hatte gehofft, nach langen Jahren mit fettigem Kebab und totgekochtem Fleisch würde seine Mutter sich über ein gutes Essen freuen. Er hatte sich geirrt.

«Sind die echt?», fragte Xezal und deutete mit der Gabel in Richtung der Kunst, die hinter M an der Wand hing, und M drehte sich um.

«Ja, ich glaube, das sind echte Schmetterlinge. Ein sehr berühmter britischer Künstler hat das gemacht.»

«Aber uns nennen sie Barbaren», seufzte Xezal und stieß die Gabel in ihr Tintenfisch-Risotto.

Der Rest der Woche ging auf ähnliche Weise in die Hose. Er besuchte das British Museum mit ihr, im Glauben, sie würde gern etwas mesopotamische Kunst sehen, aber sie wurde nur wütend darüber, was alles geraubt worden war. «Das ist das British Museum, da können sie doch ihre eigenen Kieselsteine und Sägespäne ausstellen. Warum tun sie so, als würde unsere Kultur ihnen gehören?»

Am Covent Garden bekam sie in der Menge Angst, man würde ihr die Handtasche stehlen, die Second-Hand-Kleider an der Portobello Road ekelten sie. Sie weigerte sich, das London Eye zu besteigen, und fand *Les Misérables* grotesk. «Das ganze Gesinge und Gehopse, so ist der Krieg doch gar nicht. So haben wir nicht überlebt.»

Und dann, als er ihr ein frühes Abendessen im J. Sheekey vorschlug, unterbrach sie ihn.

«Nein, lass uns nach Hause fahren.»

«Zurück ins Hotel?»

«Nein, nach Sutton.»

Sie nahmen die Underground Richtung Victoria, wo sie

sich zum Fernbahnhof drängelten, durch die Massen, die im Fluss waren, als wüssten alle genau, wo sie hinwollten und wie man dorthinkam. Im Bahnhof verlangte Xezal von M, dass er jemand nach dem richtigen Bahnsteig für den Zug nach Sutton fragte. Nie konnte sie einfach darauf vertrauen, dass er sich auskannte, immer brauchte sie die Bestätigung von Fremden, deren Meinung sie höher zu schätzen schien als die ihres ältesten Sohnes.

«Ich weiß den Bahnsteig, Mum», sagte er. «Er steht da auf der Tafel.»

«Frag doch einfach. Warum wollt ihr Kinder nie jemanden fragen?»

Im Zug stand sie verwirrt mitten im Wagen, und er musste ihr sagen, wo sie sitzen sollte - die Entscheidung zwischen den drei Möglichkeiten, die es für sie gab, war offenbar zu schwer. M räumte eine Gratiszeitung und eine leere Flasche Lucozade von einem Platz und winkte seiner Mutter, sich zu setzen wie der Maître d' im Restaurant.

«Das wird wohl gehen», sagte Xezal und blickte die sechs anderen freien Plätze enttäuscht an, als müsse es irgendwo in diesem Zug unfassbar viel bessere Plätze geben.

Er blätterte die fortgeworfene Zeitung durch, in Devon waren römische Artefakte gefunden worden.

«Was ist denn los, musst du das unbedingt jetzt lesen?», fragte Xezal ihn gereizt.

«Ach, nichts. Sie haben bloß ein paar alte römische Münzen und Kleider gefunden. Wusstest du, dass die Römer eine besondere Kriegsflagge hatten? Die sie nutzten, wenn sie in den Krieg zogen?»

«Alle Flaggen sind Kriegsflaggen», sagte Xezal und blickte aus dem Fenster. «Manchmal denke ich, bei Gott, was für ein hässliches Land», sagte sie kurz vor Clapham Junction. «Weißt du, als Kind haben sie mir immer erzählt, oh,

London, London, als wenn das aus Diamanten gebaut wäre. Warum sind sie so stolz darauf? Woher kommt dieser Stolz? Was gibt es da, worauf man stolz sein könnte?»

«Na ja, ich weiß auch nicht, Mum. Die Menschen sind stolz auf ihre Herkunft.»

In den fünf Jahren, seit seine Mutter weggezogen war, hatte die Hauptstraße von Sutton sich nicht verändert. Dieselben Läden, Zizzi, Nando's, Waterstone's, auf dem Boden noch immer Hühnerknochen. Schweigend legten sie den Weg zu ihrer alten Wohnung zurück, bis sie vor dem niedrigen kleinen Wohnblock standen, in dem sie Jahrzehnte ihres Lebens verbracht hatten, und erst da schien Xezal M's Anwesenheit zur Kenntnis zu nehmen.

«Warst du hier glücklich?»

M erschrak. Er wusste nicht, was Xezal von ihm hören wollte. «Ehrlich gesagt, keine Ahnung. Unglücklich war ich nicht.»

«Ich war hier nicht sehr glücklich.»

M wollte sie fragen, warum sie dann die einstündige Reise hierher auf sich genommen hatten, sagte dann aber nichts.

«Mal sehen, wer dort jetzt wohnt, vielleicht lassen sie uns einen Blick hineinwerfen.»

«Ach ... ich glaube, das lassen wir lieber. Das wäre peinlich.»

«Wir können ihnen ja Geld anbieten.»

«Mutter, ich glaube nicht, dass Bestechung okay wäre.»

Xezal zuckte die Achseln und machte sich auf den Rückweg zum Bahnhof.

Als sie ein paar Tage später durch die Sicherheitskontrolle von Heathrow wieder verschwand, wurde M klar, dass er keine Ahnung hatte, ob seine Mutter während ihres Besuchs in London irgendetwas Spaß gemacht hatte.

XIV

Ein dumpfes Knallen, eine hohle Hand, die den orgiastischen Schaum ungelenk vom Teppichboden von Hilliard Drake fernzuhalten versuchte, gefolgt von spärlichem Applaus, matte Begeisterung wie für ein Feuerwerk in weiter Ferne. M kam zu spät ins Büro, noch immer erschöpft vom Chaos rund um Xezals Besuch, und als er durch die Glastüren bei Hilliard Drake trat, zerzaust und unrasiert, war Chamberlains Team schon am Feiern. Chamberlain schenkte schäumenden Champagner aus, umgeben von Angestellten, die das Glas entweder heben wollten, weil ihre Jobs jetzt sicher waren (und auch eine Beförderung ins Haus stehen könnte), oder einfach weil es Freitag war und Champagner gab.

«Ich hätte fast Lust, mir auch ein Glas zu holen, das ist ein gutes Tröpfchen», sagte Jane und warf einen Blick auf den Halbkreis um Chamberlain, bevor sie sich wieder Risk Assessment und ihrem Posteingang zuwandte.

«Wenn wir den Islamic-Credit-Card-Deal in der Tasche haben, kaufe ich dir eine ganze Kiste von dem Zeug.»

«Ach Mo, du weißt doch, wie es heißt: Ein Glas Perrier-Jouet in der Hand ist besser als zehn auf dem Dach.»

«Was habt ihr beiden nur mit diesen bescheuerten Sprichwörtern? Unser Kumpel hier wollte schon, dass ich Betelnüsse esse.»

«Was sind denn Betelnüsse?»

«Das hab ich mich auch gefragt.»

«Keine Neuigkeiten von der Deutschen?»

M schüttelte den Kopf.

Auch Stunden später war die Feier drüben bei Chamberlain noch in vollem Gange. M, der so viel Frohsinn nicht mehr ertrug, nahm das Telefon und rief noch einmal bei der Deutschen Bank an, wo er vom Empfang mit den gleichen ausweichenden Entschuldigungen abgewiesen wurde, die er Charlie für den Fall diktiert hatte, dass ein nerviger Kunde ein Update wollte, wenn es keines gab.

Während er versuchte, sich durch das verwirrende Geäst des Telefonbaums zu klicken, in das der Empfang ihn gelockt hatte, mit dem Versprechen, am anderen Ende dieses Labyrinths aus Autorespondern und verhunztem Vivaldi gebe es auf seine Fragen eine Antwort, griff er zu seinem zerfledderten Business-Ratgeber, an den er sich oft gehalten hatte, wenn er im Glauben wankend geworden war. Die These der beiden Autoren lautete, es sei am Ende harte Arbeit, mit der man es bis ganz nach oben schaffte, und nicht der übertriebene Glaube an sich selbst, den andere Bücher des Genres ins Feld führten, und für M war es erfrischend gewesen, dass das Buch Gleichstellungsdefizite zum Thema machte und die Möglichkeit auftat, Widerstände als Gewinn zu betrachten und durch die Überwindung von Hürden noch erfolgreicher zu werden. Gewiss, die beiden Autoren waren alte weiße US-Amerikaner und CEOs erfolgreicher Firmen, und wenn sie von Hürden sprachen, meinten sie einen wirtschaftlichen Abschwung oder dem Geschäftsklima abträgliche Regulierungen, und nicht strukturelle Diskriminierung oder die eigene Hautfarbe, aber sie hatten Menschen interviewt und porträtiert, die echte Benachteiligung überwunden hatten, und auch wenn M sehr gut wusste, dass sich hinter jeder dieser Erfolgsstorys Millionen von Menschen verbargen, die weniger Glück gehabt hatten, weniger stark glänzten und in die Rolle der verteufelten Armen abgedrängt worden waren, war es immer noch ein gutes Gefühl, von diesen Menschen zu lesen und zu wissen, dass es möglich war, dass man eine Chance hatte.

Jane kam an seinem Schreibtisch vorbei und fragte, was Chamberlains Abschluss wohl eingebracht habe, worauf er blaffte, er könne heute nicht so gut Gedanken lesen wie sonst, und Jane murmelte im Gehen etwas über diesen ganzen Scheißladen und alles.

Als er nach siebzehn Minuten noch keine Zeichen von intelligentem Leben entdeckt hatte, legte er auf und meldete sich bei Jane und Naveen zum Lunch ab. Zuerst hatte er nur schnell ins Il Mulino's in der Birchin Lane gehen und ein Schnitzel-Sandwich essen wollen, aber dann fand er sich auf dem Weg zur Gracechurch Street wieder, Richtung Deutsche Bank, und schlängelte sich zwischen den Menschen in Businesskleidung hindurch, die aus ihren Büros zu Pret a Manger, EATs und Tesco Express strömten. Über das Pflaster huschten leuchtende Logos, und der Cookie-Laden lockte seine Kundschaft mit künstlichen Duftstoffen an, die an frisch gebackene Kekse erinnern sollten. M kam an einem Bettler vorbei, lehnte zweimal Flyer ab und ignorierte die Wohltätigkeitsorganisationen, dann stand er vor dem Winchester House an der Kreuzung von London Wall und Old Broad Street, einer schwungvollen Sandsteinwelle mit aggressiv verspiegelten Fenstern, einem Gebäude, das nicht genau wusste, welchen Architekturstil es nachahmte: eine Sechzigerjahre-Schulhaus-Fassade mit ein paar neoklassizistischen Säulen und postmodern gekräuselter Fassade.

Auf dem Weg zum Eingang kam M an einem Touristen vorbei, der streng von einem Hilfspolizisten zurechtgewiesen wurde. Unter ständigem Verweis auf die Anti-Terror-Gesetze sorgte der Hilfspolizist dafür, dass der Tourist alle Fotos, die er eben von dem Gebäude gemacht hatte, von seiner Kamera löschte. «Lassen Sie sich nicht wieder dabei erwischen», hörte M auf dem Weg hinein.

Am Empfang saßen zwei Damen, die eine anscheinend afrokaribischer Abstammung, die andere weiß und blond. Beide lächelten ihn an, als er aus der Drehtür trat, und M merkte, dass er sich jetzt für eine der beiden Empfangsdamen entscheiden musste, und, schlimmer noch, dass beide wissen würden, dass er eine von ihnen vorgezogen hatte.

Am Ende stellte M sich zwischen die Frauen und sprach beide an. Sie warfen einander einen Blick zu, um auszumachen, welche ihm helfen sollte, aber da klingelte das Telefon, und eine der Empfangsdamen ging ran, sodass, was vor ein paar Sekunden noch eine Qual gewesen war, sich nun in eine klare Interaktion verwandelt hatte.

«Haben Sie einen Termin mit Mr. Erdinger?», fragte die Empfangsdame, die sich nun um M kümmern musste, und bearbeitete dabei ihre Tastatur.

«Im Grunde nicht, nein. Wir hatten vereinbart, dass ich vorbeikomme, aber ohne festen Termin.»

«Ah ja. Gut.» Tippen. Noch mehr tippen. «Es sieht so aus, als wäre Mr. Erdinger bis vier Uhr in einer Besprechung.»

«Ach ja? Würde es Ihnen etwas ausmachen, wenn ich hier warte? Ich würde dann versuchen, einen anderen meiner Kontakte zu erreichen.»

Die andere Empfangsdame hatte aufgelegt und wechselte kurz einen besorgten Blick mit ihrer Kollegin.

«Wenn Sie eine Nachricht hinterlassen möchten, nehme ich sie sehr gern entgegen und leite sie so bald wie möglich an Mr. Erdinger weiter.»

«Nein, kein Problem, ich kann ihm einfach eine Mail schicken, aber lassen Sie mich schnell sehen, ob ich Dings erreiche, wie heißt sie gleich ...»

«Sir, Sie dürfen hier leider nicht warten.»

«Aber dort steht ein Sofa.»

«Nur zu Dekorationszwecken, Sir. Wir müssen Sie leider bitten, draußen zu warten.»

M warf einen Blick auf das große Sofa, den kleinen Tisch mit Finanzzeitschriften. Ein Ort, zu nichts anderem bestimmt, als einen Warteraum vorzuspiegeln.

Die Glocke eines Fahrstuhls erklang, und durch das gläserne Tor zu den Fahrstühlen trat ein Pulk junger Männer, braune Ledertaschen und Nadelstreifen. Der in der Mitte war - M warf rasch einen Blick in seinen Posteingang - Benjamin, vom ersten Meeting im Restaurant. M wandte sich vom Empfang ab, lief ihnen nach und rief Benjamin beim Namen, bevor er aus dem Gebäude schlüpfen konnte.

Benjamin drehte sich zu M um, das Gesicht zu einem Fragezeichen verzogen.

M streckte ihm ruckhaft die Hand entgegen. «M. M. Hardi, wir haben vor ein paar Wochen gemeinsam zu Abend gegessen, im ...»

«Die Islamische Kreditkarte. Ja. Klar. Hallo, wie schön. Hören Sie, ich würde ja gerne plaudern, aber wir müssen wirklich ...»

«Dauert nur eine Sekunde, Benjamin. Ich wollte mit James sprechen, aber er hat den Termin wohl doppelt belegt.»

«Ach so ...» Benjamin blickte zu den beiden anderen hinüber, die an der Tür warteten; einer von ihnen tippte sich mit dem Zeigefinger dort aufs Handgelenk, wo die Uhr hingehörte. «Bin gleich da, Jungs. Nur ganz kurz, ja?» Dann drehte er sich wieder zu M um. «Es muss aber schnell gehen, okay?»

«Wirklich nur eine Sekunde, Benjamin», sagte M und warf den beiden anderen Bankern, die gerade mal wie zwanzig aussahen, einen bösen Blick zu.

«Ich wollte einfach nur nachhören, wie es mit unserem Projekt steht.»

«Ach so ... na ja, ich will da ganz ehrlich sein, weil Sie mir wirklich sympathisch sind, aber dieses Projekt, das wird nichts.»

«Und ... sorry, aber warum genau? Ich hatte das Gefühl, dass das Corporate-Finance-Team ...»

«Ja, klar, also, die fanden das okay, aber Compliance hat Nein gesagt. Und das heißt dann Nein.»

«Ob ich mich wohl mit dem Compliance-Team mal treffen könnte, wäre das ...?»

«Ehrlich gesagt, da gibt es niemanden zu treffen. Compliance lässt die Zahlen durch den Computer laufen, und dabei kommt ein Nein oder ein Ja raus. Das war's. Bei diesem Projekt war es ein dickes fettes Nein. Tut mir leid, dass Sie es von mir erfahren müssen. Aber hey ... schön, Sie wieder mal gesehen zu haben. Ich muss jetzt aber wirklich los.»

Und schon war Benjamin aus der Tür, im Gefolge der beiden Kinderbanker. Um nicht ein paar Schritte hinter ihnen hertrotten zu müssen und so seine Demütigung noch schlimmer zu machen, wartete M noch ein paar Minuten in der Lobby. Die Empfangsdamen hatten die erniedrigende Interaktion verfolgt und waren so nett, ihn nicht rauszuschmeißen.

Während er da so stand und auf den richtigen Augenblick wartete, die Lobby, die keine war, zu verlassen, scrollte er durch sein Telefon, was ihm erlaubte, geschäftig zu wirken. Der Deutschen Bank würde er nicht mehr hinterherlaufen müssen, das war jetzt klar. Er klickte auf den «Neue Mail»-Button seines Mailprogramms und tippte hr@hilliard-drake ins Adressfeld.

```
Hi Patricia,
ab morgen möchte ich mir eine Woche freineh-
men. Bestätige mir doch bitte kurz, ob das klar
geht.
```

Er klickte auf «Senden».

(Montage)

Hi, Bill, M. M. Hardi hier, von Hilliard Drake. Wir haben uns letzten Monat auf der RBS/Axe-Anarchy-Konferenz getroffen. Hi. Ich weiß nicht, ob Sie das noch im Kopf haben, aber ich habe Ihnen von einem Projekt erzählt, das wir hier bei Hilliard Drake haben, einer Islamischen Kreditkarte. Wir stellen gerade ein Investorenkonsortium zusammen, und ich dachte, es wäre doch schön, wenn wir uns mal treffen könnten und über diese Chance ... Nein? Natürlich, verstehe ich gut. Nein, klar, ich weiß, wo die Märkte heute stehen, aber wissen Sie, das richtige Projekt zur richtigen Zeit ist ein gutes Gegengewicht, und das islamische Finanzwesen hat bewiesen ... Gern. Ich schicke Ihnen das alles per Mail rüber. Natürlich. Also, bye.

Tom. Hi, hier ist M. M. Hardi von Hilliard Drake. Vom Dunhill-Reitworkshop, genau. Hören Sie, ich wollte schnell durchklingeln, weil Sie sagten, dass bei Ihnen nach neuen Produkten gesucht wird, für ein Engagement, und ich hätte da was für Sie. Klar, klar, ich kann gerne später nochmal anrufen. Wann würde es Ihnen passen? Alles klar, bis dann.

Hallo? Sam? Können Sie mich hören? Hi! Ja, hier ist M. M. Hardi von Hilliard Drake. Hilliard Drake? Nein, ich will Ihnen nichts verkaufen, wir machen Corporate Finance bei - hallo? Hören Sie mich? Hallo?

Trevor? Hi, Mo hier, Hilliard Drake. Wie läuft es denn so bei UBS? Nein, kein Problem, das kommt vor. Ich dachte, wir versuchen es nochmal ... diese Woche vielleicht? Das Konsortium für das Islamic-Finance-Projekt, von dem ich Ihnen erzählt habe, nimmt jetzt Form an, und ich hatte Ihnen versprochen, Sie mit reinzunehmen, Sie sollen nicht denken, dass ich Sie vergessen habe.

Genau genommen, ja, zwei Banken sind schon mit an Bord, jede mit 20 Prozent Kapital, Beteiligung 3 Prozent. Das wird langsam wirklich eine große Sache, das kann ich Ihnen sagen. Sagen wir Lunch am Dienstag?
Tom, hi! Ich rufe nochmal an wegen vorhin … passt es jetzt? Ach so, nein, nein, kein Problem. Ich rufe wieder an. Morgen? Klar, keine Sorge.

Na, wo soll's denn hingehen? Okay, rein mit Ihnen. Wetter zu schlecht, um zu laufen, was? Das pladdert ja richtig. Bin ich froh, dass ich da nicht raus muss. Oi! Aufpassen! Klar, einfach weitergehen, klar. Haben Sie das gesehen? Der war ja lebensmüde, so wie der mir vors Taxi gesprungen ist. Finstere Gestalt, sieht man ja, diese Kids mit ihren Hoodies, weiß nicht, warum das erlaubt ist, ehrlich. Man weiß einfach nicht, was das für Leute sind, oder? Was die vorhaben, man kann ihnen ja nicht ins Gesicht sehen. Weiß wirklich nicht, warum ein Gesetz so umstritten ist, dass alle ihr Gesicht zeigen müssen, wissen Sie?
Hallo, mein Freund, wo willst du hin? Euston? Kein Problem … Wo kommst du her, mein Freund? Ah, aber Mutter Vater auch aus London? Irak! *Assalamu alaikum*, Bruder! Ah, *Kurdi*. Wie Salahhuddin Ayyubi. *Maschallah*. Sprichst du Arabisch? Nein? Du musst Arabisch lernen, mein Freund, wenn du ein guter Muslim sein willst.
Wohin? Okay. Klar, Digga, bin noch da, muss bloß fahren. Was hat die jetzt gesagt? Kann doch nicht sein. Musst du dagegenhalten, Digga. Nee, die is nich gut für dich, hab ich dir doch gesagt. Warte, ganz kurz, ganz kurz, Bruder. Lieber Park Lane oder Picadilly? Mir isses egal, aber ich glaube, um die Tageszeit ist über Picadilly mehr Verkehr. Alles klar. Blood? Bist du da? Also, was hat sie dir getextet?

Zug Midland nach Northhampton 10:04 Bahnsteig 16: verspätet. Halt in

Zug Virgin Rail nach Manchester Picadilly 09:20 Bahnsteig 12. Halt in Milton Keynes Central, Stoke-on-Trent

Zug Midland nach Birmingham 09:37 Bahnsteig 8. Halt in Watford Junction, Hemel Hempstead, Berkhamsted

Nein, das sind keine Obdachlosen. Hier in Northhampton gibt es keine Obdachlosen, sowas lassen wir hier nicht zu. Nein, die arbeiten drüben im Amazon-Lager. Hat mit den Nullstundenverträgen zu tun: Wenn sie die SMS bekommen, dass sie auf Arbeit gebraucht werden, ist es zu spät, den Bus zum Lager zu nehmen. Deshalb schlafen sie im Bahnhof, weil sie hoffen, dass sie morgen gebraucht werden. Wenn nicht, gehen sie einfach nach Hause. Wirklich eine Landplage; wir wollen, dass die National Railway oder die Polizei oder sonst wer sie hier rauswirft. Egal, einen Tee oder Kaffee? Unser Investment-Team muss gleich hier sein.
Tut mir leid mit dem Wetter. Na ja, also, solange der Regen später über dem Stadion hängen bleibt, haha, klar, nein, wir hier sind für City, wenn es nach mir ginge, würden in dieser Bank alle rausfliegen, die nicht für Man City sind. Also, wir können dieses Besprechungszimmer nehmen, nach Ihnen ... Oh, danke, ja, wir sind hier gerade frisch eingezogen. Wir sind bloß eine Provinzbank, aber unsere Kundschaft hat zu uns einfach mehr Vertrauen als zu den anonymen Großbanken in London, wissen Sie, nach dem Credit Crunch und so,

da haben wir dann wirklich gut verdient, daher die neuen Räume. Oh, tut mir leid, ja, das WLAN läuft noch nicht. Wollten sie letzte Woche installieren, aber Sie wissen ja, wie das ist. Wenn Sie die Präsentation über Beamer laufen lassen wollen, rufe ich jemanden aus der IT-Abteilung.
Ja, schrecklich, die Fahrstühle, oder? Ich weiß wirklich nicht, warum wir noch keinen besseren Weg gefunden haben, durch Gebäude zu kommen. Wir bauen höher und höher, und dann fällt uns für diese Hochhäuser nichts Besseres ein als der alte Fahrstuhl, der vor Hunderten von Jahren erfunden worden ist. Haben Sie das mit dem Wolkenkratzer in Dubai gehört? Da waren die Fahrstühle defekt, und sie mussten die Ersatzteile vom Hersteller aus Europa einfliegen lassen, eine Woche hat das gedauert, und die Menschen, die im 78. Stock gewohnt haben, konnten solange die Treppe nehmen, wenn sie zur Arbeit wollten. Ich glaube, wenn wir bessere Fahrstühle hätten, dann … Oh, das ist hier in Birmingham unser Head of Investment, Thomas Drew. Das hier ist Mr. Hardi von Hilliard Drake in London. Er möchte uns ein Projekt vorstellen, na ja … das können Sie sicher besser erklären als ich.
Wirklich sehr interessant. Danke fürs Kommen, weiß ich zu schätzen, ist ja ein langer Weg aus London. Also, wie gesagt, ich muss das mit unseren Finance-Leuten besprechen und das entsprechend budgetieren, aber Sie hören bestimmt noch diese Woche von uns.
Also, ganz herzlichen Dank. Ich weiß nicht, ich weiß nicht genau, ob das zu uns passt, aber die Prä-

sentation war ganz bestimmt erhellend. Ich glaube, da sind wir uns alle einig.
Moment, sagen Sie das nochmal mit den zweieinhalb Prozent.

Heute gibt es bei uns ein Sonderangebot, hätten Sie gern ein Twix oder ein Bounty für nur 99 Pence?
Sorry, das Bauernbaguette gibt es bei uns nicht getoastet. Nehmen Sie doch unser normales Schinkenbaguette mit Emmentaler, das toasten wir Ihnen dann. Okay? Und was möchten Sie dazu trinken?
Der Apple Pie braucht fünf Minuten, ist das okay? Welchen Dip möchten Sie zu Ihren Nuggets? Es gibt Barbecue, Süßsauer, Senf-Honig. Für hier oder zum Mitnehmen? Okay ... das macht dann 12,99. Vielen Dank.

Nächster Halt Euston, Endbahnhof.
Nächster Halt King's Cross St. Pancras, Endbahnhof.
Nächster Halt Euston, Endbahnhof.

XV

«Das ist sie also, so sieht die Karte aus.»

M zog sie mit großer Geste aus der Tasche und schob sie über den Holztisch. Er saß mit Ian White, einem der Bankdirektoren der Blackburn Building Society, in einem Pub, der früher ein Postamt gewesen und dann als Wetherspoons rebranded worden war. Seit er sich freigenommen und kreuz und quer durch Großbritannien gefahren war, hatte er quasi anstrengungslos Termine machen können: Ein schneller Anruf bei den Banken vor Ort mit der Ankündigung, Hilliard Drake aus London erwäge ein Projekt, das der Gemeinde nützen könne, und ob man Zeit für ein kurzes Treffen habe, hatte genügt, und schon fuhren sie einen richtigen Bankdirektor auf.

Der Bankdirektor nahm einen Schluck von seinem Ale und drehte die Karte vorsichtig in der Hand, als wollte er eine Bombe entschärfen.

«Sie soll eine exklusive Anmutung haben, wie die Visa Infinite oder die American Express Centurion. Fühlen Sie mal, wie schwer sie ist. Wir nennen sie die Emerald Card.»

«Sie fühlt sich eindeutig ... exklusiv an.»

M lächelte und trank von seinem Bier. Er hatte um ein Meeting in einem Pub in Bahnhofsnähe gebeten, um den Eindruck zu erwecken, dass er viel zu tun hatte (was teilweise stimmte: Er hatte ein Ticket für den Zug nach Manchester um 13:48, wegen eines Termins mit der Manchester Credit Union), und außerdem sollte Ian White ihn Alkohol trinken sehen, um alle Ängste zu zerstreuen, die er haben könnte, weil er M für einen Muslim hielt.

«Wissen Sie, wir haben hier in Blackburn einen starken muslimischen Bevölkerungsanteil und sind immer auf der Suche nach Dingen, die wir unserer, äh, diverseren Klientel anbieten können», sagte Ian, der noch immer die Karte in der Hand hielt.

«Ich glaube, das hier passt perfekt, wissen Sie», sagte M, «weil das islamische Finanzwesen mit kleineren und mittleren Banken viele Werte teilt ...» Das war ein riskanter Move, dachte M, sobald es gesagt war und Ian plötzlich von der Karte aufblickte und sich plötzlich auf seine Worte konzentrierte. In London konnte M sich sicher sein, dass alle wenigstens so taten, als hielten sie das Islamic Banking für ein hochentwickeltes Finanzwesen, aber er war sich nicht sicher, ob Ian White in seinem beigen Blazer zum karierten Hemd den Vergleich zu schätzen wissen würde. «Beide Branchen sind gestärkt aus der Finanzkrise hervorgegangen, weil - und das wissen Sie besser als ich, Ian - sie keine Risiken eingehen, um sich selbst auf Kosten der Kunden zu bereichern.»

Ian nickte, aber M fürchtete trotzdem, sein Interesse verloren zu haben. «Deshalb stellen wir jetzt ein Konsortium zusammen, in diesem Augenblick, um die Karte an die Kunden zu bringen, die sie am meisten zu schätzen wissen werden ... und das sind nicht die Banker in London, das sind anständige Menschen wie Sie. Wir haben schon Banken aus Manchester und Burnley ...»

Als M Burnley sagte, wo er noch nicht einmal einen Termin bekommen hatte, geschweige denn eine Unterschrift, runzelte der Bankdirektor die Stirn. M hatte gehofft, dass die tief verwurzelte sportliche Rivalität zwischen den beiden Städten Ian einen Stoß geben würde.

«Nun, ich weiß nicht genau, was für eine Struktur Sie sich da vorstellen, aber uns würde das mit Sicherheit interessieren.»

M lächelte und gab dem Bankdirektor die Hand. «Ich lasse Ihnen sofort unser Investment Memorandum schicken. Jetzt muss ich leider los, tut mir sehr leid. Ich habe noch zwei Meetings mit möglichen Investoren, wir wollen das alles vor Eid abschließen, das ist das …»

«Ja, meine Frau stammt aus Bangladesch, ich weiß, was Eid ist.»

Am Bahnhof begrüßten ein paar Jugendliche M in seinem Dreiteiler aus Kammgarn und seinen in Northampton gefertigten Budapestern mit der Handbewegung für «Wichser». Das prallte an ihm ab. Er schuf Tatsachen.

XVI

«Warum sitzt Nathalie allein im Sitzungszimmer?»

«Tut sie das?»

«Sie sitzt seit fünf Minuten da und guckt in die Luft.»

«Das kann doch nicht. Scheiße. Ist das das Fusionsmeeting?»

«Gibt es das noch? Das war doch Allencourts Ding.»

«Na ja, wahrscheinlich schon. Wahrscheinlich glaubt sie, dass das jetzt ihr Job ist.»

«Vielleicht, keine Ahnung, sag du.»

«Das ist so peinlich, sollen wir einfach reingehen?»

Nathalie Hardy, COO und kommissarische CEO von Hilliard Drake, hatte ihr Büro nicht im dritten Stock, sondern im zweiten. Hardys Büro ein Stockwerk unter das des CEO zu versetzen, folgte offiziell den Regeln des *Punctuated Equilibrium*, aber der Flurfunk wusste, dass sie dort unten vor allem saß, weil Allencourt sie nicht hatte ausstehen können. Ursprünglich war sie von der Muttergesellschaft als Mentorin für Lloyd W. George geholt worden, den CEO von 2001 bis 2005. Nathalie Hardy hatte zwölf Jahre Erfahrung bei Rothschild & Co in London und verfügte aus dieser Zeit über ein hervorragendes Netzwerk, um den damaligen CEO zu unterstützen, der sich bei Hilliard Drake schnell als überfordert erwiesen hatte (aber gehalten wurde, weil die Londoner Tochtergesellschaft in den vergangenen fünf Jahren schon zweimal den CEO gewechselt hatte und nicht den Eindruck chaotischer Zustände erwecken wollte). Als George schließlich gehen musste und Allencourt als CEO an Bord kam, hatte er nur ungern eine COO unter sich, die tat, als wäre sie die Chefin, wo man ihn doch ausdrücklich geholt hatte, weil er die nötige Erfahrung hatte, die Firma zu führen. Nachdem ein Versuch, Nathalie Hardy hinauszuwerfen, gescheitert war (der Verwaltungsrat stützte sie gegen Allencourt, der sich noch nicht bewiesen hatte), wurde ihr Büro nach unten versetzt, zeitgleich mit der Einführung von *Punctuated Equilibrium*. Hardy hatte sich, soweit man bei Hilliard Drake wusste, über diese Herabsetzung nie beklagt und getan, als wäre der Umzug ihr eigener Vorschlag gewesen, damit jedes Team unter der Aufsicht von mindestens einer Führungskraft stand.

Daher war ihr Auftauchen im Sitzungszimmer des dritten Stocks am späten Montagnachmittag verwirrend, bis der Belegschaft klar wurde, dass es Zeit für die monatliche Bewertung aller aktiven Mandate war, eine Sitzung, der früher Allencourt vorgesessen hatte, ein Ritual, von dem man geglaubt hatte, es sei mit seinem Hinscheiden Vergangenheit. Warum Hardy die Sitzung nicht in den Kalender gestellt hatte, wurde nicht sofort klar - konnte es eine Machtdemonstration sein, fast eine Viertelstunde still dort dazusitzen? Wollte sie beweisen, dass sie durch ihre reine Anwesenheit eine Sitzung einberufen konnte? Jedenfalls begann um 16 Uhr 30 das monatliche Hilliard-Drake-Fusionsmeeting, und Nathalie Hardy tat, als wäre das selbstverständlich.

«Wie Sie alle wissen, tritt diese Woche der Verwaltungsrat zusammen und bestimmt einen neuen oder eine neue CEO. Da ich dem Verwaltungsrat darlegen muss, wo die derzeit laufenden Projekte stehen, ist es entscheidend, dass wir die Realisierbarkeit aller Mandate belegen, damit die neue Leitung, wen immer der Verwaltungsrat auch aussucht, keinen Anlass für Kündigungen sieht.»

da hält sich schon jemand für die nächste ceo hahaha, schrieb jemand in eine der acht Hilliard-Drake-Chatgruppen. *Sieht sie nicht müde aus?*, schrieb ein anderer, und die Antwort lautete: *Müde oder alt?*, gefolgt von einem Emoji mit ausgestreckter Zunge.

«Also, steigen wir gleich ein. John, wie läuft es für Ihr Team mit der Finanzierung der Mine in ... Kuala Lumpur, habe ich recht?»

«Wir warten noch auf Rückmeldung von Barclays. Wir haben eine Absichtserklärung, aber da fehlt noch das letzte i-Tüpfelchen, sozusagen.»

«Sie waren also untätig, wollen Sie damit sagen.»

lol das tat weh jonno

kalt erwischt

Team Leader auf Team Leader wurde aufgerufen, den Entwicklungsstand der Projekte zu referieren, und Chamberlain beschrieb genüsslich bis ins kleinste Detail, wie viel Geld sein Abschluss der Firma einbringen würde.

arrgh SCHON KAPIERT er hat einen abschluss gemacht herrgott kann er jetzt bitte mal stfu

leute, ihr wisst, dass ich auch in der gruppe bin, oder?

Als Chamberlain zum Schluss kam, war es schon halb sechs, und noch immer mussten fünf Team Leader ihre Projekte vorstellen. Die Jüngeren, die keinen Platz im Sitzungszimmer hatten, traten draußen von einem Bein aufs andere oder lehnten sich verkrampft an die gläsernen Trennwände.

leute ich glaube jeremy guckt japanischen manga porno oder so

Die Nachricht machte in einem Gruppenchat die Runde, weil Jeremy, ein Investor Relations Officer aus dem zweiten Stock, mit vollem Namen Jeremy V Turnbull, Hello-Kitty-Bilder googelte, anstatt auf die Excel-Tabelle mit der Projektübersicht zu starren, auf die er sich zu konzentrieren hatte, wobei sein rastlos wackelndes Knie unten an die Tischplatte stieß, als wollte er per Morsecode mitteilen, dass er losmüsse. Schließlich klappte er den Laptop zu und wickelte das Ladekabel auf.

«Müssen Sie noch wohin?», fragte Hardy mit leicht hochgezogener Augenbraue.

«Tut mir leid, ich muss nach Hause. Meine Tochter hat heute Geburtstag, und ich muss ihr eine Hello-Kitty-Figur besorgen, bevor die Läden zu sind.»

Die anderen konnten es kaum glauben und brachten diesen Unglauben mittels gespielter und echter Empörung zum Ausdruck. «Lassen Sie Ihre Frau doch das Geschenk besorgen!», schnaubte Chamberlain, und John Morris sagte grinsend: «Es gibt noch mehrere Aspekte der Excel-Tabelle zu besprechen. Ist das wirklich so wichtig?» Richard Dawes, der Zahlenmensch aus Johns Team, der die ganze Sitzung über hektisch Mails beantwortet hatte, blickte auf und fragte, was Hello Kitty sei.

«Nun, wenn Jeremy sein Sozialleben wichtiger findet als den Job, dann sollte er wirklich unbedingt gehen», sagte Hardy, und ihr ironisches Lächeln machte es Jeremy unmöglich zu sagen, ob sie es ernst meinte oder nicht.

«Tut mir leid, ich muss los. Ich muss los», sagte Jeremy und stürmte aus dem Sitzungszimmer. M, zwei Plätze weiter, empfand so etwas wie Bewunderung: So kläglich Jeremys Auftritt auch wirken mochte, seine Weigerung zu bleiben hatte eine stille Würde. Die anderen wechselten geschockte Blicke und konnten nicht fassen, was eben geschehen war.

Als Jeremy fort war, machte der Rest sich fröhlich über seine Männlichkeit lustig. Einige fragten sich, wie heftig er zu Hause unter dem Pantoffel stehen musste, dass er sich verpflichtet fühlte, zum Geburtstag eines kleinen Mädchens zu erscheinen. «Kann man sich an seinen fünften Geburtstag später überhaupt noch erinnern? Also, ist das dem Kind dann nicht völlig egal?» M wollte seine Stimme erheben und erklären, er hoffe, auch einmal ein Mensch zu werden, der so handelte, auch wenn man sich dafür über ihn lustig machte, und dass sie vielleicht alle etwas mehr Zeit mit Hello-Kitty-Fotos zubringen sollten statt mit endlosen Excel-Tabellen.

«Mohammed? Sie wollten etwas sagen?»

Nathalie Hardy, die an der Business School eine viel gelobte Arbeit darüber geschrieben hatte, wie man sich in Verhandlungen Körpersprache zunutze machen konnte, hatte gesehen, dass M gespalten war, was die Witze über die Prioritäten von Jeremy V. Turnbull anging. M seufzte.

«Na ja ...» Nein, in diesen Kampf wollte er jetzt nicht einsteigen. Nicht heute. «Dann kann ich auch gleich erzählen, dass mein Team und ich heute Vormittag den Islamic-Credit-Card-Deal abgeschlossen haben.»

Die anderen unterbrachen ihre Live-Kommentierung der Sitzung in ihren diversen Chatgruppen. «Ich wusste nicht mal, dass wir das ernst nehmen», sagte jemand, worauf Chamberlain verwirrt von seinem Telefon aufblickte: «*Funktioniert* das Ding denn überhaupt?»

«Natürlich. Und ja, wir hatten uns bei der Finanzierung große Hoffnungen auf die Deutsche Bank gemacht, aber nach deren Rückzieher konnten wir ein Konsortium mit UBS an der Spitze bilden, mit fünf Regionalbanken, die etwas für ihre muslimischen Communitys tun wollen, mit auf deren spezifische Bedürfnisse ausgerichteten Angeboten. Wir haben uns reingehängt und waren in Blackburn, Manchester, Birmingham ... überall, eigentlich.»

«Hatten Sie in der vergangenen Woche nicht Urlaub?», fragte Nathalie.

«Ich wollte die ganzen Reisen nicht auf Firmenkosten machen, deshalb habe ich Urlaub genommen, ja, damit wir so schnell und effizient wie möglich zum Abschluss kommen.»

«Und das ist unterschrieben?»

«Die Unterlagen werden heute vorbereitet. Ich bin nicht unterschriftsberechtigt, vielleicht könnten Sie mir die Ehre erweisen?»

«Na, das ist ja wirklich hervorragende Arbeit, Mohammed. Gut gemacht.»

affe. natürlich hat er den deal hinbekommen, er musste ja nur zu seinen moslem kumpels gehen, ganz einfach

Nach dem Meeting, das noch zwei weitere qualvolle Stunden dauerte, obwohl die dabei vermittelten Sachinformationen auf ein Post-it gepasst hätten, kam Chamberlain zu M und ließ seine teuren Zähne aufblitzen. «Tolle Arbeit, du Fuchs, ich habe wirklich nicht geglaubt, dass man sich an der Islamic Credit Card überhaupt versuchen sollte. Da hast du es mir aber gezeigt», sagte er und schlug M auf den Rücken, eine Geste, die vielleicht als Ausdruck von Kameraderie gedacht gewesen war, sich aber wie Gewalt anfühlte. «Hör mal, wenn es am Donnerstag so läuft, wie wir hoffen, kann ich wirklich jemanden auf meiner Seite gebrauchen.» Damit hatte Chamberlain zum ersten Mal offen zu erkennen gegeben, dass er wirklich auf den steilen Aufstieg zum CEO hoffte. M wusste nicht, ob er sich darüber freuen sollte, dass Chamberlain seinen Wert erkannte und ihn auf seiner Seite haben wollte, oder sich ärgern, dass jemand, der sich auf gleicher Ebene mit ihm befand, so von oben herab mit ihm redete.

«Und was ist mit Nathalie? Glaubst du nicht, dass sie den Job kriegt? Der Verwaltungsrat mag sie, und sie ist C-Level Executive.»

«Klar, das ist eine Möglichkeit. Natürlich. Aber sie brauchen jemanden, der dieses Schiff durch raue See steuert. Nat ist für Kriegszeiten nicht die Richtige, das weißt du so gut wie der Verwaltungsrat. Die brauchen einen Kämpfer, der einstecken kann, bis die Märkte sich wieder geregelt haben. Ich habe Lord Harbringer im Verwaltungsrat, der mich aufstellen wird.»

«Na, da wünsche ich dir viel Glück.»

Im Fahrstuhl auf dem Weg nach unten atmete er tief durch und beschloss, sich von Chamberlain und seinem wilden Plan, CEO zu werden, nicht die Laune verderben zu lassen. M hatte schließlich innerhalb einer Woche ein Konsortium von Investoren für ein Zwölf-Millionen-Pfund-Projekt auf die Beine gestellt. Das Erfolgshonorar, das er gerade für Hilliard Drake eingefahren hatte, lag bei acht Prozent und würde sich um die 960 000 Pfund bewegen. Sein Jahresendbonus würde wahrscheinlich zehn Prozent dieses Erfolgshonorars betragen, 96 000 Pfund. Mehr als genug, um seine Kreditaktenrechnungen zu bezahlen und etwas auf die hohe Kante zu legen. Er hatte es geschafft. Scheiße, er hatte es geschafft.

Am Abend rief er seine Schwester an, um ihr die gute Nachricht weiterzugeben. Die Verbindung nach Bagdad war wie immer schrecklich, und er musste mehrmals wiederholen, dass er ein nahezu unmögliches Projekt zum Abschluss gebracht habe und es bei ihm aufwärts ging.

«Ich kann dich nicht verstehen, brauchst du Hilfe?»

M legte auf und beschloss, ihr stattdessen zu texten.

Freue mich sehr für dich, Karim hat immer an deinen Erfolg geglaubt. Dann, nach über einer Minute, während der die Gedankenblase in seiner SMS-App anzeigte, dass sie tippte, schickte sie ein *Voll stolz auf dich xx.* M starrte die Nachricht lange an und wusste nicht, was er antworten sollte.

Übrigens, wann hat Zara gleich wieder Geburtstag? Ich vergesse es dauernd und wollte ein schönes Geschenk für sie kaufen.

Darauf antwortete Siver nicht. M wusste nicht, ob sie die

Nachricht einfach nicht gesehen hatte oder beleidigt war, dass er den Geburtstag seiner Nichte nicht wusste. Nach zehn Minuten schickte er ihr noch eine Nachricht:

?

XVII

Obwohl der Konferenzraum in den Räumen von Hilliard Drake in der Lombard Street offiziell «Verwaltungsratszimmer» hieß und auch im Alltag so genannt wurde, kam der Verwaltungsrat nie hier zusammen. Man mietete stattdessen einen der Konferenzräume im Lancaster Hotel, und die Büros von Hilliard Drake in London, New York und Singapur bekamen die Ergebnisse später per Mail. M las darüber meistens in der Presse, lange bevor ihn eine Mail erreichte.

Am Tag der Sitzung sprachen die Angehörigen der Belegschaft von Hilliard Drake im Flüsterton miteinander, warfen nervöse Blicke auf ihre Telefone und fragten die Kolleginnen und Kollegen, ob sie etwas gehört hatten. Zum Lunch holte M sich aus dem Sainsbury's Local eine Box mit hartem, kühlschrankkaltem Sushi, und als er wieder ins Haus kam, sah er Nathalie Hardy auf dem Rückweg von der Verwaltungsratssitzung auf den Fahrstuhl warten.

«Hi Nathalie! Wie ist die Sitzung gelaufen?», fragte er, als er neben sie trat, worauf sie ihm einen derart niedergeschlagenen Blick zuwarf, dass er wusste, dass sie nicht befördert worden war. Sie warteten mehrere Minuten schweigend auf den Fahrstuhl, und als sie im zweiten Stock ausstieg, sagte sie: «Dann auf Wiedersehen», als die Türen sich hinter ihr schlossen.

Im dritten Stock wirkte alles ganz normal. «Leute, ich habe Hardy gerade im Fahrstuhl getroffen», sagte M zu Naveen und Jane in ihren Bürowaben. «Sie hat den Job nicht bekommen.»

«Ja, klar, da sei Gott vor, dass eine kompetente Frau befördert wird.»

«Im Fahrstuhl hätte sie fast geheult, bin mir nicht sicher, dass sie so kompetent ist.»

«Das hast du jetzt aber nicht wirklich gesagt, Mo?»

«Und wer den Job bekommen hat, weiß wieder keiner?»

«Der Wert der Aktie steigt, Boss, irgendwer weiß was», sagte Naveen mit Blick auf die Kurve auf seinem Monitor.

M warf einen Blick zu Chamberlain hinüber. Hatte das Arschloch es am Ende geschafft? Er ging Richtung Obstkorb, der auf halbem Weg zwischen den beiden platziert war, spielte mit einem Pfirsich und passte Chamberlain auf dem Weg zur Toilette ab.

«Dan, *my man*. Wie geht's, wie steht's?»

Chamberlain sah sich um, als wollte er sich gegen Lauscher absichern. «Ich habe nichts gehört. Ich bin davon ausgegangen, dass Nathalie mir eine Nachricht schickt, falls mein Name fällt.»

«Na ja. Ich bin ihr gerade im Fahrstuhl begegnet.»

«Und?» Chamberlain packte M am Arm, als wollte er mit der Festigkeit seines Griffs die Wichtigkeit des Gesprächs unterstreichen.

«Bin mir ziemlich sicher, dass sie es nicht geworden ist. Sie hat geheult.»

«Na, und wer ist es dann geworden?»

«Keine Ahnung, ehrlich.»

Im Büro piepsten alle Computer und Telefone, eine Mail musste eingegangen sein. «Das ist es, oder?»

Die beiden Männer zogen ihre Telefone, als wollten sie sich duellieren, und scrollten, scrollten, scrollten sich durch die Pressemitteilung.

«Scheiße», seufzte Chamberlain.

«Das kannst du laut sagen.»

«Scheiße.»

«Wer soll das überhaupt sein? George … Gibbons?» M suchte online nach dem Namen. «Oh. Scheiße. COO der Londoner Corporate and Institutional Banking Division von BNP Paribas.»

«Echt. Gibbons, der Arsch. Scheiße.»

«Na ja, du hast nicht wirklich geglaubt, dass du es wirst, oder?»

Chamberlain blickte von seinem Telefon auf, das Gesicht zu etwas verzerrt, das M nicht mehr wiedererkannte. «Was war das eben?»

«Nichts, ich wollte nur sagen, wir beide haben dieselbe Jobbezeichnung, und mir hätten sie bestimmt nicht einfach so den CEO-Titel verliehen. Ich habe noch Wirklichkeitssinn. Du vielleicht nicht, aber nur zu.»

Chamberlain stand schweigend vor M, seinen BlackBerry in der offenen Hand, als würde er betteln. Sein Blick wurde schmal.

«Scheiße, was ist eigentlich los mit dir?

«Wie bitte?»

«Warum musst du immer so feindselig sein? Warum kannst du nicht einfach sagen, ach, tut mir leid, Kumpel, viel Glück beim nächsten Mal? Warum musst du immer so ein Arschloch sein? Nein, im Ernst jetzt. Monatelang habe ich es bei dir versucht, *Monate,* wollte mit dir was trinken gehen, Kontakt herstellen, dir hier helfen, und was kriege ich dafür? Hohn und Spott ohne Ende, nicht einmal einen kleinen Glückwunsch, als ich meinen Deal abgeschlossen hatte, das ganze Büro ist zu mir gekommen, nur von dir kein Wort. Hältst du dich für was Besseres, oder was?»

Nach diesem Ausbruch war M fassungslos. «Dan. Ehrlich … ich habe keine Ahnung, was du …»

«Mein ganzes Leben! Mein ganzes Leben habe ich dieser

Firma gegeben, und wozu? Wozu? Nicht einmal ein Quartalsbonus? Ein Jahr lang habe ich mein Kind nicht mehr gesehen, seit den *Neunzigern* habe ich mich hier eingebunkert. Und das ist der Dank? Nachdem ich in unter zwei Wochen den Country-Club-Deal abgeschlossen habe, um das mal zu sagen! Ach, ich bin raus. Ich bin sowas von raus. Von mir aus kann der Laden hier abbrennen.»

Chamberlain warf ein paar Unterlagen in die Luft und marschierte aus der Tür, wobei er M bewusst noch anrempelte.

«Dieses Drecksloch überlasse ich euch.»

Lautlos formte M mit den Lippen die Worte «Was war *das* denn?» in Richtung Charlie, die mit einem übertriebenen Achselzucken und Kopfschütteln antwortete. Die Angestellten von Hilliard Drake blickten einander ungläubig an. Was war gerade passiert? Draußen verhallte das metallische Rumsen von Chamberlains Tritten gegen die Fahrstuhltür, und dann hörte man, wie Chamberlain jemanden anbrüllte: *«Fass mich nicht an! Fass mich nicht an!»*

XVIII

M war ganz auf den Namen des neuen CEO fixiert gewesen und hatte überlesen, dass es in diesem Jahr keine Boni geben würde. Erst als Jane davon sprach, wie sehr sie es bereue, ein kreischteures Paar Schuhe auf ihre Kreditkarte gesetzt zu haben, wunderte M sich, was sie da redete, und als sie es ihm erklärte, fühlte es sich an, als wäre der Bohrer am Zahn auf den Nerv durchgestoßen. Er öffnete die Mail erneut und überflog sie, bis er den Absatz erreicht hatte, auf den Jane sich bezog. *Als erste Amtshandlung schlug George Gibbons vor, für das Kalenderjahr 2009 an Angestellte der Hilliard Drake Capital PLC keine Boni auszuzahlen und Bonuszahlungen erst wiederaufzunehmen, wenn die Bilanzen der Firma besser aussahen als im Q4 2006. Der Verwaltungsrat stimmte dem einstimmig zu und sieht in dieser Geste ein Bekenntnis zur Maximierung des Shareholder Values als vorderster Aufgabe von Hilliard Drake Capital PLC.* Die neunzigtausend Pfund, mit denen er gerechnet hatte, hatten sich gerade in Luft aufgelöst.

«Scheiße.»

«Tut mir leid, Mo. Aber du kannst trotzdem stolz auf den Abschluss sein.»

«Von Stolz kann ich mir nichts kaufen. Ich brauche jetzt erstmal einen Drink.»

«Sei vorsichtig, vielleicht ist Dan noch draußen und will dir die Fresse einschlagen.»

«Der kann mich mal. Ich brauche einen Drink», sagte M, ging Richtung Fahrstuhl und drehte sich dann nach den anderen um. «Kommt ihr jetzt mit oder was?»

«Echt, Leute, bestellt einfach, was ihr wollt, ich setze das alles auf Spesen. Naveen, willst du was? Nein? Super, dann bleibt mehr für mich. Jane? Braves Mädchen. Gin Tonic für die Dame, Single Malt für mich. Einen doppelten. Naveen? Cola? Eine Cola Light für ihn, bitte. Prost. Klar, behalten Sie die Karte einfach. Da kommt noch mehr. Danke. Ist der Tisch okay? Also Prost, wir trinken darauf, dass sie uns in den Arsch gefickt haben. Wisst ihr, es gibt diesen Clip von George W. Bush, da macht er gerade mal Pause von der harten Arbeit, den halben Nahen Osten zurück in die Steinzeit zu bomben, und hält eine Rede an irgendeiner Universität in Dallas, und da behauptet er, selbst durchschnittliche Studierende könnten Präsident werden. Guckt euch das an, und dann guckt euch das Gesicht von Condoleezza Rice an, hinter ihm, guckt euch ihr Gesicht an. Echt wahr, Jane, das ist auf YouTube, kannst du gucken. Wisst ihr, dass sie nach dem Verbot der Sklaverei in Großbritannien, in Frankreich und in den USA die Sklaven*halter* entschädigt haben, für die entgangenen Einkünfte? Die scheiß Sklaven*halter*. Und die soeben befreiten Menschen mussten dann oft den Rest ihres Lebens für deutlich geringeren Lohn arbeiten, um ihre Freiheit bei den früheren Herren abzuzahlen. Scheiße, ist das denn zu fassen? Aber wir ziehen schön den Kopf ein, wir tun, was wir können, damit sie uns nicht mit ‹einem von denen› verwechseln, ziehen uns an wie sie, essen wie sie, nicht diesen komischen Stinkefraß, und versuchen, mitzuhalten in ihrem abgekarteten Spiel. Bis du dann eines Tages merkst, dass du nicht gewinnen kannst. Der Job geht trotzdem an George Arschloch Gibbons oder Daniel Drecksack Chamberlain. Diese ganzen Wichser. Noch einen Drink, Jane? Komm schon, einer geht noch.»

Naveen und Jane wollten ihren Chef nicht beleidigen; dabei dachten sie beide an die ganze Arbeit, die sie noch erledigen mussten, bevor sie Feierabend machen konnten.

XIX

Mit dem neuen CEO kamen neue Regeln. Die Sicherheitsvorschriften wurden auf den Stand gebracht, und für Zehntausende von Pfund engagierte Consultants erklärten allen, wie sie ihre Abläufe ein ganz klein wenig ändern mussten. Alle Angestellten hatten sich mit dem neuen Personalhandbuch und dessen Verhaltensregeln für *Reality Based Environments* vertraut zu machen. Charlie wurde Feuerschutzbeauftragte, nachdem sich herausgestellt hatte, dass der frühere Feuerschutzbeauftragte 2007 einer Kündigungswelle zum Opfer gefallen war.

M tauchte am Bahnhof Bank aus dem Untergrund auf und eilte ins Büro, aber am Eingang wurde seine Zugangskarte zurückgewiesen: neue Regeln, neue Karten. Charlie musste herunterkommen und ihn identifizieren, obwohl man ihn am Empfang des Gebäudes sieben Jahre lang jeden Tag gesehen hatte. Eine neue Karte wurde ausgestellt, M musste auf Tischplattenhöhe in ein mechanisches Auge linsen, eine schwarze Plastikkugel, in der sich eine ebenso dunkle Linse befand, deren Verschluss kurz klapperte, bevor eine Datei auf der Festplatte landete. Auf der Karte sah das Foto ausgeblichen aus, M war nur noch eine blasse, schemenhafte Gestalt. Dann überreichte man ihm die Karte endlich - sein Name war genauso falsch geschrieben wie auf der alten -, und erst dann durfte er ungehindert durch die Glastüren an die Fahrstühle treten.

«Danke», sagte er zu Charlie, die auf ihr Telefon blickte.

«Klar», sagte sie und blickte erst auf, als der Fahrstuhl langsamer wurde. Als sie hinauswollte, merkte sie, dass er im zweiten Stock gehalten hatte, für den FedEx-Kurier. Sie war peinlich berührt und tat, als hätte sie sich nur räkeln wollen, nicht aussteigen. M tat, als hätte er nichts bemerkt. «Übrigens, Gibbons will dich sehen», sagte sie, als sie im richtigen Stockwerk angelangt waren.

Nach dem Leitungswechsel bei Hilliard Drake hatte es auch neue Vorschriften für die Schreibtischdekoration gegeben. Was früher erwünscht gewesen war (Belege für ein glückliches Familienleben, den Besuch einer prestigeträchtigen Universität oder sportliche Betätigung, auszuklammern waren Zeugnisse privater Ausschweifungen), wurde jetzt heruntergeschraubt: Man hatte für das futurologistische Redesign der Workstations eine Firma engagiert, um den Büroräumen von Hilliard Drake einen der Zukunft zugewandten Anstrich zu verleihen. Im Fokus war jetzt die Leichtigkeit des Platzwechsels: Wer bei Hilliard Drake arbeitete, sollte den Laptop an den Standorten New York, Dubai, Singapur oder London einstecken und sich sofort zu Hause fühlen können.

Natürlich blieben alle an ihren alten Plätzen sitzen, nur waren sie jetzt schwerer voneinander zu unterscheiden. M warf seine Taschen und seinen Trenchcoat auf seinen nun leeren Schreibtisch und machte sich auf den Weg ins Eckzimmer von George Gibbons.

Kaum hatte Gibbons sein Büro bezogen und sich von der IT-Abteilung Telefon, E-Mail, E-Mail-Signatur und Zugang zum Gebäude einrichten lassen, hatte er eine Sitzung einberufen und aufregende Neuerungen angekündigt. Um wieder nach oben zu kommen, sagte er, würden sie sich konzentrieren müssen, und zwar auf ihre Kernkompetenzen. Sie würden sich darauf besinnen müssen, was Hilliard Drake groß gemacht hatte, und die Projekte abstoßen, die kein Wachstum brachten, und alle im Unternehmen würden sich fragen müssen, wie sie Value schaffen und was sie optimieren konnten.

In der Woche darauf hatte er die Hälfte der Büroräume von Hilliard Drake vermieten lassen und die Personalabteilung angewiesen, zwanzig Prozent der Angestellten freizusetzen. Alle, die ihren Beitrag nicht leisteten, die Entscheidung lag bei der Personalabteilung. Ein Richtungswechsel. Man musste sich anstrengen.

Da der von Großunternehmen beherrschte Kapitalismus vor inneren Widersprüchen nur so strotzte, war es für die Personalabteilung nie schwer, Entlassungsgründe zu finden. Schließlich musste man, um bei Hilliard Drake Erfolg zu haben, dafür sorgen, dass man Hobbys und eine gesunde Familie hatte, aber gleichzeitig alles andere als den Job hintenan stellen. Man musste Schlaf hinter sich lassen und dabei gesund aussehen. Achtsamkeitsexperten waren geholt worden und hatten erklärt, zehn Minuten Meditation jeden Morgen und Achtsamkeit den Rest des Tages über würden drei, vier Stunden Schlaf einsparen. (Die meisten warfen einfach Amphetamine ein.) Die Jüngeren, die noch immer glaubten, man könne neben der Arbeit ein eigenes Leben führen, machten zwischen 15 und 16 Uhr auf den Toiletten ein Nickerchen und gingen nach Feierabend aus. Wenn man so weit aufgestiegen war wie M, galt das als unfein, wie so vieles andere auch. Zum Aufstieg nach oben, nach ganz oben, brauchte es Verzicht, Verzicht, Verzicht.

M wusste, was Gibbons da tat: Er war den Shareholdern verantwortlich, und durch Flächenvermietung und Senkung der Lohnkosten konnte er schnelle Profite vorweisen. Langfristig war die Strategie eine Katastrophe, aber Gibbons hatte über die Lieferung beruhigender Quartalsergebnisse hinaus keine Verpflichtungen.

M klopfte, und Gibbons winkte ihn herein und forderte

ihn zu einer Präsentation seiner aktuellen Projekte bei Hilliard Drake auf.

«Na ja, wie Sie wissen, habe ich gerade den Islamic-Finance-Deal zum Abschluss gebracht, und der Firma damit einen Profit von ...»

George Gibbons hatte das Pech, über Gesichtszüge zu verfügen, die ihm eine Anmutung dauernden Zorns verliehen, vom Gewicht der Kiefer herabgezogene Mundwinkel, die Augen - klein, rund - tief in den Höhlen sitzend, von buschigen Brauen verschattet. Er war es gewohnt, dass man ihn fürchtete, und brachte M mitten in dessen Erzählung von dem kleinen Wunder, dass ihm mit der Islamischen Kreditkarte gelungen war, zum Schweigen, indem er einen Finger hob.

«Da muss ich Sie gleich unterbrechen», sagte Gibbons, der so leise sprach, dass man sich unwillkürlich näher zu ihm beugen musste. Verstand man einen Satz falsch, erwies man sich als unkonzentriert, und es lag auf keinen Fall daran, dass er zu leise sprach. «Der Blick zurück hat keinen Sinn. Wir müssen stets nach vorne sehen. Wie Sie in der Vergangenheit Werte geschaffen haben, interessiert mich nicht, ich muss wissen, wie Sie es in der Zukunft tun werden. Ich weiß, dass Allencourt, Friede seiner Asche, als Chef eher locker war, aber ich werde mit dem Personal nicht so nachsichtig sein. Ich habe eine Verantwortung den Shareholdern gegenüber, damit das klar ist.»

M fiel wieder ein, wie Allencourt einmal den Laptop eines Kollegen durch den Raum gepfeffert hatte, weil ihm die Schriftart der Überschrift eines Investment Memorandums missfiel, und versuchte, das mit der postumen revisionistischen Einschätzung als «lockerer Chef» in Übereinstimmung zu bringen.

«Also, woran arbeiten Sie? Jetzt, im Augenblick.»

Die Projekte auf M's Liste waren grauenhaft, und keines davon sah nach einem Abschluss aus. Da war der Bau eines Solarkraftwerks, der davon abhing, dass der (korrupte) Assistent des (korrupten) Energieministers von Bangladesch die kommenden fünf bis sieben Jahre über im Amt blieb, dann war da die Raffinerie in den Emiraten mit einem Investitionsbedarf von Hunderten Millionen Dollar, unmittelbar nach dem Kollaps von Dubai World, und dann noch ein Projekt in Luxemburg, das so verworren war, dass niemand in seinem Team begriff, worum es eigentlich ging. M zuckte kurz die Achseln und erklärte, seine aktuellen Projekte steckten fest, aber falls er Zugang zu den Projekten auf Chamberlains Tisch bekäme ...

«Kann ich nicht machen. Die werden intern verteilt.»

M nickte und merkte langsam, welche Richtung dieses Meeting nahm. Vor nicht einmal einem Monat hatte er einen Deal abgeschlossen, der ihm einen saftigen Bonus und eine sichere Zukunft im Unternehmen hätte einbringen sollen, und jetzt stand er ohne Bonus da, und man machte ihm klar, dass er an der kurzen Leine gehalten wurde, dass er noch ein Kaninchen aus dem Hut zaubern sollte, sonst wäre er draußen, mit einem Pappkarton, nachdem er Telefon und Laptop abgegeben hatte.

«Ich habe mich hoffentlich klar ausgedrückt», sagte Gibbons und winkte M aus seinem Büro.

XX

Die Fotos zur Feier der Projektfinanzierung für die Islamische Kreditkarte zeigen den Handschlag von Shahab Al-Shafiqque und Michel Latour von UBS. Es ist der Handschlag der Mächtigen, ein bemühtes Sichverrenken, ein Blick durch eine Linse, aus heutiger Sicht so verzerrt wie eine Kartenprojektion. Hinter ihnen steht George Gibbons, in zwei der drei Aufnahmen lässt der Blitz seine Augen dämonisch rot leuchten, seine Hände liegen auf den Schultern der beiden Männer, deren Deal auf 12,6 Millionen Pfund geschätzt wurde, womit Gibbons' Verbleib als CEO mindestens für das volle Geschäftsjahr gesichert war. Rechts daneben Jane und Naveen, eine Mischung aus Verwunderung und Langeweile im Gesicht. Eine Gruppe von Vertretern der Provinzbanken rundet das Bild ab, alle lächeln. Hinter Jane kann man M's Arm erkennen, aber sein Gesicht ist auf allen drei Bildern kaum zu sehen. Auf einem Bild sieht man hinter dem Kopf eines der Banker ein einzelnes weißes Auge hervorlugen, dem man M's Stimmung unmöglich ablesen kann.

Nachdem Charlie dreimal auf den Auslöser der Digitalkamera gedrückt hatte, zeigte sie die Bilder George Gibbons auf dem Display. «Wunderschön, einfach toll», sagte er und hielt die Kamera so, dass Michel Latour sie auch absegnen konnte. Es dauerte noch ein paar Wochen, dann war die Speicherkarte voll, ihr Inhalt wurde auf die Festplatte von Charlies Computer geladen, und niemand warf je wieder einen Blick darauf.

Dann wurde die Speicherkarte gelöscht, um Platz für neue Fotos zu schaffen.

Zwischenspiel II:

CHANGE

(2011)

Einen Augenblick lang tröpfelten auf dem Bildschirm Städte herab, dann flackerte es, und dieselben Städte erschienen, diesmal in arabischer Schrift. Abflüge. Ankünfte. Abflüge. Ankünfte.

Angestrengt starrte Xezal Razaq Rahman auf die Anzeigetafel im Terminal 2 des Flughafens von Dubai, die den rotierenden, klappernden Anzeigen ihrer Jugend nachgebildet war, der Digitalisierung zum Trotz. Noch immer kein Flug nach Slemani. Sie blickte auf das Ticket, das sie in der Hand hielt und auf das die Frau in New York Abflugdatum und -zeit gekritzelt hatte. Ob sie sich im Datum geirrt hatte? Konnte sie so unfähig gewesen sein?

Die Zeile unter den Flügen nach Lahore und Isfahan bestand nur aus Fragezeichen. Ob das ihr Flug war? Xezal sah sich nach einem Informationsschalter um, schob den Gepäckwagen dort hin und unterbrach eine junge Frau beim Gähnen.

«Entschuldigung», sagte Xezal und hatte ihre volle Aufmerksamkeit. Ihr war aufgefallen, dass ihre Stimme hier ein anderes Timbre hatte und mehr Autorität ausstrahlte als beim Abflug in New York. «Können Sie mir sagen, wann der Flug nach Slemani geht? Ich kann ihn auf der Anzeigetafel nicht finden.»

Die Frau trug eine Uniform, die Xezal an die amerikanische Fernsehserie erinnerte, die sie im Iran immer gerne gesehen hatte, *Bezaubernde Jeannie*, eine westliche Fantasievorstellung von nahöstlicher Kleidung. Lange und in Heimarbeit schlampig lackierte Fingernägel schlugen kurz auf eine Tastatur ein.

«Was ist Slemani? Ich habe nie gehört davon.»

Xezal berichtigte die arabische Grammatik der Frau und zeigte ihr das Flugticket. «Abflugzeit ist heute um halb neun. Sehen Sie, da.»

Sie sprach lauter, schrie fast, was nicht ihre Absicht gewesen war. Die Frau schreckte leicht zurück. Xezal merkte, dass sie noch ein paar Aggressionen von der Taxifahrt zum Terminal übrig hatte.

Sie war vor ein paar Stunden am Terminal 1 gelandet und hatte entdeckt, dass man nur mit dem Taxi zum Terminal 2 kam. Der Fahrer, der über eine Stunde auf Kundschaft gewartet hatte, um dann zu hören, er solle nur eine Kurzstrecke fahren, hatte die ganze Fahrt über geklagt, Xezal gegenüber auf Englisch, in seiner eigenen Sprache für sich allein. Xezal hatte ihm erklärt, es sei nicht ihre Schuld, dass sie zum Terminal 2 müsse und es keinen kostenlosen Shuttlebus gab. «Ich hätte lieber kein Taxi genommen, aber ich habe keine andere Wahl», setzte sie dem Fahrer auseinander, der sie weiter in einer fremden Sprache beleidigte. Sie verstand kein Wort, aber der Tonfall war eindeutig. Sie versuchte, ihm zu erklären, dass sie ihm ein gutes Trinkgeld geben würde, wenn er sich einfach professionell verhielt, aber das schien ihn noch mehr zu ärgern, und als sie am Ziel waren, fand Xezal, dass er keinen Penny mehr verdient hatte als die zweiunddreißig Dirham, die das Taxameter anzeigte.

Sie war noch nie in Dubai gewesen, und dass dort niemand Arabisch sprach, hatte sie überrascht. Selbst die Frau am Schalter, die Xezal für eine Einheimische gehalten hatte, redete, als hätte sie die Sprache gestern erst von einem Dorfbewohner gelernt. Sie fragte sich, was für Erwartungen sie an einen Ort hatte, der noch eine von Nomaden bevölkerte Sandgrube gewesen war, als Bagdad schon neben Paris und

London auf den Einkaufstaschen der großen Modelabels auftauchte, aber sie hätte geglaubt, man sei dort wenigstens stolz genug, die eigene Sprache durchzusetzen.

«Im Computer kann ich nichts finden», sagte die Frau, und anstatt sich weiter mit ihr zu streiten, steuerte Xezal seufzend den Gepäckwagen mit seiner ärgerlichen Tendenz, nach links auszuscheren, zum einzigen Coffeeshop vor den Check-in-Schaltern und der Sicherheitskontrolle. Sie kannte die Kette aus London, auch wenn sie nie in einer Filiale gewesen war, und es dauerte ein wenig, bis sie das Angebot verstanden hatte. Sie wollte einfach eine Tasse Kaffee, aber trotzdem stellte der Barista – ein kleines effeminiertes Ding – ihr ständig weitere Fragen, als wäre er die Große Sphinx von Gizeh. Ob sie eine Loyalty Card habe? Ob sie eine wolle?

Lange stand sie da und versuchte, die Zahlen auf den Scheinen und Münzen zu entziffern, die sie in einer der vielen Wechselstuben des Flughafens bekommen hatte. Beim Pfund war es anders; man sah den Scheinen an der Größe an, welcher wertvoller war; die Zwanzig-Pfund-Note war größer als die Zehn-Pfund-Note, aber kleiner als die riesigen purpurnen Fünfziger. Einmal hatte einer von Rafiqs Besuchern ihnen erklärt, er könne ihnen Fünfzig-Pfund-Scheine zum halben Preis verkaufen. «Bei Gott, man kann den Unterschied unmöglich erkennen», hatte der Mann gesagt und ihnen die gefälschten Scheine zur Inspektion hingehalten. Rafiq hatte interessiert gewirkt und so getan, als sei dies ein effektiver Weg zu zeigen, wie willkürlich der Wert des Geldes festgesetzt wurde, und obwohl Xezal dem Gast (Kak Abdulrahman, plötzlich fiel sein Name ihr wieder ein) immer wieder höflich sagte, sie würden darüber nachdenken, ließ Rafiq nicht locker, bis sie nicht mehr anders konnte, als ihren Mann und den Gast darauf hinzuweisen, dass sie es war, die im Haushalt die Einkäufe erledigte und das Risiko einging, erwischt zu werden. «Ich würde lieber sterben. Ich würde lieber hungern, als diese Schande zu erleben.» Die Männer verdrehten die Augen, und sie sprachen stattdessen über den bevorstehenden Staatsbesuch von Tariq Aziz in Frankreich. Xezal widmete sich wieder ihren hausfraulichen Pflichten, und später, als Kak Abdulrahman gegangen war, warf sie die Pralinen, die er mitgebracht hatte, in den Müll. Was für ein unangenehmer Mensch!

Ungefähr eine Woche später sah sie beim Putzen, dass die Rückwand des Radios aussah, als wäre sie geöffnet worden. Dieses verdammte Radio, wie viel Leid es ihr schon gebracht hatte. Als sie in das Geheimfach sah, entdeckte sie ein Bündel Fünfzig-Pfund-Scheine, und monatelang behielt sie ihr Wissen für sich, damit sie es später bei einem Streit mit Rafiq als Waffe einsetzen konnte. Natürlich hatte einer wie er sich von diesem Hochstapler mit seinem Falschgeld hereinlegen lassen. Natürlich hatte er das Geld lieber versteckt, als Xezal davon zu erzählen. Und sie hätte diesen Groll ewig gehegt, hätte er das Geld nicht für die Parisreise genutzt. Um dort mit einem Flittchen zu schlafen, sicher, aber wenn dies sein einziger Anlass für die Reise gewesen wäre, hätte er nicht die ganze Familie mitnehmen müssen.

«Geben Sie mir einfach so einen», sagte der Mann vom Coffeeshop, als er merkte, dass Xezal mit dem Geld nicht zurechtkam, und deutete auf einen rosafarbenen Schein. Er gab ihr ein paar Münzen, die sie in die Büchse für das Trinkgeld neben der Kasse warf, dankbar, dass er ihr die Schande erspart hatte.

Als der Kauf glücklich abgeschlossen war, setzte sie sich mit ihrem Kaffee (leider in einem dieser ekligen Pappbecher) an einen leeren Tisch, faltete ein paar Servietten zusammen und legte sie unter ein Bein, damit er nicht mehr wackelte, und holte ihr Telefon aus der Handtasche. Sie würde Siver anrufen und ihr sagen, dass sie in Dubai war. Vielleicht konnte ihre Tochter vor dem Check-In mit ihr einen Kaffee trinken und die kleine Zara mitbringen. Sie warf einen Blick auf den Bildschirm, balkenfrei. Noch immer kein Empfang.

Sie hatte Laika in New York besuchen wollen. Einen vollen Tag hatte die Reise sie gekostet, mit Umstieg auf dem grässlichen Flughafen von Istanbul, benannt nach dem widerwärtigsten Mann aller Zeiten, nur damit man sie auf dem Flughafen JFK in einen Raum setzte und warten ließ. Es gab keine Toiletten, kein Wasser, kein Telefon, nicht einmal eine Zeitschrift durfte sie lesen, sie musste einfach mit einer Handvoll Muslimas und Muslimen und einem verwirrten Menschen aus dem Westen dort sitzen. Eine Stunde verging, bevor sie aufgerufen wurde. Sie versuchte zu erklären, dass sie nicht zu diesen irren Muslimen gehöre, dass die Kurden Islamisten noch mehr hassten als die Amerikaner.

«Wir hassen niemanden, Ma'am», sagte der Mann von der Einreisebehörde. Sie hatte gebetet, dass sie nicht an ihn geraten würde, als sie gesehen hatte, wie er mit den Menschen vor ihr umgegangen war. Die Frau am anderen Schalter wirkte viel netter.

«Erinnern Sie sich noch, dass Sie vor der Reise dieses Formular ausgefüllt haben?», fragte er und schob ihr ein Blatt Papier hin.

«Ja, ESTA, das darf ich so machen, ich habe die britische Staatsbürgerschaft.»

«Das ist nicht der Grund meiner Frage, Ma'am. Hier steht ‹Planen Sie terroristische Aktivitäten oder waren Sie jemals an terroristischen Aktivitäten, Spionage, Sabotage oder Völkermord beteiligt?›. Sie haben Nein angekreuzt.»

«Ja, wir sind keine Terroristen. Wir sind Kurden. Wir mögen keine Islamisten.»

«War ein gewisser Rafeek Karmanj Ihr Ehemann? Gründer der Kommunistischen Partei Kurdistans?»

«Ja. Ja, mein Ehemann Rafiq. Er ist zehn Jahre tot jetzt.»

«Und waren Sie nicht auch Mitglied der Kommunistischen Partei Kurdistans?»

«Mitglied? Kann sein, lange her. Als Saddam gekommen ist. Als wir im Irak gelebt haben. Mein Mann war Politiker. Ich war bloß Hausfrau.»

«Und ist Ihnen bewusst, Ma'am, dass die Kommunistische Partei Kurdistans von den Vereinigten Staaten als terroristische Vereinigung geführt wird?»

«Nein, nein. Wir sind keine Terroristen. Saddam ist Terrorist!»

Der Mann stempelte ihren Pass ab, und bevor sie noch etwas sagen konnte, wurde sie abgeschoben, zurück nach Slemani. Sie musste zu Wucherpreisen ein Ticket via Dubai kaufen. Nach vier Tagen Reise wäre sie wieder dort, wo sie losgeflogen war.

Nicht dass sie ihren Kindern wichtig genug wäre, dass sie sich Sorgen um sie machen würden. Selbst als sie aus London weggezogen war und gefragt hatte, welcher ihrer beiden Söhne sie zum Flughafen begleiten würde, hatten beide betreten die Blicke gesenkt.

«Mum, du brauchst uns da nicht. Wir würden den ganzen Weg mit zum Flughafen kommen, nur um uns am Check-In zu verabschieden, und dann müssen wir mit dem Zug wieder zurück, das Ganze würde Stunden dauern.»

Sie wusste einfach nicht, wann sie so eigensüchtig geworden waren. Am Ende hatte Laika ein lahmes Angebot gemacht, sie zu begleiten, und sie hatte sich verbeten, dass er mitkam. «Ich brauche dich nicht. Wenn du keinen Abschied von deiner Mutter willst, ist das deine Entscheidung.» Ganz der Westler, der er geworden war, widersprach der Sohn ihr nicht, ließ sie allein ins Taxi steigen und drehte sich zum Wohnblock um, sobald das Auto sich in Bewegung gesetzt hatte.

Sie hatte geglaubt, nach dem Tod ihres Vaters würde alles anders werden, nachdem sie gelobt hatten, sein Andenken zu ehren und sich zu ändern, aber kaum waren sie von der Beerdigung heimgekehrt, gingen alle ihrer Wege. Als wäre Rafiqs Tod nichts gewesen als eine weitere Unannehmlichkeit, die sie schultern mussten, bevor sie wieder ihr eigenes Leben leben konnten.

Nach Rafiqs Tod wurde ihr langsam klar, dass sie nach Kurdistan zurückkehren musste. Ihre Kinder würden nicht für sie sorgen, das war sehr deutlich geworden, und wenn sie zurückkehrte, würde sie ein besseres Leben haben, ein Leben in Würde. Die Heimkehr war keine Schande; schließlich war ihr Mann gestorben. Was für eine Reise sie auch gemeinsam unternommen haben mochten, es war seine Reise gewesen, und nun war er im Himmel. Also rief sie ihre Schwester in Slemani an und erzählte ihr von dem Stück Land, das die kurdische Regionalregierung Rafiq vor Jahren für seinen Einsatz für die kurdische Sache zugesprochen hatte, und sie würde ihrer Schwester und ihrem Schwager davon die Hälfte überlassen, wenn sie dafür den Bau ihres Hauses finanzierten.

«Nichts Extravagantes, einfach ein paar Zimmer. Und euren Teil des Landes könnt ihr verkaufen oder selbst darauf bauen. Wäre es nicht schön, wenn wir nach so langer Zeit Nachbarinnen würden?» (Ihre Schwester verkaufte das Land.)

Ungefähr ein Jahr später, als das Haus fast fertig war, wandte Xezal sich an ein paar Cousinen, die weit draußen im Dorf Saratapa lebten, wo sie geboren war, und sagte ihnen, wenn es bei ihnen ein unverheiratetes Mädchen gebe, das zu alt sei, um noch einen Mann zu finden, würde sie ihm Unterkunft und ein kleines Taschengeld geben, wenn es dafür kochte und putzte. Nach ein paar Tagen arrangierten sie ein Telefonat mit Ala, einem Mädchen von fast dreißig Jahren, das schwieg, als Xezal ihr ihre Pflichten erklärte. Als Xezal glaubte, am anderen Ende der Leitung ein leises Schluchzen zu hören, beschloss sie, deutlich zu werden. «Das ist doch kein Unglück. Normalerweise hat ein Mädchen die Wahl zwischen zwei Gefängnissen: unter den Augen ihres Vaters oder denen ihres Ehemannes. Mir ist egal, was du treibst, solange das Haus sauber ist und ich nicht verhungere», sagte Xezal dem Mädchen. Natürlich war es ihre eigene Sache, für die sie warb, genauso wie sie ihrer Schwester aus Eigennutz das halbe Land geschenkt hatte, aber sie vermittelte dem Mädchen auch hart erarbeitete Lebenserfahrung. Xezals Vater, Gott sei seiner Seele gnädig, war ein aufbrausender Mann gewesen, der sein Gefühl der Machtlosigkeit der Welt gegenüber an Xezal und ihrer Schwester ausgelassen hatte, um wenigstens über einen Teil seines Lebens totale Kontrolle zu haben. Als sie Rafiq kennenlernte, war ihr klar, dass sie den Schlägen des betrunkenen Vaters und der Gewalt seiner Worte nur entkommen konnte, wenn sie Rafiq dazu brachte, sie zu heiraten. Und nein, das war keine perfekte Lösung; auf dem Höhepunkt seines Ruhms verbrachte Rafiq viel Zeit im Bordell, und sie wusste von einer Affäre mit der Frau eines anderen Kommunisten. Aber es war immer noch besser, als bei den Eltern zu wohnen. Rafiq schlug sie nicht, er beschimpfte sie nicht, und wenn er Geld hatte, machte er ihr Geschenke. Er war ein liebevoller Ehemann und Vater, all seiner Schwächen zum Trotz.

Als sie Siver einmal von Rafiqs Untreue erzählt hatte, um ihr zu vermitteln, wie ungerecht das Leben sei, besonders für Frauen, hatte Siver kaum von der Klatschzeitschrift aufgeblickt, in der sie gerade las, und mit den Achseln gezuckt. Als hätte Xezal es irgendwie verdient. Sie sahen immer alles anders, ihre Kinder, egal was sie tat. Genau wie mit dem verdammten Computer: Monatelang hatte sie wie ein Tier geschuftet, um einen Puffer anzusparen, einfach damit sie nicht jeden Monat kurz vor dem Verhungern waren, und was tat Rafiq? Nahm ihr ganzes Geld und kaufte damit einen Computer. Und natürlich hielten die Kinder sie dann für eine hirnlose Nervensäge. Als sie die Videokamera versetzte, die jemand Rafiq geschenkt hatte, um den Kindern Weihnachtsgeschenke kaufen zu können, war auch das wieder falsch gewesen.

Ein Flug nach Ghom. Letzter Aufruf. Xezal blickte von ihrem Kaffee auf, sah eine Familie, die auf die Anzeigetafel blickte. Kurden. Xezal war sich schon sicher, bevor sie auch nur ein Wort gesprochen hatten. Da war etwas an ihrer Schädelform, der abgeflachte Hinterkopf. Rafiq hatte ihr einmal erklärt, kurdische Köpfe könne man immer erkennen, weil kurdische Babys gewickelt auf Steinböden schliefen. Sie wusste nicht, ob es stimmte - wann immer sie ihn etwas fragte, bekam sie eine Antwort, auch wenn sie manchmal komplett erfunden war; fünfunddreißig Jahre verbrachten sie miteinander, und nie fühlte er sich mit ihr wohl genug, um einfach zugeben zu können, etwas nicht zu wissen.

Die Frau der Familie fragte sich (auf Kurdisch, Xezal hatte recht gehabt), warum der Flug nach Slemani nicht aufgeführt war.

«Siehst du die Zeile mit den Fragezeichen?», sagte der Ehemann, die Hosen mit dem Gürtel weit über der Hüfte festgezurrt. «Das ist unser Flug. Die Araber fliegen jetzt ja gern nach Kurdistan, wo man Geld verdienen kann. Aber unsere Städte auf ihre Anzeigen zu schreiben, das bringen sie nicht über sich, also lassen sie sie einfach leer oder schreiben irgendeinen Unsinn, so wie hier. Sollen doch alle ihre Flüge verpassen, Hauptsache, sie müssen die Namen unserer Städte nicht schreiben, bei Allah.» Xezal erkannte den Ton der Stimme, die Arroganz eines Männergottes, der tat, als hätte er auf alles eine Antwort. Er bestimmte, was in der Familie als Wirklichkeit galt.

Xezal war erleichtert, dass es doch einen Flug nach Slemani zu geben schien, und widmete sich wieder ihrem Kaffee, während die Eltern sich Tee und ihren Kindern Brause besorgten. «*Wallah*, der Tee ist ja reines Wasser», klagte die Frau, und Xezal musste sich auf die Zunge beißen, um sie nicht zu fragen, was sie in einem Coffeeshop erwartete. Sie war selbst mit Tee aufgewachsen, wie alle in Kurdistan, aber kaum war sie mit Rafiq nach Bagdad gezogen, trank sie aus Prinzip nur noch Kaffee, so wie die Konsuln und Emire der Stadt. Der schale Bittergeschmack des Tees, im Zaum gehalten nur von haufenweise Zucker, kam ihr unkultiviert vor, fast schon vulgär.

Sie behielt die Familie im Auge und überließ die Detektivarbeit ihnen: Wo sollte man einchecken, wenn weder die Anzeigetafeln noch die Frau am Schalter helfen konnten? Sie würde ihnen in sicherem Abstand folgen.

Oh, bestimmt würden sie ihr gerne helfen, wenn sie sich vorstellte, aber ihr ungeschliffenes Verhalten behagte ihr nicht, und was sollten die Leute denken, wenn sie sich mit solchen Menschen abgab? Also beschränkte sie sich darauf, ihnen dabei zuzusehen, wie sie ihren Gepäckwagen mit dem schwankenden Turm aus in Plastikfolie gewickelten und mit Tragegurten verschnürten Kisten langsam in Richtung Check-In-Counter schoben. Warum konnten sie keine Koffer benutzen wie alle anderen auch? Warum mussten sie Schande über ihr Volk bringen, indem sie reisten wie Schmuggler in den Bergen?

Auch sie hatte ihre Habe schon so eingewickelt, aber das war vor langer Zeit gewesen, als sie unter Lebensgefahr auf der Flucht waren. Natürlich war Xezal damals das Überleben wichtiger gewesen als anständiges Gepäck, aber was hatte diese Familie für eine Ausrede? Diese Leute waren eindeutig nicht auf der Flucht, sie wollten nach Hause.

Sie hatte gehofft, ihr Leben in Slemani würde ihr wieder ein Gefühl von Heimat geben, wirklich. Aber von ihrer Familie war sie wie eine Verräterin behandelt worden, weil sie weggezogen war, als hätte sie in London aus Spaß in Armut gelebt. Ihre Schwester brachte ihr ab und zu etwas zu essen, redete aber über ein paar Höflichkeitsfloskeln hinaus kaum ein Wort mit ihr, als wäre sie eine völlig Fremde - außer das eine Mal, als Xezal sie bat, mit ihr ans Grab des Vaters zu gehen, und sie sich schrecklich aufregte.

«Stimmt ja, da bist du nie gewesen. Du hast mich mit ihm allein gelassen und bist nie aufgetaucht, nachdem er tot war. Und dabei hat er dich als Einzige gemocht.»

Xezal versuchte, ihr zu erklären, dass sie vor 1992 nicht hätte zurückkehren können, ohne in Saddams Visier zu geraten.

«Ach ja, bist du so wichtig, dass Saddam persönlich nach dir gesucht hat.»

Danach besuchte ihre Schwester sie nicht mehr oft. Aber es war nicht die Einsamkeit, die Xezal zu schaffen machte, sondern das Gefühl, dass die Stadt sich in ihrer Abwesenheit verwandelt hatte, dass sie sie nicht mehr wiedererkannte, dass die Menschen über Dinge redeten, die sie nicht verstehen konnte, und besessen davon waren, was für ein Auto der Nachbar fuhr. Und sie hatten für alles so affige Namen. Ein Land Cruiser war eine Monica, nach Monica Lewinsky, ein Chrysler war ein Obama, die gelben Taxis waren Pikachu. Es war, als würden sie eine Kunstsprache sprechen und sie auslachen für ihren altmodischen Wortschatz. Während sie fort war, hatte es eine konzertierte Aktion gegeben, das Kurdische von arabischen Lehnwörtern zu reinigen und sie mit Neologismen zu ersetzen, obwohl sie nicht verstand, warum es für kurdischer gehalten wurde, anstelle des arabischen Wortes *mumathil* das englische Wort *actor* zu benutzen. Heimat war Slemani für sie nur formal. Alles, was die Stadt für sie zur Heimat gemacht hatte, war entleert und ausgewechselt worden.

Einmal im Monat ging sie zur Hawala, um abzuholen, was immer ihre Kinder ihr an Geld geschickt hatten; jedes Mal musste sie sich den bissigen Kommentar des Kassierers anhören, wie schön es doch sei, wohlhabende Kinder im Ausland zu haben. Dann kaufte sie mit dem Geld Diesel für den Generator, bezahlte das Hausmädchen und den Fahrer, und den Rest gab sie für Essen und Telefonkarten aus. Aber sie wusste, wofür die Leute sie nach ihrer Rückkehr hielten, für eine Frau mit Geld, die alles für sich behielt und nie jemandem half. Den größten Teil ihres Lebens hatte sie im Ausland verbracht, also musste sie wohlhabend sein.

Schließlich spielte sie mit dem Gedanken, Kurdistan wieder zu verlassen. Sie hatte die drückende Hitze satt, den kleinlichen Streit, den Klatsch und die ständigen Stromausfälle. Aber wo sollte sie hin? Zu Laika konnte sie nicht, weil die Amerikaner sie für eine Terroristin hielten. Sie hatte Mohammed besucht, der er ihre Ankunft vergessen hatte, der ihr nicht einmal einen Blick in seine Wohnung gegönnt und sie wie eine Touristin durch Museen geschleift hatte. Siver hatte sehr deutlich gemacht, dass Xezal ihr eine Last wäre, und ja, im schicken neuen Leben ihrer Tochter in Bagdad war für sie kein Platz. (Aber Siver hatte die Quittung für dieses Leben bekommen!) Xezal warf wieder einen Blick aufs Telefon, kein Empfang. Es sollte International Roaming haben, ihr Fahrer hatte extra bei der Telefongesellschaft nachgefragt. Absurd, dass sie in derselben Stadt wie ihre Tochter war, und nicht einmal mit ihr sprechen konnte.

Xezal trank ihren Kaffee aus. Die kurdische Familie schien den richtigen Check-In-Counter gefunden zu haben. Sie warf den Pappbecher in einen nahen Mülleimer und schob ihren Wagen auf sie zu.

«Slemani?», fragte der Mann am Schalter.

«Slemani, ja», sagte Xezal und war dankbar, den Namen ihrer Stadt zu hören.

«Sie haben keinen irakischen Pass? Nur den britischen?»

«Nur den britischen.»

«Okay. Gate Drei, Boarding beginnt um sieben Uhr fünfzehn.»

Als sie die Sicherheitskontrolle hinter sich hatte, sah sie sich um. Vier Flugsteige, ein McDonald's, ein kleiner Duty-Free-Shop, ein Getränkestand auf Rädern. Im Vergleich zum Terminal 1 mit seinen exklusiven Läden voller teurer Souvenirs ging es hier bescheidener zu, passend zu den bescheideneren Zielen, die von hier aus angeflogen wurden. Sie ging in den kleinen Duty-Free-Shop und kaufte Süßigkeiten für ihre Neffen, Zigaretten für den Schwager.

Dann fiel ihr ein, dass sie den Nachbarn in Slemani auch etwas mitbringen sollte. Immer wieder war sie dort zum Abendessen eingeladen worden, und nach ein paar Monaten waren Xezal die Entschuldigungen ausgegangen, und sie hatte zugesagt und mit einem Tablett Baklava, das der Fahrer auf dem Bazar besorgt hatte, nebenan geklingelt. Das Paar war auf die alleranstrengendste Weise neureich - die Kinder zum «Studieren» nach Schweden verschifft, Marmor auf allen Oberflächen, für den Besuch überall auffällig platzierte Kataloge für Schweizer Uhren. Kurdisches Fernsehen guckten sie nicht, das sei zu «peinlich», nein, sie guckten türkische Sendungen. Urlaub machten sie in Amman, zum Arzt gingen sie in Teheran. Sie waren einfach schrecklich berechenbar. Der Mann, dem südlich der Stadt ein paar Wohnblöcke gehörten, faselte in einem fort, dass die meisten Kurden zu faul seien, um im Business Erfolg zu haben, ihnen fehle einfach die Arbeitsmoral, die man in China oder den USA habe. «Das wissen Sie ja besser als ich, Xezal Xan, weitgereist wie Sie sind», sagte er dann immer, worauf sie höflich lächelte. Dazu wurde sie auch noch immer wieder eingeladen, als würde man von ihr erwarten, dass sie alle zwei Wochen mit ihnen zu Abend aß. «Sie können jederzeit unseren Pool nutzen», bot ihr die Frau an, als würde sie bei Fremden zu Hause ihre Kleider ablegen.

Aber dann, als sie verreisten, um ihre Tochter zu besuchen, die gerade ein Baby bekommen hatte (sie war natürlich mit einem Nicht-Kurden verheiratet), gab die Frau Xezal die Schlüssel zum Haus und fragte sie, ob sie vielleicht einmal die Woche die Pflanzen gießen könne. Xezal sagte ja, was hätte sie auch sonst sagen sollen, und wollte die Aufgabe erst dem Hausmädchen übertragen, aber dann fiel ihr der Pool wieder ein. Sie hatte schon immer Schwimmen lernen wollen; Rafiq hatte ihr versprochen, eines Tages mit ihr Stunden zu nehmen, aber natürlich war es nie dazu gekommen. Wenn sie Menschen im Fernsehen schwimmen sah, kamen die Körper ihr so frei vor, vom Druck der Welt entlastet. Also brachte sie eines Tages ein Nachthemd und ein Handtuch mit, und als sie sich sicher war, dass man den Pool durch die Fenster nicht sehen konnte, watete sie langsam ins Wasser, und ihr Nachthemd blähte sich auf, bis sie aussah wie ein Tintenfisch. Sie würde sich im Internet Videos ansehen, schwor sie sich. Sie würde es lernen.

Ja, sie sollte ihnen etwas mitbringen - eine Flasche Cognac vielleicht, sie wussten wahrscheinlich gar nicht, was das war. Sie sah sich die Preisschilder an und versuchte auszurechnen, was sie kaufen konnte, um vom umgetauschten Geld so viel loszuwerden wie möglich, da sie nicht vorhatte, in nächster Zeit wieder nach Dubai zu kommen.

Wieder eine Durchsage: Boarding für den Flug nach Lahore. Sie stellte ihre Duty-Free-Taschen ab und setzte sich in die Nähe ihres Flugsteigs, wo weitere flachköpfige Kurdinnen und Kurden eingetrudelt waren und an die Anzeigetafel starrten, die immer noch behauptete, dass sie alle nach ????? flogen, und zog ihr Telefon heraus. Kein Empfang.

Vor ihr am Gate Drei setzte sich ein junger Kurde, ließ seine Schultertasche auf den Sitz neben sich fallen, schraubte eine Wasserflasche auf und gurgelte das Wasser so laut hinunter, als hätte er seit Tagen nichts getrunken. Er trug eine Sonnenbrille, und die Kleidung war voller Logos, die Xezal nicht kannte. Zweifellos einer dieser europäischen Kurden, ein Kleinkrimineller, der in Kurdistan einen gut bezahlten Job erwartete und so tat, als würde schon sein Leben in Europa bedeuten, dass er auf der Sorbonne oder in Oxford gewesen war.

Xezal leckte sich die Lippen, merkte, dass sie selbst durstig war und ging zum Getränkestand, wo sie merkte, dass sie ihr ganzes Bargeld im Duty-Free-Shop ausgegeben hatte. Wenn sie nur nicht all ihre Münzen im Coffeeshop gelassen hätte. Sie fragte sich, ob das Leitungswasser in Dubai trinkbar war. Wahrscheinlich nicht; sie war hier nicht in London. Sie ging wieder zu ihrem Platz und sah auf die Uhr. Zehn Minuten bis zum Einstieg. Im Flugzeug würden sie ihr Wasser geben müssen. Sie konnte warten.

Flughäfen hatte sie nie gemocht; das waren Orte, an denen ihr jederzeit etwas zustoßen konnte, an dem der Falsche sich die falschen Dokumente ansehen und sie verschwinden lassen konnte. Vielleicht war sie froh gewesen, als sie zum ersten Mal das Flugzeug nach London bestiegen. Es wäre passend gewesen. Aber sie konnte sich nicht mehr erinnern. Sie konnte sich an das ganze erste Jahr dort kaum noch erinnern. Sie wusste, dass sie sich an den Flug nach London erinnern können sollte, daran, wie sie die Wohnung gemietet hatten, an ihre ersten Monate, aber es war, als wäre dieses ganze Jahr eine Leerstelle. Alles nach dem Grenzübertritt war verschwommen, als hätte man ein Aquarell in Wasser getaucht. Nach der Nacht ihrer Flucht aus dem Iran war ihre erste Erinnerung ein Streit der Kinder um Essen in Sutton. Mohammed schrie Siver an, sie habe zu viel abbekommen, und er sei hungrig. Da war Xezal klar geworden, dass sie nicht überleben konnten, wenn sie sich ganz auf Rafiq verließen, den Missmut und Resignation gepackt hatten, als hätte er sich seinem Schicksal ergeben und würde nur noch auf den Tod warten. Also verkaufte sie ihren Schmuck und versetzte in einer Pfandleihe um die Ecke den Ring von Faisal II. Sie hatte erwartet, danach wütend oder verzweifelt zu sein, aber sie war vor allen Dingen erleichtert. Dann sah sie eines Tages an der Pinnwand bei Woolworth eine Suchanzeige nach einer Putzfrau und riss einen der Schnipsel mit der Telefonnummer ab. Zu Hause schlug sie «Putzfrau» in Rafiqs Wörterbuch nach, um sicherzugehen, dass sie nichts missverstanden hatte, und dann rief sie dort eines Tages, als die Kinder in der Schule waren, an und las von einem Zettel den Text ab, den sie selbst übersetzt hatte und der ihr Interesse an der Stellung ausdrücken sollte.

Mehr als ein Jahrzehnt putzte sie Wohnungen in Sutton, Croydon, Wallington, für zehn Pfund, dann fünfzehn, dann zwanzig, immer wenn die Kinder in der Schule waren, immer so, dass sie wieder zu Hause war, wenn Rafiq sie abholte. Sie erfuhren nie davon, weil sie ihre Kinder der Schande, dass ihre Mutter eine so niedrige Tätigkeit ausübte, nicht aussetzen wollte. Sie durften nie vergessen, wer sie waren, davon war Xezal überzeugt: eine Familie, die Bedienstete hatte, keine Familie, die diente. Rafiq war offensichtlich klar, dass sie irgendetwas trieb, aber er stellte keine Fragen, weil er ahnte, dass er mit der Antwort nicht würde leben können. Er verharrte in fröhlicher Ignoranz und nahm gern ihr Geld, von dem sie, kombiniert mit der Sozialhilfe, leben konnten.

Als ihr Englisch besser wurde, freundete sie sich mit anderen Putzfrauen aus dem Viertel an, alles nette ältere Damen, die im Notfall füreinander einsprangen. Weil Xezal nicht putzen konnte, solange die Kinder in den Ferien zu Hause waren, brauchte sie eine vertrauenswürdige Person, die für sie übernehmen konnte. Das war Olga, eine Polin, die ständig von ihrer Tochter erzählte. Die Tochter besuchte als Erste aus der Familie die Universität, und Olga war sehr stolz auf sie. Manchmal putzten sie gemeinsam und teilten sich das Geld, weil sie wussten, dass sie ihren Kundinnenkreis vergrößern konnten, wenn sie im Team arbeiteten. «Das ist gute Arbeit», sagte Olga eines Tages zu Xezal, als diese über ihr Schicksal klagte. «Wir versorgen damit die Menschen, die wir lieben - was könnte ehrbarer sein?» Xezal wusste nicht, was sie sagen sollte. «Was ist denn noch mehr am Leben?» Xezal dachte an ihre drei Hausmädchen, ihren Koch und ihren Fahrer, der sie in ihrem eigenen Mercedes durch Bagdad chauffiert hatte, vor ihrer Flucht; sie dachte an die Kleider, die sie von Harrods und Le Bon Marché hatte einfliegen lassen. «Nichts. Mehr gibt es nicht», sagte sie achselzuckend.

Ein paar Angestellte der Fluggesellschaft tauchten auf, in den billigen Uniformen der Iraqi Airways, mit winzigen Rollkoffern im Schlepptau. Xezal warf einen Blick auf die Uhr. Das Boarding musste unmittelbar bevorstehen.

Am Gate tauchte jetzt der Mann vom Check-In auf und loggte sich am Schalter in einen Computer ein. Xezal war immer überrascht, auf dieser Seite des Flughafens denselben Menschen zu begegnen, als wäre der Bereich mit den Flugsteigen ein völlig losgelöster, aus der Zeit gefallener Ort. Und doch, da war er, eine Verbindung zur Außenwelt. Als er ansagte, die Maschine sei zum Einsteigen bereit, knisterte es in den Lautsprechern. Er bat Business-Class-Passagiere und Reisende mit kleinen Kindern, zuerst einzusteigen.

Die Menge erhob sich, ohne die von der Fluggesellschaft erbetene Reihenfolge zu beachten, während Xezal sitzen blieb und wartete, bis die anderen eingestiegen waren. Sie hatte diese Eile nie verstanden, schließlich hatten alle ihren festen Platz. Als alle um sie herum in der Nabelschnur verschwunden war, an der das Flugzeug hing, wartete sie immer noch.

«Letzter Aufruf für Flug IA 124.»

Xezal klappte die Handtasche auf, ortete Bordkarte und Pass und stellte sich ans Ende einer nun sehr kurzen Schlange. Der Mann, der sie eingecheckt hatte, war selbst ein Kurde, wie ihr jetzt auffiel, und begrüßte die Menschen vor ihr auf Kurdisch. «*Baxer ben*», sagte er, der formelle Plural für den kurdischen Willkommensgruß, wenn er ihnen den grünen irakischen Pass und die Bordkarte zurückgab. «*Baxer ben.*» Xezal frage sich, ob man ihm das aufgetragen hatte oder ob er Schwierigkeiten bekommen konnte, weil er Kurdisch sprach.

Xezal war an der Reihe. Sie reichte ihm ihre Dokumente. Der Mann warf einen Blick auf ihren britischen Pass und reichte ihn ihr mit einem Lächeln und ihrem Abschnitt der Bordkarte zurück.

«Welcome.»

Drei:

ABRECHNUNG

(2011)

Der blaue Himmel leuchtet so hell, dass es wehtut, niedrig hängende Wolkenfäden drohen, sich über einer weiten eintönigen Wüste aufzulösen. Das Jaulen des Windes passt nicht zur Stille der Szenerie und klingt nach einem in der Postproduktion hinzugefügten Soundeffekt. Durch die Dünen zieht sich ein schmaler gepflasterter Weg, und am Horizont wird eine Autokolonne sichtbar, halb verborgen im Schimmern einer Fata Morgana.

Der erste Wagen wird langsamer, die roten Bremslichter zeigen den nachfolgenden Autos an, es ihm gleichzutun. Sie bremsen ab, sie halten.

Vor den Autos treiben zwei Männer eine Ziegenherde die Straße entlang, störrische Tiere, die nicht auf lautes Hupen reagieren, sodass zwei der Fahrer aussteigen und den Ziegenhirten helfen müssen, sie zu verscheuchen. Während die Fahrer darauf warten, dass die Straße frei wird, steigen aus einem der Autos zwei Kinder, die mit den Tieren spielen möchten, das sorglose Tollen von Knirpsen, die noch nie ein Nein gehört haben. Ihre Mutter, die eine große Designer-Sonnenbrille und ein dünnes Kopftuch trägt, gebärdet sich mit dem lässigen Glamour der Superreichen und sieht ihnen aus der Ferne zu, als ein amerikanischer Geschäftsmann das Fenster seines Autos herunterfahren lässt und der Frau sagt, wenn sie wolle, könne sie den Platz mit ihm tauschen und neben ihrem Mann sitzen. Der Geschäftspartner des Amerikaners, der einen makellos weißen arabischen Thawb trägt, bedankt sich bei dem Amerikaner, während seine Frau und seine beiden Kinder zu ihm ins Auto steigen, und jetzt hüpfen auf der Rückbank des Land Cruisers die Kinder herum.

Die Kamera eines Satelliten überträgt die neue Sitzordnung auf den Bildschirm eines Geheimdienstbeamten an seinem Platz in einer geheimen Aufklärungseinrichtung am anderen Ende der Welt; seine Hand schließt sich um einen Joystick, sein Daumen schwebt über einem roten Knopf. Der Mann blickt über die anderen im Raum hinweg, in Richtung seines Vorgesetzten. Frau und Kinder waren keine Zielpersonen.

Während sie sich über die neuen Rahmenbedingungen beraten, taucht im Satelliten-Feed ein Schwarzer Nissan SUV auf, in rasender Fahrt durch die verpixelte Wüste, wild über die Dünen rumpelnd, auf den Konvoi zu. Ein Geheimdienstbeamter zeigt mit dem Finger auf den Bildschirm und fragt, wer das sei. Der Wagen bewegt sich jetzt parallel zum Konvoi, der Fahrer signalisiert den Autos anzuhalten. Leibwächter zielen aus den Fenstern mit Pistolen auf den weißen Mann im Nissan, der ihnen etwas Unverständliches zubrüllt. Eine Entscheidung wird getroffen, irgendwo, und der Konvoi blockiert den Wagen des Fremden, ein Dutzend Männer in Tarnanzügen stürzen aus den Gefährten, Gewehre im Anschlag. Vorsichtig steigt der Mann aus, die Hände hoch in die Luft gereckt. Er hat etwas Schroffes an sich, das seine Anziehungskraft fast, aber nicht ganz verdeckt. Die Soldaten bellen Befehle in seine Richtung, und er versucht zu erklären, der Konvoi könne jeden Augenblick in die Luft gejagt werden.

In der geheimen Aufklärungseinrichtung befiehlt ein Anzugträger dem Geheimdienstbeamten, das Ziel zu eliminieren.

«Roger», sagt der Geheimdienstbeamte, legt ein digitalisiertes Fadenkreuz über das Fahrzeug, in dem der Mann mit seiner Familie sitzt, und drückt den roten Knopf auf seinem Joystick. «Vier Meilen.»

Vorsichtig geht der weiße Mann auf das Fahrzeug mit der Familie im Fadenkreuz zu. Er sagt kein Wort und streckt die Hände weiter in die Luft. Der Mann im Wagen erkennt ihn von irgendwo her, aus einem Meeting. Bevor er begreift, um was es geht, erreicht die Rakete der Drohne ihr Ziel, und -

nein,

halt,

warte,

ein Muster aus Pixeln entstellt den Wagen, das Chassis wird von den Rädern abgetrennt. Die Welt löst sich auf, zersplittert in bunte Polygone, auf denen sich in einem fort ein Kreis aus Punkten dreht.

Laika Hama Hardi ließ zwei Finger über das Trackpad ruckeln, worauf auf dem beinahe explodierenden Auto der Cursor erschien, und der Cursor fuhr auf den unteren Bildschirmrand herab und zog ein rhombenförmiges Icon rückwärts durch die Timeline der Szene, die Toten erwachten wieder zum Leben, während das Video sich in den Zwischenspeicher lud, das Rot der sichtbaren Zukunft schlich langsam voran. Der Laptop war mit dem gleichen Netzwerk verbunden wie sein Server, der gerade mehrere Finanz-Algorithmen abarbeitete und an der Datenübertragungsrate nagte. Das Ethernetkabel wurde aus der Seite des Laptops gezerrt, der Nippel des 8P8C-Modularsteckers brach ab, ein winziges Stück Plastik, das später gesucht und entsorgt werden musste. Beim Herunterscrollen durch das vom Zufall generierte Gedicht aus Netzwerknamen - BringWeed, Drop it like its Hotspot, Belkin 2.4, John's Network, dlink, Mom Use This One - fand Laika sein eigenes: 2WIRE982. Klick, Play, Klick, und wieder flog das Auto in die Luft. Diesmal war die Wirkung der Attacke, die den Höhepunkt eines ansonsten eher trockenen geopolitischen Thrillers darstellen sollte, weniger stark. Sie wirkte unvermeidlich. Kurz darauf lief der Abspann. Er schloss den Videoplayer und loggte sich wieder in seinen Terminal ein.

Die vergangenen paar Monate über hatte Laika an einem Algorithmus gearbeitet, der als Mirror der Hochfrequenz-Tradingbots von Goldman Sachs funktionierte. Alles, was Goldman Sachs kaufte oder verkaufte, würde sein Bot Millisekunden später ebenfalls kaufen oder verkaufen. Die ersten Versuche waren gescheitert, und er hatte zehntausende Dollar Verlust gemacht, bis ihm klar geworden war, dass der Timelag zwischen der New Yorker Börse und seinem Zuhause in Brooklyn zu groß war. (Darauf hätte er natürlich kommen können, bevor er an die hunderttausend Dollar verschwendet hatte.) Der New York Stock Exchange erlaubte Firmentradern, Serverplatz im Gebäude selbst anzumieten, und konnte daher allen zugelassenen Tradingfirmen eine Plattform mit einer Latenzzeit von durchschnittlich 99 anbieten, bei einer Round-Trip-Zeit von 125 Millisekunden, was Algorithmen mit immer komplexeren Variablen zur Festlegung von Kauf- und Verkaufsmomenten möglich machte und zu Tausenden und Abertausenden Trades pro Minute führte, in einem Zeitraum, der die Geschwindigkeit menschlichen Denkens wie geologische Verschiebungen wirken ließ. Alle Menschen auf der Erde mochten miteinander verbunden sein, miteinander via «Instant Messages» kommunizieren (eine Fehlbenennung wie sie im Buche steht, wo doch ein Trader in dem Augenblick, in dem man eine Instant Message empfing, 250 Trades abwickeln konnte), aber noch immer kam es auf die Nähe zum Zentrum an, selbst bei einer Informationsübermittlung an der Grenze zur Lichtgeschwindigkeit gab es Bruchteile von Millisekunden, die uns voneinander trennten. Von denen alles abhing.

Das Internet hatte die Börse demokratisieren, die Wirtschaft globalisieren sollen, und dabei hatte sie zu einer Wirtschaft geführt, die ortsabhängiger war als je zuvor. Denn jetzt kam es darauf an, wie schnell man eine Kaufs- oder Verkaufsorder versenden konnte, und da Daten über Glasfaserkabel übermittelt wurden, in einer Geschwindigkeit, die sich der Lichtgeschwindigkeit in einem Vakuum annäherte, war die räumliche Entfernung eines Traders von den Servern der Börse von ungeheurer Bedeutung. Wenn deine Order länger brauchte, weil sie einen weiteren Weg durch die Glasfaserkabel zurücklegen musste, war es, als mache man Geschäfte mit jemandem aus der Zukunft. Man konnte nur verlieren.

Die Wohnung, in die er umgezogen war - direkt gegenüber der Börse, in einem ehemaligen Bürohaus, dessen Räume von einem berühmten Architekten in Eigentumswohnungen umgewandelt und mit einem Glasfaseranschluss in Profiqualität ausgestattet worden waren -, war auf einer Webseite für Menschen beworben worden, die an der Wall Street arbeiteten. Sie gehörte einem Hedgefondsmanager, der sie genutzt hatte, wenn es zu spät für die lange Heimfahrt nach Cove Neck geworden war, oder für außerehelichen Geschlechtsverkehr. Seit der Lehman-Brothers-Pleite war er kein Hedgefondsmanager mehr und hatte die Wohnung zum Verkauf angeboten, aber bei der derzeitigen Konjunkturlage war das Interesse gering, also hatte er jemanden gesucht, der dort wohnte und zugleich Besichtigungen arrangierte. Die Vereinbarung zwang Laika zu pedantischer Reinlichkeit: Jeden Morgen machte er das Bett nach Hotelnorm (was er sich mit Hilfe eines YouTube-Videos beigebracht hatte), nach jeder Benutzung wischte er die Dusche trocken. Bis jemand für 18 900 000 Dollar ein Apartment mit der Adresse 15 Broad Street kaufen wollte, war er hier zu Hause.

Neuer Tab. Auf Twitter hatte jemand geschrieben: «Komische Stimmung, als ich neulich einem arabischen Freund gegenüber mein Essen ‹Kohlenhydratbombe› genannt habe.» 990 Retweets. Jemand hatte geantwortet: «lol, wer könnte eine Bombe besser erkennen als er …», mit der ASCII-Zeichnung eines Flugzeugs, das in ein Gebäude fliegt. Laika fragte sich, ob der Verfasser des Tweets sie selbst angefertigt oder aus einer anderen Ecke des Internets kopiert hatte. Er klickte auf einen Button, um den Tweet zu melden, aber als ihm die Optionen angezeigt wurden und er sich entscheiden sollte, ob der Tweet verdächtig, Spam, beleidigend oder verletzend sei, wusste Laika nicht genau, wofür er sich entscheiden sollte.

Xezal erzählte Laika immer wieder, wie viel Angst er vor den irakischen Jets gehabt habe, die über Slemani hinweg donnerten, wie das ferne Dröhnen eines Flugzeugs ihn selbst in London noch erschreckt habe. Laika, der im Iran geboren worden war, lange nachdem seine Familie Slemani hinter sich gelassen hatte, verstand nie, was Xezal damit meinte. Da war ich noch nicht mal geboren, antwortete er ihr dann, aber seine Mutter schüttelte nur den Kopf. «Solche Angst hattest du, mein Schatz. Schreckliche Angst.» Er fragte sich, wovor Kinder heute Angst hatten, da der Feind unsichtbar war und der Mensch, der die Macht hat, dich umzubringen, in einem Büro am anderen Ende der Welt saß. In dem Film, den er sich eben angesehen hatte, wurde der Geheimdienstbeamte, der den Drohnenangriff ausgelöst hatte, roboterhaft dargestellt, nicht viel anders als der Bösewicht in der Zeichentrickserie *Inspector Gadget,* was bestimmt der Sichtweise des Militärs auf Drohnenpiloten als reine Erweiterung der Maschine entsprach. Aber die Piloten zoomten an die Gesichter Menschen heran, die sie töteten, sie drückten auf den Knopf. Es gab eine spezielle Traumatherapie für

Drohnenpiloten, und über den Bildschirmen hingen Motivationssprüche und Bilder von Sonnenstränden. Rafiq hatte seinen Kindern immer erklärt, der Kapitalismus täte nichts lieber, als die Verdammten dieser Erde in Maschinen zu verwandeln, und dass man kämpfen musste, um seine Menschlichkeit zu bewahren, seine Würde. Rafiq hatte viel geredet, wenn der Tag lang war.

Laika schüttelte seine Dose Coke Zero ein wenig, um zu sehen, ob noch etwas darin war. Gerade genug für einen Schluck, den er aufschlürfte, bevor er sich aus der Küche etwas Neues zu trinken holte. Seine nackten Füße klatschten auf das Parkett aus brasilianischem Walnussholz, und er zerdrückte die Dose in der Faust, bevor er sie in den weißen Müllbeutel an der Eingangstür warf. Mit dem Getränk in der Hand kam er zurück, das Knarzen der Lasche, die er zurück zog, zischend entwich die überschüssige Kohlensäure aus der Dose, gefolgt vom metallischen Tanz der der wütend aufschäumenden Bläschen, sie wollten ins Freie. Er nahm einen Schluck und grunzte zufrieden. «Wir müssen die Maschinen neu denken», hatte Rafiq Laikas ganze Kindheit hindurch immer wieder behauptet. «Kapitalisten haben sie erschaffen, also bist du es, der die Maschinen nach der Revolution neu denken muss. Du bist so gut mit Computern, du darfst nur nicht vergessen, dass die Werkzeuge der Herrschenden niemals das Haus der Herrschenden einreißen werden. Vergiss das nicht.» Laika klickte auf einen Videoclip, den die BBC auf ihren YouTube-Kanal hochgeladen hatte und der angeblich einen Drohnenangriff im Irak zeigte, bekam aber nicht mehr zu sehen als einen schwarzen Bildschirm und den Text *dieses Video ist in Ihrem Land nicht verfügbar*. Er starrte sich selbst ins Gesicht, der fehlende Content machte es möglich, seine sowieso schon schwache Kieferpartie war im schummrigen Spiegelbild auf dem Laptopbildschirm gar nicht mehr zu sehen. ‹Leer› hatte seine Exfreundin Lotti dieses Gesicht einmal genannt. Er überlegte, ob er Lotti googeln sollte, um zu erfahren, wie sie heute aussah und was sie trieb. Einmal hatte sie ihm gesagt, dass sie seine Art zu atmen nicht ausstehen könne, dass sein Atmen klinge wie ein Pups im Rückwärtsgang. Bestimmt hatte sie ihm manchmal auch etwas Nettes gesagt, er konnte sich nur nicht daran erinnern. Scheiß drauf. Sie konnte ihn mal.

Cmd + N, neues Fenster, Anwendungen, er scrollte sich durch Textverarbeitungsprogramme und Browser, bis er das Icon fand, das er gesucht hatte. Er loggte sich in sein VPN ein, wählte London als Server für seine IP-Adresse, und plötzlich stand sein Computer sozusagen auf der anderen Seite des Atlantiks, und das YouTube-Video war verfügbar.

Die kalte Coladose, an der das Kondenswasser nach unten rann, hatte auf dem pulverbeschichteten Metallschreibtisch einen Ring aus Feuchtigkeit hinterlassen, und Laika lief in die Küche und holte ein Papierhandtuch. Rasch wischte er die Tischplatte ab. So gut wie neu.

In seinen Social-Media-Feeds erschienen jetzt britische Anzeigen, Nando's Peri-Peri Chicken statt Taco Bell, Saks Fifth Avenue verwandelte sich in Farfetch.

Klick.

Das Video war weniger spektakulär, als der in Versalien verfasste Titel hatte vermuten lassen. Die Aufnahmen, die vor Kurzem von einem Soldaten namens Manning geleakt worden waren, herausgeschmuggelt auf einer CD-ROM, auf die er «Lady Gaga» gekritzelt hatte, um der Neugier der NSA zu entgehen, erinnerte mehr an das durch ein Nachtsichtgerät gedrehte Sextape von Paris Hilton als an die Verbrechen gegen die Menschlichkeit, die in dem Hollywoodfilm von eben dargestellt worden waren. Diese Taten waren so alltäglich geworden, dass selbst ihre Dokumentation eintönig und öde wirkte. Der Film wirkte unendlich viel realistischer als diese affektfreien Drohnenaufnahmen, verantwortungsvoller in seiner Art, den Tod zu zeigen, in seinem ganzen Schrecken. Kein Wunder, dass die Menschen sich nicht stärker empörten: Hier war nicht das Napalm-Mädchen aus dem Vietnamkrieg zu sehen, sondern ein primitives Computerspiel.

Als Laika ein Kind war, wollte Rafiq nach den Giftgasangriffen auf Halabdscha die westlichen Medien mit einer Kampagne über das Vorgefallene informieren. In Tausenderauflage ließ er Postkarten mit dem Schreckensbild des iranischen Fotografen Kaveh Golestan drucken, das ein kleines Mädchen zeigte, mitten im Weinen erstarrt, mit toten Augen, ihre Haut irgendwie keine Haut mehr. Monatelang ging Laika damals durch die Wohnung und drehte die Postkarten um, sodass der Informationstext oben lag und nicht mehr das Gesicht des toten Mädchens. Als die Schachteln mit den Postkarten unter Laikas Bett gelagert wurden, sagte er seiner Mutter, das Bild mache ihm Angst. Xezal sah ihm in die Augen und erklärte ihm mit überraschender Härte, so sei die Welt nun einmal. So sehe sie aus. Wegzuschauen stehe Laika nicht zu.

Natürlich bewirkten die Postkarten überhaupt nichts. Die Nachrichten ignorierten die Bombardierungen und berichteten über alles Mögliche, vom Erfolg des Musicals *Les Misérables* am Broadway bis zu Jugoslawiens erstem McDonald's. Der Anschlag der IRA in den Niederlanden, bei dem drei britische Soldaten ums Leben kamen, wurde hundertfach kommentiert und immer wieder von Politikern aufgegriffen, die «Nie wieder!» schworen. Die CIA verbreitete weiter, nicht der US-Verbündete Saddam Hussein habe den Angriff befohlen, sondern vielmehr der Iran; eine Verschwörungstheorie, die Jahre später von Edward Said in einer Zeitung wieder aufgewärmt wurde. «Die Behauptung, der Irak habe seine eigenen Bürger vergast, ist oft wiederholt worden. Gesichert ist dies auf keinen Fall», schrieb er. («Wenn es um die Kurden geht, schalten die hellsten Köpfe bewusst auf begriffsstutzig um», hatte Rafiq gerufen und die Zeitung theatralisch an die Wand geworfen.) An den fünftausend Menschen, die in einem kurdischen Dorf ums Leben gekommen waren, bestand kein Interesse.

Auf einer der vielen Demonstrationen, auf die Rafiq sie mitschleppte, vor der irakischen Botschaft, wurden sie von einer jungen blonden Frau angesprochen, die wissen wollte, worum es bei dem Protest ging. Laika erinnerte sich gut, dass er sie schön fand, als gehöre sie auf eine Plakatwand. Rafiq setzte in seinem gebrochenen, aggressiv klingenden Englisch zu einer seiner Tiraden über die Ungerechtigkeiten an, die das kurdische Volk erleide, über die Solidarität, die nötig sei, damit die Arbeiterklasse das Zerstörungswerk des Imperialismus beenden könne. «Ihr habt ein Problem mit dem Irak. Was verstopft ihr da *unsere* Straßen? Geht doch zurück in euer Land und protestiert dort», fauchte die Frau und drängelte sich durch die Menge. «Wir haben kein eigenes Land! Das ist ja das Problem!», rief Rafiq ihr nach.

Laika konnte sich erinnern, wie toll es war, wenn sein Vater sich in der Encarta durch kurdische Redewendungen klickte, ein Bekenntnis der Welt zu ihrer Existenz. Rafiqs Enthusiasmus war ansteckend, und später freute Laika sich über jeden Bezug auf Kurdistan in der Populärkultur: Über den Prolog von William Peter Blattys *The Exorcist,* der in Mosul spielt, und der Junge im Teehaus fragt Father Merrin auf Kurdisch, was er trinken wolle. Im Film spricht er dann natürlich Arabisch. «Aber er ist Kurde. Vergesst das nicht», sagte Rafiq, so stolz auf den kurzen Auftritt des kurdischen Volks (verbunden mit der Andeutung, die Kurden hätten eine urtümliche Verbindung zu Dämonen), dass er seinen drei Kindern erlaubte, sich einen Film anzusehen, in dem eine von Dämonen besessene Frau sich mit einem Kruzifix penetrierte. Über die Figur Sniper Wolf aus dem Computerspiel *Metal Gear Solid,* die laut ihrer fiktiven Biografie 1983 im irakischen Kurdistan geboren war. Über die Erwähnung «wunderschöner kurdischer Teppiche» in Zolas *Paradies der Damen*. Laika machte ein Eselsohr in die Seite und liebte sie, als hätte er etwas ganz Besonderes entdeckt. «Die Franzosen hatten ein Sprichwort», sagte seine Französischlehrerin, als Laika sagte *«Je m'appelle Laika, je viens du Kurdistan.»* «Großzügig wie ein Kurde. *Généreux comme un kurde.* Das haben meine Eltern immer gesagt.» Großzügige dämonische Scharfschützen, die wunderschöne Teppiche webten. Das war ihre Identität.

Immer wenn es in der Region einen Krieg gab, erschienen in den Zeitungen Artikel, die erklärten, was Kurden waren und warum sie umgebracht wurden. «Sie schreiben über uns wie über eine seltsame Tierart», sagte Rafiq dann. «Etwas, das es nur im Zoo zu sehen gibt.» Aber als jemand, der den Briten mehr als einmal die Folgen des britischen Mandats über Mesopotamien hatte erklären müssen, konnte Laika verstehen, dass das Militär sich der Einfachheit halber auf Nachtsichtabstraktionen des Drohnenkriegs zurückzog. Weniger Erklärungsbedarf. Jahre zuvor war Baudrillard in seinem Text *Der Golfkrieg hat nicht stattgefunden* zu einem ähnlichen Schluss gekommen und hatte behauptet, «das Fehlen der Bilder» wirklicher Menschen sei weder «zufällig noch Zensur gewesen, sondern eine Folge der Unmöglichkeit, die Unbestimmtheit dieses Krieges zu illustrieren».

Woran Laika sich aus dem Zweiten Golfkrieg vor allem erinnern konnte, war, dass seine Mutter immer weinen musste, wenn Bombardierungen Bagdads gezeigt wurden. «Ob wohl unser Heim getroffen worden ist?», fragte sie dann Rafiq, der sich über den Tarnkappenbomber F 117 informierte, einer der Hauptakteure dieses Krieges. «Das ist nicht mehr unser Heim, mein Schatz», murmelte er und blätterte das *Time Magazine* um, dessen Cover einen amerikanischen Soldaten mit vor Schmerz oder Ekstase geschlossenen Augen zeigte, zu den Worten «Wie der Krieg dann wirklich war», und das einen langen Text über die Entwicklung des Tarnkappenbombers enthielt. Das «unsichtbare» Flugzeug spielte in der US-amerikanischen Propaganda eine wichtige Rolle, die über der irakischen Armee abgeworfenen Flugblätter bezogen sich ständig auf die Power des unsichtbaren Flugzeugs, das *high-value targets* zerstörte, verbunden mit der Warnung «Flieht jetzt und rettet euch» in vom State Department geprüftem Arabisch. Die F 117 war ein Vorläufer der Drohnen der Gegenwart, die erste Erscheinungsform eines Feindes von geradezu mythischer Kraft, der von oben zuschlug, mit Angriffen, die an göttliche Rache gemahnten, wie sie in der US-amerikanischen Kriegsrethorik eine große Rolle spielte. «Sie halten sich für Götter», spottete Xezal. «Wenn sie die Welt von Saddam befreien, bete ich sie gerne an, so lange ich lebe», antwortete Rafiq dann.

Das erste vom Tarnkappenbomber F 117 zerstörte Ziel war passenderweise das Gebäude, in dem sich das Kommunikationszentrum der Baath-Partei befand. Alte Medien, zerstört von einem Vorboten der Neuen Medien. Wie Virilio in einem Interview sagte, war der Golfkrieg «im Vergleich mit dem Zweiten Weltkrieg ein lokaler Krieg, was das Schlachtfeld angeht. Aber auf der zeitlichen Ebene der Repräsentation war er ein weltweiter Krieg, auf der medialen Ebene, dank der satellitengesteuerten Zielfindung, dank der Fernsteuerung. [...] Zum ersten Mal, ganz anders als im Vietnamkrieg, wurde ein Krieg live übertragen, weltweit - wobei natürlich die Spezialeffekte, die gesamte Informationsverarbeitung vom Pentagon organisiert wurde und die Zensur von den wichtigsten Staaten.» Laika konnte sich daran erinnern, wie er eines Tages aus der Schule gekommen war, und auf dem Esstisch lag eine Landkarte des Nahen Ostens, mit Sivers Barbiepuppen und den GI Joes von Mohammed und Laika als Marker der verschiedenen Parteien, jetzt, da Operation Desert Storm im Gange war. «Das ist das Ende dieses Tyrannen, mein Sohn», sagte Rafiq und platzierte die Great Shape Barbie mitten auf Bagdad, gleich neben dem Cobra Commander. Laika wusste noch, dass seine Eltern wochenlang nur noch CNN geguckt hatten, mit der Stimme von Darth Vader in Endlosschleife: *This. Is. CNN.*, und dass der Himmel über Bagdad illuminiert worden sei. (Jahrelang glaubte Laika, «eliminiert» gehört zu haben.) Sie hofften so sehr, Xezal und Rafiq, dass ihr Leben im Exil bald vorüber wäre. Dass dies die letzten Tage von Saddam Hussein waren.

Das Zuhause war immer eine eigene Welt mit klaren Stimmungen und Prioritäten. Als Laika zum ersten Mal ein Mädchen küsste (nach der Schule, an der Wand der Turnhalle, wobei er vergeblich versuchte, sein Becken so zu drehen, dass das Mädchen - sie hieß Stacey - die Schwellung seines erigierten Penis in der Hose, nah an ihrem Schenkel, nicht bemerkte), ging er erst viel später nach Hause, weil er Angst hatte, seinen Eltern könnte sein dummes Grinsen auffallen, seine hirnlose Glückseligkeit, und sie könnten ihn fragen, was los sei. Er hätte sich keine Sorgen machen müssen: Als er durch die Tür kam, sah er sofort die auf dem Küchentisch ausgebreitete Landkarte mit den Spielzeugfiguren als Armeen. «Sargallu, Bargallu, Gwezeela und Chalawi, all diese Dörfer haben sie zerstört, die Männer getötet, die Häuser niedergewalzt», sagte Rafiq, als Laika nach etwas zu essen fragte. «Tausende unserer Brüder und Schwestern. Tausende, tot.» Laika schämte sich plötzlich für die Glücksgefühle, die er noch vor ein paar Minuten empfunden hatte, jetzt waren sie ihm peinlich, und er ging in das Zimmer, das er sich damals noch mit Mohammed teilte, und weinte, auch wenn er nicht genau wusste, worum. Als er am Montag wieder in die Schule ging, wich er Stacey aus. Soweit er sich erinnern konnte, hatte er nie wieder ein Wort mit ihr gesprochen.

Cmd + T. Neuer Tab.

Jemand hatte das Foto eines blauen, auf das eigene Grundstück gemalten Rechtecks gepostet, das auf Google Earth nach Swimmingpool aussehen sollte. «Fake», lautete ein Kommentar darunter. Ein Thread über Roger Fisher, einen Juraprofessor aus Harvard, der einmal vorgeschlagen hatte, man solle den für den Abschuss von Atomraketen benötigten Code in einer Kapsel aufbewahren, die einem Freiwilligen neben dem Herz eingepflanzt wurde. «Falls der Präsident jemals Atomwaffen einsetzen wollte, müsste er dazu dann erst eigenhändig einen Menschen umbringen. Er würde jemandem in die Augen sehen und erkennen, was der Tod ist - der Tod eines Unschuldigen», so Fisher. «Der Teppich des Weißen Hauses, blutbefleckt.» Das Pentagon reagierte entsetzt und tat den Vorschlag sofort ab. «Jemanden töten zu müssen, würde das Urteilsvermögen des Präsidenten beeinträchtigen. Er würde den Knopf vielleicht nie drücken.» Stattdessen lauteten die Codes für den Atomwaffenabschuss fast vierzig Jahre lang 000000. Das Risiko, dass man unter Stress den Code vergaß, wollte man nicht eingehen.

Laika tippte «Mord als Kollateralschaden» ins Suchfeld des Browsers, den Titel des WikiLeaks-Videos vom Drohnenangriff. Aber bevor die Suchmaschine ihm erlaubte, die Suche abzuschließen, musste er ein CAPTCHA lösen, einen *Completely Automated Public Turing Test to Tell Computers and Humans Apart*, um von der Maschine als Mensch anerkannt zu werden. Er musste nicht länger ein Gekrakel in Reinschrift bringen wie früher, der Browser verlangte jetzt von ihm, dass er auf einem Raster aus 3 x 3 quadratischen Fotos Verkehrszeichen identifizierte, zum Beweis, dass er kein Roboter war. Ein Voight-Kampff-Test im wirklichen Leben. Das geschah immer, wenn er via VPN unterwegs war und die Suchmaschine erkannte, dass mit der Verbindung etwas nicht stimmte, und er gehorchte nur zu gern und klickte auf drei der neun Fotos. Laika wusste, dass ganz egal war, welche Quadrate er anklickte, solange die Cursorbewegungen für menschlich gehalten wurden. In der Tech-Branche ging das Gerücht um, die Firma, die die Suchmaschine entwickelt hatte, arbeite gleichzeitig an Software für selbstfahrende Autos, und das Ritual des Klickens auf Autos und Verkehrsschilder sei für sie nur ein Weg, ihren Algorithmus zu verfeinern und ihre Maschinen zu justieren - die Behauptung, die User sollten damit beweisen, dass sie selbst keine Maschinen waren, sei nur ein Vorwand.

Klick.

Unter den ersten Links fand er die offizielle Reaktion eines Sprechers der US-Regierung, der auf Fox News erklärt hatte, das Video habe nur eine «verengte Perspektive», da es nur einen Bruchteil der Geschehnisse des besagten Tages wiedergebe. «Über das Betrachten des Videos allein können die Menschen das komplexe Kampfgeschehen nicht verstehen. Man sieht nur einen eng begrenzten Ausschnitt der Ereignisse.» Unter dem Video fand er die Anzeige für eine Jacke, die er sich einmal angesehen hatte und die ihn nun quer durch das Internet verfolgte. Digitales Stalking. Neuen Tab öffnen.

Als Siver kurz vor dem Irakkrieg mit Karim zusammengekommen war, hatte sie oft die Logik der Invasion infrage gestellt. Saddam habe seine Massenvernichtungsmittel schließlich abgegeben, leierte sie dann wie eingeübt herunter und warf dabei verstohlene Blicke auf ihren Verlobungsring, als würde sie sich noch immer über den Diamanten am Finger wundern. In diesem Krieg gehe es um Öl, er werde zum Tod hunderttausender Zivilist*innen führen, und die meisten davon hätten nichts mit dem Freud'schen Gezänk zwischen Bush Sohn und Saddam zu tun, der Bush Vater hatte umbringen wollen. Das sagte sie natürlich nur zu Laika, wenn Xezal nicht im Zimmer war. Sie war klug genug, vor ihrer Mutter nicht offen zu reden.

Auf gewisse Weise hatte sie recht behalten: Es waren Zivilisten ums Leben gekommen. Aber ihre genaue Zahl ließ sich unmöglich bestimmen. Auch das kam Laika eher gewollt vor, nicht wie Versagen. Unter einem Link nach dem anderen nichts als Schätzwerte. Einer Cluster-Stichprobe des United Nations Development Programme nach betrug die Zahl getöteter Angehöriger der Zivilbevölkerung durch die Invasion von 2003 nur 18 000. Eine in *The Lancet* veröffentlichte Studie schätzte die Zahl der zivilen Opfer auf an die 943 000. Genaues wusste niemand, so wie auch niemand die genaue Zahl toter Kurdinnen und Kurden in Massengräbern, die genaue Zahl vergaster Kurdinnen und Kurden kannte. Niemand wollte es so genau wissen. Ein Artikel in der *Washington Post* behauptete, das Pentagon habe das «Department of Defense Law of War Manual», das Kriegsrechts-Handbuch geändert, um bei der Begleitung bewaffneter Milizen getötete Journalistinnen und Journalisten als «feindliche Kämpfer» ausweisen zu können: «Journalisten können Teil militärischer Kräfte oder zur Begleitung militärischer Kräfte autorisiert oder Kämpfer ohne Sonderstellung sein.» Die Zahl der Feinde wurde vergrößert, die Zahl der Zivilistinnen und Zivilisten verschleiert. Manche

Leben zählen wenig, für sie gab es als Denkmal nicht einmal einen Datensatz. Und dabei würden die Spuren menschlicher Technologie die jeder menschlichen Leiche, würden die Techniken der Zerstörung die Zerstörung selbst überdauern und fernen Planeten ihren Widerhall als Warnung senden. Vorsicht, hier Wilde! Wahrlich, wir sahen nur einen eng begrenzten Ausschnitt der Ereignisse.

«Kurde sein bedeutet Vertrautheit mit Ungerechtigkeit, einer Ungerechtigkeit, die so schwer wiegt, dass man ihre Last allein nicht tragen kann», hatte Rafiq ihm erklärt, weil es ihm Sorgen machte, dass Laika so viel Zeit allein auf seinem Zimmer verbrachte, nicht mit der Familie redete und offenbar auch keine Freunde hatte, mit denen er das Wochenende verbringen wollte. Und obwohl Laika kein Problem darin sah, allein zu sein, verstand er doch, was sein Vater meinte. Seine schmerzlichsten Kindheitserinnerungen waren mit Ungerechtigkeit verbunden. In der dritten Klasse schoss jemand mit einem Gummiband auf Nishka, ein von Schüchternheit gequältes Mädchen, das eben aus Indien angekommen war und eine hässliche Brille trug, von der alle wussten, dass man sie umsonst von der Gesundheitsfürsorge bekam. Sofort war sie zum Mobbing-Opfer geworden. Das Gummiband traf sie voll an der Schläfe, und die Fürsorgebrille flog zu Boden. Die Lehrerin wollte wissen, wer das gewesen war, und irgendwie wurde die Schuld Laika zugeschoben. «Gib es doch einfach zu, Laika», sagte die Lehrerin, während Laika weinte und schwor, er habe nichts damit zu tun. «Na», sagte die Lehrerin, als es klingelte, «jetzt bin ich wirklich enttäuscht.» Laika wartete, bis alle das Klassenzimmer verlassen hatten, bevor er seine Sachen nahm und sich hinausschlich. Draußen hatte Matthew auf ihn gewartet, ein Pfarrerssohn, der kaum je mit ihm sprach und ihm jetzt den Arm um die Schultern legte. Bei der Berührung brach Laika in Tränen aus. «Jesus liebt dich», sagte Matthew. «Und wenn du deine Schuld eingestehst, fühlst du dich ganz frei.» Laika tauchte unter dem Arm weg und sagte Matthew, er solle sich verpissen. Verpiss dich, Matthew, und verpiss dich, Jesus! Später (und er dachte nur ungern daran) spuckte er Nishka an und nannte sie eine hässliche Fotze.

Pling. (Das war sein Torrent-Downloader, der Download der Folge einer Fernsehserie war gerade abgeschlossen, er wollte sie sich beim Abendessen ansehen.)

Klick. Hyperlink. Klick. Das Bild des Lagezentrums, in dem Obama den Befehl zur Tötung Bin Ladens gegeben hatte, nur dass alle Anwesenden jetzt den Hut von Prinzessin Beatrice zur Königlichen Hochzeit trugen. Ein Bild von Disneys Kleiner Meerjungfrau mit Hipsterbrille und dem Text «Nenn mich nicht Ariel, ich heiße Helvetica.» In seiner Timeline landete der Retweet eines GIFs von Honey Boo Boo, auf dem sie sagte, sie wisse manchmal nicht, ob sie echt sei. «Geht mir genauso», hatte jemand kommentiert und hunderte Likes dafür bekommen.

Neuer Tab.

Er landete bei einem alten Artikel aus der *New York Times*. Der Autor, Ron Suskind, zitierte einen Mitarbeiter von Bush, ein Absatz, den Laika in ein Programm kopierte, das wie eine Erweiterung seines Gedächtnisses funktionierte und Evernote hieß.

«Der Mitarbeiter sagte, Typen wie ich seien ‹Teil der, wie wir das nennen, realitätsbasierten Community›, ihm zufolge aus Menschen bestehend, die ‹glauben, dass sich aus eurer besonnenen Analyse der wahrnehmbaren Wirklichkeit Lösungen ableiten lassen.› (...) ‹So läuft das nicht mehr wirklich›, fuhr er fort. ‹Wir sind jetzt ein Empire, und indem wir handeln, schaffen wir unsere eigene Wirklichkeit. Und während ihr diese Wirklichkeit analysiert – in aller Besonnenheit - handeln wir wieder und schaffen andere neue Wirklichkeiten, die ihr auch analysieren könnt, und so wird das jetzt geregelt. Wir sind die Akteure der Geschichte ... und ihr, ihr alle, könnt nicht mehr tun, als zu analysieren, was wir tun.»

Die Identität dieses Mitarbeiters ließ sich mit nur zwei Suchparametern («Bush» und «realitätsbasierte Community») aufdecken. Nach ein paar Klicks war er bei einem anderen Zitat desselben Mitarbeiters angelangt, aufgezeichnet wieder von Ron Suskind, diesmal für *Esquire:* «Den ficken wir. Haben Sie gehört? Den ficken wir. Den machen wir fertig. So wie den noch keiner gefickt hat!» Wen der Mitarbeiter gemeint hatte, wurde nicht spezifiziert, und der *Esquire*-Artikel stand hinter einer Paywall. Das Geld war es Laika nicht wert.

Ein Mauszeiger über einem roten Kreis, ein Klick, ein Browserfenster schloss sich.

15 Uhr 52. Kurz vor Schluss des Börsenhandels. Aber nur kurz.

Als Mohammed in die Finanzbranche ging, beklagten Xezal und Rafiq nächtelang die falschen Lebensentscheidungen ihres Ältesten. Während sie Laika und sein Interesse an «Computern» immer unterstützten, ohne zu merken, dass auch er mit Geld beschäftigt war, dass es nichts anderes gab als Geld, nichts anderes je gegeben hatte. Warum waren die Agrargesellschaften im Westeuropa des Mittelalters auf Getreideanbau gegründet? Weil der Steuereintreiber des Königs die Ernte leicht überblicken konnte und sich leicht festsetzen ließ, wie viel davon der Krone zustand. Warum fanden so viele Regenten die Reformation so reizvoll? Die Steuern an den Papst fielen weg. Geld war alles.

Als der erste User der virtuellen Onlinewelt Second Life für den Gegenwert von fünf Dollar Penisprothesen zu verkaufen begann und man in diesem Spiel als Avatar zum ersten Mal penetrativen Geschlechtsverkehr haben konnte, wurde der Erfinder schnell zum Multimillionär. Mit diesem Phänomen wollte Laika Kasse machen: Schließlich gab es in Second Life schon Botschaften Schwedens und der Malediven; Adidas und American Apparel hatten Stores, die Avataren Kleidung verkauften. Laika investierte in ein Pornogeschäft, aber er hatte sich nicht klargemacht, dass es in einer virtuellen Welt, in der alle Sex mit allen haben konnten, wie sie wollten, wenig Bedarf nach Pornografie gab, vor allem da die Spielerinnen und Spieler im wirklichen Leben mit ein paar Klicks im Browser Zugang zu echter Pornografie hatten. Sein Second-Life-Unternehmen machte hohe Verluste.

Ein Glockenklang.

Die Märkte waren geschlossen. Er verband den Laptop wieder mit dem Ethernet, die Verbindung war wackeliger, weil der Stecker jetzt defekt war. Nach 3,8 Millionen Transaktionen zwischen 9 und 16 Uhr waren aus den 518 374,83 Dollar, mit denen er den Tag begonnen hatte, 502 840,12 Dollar geworden. Obwohl Goldman Sachs in der gleichen Zeit Geld verdient hatte. Irgendetwas stimmte noch immer nicht.

Anfangs hatte er wie besessen versucht, die einzelnen Trades in Echtzeit zu verfolgen, aber das war nicht nur sinnlos - da sein Bot im buchstäblichen Augenblick fünfhundert Transaktionen tätigen konnte -, er bekam auch Panikattacken, wenn er Geldsummen schrumpfen und wachsen sah, ohne verarbeiten zu können, was überhaupt geschah, geschweige denn, warum. Es kam nicht darauf an, ob er bei einer spezifischen Transaktion Geld verdiente, sondern darauf, ob sein Algorithmus funktionierte. Was er nicht tat. Er musste etwas übersehen haben. Es konnte am exponentiell geglätteten Durchschnitt liegen, vielleicht musste er in seinen Parametern zur Pattern Recognition auch die Candlestick-Formationen optimieren.

Eine Google-Suche nach *«pattern recognition»* führte zu einem Video auf Vimeo, ein schlechtes Handyvideo aus einer Galerie in Bristol, die Hito Steyerls Arbeit *In Free Fall* zeigte. Die mangelhaft zentrierte Projektion zeigte einen Schrottplatz voller Flugzeuge, die als Altmetall verkauft wurden, nachdem sie in der Finanzkrise aussortiert worden waren. «Alles Gespenster», sagte der bärtige Schrottplatzbesitzer, danach konzentrierte der Film sich auf ein Flugzeug, das für den Film *Speed* von 1995 in die Luft gejagt worden war und dessen verwertbarer Rest nach China verkauft wurde, zur Verwendung in der DVD-Produktion.

Das Video lief weiter, mit gedämpftem Sound, weil ein Finger des Menschen, der es aufgenommen hatte, auf dem Mikrophon des Handys lag, aber seine Aussage blieb deutlich: Die Wirklichkeit der Gegenwart bestand aus ineinander verknoteten Zeitachsen, und die mit Sorgfalt hergestellte Künstlichkeit eines Hollywoodfilms wirkte wirklicher als die eigentliche Wirklichkeit. Wir haben Bot-Kriege und Algo-Kriege erlebt, Programme gegeneinander ins Feld ziehen lassen, die zwei Trades pro Mikrosekunde abschließen konnten. Eine ganze Sekunde, also über zweimillionenmal so lang braucht der menschliche Geist, um einen Gedanken zu fassen. Eine Aufsichtsperson der Galerie zischte den filmenden Menschen an, das Telefon auszuschalten, und im Video wurde es schwarz, und dann wurde es von Thumbnails anderer Videos ersetzt, die der Algorithmus der Webseite Laika vorschlug. Noch bevor er darüber nachdenken konnte, welchen Clip er sehen wollte, lief automatisch der nächste.

Ein Interview, ein Studio im Schummerlicht, das grimmige Gesicht von Charlie Rose, ein mit den Armen wedelnder bärtiger Mann. «Männer haben die Börse beherrscht. Frauen durften den London Stock Exchange erst ab 1973 betreten, am New York Stock Exchange gab es vor 1967, als Muriel Siebert für würdig befunden wurde, keinen einzigen weiblichen Börsenmakler. Man musste ein extra Toilettenhäuschen für sie bauen, es gab ja keine Damentoiletten. Männer haben die Börse beherrscht. Und vielleicht fand Thatcher das unfair und glaubte, Männer seien fehlerbehaftet, weil Menschen fehlerbehaftet sind, also haben wir Maschinen gebaut, um ein perfektes System zu haben, ohne zu bedenken, dass diese Maschinen von Männern gebaut werden würden. Nicht einmal von Männern, von Jungen.»

Tab schließen.

Laika stellte den Wert des NYSE fest, um ihn mit dem Wert morgen früh bei Börsenstart vergleichen zu können, nachdem die Trader die Nacht über versucht hatten, zu verstehen, warum die Algorithmen sich so verhalten hatten, wie sie sich verhalten hatten, und die Preise entsprechend angepasst hatten. Die Maschinen hätten endlos weitermachen und rund um die Uhr handeln können, und trotzdem wurden den Börsen diese künstlichen Öffnungs- und Schließzeiten auferlegt. Es war wichtig, einen Anschein von Kontrolle aufrechtzuerhalten.

Goldman Sachs hatte einen deutlichen Vorsprung, weil die New Yorker Börse ihr Zugang zu einem Server direkt im Gebäude vermietete, sodass die Zeitverzögerung im Austausch mit den Servern der Börse minimal war. Um auszuschließen, dass eine der Banken mit Serverzugang auch nur eine Mikrosekunde im Vorteil war, waren all ihre Glasfaserkabel exakt gleich lang. Laika, als Einzeltrader in der Branche völlig ohne Einfluss, würde man nicht einmal mit dem Customer Service verbinden, wenn er auf die Idee käme, sich nach Serverzugang im Gebäude der Börse zu erkundigen. Trotzdem war er geografisch gesehen immer noch nah genug dran. Es musste einen Weg geben, die Abschlüsse so effizient abzubilden, dass er Geld machen konnte, wenn Goldman Sachs Geld machte.

www.forexforums.com, «mirror trading», Suche. 472 Ergebnisse.

BigCh33seFastCh33se: bei mir läuft der algo am besten wenn mein mirror trader account über 50 000 usd drin hat, ich glaube der höhere kontostand macht das trading flexibler. **Myothercarisahelicopter:** Ich habe eine Plattform entwickelt, die 100 % idiotensicher ist, DM wenn du rein willst. **$exB0 t:** Das Video zu *It's all coming back to me now* von Celine Dion ist IRRE, Leute.

Chrome schließen.

Eine Sirene.

Immer wenn im United Kingdom die letzten verbliebenen Zivilverteidigungssirenen getestet wurden, jedes Jahr von August bis September, war Xezal nervös geworden, hatte Rafiqs Zigaretten geklaut und sich von den Kindern versprechen lassen, es ihm nicht zu erzählen. «Eine Sirene heißt nie etwas Gutes. Irgendwo gibt es eine Tragödie.» Worauf Mohammed versuchte, ihr zu erklären, dass es nur eine Übung sei und sie sich keine Sorgen machen müsse. «Wir haben schon viel erlebt, Kinder, viel zu viel», sagte sie dann, zog an der geklauten Zigarette und blickte aus dem Fenster.

Laika fragte sich, ob das Geräusch, das er eben gehört hatte, mit den Menschen zu tun hatte, die draußen auf der Straße lagen. Er ging ans Fenster, und seine Füße hinterließen gespenstische Schweißspuren auf dem Boden, die schnell wieder verschwanden. Nein, die Leiber lagen noch dort. Zwischen ihren ausgestreckten Gliedern gingen Polizisten in futuristischer Kampfausrüstung herum, schwere

Maschinenpistolen in der Hand, sichtlich ohne Absicht einzuschreiten, vorerst zumindest nicht.

Ein gruseliger Anblick, Hunderte und Aberhunderte gesichtsloser Menschen direkt vor dem Eingang der Börse, Opfer einer Weltwirtschaft, die ihre Misere nicht anerkannte und es auch nie tun würde. Ein Mensch blieb kurz stehen, hob das Telefon und schoss ein Foto. Das Foto würde beschnitten, mit einem Filter versehen, ästhetisiert werden und dann geteilt, mit einem Hashtag versehen und rund um die Welt geschickt, mit einer Bildunterschrift, für Likes optimiert.

Laika schoss ein Foto der Person, die das Foto schoss, ohne wirklich zu wissen, was er damit anderes tun sollte, als es in seinem Evernote-Ordner zu speichern.

Eine Trillerpfeife.

Langsam fingen die Leiber auf der Straße an, sich zu rühren, sich zurück ins Leben zu räkeln. Der Protest, ein überall angekündigtes *Die-In*. Die Aktivistinnen und Aktivisten umarmten einander wie Überlebende einer schrecklichen Tragödie, was sie auf gewisse Weise auch waren.

Sie machten sich auf den Rückweg zum Zuccotti Park, hielten ihre Schilder in die Luft und stimmten Gesänge über die Ungerechtigkeit des Systems an, den Würgegriff, in dem das eine Prozent die restlichen 99 hielt. Sie verschwanden aus dem Blickfeld und kehrten in ihr Zeltlager zurück, das Laika nur von Fotos kannte - mehrere Gebäude versperrten ihm den direkten Blick auf den Park. Er konnte ihre Wut verstehen, aber die Maschinerie ließ sich nicht aufhalten, es hatte seinen Grund, dass Marx den Kapitalismus als Vampir beschrieb. Als *No Logo* von Naomi Klein herauskam, war die Welt entsetzt über das ungezügelte Konsumdenken, die unmenschlichen Bedingungen, unter denen Kinder Kleidung für den Massenmarkt produzierten. Wie viele andere auch hatte er diverse Brands boykottiert, gewissenhaft geprüft, wo jedes Kleidungsstück hergestellt worden war, und darauf geachtet, bewusst zu konsumieren. Und dann, binnen eines Jahres, war es mit der kollektiven Empörung vorbei. Die Menschen kauften wieder von Kindern in Bangladesch gefertigte Turnschuhe und Fast-Fashion-T-Shirts, die billiger waren, als erlaubt sein sollte. Selbst als schlecht geführte Fabriken abbrannten und immer mehr Berichte zeigten, wie Großkonzerne sich mit Hilfe komplizierter Firmenkonstrukte der Verantwortung für die Praktiken ihrer Subunternehmer entzogen, wurde, obwohl alles bekannt war, weiterkonsumiert. Nicht einmal in der Kleidung versteckte Hilferufe änderten etwas daran, von den Arbeiterinnen eingenähte Nachrichten, wir machten weiter und versuchten, die Erklärung der Konzerne für wahr zu halten, die Nachrichten seien nur ein Hoax. Wir wussten, was vor sich ging, natürlich wussten wir es, aber wir wussten nicht, wie wir damit umgehen sollten. Genauso wie wir wussten, wie Tiere behandelt wurden, damit wir billige Cheeseburger essen konnten, genauso wie wir wussten, dass unsere Zeit auf Erden zu Ende gehen würde, und zwar bald, wenn wir weiterhin so fliegen, fahren, konsumieren würden, wie wir es taten. Und doch gab es keine Lösungen, von den individuellen Entscheidungen abgesehen, moralgetrieben, für das vegane Leben, gegen den Autobesitz, für Recycling, während der Rest der Welt weiter aus der Kurve flog. Die Maschinerie ließ sich nicht stoppen, die Konzerninteressen siegten immer. Ein Land der Ersten Welt konnte seine Produktion in die Dritte Welt outsourcen, sich selbst für seine Klimaneutralität auf die Schultern klopfen und dabei die in einem anderen Land für sie produzierten Güter importieren, das zum Nutzen des ersten Landes weiter die Umwelt verschmutzte. Moralfrei zu konsumieren war einfach zu verlockend, zu einfach, und es war billiger. Laika sympathisierte mit den Demonstrierenden, natürlich, aber ihm fiel außer der völligen Zerstörung der uns bekannten Welt nichts ein, das etwas bewirken könnte.

Ein schrilles metallisches Bohrgeräusch. Die Türklingel.

Er trat aus dem Arbeitszimmer in den unpraktischen, aber visuell ansprechenden kreisrunden Empfangsraum, aus dem sieben Türen in die Wohnung führten, und erhaschte im Ganzkörperspiegel, der an der Wand lehnte, einen Blick auf sich selbst. Rasch sah er wieder weg, unzufrieden mit seiner krummen Haltung, seinen schlaffen Gliedern. Laika fand wenig Genuss daran, sich als körperliches Wesen zu erleben; Fleisch und Haut, in denen er gefangen war, waren für ihn etwas, das es zu überwinden, nicht zu genießen galt. Einen Körper zu haben, zu einer bestimmten Zeit, an einem bestimmten Ort, war eine so heftige Einschränkung. Seine Art sich zu kleiden - er trug jeden Tag das Gleiche, dunkelgraue Sweatpants, von denen er vier besaß, ein schwarzes Oversize-T-Shirt, von denen er acht besaß, und einen dunkelgrauen Cardigan mit Zopfmuster, von denen er zwei besaß - war sein Weg, seinen Körper abzutun, anstatt sich wie besessen damit zu beschäftigen, in welche Kleider er ihn wickeln sollte.

Laika öffnete die Wohnungstür und nahm die Packpapiertüte, die dort abgestellt worden war; der Liefermensch war nirgends zu sehen, ganz nach Laikas Anweisungen. Die Tüte enthielt seine Abendmahlzeiten für die kommenden Tage, abgestimmt auf seinen geschätzten Kalorienbedarf. Er stellte die Tüte in der Küche ab und prüfte den Speiseplan: Tofu mit Brokkoli. Organisches veganes Stir-Fry mit Ingwer-Wildreis. Fenchelrisotto. Thailändisches Zitronengras-Tofu. Tilapia mit Sriracha-Schalotten-Pesto. Okra-Linsensuppe. Kichererbsen-Tajine mit Couscous und Pfirsich. Eine Portion Obst, eine Ergänzung, die er gewählt hatte. Er hatte keine Ahnung, was Tilapia war, und Fenchel schmeckte ihm nicht, er erinnerte ihn an Altmännerhusten. Heute würde das Stir-Fry genügen müssen. Er schob den Behälter in den Ofen, stellte den Timer seines Telefons und räumte die restlichen Mahlzeiten in den Kühlschrank, der abgesehen von neun Dosen Coke Zero leer war.

Pling.

Eine Mail von einer Firma namens DiJiFi, die ihn informierte, dass das von ihm zur Digitalisierung übersandte VHS-Tape in schlechtem Zustand sei und sie nicht garantieren könnten, dass sich das gesamte Material korrekt transferieren ließ. Laika wischte sich die Hände ab und tippte auf dem Bildschirm des Telefons eine Antwort ein. *Das macht nichts, bitte machen Sie trotzdem weiter. Im Anhang meine Karteninfo.* Er fischte sein Kartenetui aus dem Cardigan und tippte die Daten seiner Debitkarte ein. Dann steckte er Telefon und Kartenetui wieder weg und kehrte an den Laptop zurück.

BREAKING: Wohltätigkeitsorganisation investiert Millionen in Waffenhersteller. Ein Vertreter der Organisation: «Wir wussten nicht, was die Banken mit unserem Geld machen.» Mehr hier:

Was Sie auch interessieren könnte: Große Umweltschutzorganisation soll Wachleute beschäftigt haben, die foltern und morden.

Klick. Hyperlink. Klick. Hyperlink. Ein Schauspieler sagt was zum Thema Tigerblut. Eine gesponserte Meldung, kaum von echten Nachrichten zu unterscheiden, möchte ihn zu einem Investment in Zypern verführen. In der letzten Zeit stieß er auf immer mehr Anzeigen dieser Art, die Pässe für St. Kitts und Nevis anboten (USD 250 000), ein goldenes Visum für Portugal (USD 90 000), ein Investorenvisum für das

United Kingdom (USD 1 500 000). Alle Regeln, von denen ein großer Teil der Menschheit eingeschränkt war, ließen sich völlig legal umgehen, wenn man genug Kapital zur Verfügung hatte. Er überflog die Details, wissend, dass er seinen britischen Pass in der Duffelbag an der Tür nur bekommen hatte, weil eine Beamtin des Home Office großzügig gewesen war. Neuer Tab. «Diese Länder kann man mit einem irakischen Pass ohne Visum besuchen.» Klick. Spitzbergen, Bermuda, Dominica, Mikronesien, Niue, Cookinseln, Pitcairn.

Timer.

Er ging in die Küche, zog mit den Fingerspitzen den Behälter aus dem Ofen, sorgsam darauf bedacht, sich nicht zu verbrennen (es gab einen Topfhandschuh, den er aber nicht benutzte, damit er nicht schmutzig wurde) und wickelte ein paar Stäbchen aus, die mitgeliefert worden waren (2 Dollar extra pro Bestellung). Er stellte das Abendessen auf einen Untersetzer und trug es, zusammen mit einer frischen Dose Coke Zero, ins Arbeitszimmer, wo er sich beim Essen die neueste Folge einer Serie ansah, die von einer Managerin handelte, die bei der Arbeit einen Zusammenbruch erleidet und in eine holistische Rehaklinik geschickt wird. Nach der Rückkehr möchte sie voller Elan die Welt verbessern, aber ihre eigenen Macken und die systemische Dysfunktionalität der Geschäftswelt stehen ihr ständig im Weg. Es war erstaunlich, dieses Thema - wie kann man in einer Welt ein guter Mensch sein, in der «gut» sein zu wollen oft als leichtgläubig oder naiv angesehen wird - zur Hauptsendezeit in einer Fernsehserie ausgebreitet zu sehen. Dass die Einschaltquoten der Serie miserabel waren, erstaunte ihn weniger. Die Folge begann mit einem Panorama von Woodland Hills in Kalifornien mit dem Warner Center Plaza III, dem Wolkenkratzer aus dem Jahr 1991, in dem der böse Großkonzern der Serie hauste. Das Gebäude hatte etwas Beunruhigendes, die spiegelverglaste Fassade sah nach Tarnung aus, wie das Tarnkappensystem der Aliens aus dem Film *Predator* von 1987. Handelstätigkeit der brutalsten Sorte, unsichtbar gemacht, mit den Bergen von Santa Monica verschwimmend. «Natürlich, unsere Welt ist riesig, und sie ist komplex», hauchte die Hauptdarstellerin aus dem Off, als würde sie dem Publikum Geheimnisse zuflüstern oder einen Yogakurs anleiten. «Wenn wir sie verstehen wollen, können wir bis ans Ende unserer Tage über sie nachdenken. Und was hat man dann erreicht? Nichts. Irgendwann muss man etwas tun. Gute Absichten sind nicht genug. Man muss auch danach handeln.»

Ihn erstaunte, dass die Hauptfigur dieser merkwürdigen kleinen Serie zwar ausschließlich über Plattitüden und Selbstverwirklichungs-Klischees kommunizierte, man dabei aber diesen stumpfen, abgenutzten Werkzeugen immer noch etwas abgewinnen konnte. Wie der Serie das gelang, durchschaute er nicht, aber vielleicht stimmte es ja: Je läppischer das Klischee, desto schärfer die Reißzähne der von ihm verborgenen Wahrheit. Die Hauptfigur isst allein, missmutig unter der niedrig stehenden kalifornischen Sonne, und beobachtet ihre selbstvergessenen Kolleginnen und Kollegen, wie sie beim Lunch miteinander lachen. Dabei wird nie ganz klar, wie sehr sie aus einem Gefühl moralischer Verpflichtung heraus handelt, und wie sehr sie sich einfach nur rächen will, weil sie seit ihrem Zusammenbruch gemieden wird. In einer Traumsequenz halten vor dem Gebäude vier SUVs, und ein Dutzend Regierungsagenten steigen aus, alles Afroamerikaner, alle frisiert wie Anhänger der Nation of Islam. Zu opernhafter Musik verhaften sie in Zeitlupe den gesamten Unternehmensvorstand. Später in der Folge schreit eine muslimische Figur, die für etwas entlassen wurde, das sie nicht getan hat, *Scheiß auf den Laden!* am Gebäude hoch.

Das war eine schlaue Entscheidung: Bei so viel Abschottung und Outsourcing gab es keinen Weg mehr, in einem Konzern seine Unzufriedenheit angemessen zum Ausdruck zu bringen. Direkten Kontakt hatte man nur noch mit Robotern oder unterbezahlten Kolleginnen und Kollegen, denen der Konzern so übel mitspielte, dass einem die eigenen Klagen im Vergleich irrelevant vorkamen. Es mochte zwecklos sein, ein Gebäude anzubrüllen, aber es war noch immer besser, als jemand aus dem Betrieb mit einem Nullstundenvertrag zum Mindestlohn anzubrüllen, der seine Rechnungen bezahlen musste und einfach nur Feierabend machen wollte.

Bei ihnen zu Hause war Siver für Bürokratie zuständig gewesen. Anrufe bei Banken, Ärzten, Behörden, überall musste sie versuchen, jemanden an den Apparat zu bekommen, der Rafiq und Xezal etwas Würde zugestand. Laika wäre nicht überrascht, wenn sie auch Gebäude angebrüllt hätte.

Nicht dass es keine guten, nicht-metaphorischen Gründe gegeben hätte, Gebäude anzubrüllen. Verbundwerkstoffe und Fortschritte im Ingenieurswesen und Computer-Rendering bedeuteten, dass zum ersten Mal in der Menschheitsgeschichte für die Technik das einzige Problem war, Wolkenkratzer für Menschen bewohnbar zu machen. Unsere Telefone und unser WiFi mussten funktionieren, wir mussten uns auf dem Weg himmelwärts auf Fahrstühle verlassen können, und im Fall eines Feuers mussten wir wieder nach draußen kommen. Auf mannigfaltige Weise war dies der eigentliche Grund hinter den Protesten rund um die Wall Street: die langsam wachsende schmerzliche Erkenntnis der nahenden Obsolenz. Eigentlich war es poetisch; über ein Jahrhundert lang hatten wir unsere Gadgets und Geräte Schubladen und Schrottplätzen anvertraut, um Platz für Neueres und Besseres zu machen, aber nun näherten wir uns einem Punkt, an dem unsere Produktion, unsere Gebäude, selbst unsere Wirtschaft uns nicht mehr brauchten. Und anders als die Tamagotchis und Game Boys und Discmans, die stumm entsorgt wurden, konnten wir unserer Unzufriedenheit im Angesicht der Obsolenz eine Stimme geben. Nicht dass es viel bewirken würde.

Dass Rafiq, wann immer sie Besuch bekamen von frisch angekommenen Geflüchteten, die ihm ihre Aufwartung machten und ihn baten, ihnen dabei zu helfen, sich in diesem fremden neuen Land zurechtzufinden, ihnen jedes Mal ein paar Zehn-Pfund-Scheine aufdrängte, verbesserte ihre finanzielle Lage nicht. «Wir hamstern nicht», erklärte er seiner Familie, wenn sie etwas sagten, nachdem der Besuch gegangen war. Einmal kam ein Mann in einem teuren Mantel und Lacklederschuhen und brachte den Kindern eine Schachtel in Goldpapier gewickelter Pralinen mit. Er küsste Rafiq und Xezal die Hand und sagte ihnen, sie könnten sich an ihn wenden, falls sie jemals etwas brauchten, was immer es sei ... Als er wieder fort war, schnaubte Xezal: «Für wen hält er sich? Als wüssten wir nicht, dass er vor dreißig Jahren noch ein armer Mann war, der gestohlene Fernsehgeräte über die Grenze geschafft hat, ein niederer Schmuggler!» Sie warf die Pralinen in den Müll. (Mohammed fischte sie später wieder heraus und teilte sie unter den Geschwistern auf.)

Als die Folge zu Ende war, landete die Verpackung des Dinners in der Mülltonne, und der Untersetzer kam wieder auf den Esstisch, wo er hingehörte. Zurück am Computer sah Laika nach, ob RedMinx, sein liebstes Camgirl, online war. (War es nicht.) YouTube, ein Klick auf das erste empfohlene Video, ein satirischer News-Clip, in dem ein Mann hinter einem Tisch die Nachrichten verlas und dabei so tat, als hätte er eine politische Haltung, die er in Wahrheit nicht hatte. Es war über 1,3 Millionen Mal angesehen worden. Als es zu Ende war, begann automatisch ein anderes Video, die seltsame Power-Point-Präsentation eines schmuddeligen Manns mit starkem US-amerikanischen Akzent, ein Low-Budget-Ted-Talk. Laikas Mauszeiger schwebte schon über dem weißen Kreuz im roten Kreis, das den Tab schließen würde, aber dann las er den Titel des Videos («This Technology Will Change The WORLD») und die Zahl der Views (9,3 Millionen) und beschloss dranzubleiben. Er klickte auf das Icon mit den beiden Pfeilen, die in unterschiedliche Richtungen zeigten, und sah zu, wie das Video einen Augenblick lang stockte und glitchte, während es zwischengespeichert wurde, und dann den ganzen Bildschirm füllte.

«Nun, unsere größte Errungenschaft als Menschen, die noch lange nach unserem Tod von uns zeugen wird, das sind nicht unsere Gebäude und Brücken - es ist unser Müll. Sie kennen die Bilder bestimmt, bergeweise Schutt und Abfall, all die Dinge, die wir aussortieren und fortwerfen, die Dinge, die uns zu Menschen machen. Was von uns bleiben wird, ist der Müll. Und viel zu lange haben wir ihn als etwas betrachtet, das uns lästig ist, das wir verstecken müssen wie eine Schande. Dabei wird Müll auf der ganzen Welt von der Wissenschaft analysiert, die Archäologie leitet aus neu entdeckten Abfällen prähistorischer Menschen wichtige Erkenntnisse ab, Biologen gewinnen aus Abfällen neues Wissen über Krankheiten. Alle wissen, dass unseren Hinterlassenschaften ein Wert innewohnt, aber die Finanzmärkte haben ihn bisher nicht monetarisieren können.

Bis heute.

Was wir anbieten, ist eine kosteneffiziente, flexible Methode der Umwandlung von Müll in Energie. Wir nennen sie Purity - Reinheit. Das hier ist - hoffentlich kann ich irgendwie die Folie wechseln - *das* hier ist das Projekt Purity.»

Laika schloss das Browserfenster und fragte sich, wie der Algorithmus der Webseite davon hatte ausgehen können, dass ihn gerade dieses Video interessieren würde. Er hatte in der letzten Zeit viel über Müll nachgedacht, was daran lag, dass seine Anwesenheit in dieser Wohnung nicht wahrnehmbar sein durfte, aber soweit er wusste, hatte er nie im Internet danach gesucht. Wie smart Maschinen geworden waren, war nicht klar: Ja, die Suchmaschinen hatten ihre Fähigkeit, Laikas Gedanken zu lesen und ihm Suchvorschläge zu machen, sichtlich verbessert, aber das Zusammenspiel der verschiedenen Anwendungen und Suchbegriffe blieb rätselhaft.

Er hatte gelesen, dass Facebook mit einer Firma arbeitete, die ihnen Daten von Kundenkarten verkaufte, damit sie wussten, welche User sich für welche Marken interessierten, und dazu hatte in einem Forum jemand behauptet, Einzelhandelsketten würden in ihren Läden jetzt Funkempfänger einsetzen und die Telefone ihrer Kundschaft registrieren, um zielgenauer werben zu können. Laika wusste, wer in Yale und am MIT an der Entwicklung digitaler Werbung forschte, aber er wusste auch, dass die Wirklichkeit schon weiter fortgeschritten sein würde, wenn deren Bücher geschrieben waren, und dass diese Bücher dann nur noch für die Geschichtswissenschaft von Bedeutung sein und uns davon künden würden, wie alles vor ein paar Jahren funktioniert hatte. Es gab nie genug Zeit, die Wirklichkeit treffend zu fassen, während sie noch wirklich war, denn die Wirklichkeit entwickelte sich seit einer ganzen Weile schneller, als Menschen sie begreifen konnten.

Laika musste an einen Brief denken, der auf dem Gelände in Abbottabad gefunden worden war, wo man Osama Bin Laden aufgespürt und getötet hatte. Es handelte sich um eine Antwort an einen seiner Kuriere, der ihn gefragt hatte, warum er Nachrichten auf diese zeitraubende und archaische Weise übermitteln musste, und ob sie nicht stattdessen einfach verschlüsselte E-Mails nutzen könnten. «Nur weil etwas verschlüsselt werden kann, ist es noch nicht geeignet», hatte jemand im US State Department die Nachricht übersetzt, «wie du weißt, gehört diese Technologie nicht uns und ist nicht unsere Erfindung. Das bedeutet, dass wir nicht viel darüber wissen. Auf dieser Grundlage halte ich das Risiko, in gefährlichen Angelegenheiten verschlüsselte E-Mails zu benutzen, für hoch.»

Diese Technologie gehört nicht uns und ist nicht unsere Erfindung. Vergleiche hierzu auch den Fall der kurdischen Dissidenten, die wegen eines einzigen Pixels verhaftet worden waren: Kritiker des türkischen Regimes hatten mit Vorliebe ein bestimmtes Chatprogramm genutzt, und Zehntausende wurden dafür festgenommen. Nur dass viele von ihnen sich gar nichts zu Schulden kommen lassen hatten. Mehrere andere Apps waren mit einer Code-Zeile infiziert worden, die einen Pixel erzeugte, der an die Server des Chatprogramms weitergeleitet wurde. Tausende darbten im Gefängnis, eines Pixels wegen, den man mit bloßem Auge nicht sehen konnte, so klein war er. Die Technologie gehörte nicht ihnen, und dafür waren sie bestraft worden. Was sich auf alle Technologien anwenden ließ, deren geschützte Basis unter Verschluss war und die freudig von Menschen genutzt wurden, die es nicht scherte, dass sie zur Ware wurden, solange sie sich in ihren Feeds weiter mit Sternen, Herzen, Likes ihren Dopamin-Kick holen konnten.

Rafiq hatte immer die Erfindung von Michail Kalaschnikow aus dem Jahr 1947 gepriesen, die *Awtomat Kalaschnikowa, obrasza 47*, kurz AK-47, als einzigen modernen Ausrüstungsgegenstand, der nicht aus Profitinteressen entwickelt worden war, sondern um seiner Funktionalität willen. «Ohne die AK-47 wäre der kurdische Widerstand gebrochen worden», pflegte er zu sagen, während er mit der universalen Fernbedienung kämpfte und versuchte, einen Kanal mit Nachrichten über den Krieg im Nahen Osten zu finden. «Weil sie eine wahrhaft kommunistische Erfindung war, ist diese Waffe für den Guerillakrieg so geeignet: unbeschwert von den Anforderungen der freien Märkte des Kapitalismus, wo die alten Modelle rasch von neuen ersetzt werden müssen, um dauernde Profitabilität zu erreichen, hatte Michail Kalaschnikow einfach den Auftrag, die Waffe mit der größtmöglichen Haltbarkeit zu entwickeln.» Es gab keine geplante Obsoleszenz, keine neuen und verbesserten Ausführungen, nur ein todbringendes Gerät für die Ewigkeit.

Heutige Landminen und Waffen können vom Händler deaktiviert werden, wenn die Lizenzgebühren nicht bezahlt werden: Heute kommt es auf den Code an, nicht auf das Gerät. Dass nach dem Crash von 2008 einzig und allein ein Trader von Goldman Sachs eines Verbrechens bezichtigt wurde, weil er, als er die Firma verließ, einen Flash Drive mit Code mitgenommen hatte, für den die Bank Besitzrechte geltend machte, war kein Zufall. In hundert Jahren erarbeiteter Wohlstand, in 24 Monaten zu nichts geworden, 500 000 Menschen, die allein in den USA ihr Heim verloren, und der Einzige, der im Gefängnis landete, saß dort, weil er sich eine Zahlenkette in die Tasche gesteckt hatte. «Gelingt es, mit wenig Arbeit Kohle in Diamant zu verwandeln, so kann sein Wert unter den von Ziegelsteinen fallen», pflegte Rafiq zu sagen, ein Zitat aus seinem geliebten *Kapital*. Und dennoch, wie die Dinge standen, saßen wir jetzt mit unsichtbaren Ziegelsteinen da, die mehr wert waren als alle Diamanten der Welt.

Laika nahm das Telefon mit aufs Klo, scrollte beim Scheißen durch seinen Twitter-Feed und fand Witze und Memes zu einem Ereignis, von dem er noch nicht gehört hatte.

Er suchte nach ein paar der in den Memes verwendeten Schlüsselwörter, konnte aber nicht herausfinden, worüber hier gewitzelt wurde. Anschließend prüfte er, dass die Toilette sauber war, wusch sich die Hände und wischte das Spülbecken aus, bevor er an den Schreibtisch zurückkehrte. Noch immer keine RedMinx. Er ließ das Fenster der Camsite offen, wartete, dass sie online kam, öffnete zum Zeitvertreib ein neues Fenster und loggte sich bei einer Webseite ein, die Feeds von ungeschützten Webcams auf der ganzen Welt zeigte. Während auf der Camgirl-Seite die Rechtecke aktualisiert wurden, die die Models zeigten, die gerade online waren, warf er Blicke in ein Fitnessstudio in Dublin, ein Büro in Odessa, eine Bäckerei in Boulogne-Billancourt. Auf gewisse Weise war es tröstlich, Menschen zuzusehen, die nicht die geringste Ahnung hatten, dass sie beobachtet wurden, beim Training, im Kundengespräch, beim Erstellen von Tabellenkalkulationen.

Pling. RedMinx war online. Rasch schloss Laika das andere Fenster und betrat ihren Chatroom.

Vor einem Jahr war RedMinx, eine von 6000 Frauen auf CamTube, zum einzigen Camgirl geworden, mit dem er zu tun haben wollte. Die Masse der auf der Seite verfügbaren Frauen hatte begonnen, ihm Angst zu machen und ihn zu erdrücken, und er wollte seine Zeit und sein Geld lieber einem einzigen Menschen widmen. Also suchte er sich aus den Frauen, die er regelmäßig traf, zehn aus (aus jenen, für die er, aus welchen Gründen auch immer, Benachrichtigungen eingerichtet hatte, wenn sie online kamen), und schickte ihnen eine Anfrage für ein Video nach seinem Szenario, allen dieselbe.

Das Szenario: *Ich stelle mir ein Erpressungsszenario vor. Ich möchte Zeit mit Dir verbringen, und Du trägst einen Sport-BH,* *und ich sage Dir, dass ich weiß, dass Du hinter dem Rücken Deines Freundes Cam Shows machst. Du wirst wütend, aber dann beruhigst Du Dich ein wenig und sagst mir, dass ich niemandem davon erzählen darf. Ich sage okay ... aber dafür musst Du mir einen Gefallen tun. Ich sage Dir, dass Du mir einen blasen musst. Bevor Du ja sagen kannst, lasse ich die Hosen runter, und Du siehst meinen Schwanz. Du reagierst leicht überrascht/erregt und sagst so etwas wie «Wow, Dein Schwanz ist größer als der von meinem Freund». Dieser ganze Spannungsaufbau sollte die Hälfte des Videos sein. Dann fängst Du an, mir einen zu blasen, mit viel Blickkontakt, erst ganz langsam, zögerlich, dann macht es Dir irgendwann Spaß. Nach ein paar Minuten (mindestens 3) sage ich Dir, dass ich Dich ficken will. Du fängst an, mich zu ficken (cowgirl/reverse cowgirl, Kamera auf Dich, ich denke so wie auf dem Video hier, 09:47) Nach einer Weile (6–8 Minuten) kommst Du – hier ist Dirty Talk entscheidend, bitte lass Dir was einfallen. Am Ende kann ich mich nicht mehr beherrschen und komme in Dir. Gespielte Wut von Dir auf mich, Du sagst, nächstes Mal dürfe ich nicht in Dir kommen. «Nächstes Mal?», frage ich. «Möchtest Du denn kein nächstes Mal?», fragst Du und lächelst. Glaubst Du, Du bekommst das hin? 15 Minuten, denke ich. Je länger, desto besser (zahle $$$).*

Neun Wochen und 3800 Dollar später hatte er zehn Videos in seiner Inbox, die seinen Vorgaben haargenau folgten, seine Fantasien in Dauerschleife, 173 Minuten lang. Er sah sie sich vier Tage lang an, bevor er seine Entscheidung traf. Er wusste nicht genau, was ihm an der Interpretation von RedMinx besser gefiel als an der von Leesa Lee oder Jenni Raw, aber ihr Zugang hatte etwas Verspieltes, das ihn anzog und verhinderte, dass das Szenario eklig rüberkam. Seitdem hatte er sein Geld nur noch für sie ausgegeben.

«Hallo Jungs, wie geht es euch denn so?», sagte RedMinx und blickte in ihre hochauflösende Webcam. Sie trug eine schmeichelhafte schwarze Lingerie-Kombi, die Laika auf ihrer Amazon-Wishlist gesehen, ihr aber nicht gekauft hatte. (Er kaufte ihr meistens praktischere Sachen: Telefone, Bücher, Winterstiefel, Sachen, von denen er glaubte, dass sie sie von ihren anderen Fans eher nicht bekam.) RedMinx war eine leuchtende, dunkelhaarige Erscheinung irgendwo aus Illinois (ihre Wohnanschrift gab sie aus leicht verständlichen Gründen nicht preis), die ihre Kunden genauso fest im Griff hatte wie ihren Hitatchi-Vibrator.

«Hey, Lenin! Wie geht's?», fragte RedMinx, als sie Laikas Usernamen Lenin44 durch das Chatfenster laufen sah. Er tippte *hi, toll siehst du heute aus!*

«Aw, danke. Ja, ich trage einen brandneuen Body. Wie findest du ihn?», antwortete sie und räkelte sich zu einem Ansturm von Herzaugen- und Auberginen-Emojis in die Kamera.

lecker, tippte Laika ins Chatfeld des Fensters, zwischen die Bitten anderer User aus dem Free Chat, sie möge ihr Top ablegen/die Titten zeigen/die Füße in die Kamera halten. TankDick6969, ein anderer Stammkunde, wollte wissen, was für Musik da im Hintergrund lief, ein lasziver elektronischer Track, zu dem sie sich fast unmerklich wand.

Laika ließ den Laptop stehen und holte sich eine Schachtel Papiertücher aus der Küche. Als er wieder zurück war, wurden gerade die patriarchalischen Strukturen bei den Schlümpfen diskutiert.

«Schlumpfinchen war ein Roboter, den Gargamel gebaut hat, um die rein männliche Schlumpfwelt zu spalten, Leute, wusstet ihr das? Fast schon biblisch, die Frau wird nur eingeführt, um in einer ansonsten vollkommenen Gesellschaft Chaos zu stiften.»

moment mal, können schlümpfe sich etwa fortpflanzen???, fragte TankDick6969.

«Ja, das ist nicht klar. Ich kenne Theorien, die reichen

von Parthenogenese über asexuelle Vermehrung bis hin zu den Schlümpfen als einer Art Rasse von Hermaphroditen. Aber die asexuelle Erklärung kaufe ich denen nicht ab, weil, sobald Gargamel den Schlumpfinchen-Roboter erschaffen hatte, wollten sie ihn alle bumsen.»

dann ist sie ein roboter?

zeig uns deine titten!

«Ich glaube, irgendwann gibt Papa Schlumpf ihr eine Art Zaubertrank und verwandelt sie in einen echten Schlumpf, und Gargamel kann sie nicht mehr beherrschen.»

ich google das live mit und omg du hast ja recht!

«Würde ich dich jemals anlügen, Tank? Also, Jungs, wer möchte spielen?»

gehen wir privat?

«Mit dir doch immer Schätzchen», sagte RedMinx und warf ihm eine Kusshand zu. Laika klickte auf den Button unten auf dem Bildschirm, auf dem Exclusive stand, und jetzt konnte nur er sie noch sehen, für $ 8,99/Minute. Eine Animation huschte glitzernd über den Bildschirm und zeigte beiden an, dass sie den Interaktionsmodus gewechselt hatten. Sofort öffnete RedMinx den Verschluss ihres BHs, hielt ihre Brüste dichter an die Kamera und tippte mit einem Nippel das Objektiv an.

«Magst du heute für mich deine Kamera einschalten?»

gern, aber lieber ohne ton.

«Ganz wie du willst, Baby. Wir machen alles so, dass es dir gut geht.»

Laika klickte auf den c2c-Button und klickte OK, als sich ein Pop-Up-Fenster öffnete, das anzeigte, dass der Browser Zugang zur Webcam verlangte. Am oberen Rand seiner Webcam ging ein grünes Licht an, und kurz darauf sah er sich selbst, teigig, blass, mit schütterem Haar, in einem kleinen Rechteck unten rechts im Fenster.

«Da bist du ja», sagte RedMinx. «Ich habe dein schönes Gesicht schon vermisst.»

ich hab dich auch vermisst.

«Übrigens, ich arbeite an dem Video für dich, müsste Ende der Woche bei dir sein.»

danke. eilt natürlich nicht.

Laika hatte sich mit RedMinx kürzlich auf einen Preis von zweitausend Coins der Webseiten-Währung für speziell für ihn gedrehte Videos geeinigt, das waren ungefähr 750 Dollar. Für das letzte Video hatte er ihr acht Seiten Anweisungen schreiben müssen, mit detaillierten Beschreibungen der Szenen, in denen sie die Rolle der Ehefrau eines Freundes spielen sollte, die ihm gestand, dass sie schon seit Jahren auf ihn stand, und ihn bat, ihm einen blasen zu dürfen, wobei ein extra angefertigter Dildo Laikas Penis nachbildete. Er hatte ihr die Daten für die Gussform seines erigierten Penis geschickt, und sie hatte per 3D-Druck einen Dildo daraus gemacht. RedMinx war immer dabei, wenn es darum ging, neue Sachen auszuprobieren, und das gefiel ihm an ihr. Klar, Variationen seiner Szenarien ließen sich auf vielen Pornoseiten finden, aber es gab bestimmte Dinge, die ihn abtörnten und normale Masturbationssitzungen für ihn schwierig machten: Erstens musste er ein Paar von Akteuren finden, die er attraktiv fand, dann musste er sichergehen, dass in dem Video keine abstoßende Einstellung vorkam, in der die Brüste der Frau auf eine Weise wackelten, die ihre Implantate erkennen ließ. Außerdem war wichtig, dass es bei einem Blowjob kein Würgen gab, weil der Klang ihn an Donald Duck erinnerte und sofort raushaute. Dazu war der Ausgangspunkt pornografischer Clips immer öfter eine Form von inzestuöser Anziehung, wofür Laika die Popularität dieser neuen Serie über Titten und Drachen verantwortlich machte. Junge und Stiefmutter, Bruder und Schwester,

Mann und Stieftochter und so weiter und so fort. Das machte ihn nicht an. Laika hatte den Eindruck, dass Pornografie Trends folgte und die Menschen hinter deren Algorithmen glaubten, dass die Menschen diese Trends scharf fanden, während die Trends in Wirklichkeit nur bestimmten, was auf Pornhub die Homepage dominierte und deshalb am häufigsten aufgerufen wurde. Es war viel leichter, einfach zu diktieren, was er in einem Clip sehen wollte, mit einer Frau in der Hauptrolle, die er attraktiv fand.

«Oh, übrigens, danke für die Schneestiefel! Die werden mir durch den Winter helfen. Hier wird es so scheißkalt, das kannst du dir nicht vorstellen.»

gerne, baby, ich will doch nicht, dass du frierst.

«Genau, ich finde es auch besser, wenn ich hot bin ... Also ... wonach ist dir heute denn so?»

wichsen mit anleitung?

«Klar, machen wir. Dann mach dich doch schon mal untenrum für mich frei, Baby, und zeig mir deinen großen Schwanz. Heute edge ich dich, da kommst du so hart, davon erholst du dich nicht mehr. Mmm ... ja, genau so. Du bist schon hart geworden für mich, das finde ich ja toll. Nicht anfassen, noch nicht. Erst guckst du mir einfach zu.»

Als Laika kam, einundzwanzig Minuten und über 200 Dollar später, entrang sich ihm ein Schrei, so laut, dass er froh war, das Mikro nicht eingeschaltet zu haben - RedMinx hätte ihn vermutlich ausgelacht oder sonst auf eine Weise reagiert, die Scham in ihm ausgelöst hätte.

«Mmmmmm, sieh dir die tolle Sauerei an, die du gemacht hast, du böser, böser Junge.»

das war toll, ich liebe dich, tippte Laika mit seiner spermafreien Hand.

«Wir sehen uns morgen wieder hier?»

na logisch xxxx

«Okay», sagte RedMinx und gab der Webcam einen lauten Schmatz.

Und schon war sie offline, und ihr Videofeed wurde von dem Profilbild ersetzt, das sie sich ausgesucht hatte und sie mit nach oben gestrecktem Rücken in einer schlüpfrigen Yoga-Pose zeigte.

Laika schickte ihr hundert Goldcoins als Trinkgeld, die Papiertücher raschelten, als er sie aus der Schachtel zog, und er putzte sich ab.

Den ganzen Tag über war er nicht so klar im Kopf gewesen, und die nächsten paar Stunden verbrachte er damit, an seinem Algorithmus zu arbeiten. Weil er den Algorithmus von Goldman Sachs offensichtlich nicht in ausreichender Geschwindigkeit nachbilden konnte, beschloss er, auf kleinere Käufe und Verkäufe zu verzichten und sich auf die größeren Transaktionen zu konzentrieren, bei denen er davon ausging, dass sie auf verlässlicherer Datengrundlage standen.

Darüber, was er tun würde, wenn er ihn wirklich zum Laufen gebracht hätte, hatte er noch nicht genauer nachgedacht. Einen Teil von ihm reizte die Vorstellung, einen Open-Source-Algorithmus zu schaffen, den jeder nutzen konnte und der Usern Gewinne in der Größenordnung dessen verschaffte, was die größten Banken der Welt gerade einstrichen - vielleicht ein lohnendes Ziel, wie er fand.

Lotti wäre bestimmt seiner Meinung gewesen.

Er war Lotti in Berlin begegnet, als er aus London dort hingezogen war, von dem Geld aus einem Domain-Verkauf gelebt, in Neukölln in einer spottbilligen Wohnung gehaust und die Tage in einer Dérive zugebracht hatte. Lotti war eine Umweltschutzaktivistin, die er auf einer Party kennengelernt hatte, in dem Haus, in dem er wohnte. Sie stritt sich im Flur mit einem Mann, stieß ihre selbst gedrehte Zigarette in seine Richtung und schrie ihn dabei auf Deutsch an. Später sah er sie auf dem Markt am Maybachufer für Greenpeace sammeln; er gab ihr einen Hundert-Euro-Schein und hörte sich ihre Rede über westliche Regierungen an, die in südostasiatischen Ländern Werbung für künstliche Pestizide und Düngemittel verkaufen wollen. Ein Düngemittelproduzent habe sein Produkt sogar so genmanipuliert, dass die Nutzpflanzen keinen anderen Dünger mehr annahmen als den dieser Marke, und dabei wie ein Drogendealer agiert und sein Düngemittel tonnenweise an arme Länder in Afrika und Asien gespendet, und jetzt konnten die Bauern mit ihrem Land nichts mehr anfangen und waren von dem überteuerten Produkt abhängig.

Laika fand interessant, was Lotti zu sagen hatte; er hatte noch nie viel über Düngemittel nachgedacht und fragte sie, ob sie mit ihm um die Ecke einen Kebab essen und das Gespräch nach dem Essen fortsetzen wolle. Sie bestellte ein Falafel, er nahm einen Döner, und sie teilten sich eine Portion Pommes. Erst als sie halb aufgegessen hatten, merkte Laika, dass er sich für ein Date das schlimmstmögliche Gericht ausgesucht hatte, weil man Döner einfach nicht würdevoll essen konnte. Aber das hatte auch etwas Beruhigendes - jetzt hatten sie einander schon beschämt und unschön gesehen, mit Knoblauchsoße am Kinn, im Kampf, ihr sich langsam auflösendes Pitabrot zusammenzuhalten. Beim nächsten Mal gingen sie zum Inder, und das Mal danach sahen sie sich bei ihm auf dem Sofa *Lohn der Angst* auf DVD an. Da er in seiner Wohnung noch ein leeres Zimmer hatte, ließ er Lotti umsonst bei sich wohnen. Sie faszinierte ihn: Sie weigerte sich zu fliegen, kompostierte ihren Müll und achtete darauf, nur organische Lebensmittel zu kaufen. Natürlich war sie Veganerin.

Laika war froh über die neuen Blickwinkel auf eine Welt,

die er bewohnt hatte, ohne viel über sie nachzudenken, und er verschlang Lottis Taschenbücher über Klimawandel, Fleischindustrie und Umwälzungen in der Landwirtschaft durch große Agrarkonzerne. Bevor er ihr begegnet war, hatte er sich nicht für einen politischen Menschen gehalten. Er hatte die Welt als ein Durcheinander betrachtet, das die Politik nicht entwirren konnte, und geglaubt, der demokratische Prozess sei zu langsam und zu stark Wirtschaftsinteressen verhaftet, um das Nötige erreichen zu können. Aber ihre Leidenschaft war ansteckend, ihr Optimismus, was die Rettung der Welt anging. Weil er den Tag über nichts zu tun hatte und mehr Zeit mit Lotti verbringen wollte, sammelte er auch Geld für Greenpeace, und nach ein paar Monaten verriet sie ihm in verschwörerischem Flüsterton, sie gehöre zu einer Gruppe, die etwas aktionistischer unterwegs sei. Laika hatte gelacht. Jetzt war er also mit einer Ökoterroristin zusammen.

Lotti hatte ihn aus zusammengekniffenen Augen angesehen. «Wir sind keine Terroristen, Laika.»

Er reiste mit ihr durchs Land und half konspirativ bei der Sabotage verschiedener Fabriken. Die Sorgfalt, mit der sie sicherstellten, dass nie Beschäftigte vor Ort waren und durch ihre selbst gebauten Bomben (die oft eher verpufften) nie jemand zu Schaden kam, beeindruckte ihn.

In London ging es zu Ende. Lotti hatte vorgeschlagen, dass sie gemeinsam mit dem Zug nach Paris fuhren und von dort aus den Eurostar nahmen, damit sie ein paar alten Freunden bei einer Aktion zur Zerstörung einer Ammoniakfabrik helfen konnte, während Laika, wie sie sich ausdrückte, Zeit mit seiner Familie verbringen könne. Da seine Mutter wieder nach Slemani gezogen war und seine Schwester im Irak lebte, gab es dort nur noch Mohammed. Laika deutete an, dass er Lotti nur zu gern bei der Sabotagemission begleiten würde, aber sie sagte klar und deutlich, dass sie lieber mit den alten Freunden allein wäre. Also textete Laika Mohammed ungelenk, dass er in der Stadt sei, und ob man zusammen abhängen solle. Mohammed antwortete fast sofort und schlug für den folgenden Abend ein Abendessen im Cipriani's vor, Lotti solle er doch mitbringen.

Laika staunte, und ihm war etwas unwohl bei dem Gedanken, was Lotti von einem Restaurant denken würde, das vermutlich nicht ihre Welt war, ein Verdacht, der sich erhärtete, als er es auf seinem Telefon nachschlug und von dessen «Hochglanz-Holz-Interieur» las und von den «klassischen, mit braunem Leder gepolsterten Stühlen». Es wäre das erste Mal, dass Laika jemandem aus seiner Familie eine Freundin vorstellte, und sich auszumalen, wie Mohammed in seinem dreiteiligen Anzug von der Finanzwelt schwafelte, während Lotti versuchte, auf der Speisekarte etwas zu finden, das sie essen konnte, machte ihn nervös. Laika überlegte kurz, zu antworten, dass Lotti Veganerin sei und sie besser in ein anderes Lokal gehen sollten, hielt sich aber zurück. Mohammed hatte ein Angebot gemacht. Einen Änderungsvorschlag würde er als Ablehnung verstehen. «Ich lade euch ein», schrieb Mohammed nach ein paar Minuten, weil er dachte, Laikas Schweigen habe mit den Preisen zu tun, und klopfte den Plan, gemeinsam in einem schicken Londoner Keller überteuerte Pasta zu essen, damit fest. Lotti wollte erst nicht mitkommen, weil sie schon andere Pläne gemacht hatte, lenkte aber ein, als Laika ihr sagte, wie wichtig ihm der Abend sei. «Ich dachte, du magst deinen Bruder nicht.» So einfach war das auch nicht.

Kaum war Lotti eingetroffen, spürte Laika, dass es nicht gut gehen würde. Sie kam zwanzig Minuten zu spät und sichtlich betrunken von einem Treffen mit Freunden, und ihre Blicke tanzten wild durch das Restaurant mit seinen russischen Oligarchen und ihren gelangweilten, teuer gekleideten Partnerinnen. Laika hatte es vermieden, ihr vorab etwas über das Restaurant zu erzählen, damit sie nicht verunsichert war und absprang, aber ihrem Blick nach zu schließen, als sie sich setzte, war das ein Fehler gewesen. Sie trug, umgeben von Frauen in glitzernder Designermode, ein ausgeblichenes babyblaues T-Shirt mit dem Bild eines Windrads und dem Aufdruck *I am a big fan*. Sie schalt den Kellner dafür, dass es so wenige vegane Gerichte gab, spottete über Mohammeds Geschäftsidee (die zugegebenermaßen lächerlich klang, da sie aus nichts anderem bestand, als buchstäblich Luft zu kaufen) und ignorierte Laikas Versuche, das Gespräch in ruhigere Gewässer zu steuern. Während Mohammeds Vorstellung von Geselligkeit aus einem schmutzigen Witz über einen Bären bestand, der ein Kaninchen schwul macht: «Du magst doch Tiere, oder, Lotti? Der wird dir gefallen. Also, ein Bär jagt ein Kaninchen durch den Wald, und da taucht ein Flaschengeist auf ...» Nein, der gefiel ihr nicht.

Da hätte es noch einfach ein schlechter Abend werden können, über den man ein paar Jahre später lachen würde, aber dann sagte Mohammed, seine Mutter habe ihm am Telefon erzählt, dass die Kurden begonnen hätten, ihre Kinder Bush zu nennen, zu Ehren des Präsidenten. Das war zu viel.

«Warum benennen sie denn ihre Kinder nach einem Kriegsverbrecher?»

Mohammed nahm noch einen Bissen von seiner Pasta al forno. «Sie sehen in ihm den Mann, der sie von Saddam befreit hat, ganz einfach.»

«Dann seid ihr ja ein ziemlich kurzsichtiges Volk, wenn ihr einfach einen Diktator gegen den nächsten austauscht», sagte Lotti und leerte ihr drittes Glas Barbaresco, worauf Mohammed die Gabel ablegte.

«Na, wahrscheinlich sind wir einfach rassisch minderwertig, was?»

Und dann ging es los.

Als Lotti das Restaurant verließ, war aus der Auseinandersetzung eine Schlacht geworden, und Laika, Lotti und Mohammed brüllten einander abwechselnd an. «Warum verteidigst du mich nicht?», sagte Lotti irgendwann entnervt zu Laika. Seine Antwort war fast ein Belfern: Weil sie unrecht habe. Die Klagen seiner Schwester über den Irakkrieg hatte er jahrelang ertragen und nie ein Wort gesagt, aber dass Lotti über Dinge sprach, von denen sie offensichtlich nichts verstand, war zu viel. Als sie gegangen war, entschuldigte Laika sich bei Mohammed, und der sah seinen Augenblick gekommen, Laika einen Vortrag über dessen Lebensführung zu halten. «Das ganze Theater macht Spaß, klar, Gott, ich hatte auch ein paar crazy Freundinnen. Ich kann das verstehen. Aber, Alter, irgendwann musst du wirklich mal klarkommen. Du musst mal darüber nachdenken, was eigentlich aus dir werden soll.» Da beschloss Laika, auch zu gehen und M vor drei halb gegessenen Hauptgerichten und der vierten Flasche Wein sitzen zu lassen.

Später am Abend versuchte er, die Wohnung wiederzufinden, die sie für das Wochenende gemietet hatten, und wusste, dass er sich würde entschuldigen müssen. Er murmelte, was für ein Arschloch sein Bruder doch sei, und sie sagte, es täte ihr leid, dass sie betrunken war, aber als sie wieder im Eurostar zurück nach Paris saßen, blickten sie beide aus dem Fenster und wussten, dass es mit dem, was sie miteinander gehabt hatten, vorbei war, was immer es gewesen sein mochte.

Nachdem er der Versuchung früher an diesem Tag widerstanden hatte, beschloss er, Lotti jetzt doch zu googeln, und stieß schnell auf ihr Facebook-Profil, obwohl es kein Foto von ihr zeigte und nicht unter ihrem vollen Namen lief. Er scrollte durch die Posts, die sie auf «öffentlich» geschaltet hatte: düstere Prophezeiungen eines drohenden Massensterbens, Proteste gegen Ölkonzerne, die Animation einer Katze, die aussah wie ein Keks und durchs All raste. Er wollte ihr gerade eine Nachricht schicken, als er ihren Beziehungsstatus sah: Verlobt. Er hatte seine Chance verpasst.

Er schloss den Browser.

Er hatte sich so sehr auf den Computer konzentriert, dass er den Sonnenuntergang verpasst hatte. Er warf einen Blick auf die Uhr: 22:38. Seine Verbesserungen am Algorithmus mussten genügen.

Er klappte den Laptop zu und zog Lotti zu Ehren das Kabel heraus. Ihm fiel wieder ein, dass er dem Menschen, der ihm morgens Kaffee und Bagel lieferte, via PayPal fünfundzwanzig Dollar schicken musste, danach stellte er ihm den Müll zum Mitnehmen vor die Tür. (Müllentsorgung gehörte nicht zu den Dienstleistungen, die der Coffeeshop an der Ecke normalerweise anbot, aber die Liefermenschen, die dort arbeiteten, übernahmen das für zehn Dollar Trinkgeld nur zu gern.) Er wusch sich die Hände, putzte sich die Zähne, wischte die Zahncremereste aus dem Waschbecken und ging zu Bett. Telefon, Tablet und Kopfhörer nahm er mit.

Das Schlafzimmerdesign war ultraminimalistisch, ein Stil, der vermutlich gerade en vogue gewesen war, als das Apartment eingerichtet wurde, jetzt aber veraltet und unangenehm wirkte. Mitten im Zimmer lag ein Futon, und ein einsamer Bambusstrunk, der aus einem Tontopf ragte, war das einzige dekorative Element. Die Wände waren hellgrau gestrichen, was man jetzt, bei zugezogenen Lichtschutzvorhängen, nicht sehen konnte, und der Boden war aus demselben glanzversiegelten Holz wie im Rest der Wohnung.

Laika zog den Cardigan aus, kroch ins Bett, aktivierte den Schlaftracker - eine App, die seine Schlafzyklen aufzeichnete und ihn in einer festgelegten Zeitspanne von dreißig Minuten in der leichtesten Schlafphase weckte - und verband die Kopfhörer mit dem Tablet. Er öffnete YouTube und scrollte auf der Suche nach neuen ASMR-Videos durch seine Abos.

Auf ASMR war er zufällig gestoßen, als RedMinx in einer Gold Show leise ins Mikro geseufzt und einer der Zuschauer geschrieben hatte: *was soll der asmr-scheiß?* Nach der Show hatte Laika online nach dem Akronym gesucht, erfahren, dass es für *Autonomous Sensory Meridian Response* stand, und rasch eine Besessenheit von diesen YouTuberinnen entwickelt, die vor ihren oft binauralen Highend-Mikrofonen klopfende, wispernde und schabende Geräusche machten, um ein Kribbeln zu erzeugen, das vom Scheitelpunkt des Kopfes am Rückgrat hinunterlief. Und egal wie es ihm gerade ging, ein ASMR-Video zwanzig Minuten vor dem Einschlafen erzeugte in ihm ein Gefühl der Ruhe, ähnlich wie eine Massage - seine Muskeln entspannten sich, die Trigger schenkten ihm einen Genuss, als würde man Federn über seine Haut streichen. Außerdem konnte er hier Augenkontakt mit Menschen haben, ohne dass es ihm unangenehm war.

Das Genre hatte allerdings seine Grenzen: Es gab nur eine begrenzte Anzahl von Triggern, die man auf YouTube vernünftigerweise behandeln konnte, und in den Videos ging es immer seltener um die Sounds selbst und häufiger um die Attraktivität der YouTuberin, um beworbene Artikel, um abgedrehte Rollenspielszenarien, in denen die junge Frau auf eine Weise sexualisiert wurde, mit der Laika sich nicht wohlfühlte. Er hätte lieber eine endlose Reihe von Variationen der Geschichte von der lieben Freundin gehabt, die dich zu Bett bringt, oder eine Reihe beruhigender, ins Ohr geflüsterter Trigger, aber ihm war klar, dass man aus den Millionen von Videos, die hochgeladen wurden, herausstechen musste. Und so entfernte sich das ASMR-Genre immer weiter von dem, was es zu etwas Besonderem gemacht hatte. Nirgends war das deleuzeguattarianische Reterritorialisierungsprinzip klarer sichtbar als in der Pornografie. Am Ende wurde alles Porno.

Er hatte keine Lust auf einen der neuesten Uploads («Khaleesi ASMR roleplay», «Girlfriend opening birthday present binaural ASMR», «Satisfying Slime ASMR»), und klickte ein Video an, das er schon einmal gesehen hatte und das den Titel «ASMR bei einem Hurrikan (Entspannend Rollenspiel)» trug. Darin tat die YouTuberin, als wäre sie nach Hause zu ihrem Freund geeilt, dem Betrachter des Videos, um ihn während eines Hurrikans zu trösten. Dem Video war eine Widmung für alle vorangestellt, die kürzlich Opfer des Hurrikans Irene geworden waren. Die YouTuberin streichelte im Kerzenschein das Objektiv der Kamera und flüsterte «alles wird gut, alles wird gut, alles wird gut», wie eine Zauberformel. Laika spürte ein Kribbeln unter der Haut, und seine Kiefermuskeln wurden weich.

«Ich bin für dich da, ich bin für dich da, ich bleibe immer bei dir.»

Am nächsten Morgen wachte er mit um seinen Arm gewickelten Kopfhörern auf, das Tablet auf dem Bauch, das Kissen nass gesabbert. Aus dem Telefon, das heiß gelaufen neben dem Kissen lag, zwitscherten Vögel, das war der Weckruf, den er sich eingestellt hatte. Er deaktivierte den Wecker und sah, dass seine Schlafqualität mit 89 Prozent bewertet wurde, weit über seinem Durchschnitt von 74 Prozent, aber unter seiner persönlichen Bestmarke von 94 Prozent. Als er das Bett gemacht hatte, mit akkuraten Falten an den Ecken des Lakens, die Laken mit Wasser besprenkelt und glattgestrichen, ging er in den Flur, warf Sweatpants, T-Shirt und Unterhose in den Wäschesack an der Tür und nahm eine frische Garnitur aus Unterhose, T-Shirt und Sweatpants aus seiner Sporttasche. Es war 07:58 h, um 08:30 h würde sein Frühstück kommen, und um 09:30 h öffnete der New York Stock Exchange.

Nachdem er geduscht, sich rasiert und die Dusche geputzt hatte, schlüpfte er in die frischen Kleider und ging wieder ins Schlafzimmer, um den Cardigan anzuziehen, an dem er vorher kurz roch, um sicherzugehen, dass er nicht muffelte. Über Nacht war sein Kartenetui herausgefallen, und er bückte sich und steckte es sich wieder in die Tasche; dabei fiel ihm auf, wie steif sein Kreuz war. Er würde nach einem Massageservice suchen müssen, der Hausbesuche anbot.

Türklingel.

Er öffnete die Tür und sah hinten im Flur den Liefermenschen, der auf den Fahrstuhl wartete, den Müllbeutel in der Hand.

«Oh, hey, sorry, der Fahrstuhl braucht so lange.»

Laika winkte ab und nahm die Packpapiertüte mit dem Soja-Latte und dem Bagel mit Räucherlachs und Frischkäse.

«Kommt nicht wieder vor», sagte der Liefermensch und stieg in den Fahrstuhl.

Laika ging im Arbeitszimmer ans Fenster, nippte an seinem Kaffee und beobachtete die neue Demonstration, die sich gerade aufbaute, umherirrende Splittergruppen, die Parolen skandierten und die hilflosen Fäustchen himmelwärts reckten. Selbst von seiner hohen Warte aus konnte Laika sehen, dass die Dynamik sich verändert hatte, sie war feindseliger geworden: Die Pulks der Demonstrierenden drängten sich aktiv an die Polizeischilde, als wollten sie die Polizei herausfordern. Gestern Abend war das Video eines Polizisten viral gegangen, der offenbar grundlos Pfefferspray gegen drei kniende Frauen eingesetzt hatte: Die Aufnahmen wurden wackelig, als die Hände an die Augen gehoben wurden, als die knienden Frauen umfielen und die Demonstrierenden, von der Tat geschockt, kurz gelähmt waren. Eine in den Stunden darauf hastig organisierte Pressekonferenz, die verhindern sollte, dass die Medien auf eine freundlichere Haltung zu den Occupy-Protesten umschwenkten, präsentierte den Polizeibeamten, der von einem zusammengefalteten Blatt Papier eine Statement ablas, dessen Formulierungen von vier Anwälten geprüft worden und dem Polizeibeamten sprachlich so fremd waren, dass er sie in einer steifen Affektlosigkeit vortrug, wie ein Kind, das ein Gedicht vorliest. Die Anwälte behaupteten durch ihr Sprachrohr, den Polizeibeamten, der Einsatz von Pfefferspray sei «angemessen» gewesen, und so hatte sich die Stimmung auf der Straße über Nacht gedreht. Das euphorische Gemeinschaftsgefühl hatte sich ins Kämpferische verfestigt; Slogans zum Stand der Weltwirtschaft wurden jetzt von anatomisch absurden Anweisungen an die Bullen unterbrochen, mit sich selbst Geschlechtsverkehr zu haben; dazu kamen die bekannten Lyrics von Niggaz Wit Attitude. Mehr als ein ACAB-Schild war zu sehen. Die Polizei spürte, dass diese Menge, die größtenteils aus denselben Menschen bestand, die ihnen in den Tagen zuvor begegnet war, jetzt eine größere Bedrohung darstellte, und drängten sich zusammen, die Polycarbonat-Schilde in einer engen Formation erhoben, die aus der Höhe fast nach dem alten Rom aussah. Eine offensichtlich christliche Gruppe, die in weißen, zugleich an Jesus und an Angehörige einer verruchten Sekte erinnernden Gewändern aufmarschiert war, faszinierte Laika. Ihr liebstes Schild war offenbar das Foto eines Dollarscheins, darunter das Wort GÖTZE. Eine andere Gruppe trug ein Transparent mit einem Bild von Damien Hirsts Skulptur *For the Love of God*, mit einem *1 %* in serifenloser Schrift darunter. Das berüchtigte Kunstwerk, gefertigt aus dem Platinabguss eines menschlichen Schädels, mit einer Kruste aus 8601 Diamanten, hatte in der Herstellung 14 Millionen Pfund gekostet und war für 50 Millionen an ein anonymes Konsortium verkauft worden, das angeblich aus dem Künstler selbst bestand, womit Damien Hirst der Schöpfer des teuersten Kunstwerks eines lebenden Künstlers geworden war, auch wenn er es sich vermutlich selbst abgekauft hatte. Trotzdem ein Bild, das man nicht wieder loswurde, der diamantenbedeckte Schädel, hergestellt auf dem Höhepunkt der Spekulationsblase, damals, als man buchstäblich aus allem Geld machen zu können schien. Ein kraftvolles Symbol. Der Diamant und der Ziegelstein.

Laika dachte daran, dass Mohammed sich von seinem ersten Gehalt eine protzige Uhr gekauft hatte, und wie angeekelt Rafiq reagiert hatte. «Mein Sohn, dass du so ordinären Statussymbolen nachjagen würdest, hätte ich wirklich nie gedacht.» Die ganze Nacht über hatte Mohammed sich über ihren Vater beklagt, und Laika hatte ab und zu gegrunzt, um seinem Bruder zu versichern, dass er zuhörte und auf seiner Seite war.

Jetzt erklang der Marimba-Klingelton, der auf seinem Telefon als Standard eingestellt war.

Vor ein paar Jahren noch hatte Laika für jede Gelegenheit andere vielstimmige Klingeltöne gehabt: für Mohammed die Filmmusik zu *Zwei glorreiche Halunken* von Enrico Morricone, für seine Mutter *The World is Not Enough* von Garbage, für seine Schwester das Leitmotiv aus Beethovens 5. Symphonie und so weiter. Und heute zirpten alle Telefone der Welt gleich, bestanden aus dem gleichen Glas und Aluminium, als wäre Individualität nie das gewesen, was die Menschen wollten. Einmal hatte er in einer dänischen Studie gelesen, dass verschiedene Vogelarten schon Klingeltöne in ihre Gesänge eingebaut hatten. Er hatte versucht, die Studie wieder aufzutreiben, aber «vögel klingen wie klingeltöne» führte ihn nur zu allen möglichen Apps mit Klingeltönen, die wie Vögel klangen.

Laika blickte auf den Bildschirm und sah ein Bild seiner Mutter. Er seufzte. Vermutlich sollte er rangehen.

«O mein Herz, meine Leber, isst du auch gut? Wer kocht für dich? Diese Hundesöhne haben mir nicht erlaubt, meinen Sohn zu besuchen, ich hätte dir Reis und Huhn gemacht.»

Laika sagte ihr, es gehe ihm gut. Er esse gut.

«Was heißt gut? Ich weiß, wie sie in Amerika essen, ich habe das Fernsehen gesehen. Du musst gut für dich sorgen, mein Herz.»

Er wechselte das Thema und fragte sie, ob das Geld angekommen sei, das er ihr geschickt hatte.

«Ach, mein Schatz, das ist viel zu viel Geld, du darfst mir nicht deinen letzten Fils schicken.»

Er öffnete ein Browserfenster, klickte auf einen Artikel im *Wall Street Journal*. Klickte auf einen Hyperlink. Dann auf noch einen. Und noch einen, bis er einen Artikel über die Plünderungen nach dem Stromausfall in New York von 1977 und die Verbreitung des Hip-Hop als deren Folge vor sich hatte: Plötzlich besaßen Menschen die Ausrüstung, um ihre eigenen Beats zu produzieren; eine zuvor unerschwingliche Technologie war in Volkes Hand gelandet. Der Text, den er vor sich hatte, behauptete: «Im Sommer 1977 kam es in New York zu einem flächendeckenden Stromausfall, und Hunderte Geschäfte wurden geplündert und verwüstet. Die ärmsten Viertel (die South Bronx, Bedford-Stuyvesant, Brownsville, Teile von Crown Heights in Brooklyn, Jamaica in Queens und Harlem), in denen die Plünderungen am extremsten waren, wurden von den Medien der Stadt als rechtsfreie Orte beschrieben, in denen Kriminalität akzeptiert ist und dicht unter der Oberfläche das Chaos brodelt.»

Eine kurze Pause, er konnte seine Mutter am anderen Ende geradezu nachdenken hören.

«Deine Schwester, es geht ihr nicht gut.»

Was sich als Backlash gegen Hip-Hop am Ende als am effektivsten erwies, waren nicht die Zeitungskommentare von rechts, die moralische Entrüstung oder die von Al Gores Ehefrau eingeführten Parental-Advisory-Aufkleber, sondern die Verfolgung von Copyright-Verletzungen. Die rechtmäßigen Eigentümer der Samples und Beats verklagten die Hip-Hop-Musiker, bis mit dem Sampling einfach zu viel Aufwand verbunden war. Der Hip-Hop krebste eine Weile herum und war auf Beats im Timbaland-Style angewiesen, bis Jay-Z auf *The Blueprint* die Samples wieder einführte. Er war jetzt reich genug, alle Samples klarzumachen, die er haben wollte. Er hatte genug Geld, um sich aus allen Problemen freizukaufen.

Moment. Warum ging es Siver nicht gut?

«Du weißt ja, wie dickköpfig sie ist.»

Klar, jetzt war ausgerechnet Siver die Dickköpfige. *The Blueprint* war am 11. September veröffentlicht worden. Klick. Der Architekt des World Trade Centers, Minoru Yamasaki, litt unter Höhenangst und hatte sich deshalb für schmale Fenster ausgesprochen. Die fünfundvierzig Zentimeter breiten Fenster der Türme WTC 1 und 2 sollten also den Menschen dahinter ein Gefühl der Sicherheit verleihen, verstärkten aber am Ende das schreckliche Gefühl von Platzangst, das die Fotos dieses Tages widerspiegeln. Klick. Yamasaki schuf die Türme als «lebendiges Symbol für die menschliche Verpflichtung zum Weltfrieden». Klick. Der Baustatiker der Türme, Leslie Robertson, sagte eine Woche vor den Anschlägen, er habe die Twin Towers so gebaut, dass «eine 707 reinfliegen könnte». Alle vier entführten Flugzeuge waren Boeings.

«Ich habe ihr tausendmal gesagt, komm einfach nach Hause, komm und kümmere dich um deine Mutter, ich bin hier in Slemani ganz allein.»

Himmel! Seine Mutter hatte ein Hausmädchen. Sie hatte einen Fahrer.

«Weil du mir dein ganzes Geld schickst! Sonst würde ich auf der Straße sitzen, und meine Tochter würde trotzdem noch lieber da draußen in der Wüste leben.»

Als Kind hatte er geglaubt, wenn seine Mutter nur etwas Geld hätte, das eine, dessen Mangel sie ständig beklagte, würde sie endlich glücklich sein. Jetzt wusste er, dass es nie am Geld gelegen hatte. Xezal legte Einspruch gegen ihr Leben ein, weil sie es sich anders vorgestellt hatte, und Geld war dabei vielleicht nicht ganz unwichtig, aber es genügte bei Weitem nicht, um die Welt zu zwingen, ihre Träume wahr werden zu lassen. Laika glaubte inzwischen, dass sie die sein wollte, die sie gewesen war, bevor ihre Familie wegen des politischen Aktivismus ihres Ehemanns zweimal entwurzelt worden war; sie wollte, dass ihre Kinder die vorherbestimmten Rollen ausfüllten, wie Puppen, deren Wünsche und Begehren die Puppenmutter kontrollierte. Um glücklich zu werden, würde sie die Kunst der Zeitreise beherrschen oder auf irgendeine Weise allmächtig werden müssen. Jenseits totaler Kontrolle würde nichts sie zufriedenstellen. Es war wirklich anstrengend.

Also. Siver?

«Sie hat kein Geld mehr. Sie hat ihren Job verloren, und ich fürchte, sie ist so dickköpfig, dass sie zu ihrem untreuen Gatten zurückkehrt.»

War das nicht genau, was Xezal wollte? Oh: eine Woche

nach dem 11. September war *Zoolander* in die Kinos gekommen.

«Das habe ich nie gesagt, wann soll ich das gesagt haben? Ich habe nur gesagt, für ein Kind wie die kleine Zara ist es schwer, ohne eine starke Vaterfigur aufzuwachsen. Glaubst du etwa, ich hätte deinen Vater nicht tausendmal verlassen können? Eine gute Ehefrau weiß, wann sie bleiben muss.»

Laika könnte ihr Geld schicken. Auch er konnte Probleme jetzt mit Geld lösen.

«Oh, das würde sie nicht annehmen. Du kennst doch deine Schwester.»

Bret Easton Ellis hatte behauptet, *Zoolander* habe sich aus dem Plot seines Romans *Glamorama* bedient. Es kam zu einer außergerichtlichen Einigung. Höhe unbekannt. Roger Ebert hatte *Zoolander* einen Stern gegeben und geschrieben: «Die Macher von *Zoolander* haben auf den letzten Drücker Änderungen vorgenommen. Nein, sie haben nicht das Wort ‹Malaysia› gelöscht oder den Mordanschlag auf den Premierminister herausgeschnitten. Stattdessen haben sie das World Trade Center digital aus der Skyline von New York entfernt, um das Publikum nicht an die Tragödie zu erinnern, als wenn wir sie vergessen hätten. Zum Glück haben sie nicht in Kuala Lumpur gedreht, sonst hätten sie wahrscheinlich die Petronas Towers wegradiert, damit wir nicht traurig oder neidisch oder sonst was werden.»

«Aber wenn du es trotzdem tun könntest ...»

Das Gespräch wurde zur Transaktion, Kontoinformationen wurden an Laika weitergegeben, ihm wurde das Versprechen abgerungen, seine Geschwister anzurufen und sich vor allem häufiger bei seiner Mutter zu melden.

Er schloss seine acht Browser-Tabs über Jay-Z, den 11. September und *Zoolander*. Ein Blick auf die Uhr: 09:24. Zeit, seinen Bot anzuwerfen. Er sah noch einmal nach, ob alles in Ordnung war, ob alle Parameter korrekt waren, dann klickte er auf Start.

Pling.

Eine WhatsApp. Ein Foto der Kontodaten, die Xezal ihm schon durchgegeben hatte. Er googelte die Zeit in Dubai. 17:32.

Als Siver ihn in Sachen Karim zu ihrem Vertrauten gemacht hatte, war das für Laika Privileg und Qual zugleich gewesen, weil es nur heißen konnte, dass seine Schwester keine echten Freundinnen oder Freunde hatte. Laika ging es genauso, also war sie trotz all ihrer Versuche, sich jenseits ihrer dysfunktionalen Familie ein Sozialleben aufzubauen, nicht weitergekommen als er, der die Wohnung höchstens verließ, um etwas zum Rauchen oder Coke Light zu besorgen. Weil Siver sich ihm anvertraute, hatte Laika das Gefühl gehabt, ihre Beziehung mit Karim stützen zu müssen, als Gegengewicht zu der ganzen Scheiße, die sie von ihren Eltern zu hören bekam, und zu der Gleichgültigkeit, die Mohammed allem gegenüber an den Tag legte. Ganz zu schweigen davon, dass Xezal den Tod ihres Vaters offenbar auf Sivers Beziehung schob. Wenn Laika derjenige war, dem sie sich anvertraute, dann durfte er ihren Freund nicht kritisieren, was an sich kein Problem gewesen wäre. Aber leider, und das war der Haken, hielt Laika Karim für ein kleines Arschloch. Er war einer dieser Männer, die sich überall selbstsicher bewegten und denen dabei die Verunsicherung anderer einen besonderen Kick gab. Laika hatte nie ganz verstanden, was Siver in ihm sah, und als Karim beschloss, gerade religiös genug zu sein, um für sich das Recht auf mehr als eine Frau in Anspruch zu nehmen, war er nicht überrascht gewesen. Genauso wenig hatte ihn überrascht, dass Siver das nicht akzeptieren wollte und lieber ihre Sachen packte. Nicht nur, weil der Starrsinn der Hardis legendär war, sondern auch, weil Laika sich einmal ihren Laptop geliehen hatte, um nachzusehen, ob es in der Game-Filiale in Croydon *Turok 2: Seeds of Evil* gab, und da hatte er in ihrer Browserchronik ein gutes Dutzend lesbischer Pornoseiten gefunden. Er hatte nie mit seiner Schwester darüber gesprochen, aber immer den Verdacht gehabt, dass Karim möglicherweise nicht der Mensch war, mit dem sie eigentlich zusammen sein wollte.

Er beschloss, mit dem Anruf bei Siver noch ein wenig zu warten. Er wusste, dass ihre Beziehung zu Xezal von Bitterkeit bestimmt war, eine Bitterkeit, die entstanden war, als die Schönheit der Mutter schwand, jene Art Schönheit, die einem nur der Wohlstand schenkt. Laika war nie aufgefallen, dass Xezal Siver anders behandelt hatte, als sie Kinder waren, und Siver hatte ihn erst zum nötigen Geschichtsrevisionismus befähigen müssen, als sie miteinander ausgewählte Momente ihrer Kindheit besprachen. Wie sie auf ihrem eigenen Geburtstag kein zweites Stück Kuchen hatte essen dürfen, wie Xezal sich weigerte, ihr Kleider in der richtigen Größe zu kaufen und ihr sagte, sie sei für ihr Alter zu dick. Hatte Laika das wirklich alles vergessen? Mit der Zeit hatte er ihre Wahrheit langsam akzeptiert, auch dass offenbar seine eigenen Erinnerungen irgendwie neu zugeschnitten worden waren, um sich dem subtilen psychologischen Missbrauch anzupassen, der ihr Leben zu Hause, von Laika unbemerkt, bestimmt hatte. Als sie einander als Geschwister näher kamen, ließ er zu, dass ihre Welten, ihre Erinnerungen miteinander verschmolzen.

Wenn Siver also Geld brauchte und so sehr in Not war, dass sogar Xezal es gemerkt hatte, warum sagte sie es ihm nicht einfach? Was hatte er an sich, dass seine Familie ihn immer für einen Versager hielt, für jemanden, der kaum für sich selbst sorgen konnte, geschweige denn für andere? Mit

Geld hatte er jedenfalls nie Probleme gehabt, es war ihm einfach irgendwie zugeflogen.

Als Jugendlicher hatte er sich in Sutton in der öffentlichen Bibliothek ein Buch über Dreamweaver besorgt und sich beigebracht, wie man Webseiten baut, auf dem Pentium II, den sein Vater und Mohammed besorgt hatten und dessen Kauf in der Familie einen Bürgerkrieg im Kleinformat ausgelöst hatte. In den kommenden paar Jahren hatte er am laufenden Band Webseiten für Geschäfte vor Ort produziert, nichts Besonderes, aber damals wollte jeder kleine Laden seine eigene Webseite, und Laika unterbot die Konkurrenz, was ihm über seine Seite www.laika.com ein stetiges Einkommen brachte. 2003 erhielt er dann eine Mail von einem anonymen Konsortium, das ihm für seine Domain 25 000 Dollar bot, weil es seinem Namenspatron ein «digitales Denkmal» setzen wollte, der Hündin Laika, die 1957 von den Sowjets in der Sputnik-2 ins Weltall geschossen worden war. Damals wusste die Wissenschaft nichts über die Auswirkungen des Raumflugs auf lebende Wesen, und so wurde ein Straßenköter aus Moskau auserwählt, dem Menschen den Weg zu bahnen. Dem Traktat *Einige unbekannte Aspekte der ersten Erdumkreisung eines lebenden Wesens* von Dimitri C. Malaschenkow zufolge war «daran gearbeitet worden, ein Rudel Hunde an die Bedingungen einer engen Kabine zu gewöhnen. Die Hunde waren über längere Zeit für 15 bis 20 Tage in immer engeren Käfigen gehalten worden. Allgemein lässt sich sagen, dass längerfristige Einengung bei undressierten Hunden dazu führte, dass sie weder urinierten noch Festes ausschieden, was sie rastlos werden ließ und ihren Allgemeinzustand verschlechterte.» Das Konsortium wollte eine Webseite, so prächtig wie die Statue, die man dem Hund im russischen Kosmonautentrainingszentrum in der Sternenstadt Swjosdny Gorodok errichtet hatte. Ein Gedenkort, der für Menschen wichtig sein mochte, aber Hunden, die sich das Gedenken noch nicht zur Waffe umgeschmiedet hatten, völlig bedeutungslos war. Für Laika selbst war einzig von Bedeutung, dass sie mutterseelenallein und völlig verängstigt im All an Überhitzung verreckt war.

Anfangs hatte Laika das Angebot von fünfundzwanzigtausend Pfund für eine Betrugsmasche gehalten, aber als sich herausstellte, dass es ernst gemeint war und die Käufer die Summe schon auf einem Treuhandkonto hinterlegt hatten, nahm er das Geld und verkaufte die Domain.

Nach dem Tod seines Vaters war die Familie ohne Halt, und da der eine Mensch, der sie zusammengehalten hatte, als eine aus Menschen bestehende Einheit anstelle einer Gruppe disparater Individuen, nicht mehr da war, löste sie sich langsam auf. Der Schwall von Gefühlen in den Wochen und Monaten nach seinem Tod hatte sie dazu gebracht, einander alle möglichen Versprechungen zu machen: sein Andenken zu ehren, ihn stolz zu machen, die Familie zu sein, die er sich immer gewünscht hatte, aber als er unter der Erde war und sie nach Erledigung der letzten Formalitäten nach London zurückkehrten, ging ihnen langsam der gemeinsame Sinn und Zweck aus. Mohammed wohnte in der Innenstadt und kam nur selten zu Besuch, wenn überhaupt. Siver heiratete und zog zu ihrem Ehemann, und Xezal hatte in dem Augenblick, als der Irak vom Regime Saddam Husseins befreit war, begonnen, wehmutsvoll von der Heimkehr nach Slemani zu sprechen. Laika würde von seiner Familie in dieser von den Enttäuschungen aus über zwei Jahrzehnten erfüllten Wohnung allein zurückgelassen werden. Und als Siver mit Karim nach Bagdad ging und Xezal die Rückkehr nach Kurdistan zur Sprache brachte, begann Laika seinen Umzug nach Berlin zu planen.

Rums.

Die Art Geräusch, die man mehr spürt als hört, gefolgt von Schreckensschreien, deren fernes Echo durch Fensterscheiben drang, die vom flatterigen Herzschlag der Nachbeben noch immer vibrierten. Laika konnte von seinem Platz aus eine dünne Rauchfahne ausmachen, die sich aufwärts wand wie eine verzauberte Schlange. Schnell lief er ans Fenster, um besser sehen zu können, was passiert war, und sah Menschen, die durch eine Qualmwolke aus der New Yorker Börse liefen, Sakkos an die Gesichter gedrückt, als wären aus dem Nichts Hunderte Zauberer erschienen. Sie trampelten über einen liegenden Körper hinweg. Die Polizisten, die sich eben noch mit der Demonstration beschäftigt hatten, sicherten rasch das Gebäude ab und wiesen einander Positionen und Aufgaben zu. Von oben betrachtet war das Geschehen nicht ohne Komik, beschleunigt wie ein Stummfilm, der mit weniger Bildern pro Sekunde abgespielt wurde, als nötig waren, um sich für uns in reguläre Bewegungsabläufe zu übersetzen. Er scrollte sich durch Twitter, um zu erfahren, was sich da vor seinen Augen abspielte, und wenige Minuten, nachdem er seinen Feed neu geladen hatte, stieß er auf einen Bericht, auf dem Börsenparkett habe jemand Stinkbomben geworfen. Ein Streich, ein Protest oder beides.

Er fragte sich, für wie viele der Demonstrierenden unter ihm das Demonstrieren von Anfang an Teil ihres Lebens gewesen sein mochte. Vielleicht war das alles neu für sie; vielleicht musste es das sein, um daran glauben zu können. Als sie kleiner gewesen waren, hatte Rafiq seine drei Kinder fast jedes Wochenende auf Demonstrationen mitgeschleppt. Sie hatten vor der amerikanischen Botschaft gefroren, vor der irakischen Botschaft, der türkischen. *Nieder, nieder, nieder mit Saddam* hatten die Sprechchöre gelautet, *Amerikanische Bomben zerstören kurdische Heimat* oder *Kurdistan Kurdistan*

Solidarité. Die Sprechchöre reimten sich nicht, ließen sich kaum skandieren und wurden für jeden Anlass neu angepasst. Dann gingen die Geschwister wieder in die Schule und hörten, was die anderen Kinder am Wochenende im Kino gesehen hatten, oder dass sie die neue Achterbahn in der Chessington World of Adventures ausprobiert hatten. Oft log Laika und behauptete, er hätte *Die Rückkehr der Jedi-Ritter, Die Goonies* und *Highlander* auch gesehen. Die Wasserrutsche in der Chessington World sei fantastisch, behauptete er.

Das Gedränge löste sich auf, die Nachrichten auf seinem Bildschirm schienen jetzt auch die unmittelbar Betroffenen erreicht zu haben. Jemand wurde in Handschellen abgeführt, der Eingang wurde mit Flatterband abgesperrt. In kürzester Zeit hatte die Menge ihre alten Positionen wieder eingenommen, und die Polizei hatte sich wieder formiert, als würde ein Fußballspiel in die zweite Halbzeit gehen.

Laika prüfte, ob der NYSE wegen der Stinkbombe ganz geschlossen worden war. Zu seiner Freude war das nicht der Fall, sein Bot kaufte und verkaufte noch immer in übermenschlichem Tempo. Er ging in die Küche, holte sich ein Stück Obst und eine Dose Coke Zero und sah, dass sich unter den Äpfeln, die er bestellt hatte, gegen seine ausdrücklichen Anweisungen eine Orange befand. Der Orangengeruch erinnerte ihn zu stark an die Schale mit schimmeligen Zitrusfrüchten in der Wohnung in Paris, die er mit zwei Studenten geteilt hatte. Angewidert nahm er die Orange mit einem Küchentuch auf und warf sie in den Müll an der Tür.

Als es mit Lotti endgültig vorbei gewesen war (sie hatte ihre Tasche gepackt, seine Wohnung verlassen und ihn auf Facebook entfreundet), war er aus Berlin nach Paris gezogen, vor allem weil er fand, dass ein Mensch einmal im Leben in Paris gelebt haben musste. Er brauchte aber dringend einen Job, weil ihm das Geld ausging. Mit Hilfe einer

App fand er in der Nähe der Place de la République eine Couch zum Pennen, in einer Wohnung, die nach Gras und schalem Bier roch. Einer seiner Gastgeber, ein zotteliger Weißer namens Benoît, der einen riesigen Haarklumpen auf dem Kopf trug, weil er sich Dreadlocks wachsen lassen wollte, erklärte ihm, wenn er einen lockeren Job suche, könne er immer Nachtportier werden. «Weißt du, ich gucke sieben Stunden lang auf dem Computer Videos, und dann gehe ich wieder nach Hause. Das ist - wie sagst du? - eine Klacks?» Benoît reichte Laika seinen Joint und eine Telefonnummer. Der Job erwies sich tatsächlich als ziemlich ereignisarm, aber ab und zu bekam Laika es mit betrunkenen Hotelgästen zu tun, die um vier Uhr morgens absurde Wünsche hatten. Einmal verlangte ein wütender Australier nach «einem Hamburger, ein paar Gramm Koks und zwei, drei Nutten» und wollte nicht einsehen, dass die Küche geschlossen war und Laika weder die Verbindungen noch Lust hatte, ihm das andere zu verschaffen. «Ich lasse dich feuern, du schwarzarabische Fotze», sagte der Australier und wankte wieder Richtung Hotelaufzug. Schließlich beschloss Laika, den Job zu wechseln - die Interaktionen, die ihm hier aufgezwungen wurden, waren nicht ganz das, was er sich am Arbeitsplatz wünschte. Er musste sich schon im Marais eine Wohnung mit zwei Studenten teilen, in der es ständig nach Orangen und Zigarettenrauch stank, weil ohne Vorauszahlung auf Gas und Strom für drei Monate niemand eine Wohnung vermieten wollte. Einer der Studenten, mit denen er die Wohnung teilte, ein pingeliger dänischer Junge mit unaussprechlichem Namen, der seinen Master in IT machte, arbeitete an den Wochenenden bei einem Videostreaming-Dienst, Dailymotion, und erzählte Laika, dort gebe es Jobs, wenn er einen wolle. Er kündigte beim Hotel und begann beim Streamingdienst, wo er gemeldeten Content auf Regelverstöße prüfte. Er verdiente nicht viel, aber die Arbeitszeiten waren ziemlich flexibel, und er konnte einfach mit Kopfhörern am Computer sitzen und wurde dafür bezahlt, dass er sich Videos anguckte, das war in vielfacher Hinsicht ideal. Am Anfang, das ist wahr, verstörte ihn die Vielfalt der Schrecken, die er sah: Enthauptungen durch islamische Fundamentalisten, ein erwachsener Mann im Strampelanzug, der sich in einem Planschbecken von einer Domina mit Stöckelschuh-Absätzen malträtieren ließ, Menschen, die aus dem Auto auf andere Menschen schossen und lachten, wenn sie zu Boden gingen, Jugendliche, die zum Spaß alte Damen verprügelten, Männer, die davon sprachen, dass niemand sie liebte und wie sie eines Tages alle umbringen würden, junge Mädchen, die sich ritzten, dazu ein endloser Strom von Amateurpornografie. Von den Porno-Clips meldete Laika ab und zu einen, vor allem bei Inhalten, die auf Pädophilie anspielten oder sie offen zeigten, aber die meisten löschte er einfach vom Server. Nach einer Weile merkte er dann, dass er Dutzende Videos pro Minute abarbeiten konnte und weder die Enthauptungen noch die geilen alten Säcke, die junge Mädchen filmten, eine Wirkung auf ihn hatten, solange er den Ton abdrehte.

Pling.

Eine Mail von DiJiFi, wie er sah, als er sein Telefon aus der Tasche fischte. Er swipte und tapte, sie enthielt einen Link zu einem digitalen Schließfach, mit einer AVI-Datei mit dem Inhalt des VHS-Bandes, das er von der Firma hatte digitalisieren lassen. Laika setzte sich wieder an seinen Laptop und initiierte den Download der Datei, und rasch färbte ein Balken, der für die 1,4 Gigabyte der Datei stand, sich blau.

Er wusste nicht mehr, wann er aufgehört hatte, sich Sorgen über ausreichend Speicherplatz zu machen. Die Drohung einer vollen Festplatte hatte keine Wirkung mehr, seit alles in die Cloud geladen wurde, in Datenwolken, die wir uns gern als zart und flüchtig vorstellten, deren CO_2-Ausstoß aber heftig war. Einer japanischen Studie nach würden die digitalen Werkzeuge und Dienstleistungen - all die vielen Server, all die «Clouds» - schon im Jahr 2030 mehr Strom benötigen, als das Land erzeugen konnte. Wir schränken uns bei Reisen ein, wir essen vegan, dabei ist es das Internet, das wir einschränken müssten. Der Energieverbrauch pro Internet-User stieg um 45 Prozent im Jahr, obwohl die Zahl der User pro Jahr nur um sechs Prozent wuchs. Wir glauben, unser digitaler Konsum wäre dem physischen Konsum vorzuziehen, dabei herrscht in beiden Sphären der gleiche Grad an Verschwendung. Dreihundert Stunden Video werden pro Minute auf YouTube hochgeladen.

Wenigstens musste er sich das alles nicht länger ansehen.

Ein *Pling*, der Download-Ordner war abgeschlossen. Laika klickte auf die Datei und sah ein grobkörnig gefilmtes Geburtstagsfest.

«Laika? Laika, was ist heute für ein Tag?» Die Stimme seines Vaters, der die Kamera hielt. Laika stiegen die Tränen in die Augen. Er hatte den Klang der Stimme seines Vaters vergessen und es nicht einmal gemerkt.

«Mein Geburtstag!», rief der kleine Laika, strahlte erst seinen Vater an und warf dann einen misstrauischen Blick ins Objektiv, zu jung, um sich dagegen zu wehren, aufgenommen zu werden.

Der Camcorder, ein Sony Betamovie, Geschenk eines wohlhabenden Kurden, der Rafiq für seine politischen Schriften verehrte, wurde kurz nach dieser Geburtstagsfeier verkauft, sie brauchten das Geld für die Miete, für Lebensmittel oder was es sonst gerade war, das sie an die Armutsgrenze fesselte. Als seine Mutter ihn vor einer Weile angerufen und erzählt hatte, sie habe im Karton mit den alten Videotapes eines gefunden, auf dem «LAIKA GEBURTSTAG 7 JAHRE» gekritzelt stand, konnte Laika sich vage daran erinnern, dass sie sein Fest auf Video aufgenommen hatten, aber da Xezal kein Gerät zum Abspielen besaß, ließ sich nicht sagen, ob das Band der Beschriftung entsprach. Im Irak gab es keinen funktionierenden Postversand, deshalb nahm ein Freund der Familie, der nach Deutschland reiste, das Band mit und schickte es von dort aus nach New York. Und dort war es vor zwei Wochen eingetroffen, mit einem Jahrzehnte alten Stück Klebeband über der Lücke, wo der Kopierschutz der Videokassette herausgebrochen worden war.

«Und wie alt bist du heute?»

«SIEBEN!», rief Laika, hüpfte auf und ab und zeigte beim Lächeln seine Zahnlücken. Im Hintergrund sah man Mohammed die Verpackung seiner Geschenke befingern, bis er von Xezal verscheucht wurde.

«Siver, heute hat dein Bruder Geburtstag!» Die Kamera schwenkte auf Siver, die ein Pitabrot aß und Zeichentrickfilme guckte.

«Ich weiß!», sagte sie, den Mund voller Brot.

«Warum kommst du nicht und gibst deinem Bruder einen Kuss?»

Zögerlich erhob Siver sich vom Sofa und stampfte zu ihrem Bruder hinüber. Ungelenk umarmten sie einander, als müssten sie erst herausfinden, wo ihre Arme hingehörten.

«Hast du deinen Bruder lieb?»

«Ja», sagte sie, sichtlich verlegen.

«Xezal, komm, sag etwas in die Kamera.»

«Können wir jetzt endlich den Kuchen essen? Ich habe *Hunger*», jammerte Mohammed, als Xezals Gesicht plötzlich das Bild füllte und Rafiq herauszoomen musste.

«Hör auf, ich sehe schrecklich aus», sagte sie und bedeckte das Gesicht mit den Händen.

Seine Mutter zu sehen war wie ein Schock. Er kannte natürlich die Fotos von ihr, aber das war fast so, als würden sie eine Fremde abbilden, als hätten die eigenen Eltern niemals so stylisch, so jung sein können. Und ja, Xezals Gesicht war feucht vom Dampf des Essens, das sie kochte, auf dem Kopf hatte sie einen schlampig improvisierten Turban und ihr Kleid war schlecht gealtert, aber es schmerzte Laika trotzdem zu sehen, wie sie einmal ausgesehen hatte.

«Du bist wunderschön, mein Herz, komm, sag etwas in die Kamera.»

Das Video fing an zu flackern, die unter dem neueren Material liegende Aufnahme wurde sichtbar, aus dem Kinderfernsehen mitgeschnittene Zeichentrick-Schnipsel mischten sich mit den einzigen auf Video aufgezeichneten Zeugnissen seiner Kindheit. Als sie den Mund öffnete, erklang anstelle der Stimme seiner Mutter ein bombastisches Dröhnen.

«Ah! He-Man! What a prize you'll make for Skeletor!»

Bald bestand das Bild nur noch aus der *She-Demon of Phantos*-Folge der Serie *He-Man and the Masters of the Universe* aus dem Jahr 1983, bekannt - wenn überhaupt - vor allem für die eine Folge, in der der Bösewicht Strongarm auftaucht. Strongarm hatte, wie der Name schon sagt, einen starken Arm, so wie die Heldenfigur Fisto eine, jawohl, starke Faust hatte.

Der Rest des Tapes bestand nur noch aus alten Zeichentrickfilmen. Jerry, wie er, in Flammen stehend, zum Dornröschenwalzer von Tschaikowski auf einer rotierenden gallertartigen Masse Schlittschuh läuft, der Vorspann zu *ThunderCats*, Skeletor, der sich fragt, wofür Geschenke gut sind, wenn sie nicht in die Luft fliegen. Erst am Ende tauchte wieder etwas aus dem Familienvideo auf, ein paar Sekunden von Laika und Mohammed, wie sie sich um ein Spielzeug streiten, und die Eltern sagen, dass sie aufhören sollen. Dann schaltet Rafiq die Videokamera aus, und Laika starrt das weiße Rauschen an, das beliebige Gewirr aus Pixeln, das, wie Mohammed ihn einmal überzeugt hatte, einen Krieg zwischen schwarzen und weißen Ameisen zeigte, und wenn er lange genug zusah, würde er sehen, wie eine der beiden Parteien gewann.

Das war nicht der einzige Stunt mit Fernsehbezug, den sein großer Bruder abgezogen hatte. Als Laika ungefähr drei Jahre alt war, hatte sein Bruder ihm eingeredet, dass im Fernsehapparat Menschen wohnten. Es gab nur einen einzigen Sender, TV1, das Staatsfernsehen des Iran, und gezeigt wurden ausschließlich Nachrichten, wobei sich vier Sprecher und Sprecherinnen abwechselten. Laika hatte schon eine Neigung bewiesen, starke Gefühle für Gegenstände zu entwickeln: Nachdem auf dem Heimweg vom Einkauf eine LP zersplittert war, war er tagelang untröstlich gewesen, und als ihre brandneue Stereoanlage kaputtgegangen war und Rafiq sie zur Reparatur brachte, fanden sich Brotkrumen darin. (Laika hatte die Anlage durch die Belüftungsschlitze des Verstärkers gefüttert, weil er glaubte, dass sie Hunger hatte.) Da brauchte es nicht mehr viel, um ihn davon zu überzeugen, dass die Menschen, die er auf dem Bildschirm sah, tatsächlich im Fernsehapparat lebten, und es war lustig, wenn der dreijährige Laika jedes Mal zu weinen anfing, wenn Vater oder Mutter den Fernseher anbrüllten (was bei den Hardis üblich war). Als Laika sich eines Tages vor den Fernseher stellte und verlangte, dass seine Eltern zu seinen Freunden nicht mehr so böse waren, hätte alles sofort beendet werden können - sie hätten Laika fragen können, wer ihm so etwas Verrücktes eingeredet habe, und er hätte auf Mohammed gezeigt, und das wäre es dann gewesen. Aber stattdessen stellten weder Rafiq noch Xezal ihm irgendwelche Fragen; sie lachten, spielten mit und taten so, als würden tatsächlich Menschen im Fernseher wohnen.

Nach der Revolution wurde der eine Sender, den sie vorher gehabt hatten, geschlossen und von zwei neuen Sendern ersetzt, dem Fernsehen der Islamischen Republik Iran TV1 und TV2. Xezal erklärte, die früheren Bewohner des Fernsehers hätten ausziehen müssen, um Platz für mehr Menschen zu schaffen. Laika war traurig, weil seine Freunde sich nicht von ihm verabschiedet hatten, aber später, als sie nach England flüchten mussten, verstand er, dass man manchmal Menschen zurücklassen musste, ohne sich zu verabschieden. Rafiq und Xezal dachten sich eine komplizierte Geschichte aus, die erklärte, was mit ihren Freunden, die sie im Fernseher zurückgelassen hatten, geschehen war. Als sie sich in England endlich einen neuen Fernseher besorgen konnten, hatten sie schon mehrere Postkarten ihrer Freunde aus dem Fernseher gefälscht, die versicherten, dass es ihnen sehr gut gehe und man sich keine Sorgen um sie machen müsse. Außerdem gab es zwei Briefe, verfasst von Xezal, die beschrieben, wie die Fernsehfreunde den Behörden entkommen waren.

Laika wusste nicht mehr, wann genau er entdeckt hatte, dass man ihm jahrelang Lügenmärchen erzählt und die ganze Familie dabei mitgespielt hatte. Es gab, soweit er sich erinnern konnte, keinen größeren Zwischenfall, keine irgendwie geartete Konfrontation. Wo auch immer Laika die Wahrheit erfahren haben mochte, er fragte nie, warum man ihn jahrelang in dieser Fantasiewelt hatte leben lassen. Wie immer er diesen Verrat verarbeitet hatte, er hatte es allein getan und nie mit seiner Familie darüber gesprochen.

Hinter einer Wolke kam die herrlich stechende New Yorker Sonne hervor, blendete ihn und tauchte sein Gesicht in kaltes Herbstlicht. Dann erst fiel ihm ein Gestöber auf, offenbar aus Dollarscheinen, die vom Himmel fielen, ein grüner Schwarm im Sinkflug. Als einer der Scheine sich an seine Fensterscheibe heftete, konnte er sehen, dass es Fälschungen waren: In den Ecken stand die Zahl 1, aber von einem Prozentzeichen gefolgt. Laika fragte sich, wo die Scheine herkamen. War jemand mit einem Sack Falschgeld aufs Dach geklettert? Schwebte hoch über ihnen ein Hubschrauber, aus dem sie abgeworfen wurden?

Unten auf der Straße hielten noch ein paar der Protestierenden Schilder in die Luft, auf denen EIGENTUM IST DIEBSTAHL, WIR SIND DIE 99 % stand oder ein populäres, aus einem japanischen Manga mit dem Titel *Gantz* entlehntes Mem mit der Unterzeile TOP 1 % IHR ZAHLT KEINE STEUERN. Abgesehen von diesen letzten Nachzüglern, ein paar Polizisten mit Helmen und Schutzausrüstung und einer Unterhose, die jemand dem Bullen der berühmten Statue über die Hörner gezogen hatte, gab es kein Anzeichen mehr für das, was dort noch vor wenigen Minuten losgewesen war. Als die Scheine zu Boden flatterten, reckten und bückten sich Passanten wie Protestierende gleichermaßen danach, ein Taumel, der Laika zwangsläufig an Mohammeds Krieg der weißen und schwarzen Ameisen auf dem Bildschirm erinnerte: ein Rauschen, das nichts anderes bezeichnete als eine Störung im Empfang; und falls zu diesem Augenblick in der Zukunft Bücher und Essays und Denkstücke geschrieben werden würden, wären sie höchstens weitere Belege für den menschlichen Hang, auf Reize paradoleisch mit Mustererkennung zu reagieren. Alles Schall, alles Wahn. Und doch war es schwer, nicht bewegt zu sein von der Art, wie Menschen, die erkennen, dass Geld nicht real ist, die Scheine in die Lüfte erhoben und im Chor sangen, sie seien die 99 Prozent. Die Gleichzeitigkeit im Handeln rief die Konventionen des Musicals wach, wo eine Menge den Text eines Liedes osmotisch zu erspüren scheint. Das Gefühl der Ungerechtigkeit wirkte ansteckend, ein Virus, der sich in Lower Manhattan verbreitete.

Die Städte trafen inzwischen natürlich ihre Vorkehrungen. Der öffentliche Raum bot abweichenden Meinungen zu viele Möglichkeiten, hier konnten sich Menschen jenseits der Foren der Konsumgesellschaft versammeln. Er war einst ein wichtiger Ort zur Verbreitung von Informationen gewesen, war nun aber nicht mehr als ein Relikt von Gesellschaften aus einer Vergangenheit, die es, anders als beim Angebot der vertikalen Besetzung des Raums, die uns die Gegenwart aufzwingt und die uns voneinander getrennt hält, noch erlaubte, den Raum horizontal zu besetzen, sodass das Individuum aus der Menge Kraft und Entschlossenheit schöpfen konnte – für die Mächtigen, für jene, denen die Zukunft als Eigentum zugedacht war, die fürchterlichste Drohung, Don DeLillo zufolge.

Städte der Gegenwart aber waren so gestaltet, dass die Zukunft nie den Massen gehören konnte. Dass Revolten sich auf Plätzen entzündeten, sei es Tahir, Tian'anmen, Azadi, Piccadilly Circus, war kein Zufall. Genauso wenig war es ein Zufall, dass die postkommunistischen Staaten Osteuropas den öffentlichen Raum zerlegten, private Strukturen schufen, um den Menschen die Gelegenheit zu nehmen, sich zu versammeln. Die Städte der Zukunft, Dubai an erster Stelle, hatten gar keine Plätze. Bei Judith Butler hatte Laika gelesen: «Damit Politik stattfinden kann, muss der Körper erscheinen. [...] Freiheit entsteht nicht einfach durch dich oder mich. Sie kann entstehen und entsteht durch eine Beziehung, die sich zwischen uns oder, genauer, unter uns vollzieht.»

Nimmt man dem Körper die Möglichkeit zu erscheinen,

gibt es keine Proteste mehr. Die Geschehnisse im Zuccotti Park, der ihm so nah und doch unsichtbar war, waren der Schwanengesang von etwas, das so alt war wie die menschliche Zivilisation, nicht der Beginn von etwas Neuem. Ein Ende wird oft mit einem Anfang verwechselt, hat nicht Pauline Kael zum Beispiel den letzten Seufzer der American New Wave, *Letzter Tango in Paris* von Bernardo Bertolucci so besungen: «*Letzter Tango in Paris* wurde zum ersten Mal am 14. Oktober 1972 gezeigt, am letzten Abend des New York Film Festivals: Ein Abend, der in die Filmgeschichte eingehen sollte wie die erste Aufführung von *Le Sacre du Printemps* am 29. Mai 1913 in die Musikgeschichte. Es gab keinen Tumult, niemand warf etwas an die Leinwand, aber ich glaube, man kann wohl sagen, dass das Publikum sich in einem Schockzustand befand, weil der *Letzte Tango* die gleiche Art trancehafter Erregung erzeugt wie *Le Sacre*, über die gleiche primitive Kraft verfügt, die gleiche drängende, zustoßende Erotik. Der Durchbruch des Films ist endlich da.»

Was stattdessen bevorstand, war der Aufstieg des Blockbusters - nur wenige Jahre später würden *Der weiße Hai* und *Star Wars* herauskommen und der Ära des kommerziell erfolgreichen Experimentalfilms ein Ende bereiten, und weil dies die Filme waren, die die Menschen zu sehen beschlossen, produzierten die Studios sie von nun an am Fließband.

Schattenseiten der Freiheit. Wir überlassen unsere Privatinformationen den Konzernen im Silicon Valley schließlich auch freiwillig und speisen unsere Geheimnisse in ihre Überwachungsnetzknoten ein; wir machen Gebrauch von unserem Freiheitsrecht, unfrei zu sein. Und wie würden diese Strukturen sich jemals abbauen lassen? Laika schien es Teil des Problems zu sein, dass die wirklichen Menschen dort unten gegen etwas protestieren, das man nicht sehen konnte. Synthetic Collateral Debt Obligations und Shadow Banking konnte man nicht anfassen, sie existierten nur als Code, so wie auch das, was das eine Prozent von den 99 Prozent schied, nicht unbedingt der materielle Besitz war, es waren die Zahlenwerte, die jedem Menschen auf den Bankcomputern der ganzen Welt zugeschrieben wurden. Wie konnte man einen Feind bekämpfen, der körperlich nicht greifbar war? Ja, ein Gespenst ging um in der Welt.

Die New Yorker Börse war geschlossen.

Er verband den Laptop mit dem Ethernet, fuhr ihn hoch, klickte sich durch, loggte sich ein, prüfte die Zahlen. Aus seinen 502 840,12 Dollar waren 482 104,56 Dollar geworden. Und Goldman Sachs stieg immer noch. Verdammt. Er hatte alles Erdenkliche getan und verlor trotzdem Geld. Für ihn ergab das keinen Sinn: Ein Bot, der exakt dieselben Trades eines anderen Bots nachvollzog, musste doch ungefähr auf dasselbe Ergebnis kommen. Waren es wirklich die Mikrosekunden, die der Goldman-Sachs-Bot ihm vorausghatte, die den Unterschied zwischen Gewinn und Verlust ausmachten? Laika stand nicht gern vor einem Problem, das er nicht lösen konnte.

Zeit für das Abendessen. Er schob den Brokkoli-Tofu in den Ofen und stellte den Timer. Dabei las er eine WhatsApp-Nachricht von seiner Mutter voller falsch gebrauchter Emoji. *Bitte ruf dein Bruder an er vermisst dich.*

Er verstand nicht, warum immer er sich melden sollte. Ihm war es egal, ob sein Bruder an seinem Leben teilhatte, er war auch so zufrieden. Mohammed war es gewesen, der sich danebenbenommen hatte, der ihn ständig beleidigte. Von Kindertagen an hatte Mohammed sich verhalten, als wäre er irgendwie Laikas Boss, hatte ihn Dinge machen lassen und dann bei den Eltern Lob dafür eingeheimst. «Ich habe Laika gesagt, er soll das Wohnzimmer sauber machen», als wenn das löblich wäre. Einmal hatte er Laika in der Schule mit einem Mädchen Händchen halten sehen, ihn bei den Eltern verpetzt und das Mädchen «irgendein fettes hässliches Ding» genannt. Nie, kein einziges Mal, hatte er Laika zu sich eingeladen, obwohl er wusste, wie es in Sutton aussah, nachdem ihr Vater gestorben und Siver bei Karim eingezogen war. Dass Laika rund um die Uhr Xezal versorgen und sich ihr Wehklagen anhören musste. Nie sprang Mohammed für ihn ein, damit er sich ein Wochenende freinehmen konnte. «Ich muss arbeiten, weißt du», sagte Mohammed, wann immer Laika ihn um Hilfe bat, vor allem jetzt, da Siver kaum noch mit Xezal redete. «Das kannst du nicht verstehen, du hast ja im ganzen Leben noch nie gearbeitet.»

Pling.

Eine Mail von jemandem, der behauptete, für Gizmodo zu arbeiten, und einen Artikel zum dreijährigen Bestehen des App Stores schrieb. *Wir würden gern über Ihre App mit Ihnen plaudern.* Money to Burn *ist so berüchtigt, dass es toll wäre, ein bisschen genauer zu wissen, wie das alles entstanden ist.*

Was gab es da zu sagen? Einmal hatte er im Suff beschlossen, eine App namens *Money to Burn* zu programmieren, die aus einem GIF bestand, das brennendes Geld zeigte. Er setzte den Preis auf 999 Dollar, die höchste für eine App zugelassene Summe. Die Leute kauften. Als der App Store die App sperrte, hatte er schon Millionen verdient. Was konnte er einem Journalisten da groß erklären? Es war eine Schnapsidee gewesen, und sie hatte ihn reich gemacht.

Er löschte die Mail.

Da war noch etwas: Die App stammte aus der Zeit, als Yael ihn gerade verlassen hatte, und er hatte gehofft, die App würde sie ihm zurückbringen, eine lächerliche Idee.

Yael hatte bei Dailymotion am Platz neben ihm gearbeitet, eine von der stillen Sorte, der das weiße Kabel der billigen Kopfhörer aus der Kapuze des schwarzen Hoodies hing. Einmal, als sie beide gerade Pause machten und sich etwas aus dem Getränkeautomaten holten, fluchte sie laut über das nackte deutsche Pärchen, das an dem Tag drei Sex-Videos von sich hochgeladen hatte. «Weißt du, wenn ich mir nochmal achtzig Jahre alte Eier angucken muss, bringe ich mich wahrscheinlich einfach um.»

Er fand sie auf verlockende Weise abstoßend. Wie ihre Haare entweder ungewaschen oder ungekämmt waren, wie sie nie den halb abgesprungenen Nagellack entfernte. Wie sie in einem fort weiterplapperte, als wäre jeder ihrer Gedanken faszinierend. Wie sie auf dem Handy die Klickgeräusche der Tastatur nicht deaktiviert hatte.

Aber auch Abstoßung gehört zu den Wirkungen des magnetischen Felds, und so war er eines Tages so sehr von ihr genervt, dass er ihr vor den Bürotoiletten erklärte, er werde sie jetzt küssen, und sich vorbeugte, worauf sie sich an die Wand quetschte und das Gesicht abwandte, sodass er mit seinen Lippen nur ihren Mundwinkel erwischte und eine verkrustete Herpesblase berührte, ein Gefühl, das er den ganzen Tag über nicht abschütteln konnte.

Er hatte sich schnell wieder an seinen Schreibtisch gesetzt, scham- und ekelerfüllt, um dann später zu sehen, dass sie ihm via MSN Messenger ein Video geschickt hatte. Eines der Amateurvideos des deutschen Pärchens beim Sex. «du bist doch pervers, dann gefällt dir das vielleicht?», hatte sie geschrieben.

Von da an teilten Laika und Yael via Messenger besonders absonderliche Videos miteinander und dachten sich zu manchen der Menschen, die sie hochluden, raffinierte Geschichten aus, wie zum Beispiel zu dem jungen Mann, der Kinderspielzeugen Geschlechtsteile aus Knetmasse anklebte und diese Spielzeuge dann in langen Sequenzen Geschlechtsverkehr haben ließ, wobei er die Dialoge und das Stöhnen übernahm. Yael taufte den Jungen Maximilien und erklärte ihn zum Erben des gewaltigen Vermögens einer französischen Familie mit vielen Bindestrichen im Namen. Stahl- oder Bergwerke, fügte Laika hinzu, und dass Maximilien einmal das Familienunternehmen leiten sollte, dabei war seine eigentliche Leidenschaft, Donatello den Rafael mit einem Zehnzentimeterknetmasseschwanz ficken zu lassen. Außerdem gab es ein spezielles Subgenre, Videos von russischen Autounfällen (weil viele russische Autos aus Versicherungsgründen Dashcams hatten, wurde eine Flut von Unfällen und Gewaltausbrüchen mitgeschnitten), und unter diesen Clips solche mit einem alten Ford, aufgemotzt im *Mad-Max*-Stil, der mit Absicht andere Autos rammte, bis sie im Straßengraben landeten. Laika taufte den Fahrer The Judge und dachte ihn sich als Rächer, der, erzürnt über jeden kleinen Regelverstoß, mit jedem irren Crash Russland für Autofahrer sicherer machen wollte. Yael schenkte dem Judge eine Motivation: Er sei wahrscheinlich zu spät zu einem Vorstellungsgespräch gekommen, weil er die Ausfahrt verpasst habe, wegen eines Fahrers, der nicht geblinkt habe, und nach dem Scheitern seiner aussichtsreichen Karriere in der Biochemie sei er dann zum Rächer geworden.

Mit der Zeit wurden die Scherze anzüglicher, und die Videos, die sie einander schickten, wurden deutlicher. «Könntest du so ficken?», schrieb Yael zum Video eines Kaninchens, das eine Spielzeugpistole rammelte. «Scheint ihr Spaß zu machen», schrieb Laika, nachdem er Yael das Video einer Frau geschickt hatte, die auf einer Waschmaschine im Schleudergang lautstark kam. Das ging ein paar Wochen so, bis Yael Laika eine MSN-Nachricht schickte und ihm befahl: «in drei minuten auf dem klo». Nach dem stümperhaften

Sex fing Laika an sich zu entschuldigen. Yael rollte mit den Augen. «Du bist echt seltsam, weißt du selber, oder?»

In der Nacht darauf, als sie um zwei Uhr früh Schluss machten, schlug Yael vor, noch in eine Bar zu gehen, die bis vier Uhr geöffnet hatte. «Da gibt es den besten Mojito», sagte sie, während sie ihn durch das Viertel um die Place de la Bastille führte. Durch die schmalen Straßen und über die weiten Boulevards wehte der Gestank von Pisse und fauligem Müll. Yael erklärte ihm, vor ein paar Jahren hätten baskische Terroristen in ganz Paris Bomben in Mülleimern gelegt, und daraufhin seien die Mülleimer versiegelt worden, weshalb die Menschen ihren Müll nun auf die Straße warfen. «Der Müll ist ein Zeichen, dass wir in Sicherheit sind», sagte sie, und Laika wusste nicht genau, ob sie Witze machte oder es ernst meinte. «Wir sind da.» In der winzigen, vollgepackten Bar, deren Wände komplett mit Bildern der Jungfrau Maria bedeckt waren, gab es tatsächlich ausgezeichnete Mojitos.

Schon nach einem Glas des minzkrausen gesellschaftlichen Lockerungsmittels war es Laika nicht mehr so eng um die Brust, und er sah den Menschen, der vor ihm saß, als jemanden, dem er die Wahrheit sagen konnte. Die Wahrheit war Laika schon immer wie ein übermäßig komplexes Ding vorgekommen, und wenn die Menschen Fragen stellten wie «Wo kommst du her?» und «Wie geht es dir?», taten sie es aus Höflichkeit und erwarteten kurze, fröhliche Antworten, keine Exegese des Leidens der Kurden im 20. Jahrhundert oder ein Gefühl, wie er es hatte, das Gefühl, nie wirklich verstanden, nicht einmal angehört worden zu sein. Weshalb er gelogen hatte, seine ganzen Teenagerjahre hindurch und bis weit ins Erwachsenenleben hinein. Lügen waren eine bequeme Abkürzung, fand er, wenn man in soziale Interaktionen nur das einbringen wollte, was half, ihre Leichtigkeit und Höflichkeit zu bewahren. Wenn er offen gesprochen hatte, was er selten tat, hatte er erlebt, wie die Menschen ein Gähnen unterdrückten, heimlich auf die Uhr blickten, oder, schlimmer noch, beleidigt waren. Aber Lügen brachten ihre eigenen Gefahren mit sich. Vor Kurzem hatte er eines von Lottis zerfledderten Taschenbüchern gelesen, ein Buch, dessen Autor schrieb: «Das Paradox der Kindheitslügen besteht darin, dass sie so oft aus Angst vor Ablehnung, Angst vor Trennung, Angst vor dem Alleinsein erzählt werden, und doch können wir nicht lügen, ohne anzuerkennen, dass das Alleinsein unser Ort ist. Im Geist sind wir ganz von allen abgeschieden - umso mehr, wenn wir lügen.» Er musste immerzu an diesen Absatz denken, und ihm wurde klar, dass er nicht länger lügen durfte. Aber die Wahrheit war ihm zu unschön vorgekommen, zu unaufgeräumt, um sie genau in Worte zu fassen. Das Reden, so schien es ihm, verwandelte jede Wahrheit in eine Lüge, weil es Weites, Offenes, Veränderliches in strenge, beengende Worte fasste. Und doch, mit Yael, an jenem Abend, fiel es ihm leicht.

Laika erzählte ihr von den Wegmarken auf seinem Lebensweg, die ihn nach Paris gebracht hatten (obwohl es auch das Fehlen von Wegmarken gewesen sein könnte). Er erzählte ihr von seiner Flucht in jener Nacht, als die Revolutionsgarden in Teheran kurdische Marxisten verhafteten, streifte kurz seine letzte Beziehung und übertrieb dabei seinen Anteil an dem Ökovandalismus, den Lottis Gruppe betrieb, um Yael zu beeindrucken (ja, eine Lüge, aber er konnte nicht anders). Die ganze Zeit über kreischte Yael vor Lachen - die Lehrerin, die ihn aus dem Klassenzimmer geschickt hatte, weil sie nicht glauben wollte, dass sein Heimatland auf keiner Landkarte zu finden war, die Riesensumme, die er für die Laika.com-Domain bekommen hatte, der Zwischenfall, als Lottis Freund Johann den Timer für eine Explosion stellte und die Bombe sich als Blindgänger entpuppte, sodass Johann, Lotti und Laika dann auf dem Parkplatz «Schere, Stein, Papier» spielten, um zu bestimmen, wer sie wieder rausholen musste. Je länger er redete, desto mehr hatte er das Gefühl, etwas zu sagen zu haben, und er merkte, dass er seit der Trennung von Lotti nicht mehr so lange mit einem anderen Menschen geredet hatte.

«Du bist echt witzig», sagte Yael und wischte sich dramatisch die Tränen aus den Augen. «Ich habe einfach keine guten Geschichten. Mein Leben ist langweilig.»

Ihre Klamotten habe sie Ex-Freunden geklaut, verkündete sie mit seltsamem Stolz, als sie sah, dass sein Blick auf ihrem verschlissenen schwarzen Hoodie lag, und erst als sie ihn eines Tages mit zu sich nach Hause nahm, hatte er das Gefühl, sie langsam zu verstehen. Sie lebte in einer gigantischen Wohnung, eingerichtet wie aus einer Fachzeitschrift für napoleonisches Interieur. Alles voller Porträts in protzigen blattvergoldeten Rahmen und ausgetretener handgewebter Perserteppiche (ein Teppich aus Afghanistan bildete die Drohnen ab, die dort Teil der Landschaft geworden waren). «Gehört natürlich nicht mir. Das ist die Wohnung meiner Eltern. Aber die sind nie da.»

Danach trafen sie sich regelmäßig, und obwohl Laika noch immer Miete für das Zimmer in der Wohnung mit den schimmeligen Orangen zahlte, verbrachte er immer mehr Zeit bei Yael, in ihrem merkwürdigen Zimmer im vierten Stock in der Rue Neuve-Popincourt, das einmal ein Dachboden gewesen war und wo man sich seinen Platz gegen das in beklemmenden Winkeln herabstoßende Dach erkämpfen musste. Er wollte sie fragen, warum sie nicht eines der vielen ausgefallenen Schlafzimmer der Wohnung nutzte, hatte aber das Gefühl, dass so ein Gespräch nicht gut enden würde.

Und so nächtigten sie im ausgebauten Dachboden, das Bett so dicht an der Decke, dass Laika sich morgens beim Aufstehen mehr als einmal den Kopf anstieß; dafür war es dort hell, und tagsüber wanderte das Licht theatralisch über die Böden.

Schließlich, als die anfängliche Leidenschaft des einander Entdeckens nachließ, ertappten Yael und Laika sich dabei, wie sie einander anblickten und sich fragten, wie ihr Zusammensein sich je so berauschend angefühlt haben konnte. Unter dem aufregenden Glitzern der endlosen Möglichkeiten waren sie zwei langweilige Menschen, bestehend aus alterndem Fleisch, voller Unsicherheiten. Yael, von der Illusion befreit, Laika könnte ihr gänzlich im 11. Arrondissement verbrachtes Leben ein wenig aufregender machen, war plötzlich von allem genervt, was er tat: von seinem Unwillen, sich mit ihren anderen Freunden zu treffen, seiner generellen Unfähigkeit, Pläne zu machen, seiner Besessenheit von dem Game *Virtua Tennis 3*. Aber sie tolerierte ihn, weil das Zusammensein grundsätzlich der Einsamkeit vorzuziehen war, bis zu der Nacht, als sie ihm von ihrem Kaninchen erzählte.

Laika übernachtete vor allem bei ihr, weil es regnete und er keine Lust auf die Wanderung zurück in seine Wohnung im Marais hatte, und Yael wandte ihm, wie oft in letzter Zeit, im Liegen den Rücken zu. Laika spielte sein Tennis-Game, er steckte seit Tagen im Endspiel der World Tour fest, und versuchte, die Knöpfe so leise wie möglich zu drücken, damit Yael nicht wieder schimpfte, dass er dauernd am Gamen war.

«Als Kind hatte ich ein Kaninchen», flüsterte Yael plötzlich unvermittelt, fast unhörbar, und Laika glaubte zuerst, sie würde mit sich selbst reden oder auf dem Telefon eine Sprachnachricht speichern. «Eigentlich hatte ich mir ein

Hündchen gewünscht, aber mein Vater hat sich jahrelang geweigert. Schließlich beschloss er, mir ein Kaninchen zu kaufen, weißt du, weil ein Kaninchen einfacher wäre oder so, was natürlich nicht stimmte, dauernd musste man den Käfig putzen, es war einfach pausenlos am Pissen und Kacken. Poupouille habe ich es genannt. Dummer Kindername. Und manchmal ließ ich Poupouille aus dem Käfig, weil ich dachte, in Freiheit ist er glücklicher. Das ist grausam, für Kinder zum Spaß Tiere im Käfig zu halten. Kinder spüren das, weißt du, dass es grausam ist. Wenn mein Vater auf Arbeit war, ließ ich Poupouille raus. Dann kam mein Großvater für ein paar Wochen zu Besuch, nicht der Vater meines Vaters, der im Krieg verschollen war, sondern der Vater meiner Mutter, ja? Mein Vater war drüber nicht glücklich, aber meine Mutter fand, das ist ein alter Mann, der bald sterben muss, und schließlich sagte mein Papa okay. Ich weiß noch, wie sie sich immer darüber gestritten haben, ob mein Großvater kommen darf. Ich war vielleicht acht. Oder nein, wir waren schon in die Wohnung in der Rue Moufle gezogen, also muss ich vielleicht neun oder zehn gewesen sein. Und ... mein Großvater war ein Riese. Das war crazy, er war so groß. Jetzt ist er tot, aber ich glaube, ich werde wirklich nie wieder einen massigeren Mann sehen. Eines Tages klopfte er aus Versehen bei unseren Nachbarn an, weil er sich in der Wohnung geirrt hatte, ein Junge öffnete und sah zu ihm auf, und wow. Er rief seinen Eltern zu, Gott ist da. So viel Eindruck machte mein Großvater. Kinder hielten den für Gott. Und so - eines Tages war Poupouille verschwunden. Ich rief nach ihm - Poupouille, wo bist du? -, und unsere Wohnung war nicht so groß, dass einem ein Kaninchen verloren gehen konnte. Nicht wie diese hier, da war mein Vater gerade pleite, weil ... egal, lange Geschichte. Am Ende kommen wir jedenfalls darauf, dass mein Großvater sich auf das Kaninchen draufgesetzt hat, ohne es zu merken. Er hat das Kaninchen mit seinem Riesenarsch erstickt, heute klingt das vielleicht lustig, aber ich war wirklich *horrifié,* entsetzt? Ich fange an zu heulen, aber meine Mutter sagt, ich soll aufhören. Sie sagt, mein Großvater sei krank, und wenn er mich *hystérique* sieht, geht es ihm schlecht, und vielleicht hat er wieder einen Herzinfarkt oder sowas, also habe ich gemacht, was Kinder tun, wenn man ihnen sagt, sie sollen still sein: mit dem Fuß aufstampfen, die Türen hinter mir zuschlagen, bis meine Mutter mir eine Ohrfeige gegeben hat. Mein Vater hat mich oft geschlagen, aber bei meiner Mutter kann ich mich nur an dieses eine Mal erinnern. Als mein Vater nach Hause kam, war er natürlich nur böse, weil ich Poupouille aus dem Käfig gelassen hatte. Also ... keine Ahnung. Was ich sagen will, ist vielleicht, dass ich ganz traurig war, ein kleines Kind, das um ihr kleines Kaninchen trauert, aber alle verboten mir den Mund, weißt du? Ich sollte meine Gefühle verstecken, weil man sich nicht so benehmen durfte. Nichts macht mehr Eindruck auf ein Kind als Ungerechtigkeit, ich war so wütend, dass ich mich weigerte, zu Abend zu essen. Ich trat in den Hungerstreik. Da gab mein Vater mir hundert Francs und sagte, ich solle die Sache vergessen. Als würde Geld alles wiedergutmachen.»

Laika, der gerade mit einem Tie-break den Endboss in *Virtua Tennis 3* geschlagen hatte, entschlüpfte ein Begeisterungsruf.

Yael drehte sich zu ihm um. Die eben erzählte Geschichte hatte ihr die Tränen in die Augen getrieben, und als sie sah, dass Laika mit seiner Videokonsole beschäftigt war, setzte sie sich auf, als hätte ihr jemand einen Eimer kaltes Wasser über den Kopf gekippt.

«Hast du mir überhaupt zugehört?»

Laika warf einen Blick zu ihr hinüber. Doch, hatte er, eine

Geschichte über ihr Haustier als Kind, wie viel Konzentration erforderte das schon?

«Soll das ein Witz sein? Wie krank ist das denn?»

Laika war verwirrt, er hatte das Gefühl, sich entschuldigen zu müssen, aber er wusste nicht, wofür.

«Du bist ein Arschloch, weißt du das? Du musst jetzt gehen. Verpiss dich aus meiner Wohnung.»

Wenige Minuten nachdem er gegangen war, postete sie ein langes Zitat aus *Les Guérillères* von Monique Wittig, das die Übersetzungsfunktion von Facebook in unverständliches Geschwurbel verwandelte; ein paar Stunden später den Satz «Das Männchen ist ein biologischer Unfall» aus dem S. C. U. M. Manifesto. Er merkte, wo das langging.

Timer.

Das Abendessen war fertig, wie sein Telefon ihn wissen ließ.

Laika absolvierte den schwierigen Balanceakt, das Essen aus dem Ofen auf den Tisch zu transportieren, ohne sich dabei die Hände zu verbrennen. Er klickte sich durch YouTube-Videos, auf der Suche nach etwas, das er sich beim Essen ansehen konnte. Ein Prominenter, der besoffen umkippt, ein Make-up-Tutorial, ein Newsclip. Eine viertelstündige Compilation von «*top 10 teen life sentence reactions*». Nichts, was ihm sehenswert vorkam. Ein Verschwörungstheoretiker, der die Körpersprache von Saddam Hussein bei seinem Prozess analysierte, «hat Bush einen DOPPELGÄNGER umgebracht?» Das erinnerte ihn daran, wie er jahrelang ein Foto mit sich herumgeschleppt hatte, das aus dem Radio seines Vaters gerutscht war und von dem er geglaubt hatte, es zeige einen Verwandten oder einen der alten Kommunistenfreunde seines Vaters, bis er den Mann eines Tages auf Yaels winzigem Fernseher vor Gericht sah und ihm klar wurde, dass er fast zehn Jahre lang ein Foto von Saddams Außenminister in seiner Brieftasche gehabt hatte.

Er klickte auf ein Video über die eine Verurteilung im Zusammenhang mit der Finanzkrise von 2008. Das Video lud, Laika sah den gutaussehenden Nachrichtensprecher streng dreinblicken und hörte ihn den Journalisten, der vor dem Gericht in Manhattan stand, fragen, was all dies zu bedeuten habe. Der Journalist drückte sich den Kopfhörer ins Ohr und versuchte zu erklären, dass der Ex-Trader von Goldman Sachs wegen Spionage und Diebstahl von Geschäftsgeheimnissen verurteilt worden sei, weil er gekündigt und einen USB-Stick mitgenommen habe, auf dem sich neben 1220 Megabyte Open-Source-Code auch 32 Megabyte urheberrechtlich geschützter Code befunden hätte. Der ehemalige Angestellte von Goldman Sachs hatte erklärt, dies sei nicht beabsichtigt gewesen und er habe nicht gewusst, dass sich auf dem Stick auch geschützter Code befand, aber die Anwälte von Goldman Sachs hatten behauptet, dies sei der bedeutendste Diebstahl, an den die Bank zurückdenken könne, und der vorsitzende Richter hatte den ehemaligen Angestellten zu acht Jahren Gefängnis verurteilt, weil sein Diebstahl «vom Umfang her dreist, rein von Habgier getrieben und von höchster Illoyalität seinem Arbeitgeber gegenüber gekennzeichnet» gewesen sei.

Dass Banker aus Unternehmen, die *too big to fail* waren, zu wichtig, um sie nicht mit Steuermitteln zu retten, auch *too big to jail* sein mussten, zu wichtig um sie einzusperren, kam einem beinahe logisch vor. Dass man Konzernen die gleichen Rechte einräumte wie Menschen, bedeutete schließlich nicht, dass sie die gleiche Verantwortung trugen. Dabei war ihm klar, dass dies eine neuere Entwicklung war: Die Boom-Bust-Zyklen des Kapitalismus, so immanent sie ihm auch waren, hatten früher sehr wohl zu scharfem Vorgehen geführt. Nach dem Börsencrash von 1929 landete der Chef der New Yorker Börse im Gefängnis. Das Platzen der sogenannten Internetblase hatte damit geendet, dass zahlreiche Firmenmanager vor Gericht gestellt wurden. Aber diesmal – nichts. Ein einziger ehemaliger Goldman-Sachs-Trader wurde eingesperrt, auf Betreiben von Goldman Sachs selbst. Das war alles. Mehr kam nicht. Wir können hart durchgreifen, außer wenn nicht. Die Wachovia hatte jahrzehntelang Drogenkartellen und Terroristen das Geld gewaschen, und die Quittung war nur eine Strafe in Höhe von zwei Prozent des betreffenden Jahres. Also warum nicht weitermachen? Wenn es keine Konsequenzen hat, bleibt man doch einfach dabei! Der Hauptzweck einer Aktiengesellschaft war schließlich, den Shareholdern so viel Geld zu erwirtschaften wie möglich. Wenn Beschiss dabei ein Weg war, warum dann nicht bescheißen?

Er begutachtete seinen Algorithmus. Es ergab keinen Sinn, ständig scheiterte sein Experiment, und er verstand nicht, warum. Seine Verluste der fünf Monate, seit er mit dem High Frequency Trading begonnen hatte, beliefen sich auf über dreihundertfünfzigtausend Dollar. Er hatte finanziell noch immer ausgesorgt, dank der *Money to Burn*-App und einer Reihe von Investitionen, aber dieses Trading-Ding, das eigentlich als Hobby gedacht gewesen war, als Zeitvertreib, wurde langsam zur Obsession. Es musste funktionieren, aber es funktionierte nicht.

Ein grundsätzlicher Denkfehler vielleicht. Als Einzelperson mit einem Computerserver von der Stange und einem mit Open-Source-Komponenten zusammengeklöppelten Algorithmus konnte man vielleicht einfach keinen Mirror von Trades bauen, die mit einer IP-gesicherten Komplexität abgewickelt wurden, in die man unmöglich Einsicht bekam. Vielleicht operierten die großen Unternehmen alle im

Schutz von Dark Pools, geschützten Börsenplattformen, zu denen gewöhnliche Investoren keinen Zugang hatten, und der Code, mit dessen Hilfe Laikas Algorithmus deren Trades nachvollziehen sollte, konnte nur einen Bruchteil dessen abbilden, was tatsächlich geschah, wie eine 2D-Einheit, die nicht mehr wahrnahm als die Umrisse eines 3D-Gestirns, und glaubte, da sei nicht mehr. Vielleicht war das Ziel nicht, Transaktionen nachzuvollziehen, sondern den Algorithmus umzuprogrammieren und gegen sie zu verwenden. Schließlich konnte man Algorithmen auch in die Irre führen, das Ordern vortäuschen. Sie glauben lassen, dass etwas passierte, obwohl es das gar nicht tat. Der Markt erlaubte es, eine Order zu stornieren, er könnte also ganz leicht so tun, als würde er Tausende Anteile abstoßen, um anderen Trading-Bots anzuzeigen, dass der Kurs einer Aktie bald fallen würde, und wenn er dann die Order eine Mikrosekunde vor der Ausführung wieder zurückzog, konnte sein Bot die Aktie stattdessen für einen Preis kaufen, den er eben selbst gesenkt hatte, indem er seine Verkaufsabsicht erklärte. *Spoofing* nannte man das. Das war riskant, weil er davon ausgehen musste, dass die Trading-Algorithmen der großen Häuser nicht viel anders funktionierten als sein eigener primitiver Algo, aber wenn er recht hatte, konnte er groß abkassieren. Sofort machte er sich an einen neuen Algorithmus und setzte Parameter für hohe Verkaufsvolumina fest, feilte an der Zeit, die er hatte, die Aufträge wieder zu canceln, versuchte festzulegen, wie viele Anteile er am Ende zum niedrigeren Marktpreis kaufen sollte. Wie besessen arbeitete er die Nacht durch, um vier Uhr morgens war er fertig, zu müde, um noch Code lesen zu können. Erleichtert ging er zu Bett, mit dem Gefühl, endlich ein Problem geknackt zu haben, das ihm monatelang fast unlösbar erschienen war.

Wecker.

Ein paar Stunden später wachte er auf, swipte den Wecker aus, seine Schlafqualität lag bei mageren 27 Prozent, aber er war energiegeladen wie seit Tagen nicht mehr. Er machte das Bett, ein wenig flüchtiger als sonst, sprang schnell unter die Dusche, die Rasur ließ er aus. Als er die Dusche trocken gewischt hatte, fiel ihm ein, dass er gestern Abend vergessen hatte, sich seinen Kaffee und seinen Bagel zu bestellen. Egal, ein Apfel würde genügen. Es war 9:08 Uhr. Bald würde der Spaß losgehen.

«In unserem Dorf gab es einen Mann», hatte Rafiq ihnen einmal erzählt, als er sah, wie verzückt die Kinder der Seifenoper *Dallas* folgten, die aus dem Leben der reichen Familie Ewing erzählte. «Er war der reichste Mann, den es gab. Aber er saß auf seinem Geld und half nicht einmal seiner Familie. Nach einer Missernte hungerten die Menschen im Dorf, und trotzdem ließ der Mann sie nicht an seinem Reichtum teilhaben. Er starb allein, niemand war an seiner Seite. Ein tragisches Schicksal, Kinder.»

«Was ist aus seinem Geld geworden?», fragte Mohammed, um die Werbepause zu überbrücken.

«Das hat seine Familie unter sich aufgeteilt. Sie sind heute noch reich.»

«Klingt doch ganz gut», sagte Mohammed, als die Serie wieder anfing.

Laika ging ans Fenster und sah nach den Protesten. Die Menge war offenbar kleiner geworden, aber die Anwesenden hielten noch immer ihre Schilder hoch, und die Polizei stand noch immer vor ihnen, mit erhobenen Schilden. Laika fragte sich, wie lange sie durchhalten würden. Irgendwann würde Saurons Medienauge den Blick von Occupy abwenden und sich den Millionen anderer Ereignisse widmen, und die Polizei würde die Freigabe bekommen, den Platz ein für alle Mal zu räumen.

Schließlich hatte es schon früher Proteste gegeben, und alle waren am Ende unterdrückt worden. New York musste voller Menschen sein, die einmal geglaubt oder zumindest gehofft hatten, etwas verändern zu können, und jetzt die Straßen bevölkerten, ohne die Kraft, die die Menge gibt. Waren sie noch desillusionierter geworden, fragte Laika sich, oder trugen sie noch einen Splitter der Proteste in sich, bei der Arbeit, bei der Jobsuche oder wenn sie sich mit Freundinnen und Freunden auf überteuerte Getränke trafen? Wenigstens hatten sie versucht, die Maschinerie zum Halten zu bringen; vielleicht schenkte ihnen schon das ein Gefühl, etwas geleistet zu haben.

Er biss in seinen Apfel und checkte sein Telefon. Zeit herauszufinden, ob er mit seinem neuen Algorithmus besser fahren würde. Er setzte sich an den Schreibtisch, ging ein letztes Mal seine Parameter durch und startete ihn, dann stellte er sich wieder ans Fenster.

Er fand es erstaunlich, dass sein Bot in der Zeit, die er für die paar Schritte bis dorthin brauchte, schon Tausende und Abertausende Transaktionen abgewickelt haben würde. Und alles bewegte sich nur noch in eine einzige Richtung: Es wurde noch schneller. War es Virilio, der gesagt hatte, die Beschleunigung führe zur Auslöschung der Welt? Die Menschen sprachen vom Kapitalozän, davon, wie die kapitalistischen Systeme der Menschheit sich in den Schichten der Erde ablagerten, dass der Schaden, den unsere Nutzung fossiler Brennstoffe angerichtet hatte, durch die wir im Grunde Millionen Jahre der Erdgeschichte für schnelle Gewinne verfeuerten, für die Geologinnen und Geologen der Zukunft ablesbar sein würde – falls es noch welche geben würde; schließlich hatte schon das Massenaussterben an der Perm-Trias-Grenze 96 Prozent aller marinen Lebewesen und 70 Prozent aller Wirbeltierarten auf dem Gewissen.

Aber es war der Begriff Nekrozän, der Laika am meisten ansprach, denn dieses System hatte im Grunde kein anderes Ziel als seine eigene Zerstörung. Wir gruben immer tiefer, und unser Ressourcenverbrauch wuchs immer mehr. Das Ziel des Kapitalismus war nicht der Geldgewinn, es war der Untergang der Menschheit.

Und es war nun schon lange vorhergesagt worden, schon seit wir mit dem Telegrafen begonnen hatten, den Begriff der Zeit selbst spielerisch zu verändern. Als Informationen sich plötzlich viel schneller bewegen konnten als Menschen und innerhalb weniger Sekunden um die Erde reisten. Da hatte der Handel, der auf lokalen Märkten begonnen hatte, mit dem Verkauf einer Kuh in eine andere Gegend, wo sie mehr wert war, sich in Glücksspiel verwandelt. Wir erfanden Termingeschäfte und konnten spekulieren, nicht darauf, was gerade geschah, denn diese Information war nicht allen zugänglich, sondern darauf, was geschehen würde. Die Zeit war polychron geworden, alles, was möglich war, ereignete sich gleichzeitig, und die Geschichte stürzte in sich zusammen.

Wenn alles vorbei war, was würde bleiben? Der Dichter Simonides von Keos ist nicht seiner Kunstfertigkeit wegen in die Geschichte eingegangen, sondern weil er seine Dichtkunst als Erster verkaufte, als Grabschmuck reicher Menschen. Während die Wissenschaft sich abmüht, Fragmente der Schriften Sapphos zu entziffern, sind die in Stein gemeißelten Worte des Simonides geblieben. Unsere Geschichte wird mit unseren Festplatten vergehen, für zukünftige Zivilisationen würde das am gründlichsten dokumentierte Jahrhundert der Weltgeschichte ein dunkles Zeitalter sein - sie würden Laufwerke, DVDs und Disketten in verschiedenen Verfallszuständen ausgraben und sie nicht auslesen können. Die holländische Tulpenmanie hatten wir für verrückt gehalten, ein ganzes Land, das sich selbst mit Blumenzwiebeln in den Bankrott treibt, dabei arbeiteten wir uns um der Daten willen buchstäblich zu Tode und glaubten, die Cloud und ihre Server würden ewig halten.

Als Rafiq wieder einen Sozialhilfescheck auf Flugblätter für die kurdische Sache verschwendet hatte, warf Xezal sie in den Müll. Rafiq sei verrückt, schrie sie, weil er seine Familie bewusst für irgendeinen gottlosen politischen Kampf hungern ließ. An jenem Abend sah Laika, wie Rafiq den Müll sortierte, die noch sauberen Flugblätter sorgfältig von den verschmutzten trennte und mit den Händen glatt strich. Laika wusste noch, dass er den Anblick eklig gefunden hatte und ihm das Ganze würdelos vorgekommen war. Er war auf sein Zimmer gegangen und hatte stundenlang auf seinem Computer Space Demons abgeschossen. Wie konnte ein Mann so lebensunfähig sein?

Online teilten die Menschen Fotos einer Flash-Mob-Kampagne; sie hatten im öffentlichen Raum ihre Kleider und Schuhe so arrangiert, dass es aussah, als wären sie zum Himmel aufgefahren. Eine Online-Suche führte ihn zur Webseite des Predigers Harold Camping, der das Datum der Entrückung auf die vergangene Woche gelegt hatte. Er habe die Gleichung «Buße x Ganzheit x Himmel zum Quadrat» gelöst und das genaue Datum der Wiederkunft Christi errechnet. Daraufhin hatten Menschen Post-Entrückungs-Tierpflegedienste ins Leben gerufen, für die Tiere, die zurückgelassen werden würden, auf eBay hatte jemand angefangen, Lebensversicherungspolicen für die Zeit nach der Entrückung zu versteigern, und dann waren überall diese Fotos aufgetaucht, diese ausgelegten Kleider, als hätten tausende Leiber sich in Luft aufgelöst. Laika dachte an den «Schatten des menschlichen Todes», die Umrisse einer Person, die von der Atombombe in Luft aufgelöst worden war, und es war nichts zurückgeblieben als Knochen und verkohlte Organe und ihr Schatten, von der Hitzestrahlung in die Treppenstufen einer Bank gebrannt, wo die Person gesessen hatte. Dass es eine Bank war, war natürlich reiner Zufall. Das Friedensmuseum Hiroshima forschte jetzt schon seit Jahrzehnten, wie ein Schatten sich bewahren ließ.

Pling.

Er zog sein Telefon heraus und sah, dass es die Push-Nachricht einer Newsseite war, die er schon reflexartig wegswipen wollte, als er die Überschrift sah:

Börsencrash.

Er ließ den Apfel fallen, weiße Bröckchen spritzten quer über den sauberen Boden. Laika kniff die Augen zusammen und las die Überschrift dann erneut. Sie hatte sich nicht verändert. Börsencrash: Dow Jones verliert innerhalb weniger Sekunden neun Prozent seines Werts.

Er eilte zurück an den Laptop, beugte sich über den Tisch, gab das Passwort einmal, zweimal falsch ein, bevor er Zugang hatte, und sah, dass die Märkte in der Tat zusammenbrachen, immer steiler stürzten die Kurven in eine tiefe Schlucht. Er klickte auf die Anzeigen der Kursentwicklung über einen Monat, ein Jahr, fünf Jahre, und sah, dass diese Delle immer noch tiefer war als alles, was der Markt zuvor erlebt hatte. Rasch deaktivierte er seinen Bot und sah sich sein Guthaben an. Quälend langsam und in kleinen Stücken baute das Fenster mit der Darstellung seines Online Tradings sich auf. Fuck fuck fuck. Es war nichts mehr auf seinem Trading-Konto. Eine halbe Million Dollar, weg. Was ging da vor?

Er setzte sich, die Finger über der Tastatur, und wusste nicht, was er tun sollte. Die Nachrichten. Nachrichten wären gut. Neuer Tab. Auf CNN ging es noch um die Occupy-Proteste; bei Fox News lief eine Story über genmanipulierte

Katzen, die im Dunkeln leuchteten und mit denen man irgendwie AIDS besiegen konnte; CNBC coverte den Crash, lieferte aber keine Erklärungen, der Sprecher wiederholte immer wieder die Fakten, ja, die Märkte stürzten ab, aber die Ursachen blieben im Dunkeln. Im Rest der Welt schien nichts los zu sein; auch in den USA schien nichts los zu sein. Ein völlig ereignisloser Tag, und trotzdem stürzten die Märkte ab. Der Aufstieg und Fall bunter Kurven vor schwarzem Hintergrund, eine Ästhetik, die an einen Herzmonitor erinnerte, die Visualisierung des Gesundheitszustandes des Kapitals, jetzt dem Tod entgegentaumelnd.

Laika sah sich andere Märkte an, nutzte seinen Terminal wie einen Satz Tarotkarten oder Kaffeesatz, versuchte, Muster zu erkennen, ihre Bedeutung zu entschlüsseln, entdeckte aber nichts Außergewöhnliches. Die meisten Marktbewegungen folgten nachvollziehbaren, online und in den Nachrichten dokumentierten Impulsen, und ja, der Dow Jones hatte den Tag ein paar hundert Punkte im Minus begonnen, vor allem wegen einer Verunsicherung durch Demonstrationen in Griechenland gegen die von der EU erzwungene Verschärfung der Wirtschaftspolitik. Eine fast perfekte Korrelation: Eine pawlowsche Reaktion, die den Markt jedes Mal ein paar Punkte einbrechen ließ, wenn im Fernsehen Bilder wütender Griechen zu sehen waren, und das Echo der von der spezifischen Situation in Griechenland hervorgerufenen Ängste erschütterte die Stabilität der Finanzwelt wie ein Nachbeben. Auf verschiedensten Webseiten loggten sich Investoren ein und erklärten, dass sie nicht mehr mitspielen wollten und ihr Geld aus dem Spielcasino des Marktes abziehen würden. Zu Beginn des Handels war der Dow Jones 300 Punkte im Minus gewesen. Mit anderen Worten: ein schlechter Start, aber kein Weltuntergang. Und dann, ein paar Sekunden später, der völlige Absturz. Das ergab keinen

Sinn. Was im Gange war, sah nach dem größten Börsencrash in der Geschichte der USA aus, Billionen Dollar waren schon vernichtet, und es hörte nicht auf. Und dabei ging in der wirklichen Welt nichts vor sich, das so etwas hätte auslösen können. Diese Art Marktreaktion hätte man für den Tag der Apokalypse erwartet - selbst der 11. September hatte zu nichts Vergleichbarem geführt. Und dennoch war weit und breit keine Apokalypse in Sicht.

Die Bewertungen hatten keine Logik mehr: Die Anteile von Apple Inc., die noch vor ein paar Minuten bei 36 Dollar lagen, wurden jetzt zum Anteilspreis von über 100 000 Dollar verkauft. Die Aktien einer Consultingfirma wurden für einen Cent gekauft und für zwei Cent verkauft, hin und her, Hunderttausende Mal pro Minute.

Laika tigerte in der Wohnung auf und ab, das Telefon in der Hand, aktualisierte die Feeds von Bloomberg, dem *Wall Street Journal*, der *Financial Times*. Schließlich tauchten als Illustration die Bilder von Maklern auf, die sich an den Kopf fassten, natürlich Stockfotos, damit die Zeitungen etwas zeigen konnten, während das Börsenparkett in Wahrheit leer war, es gab nichts als blinkende und surrende Festplatten. Die Märkte stürzten weiter ab, zwanzig Prozent, fünfundzwanzig Prozent, dreißig Prozent.

Und dann kam die Maschinerie ins Stottern, kam zum Halt.

Weil sie nicht mehr verstand, was los war, hatte die New Yorker Börse den Stecker gezogen und den Handel ausgesetzt. Draußen waren in beeindruckendem Tempo große schwarze Autos vorgefahren, und Männer in Anzügen waren ins Gebäude der Börse gelaufen. Auf Twitter ging das Leben weiter, als wäre nichts gewesen, die Information, dass in Jahrzehnten angehäufte Reichtümer sich gerade in Sekundenschnelle aufgelöst hatten, war noch nicht zu den

Menschen durchgesickert. Es gab noch immer Witze, performative Empörung, Katzen-GIFs. Laika stand bewegungslos da und beobachtete, was draußen vor sich ging, ohne es auch nur ansatzweise zu verstehen. Plötzlich wirkte das Bibelzitat, das Samuel Morse sich für die Demonstration seines Telegrafen vor Investoren ausgesucht hatte, prophetisch und passend. *What hath God wrought?* Was hat Gott getan!

Er rief auf seinem Telefon die Börsenapp auf, bis ihm klar wurde, dass es zwecklos war. Was er sah, war keine echte Bewertung, sondern mehr das Funkeln von Sternen am Himmel, die vor tausend Jahren erloschen waren. Es war nicht seine Aufgabe, das zu verstehen. Er war schließlich ein Mensch, und für die Maschinen waren Menschen Parasiten. Was geschehen war, war geschehen.

Laika stieß mit dem Fuß an ein Stück des Apfels, der ihm vorhin hinuntergefallen war. Er ging in die Knie, um die Stücke aufzusammeln, sie wurden schon braun. Als er die größten Brocken zusammenhatte, warf er sie in den Müllbeutel an der Tür, für den Rest aktivierte er den Saugroboter.

Der Roboter begann, auf dem Parkett seine Bahnen zu ziehen, auf einem Zickzack-Kurs, der angeblich dafür optimiert war, in der kürzesten Zeit die größtmögliche Fläche abzuarbeiten, und Laika blickte wieder aus dem Fenster. Alles sah aus wie zuvor. Wenn dieser totale Finanz-Kollaps so schlimm war, wie die Märkte signalisierten, würde man denken, dass davon etwas zu sehen wäre, aber abgesehen von den drei schwarzen SUVs sah alles nach einem Tag wie jeder andere aus. Vor dem Designer Store mit den Zehntausend-Dollar-Handtaschen standen noch immer die Touristinnen Schlange, die Lieferwagen und Taxis krochen noch immer durch den ihnen auf der Straße verbleibenden Platz, das Sonnenlicht knallte auf die Gebäude wie eh und je, die Protestierenden schienen keine Ahnung von dem zu haben, was eben passiert war. Ein Mann führte seinen Hund aus und telefonierte dabei. Laika erinnerte sich an etwas, das er über abstürzende Flugzeuge gelesen hatte: Sie fallen nicht vom Himmel wie Steine. Sie gleiten.

Dass er sich gestern Abend keinen Kaffee bestellt hatte, tat ihm jetzt leid. In der Apokalypse sollte man sich einen Kaffee gönnen dürfen. Laika swipte, entsperrte sein Telefon und öffnete die PayPal-App.

Eine Benachrichtigung poppte auf, ein Ausrufezeichen in einem roten Dreieck und die Worte «Ihre Zahlung wird unseren Regeln entsprechend überprüft.»

Laika versuchte, der Mitteilung des Unternehmens mit zusammengekniffenen Augen mehr zu entlocken als die kargen Worte. «Leisten Sie keine weiteren Zahlungen bis zum Abschluss der Prüfung.» Gut, er konnte auch Seamless nutzen, das war teurer, aber scheiß drauf. Er brauchte seinen Kaffee. Er ging die Liste durch, bis er einen passenden Coffeeshop gefunden hatte, bestellte einen Soja-Latte, gab 40 Prozent Trinkgeld und klickte auf Bestellen. «Mit dieser Karte hat es leider nicht funktioniert. Bitte überprüfen Sie Ihre Karteninformationen und versuchen Sie es noch einmal.»

Enttäuscht fing er an, einen Text an seine Geschwister aufzusetzen. *Leute, habt ihr die Nachrichten gesehen? Völlig irre.* Sein Finger schwebte über dem Senden-Button, dann drückte er stattdessen auf die Rücktaste und löschte die Nachricht wieder. Siver. Er hatte vergessen, ihr Geld zu überweisen.

Er versuchte, sich in sein Chase-Konto einzuloggen, musste aber erfahren, «dieser Teil unseres Webangebots» sei «zurzeit nicht verfügbar». Genervt zog er seine Platinum Card aus dem Etui und wählte die auf der Rückseite verzeichnete Kundendienstnummer. Augenblicklich wurde er mit einer Frau verbunden, fast als hätte sie auf seinen Anruf gewartet. Akzent und Satzmelodie waren die eines Menschen aus der Nähe, irgendwo in New York, nicht in einem der gigantischen, überall in den Entwicklungsländern verteilten Callcenter, in denen man landete, wenn man keine Platinum Card vorweisen konnte. Er wusste nicht, wo man besser bedient wurde, aber diese Frau vermittelte ihm eindeutig das Gefühl, das alles sich lösen ließ, was auch immer das Problem sein mochte. Menschen mit seinem Kontostand hatten keine Probleme, die ungelöst zu lassen eine im Dienstleistungssektor Beschäftigte sich erlauben konnte. Er erklärte ihr, wo er sich befand und dass er keinen Zugriff auf sein Konto habe. Die Frau am anderen Ende der Leitung entschuldigte sich, als hätte sie ihn gerade mit etwas bekleckert, es tue ihr ja so leid, wie könne sie das nur wiedergutmachen? Sie stellte ihm ein paar Sicherheitsfragen, dann gab sie etwas in ihren Computer ein und bat ihn, in der Leitung zu bleiben.

Vielleicht hatte, was immer auch gerade mit der Börse geschehen war, auch die Banken in Mitleidenschaft gezogen? Es kam ihm absurd vor, aber wie sollte er sich sonst erklären, dass er nicht mehr an seine Konten kam? War am Ende sein ganzes Geld weg?

Er erinnerte sich, wie Xezal und Rafiq sich einmal um Geld gestritten hatten, nachdem Xezal mit Laika vom Geldautomaten vor dem Sainsbury's zurückgekommen war und erzählt hatte, es sei kein Geld dagewesen. Wie er zu ihnen gegangen war und gesagt hatte, es sei sehr wohl Geld dagewesen, die Menschen in der Schlange hinter ihnen hätten ja welches abgehoben, eine Mitteilung, so absurd, dass die Spannung sich löste und seine Eltern beide lachen mussten. «Mögest du immer so über Geld denken», hatte Rafiq gesagt und ihm einen Kuss auf den Kopf gegeben, und sein Atem hatte nach Schnaps gerochen.

Die Frau war wieder in der Leitung, ihr Ton hatte sich verändert.

«Ihre Konten sind gesperrt, Sir.»

Laika versuchte, mit ihr zu diskutieren, konnte ihr aber keine weiteren Informationen entlocken, nicht einmal seinen eigenen Frust konnte er verständlich formulieren. Seine Eltern hatten sich in Auseinandersetzungen gestürzt, als hätten sie sich ihr Leben lang darauf vorbereitet, allzeit bereit, aber heute waren Frust und Wut ausgelagert, Beschwerden auf die Bewertung nach abgeschlossener Interaktion verschoben worden. In den vergangenen paar Jahren hatte er kaum je einem Menschen die Stirn bieten müssen, die Ein-Sterne-Bewertung war die Auflösung aller zwischenmenschlichen Peinlichkeiten geworden. Und da war er nun und musste wissen, was mit seinem Konto los war, und hatte keine Ahnung, wie er sich das erstreiten sollte, falls er es je gewusst hatte. Laika trennte die Verbindung und starrte sein Telefon an.

Er versuchte es mit seinem Konto bei der HSBC, nur um mit einer ähnlichen Fehlermeldung konfrontiert zu werden. «Der Zugriff auf Ihre Konten ist zurzeit nicht möglich.» Sein Konto bei Charles Schwab, wo seine Investments verwaltet wurden? «Leider ist ein Fehler aufgetreten, bitte versuchen Sie es später noch einmal.» Eine schnelle Suche auf Twitter («kann mich nicht einloggen») ergab, dass der Rest der Welt keine größeren Schwierigkeiten hatte. Ging es um ihn persönlich? Waren seine Konten gezielt gesperrt worden?

Ein letzter Versuch, diesmal bei dem französischen Konto, auf dem er einmal seine Einnahmen mit der App deponiert hatte, Credit Agricole. Er hatte das Konto schließen wollen, nachdem er Frankreich verlassen hatte, aber der Vorgang war ihm zu kompliziert und bürokratisch gewesen, und so hatte er das Konto die vergangenen drei Jahre über ruhen lassen. Er brauchte einige Minuten, bis er seine elfstellige ID und sein Passwort gefunden hatte, aber diesmal funktionierte es. *Bienvenu, Monsieur Hardi.* Er war drin. Ein Klick auf das Konto, er scrollte nach unten. Kontostand € 204 393,22. Erleichtert wählte er die Nummer seiner Schwester.

Draußen vor seinem Gebäude waren zwei SUVs aufgefahren, sechs Bewaffnete in Kampfausrüstung sprangen heraus, Gewehre im Anschlag, hinter ihnen ein Mann im Anzug. In der Wohnung seiner Schwester klingelte das Telefon, aber niemand ging ran. Wie spät war es in Dubai? Schlief sie schon?

«Hallo?»

«Sisi? Ich bin es, Laika.»

Siver sog scharf die Luft ein, als hätte man sie gerade über einen Unfall informiert. «Laika? Was ist los?» Wann hatten sie zuletzt gesprochen? Sie hatten ein paar Nachrichten ausgetauscht, aber er erinnerte sich nicht, ob sie nach seinem Umzug in die USA miteinander geredet hatten.

«Nichts ist los. Na ja, sieh dir die Nachrichten an, da ist irgendetwas ganz Schlimmes los, aber deshalb rufe ich nicht an ... Hör mal, du wirst mich jetzt hassen, aber Mum hat mir erzählt ... dass du Geldprobleme hattest. Ich kann dir aushelfen. Ich glaube jedenfalls, dass ich es noch kann.»

Langes Schweigen am anderen Ende der Leitung. Laika trat ans Fenster und blickte auf die Straße hinunter. Er sah die beiden Autos vor seinem Eingang, dachte sich aber nichts dabei und richtete den Blick stattdessen auf die Zeitungsautomaten vor der Tür, diese seltsamen Reste einer längst obsolet gewordenen Medienvertriebs-Infrastruktur. Tags darauf würden alle Zeitungen den gleichen Aufmacher haben, über einen Trader, der verdächtigt wurde, ganz allein den Crash des Finanzsystems ausgelöst zu haben, sie würden versuchen, der Leserschaft High Frequency Trading und das Spoofen im Börsenhandel zu erklären, aber heute prangten dort noch die Schlagzeilen über Demi, die Ashton verlassen hatte, oder die First Lady und ihre neue Rolle bei der Motivation des Personals im Weißen Haus. Spaltenweise längst veraltete Neuigkeiten im Wettstreit mit den Live Feeds, die alle in den Taschen trugen.

«Es wäre mir lieber gewesen, wenn sie nichts gesagt hätte.»

«Was ist daran so schlimm? Ich habe ja Geld, ich kann dir doch helfen.»

«Ich brauche so viel. Ungefähr zwanzigtausend Dollar.» Weinte sie? Ihre Stimme klang plötzlich angespannt.

«Ich schicke dir zweihunderttausend, Sisi.»

Ein Hämmern an der Tür. «Laika Hardi? Aufmachen!» Wer wusste, dass er hier wohnte? Sein Name stand in keinem Vertrag, keinem offiziellen Dokument. Außer dem Typ aus dem Coffeeshop, der seine PayPal-Daten hatte, wusste keine Seele, dass er hier lebte, und das aggressive Hämmern klang gar nicht nach ihm.

«Moment, Sis, eine Sekunde.»

Auf dem Weg an die Tür suchte Laika im Chat mit seiner Mutter nach Sivers Kontodaten. Durch den Spion sah er das verzerrte Bild eines von Bewaffneten flankierten Mannes.

Laika trat von der Tür zurück, und alles verschwamm ihm vor den Augen, als hätte ihn jemand mit Gewalt unter Wasser gedrückt. Panik, so fühlte sich Panik an.

«Laika? Bist du noch da?» Leise erklang die Stimme seiner Schwester aus dem Lautsprecher des Telefons. Er riss sich zusammen. Es eilte.

«Laika Hardi!»

Er unterbrach die Verbindung mit seiner Schwester, öffnete wieder sein Konto und kopierte IBAN, BIC und SWIFT in die Formularfelder. Um ein paar Sekunden Zeit zu gewinnen, falls sie die Tür aufbrachen, trat er wieder ans Wohnzimmerfenster. Draußen über dem Asphalt hing der Geist des in der vergangenen Nacht Erbrochenen, das Getöse des New Yorker Straßenlebens ging weiter, als hätte sich die Welt komplett von seiner Wohnung abgelöst: das Hupen der Taxis, das Quietschen schlecht geölter Bremsen, das Fluchen der Passanten. Die Menschen, die unten vorübergingen, wirkten, als würden sie für Rollen in einem kosmischen Drama vorsprechen - Asiatische Krankenschwester #3, Zorniger weißer Geschäftsmann #5, Chassidischer Jude #2 -, und plötzlich fiel ihm auf, so banal die Erkenntnis auch war, dass die Welt tatsächlich aus Individuen bestand und nicht aus einer großen, anonymen Masse, dass dieser Organismus aus Millionen und Abermillionen fühlenden Wesen funktionierte wie das neuronale Netzwerk eines Cephalopoden mit Tentakeln, die sich quer durch die ganze Stadt erstreckten - alle eins, alle einzeln.

Noch ein Feld war auszufüllen. Summe. Er vertippte sich, musste eine 1 löschen und eine 2 daraus machen, dann die Nullen.

Sind Sie sicher, dass Sie diese Überweisung ausführen möchten? Abschicken/Abbrechen.

Krachend brach die Tür auf.

Epilog:

GUTHABEN

(2001)

Eine Streicherfassung des Blumenduetts aus *Lakmé* von Delibes in schlechter Qualität lief in Dauerschleife, brach nach ein paar Minuten unelegant ab und begann wieder von vorn. Die Musik lief schon seit über vierzig Minuten. Siver wandte den Blick nicht von dem Block, auf dem sie ihre Fragen notierte, und versuchte, die vielen Plätze im Raum zu übersehen, die ihr Vater einst belebt hatte und die nun für immer leer bleiben würden.

Als das Leben von Rafiq Hardi Kermanj zu Ende gegangen war, hatte für die Familie die Zeit der Beschaffung von Unterlagen begonnen - entwerteter Reisepass, beglaubigter Totenschein, Flugtickets -, die ihnen erlauben würden, seine Überreste nach Kurdistan zu überführen, wo er Xezal zufolge begraben werden wollte. Als Siver beim Customer Service von British Airways anrief und sich nach den Anforderungen der Fluglinie für den Transport eines Sargs erkundigte, war Rafiqs Leichnam schon einbalsamiert und der Sarg ausgewählt und mit Mohammeds Kreditkarte bezahlt worden; und die überlebenden Familienmitglieder hatten ihre Tränen vergossen und waren für weitere Emotionen zu erschöpft.

Es war beim Lunch geschehen, Xezal hatte Rafiq seinen Toast gebracht, fast verbrannt, wie er ihn mochte, mit einer Scheibe Danish Blue von Sainsbury's, ein paar Stückchen Gurke und Tomate und einem Schälchen mit griechischem Joghurt. Lunch wie immer, an einem ganz normalen Tag. Laika war auf seinem Zimmer und spielte am Computer, der einmal der Familie gehört hatte und den er sich das vergangene Jahr über ganz angeeignet hatte, ein Vorgang, der von den anderen Familienmitgliedern nie genehmigt oder auch nur benannt worden war, als wäre der Computer über Nacht umgezogen, und die neuen Benutzungsregeln wären allen sofort bekannt gewesen.

Rafiq hatte die Zeitung weggelegt, die Zeitung von gestern, die er schon gelesen hatte, und Xezal darauf hingewiesen, dass sie das Besteck vergessen hatte. «Ich kann den Käse ja nicht mit meinem Lächeln schneiden, Liebes», hatte er ihr mit einem Augenzwinkern gesagt. Xezal hatte gemurmelt, sie sei nicht seine Sklavin, oder etwas in der Art, und war wieder in die Küche gegangen, von wo aus sie gehört hatte, wie ein Teller zu Boden fiel.

«Du musst der tollpatschigste Mann sein, den Gott je erschaffen hat, Rafiq», waren ihre letzten Worte an ihn, aus der Küche gerufen. Während sie eine Handvoll Besteck aus der Schublade griff, dachte sie etwas, das sie noch jahrelang verfolgen würde: *Was für ein kleiner Mensch er am Ende doch ist.*

Sie sah, wie er sich an die Brust fasste, und dachte zuerst, er hätte sich verschluckt. Sie schrie nach Laika, und da, während sie ihren Mann in den Armen hielt, der - wie die Ärzte ihr später erklären würden - gerade einen schweren Herzinfarkt erlitt, merkte sie, wie absurd es war, in dieser Situation nach einem Hund aus dem All zu rufen.

Laika lief aus seinem Zimmer, der Krankenwagen wurde gerufen, die Sanitäter kamen, schockten ihn zurück ins Leben und fuhren ihn ins nächste Krankenhaus. Laika rief seinen Bruder an (auf der Arbeit) und seine Schwester (bei Karim). Kommt sofort, sagte er ihnen. Kommt, so schnell ihr könnt.

Das Krankenzimmer, in das Siver eintrat, roch gleichzeitig nach Lavendel und sterilisiertem Tod, und da, im ersten der beiden Betten des Zimmers, lag etwas, das einmal ihr Vater gewesen war, ein klappriger Avatar. Sie wollte sofort fliehen, zurück zu Karim, und nie wiederkommen. Aber es war zu spät: Sie wurde das Bild nicht mehr los, es hatte die Erinnerung an ihren Vater bereits überschrieben.

Das Laken umschloss Rafiq wie Frischhaltefolie, und in Siver stiegen Zeilen aus Sylvia Plaths Gedicht *Tulpen* wieder auf, das sie als vergrämter Teenager auswendig gelernt hatte - mit den Schläuchen und Kabeln, an die er angeschlossen war, sah er aus wie eine mythisches Seeungeheuer. Sein Kopf, kaum weniger bleich als Betttuch und Kissen, rührte sich nicht. Siver, die immer noch gern die Flatter gemacht hätte, fühlte sich, als hätte ihr jemand einen Schlag in die Magengrube versetzt, ohne dass sie zurückschlagen konnte.

«Rafiq, deine Tochter ist hier», sagte Xezal mit der herablassenden Freundlichkeit, die man für alte Menschen, Tiere und Kleinkinder reserviert. Aus ihrem Gesicht war alle Farbe entwichen; sie sah ein wenig aus wie ein schnell hingeworfener Entwurf ihrer selbst, die Gesichtszüge ein wenig verrutscht.

«Hi, Dad ...», setzte Siver an, die es plötzlich würgte, als wären die Worte, die herauswollten, zu groß geworden. Zu ihrer eigenen Überraschung spürte sie, dass sie fast platzte vor Wut. Sie setzte sich auf einen Stuhl am Bett.

Zwei Stunden später würde er tot sein, und die überlebenden Familienmitglieder würden sich einem endlosen Strom von Formularen und Formalitäten ausgesetzt sehen. Niemand hatte Siver sagen müssen, dass sie sich um die Reise nach Slemani zu kümmern hatte.

Jemand war am Apparat. Endlich.

«Hallo, British Airways hier, ich heiße John, womit kann ich Ihnen heute helfen?»

Die Stimme erschreckte Siver, und plötzlich vergaß sie,

warum sie fast eine Stunde lang in der Warteschleife ausgeharrt hatte. Sie warf einen Blick auf ihre Notizen. *Info zu Leichentransport. Kosten. Benötigte Unterlagen.*

«Hi! Hi, also ... wir, äh, mein Vater ist gerade gestorben. Gestern. Und ... also, ich wollte wissen, was ich tun muss, um ihn in einen Flug von London nach Kermanschah im Iran zu bekommen.»

«Oh, da müssen Sie die Frachtgut-Abteilung anrufen, dort kann man Ihnen weiterhelfen», sagte der Kundendienstmitarbeiter. Vor ein paar Stunden wäre er noch ein Passagier gewesen, jetzt war er Frachtgut. Sie legte auf, wählte die Nummer, die John ihr gegeben hatte, und versuchte, sich durch den Telefonbaum zu arbeiten. Keine der angegebenen Optionen schien auf sie zuzutreffen. Es gab kein: «Für Informationen zur Überführung Ihrer verstorbenen Liebsten drücken Sie bitte die 5.»

Laika ging in der Wohnung auf und ab und fragte sie, ob er vielleicht auch ins Krankenhaus fahren solle.

«Scheiße, was weiß ich. Mach einfach, was sich für dich richtig anfühlt.»

«Es ist einfach ... Ich komme mir so nutzlos vor.»

«Was soll ich da sagen, ich war gerade eine Stunde in der Warteschleife von British Airways.»

Schließlich konnte Sie mit jemandem sprechen, der ihre Fragen sehr freundlich beantwortete und sie um die Maße des Sargs bat. Er nahm ihren Namen auf, dann Rafiqs Namen.

«Werden Sie die Überführung begleiten?»

«Ja, ich, meine beiden Brüder und meine Mutter.»

Als sie gerade auflegen wollte, hörte sie, wie die Wohnungstür aufgeschlossen wurde: Mohammed und Xezal kamen aus dem Krankenhaus zurück. Wankend traten sie ein, Mohammed stützte seine Mutter.

«Er ist nicht tot», sagte Xezal, und ihre Augen leuchteten auf. «Das ist alles eine Lüge, der Mann im Krankenhaus ist nicht euer Vater.»

Siver wechselte einen besorgten Blick mit Mohammed, der Xezal zur Sicherheit an den Handgelenken hielt, damit sie sich nicht schlagen konnte.

Xezal blickte zum Tisch, wo noch immer Rafiqs Essen so stand, wie Xezal es ihm gebracht hatte, bevor ein gewöhnlicher Tag aus der Bahn geraten war.

«Alles wird gut, Mum», sagte Mohammed, obwohl er sehr gut wusste, dass es nicht stimmte.

Drei Tage später landeten sie auf dem Flughafen von Kermanschah, nach einem chaotischen Transfer in Teheran, wo ihr letzter Flug verspätet abhob, weil sie sich weigerten einzusteigen, bevor sie die Bestätigung hatten, das Rafiqs Sarg eingeladen worden war. Dann ging es mit dem Taxi, gefolgt von einem Leichenwagen, aus Kermanschah weiter an die irakische Grenze. Den größten Teil der Fahrt über blickte Xezal nervös aus dem Rückfenster, aus Angst, Rafiq könnte ihnen irgendwie verloren gehen, aber in der letzten Stunde vor der Grenze hielt sie die Augen geschlossen und sagte den Kindern, ihr sei schlecht.

«Weil du nach hinten schaust, Mum, natürlich wird dir schlecht», sagte Mohammed.

Sie nickte und gab ihm recht. Aber sie hatte die ganze Zeit versucht, diese Strecke, auf der sie vor so vielen Jahren aus dem Iran geflüchtet waren, zu vergessen, und jetzt war sie wieder hier.

Nie würde sie Rafiqs Gesichtsausdruck vergessen, als er nach Hause gekommen war und erklärt hatte, dass sie fortmüssten, und zwar so schnell wie möglich. Die Pasdaran, die Islamische Revolutionsgarde, habe begonnen, kurdische Aktivisten zu verhaften, weil sie angeblich Verbündete der Ungläubigen, der Imperialisten und des Schahs seien. «Farouk haben sie erschossen, mitten auf der Schah-Reza-Straße. Vor den Augen seiner Familie.»

Als Mohammed und Siver aus der Schule kamen, hatte Xezal schon einen Teil der Kleider für die ganze Familie in einem Karton verstaut und ihren Schmuck im Radio versteckt, während Rafiq verzweifelt mit seinen marxistischen Freunden telefonierte, um einen Weg aus der Stadt zu organisieren oder die Nummer von jemandem in der britischen Botschaft in Bagdad zu ergattern. Kurden helfen sie, sagten ihm die Freunde. Sie helfen dir bestimmt. Und so hatte Rafiq, während Xezal den Kindern erklärte, dass sie fortmüssten und nur je ein Spielzeug mitnehmen könnten, ihnen Plätze in einem Frachtflugzeug von Bagdad nach London organisiert. An der Grenze hinter Kermanschah werde jemand von der britischen Botschaft auf sie warten, sagte er, und bis heute wusste Xezal nicht, ob er das wirklich geglaubt oder sie angelogen hatte, um sie zu beruhigen.

Auf der Fahrt aus der Stadt mied Rafiq die Autobahnen; der Radiosender, den er eingestellt hatte, hielt sich noch ungefähr eine Stunde lang in einem Meer aus Rauschen und Knacken, bevor er ganz unterging, und sie fuhren weiter, ohne das weiße Rauschen abzudrehen, so sehr nahm die Reise sie in Anspruch. Oft beleuchteten nur die Frontscheinwerfer des Autos ihren Weg, wenn nicht gerade ein Laster mit aufgeblendeten Scheinwerfern auf sie zuraste und Rafiq zwang, sich so dicht wie möglich an die Bergwand zu quetschen und zu hoffen, dass die Piste breit genug für beide war.

Als sie den ersten der drei Checkpoints erreicht hatten, bevor der Iran in den Irak überging, schliefen die Kinder tief und fest auf dem Rücksitz. Xezal hatte getan, als würde sie das leise Schluchzen von hinten nicht hören, aus Respekt vor ihren tapferen Versuchen, die Tränen zurückzuhalten; wenn sie stark genug waren, so zu tun, als wäre nichts, dann war sie es auch.

Der Wachtposten am ersten Checkpoint unterwarf sie den üblichen Schikanen und tat, als hätte er Rafiq seine Papiere zurückgegeben, obwohl er es nicht getan hatte; Rafiq brauchte die Pässe natürlich für die Weiterreise, wollte aber die Aufmerksamkeit des Wachtpostens nicht unnötig darauf lenken, da sie gefälscht waren. Sein Verhalten hätte Xezal vermutlich sogar vergessen, wäre es nicht zu dem Zwischenfall am zweiten Checkpoint gekommen. Dort trug der Wachtposten, Xezal konnte sich noch immer an ihn erinnern, einen Vollbart, wie ihn da im Iran schon alle Männer trugen, und sein stechender, schmutziger Blick ruhte auf ihren Brüsten und der Haarsträhne, die unter ihrem Kopftuch hervorlugte. Sobald das Auto auf dem Schotter zu stehen gekommen war, wo er mit seinem Gewehr stand, war Xezal klar, dass er Ärger machen würde.

«Sag deiner Frau, sie soll sich bedecken!», bellte er Rafiq an, der sich entschuldigte, während Xezal das Kopftuch fester band.

«Wir sind schon lange unterwegs, wir konnten nicht ...»

«Papiere», sagte der Wachtposten und klopfte mit dem Gewehrlauf an die Autotür. Ein anderer Wachtposten, an dessen Gesicht Xezal sich nicht erinnern konnte, leuchtete mit einer Taschenlampe ins Wageninnere, über die Gesichter der Kinder, bis sie aufwachten. Rafiq gab ihnen die gefälschten Papiere und hoffte, sie würden so echt wirken, wie der Fälscher behauptet hatte.

Der Wachtposten beugte sich über die Papiere, machte sich über ihre falschen Namen lustig und gab sie Rafiq zurück. Dann wollte er die auf das Dach geschnallten Kartons durchsuchen. Rafiq wuchtete sie mit einem *ya Ali* hinunter und hoffte, die Grenzer würden ihn für einen Schiiten wie sie halten, aber seine verkrampfte Aussprache brachte nur ein sadistisches Grinsen hervor. Xezal sah aus dem Auto zu, wie die Grenzer ihre Habe durchwühlten, Kinderkleider auf den Boden warfen, sich Rafiqs Flasche Old Spice nahmen und zu einem Geschenk Gottes erklärten. Als sie fertig waren, musste Rafiq die Kartons wieder einpacken und auf das Auto laden. Dann, als die Wachtposten das Auto eben durchwinken wollten, landete der umherschießende Lichtstrahl ihrer Taschenlampe auf dem Radio im Kofferraum.

«Das ist ein Schmuggler-Radio. Was ist darin?»

Rafiq schwieg, er wusste nicht, ob er den Inhalt verraten sollte.

«Nur meine paar Habseligkeiten, *Agha*», sagte Xezal, die überzeugt war, dass sie die Rückseite sowieso öffnen würden, egal, was sie sagte.

«Zeig mal her», sagte der Grenzposten und brachte das Radio ans Beifahrerfenster, während der andere nachlässig das Gewehr auf sie richtete. Sie legte den in dem Gerät versteckten Beutel frei, öffnete ihn und zeigte, was ihr an Armbändern und Ringen noch geblieben war.

«Ein paar Erbstücke, nichts Besonderes», sagte Xezal, als im Licht der Taschenlampe der Ring von König Faisal aufblitzte.

«Warum hast du sie dann versteckt?»

«Ich hatte Angst, man weiß ja nie …»

«Nennst du uns etwa Diebe?»

Rafiq legte Xezal eine leicht zitternde Hand auf den Arm. «Natürlich nicht, das würden wir nie tun.»

«Halt dein Hundemaul, dich hat keiner gefragt», sagte der Wachtposten und richtete sein Gewehr auf Rafiq, dann wandte er sich wieder Xezal zu. «Das ist Diebesgut. Her damit.»

«Nein! Ich schwöre, das sind nur ein paar billige Klunker, die ich sicher aufheben wollte.»

«Hast du nicht gehört? Her. da. mit.»

Sie konnte sich noch an Rafiqs Augen erinnern, als er sich zu ihr hin beugte, hell glänzend wie der Mond, zitternd vor Angst. «Liebste ...», wisperte er. «Liebste, bitte ...»

Sie gab den Schmuck frei. «Da hast du sie», sagte sie und warf den Beutel durchs Fenster.

«Du hast Glück, dass ich deiner Frau nicht mit diesem Gewehr die Hurenzähne einschlage», lauteten die letzten Worte des Wachtpostens, bevor das Radio wieder im Kofferraum landete und sie endlich weiterfahren durften. Bis zum nächsten Checkpoint wechselten sie kein Wort. Xezal schäumte vor Wut, ihr Herz raste, während Rafiq so heftig mit den Zähnen knirschte, dass seine Kieferknochen durch die Haut zu brechen drohten. Irgendwann würde er das Erlebte verarbeiten, indem er ihr die Schuld daran gab.

Als sie an den letzten Checkpoint kamen, wich die Nacht schon langsam einer rotweinfleckigen Dämmerung, und als Rafiq das Fenster hinunterkurbelte, krähte in der Nähe ein Hahn. Dieser Checkpoint wurde von einem älteren Mann bewacht, in dessen Bart ein graues Leuchten lag.

Rafiq reichte ihm die Papiere, und der Wachtposten fragte sie, wo sie hinwollten. «Zur Schwester meiner Frau, sie ist krank», antwortete Rafiq.

«Ach, wo wohnt diese Schwester denn?» Rafiq gab ihre alte Adresse in Slemani an. «Was hat sie denn?», fragte der Wachtposten und nickte zu Xezal hinüber. «Ist sie stumm, deine Frau?»

«Nein, nein, nur müde; wir sind schon lange unterwegs.»

«Wo wohnt ihr?»

Rafiq wollte ihm ihre Adresse in Teheran aufsagen, aber der Wachtposten unterbrach ihn. «Ich habe sie gefragt.»

Xezal wandte ihm den Blick zu und sah ihn aus zusammengekniffenen Augen an. «Das geht dich einen Scheißdreck an.»

Rafiq zuckte zusammen, als wäre in der Nähe etwas explodiert. «Sie hat es nicht so gemeint ...»

«Oh doch, das habe ich! Wer gibt euch das Recht, Menschen zu schikanieren, die nur zu ihren kranken Angehörigen wollen? Woher habt ihr die Befugnis, euch so zu benehmen?»

Der Wachtposten lachte leise. «Ich will Sie keinesfalls schikanieren, Madame. Ich wollte nur wissen, wo Sie herkommen.»

«Sie vielleicht nicht, aber dieser andere kleine Mistkerl, der mit seinem Gewehr herumgefuchtelt hat.»

«Wer?»

Rafiq drückte nervös Xezals Hand, um sie zum Schweigen zu bringen, was sie nur noch wütender machte. «*Agha*, da war nichts, meine Frau ist einfach müde, das hat nichts zu sagen ...»

«Er hat mir den ganzen Schmuck gestohlen, der Hundesohn, was soll das heißen, ‹das hat nichts zu sagen›? Finden Sie es richtig, dass er uns vor den Augen unserer Kinder gedemütigt und bestohlen hat? Finden Sie das etwa in Ordnung?»

Der Wachtposten legte eine Hand auf die Pistole in seinem Holster, und seine Miene verfinsterte sich. Erst jetzt verstand Xezal, dass die Reise für sie tödlich enden konnte.

«*Agha*, ich bitte dich um Verzeihung, sie ist sonst nicht so ... wir haben stundenlang nichts mehr gegessen ... und sie macht sich so große Sorgen um ihre Schwester ...»

«Das war am letzten Checkpoint?»

«Ja, aber wie gesagt, das ist nicht schlimm, Gott möge es segnen, was bedeuten schon irdische Besitztümer?»

Der Wachtposten brüllte einen Namen, und aus einem Fertigbau hinter ihnen tauchte ein verschlafener Teenager in schlecht sitzender Uniform auf.

«Du musst kurz für mich übernehmen. Ihr», er wandte sich wieder Rafiq und Xezal zu, «folgt mir.»

Der ältere Grenzer kletterte in seinen Jeep und fuhr Richtung Osten, auf der Straße, über die sie gekommen waren. «Was hast du bloß angerichtet?», zischte Rafiq.

«Warum fahren wir wieder zurück?», fragte Siver vom Rücksitz aus und blinzelte in den Sonnenaufgang.

«Es ist nichts, mein Schatz, schlaf ruhig weiter, es ist nichts.»

Auf ihrem Weg über die Serpentinen traf sie das Licht der niedrig stehenden Sonne, das die Berge zu zerteilen schien. «Sollen wir versuchen, ihn abzuhängen?», fragte Rafiq und hielt Ausschau nach Schotterpisten, auf die er mit ihrem Paykan abbiegen könnte.

«Einen Jeep abhängen? Rafiq. Wo sollen wir denn hin?»

«Da hast du uns ja in was Tolles reingeritten, Xezal. Was ganz Tolles.»

Als sie den vorigen Checkpoint erreichten, saßen die beiden Wachtposten an einem Plastiktisch und tauchten Brot in eine kleine Schale mit Joghurt. Im Morgenlicht sahen sie nicht mehr besonders furchterregend aus. Kinder, kaum zwanzig Jahre alt.

Als sie den älteren Grenzer aussteigen sahen, standen sie beide schnell stramm und salutierten angespannt. Dem Dieb klebte Joghurt am Bart.

«Ihr sagt, einer dieser Männer, vom allmächtigen Gott dazu bestimmt, unser Land zu beschützen, habe euch bestohlen?»

Xezal, der das Herz bis zum Hals klopfte, brachte vor Angst kein Wort heraus.

«Jetzt schweigt sie wieder. Vor ein paar Minuten wolltest du mit dem Reden gar nicht mehr aufhören! Sag mir die Wahrheit. Hat einer dieser Männer dich bestohlen?»

Sie wog ihre Optionen ab. Klug wäre es, einfach zu sagen, dass sie gelogen hatte, dass es keiner dieser beiden gewesen war. Vielleicht würde man sie einfach weiterfahren lassen, wenn sie nein sagte. Sagte, dass sie von niemandem bestohlen worden sei.

«Ja. Das hat er getan.»

«Frau, was machst du da? Hat Gott dich irre werden lassen?», flüsterte Rafiq auf Kurdisch und versuchte nicht einmal mehr zu verbergen, wer sie waren.

«Sie lügt, die kleine Hure», fauchte der Wachtposten, der ihr den Schmuck abgenommen hatte.

«*Yallah*, Sie kommen mit», sagte der ältere Wachtposten und winkte Xezal. «Nein, Ihr Mann kann hier bei den Kindern bleiben; nur Sie, Madame.» Xezal sah Rafiq das Lenkrad so fest umklammern, dass die Knöchel weiß wurden. «Jetzt kommen Sie schon! Sie haben eine sehr schwerwiegende Anschuldigung erhoben; wir müssen diese Sache jetzt klären.»

Xezal zog sich das Kopftuch glatt, löste den Anschnallgurt und stieg aus.

«Wo gehst du hin, Daya?»

Sie wollte ihre Kinder trösten, ihnen sagen, dass alles gut werde, aber sie wusste, wenn sie ihnen ins Gesicht sah, würde sie in Tränen ausbrechen. Sie blickte starr geradeaus.

Sie folgte den Grenzwächtern in den baufälligen Fertigbau, ganz billiges Plastik und dünne Glasscheiben. Drinnen gab es nur einen einzigen Raum mit zwei nackten Matratzen. Es stank nach Schweiß, auf dem rissigen Betonboden lag schmutzige Unterwäsche, in verdreckten Aschenbechern türmten sich die Kippen. Sie hatte das Gefühl, keine Luft zu bekommen, was sie einatmete, blieb ihr im Halse stecken.

«Welcher war es?», fragte der Ältere. Die beiden jüngeren Wachtposten hatten die Hände vor der Scham verschränkt wie kleine Kinder, die man beim Bonbonsklauen erwischt hatte.

«Madame, ich frage zum letzten Mal. Welcher ist der Dieb?»

Sie zeigte auf ihn.

«Okay, gib ihr die Sachen zurück.»

«Hafez, bei Gott, ich habe ihr nichts weggenommen. Sie muss sich irren.»

«Nimm vor mir nicht leichtfertig den Namen Gottes in den Mund, hörst du? Gib ihr die Sachen zurück.»

Der Dieb stand kurz da und schwieg, als würde er verschiedene Optionen abwägen, dann drehte er die Matratze um, unter der er den Beutel versteckt hatte.

«Da.»

«Ist es das, was er Ihnen gestohlen hat?»

Xezal nickte, wagte es aber nicht, ihm in die Augen zu sehen.

«Schauen Sie nach, ob alles da ist.»

Sie öffnete den Beutel und tat, als würde sie sich den Schmuck ansehen. «Ja. Alles da.»

«Gut», sagte der ältere Wachtposten, zog die Pistole aus dem Holster, und noch bevor jemandem klar war, was geschah, hatte er den Dieb erschossen. Blut und Hirnmasse spritzten auf den anderen Wachtposten, auf die Matratzen und Zigaretten, dann schlug der Dieb mit einem dumpfen Krachen auf dem Boden auf.

Der Schuss dröhnte Xezal in den Ohren, ihr wurde schlecht vom Gestank nach Schießpulver und Schweiß. Sie wollte schreien, hatte aber keine Stimme mehr; keinen Laut konnte sie zustande bringen. Sie starrte einfach an, was einmal ein lebendiger Mensch gewesen war und jetzt tot in seinem Blut vor ihr lag, noch immer mit Joghurt am Kinn, und alles wegen der Klunker in ihrer Hand.

Der ältere Wachtposten steckte die Pistole wieder ins Holster. «Sie können jetzt gehen, Madame.»

Als das Taxi hielt, verbannte sie die Erinnerung aus ihrem Kopf: Sie hatten die Grenze erreicht. Xezal schlug die Augen auf. Weil er nicht ins Niemandsland fahren konnte, musste der Fahrer sie absetzen, und sie warteten auf die drei staubbedeckten, aber neuen Fahrzeuge, die vom anderen Ende der Wüste her auf sie zukamen, zwei Land Cruiser und ein Pick-up. Aus dem Pick-up stiegen vier junge Männer in Tarnanzügen, die Kalaschnikows locker über der Schulter, und begrüßten nervös Xezal, bevor sie den Sarg auf die Ladefläche wuchteten. Aus einem der Land Cruiser stieg ein Mann mit Schnurrbart - Rafiq, nur fetter, jünger. Er umarmte sie alle, als würde er sie schon sein Leben lang kennen, und setzte ihnen schmatzende Küsse auf die Wangen.

«Jetzt seid ihr in der Heimat. Schwägerin, möge Gott Rafiq vergeben, er war ein großer Mann und hätte sich keine bessere Frau wünschen können als dich.»

Xezal nickte, brachte kein Wort heraus, und stieg in seinen Wagen. Die drei Kinder, die nicht wussten, wo sie hinsollten, sahen sich hilflos um

«Verstehen sie alle Kurdisch?», fragte Ali Xezal, worauf sie kurz nickte.

«Kinder, die Peschmerga bewachen den Sarg, also keine Sorge. Ihr fahrt bei mir mit. Wir haben eine lange Fahrt vor uns, ihr werdet euch langweilen.»

Die Wüste ging in Bergland über, und bald krochen sie Straßen entlang, die zu schmal zum Befahren wirkten. Sie fuhren mit offenen Fenstern, der Geruch nach Benzin und Beton folgte ihnen, und die Sonne stand so niedrig, dass Ali in jeder Kurve die Sonnenblende hoch- und niederklappen musste. Dörfer aus kleinen Betonwürfeln tauchten auf und verschwanden wieder. Ab und zu erzählte Ali von einem Ort, den er einst mit Rafiq besucht hatte, oder von der historischen Bedeutung eines Berges. Seine Passagiere nickten mit höflichem Desinteresse.

«Bitte erschreckt nicht, wenn wir nach Slemani kommen. Viele Menschen haben euren Vater sehr geliebt.»

Mohammed und Siver wechselten auf dem Rücksitz Blicke, fragten bei ihrem Onkel aber nicht nach, was er damit gemeint haben könnte.

«Wie fühlt es sich an, in der Heimat zu sein, Kinder?», fragte Ali und warf ihnen im Rückspiegel einen Blick zu. Sie murmelten ein paar Höflichkeiten, was hätten sie auch sagen sollen? Laika war noch nie in Kurdistan gewesen, nicht einmal als Kind, und weder Siver noch Mohammed hatten noch Erinnerungen daran. Es war, als sähen sie den Ort, wo sie Xezal, Rafiq und manch besoffenem Skinhead zufolge eigentlich hingehörten, zum ersten Mal.

Laika fand die Erfahrung verwirrend. Sein Leben lang hatte er sich in seiner Fantasie einen mythischen Ort ausmalen können, an dem er sich mit Leichtigkeit einfügen würde, aber nun, beim Auf und Ab durch die Berge mit Rafiq in einem Sarg im Rücken, wurde ihm klar, dass es diesen mythischen Ort nicht gab. Erst als er wirklich in der Heimat war, merkte er, dass er keine Heimat hatte.

«Kak Ali, was ist das für ein Berg dort drüben?», fragte er, um sich abzulenken.

«Das, mein Junge, ist der Pira Magrun. Siehst du, dass er

die Form eines Gesichts hat, mit Augen, Nase und Mund? Dort liegt ein Riese begraben. Wenn wir Zeit haben, bringe ich dich hinauf zu seiner Gruft.»

«Ein Riese?»

«Wahrscheinlich war es nur ein besonders großer Mann, aber die Menschen haben ihm Zauberkräfte zugesprochen. Sie legen ihm noch immer Steine aufs Grab und wünschen sich etwas; dort steht auch ein Baum, an den die Frauen Kleider hängen, wenn sie unfruchtbar sind, damit der Geist ihnen bei der Empfängnis beisteht.»

«Ein versauter Geist», flüsterte Mohammed seinen Geschwistern auf dem Rücksitz zu.

«Und ... äh, dieser Berg dort, was ist das?», fragte Laika.

«Das ist ein Hügel.»

«Ach.»

Mohammed musste sich die Faust in den Mund stecken, damit man ihn nicht lachen hörte.

«Genug jetzt mit dem Geplapper, Kinder», sagte Xezal, und ihr Ton machte sehr deutlich, dass sie nicht zu Scherzen aufgelegt war. «Euer Vater ist gestorben. Ein bisschen Respekt bitte.»

Sie fuhren an einem rostigen Panzer vorbei, aus dessen Fahrgestell und zerstörten Ketten Wildblumen sprossen, an einem jungen Schafhirten, der eine entlaufene Herde einzufangen versuchte, an einer vierköpfigen Familie auf einem winzigen Moped. All das übergingen sie schweigend und blieben still, bis sie sich Slemani näherten.

«Guter Gott», sagte Xezal, als hinter einer Kurve plötzlich die Stadt zu sehen war. Diese staubfarbene Stadt mit ihren baklavaförmigen Häuschen und krummen Straßen, in der sie vor so vielen Jahren gelebt hatten. Von dort, wo sie waren, schien die Menge aus Ameisen zu bestehen.

«Was ist denn da los?», fragte Mohammed.

«Vielen Menschen hier hat euer Vater viel bedeutet», sagte Ali. «Sie wollen ihm ihren Respekt erweisen.»

Das Auto fuhr ins Tal hinab, durch Straßen, an denen sich Tausende und Abertausende drängten, ein Meer aus Männern und Frauen, jung und alt, Fahnen schwenkend: die kurdische Fahne mit der zoroastrischen Sonne, gerahmt von einem roten und einem grünen Streifen, und Hammer und Sichel auf rotem Grund. Durch die Wagenfenster hörten sie, wie im Chor Rafiqs Name gerufen wurde, wie eine Beschwörung oder ein Kriegsruf, als wäre er siegreich aus der Schlacht zurückgekehrt und nicht im billigsten Sargmodell des Bestatters in Croydon.

«So etwas habe ich noch nie erlebt», sagte Xezal mit Tränen in den Augen, während das Auto sich langsam seinen Weg durch die Menge bahnte und rund um sie herum die Fahnen geschwenkt wurden. «Kinder, ist das zu fassen?»

Überall waren Menschen. Überall.

Quellen und Literaturhinweise

«Als man den Anacharsis fragte ...» - Athenaeus, *Deipnosophistai*, ed. Schweighäuser 1802, zitiert nach Karl Marx, *Das Kapital*, Bd. 1, MEW, Dietz Verlag, Berlin/DDR 1961, S. 57.

«In Teheran war es eine Weile relativ ruhig gewesen ...» - Viel von dem, was ich über die Iranische Revolution nicht aus Gesprächen mit Familienangehörigen wusste, die sie miterlebt haben, verdanke ich dem hervorragenden Buch von James Buchan, *Days of God: The Revolution in Iran and its Consequences*, John Murray, London 2012.

«... besser zu verstehen, durch welche Art Chaos es sie hierher verschlagen hatte, und daraus eine geschlossene Erzählung zu formen.» - inspiriert von: «Bei gesunder Funktionsfähigkeit weist die Selbsterzählung (der Weg, über den Menschen sich selbst denken) keine Brüche auf; es besteht eine Verbindung zwischen dem Erlebten und den Gefühlen, und die Lebensgeschichte ist erzählbar», aus Tihamér Bakó und Katalin Zana, *Transgenerational Trauma and Therapy: The Transgenerational Atmosphere*, Routledge, London 2020.

«... es gebe dort ‹zum Schreiben viel zu viel Trubel›» - Der Artikel, dem eine Zeitreise in Sivers Zeitschrift gelungen ist, trägt ursprünglich den Titel «The Writer's Room», *The New York Times*, 16. März 2016.

«please could you stop the noise I'm trying to get some rest» - Text und Musik von Colin Greenwood/Jonathan

Greenwood/Edward O-Brien/Philip Selway/Thomas Yorke; Warner Chappell Music Ltd.

«you can't illuminate what time has anchored down» - Lyrics by Fiona Apple, «Carrion», Tidal, The Work Group, 1996.

«I don't want to hurt you / no reason have I but fear ...» - *«It Could Be Sweet»*, Text und Musik von Geoffrey Barrow and Beth Gibbons, BMG Monarch 1994.

«the world is a vampire» - Text und Musik von Billy Corgan; Cinderful Music/Warner Tamerlane Publishing Co.

«Als sie am Ziel war, zwanzig Minuten später ...» - Ein Großteil dieses Absatzes besteht aus einem Selbstplagiat, einem Remix meiner Kurzgeschichte «Mirage», veröffentlicht im *BOAAT Journal* (eingestellt) und meines Essays «Dubai, city of generic artifice», veröffentlicht in *The Towner* (eingestellt).

«In dieser Hinsicht ähnelte Dubai jedem beliebigen Flughafen, ganz darauf ausgerichtet, vertraut zu wirken und die Menschen wie Schafe durch seine Raumordnung zu leiten ...» - Von Rem Koolhaas stammt der Begriff der Generic City, auf den hier angespielt wird, siehe vor allem «The Generic City», in: *S,M,L,XL*, Monacelli Press, New York 1995.

«Sie schrieb sich bei einer Einrichtung ein, die allgemein ‹Gold Digger Academy› genannt wurde ...» - Der Begriff der Gold Digger Academy stammt aus Peter Pomerantsev, «Nothing is True and Everything is Possible», *Public Affairs*, 2014.

«So wie hier hypergenaue Repliken aus der die Stadt umgebenden Welt geschaffen wurden, war es vielleicht die Akzeptanzlücke im Angesicht dieser Künstlichkeit, die Dubai so artifiziell wirken ließ …» – abgeschrieben aus meinem eigenen Essay «Dubai, city of generic artifice», veröffentlicht in *The Towner* (eingestellt).

«Selbst die überall verbreitete Fatwa eines saudischen Geistlichen gegen den Fußball stimmte die Dschihadisten nicht um …» – Hier handelt es sich um eine reale Fatwa, über die berichtet wurde, zuerst in der saudischen Zeitung *Al Watan*. Ich habe die redigierte englische Übersetzung verwendet, «A fatwa on football», *Guardian*, 31. Oktober 2005.

«Marx schrieb: ‹Ein Haus mag groß oder klein sein …› – aus Karl Marx: «Lohnarbeit und Kapital», in Marx, Engels: «Werke», Band 6, Dietz Verlag, Berlin/DDR 1959, S. 411.

«‹Big Bang› war eine von der Presse verbreitete volkstümliche Bezeichnung für die Deregulierung der Londoner Börse …» – Ein Großteil dieses Absatzes erschien zuerst in meinem Essay «Staten och högfrekvenskapitalet», *Glänta*, 3-4, 2015.

«Gray's Inn Road, dieses lange, innereiengraue Ende in der Nähe von King's Cross …» – Ein Riff auf «Wenn man die Stadt London aufschlitzen würde, wäre alles, was herausgequollen käme, innereiengrau», Kate Zambreno: *Green Girl*, Emergency Press, New York 2011.

«Das Glück der Festanstellung ließ ihn vergessen, dass er in der Firma schlechter bezahlt wurde als andere in dieser Position …» – Inspiration für diesen Absatz war Charles

Bukowski: «Wie zum Teufel sollte man morgens um halb sieben, wenn der Wecker schrillte, gutgelaunt aus dem Bett springen, sich anziehen, hastig was runterschlingen, scheißen, pissen, sich die Zähne putzen und die Haare kämmen und sich dann durchs Verkehrsgewühl kämpfen, nur um rechtzeitig an einem Arbeitsplatz zu erscheinen, wo man für einen anderen einen Haufen Geld erwirtschaften durfte und dafür auch noch dankbar sein sollte?» – Charles Bukowski: *Faktotum*, deutsch von Carl Weissner, dtv, München 1983, S. 127 f.

«M fing an, ins Fitnessstudio zu gehen, und hasste alle ...» – abgeschrieben aus meiner eigenen Kurzgeschichte «They Insisted All Reckoning Be Done by Hand›, *Minor Literature[s]*, 2014.

«...jonglierte mit seinen Excel-Tabellen, sodass es für Laien wie Zauberei aussah ...» – Eine Pervertierung des Dritten Gesetzes von Arthur C. Clarke, aus der revidierten Fassung seines Essays «Hazards of Prophecy: The Failure of Imagination», in: *Profiles of the Future*, Harper & Row, New York 1973.

«Der Schlaf ist das letzte Hindernis, der letzte ‹Naturzustand›, den der Kapitalismus nicht völlig ausrotten kann ...» – Die Vorstellung von der Unvereinbarkeit von Kapitalismus und Schlaf entnehme ich Jonathan Crary: *24/7 – Late Capitalism and the Ends of Sleep*, Verso Books, London und New York 2013.

«... griff er zu seinem zerfledderten Business-Ratgeber, an den er sich oft gehalten hatte, wenn er im Glauben wankend geworden war.» – Hier liest er J. Barry Griswell and

Bob Jennings: *The Adversity Paradox*, St Martin's Press, New York 2009.

«Hier in Northhampton gibt es keine Obdachlosen, sowas lassen wir hier nicht zu …» - Ein Bezug auf einen Bericht aus Cardiff, wo Menschen im Bahnhof übernachten mussten, um rechtzeitig zu ihren Amazon-Schichten erscheinen zu können, falls sie einberufen wurden, wiedergegeben von Dawn Foster, «Where are we now? Responses to the Referendum», *London Review of Books*, Vol. 38, No. 14, 14. Juli 2016, S. 12.

«Da waren die Fahrstühle defekt, und sie mussten die Ersatzteile vom Hersteller aus Europa einfliegen lassen …» - Bezieht sich auf die Fahrstühle des 97-geschossigen Princess Towers in Dubai, die nach einem Wasserschaden ausgefallen waren, vergl. «Elevators break down in world's tallest resi building», *Construction Week*, 16. Juni 2013.

«Wisst ihr, es gibt diesen Clip von George W. Bush, da macht er gerade mal Pause von der harten Arbeit, den halben Nahen Osten zurück in die Steinzeit zu bomben …» - Dieser Clip existiert, Condoleezza Rice taucht aber nicht darin auf.

«Das Internet hatte die Börse demokratisieren, die Wirtschaft wahrhaft globalisieren sollen …» - Viel Wissen über High Frequency Trading habe ich gewonnen aus Scott Patterson: *Dark Pools - The rise of A. I. trading machines and the looming threat to Wall Street*, Random House, New York 2013; Michael Lewis: *Flash Boys - A Wall Street Revolt*, Simon & Schuster, New York 2014 und Matthew Philips: «How the Robots Lost: High-Frequency Trading's Rise and Fall», Bloomberg Business, 6. Juni 2013.

«Bis jemand für 18 900 000 Dollar ein Apartment mit der Adresse 15 Broad Street kaufen wollte, war er hier zu Hause ...» - Die Wohnung, in die ich Laika als «home manager» gesetzt habe, ist sehr luxuriös, aber das Grundprinzip beruht auf Tatsachen, vergl. Sara Ashley O'Brien: «Live in a multimillion-dollar home for $2,500»,CNN Business, 11. August 2014.

«... dass die Werkzeuge der Herrschenden niemals das Haus der Herrschenden einreißen werden.» - nach: Audre Lorde: «Sister Outsider - Essays», deutsch von Eva Bonné und Marion Kraft, Hanser, Berlin 2021, S. 143 f.

«... eine Verschwörungstheorie, die Jahre später von Edward Said in einer Zeitung wieder aufgewärmt wurde ...» - Zitiert wurde Said von der *London Review of Books,* in: «Edward Said, an American and an Arab, Writes on the Eve of the Iraqi-Soviet Peace Talks», 7. März 1991.

«Jahre zuvor war Baudrillard in seinem Text *Der Golfkrieg hat nicht stattgefunden* zu einem ähnlichen Schluss gekommen ...» - Baudrillard-Zitate nach der englischen Ausgabe, Jean Baudrillard: *The Gulf War Did Not Take Place,* Indiana University Press, Bloomington 1995.

«Wie Virilio in einem Interview sagte, war der Golfkrieg ‹im Vergleich mit dem Zweiten Weltkrieg ein lokaler Krieg, was das Schlachtfeld angeht ...›» - Aus James Der Derians Interview mit Paul Virilio, übersetzt ins Englische von James Der Derian mit Michael Degener und Lauren Osepchuk, 1997, https://nideffer.net/proj/_SPEED_/1.4/articles/derderian.html

«Ein Thread über Roger Fisher, einen Juraprofessor aus Harvard, der einmal vorgeschlagen hatte, man sollte den für den Abschuss von Atomraketen benötigten Code in einer Kapsel aufbewahren, die einem Freiwilligen neben dem Herz eingepflanzt wurde …» – Dieser Vorschlag findet sich in Roger Fisher: *Bulletin of the Atomic Scientists,* März 1981.

«Aber bevor die Suchmaschine ihm erlaubte, die Suche abzuschließen, musste er ein CAPTCHA lösen, einen Completely Automated Public Turing Test to Tell Computers and Humans Apart, um von der Maschine als Mensch anerkannt zu werden…» – das Zitat «um von der Maschine als Mensch anerkannt zu werden» stammt aus Hito Steyerl: *Duty Free Art – Kunst in Zeiten des globalen Bürgerkriegs»*, deutsch von Jürgen Schröder, diaphanes, Zürich 2018.

«Ein Artikel in der Washington Post behauptete, das Pentagon habe das ‹Department of Defense Law of War Manual›, das Kriegsrechts-Handbuch geändert, um bei der Begleitung bewaffneter Milizen getötete Journalistinnen und Journalisten als ‹feindliche Kämpfer› ausweisen zu können …» – siehe Missy Ryan, «Pentagon alters Law of War manual to remove suggestion that journalists are combatants», *Washington Post,* 22. Juli 2016.

«Manche Leben zählen wenig, für sie gab es als Denkmal nicht einmal einen Datensatz.» – Die Idee von Denkmälern aus Daten stammt aus Amanda Wasielewski, «Data as Monument: The Dystopia of the Column of Figures», *PEER Paper Matters,* no. 1, 1, Februar 2016, S. 53 ff.

«Er landete bei einem alten Artikel aus der New York Times. Der Autor, Ron Suskind, zitierte einen Mitarbeiter

von Bush, ein Absatz, den Laika in ein Programm kopierte, das wie eine Erweiterung seines Gedächtnisses funktionierte und Evernote hieß ...» - Siehe Ron Suskind: «Faith, Certainty and the Presidency of George W. Bush», *New York Times*, 17. Oktober 2004.

«Nach ein paar Klicks war er bei einem anderen Zitat desselben Mitarbeiters angelangt, aufgezeichnet wieder von Ron Suskind, diesmal für Esquire ...» - Siehe Ron Suskind: «Why are these men laughing?», *Esquire*, 1. Januar 2003.

«Warum waren die Agrargesellschaften im Westeuropa des Mittelalters auf Getreideanbau gegründet? Weil der Steuereintreiber des Königs die Ernte leicht überblicken konnte und sich leicht festsetzen ließ, wie viel davon der Krone zustand.» - Nach James C. Scott: *Against the Grain - A Deep History of the Earliest States*, Yale University Press, New Haven 2017.

«Laika fragte sich, ob das Geräusch, das er eben gehört hatte, mit den Menschen zu tun hatte, die draußen auf der Straße lagen.» - In Bezug auf die Occupy-Bewegung fand ich sehr hilfreich: Yates McKee: *Strike Art - Contemporary Art and the Post-Occupy Condition*, Verso Books, London und New York 2016, und Molly Crabapple: *Drawing Blood - A Memoir*, Harper, New York 2015.

«... wo er sich beim Essen die neueste Folge einer Serie ansah, die von einer Managerin handelte, die bei der Arbeit einen Zusammenbruch erleidet und in eine holistische Rehaklinik geschickt wird.» - Beschrieben wird die Serie *Enlightened*, 2. Staffel, 2. Folge.

«... aber vielleicht stimmte es ja: Je läppischer das Klischee, desto schärfer die Reißzähne der von ihm verborgenen Wahrheit.» - Eine Paraphrase von David Foster Wallace: «Je läppischer das AA-Klischee, desto schärfer die Reißzähne der von ihm verborgenen Wahrheit...» In: David Foster Wallace: *Unendlicher Spaß*, deutsch von Ulrich Blumenbach, Kiepenheuer & Witsch 2009, S. 645.

«Nicht, dass es keine guten, nicht-metaphorischen Gründe gegeben hätte, Gebäude anzubrüllen ...» - Die Idee, dass zunehmend Menschen zum Problem der Wolkenkratzer-Architektur werden, entstammt dem Essay *The Future of the Skyscraper* von Tom Vanderbilt, Distributed Art Publishers, New York 2015.

«Er hatte gelesen, dass Facebook mit einer Firma arbeitete, die ihnen Daten von Kundenkarten verkaufte ...» - Siehe z. B. Devika Girish: «How beacons can help brands take their loyalty programs to the next level›, *beaconstac*, 2014, https://blog.beaconstac.com/2014/08/how-beacons-can-help-brandstake-their-loyalty-programs-to-the-next-level.

«Laika musste an einen Brief denken, der auf dem Gelände in Abbottabad gefunden worden war, wo man Osama Bin Laden aufgespürt und getötet hatte.» - Auszüge aus dem Brief finden sich in Ryan Devereaux, «The Al Qaeda Files: Bin Laden Documents Reveal A Struggling Organization», *The Intercept*, 13. März 2015.

«Nur dass viele von ihnen sich gar nichts zu Schulden kommen lassen hatten. Mehrere andere Apps waren mit einer Code-Zeile infiziert worden, die einen Pixel erzeugte, der an die Server des Chatprogramms weitergeleitet wurde.» -

Diese Technik wird vor allem mit den Crackdowns in der Türkei nach 2016 in Verbindung gebracht; siehe z. B. Glyn Moody: «Single-Pixel Tracker Leads Paranoid Turkish Authorities To Wrongly Accuse Over 10 000 People Of Treason», *Techdirt*, 7. Februar 2018.

«Dass nach dem Crash von 2008 einzig und allein ein Trader von Goldman Sachs eines Verbrechens bezichtigt wurde, weil er, als er die Firma verließ, einen Flash Drive mit Code mitgenommen hatte, für den die Bank Besitzrechte geltend machte, war kein Zufall.» - Mehr zu diesem Thema bei Michael Lewis: *Flash Boys - A Wall Street Revolt*, Simon & Schuster, New York 2014.

«‹Gelingt es, mit wenig Arbeit Kohle in Diamant zu verwandeln, so kann sein Wert unter den von Ziegelsteinen fallen›, pflegte Rafiq zu sagen, ein Zitat aus seinem geliebten Kapital.» - Karl Marx, «Das Kapital», Bd. I, Erster Abschnitt, Dietz Verlag, Berlin/DDR 1968, S. 55.

«Er ließ das Fenster der Camsite offen, wartete, dass sie online kam, öffnete zum Zeitvertreib ein neues Fenster und loggte sich bei einer Webseite ein, die Feeds von ungeschützten Webcams auf der ganzen Welt zeigte.» - Die Webseite mit den ungeschützten Webcams ist www.insecam.org. Viel Spaß.

«... und klickte ein Video an, das er schon einmal gesehen hatte und das den Titel ‹ASMR bei einem Hurrikan (Entspannend Rollenspiel)› trug.» - Ein Video von ASMR Darling mit dem Originaltitel «ASMR During A Hurricane (Comforting You Roleplay)», YouTube, 11. September 2017.

«Gestern Abend war das Video eines Polizisten viral gegangen, der offenbar grundlos Pfefferspray gegen drei kniende Frauen eingesetzt hatte …» - Das Video von Aggie Studios trägt den Titel «UC Davis Protestors Pepper Sprayed», YouTube, 18. November 2011.

«… bis er unwillkürlich einen Artikel darüber las, wie die Plünderungen nach dem Stromausfall in New York von 1977 zur Verbreitung des Hip-Hop geführt hätten …» - In Wahrheit kein Artikel, sondern der Essay «A Style Nobody Can Deal With: Politics, Style and the Postindustrial City in Hip Hop» von Tricia Rose, in Tricia Rose, Andrew Ross (Hrsg.): *Microphone Fiends - Youth Music and Youth Culture,* Routledge, London 1994.

«Der Architekt des World Trade Centers, Minoru Yamasaki, litt unter Höhenangst und hatte sich deshalb für schmale Fenster ausgesprochen.» - Details zum 11. September stammen aus dem Essay «Under falsk flagg», *10tal,* Nr. 32, 2019.

«… dann erst fiel ihm ein Gestöber auf, aus Dollarscheinen offenbar, die vom Himmel fielen …» - Der Geldregen ist inspiriert von der Aktion der Gruppe GULF 2014 im Guggenheim, ein Protest gegen die Arbeitsbedingungen im Guggenheim Abu Dhabi.

«… sodass das Individuum aus der Menge Kraft und Entschlossenheit schöpfen konnte …» - Die Vorstellung, die Zukunft gehöre der Menge, entstammt: Don DeLillo, *Mao II*, Scribner, New York 1991; deutsch von Werner Schmitz, Kiepenheuer & Witsch, Köln 1992.

«Damit Politik stattfinden kann, muss der Körper erscheinen. [...] Freiheit entsteht nicht einfach durch dich oder mich. Sie kann entstehen und entsteht durch eine Beziehung, die sich zwischen uns oder, genauer, unter uns vollzieht.» - Zitat aus einem Vortrag von Judith Butler, gehalten in Venedig am 7. September 2011 als Teil der Reihe «The State of Things», organisiert vom Office for Contemporary Art Norway. Deutsch: Judith Butler: «Körper in Bewegung und die Politik der Straße», aus dem Amerikanischen von Thomas Laugstien, *LUXEMBURG — Gesellschaftsanalyse und linke Praxis,* Berlin, Nr. 4/2001.

«Wir würden gern über Ihre App mit Ihnen plaudern. Money to Burn ist so berüchtigt, dass es toll wäre, ein bisschen genauer zu wissen, wie das alles entstanden ist.» - Das Vorbild für Laikas App *Money to Burn* ist die App *I Am Rich* von Armin Heinrichs aus dem Jahr 2008, die im App-Store 999 Dollar kostete und nur aus dem Bild eines funkelnden roten Juwels bestand.

«Das Paradox der Kindheitslügen besteht darin, dass sie so oft aus Angst vor Ablehnung, Angst vor Trennung, Angst vor dem Alleinsein erzählen, und doch können wir nicht lügen, ohne anzuerkennen, dass das Alleinsein unser Ort ist. Im Geist sind wir ganz von allen abgeschieden - umso mehr wenn wir lügen.» - Aus: Clancy Martin: *Love and Lies - An Essay on Truthfulness, Deceit, and the Growth and Care of Erotic Love,* Farrar, Straus and Giroux, New York 2015.

«... weil sein Diebstahl ‹vom Umfang her dreist, rein von Habgier getrieben und von höchster Illoyalität seinem Arbeitgeber gegenüber gekennzeichnet› gewesen sei.» - So berichtet von Telis Demos, «Eight-year jail term for theft of bank's code», *Financial Times*, 18. März 2011.

«Die Wachovia hatte jahrzehntelang Drogenkartellen und Terroristen das Geld gewaschen …» - Siehe z. B. Ed Vulliamy: «How a big US bank laundered billions from Mexico's murderous drug gangs», *Guardian*, 3. April 2011.

«…der Code, mit dessen Hilfe Laikas Algorithmus deren Trades nachvollziehen sollte, konnte nur einen Bruchteil dessen abbilden, was tatsächlich geschah, wie eine 2D-Einheit, die nicht mehr wahrnahm als die Umrisse eines 3D-Gestirns und glaubte, da sei nicht mehr.» - Die Anregung für dieses Bild stammt aus dem Abschnitt über die 4. Dimension in der 10. Folge von Carl Sagans Serie *Cosmos* («The Edge of Forever»).

«Vielleicht war das Ziel nicht, Transaktionen nachzuvollziehen, sondern den Algorithmus umzuprogrammieren und gegen sie zu verwenden …» - Die Idee, dass ein Algorithmus zum Spoofing einen Systemzusammenbruch hervorrufen könnte, findet sich bei Haim Bodek: *The Problem of HFT: Collected Writings on High Frequency Trading & Stock Market Structure Reform*, Decimus Capital Markets, 2012, S. 2 ff.; James Surowiecki, «New Ways to Crash the Market», *The New Yorker*, 18. Mai 2015; und in einem gemeinsamen Bericht der Commodity Futures Trading Commission und der Securities and Exchange Commission: *Findings Regarding the Market Events of May 6, 2010*, dort in: «Report of the Staffs of the CFTC and SEC to the Joint Advisory Committee on Emerging Regulatory Issues».

«War es Virilio, der gesagt hatte, die Beschleunigung führe zur Auslöschung der Welt?» - Er war es tatsächlich, wenn auch in etwas anderen Worten, im Gespräch mit Jean-Marc Offner and Agnès Sander, erschienen in *FLUX Cahiers scientifiques internationaux Résaux et Territoires,* Ausgabe 5, 1991, S. 53.

«Aber es war der Begriff Nekrozän, der Laika am meisten ansprach …» - Der Begriff wurde von Justin McBrien geprägt, in seinem Beitrag «Accumulating Extinction: Planetary Catastrophism in the Necrocene» zu Jason W. Moore (Hg.): *Anthropocene or Capitalocene? Nature, History and the Crisis of Capitalism,* PM Press, Oakland 2016, S. 116–137.

«Der Dichter Simonides von Keos ist nicht seiner Kunstfertigkeit wegen in die Geschichte eingegangen, sondern weil er seine Dichtkunst als Erster verkaufte …» - Was ich über Simonides von Keos weiß, stammt aus Anne Carson: *Economy of the Unlost - Reading Simonides of Keos with Paul Celan,* Princeton University Press, Princeton 1999.

«Börsencrash: Dow Jones verliert innerhalb weniger Sekunden 9 Prozent seines Werts.» - Vorbild der beschriebenen Ereignisse ist der sogenannte Flash Crash vom 6. Mai 2010.

«Die meisten Marktbewegungen folgten nachvollziehbaren, online und in den Nachrichten dokumentierten Impulsen …» - Die Beschreibung meines fiktionalen Flash Crashs basiert auf meiner Darstellung des realen Flash Crashs in meinem Essay «Staten och högfrekvenskapitalet», *Glänta,* 3–4, 2015.

Danksagungen

Mein tiefster, innigster Dank gilt meiner Familie: meiner Mutter und meinem Vater für ihre standhafte Liebe und Unterstützung (und für die Jahre, in denen sie mir erlaubt haben, tonnenweise Toner zu verbrauchen, um meine schrecklichen Manuskripte auszudrucken) und meiner Schwester Kalé, die mich, seit sie im Alter von fünf Jahren einen völlig fremden Menschen angeschrien hat, weil der böse zu mir war, immer beschützt hat.

Ich wüsste nicht, wo ich anfangen sollte, meine Dankbarkeit Kaiya Shang gegenüber zum Ausdruck zu bringen, die nicht nur auf jede nur denkbare Weise eine herausragende Lektorin ist, sondern auch ein Mensch, den man im Fall einer Katastrophe, die den Zusammenbruch der Gesellschaft oder das Ende der Welt einläutet, an seiner Seite wissen möchte. Mein tiefer Dank gilt außerdem Graeme Hall, dem Managing Editor bei Vintage, Alison Tulett aus dem Korrektorat, die mich vor einer ganzen Masse peinlicher Fehler bewahrt hat, und Maya Koffi für die Öffentlichkeitsarbeit. Mein besonderer Dank gilt außerdem Johanna Haegerström vom Albert Bonnier Förlag, die bereit war, die Rechte für Schweden zu erwerben, noch bevor wir einen britischen Verlag hatten.

Tiefer Dank gilt meinen Agent*innen: Erik Larsson von der Albatros Agency, der es für das Manuskript zu diesem Buch mit der ganzen Welt aufgenommen und mehr Zeit damit verbracht hat, es in eine Form zu bringen, als man von einem Menschen verlangen kann, und auch Karolina Sutton und Amelia Atlas bei CAA, die mich durch den jeweiligen Höllenkreis geleitet haben, in dem der Vorgang der Einsendung sich gerade befand.

Ein Großteil der Recherche für dieses Buch wurde durch ein großzügiges Stipendium des Västra Götalandsregionens Essäfond ermöglicht. Mein tiefster Dank gilt Göran Dahlberg und Linn Hansén bei *Glänta,* die mir geholfen haben, dieses Stipendium zu bekommen, und den daraus resultierenden Essay «Staten och högfrekvenskapitalet» veröffentlichten, der mir erlaubt hat, viel von der Thematik auszuarbeiten, die in diesem Roman gelandet ist.

Dank an Bella Martin, die meine Kurzgeschichte «What We Did After We Lost 100 Years of Wealth in 24 Months» aus dem Stapel der unverlangten Einsendungen gefischt hat, und an Ben Eastham und Jacques Testard, die sie für die Online-Ausgabe von *The White Review* im Juni 2013 ausgewählt haben. Dieser eine Durchbruch hat so viel möglich scheinen lassen. Erst nach Erhalt ihrer Mail konnte ich wirklich mit der Arbeit an diesem Roman beginnen.

Dank an Fehmi Konyar, Saad and Tawfeeq Hasan und Vivek Hans, die mich alles gelehrt haben, was ich über die Finanzwelt weiß. Was ich korrekt beschrieben habe, verdanke ich ihnen. Was ich falsch beschrieben habe, geht auf mich.

Dank an Ida Therén, Lyra Ekström Lindbäck und Samuel Watson: Ich hätte mir keine besseren Erstleser*innen wünschen können. Auf der ganzen Welt gibt es nicht genug Herz-Emojis.

Viel verdanke ich meinen Lehrerinnen und Mentorinnen, die einen besseren Autor aus mir gemacht und mir keinen Bullshit durchgehen lassen haben: Diane Delon, Ingrid Arnesdotter und Anna-Lisa Edberg.

Alles Liebe meinen Mit-Baralas Arazo Arif und Kaly Halkawt, die mir ein Gemeinschaftsgefühl geschenkt haben, das ich nie zu finden gehofft hatte.

Dank an Geel und Dia für ... nun ja, alles. Und an Kudu,

weil sie einmal Kommunistin war und mir Bücher zum Lesen gab.

Dank an Zagros Rasch, der jahrelang mein Gebrabbel über dieses Buch ertragen hat und mir ganz schnell einen Ritualdolch geliehen hat, als ich ihn brauchte. An Shelan Sabir für Antworten auf Fragen, nach denen man im Internet nicht suchen kann.

Dank an Anthony Dawes, Simon Isakson, Pamela Jouven, Antoine Metivier und Gabriel Munch Andersen für unzählige Dinge, aber besonders für ihre Freundschaft in einer Zeit, als ich Schwarz trug und grauslige Gedichte schrieb.

Dank an Lena von Bahr für Jahre der Freundschaft, für ihre Hilfe, als ich mir nach meiner Rückkehr nach Schweden ein neues Leben einrichten musste, und für die Lektüre all der irregeleiteten Manuskripte, die ich ihr in all den Jahren gezeigt habe.

An Mephistopheles, weil er ein braver Junge ist.

Van: Wenn du dies einmal lesen kannst, sollst du wissen, dass ich dich mehr liebe, als ich je geglaubt habe, einen Menschen lieben zu können. (Ungeachtet aller kleinkindlichen Wutausbrüche und Schlafstörungen.)

Und natürlich gilt mein tiefster Dank Amanda Wasielewski, ohne die dieses Buch - und alles sonst - überhaupt keinen Wert hätte.